como alcançar o Sol

JENNIFER HARTMANN

como alcançar o Sol

Tradução
Iris Figueiredo

Copyright © 2024 by Jennifer Hartmann
Copyright da tradução © 2025 by Editora Globo S.A.

Direitos de tradução arranjados por The Seymour Agency e Sandra Bruna Agencia Literaria, SL.

Os direitos morais do autor foram assegurados. Todos os direitos reservados. Nenhuma parte desta edição pode ser utilizada ou reproduzida — em qualquer meio ou forma, seja mecânico ou eletrônico, fotocópia, gravação etc. — nem apropriada ou estocada em sistema de banco de dados sem a expressa autorização da editora.

Título original: *Catch the Sun*

Editora responsável **Paula Drummond**
Editora de produção **Agatha Machado**
Assistentes editoriais **Giselle Brito e Mariana Gonçalves**
Preparação de texto **Catarina Notaroberto**
Diagramação **Carolinne de Oliveira e Guilherme Peres**
Projeto gráfico original **Laboratório Secreto**
Revisão **Paula Prata e Luiza Miceli**
Ilustração e design de capa **Taíssa Maia**

Texto fixado conforme as regras do Acordo Ortográfico da Língua Portuguesa (Decreto Legislativo nº 54, de 1995)

CIP-BRASIL. CATALOGAÇÃO NA PUBLICAÇÃO
SINDICATO NACIONAL DOS EDITORES DE LIVROS, RJ

H265c   Hartmann, Jennifer
         Como alcançar o sol / Jennifer Hartmann ; tradução Iris Figueiredo. - 1. ed. - Rio de Janeiro : Globo Alt, 2025.

         Tradução de: Catch the sun
         ISBN 978-65-5226-048-2

         1. Ficção americana. I. Figueiredo, Iris. II. Título.

25-97007.0   CDD: 313
                                   CDU: 82-3(73)

Gabriela Faray Ferreira Lopes - Bibliotecária - CRB-7/6643

1ª edição, 2025

Direitos de edição em língua portuguesa para o Brasil adquiridos por Editora Globo S.A.
R. Marquês de Pombal, 25
20.230-240 – Rio de Janeiro – RJ – Brasil
www.globolivros.com.br

*Para todos aqueles que enfrentaram as piores
tempestades da vida e enxergaram o lado bom
e para aqueles que ainda estão à procura
do próprio sol: este livro é para vocês*

*A parte mais legal da chuva é que
ela sempre acaba. Em algum momento.*
— Ió (Ursinho Pooh)

Prólogo
ELLA

Vermelho.

Tudo o que vejo é vermelho. Disparo para dentro do quarto, meu olhar feroz pousando no meu irmão.

— O que você fez? — pergunto, soluçando, horrorizada e com falta de ar. — O que você *fez*, Jonah?

Ele parece uma estátua, sentado imóvel na beira da minha cama, encarando o nada, o olhar perdido e avermelhado. A camiseta está manchada com gotas vermelhas e as mãos ensanguentadas estão fechadas em punho sobre o colo.

— Jonah!

Em câmera lenta, meu irmão ergue o queixo, e percebo que suas pupilas estão dilatadas quando a atenção dele recai sobre mim.

— Ella...

Meu nome soa como um suspiro engasgado, um apelo. Uma carta de amor rasgada.

Balanço a cabeça de um lado para o outro em negação e puxo os cabelos, as lágrimas rolando pelas minhas bochechas.

— Eu faria qualquer coisa por você — diz Jonah. — Você é o meu mundo desde que a mamãe te trouxe do hospital.

O pomo de adão proeminente desliza pelo pescoço dele e ele continua:

— Ela te colocou nos meus braços, um pacotinho cor-de--rosa. Minha irmãzinha. Meu propósito.

Não consigo parar de tremer.

Por que ele...?

Como pôde...?

Jonah se levanta, me agarrando pelo braço e me puxando contra seu peito manchado de vermelho. Acariciando meu cabelo, ele sussurra em meu ouvido:

— Se algum dia não pudermos mais estar juntos, é só me guardar no seu coração. Eu vou estar lá para sempre.

— Não — resmungo. — J-Jonah... Por que, por que, *por quê...?*

Minha voz se transforma em um lamento terrível, bato a testa contra o peito dele.

Dor.

Estou paralisada por ela, me afogando nela.

É tudo o que sinto. Tudo o que conheço.

— Lembre-se dos nossos bons momentos juntos, tá bem? Não disso aqui. Qualquer coisa, menos isso.

Meus batimentos aceleram enquanto as mãos dele afastam o meu cabelo do rosto e ele continua:

— A gente está naquela ponte, o céu de Nashville acima de nós, uma pilha de gravetos aos seus pés. Eu e você, Ella. Só eu e você. Estamos cavalgando em direção ao pôr do sol, bebendo limonada em cima dos fardos de palha, contando histórias em volta da fogueira, intocáveis. Se lembre de mim desse jeito. Sempre — diz, rangendo os dentes. — Prometa, Leitão.

Não posso prometer uma coisa dessas.

Tudo o que vejo é vermelho.

Está por toda parte.

Sirenes piscam em vermelho e azul do lado de fora da janela. Mais vermelho. Até o sedã da minha mãe é vermelho ao voar pela entrada, a porta aberta enquanto ela tropeça para descer do carro e correr para dentro de casa. Sei o que vem em seguida. Tento me preparar. Tento estar pronta.

Também não consigo.

O grito da minha mãe ecoa pela casa assim que ela para na porta do meu quarto, a mão deslizando pelo batente enquanto cai de joelhos.

— O que você *fez*? — berra. Uiva. Morre por dentro.

Jonah olha desolado para a nossa mãe antes de voltar a me encarar.

As bochechas dele estão vermelhas.

— Amo tanto vocês duas. Acreditem em mim. — Ele dá um beijo no topo da minha cabeça, me segurando com força. — Cuide da mamãe.

Não acredito nisso.

Se nos amasse, nunca teria feito o que fez. É incompreensível.

Eu me afasto do abraço dele, ando em círculos, então vomito no chão do quarto. Estou curvada, soluçando e vomitando, quando os policiais invadem o meu quarto e passam zunindo por mim.

Jonah não protesta.

Ele ergue as mãos em rendição enquanto os policiais leem os direitos dele, as vozes se fundindo aos gemidos sofridos da nossa mãe.

Assisto a Jonah ser algemado e levado enquanto minha mãe parece uma boneca de pano jogada no chão. Ela agarra o tornozelo do meu irmão, forçando o policial a soltar os dedos dela antes de os dois sumirem pelo corredor, a perder de vista.

Ele desaparece.

Minha mãe cai em prantos a alguns centímetros de distância e eu deslizo até o chão, desabando perto da minha cama, tremendo no cenário do meu inferno.

Olho atordoada pela janela, entorpecida, ao mesmo tempo em que o sol aparece entre as nuvens e banha o céu em uma alegre luz dourada.

Mas não existe sol no meu céu.
Nenhuma luz.
Nenhum calor.
Tudo o que vejo é vermelho...

"COMO ALCANÇAR O SOL"
PRIMEIRO PASSO:

corra atrás do horizonte

A busca começa.

Capítulo 1
ELLA

7 ANOS

Tem um picolé na minha boca.

Laranja.

É o meu sabor favorito *e* a minha cor favorita. Só que não é isso que o torna o melhor picolé do mundo. Não, esse é o melhor picolé do mundo porque o meu melhor amigo, Max, está comendo um igual ao meu lado.

Sorrindo, jogo os pés para a frente e para trás no balanço, enquanto a mão melecada se enrosca nas correntes e nós dois balançamos em ritmos opostos. O irmão gêmeo de Max, McKay, brinca na caixa de areia do outro lado do parquinho, cavando-a com pás de plástico e tratores de brinquedo, imitando sons de zumbido. O picolé de McKay é roxo, mas o laranja é muito melhor.

É a manhã de verão perfeita. O sol está brilhando e o céu está azul, cheio de nuvens. Eu me imagino pulando de uma nuvem para outra, os tênis afundando nos montes fofos.

— Você acha que um dia vamos nos casar que nem os meus pais? — Max indaga em voz alta, ainda esticando e dobrando as pernas.

— Claro — respondo com firmeza.

— Ia ser legal, né? McKay também poderia morar com a gente.

— Adorei a ideia. — Sorrio para Max, observando a cabeleira castanha esvoaçar quando ele balança para a frente. — Quando a gente vai se casar?

como alcançar o Sol **15**

— Sei lá — responde ele. — Acho que quando a gente crescer um pouco mais.

— Seus pais são meio velhos. Não quero esperar tanto.

— A gente pode ser mais novo. Quem sabe daqui a alguns uns anos.

— Tá.

McKay faz um barulho alto e enfia o picolé roxo na areia. Dou uma risadinha antes de me virar para Max.

— Sorte a sua que o seu irmão ainda mora com você — digo. — Sinto saudades do meu.

Sinto tanta saudade do Jonah.

Da minha mãe também.

Mas sinto mais saudade do Jonah.

Ele é quatro anos mais velho do que eu e é quem mais tenta me proteger. Uma vez, empurrou uma criança que estava jogando pedras em mim do alto de um brinquedo no parquinho e eu até chorei. O garoto torceu o tornozelo e Jonah se meteu em uma confusão. Mas fez isso por mim, o que o faz o melhor irmão mais velho do mundo. A gente costumava fingir que era os personagens do Ursinho Pooh e que o bosque atrás do nosso haras era o Bosque dos Cem Acres, como na história.

Eu amo histórias. Amo livros.

Eu amo Jonah.

— Meu irmão é um saco às vezes — rebate Max.

Ele observa o irmão por um momento antes de girar na minha direção, as sobrancelhas se arqueando, e perguntar:

— Você gosta mais de mim do que do McKay, né?

— Claro. — Franzo os lábios ao pensar no assunto. — Você é mais legal comigo e eu gosto das suas covinhas.

— Nós dois temos a mesma cara — diz ele, me lembrando do fato.

— Ele não tem as covinhas.

Isso parece o suficiente para satisfazê-lo, e Max se balança o mais alto que pode mais uma vez antes de pular e cair no chão.

— Vem, vamos explorar.

Jogamos os palitos de picolé na lixeira e sigo Max até a beira do bosque para explorar o terreno em busca de tesouros. Jonah e eu costumávamos fazer isso também — quando eu ainda morava em Nashville, no verão passado. Quando mamãe e papai ainda estavam juntos e éramos uma família feliz. Não tenho certeza do porquê meu pai me trouxe para longe, ou por que Jonah ficou para trás com minha mãe, mas nos disseram que era por causa do divórcio. Sei lá o que isso quer dizer. Acho que é o que acontece quando mães e pais não se amam mais.

Não é justo que eu e Jonah também sejamos divorciados. Ele era o meu melhor amigo.

Até eu conhecer o Max.

Meus pés esmagam gravetos e folhas verdes à medida que exploramos a trilha.

— Ontem o meu irmão me escreveu uma carta — conto para Max, me agachando para encarar uma lagarta esquisita toda listrada.

— É? E o que dizia?

— Não consegui ler todas as palavras, mas papai leu para mim e disse que Jonah sente muito minha falta e contou sobre os cavalos do haras. Eu amava os cavalos. Phoenix era meu favorito. — Mordo o lábio. — Jonah também disse que ia bater em qualquer menino que fosse malvado comigo. Ele me protege.

Max torce o nariz.

— Você precisa contar pra ele que agora eu estou aqui. Eu vou te proteger.

Dou um sorriso tão brilhante quanto o céu ensolarado.

— Ele te escreve muitas cartas? — prossegue Max, curvando-se ao meu lado e esticando a mão para o inseto.

A lagarta engraçada desliza pelos dedos dele, subindo para as juntas.

— Uhum. Toda semana eu recebo uma.

— Que legal. — Analisando o inseto esquisito, Max o realoca em um galho próximo e observamos enquanto o bicho desliza por uma folha verde vibrante. — Aposto que esse carinha vai virar uma borboleta logo, logo. Talvez uma daquelas borboletas listradas.

— São as minhas preferidas.

— Ei, a gente tinha que encontrar uma clareira na floresta e transformar num esconderijo particular. O papai pode me ajudar a construir um banco pra gente se sentar e ler livros juntos. A gente pode contar como foi o dia na escola e ver as borboletas voando. Seria o nosso lugar secreto.

Acho que é a melhor ideia do mundo. Balanço a cabeça com entusiasmo e aponto para uma clareira coberta por uma copa de árvores.

— Ali tem um lugar legal.

— Vamos.

Passamos a hora seguinte em nosso novo esconderijo, sentados de pernas cruzadas frente a frente, contando histórias fantásticas. Histórias sobre se balançar em cipós e beber água fresca dos riachos. Comer frutas, nadar em lagos e dançar sob o sol do verão. Então, em vez disso, quando a noite cai, admiramos as estrelas.

Antes de voltarmos ao parque, Max me entrega uma coisa.

— Olha o que eu encontrei, Ella. É muito legal. O que você acha?

Ele abre a palma da mão para me mostrar uma pedra branca e brilhante.

Meus olhos se iluminam. *É muito legal.*

— Amei. Quem sabe não começo uma coleção de pedras — digo, pegando a pedra da mão dele e guardando no bolso do meu macacão laranja.

— E toda vez que você olhar para ela, vai se lembrar de mim.

Max me lança um sorriso bobo que faz cócegas no meu coração. Quase como borboletas voando.

Quando saímos da mata, vejo o carro prata do meu pai esperando por nós do outro lado da rua. Ele está olhando o relógio e procurando por mim no parquinho.

Argh.

Ainda não quero ir embora. O sol do final de agosto está brilhante e quente, e é um dos últimos dias de verão antes das aulas. Estamos indo para o segundo ano.

— Meu pai chegou — resmungo. — Acho que preciso ir.

Max faz uma careta.

— Vamos nos encontrar de novo amanhã, depois do almoço. Vou falar com meu pai sobre o banco. Aposto que a gente constrói um bem rápido.

— Tá bem. Mal posso esperar.

Suspirando, eu me arrasto até a saída do parquinho, dando tchau para McKay ao passar por ele.

— Tchau, Ella — responde ele, o rosto sujo e cheio de areia.

Meu pai me busca em seu carro brilhante.

Quando coloco o cinto de segurança e abro a janela para acenar para os meus amigos, Max corre na minha direção na velocidade da luz. Uma vez eu aprendi em um livro sobre a velocidade da luz. É bem rápida.

Quase tão rápida quanto Max.

— Ella, espera! — chama, sem fôlego ao alcançar a janela.

— Peguei isso aqui pra você.

Olho para o que Max segura entre os dedos e meu coração bate tão rápido que parece capaz de chegar ao céu ensolarado. É uma linda flor laranja. A mais bonita que eu já vi.

— Uau, obrigada!

Quando ele sorri, as covinhas se destacam ainda mais que os meus olhos.

— Ela me lembrou você.

— Sério?

— Sério. É brilhante que nem o sol — diz ele, olhando para o céu. — E o sol é brilhante que nem você.

Meu pai me olha por cima do ombro.

— Está na hora de ir, Ella. Se despede do seu amigo.

Levo a flor até o nariz e inspiro fundo, meus cílios piscando sobre as pétalas laranja.

— Tchau, Max.

— Nos vemos amanhã?

O carro começa a andar e Max corre para acompanhar. Ele corre cada vez mais rápido, quase na mesma velocidade, quase nos *alcançando*.

Eu me debruço na janela e sorrio para ele ao mesmo tempo em que o carro acelera bruscamente, rápido demais para que Max consiga continuar a acompanhar.

— Te vejo amanhã! — grito de volta.

Ao virarmos a esquina, Max desaparece do meu campo de visão e me afundo no banco, girando a flor entre os meus dedos. Então sussurro para mim mesma:

— E todos os dias depois de amanhã.

Meu pai me leva no carro brilhante. Naquela noite, deixamos Juniper Falls para trás e voltamos para Nashville, o banco traseiro lotado de malas e com caixas até o teto. Ele me deixa ir no banco da frente, mesmo que possa tomar uma multa da polícia. Ele diz que é uma viagem especial e, por ser especial, posso ir sentada na frente e comer um pacote inteiro de balas de ursinho. Guardo as laranjas para o final porque são as minhas favoritas.

Quando chegamos na garagem do antigo haras, meu estômago revira.

E não é por causa dos doces.

Acho que é porque, no fundo, algo me diz que nunca mais vou ver Max.

Minha mãe e Jonah correm pela longa entrada da garagem e me atacam com abraços e lágrimas. Meu irmão gira comigo, meu cabelo balançando enquanto seguro firme.

Estou feliz em vê-los, de verdade. Mas também estou triste.

Enquanto caminho até o casarão e olho para todos os cavalos ao redor, sinto um aperto no peito. Eu me viro para papai, que está gritando com mamãe sobre alguma coisa.

— Pai! — chamo, lágrimas brotando em meus olhos.

Os ombros dele despencam quando vira para mim, o olhar aborrecido e cansado.

— O que foi?

— Esqueci minha pedra. Aquela que eu peguei no parquinho hoje com o Max.

— É só uma pedra, Ella. Você encontra outra.

— Mas… aquela era especial. O Max encontrou pra mim. — Meu lábio inferior treme à medida que as lágrimas queimam os olhos. — Precisamos voltar para pegar. Por favor, papai.

Ele sorri, mas não com os olhos.

— Eu te mando pelo correio, mocinha.

Com um suspiro de tristeza, viro de costas e saio, arrastando a mala atrás de mim. Quando chego em frente à casa, paro e olho para a flor laranja ainda na minha mão.

Já está morrendo.

E meu pai nunca me mandou a pedra pelo correio.

Capítulo 2
ELLA

DEZ ANOS DEPOIS
17 ANOS

Tem um pau na minha boca.
Claro que não é o pau de alguém de verdade. É o desenho de um pênis cabeludo rabiscado com caneta permanente em uma foto minha cantando em um karaokê durante um verão. Minha boca está bem aberta, tornando a imagem perfeita para desenhar um objeto com formato fálico entre meus lábios.

Gemendo baixinho, crio um lembrete mental para trancar a minha conta no Facebook.

Ou, quem sabe, deletar.

Arranco a foto do meu armário e tiro a fita adesiva antes de amassar tudo com raiva e enfiar no bolso da calça.

Colegas de classe dão risadinhas atrás de mim. Sussurros maliciosos flutuam pelos corredores e meu estômago revira. Encaro o piso de linóleo creme e bege e solto um suspiro.

Ella Sunbury: a garota nova e esquisita, que saiu da riqueza para a miséria. A irmã de um assassino. A adolescente destruída que foi forçada a sair da linda casa de tijolos e telhas, arrastada para a cidadezinha de Juniper Falls, que fica a três horas de seu antigo lar, onde é julgada por todo mundo.

Onde todo mundo me odeia.

É isso que as pessoas veem quando olham para mim. É o que acham que sabem baseado nas notícias, nos boatos e nas fofocas.

E acho que eles não estão errados — sou todas essas coisas.

Mas elas não são tudo o que sou.

Estico um pedaço de chiclete, prendendo-o entre os dentes, e o enrolo no meu indicador até que o dedo esteja coberto com um laço amarelo-néon. Alunos passam por mim, murmurando comentários maldosos em voz baixa.

— *Ela provavelmente foi cúmplice.*

— *Aposto que foi ela quem comprou a arma com a mesada de um milhão de dólares que recebia toda semana.*

— *Acho que a gente não devia implicar com essa garota. Afinal de contas, tendências homicidas são de família...*

Antes que eu possa fugir para a próxima aula, alguém esbarra em mim por trás e quase caio para a frente, o que só não chega a acontecer graças ao peso extra que carrego nas costas, da dezena de livros atochados na minha mochila laranja da Vera Bradley, que não tive coragem de vender no leilão.

Eu me seguro na porta do meu armário com um suspiro.

— Desculpa — diz uma voz, agarrando meu cotovelo para me manter de pé.

É tudo o que ele diz, mas a mão parece um laser quente contra a minha pele. Quente o suficiente para deixar uma cicatriz. Enquanto recuo, ajustando a alça da mochila nos ombros, meu olhar se ergue rapidamente e esbarra em um tom familiar de azul-claro.

— Não foi nada — murmuro.

Quando a mão dele se afasta, dou um passo para trás e coço a comichão que deixou.

Ele não se demora; apenas me encara por um instante, então volta a se juntar ao irmão, que deve tê-lo empurrado em cima de mim.

Os irmãos Manning.

Max e McKay.

Uma década atrás, Max se tornou meu melhor amigo durante um ano inesquecível em Juniper Falls — a cidade em que os meus pais se conheceram quando eram adolescentes. Isso até o meu pai me levar embora de repente, sem deixar que eu

como alcançar o Sol **23**

me despedisse dele. Agora, parece que uma vida se passou, e percebo que Max não é o mesmo daquela época.

Assim como não sou a mesma garota que disse que um dia se casaria com ele enquanto comia um picolé de laranja e admirava as nuvens fofinhas, com o coração repleto de raios de sol. Hoje em dia, ele age como se eu nem existisse. Tenho certeza de que me viu naquela reportagem no noticiário, em que fiz papel de idiota em rede nacional, e agora está aliviado por termos perdido contato ao longo dos anos.

Andar comigo também faria dele um excluído.

Cubro a testa com o gorro preto e dou uma olhada para os irmãos, que agora conversam encostados nos armários azuis à minha frente.

— Você precisa vir amanhã — diz McKay, com o ombro apoiado contra a porta do armário, de costas para mim. — Traz aquela garota. Libby.

— Tô suave — responde Max.

Ele brinca com um maço de cigarros, tirando um do pacote e depois guardando de volta.

— Não tenho interesse — completa.

— Você precisa transar, cara. Ultimamente tá sendo um pau no cu.

Franzo o nariz. Nenhum dos irmãos Manning falou muito comigo desde que cheguei em Juniper Falls — uma comunidade pequena em Tellico Plains, no Tennessee — quatro meses atrás. Verdade seja dita, eu não ficaria triste se os dois sumissem da face da terra. A única pessoa que mostrou um pingo de gentileza sincera desde que eu e minha mãe nos mudamos para cá foi Brynn Fisher.

Acontece que ela namora McKay, e é provavelmente por isso que os irmãos não estão me atormentando como todo mundo nessa escola.

Dane-se a antiga magia dos pátios da escola.

Coloco o cabelo atrás da orelha e minha sandália range contra o linóleo quando troco a mochila de ombro. Quando Max me olha, percebo que estou claramente prestando atenção na conversa como uma fofoqueira. Ele não diz nada, apenas franze as sobrancelhas escuras, provavelmente irritado com a minha existência, enquanto McKay tagarela sobre cerveja e os peitos da Libby.

Então Max pisca e desvia o olhar para o piso sujo, que aparentemente é mais interessante do que a minha cara.

Quis o destino que os irmãos Manning não fossem apenas meus colegas de escola, mas meus vizinhos. Eles moram em frente ao pequeno rancho que a minha avó comprou para nós em maio, depois que a minha mãe secou as contas bancárias para pagar as despesas de advogado do meu irmão.

Às vezes vejo Max no jardim, cortando a grama.

Fumando ao lado da picape.

Saindo da garagem cantando pneus noite adentro, à procura de problemas.

Volta e meia, ele olha para mim do outro lado da rua quando estou sentada em uma cadeira dobrável na varanda, lendo um romance ou encadernando livros. O contato visual não dura muito e costuma vir acompanhado de um aceno de cabeça carregado de pena ou uma careta com os olhos semicerrados.

Ele não gosta do que me tornei.

A recíproca é verdadeira.

Mamãe costumava me dizer para ir até a casa deles e tentar refazer a amizade, ainda que eles não fossem nem um pouco amigáveis. Eu disse que ela deveria fazer amizade com os pais deles primeiro, aí sim eu poderia considerar a ideia. Aquilo pôs um fim na conversa. Desde então, minha mãe nunca mais tocou no assunto.

Engulo o nó na garganta e me afasto da parede dos armários. As emoções entaladas estão me dando sede, por isso

como alcançar o Sol **25**

decido comprar um refrigerante na máquina antes de ir para a aula de inglês.

Os corredores estão quase vazios, tirando alguns atrasados correndo por mim com os narizes colados no celular. Todo mundo é um borrão monocromático. Tudo parece sem cores. Sinto como se estivesse me movendo em câmera lenta enquanto os corpos sem rosto correm por mim, como uma antiga fita de videocassete sendo acelerada até a parte boa.

Mas esse filme não tem parte boa.

Só tem essa máquina de vendas me encarando, cheia de guloseimas superfaturadas.

Vasculhando meus bolsos à procura de dinheiro trocado, pisco, de volta para as cores e o presente. A fotografia amassada cai no chão quando pego algumas notas e não consigo evitar tremer quando me agacho para pegá-la.

Estou me curvando quando uma voz berra:

— É só deixar aí. Sua empregada pode vir catar pra você.

Tenho quase certeza de que a voz e o corpo cheio de anabolizantes pertencem a um babaca do time de futebol americano chamado Andy, mas talvez eu esteja errada. Também pode ser Randy. Tudo o que sei é que ele estava lançando bolinhas de papel com cuspe na minha cabeça no último período e que ele fede a uma combinação desagradável de suor e pudim da cafeteria.

— Estou sem empregada no momento — rebato. — Mas a vaga está aberta, se você quiser.

— É claro. Só uma santa pra limpar seu tipo de merda.

Os amigos caminham ao lado dele, tentando disfarçar as risadinhas com tosses e pigarros dramáticos.

O cara-que-talvez-seja-Andy pausa de repente, os bíceps se contraindo sob as mangas cortadas da camiseta esportiva branca. Olhos castanho-escuros me fitam dos pés à cabeça, e a expressão no rosto dele é cheia de desprezo, como se eu fosse uma criatura inferior. Nada além de lama ou chiclete colado na sola do sapato.

Ele desvia a atenção para a foto e um sorriso maldoso aparece.

— Essa é a decoração do seu armário? Que bom gosto.

— Esse presente é seu? — Olho entediada para as minhas unhas com esmalte lascado. — Fascinante.

— Você está se achando se pensa que vou perder meu tempo procurando fotos suas na internet, Sunbury.

— Parece que superestimei sua habilidade de fazer mais de uma coisa ao mesmo tempo. Achei que teria algum tempo entre jogar seu próprio nome no Google e navegar por sites pornôs de baixo orçamento.

Estalando os dedos no ar, ele se anima como se tivesse pensado em uma ideia genial.

— Falando nisso, não foi você que vi naquele vídeo de...

— Vamos, Andy. Ela é esquisita — diz uma morena mascando chiclete, dando um beliscão na costela dele.

O cara-que-é-Andy lança uma piscadela para mim antes de entrar em uma das salas de aula barulhentas e sair do meu campo de visão.

Não consigo evitar estremecer de raiva por dentro quando as palavras dele atravessam minha armadura, mas tento afastá-las, pegando a fotografia do chão e jogando na lixeira mais próxima.

Estou prestes a voltar para a máquina de vendas quando um rabo de cavalo dourado e um vestido rosa se aproximam. Brynn Fisher se catapulta nos braços de McKay com um gritinho e os dois tropeçam para trás enquanto ele a pega pelas coxas e os dois se beijam ardentemente no meio de todo mundo, fazendo uma cena.

Eu me mexo, desconfortável. Nunca fui beijada daquele jeito antes e me pergunto como é.

Ou melhor: nunca fui beijada, ponto.

Melhor ainda: eu não me importo.

Depois de sufocá-lo com um monte de beijos, Brynn volta a pisar com os tênis brancos no chão e pega a mochila que estava caída aos seus pés. Quando se levanta, lança um sorriso radiante na minha direção.

como alcançar o Sol **27**

— Oi, Ella!

Se eu sou uma bala de café, ela é o chiclete de tutti-frutti. Tiro o gorro da cabeça e ajeito o cabelo, chocada porque ela usou meu primeiro nome. Todo mundo me chama de *Sunbury*, *garota nova* ou *sei-lá-qual-é-o-nome-dela*. E essas são as variantes mais gentis.

— Oi — murmuro, erguendo a mão em uma saudação sem entusiasmo.

— Você vai amanhã à noite na fogueira que vai ter perto do penhasco?

Tenho certeza de que não fui convidada.

— Não está nos meus planos. Todo mundo acha que sou uma fracassada, então sinto que isso tornaria as coisas piores.

— Você não é uma fracassada.

— É o que a escola inteira acha, Brynn. De acordo com essa cidade, vou morrer assim. Na minha lápide vai estar escrito "Ela era uma fracassada. E fracassou" — digo, dando de ombros, fingindo indiferença ainda que sinta um aperto no peito. — Tá tudo bem.

— Isso foi tão dramático — responde Brynn com uma gargalhada. — Foda-se eles. Eu acho você legal.

Um sorriso discreto se forma em meus lábios assim que o sinal toca.

Brynn joga a mochila nos ombros enquanto vem na minha direção.

— Começa às oito. Posso te buscar, se você quiser carona. — Antes de correr para a aula, ela tira uma caneta de gel do rabo de cavalo, pega meu punho e escreve sete números na parte interna do meu antebraço. — Salva o meu número. Me manda mensagem quando quiser!

Estou tão surpresa com o gesto, com a demonstração de amizade, que a resposta fica presa na minha garganta e tudo o que faço é assentir para ela.

O sorriso de Brynn se ilumina ainda mais antes de se virar, os cabelos a seguindo como um fio de mel, e ela arrasta McKay com ela pelo corredor.

Max nem me olha ao guardar o maço de cigarros no bolso, pegar os livros e ir atrás dos dois.

Enquanto os outros estudantes se dispersam dos corredores, olho para o que está escrito na minha pele em tinta lilás. Mexo meu braço para ver o glitter nos números brilhar sob as luzes fluorescentes.

Uma amiga.

Não tenho uma há mais de um ano. Não desde que todo mundo me abandonou depois que saíram as notícias a respeito de Jonah. Minha mãe, Candice Sunbury, tinha um haras muito querido e era uma guia de cavalgadas respeitada antes de toda a região de Nashville colocar minha família sob escrutínio e arrastar nosso nome na lama. E, ainda assim, nada podia se comparar ao que sofremos nos meses seguintes.

Vandalismo. Ameaças.

Até violência.

Precisei carregar spray de pimenta na minha mochila ao andar pelos corredores da escola no restante do meu segundo ano de ensino médio, depois que uma amiga-que-virou-inimiga me empurrou com tanta força na pista de corrida da escola que cheguei a torcer o tornozelo.

Não prestamos queixa. Minha mãe estava ocupada demais tentando tirar Jonah da prisão para se preocupar com um tornozelo torcido.

Por mim, tudo bem. A última coisa que eu queria era atrair mais atenção negativa.

Suspirando, abaixo o braço e volto até a máquina para pegar o refrigerante enquanto tento afastar as memórias agridoces.

Empurro algumas notas na máquina, seleciono o que quero e espio o relógio na parede, ciente de que vou me atrasar para a aula. Não é grande coisa — tenho certeza de que ninguém vai perceber.

Observo enquanto a latinha de refrigerante é empurrada para a frente e se prepara para cair.

Mas então ela para, e a máquina faz um barulho esquisito antes que a lata possa deslizar e se soltar.

Claro que isso aconteceu comigo.

Chuto a máquina algumas vezes, torcendo para que a lata caia de onde ficou presa. Soco. Até mesmo rosno para ela, torcendo para que perceba minha raiva e deslize de medo.

Nada.

Ótimo. Nem a lata de refrigerante quer ser vista comigo.

Fechando meus olhos, pressiono a testa e a palma das mãos contra o vidro e inspiro, cansada e profundamente, antes de expirar com um resmungo dramático.

Faço uma parada rápida no bebedouro antes de ir para a minha próxima aula.

Monstro.

É um livro de Walter Dean Myers que estamos lendo na aula de inglês e também é como me sinto ultimamente quando me olham.

Inclusive, a minha professora, a sra. Caulfield, tem um olhar punitivo ao empunhar um martelo metafórico e apontá-lo na minha direção. Minha mente se dispersa e a imagino de toga, batendo o martelo na mesa enquanto pilhas de atividades voam.

— Culpada de todas as acusações — anuncia para a turma.

Todo mundo aplaude e comemora enquanto sou algemada e escoltada para longe, vestindo um macacão laranja.

Justo, já que amo a cor laranja e a sentença é válida.

Sou culpada.

Culpada de não acreditar na inocência do meu irmão como a minha mãe.

Culpada de ainda amá-lo, apesar disso.

Acima de tudo, sou culpada por não o amar o bastante para evitar que puxasse aquele gatilho. Jonah não deve ter sentido a força do meu amor nem imaginado o quanto eu sentiria sua falta. Ele fez uma escolha naquela noite, e não foi por nós. Ele não nos escolheu, e às vezes parece que a culpa é *minha*.

— Srta. Sunbury.

Apoio o queixo na mão enquanto olho fixamente para a esquerda, minha mente ainda em uma cela na prisão. Não escuto a sra. Caulfield de primeira. Também não percebo que estou encarando Max Manning com um pouco de baba escorrendo pelo canto da boca.

— Srta. Sunbury — repete, mais alto dessa vez. — Já ouvi comentários sobre o sr. Manning ser bem cobiçado aqui na Juniper High, mas é pra isso que serve o Instagram. Por favor, seja educada e o admire no seu tempo livre, depois da escola.

Todo mundo cai na gargalhada.

Eu me endireito na carteira e começo a coçar o queixo sem parar. Meu olhar mortificado encontra o azul cristalino do outro lado da sala e meu rosto queima a níveis altíssimos, simulando meu próprio inferno pessoal.

— Desculpa — peço, nervosa, ajeitando-me nos meus cotovelos. — Viajei.

Max continua a me observar de sua carteira, se reclinando na cadeira de plástico sépia, as duas mãos ocupadas brincando em círculos com um lápis. Usa jeans rasgados, o cabelo é preto. É alto e magro, com mais de um metro e oitenta de altura, e uma cabeça mais alto que o cara atrás dele. Uma tatuagem em tinta preta envolve o seu bíceps direito e a pele dele é bronzeada pelo sol do Tennessee.

Ele corre muito, continua inatingível e misterioso, e aperfeiçoou o olhar apaixonante. Eu diria que se destaca entre o corpo estudantil entediante… mas ele me lança o mesmo olhar que os outros.

O olhar de pena porque estou acabada e não sou digna.

O olhar de incômodo porque não pertenço a esta cidade ou a esta escola.

O olhar de repulsa porque o sangue que corre em minhas veias é o mesmo que o de Jonah Sunbury.

No fim das contas, Max ainda é um deles.

Desvio o olhar e me concentro na Sra. Caulfield, que agora está sentada na beira da sua mesa meticulosamente organizada. Seu cabelo loiro claro é salpicado de fios prateados e está preso em um coque repuxado, destacando a testa estreita. É uma *senhora* em vez de *senhorita*, o que significa que alguém gostou dela o suficiente para pedi-la em casamento. Que bom para ela, porque eu definitivamente não gosto. É a professora que tem sido mais babaca comigo e, se eu não quisesse atrair mais atenção negativa do que já atraio, provavelmente a denunciaria para o conselho escolar.

— Sabe, srta. Sunbury — diz a professora lentamente, uma das sobrancelhas se arqueando em falsa consideração. — O livro que estamos lendo no momento tem alguns paralelos bem marcantes com a sua história.

Aquelas palavras atingem meu peito como uma bala de prata. Minha garganta se fecha. É difícil respirar.

Ajeito minha postura na cadeira barulhenta, afasto meus lábios e solto um suspiro sem som. Tudo o que faço é balançar a cabeça, sentindo todos os olhares sobre mim. Sentindo o julgamento, a perseguição, a enxurrada de juízes batendo martelos em suas carteiras.

Culpada, culpada, culpada.

Arrisco espiar Max rapidinho, e não me surpreendo ao perceber que ele ainda me atravessa com o olhar. Que atravessa o *meu* olhar. Aposto que torce para que, se me encarar por tempo suficiente, as minhas rachaduras e as minhas feridas se abram ainda mais até não sobrar nada de mim.

Puf.

Às vezes também torço por isso. Especialmente agora.

Tenho certeza de que Max se arrepende de ter sido meu amigo, para começo de conversa.

Limpo a angústia da garganta e encontro a minha voz, voltando o olhar para a Sra. Caulfield.

— Eu não teria como saber — minto. — Começamos a ler agora.

Não deixa de ser verdade, mas sei exatamente sobre o que o livro fala. A sinopse está na quarta capa.

— Pois é, bem, mas algo se destacou para você até agora?

— Ela sonda, e quase posso ouvir o sorriso irônico se formando. — Alguma coisa que queira discutir e compartilhar com a turma, comparando com as suas experiências?

— Na verdade, não. É uma questão pessoal.

— Foi notícia no país inteiro. O julgamento do seu irmão foi transmitido publicamente.

Meu peito se aperta a ponto de quase sufocar.

Isso é ridículo. É cruel e invasivo.

Com o coração disparando, indignada, começo a guardar meu material na bolsa, então fecho o zíper e me preparo para sair da sala.

— É pra isso que serve o Instagram — disparo em resposta, usando as palavras dela para revidar. — Por favor, seja educada e fofoque no seu tempo livre, depois da escola.

Ouço arquejos ao meu redor quando me levanto da cadeira e coloco a mochila nos ombros. Não olho mais para a professora, mas encontro os olhos de Max por uma fração de segundo antes de disparar para fora da sala.

Ele ainda está me encarando.

Observando.

Só que, dessa vez, posso jurar que a sombra de um sorriso surge nos lábios dele.

Ao correr pela porta, sabendo que ficarei de detenção depois da escola, vou às pressas até o final do corredor, onde a máquina de guloseimas ainda me atrai com aquela latinha de refrigerante ardilosa. Ela está basicamente sendo feita de refém, e saber disso leva a minha raiva a níveis estratosféricos.

como alcançar o Sol **33**

Quero aquele refrigerante.

É meu, paguei por ele, eu quero.

Quero ficar brava com outra coisa além de Jonah, só para variar.

Um rosnado escapa do fundo da minha garganta conforme avanço encarando a máquina. Chuto mais uma vez. Bato nela com as duas mãos e cerro os punhos, com raiva, e soco um pouco mais.

A latinha não se mexe.

Não se abala.

Tenho quase certeza de que posso ouvi-la rindo, mas pode ser a voz na minha cabeça.

Como golpe final, chuto a base com a minha sandália e grito:

— Vai se foder, Dr Pepper!

Minhas palavras preenchem os corredores vazios, ricocheteando pelas paredes e se imortalizando nos armários azuis horrorosos e azulejos ainda piores. Estou prestes a desabar em lágrimas vergonhosas quando...

Bum!

Um grito escapa dos meus lábios.

Pulo para trás quando um punho passa por mim e atinge a máquina. Meu coração salta e olho para cima com olhos arregalados, encarando enquanto a latinha de refrigerante balança e cai no lugar de retirada.

Ploft.

Ergo o rosto.

Meu olhar encontra o de Max Manning.

Ele não diz uma palavra. Não sorri, pisca os olhos, nem mesmo respira. Apenas me encara por um longo instante, os cabelos castanhos caindo sobre a testa, os olhos azul-claros vazios e ilegíveis.

Então ele dá um passo para trás.

Vira de costas.

E desaparece pelo corredor.

Capítulo 3
ELLA

— **Como foi na escola?**

Minha mãe está de costas para mim, inclinada sobre o computador, digitando muito rápido na ferramenta de busca. Ela só trabalha, mesmo que ainda não tenha encontrado um emprego. Só Deus sabe o que ela faz o dia inteiro, mas parece mantê-la ocupada.

Largo a mochila ao lado da porta da frente e tiro as sandálias, respirando fundo. A casa cheira a cana-de-açúcar e raspas de limão.

— Foi tão divertido. Aprendi muito. Me agarrei com um cara atrás das arquibancadas logo depois que me coroaram rainha do Baile de Outono. Daí fui atrás do meu sonho de infância e me juntei à equipe de líderes de torcida.

Ela hesita, girando a cadeira de rodinhas.

— Sério?

Escancaro os dentes, balanço pompons invisíveis no ar e me pergunto se não deveria me inscrever no clube de teatro. Minhas habilidades de atriz parecem bem decentes, considerando o brilho de esperança que surge no olhar da minha mãe.

Mas a expressão se desfaz no momento em que eu inclino minha cabeça e lanço aquele olhar de "tá doida?". Um que ela conhece bem. Que, a essa altura, já é parte da minha personalidade.

Minha mãe suspira, tira os óculos com armação metálica da ponta do nariz e se recosta. A cadeira gira de um lado para

como alcançar o Sol **35**

o outro enquanto seus olhos esverdeados se estreitam na minha direção.

— Ella.

— Mãe.

— Como foi na escola? — repete.

Mantemos contato visual por um instante, então pego minha mochila e passo por ela, atravessando o corredor em direção ao meu quarto sem dizer uma só palavra. Minha mãe não precisa saber que fiquei de detenção hoje, depois de repreender uma professora por ter falado merda. Provavelmente nem ia se importar.

— Ella! — grita atrás de mim.

Estou cansada demais para responder.

Cansada de fingir que sou feliz.

Cansada de tentar me ajustar em um mundo que está sempre contra mim.

Cansada de esperar que um pingo de sorte caia no nosso colo.

Estou cansada de sentir saudades do meu irmão mais velho ao mesmo tempo que o odeio pelo que fez. Amar e odiar uma pessoa ao mesmo tempo talvez seja uma das coisas mais cansativas neste mundo.

Entro no quarto e jogo a mochila no chão, fechando a porta. Não bato porque não estou com raiva.

Só cansada.

Já que não escuto os passos da minha mãe se aproximando, me jogo no meio do quarto e encaro a mochila laranja desbotada entre os meus pés.

Meu coração acelera.

Quando eu tinha oito anos, pedi de presente de Natal um daqueles ursinhos de pelúcia para rabiscar, o Doodle Bear. Lembro de rasgar o papel de presente prata e dourado que brilhava como enfeites de Natal sob o grande lustre da nossa sala de estar, torcendo para que pelo menos *um* dos pacotes fosse o ursinho. Mas não era. Meu tio me disse que eu era mimada quando caí no choro ao lado da árvore colorida, cercada de uma infinidade de eletrônicos caros.

Não achava que eu era mimada; eu sentia que o Papai Noel tinha se esquecido de mim.

Mais tarde naquela mesma noite, Jonah me viu chorando no quarto. Ele tinha só doze anos na época, mas era esperto. Houve um tempo em que eu o considerava a pessoa mais inteligente do mundo inteiro.

Hoje em dia, não acho mais... mas eu achava.

Lembro que ele pegou minha mochila novinha da Vera Bradley do armário, com uma canetinha na mão, e jogou no colchão ao meu lado. A mochila era laranja, que sempre foi minha cor favorita.

— Não é o ursinho, mas vai funcionar — disse, tirando a franja acobreada dos olhos, com um sorriso torto. — Às vezes a gente precisa improvisar.

Não sabia o que aquilo queria dizer, mas concordei do mesmo jeito.

Ele tirou a tampa da canetinha e começou a rabiscar o tecido laranja da mochila. Dei um sorriso largo e feliz ao vê-lo desenhar o Ursinho Pooh no bolso da frente, segurando um balão de coração contra o peito.

Depois disso, virou uma tradição.

Todos os dias, Jonah fazia um novo desenho ou rabiscava uma palavra engraçada na minha mochila. Hoje ela é coberta por imagens aleatórias, citações, rabiscos e símbolos.

Essa mochila é o meu bem mais precioso. É a única coisa que sobrou do garoto que eu conhecia.

Estou brincando com o zíper quando minha nuvem pesada de solidão é interrompida pelo rangido da porta se abrindo. Minha mãe me flagra sentada no meio do quarto e se encosta no batente, me lançando aquele olhar de preocupação que conheço bem.

Dou uma olhada para ela antes de voltar minha atenção à mochila.

— Fiz aquele bolo que você adora — diz.

— Laranja ou limão?

Eu me levanto e começo a andar pelo quarto apertado, arrumando de qualquer jeito, fingindo ser uma adolescente normal, me preparando para uma tarde comum de tarefas de casa depois da escola.

— Laranja.

— Ahhh, droga, você me conhece muito bem.

Ela para.

— Conheço?

Desacelero o passo até parar e minha mão, que estava a caminho de alcançar um livro que está quase caindo da estante, para no ar. Sinto algo se agitar em meu peito, mas parece mais uma dor. Uma fisgada silenciosa. Olho para as paredes manchadas de laranja-melão e para a quantidade de pôsteres e obras de arte coladas na parede.

Cavalos. Natureza. Stevie Nicks.

Uma tela abstrata de um pé de laranja que Jonah me deu de presente no meu aniversário de catorze anos.

Foi um ano antes de tudo mudar. Uma memória preciosa presa no tempo. Jonah me guiou até o quarto, as mãos cobrindo os meus olhos como uma venda enquanto dizia:

— Você precisa de um pouco de cor nesse quarto.

Era verdade. Na época, as paredes eram completamente brancas, tornando o presente que ele comprou e pendurou ainda mais marcante e vibrante.

— Feliz aniversário — disse, tirando as mãos dos meus olhos.

Gritei de alegria, o olhar fixo no quadro vibrante, assim como agora.

— Ai, eu amei! É como se você tivesse pegado um pouco da luz do sol e pendurado na minha parede.

— Não podia te deixar nesse quarto vazio e sem graça. Não combina com você.

Dei uma cutucada nele com o cotovelo.

— É perfeito. Você sempre traz um pouco mais de cor para a minha vida.

— É pra isso que servem os irmãos mais velhos. Além disso, árvores frutíferas são foda. Elas aguentam todas as tempestades e ainda dão um jeito de fazer frutas docinhas. — Ele me lançou um sorrisinho. — Ei, essa não é uma analogia tão ruim para a vida.

— Ser resiliente como uma árvore frutífera — respondi, assentindo com a cabeça. — Anotado.

O sorriso de Jonah se suavizou ao me abraçar de lado.

— Exatamente.

Esfrego meu peito com a palma da mão para aliviar o incômodo, então me viro em direção à minha mãe, a pergunta dela ainda pairando no silêncio.

— Você me conhece tão bem quanto eu me conheço — digo. Minha voz está trêmula. Parece que a sensação pulsante sai do meu coração e chega às minhas palavras. — Não muito.

Os olhos da minha mãe estão marejados enquanto ela absorve minha dor. Ela consegue vê-la, senti-la e escutá-la, em alto e bom som. Inspirando lentamente, minha mãe se endireita no batente da porta e cruza os braços sobre a blusa florida.

— Estou tentando — diz ela. — Estou tentando te dar uma vida melhor, Ella.

Pressiono os lábios e encaro as unhas. Estão precisando de uma esmaltação.

— Melhor é subjetivo.

— Não, não é. Melhor sempre é *melhor*.

— Você consegue voltar no tempo e mudar o passado? — sussurro, ainda evitando contato visual. — Consegue tirar a arma da mão dele antes que…

— Não.

como alcançar o Sol **39**

A voz da minha mãe falha, e é mais do que dor. Muito mais do que uma sensação pulsante. Parece que ela foi massacrada por dentro.

— Não se atreva a terminar essa frase — completa.

Eu não estava com raiva antes, de verdade.

Mas agora estou.

Eu odeio, odeio, *odeio* não poder tocar no assunto. Meu irmão está no corredor da morte por ter assassinado duas pessoas e isso aconteceu de verdade e é a porra da minha realidade, mas preciso fingir que não é mais do que um pesadelo.

Minha mãe ainda acredita na inocência de Jonah, e a invejo por isso. Queria acreditar. Queria ficar em negação e imaginar uma versão do meu irmão que não está coberta pelo sangue de dois inocentes.

Sinto a bile queimar a garganta. Meu estômago se revira.

Quero socar a parede até meus dedos quebrarem e sangrarem. Quero gritar até deixar minha garganta em farrapos, com bolhas e em carne viva. Até não conseguir mais falar.

Se não posso falar, não posso mentir.

E, se não posso mentir, não vou precisar viver nesse purgatório terrível, presa entre a negação da minha mãe e a minha ruína.

Vejo o arrependimento instantâneo no rosto dela, mas não quero suas desculpas ou que ela volte atrás, então mudo de assunto:

— A escola foi legal. Estamos lendo um livro chamado *Monstro*. É interessante — digo.

Batendo os dedos no tampo da minha mesa de segunda-mão, olho pela janela ao ouvir o ronco gutural de um cortador de grama sendo ligado.

Max.

Ele está sem camisa, com os olhos cheios de raiva e já molhado de suor do calor de 32 graus.

Desvio minha atenção da janela e continuo falando.

— Meu professor de matemática corta o sanduíche em quatro partes, em vez de cortar ao meio. É bem esquisito — conto para a minha mãe. — E uma garota menstruou enquanto a gente estava correndo na aula de educação física. Nosso uniforme é branco.

Deslizo o indicador pela mesa, parando na capa de couro de um livro que eu mesma encadernei.

— E... sinto falta dos cavalos — concluo, em voz baixa. — Sinto falta de Phoenix.

Sinto falta de tudo.

Não digo essa última parte. Na verdade, não conto para ela nada que seja realmente importante. Meu dia foi uma merda, graças a Andy, Sra. Caulfield e o refrigerante. Mas contar isso para minha mãe não vai mudar nada, só piorar o dia dela também.

Quando me viro para a janela outra vez, vejo Max despejar toda a água de uma garrafa sobre a cabeça e balançar os cabelos encharcados como um cachorro que pegou chuva. Tenho certeza de que essa cena seria o suficiente para de repente engravidar várias garotas, mas, felizmente, sou imune.

Afasto-me da janela e me jogo de bunda no chão, no meio do quarto, usando o calcanhar para puxar a mochila para perto de mim.

Minha mãe acompanha de perto meus movimentos, com uma expressão que reconheço muito bem. Está pronta para dizer algo sentimental e não vou reagir bem.

— Quem sabe, Ella... talvez você encontre felicidade aqui — murmura, as palavras tingidas pela melancolia. — Já me apaixonei aqui uma vez. Talvez você também se apaixone.

Congelo.

Brinco com um chaveiro da mochila e meu olhar se afasta da minha mãe para se concentrar no carpete bege. Foi nessa cidade que minha mãe e meu pai se conheceram. É a cidade para onde meu pai me trouxe na época do divórcio e agora é a cidade que sou obrigada a chamar de lar.

Quando não respondo, minha mãe finalmente solta um suspiro. Suspira com tristeza, arrependimento, conhecimento. A melancolia já se foi.

Ela sabe que nunca vou me apaixonar. Não depois do que aconteceu com o meu pai.

Não depois do que aconteceu com Jonah.

Sentada no chão de pernas cruzadas, escuto os passos dela recuarem para o corredor e a porta se fechar suavemente.

Clique.

Só então olho para cima, meus olhos cheios de lágrimas pelas emoções sufocadas.

Uma semana antes dos assassinatos, meu irmão disse algo que ficou grudado na minha mente como uma dor de cabeça insistente. Ele disse:

— Ella, me escute, e escute bem. — Os olhos verde-sálvia brilhavam com carinho enquanto ele pressionava a mão contra o meu ombro e apertava. — Não sei muitas coisas, mas o que eu sei é que o amor supera tudo. O amor supera *qualquer coisa*. Se algum dia você se sentir para baixo, e estou falando no fundo do poço *mesmo*, é só se lembrar disso, tá bem? Lembre--se de que eu te amo. Sempre. E você vai conseguir passar pelo que for.

O amor supera tudo.

Jonah já me dissera aquilo antes, mas nunca pensei muito a respeito. Era como todas as outras frases clichês por aí, como "siga o caminho menos percorrido" e "a vida é uma jornada, não um destino".

Palavras insípidas para mentes sedentas.

Aparentemente ele estava certo — o amor *supera* tudo. Só que não acho que ele entendia o que aquelas palavras significavam na época.

O amor supera o seu senso comum, seu bom senso, sua sensatez.

O amor supera seu coração até que ele esteja mutilado, seja pisoteado, um órgão que quase não funciona.

O amor supera os seus sonhos cuidadosamente planejados e os coloca nas mãos de outra pessoa.

O amor supera.

Devora.

Mata.

Na minha opinião, o amor é o assassino mais habilidoso. E tudo isso porque se esconde à vista de todo mundo, muito bem treinado em se camuflar. Usa a máscara daquela pessoa por quem você morreria na linha de frente enquanto sangra na lama, sussurrando o nome *dela* no seu suspiro final.

Não.

Não vou chegar a esse ponto.

Nunca vou me apaixonar. A paixão quebra os seus ossos e te deixa em pedaços. A paixão te arruina. E, se tiver muito azar, a paixão te mata.

Não quero ser superada.

Não quero ser derrubada.

Eu me recuso. Eu me recuso. Eu me *recuso*...

Eu me recuso a ser vítima do amor outra vez.

Capítulo 4
MAX

Um vaso acerta a parede atrás de mim e se quebra, não atingindo a minha cabeça por uma questão de centímetros. Passo a mão na área quase atingida antes de reagir e correr para dentro do quarto. Meu pai tropeça na cama, se apoiando com esforço na bengala.

— Você é uma puta do caralho, Carol Ann — grita para ninguém em especial.

Está xingando tanto que seria difícil de entender se eu já não conhecesse as palavras tão bem.

Dou um passo à frente com cautela, como se ele fosse um animal raivoso pronto para atacar — o que nem é a pior analogia quando meu pai bebe tanto que fica à beira de um coma alcoólico. Meus olhos o seguem enquanto ele puxa o cabelo ralo. Ele tem uma aprência envelhecida. Não foi pai jovem — ou seja, já tem uns sessenta anos —, mas, ainda assim, parece que morreu há décadas e acabou de se levantar de um caixão cheio de terra. Os olhos amarelados e as unhas pretas completam a aura de zumbi.

Encontro minha voz, engulo em seco e dou um passo à frente.

— Pai, sou eu. Max. Você devia se deitar.

Ele balança a cabeça de um lado para o outro, ainda puxando a raiz dos cabelos enquanto murmura baixinho coisas sem sentido.

— Pai...

— Onde ela está? — ordena, de repente olhando para cima, seus olhos doentios vasculhando o cômodo. — Eu sei que está com o Rick. Diz pra ela que está morta. Eu mesmo vou matá-la. — Já faz cinco anos que minha mãe se foi. — Ela está com o Rick. — O rosto dele enrubesce, as veias do pescoço saltando. — Aquela traidora filha da puta!

Um vidro se quebra quando meu pai lança uma garrafa de uísque contra a parede. Dessa vez, não é na minha direção, mas, ainda assim, pulo por instinto e quase tropeço no tapete manchado de bebida. Observo sem esperanças enquanto ele começa a vasculhar o quarto como se estivesse à procura de alguma coisa... mas quem ele realmente está procurando o abandonou há anos e nunca mais voltou.

— McKay! — grito por cima do ombro.

Tenho certeza de que ele colocou fones de ouvido e não está me ouvindo. A essa altura, já teria aparecido, considerando que nosso pai está em um rompante e é um milagre da porra que os vizinhos ainda não tenham mandado a polícia conferir o que está acontecendo.

— McKay... porra!

Disparo para fora do quarto e, como esperado, encontro meu irmão deitado no sofá com um braço cobrindo os olhos, dois fios pendendo das orelhas dele.

Sou queimado pela ira. Não posso culpá-lo por tentar bloquear a destruição acontecendo a poucos metros de distância, mas posso responsabilizá-lo por me largar para lidar com tudo sozinho.

Não que isso seja novidade.

Dou passos firmes na direção dele e arranco o fone do ouvido direito.

— Levanta, babaca.

Ele abre um olho, então o outro, a irritação faiscando na minha direção.

como alcançar o Sol **45**

— Estou escutando um podcast. De *true crime*. — Jogando o braço de volta em cima dos olhos para bloquear a minha imagem pairando acima dele, completa: — É demais.

Arranco o fone da outra orelha com o dobro da força e jogo os dois do outro lado do cômodo até que olhe para mim.

— Você vai viver uma cena e tanto de *true crime* se não me ajudar a acalmar o nosso pai. Ele vai se matar.

— Bom, é só questão de tempo.

Meu coração vacila.

— Como você pode dizer um negócio desses?

Com isso, meu irmão se levanta do sofá e esfrega o rosto com as mãos, os cotovelos apoiados nos joelhos. Passa as mãos nos cabelos, o mesmo tom de castanho que o meu, apenas um pouco mais compridos. O dele vai até os ombros, enquanto o meu é desgrenhado em cima, mas curto atrás.

McKay fecha os olhos por um instante, estremecendo quando ecoa um barulho e parece que a cômoda no quarto ao lado foi virada de cabeça para baixo.

Ele finge não se importar.

Só que eu o conheço.

Meu irmão gêmeo apenas se contenta em ser um espectador inútil, pois sabe muito bem que estou aqui para impedir que a casa pegue fogo.

Juntando as mãos, finalmente me lança um olhar que não é de irritação.

— Ele precisa de ajuda, Max. Ajuda de verdade. Não podemos continuar assim.

— Você acha que não sei disso?

Uma batida.

Um estrondo.

— Vadia!

Minha garganta se enche de desespero.

— Só me ajuda a colocar ele na cama. Assim que ele dormir, vai ficar tudo bem. Vou me livrar da bebida que ele conseguiu sei lá como.

— Ótimo plano — resmunga. — Você é um gênio.

Não. Não sou a porra de um gênio. Se eu fosse, já teria encontrado uma estratégia melhor a essa altura, em vez de viver nessa farsa interminável:

Manter meu pai sóbrio.

Manter meu pai vivo.

Me manter vivo.

Ir à escola e aprender umas merdas inúteis tipo baterias de batata e equações, em vez de coisas importantes como os pontos mencionados acima.

Fazer tudo de novo.

A questão é que nem sempre ele foi assim.

Houve uma época que nós éramos a família perfeita, naquela vidinha idílica e rural no sudeste do Tennessee. Fazíamos fogueiras. Nadávamos em lagos e tirávamos a sujeira do corpo debaixo de quedas d'água depois de tardes intermináveis fazendo trilhas e explorando. Pescávamos, ríamos, assávamos cachorros-quentes em fogueiras com galhos de árvores e comíamos marshmallows até sentir dor de barriga.

Então aconteceu o acidente.

Sete anos atrás, meu pai trabalhava como operador de máquinas em uma fábrica da região e lidava com equipamentos industriais pesados. Naquele fatídico dia de merda, meu pai estava manuseando uma grande prensa hidráulica usada para modelar componentes metálicos. Por conta de um erro de cálculo de tempo, a prensa caiu de repente, e meu pai sofreu um ferimento grave por esmagamento. Ainda que o bloqueio de emergência tenha sido ativado, o dano foi feito. A força da prensa causou um dano significativo na coluna, levando a uma lesão da medula espinhal que quase o paralisou da cintura para baixo. Ele usou uma cadeira de rodas por grande parte do ano, enquanto recorria à bebida para aliviar a dor e a aversão que sentia de si mesmo.

como alcançar o Sol **47**

Minha mãe não conseguiu lidar com tudo isso e engatou em um caso com um colega de trabalho chamado Rick.

Então foi embora.

Ela nos abandonou, deixando apenas um bilhete que dizia *"sinto muito"*.

Não tivemos notícias dela desde então e, por mim, tudo bem. Não queria ter vínculos com uma mulher que teve tanta facilidade em fugir da própria família, deixando duas crianças.

O abandono da minha mãe foi mais difícil para McKay, o que me levou a assumir o comando. Aos doze anos, me tornei um cuidador. O chefe da casa.

Para ser justo, meu pai não age sempre assim. Alguns dias, tenho vislumbres do homem que me criou por doze anos incríveis, que me mostrou como construir e consertar coisas, que me levou para acampar sob as estrelas e me ensinou que a coisa mais importante no mundo é a família. Para o bem e para o mal. Sempre.

Meu pai é "para o mal".

Ele não é má pessoa. É um homem com defeitos que precisa de alguém disposto a se esforçar para trazer de volta sua antiga versão. Ele é uma casa em ruínas com tinta descascada, azulejos quebrados e eletrodomésticos com defeito, daquelas que dizem que precisa de algumas reformas, mas a estrutura está boa.

Quando outro som de objeto quebrando atinge as paredes, McKay finalmente se levanta do sofá com um suspiro exausto e passa por mim, para o quarto do nosso pai.

Eu o sigo.

Nós dois entramos no quarto, mas é para mim que o meu pai olha, o peito arfando, ombros caídos e curvados. Ele me encara com olhos embriagados, mancando no lugar, uma expressão de derrota absoluta estampada no rosto.

— Ela me abandonou — murmura, o lábio inferior tremendo. — Sinto tantas saudades dela...

McKay não se comove.

— Ela abandonou todos nós, não só você — afirma, inflexível.

O olhar do meu pai ainda está preso no meu. Um toque de tortura brilha nos olhos azuis desbotados. Um tom de azul que já foi da cor do oceano.

Isso parte a porra do meu coração.

— Está tudo bem, pai — digo, mesmo com McKay me lançando um olhar assassino que diz *"não está tudo bem, seu merda"*. Dou um passo à frente e guio meu pai até a cama. — Vamos limpar essa bagunça e levar o senhor pra cama. Mais tarde a gente conversa.

— Não quero — rebate, tropeçando e segurando o meu braço. — Tem churrasco hoje à noite. Jefferson logo chega aqui. Preciso assar a carne.

Jefferson era um antigo colega de trabalho. Faz anos que não o vejo.

— Deixa a carne comigo. Não se preocupa.

Ajudo meu pai a deslizar na cama e resgato do chão os cobertores amarrotados, cobrindo seu corpo trêmulo e fraco. Ele se encolhe e se agarra a um dos travesseiros macios como se fosse sua tábua de salvação.

Estou prestes a me virar quando ele me interrompe.

— Maxwell — murmura, o rosto semienterrado no travesseiro.

Dou uma olhada para ele.

— Oi?

— Você é um filho incrível.

Ele fecha os olhos e cai no sono segundos depois.

Um nó queima na minha garganta quando ergo o olhar para McKay. Meu irmão continua em silêncio, sua postura rígida enquanto ignora a rejeição inesperada e se concentra em um gaio-azul empoleirado no galho da árvore do lado de fora da janela. Então ele vira de costas e sai pisando forte, voltando para a sala.

como alcançar o Sol **49**

Passo as mãos pelos cabelos úmidos, ainda molhado por causa da garrafa d'água que joguei na cabeça enquanto aparava a grama. Quando saio do quarto, McKay está pegando os fones de ouvido do chão da sala e voltando para o sofá, na sua posição de não-me-toque.

Ele se joga e respira fundo.

— Você devia ir à festa na fogueira amanhã à noite — diz, evitando mencionar o que acabou de acontecer como um estrategista habilidoso desviando de um campo minado. — Você ainda é jovem e idiota. Devia fazer o mesmo que eu e curtir a vida enquanto é tempo.

— E o quê? Ficar vendo outras pessoas ficarem bêbadas e cheias de raiva? — contra-ataco, cruzando os meus braços sobre uma camiseta cinza mesclada, sem mangas. — Já tive minha cota, obrigado.

— Leva uma garota pra cuidar do seu pau. É uma ótima distração. — Ele me lança um sorrisinho. — Libby ia te escalar que nem uma árvore se você deixasse. Ou... que tal aquela ruiva do outro lado da rua que brincava com você quando a gente era criança?

Se afundando no sofá, ele estica os braços no encosto e diz:

— Ela ficou gostosa, preciso admitir. Esquisita, mas gostosa. Peitões.

— Estou pouco me fodendo pros peitos dela.

— Problema seu. Você não tem hobbies, interesses nem vida sexual. A sua vida é ficar enfurnado nessa fossa com um alcoólatra depressivo que não consegue ser grato a nada que você faz por ele.

Cerro os dentes, mas não retribuo as farpas.

Meu pai não é o único que não reconhece o que faço por nós.

Não entra na porra da cabeça do McKay que estou fazendo tudo isso para que *ele* possa levar a vida que ele quer tanto que *eu* leve. Ele não percebe que nós dois não podemos viver desse jeito. Um de nós precisa segurar as pontas. Um de nós precisa se sacrificar para nós três continuarmos vivos.

E calhou de essa pessoa ser eu.

Dispenso o convite para a fogueira e calço meus tênis de corrida surrados.

— Vou pensar — murmuro, vendo-o dar de ombros antes de voltar a se deitar e fechar os olhos.

Aproveito para curtir o silêncio.

Meu pai está quieto.

McKay também.

Só que a minha mente ainda está a mil, então faço o que costumo fazer quando preciso encontrar paz:

Eu corro.

Estamos em meados de setembro e os termômetros já marcam escaldantes 36 graus. A fragrância cítrica de flores brancas flutua sob meu nariz enquanto um raio de sol atravessa as nuvens.

É a sexta-feira perfeita para estar em qualquer outro lugar que não aqui.

Galhos e gravetos se quebram debaixo dos meus sapatos enquanto desço a trilha arborizada em direção ao lago Tellico. Estou ansioso para cair na água, para tirar a podridão da minha pele. McKay costumava me acompanhar, quando éramos mais novos. Corríamos juntos até o lago sempre que nosso pai mergulhava em um colapso induzido pelo uísque e planejávamos nossa grande fuga daquela cidade. Por algumas horas, nos escondíamos sob a superfície do lago, contando aqueles segundos felizes de liberdade enquanto prendíamos nossa respiração.

Sem sons, sem nada para ver, sem o gosto rançoso de agonia e sonhos despedaçados nas nossas línguas.

Era só… silencioso.

Calmo.

Não sei exatamente quando McKay parou de me acompanhar. Não consigo apontar o ano ou a data exata, mas eventualmente ele encontrou outras distrações para se manter são. Trabalhos escolares. Basquete. Garotas.

Brynn foi a melhor coisa que já aconteceu com meu irmão, e sou grato por ela. Só que um relacionamento não é uma opção para mim. Garotas, amizades, conexões — tudo isso tem um custo emocional muito alto, e não tenho espaço para o peso que vem junto.

Além disso, como posso convidar uma garota para minha casa? Ela é pequena, menos de 85 metros quadrados, e os demônios do meu pai ocupam muito espaço. Minhas responsabilidades estão por todo lugar. Nem mesmo Brynn já nos visitou e, mesmo que McKay esteja satisfeito assim, eu não ficaria.

Um relacionamento é inviável.

Cerro os punhos conforme acelero e deixo uma nuvem de poeira e sujeira em meu rastro. A água do lago cintila do lado oposto às árvores, me chamando, uma das únicas coisas da vida com a qual realmente posso contar. A natureza me acalma. Tenho um lugar secreto na clareira a poucos metros da margem do lago, escondido por galhos cobertos de musgo que se abraçam como velhos amigos. É o lugar para onde vou quando quero relaxar, me soltar. Para fugir.

Depois de ficar só de cueca, mergulho no lago, boiando de costas por alguns minutos, admirando as nuvens fofinhas.

Não demora muito até que eu volte a me sentir inquieto.

Preciso de um cigarro.

Legalmente, a idade para comprar cigarro no Tennessee é 21 anos, então às vezes meu vizinho, Chevy, me arranja um maço quando tenho dinheiro sobrando. De vez em quando encontro enfiados dentro das sacolas de compras que ele deixa na nossa porta. Não é nem uma varanda de verdade, só um bloco de cimento. Assim como nossa casa mal é uma casa — é um produto inacabado de um sonho desfeito.

Ao vestir as calças de novo, pego um cigarro e acendo, admirando o sol se pondo no céu e iluminando a copa das árvores. Dou uma longa tragada quando um flash laranja chama atenção na minha visão periférica. Olho para cima e vejo uma garota vestindo um macacão cor de cenoura, debruçada sobre a ponte, os braços cruzados no guarda-corpo enquanto encara a água. Cabelos castanho-avermelhados, longos e pesados. Pele pálida. Olhos tristes cor de jade. *Ella Sunbury*. Fios de cabelo avermelhados dançam em seu rosto enquanto ela se pendura na borda, inconsciente da minha presença. Está concentrada na água que corre abaixo. Ela se inclina mais um pouco, então mais ainda, e meu coração acelera, me perguntando se está cogitando subir e pular. Talvez tudo o que deseja seja que a água carregue sua vida. Por um instante, me identifico tanto que chega a doer enquanto admiro os cabelos dela flutuando e ondulando em meio à brisa do início de outono. Fiquei de pé naquela exata ponte, na mesma posição, paralisado pela água corrente e orando para que ela se compadecesse de mim e me arrastasse para longe dali.

Ela enfim se levanta, afastando o cabelo do rosto.

O vento para.

Assim como eu, que congelo.

O rosto dela gira na minha direção e nossos olhos se encontram através da represa. Uma fagulha de reconhecimento. Ella se apruma e enrijece, os dedos se agarrando ao guarda-corpo.

Ela não sorri, nem eu.

Eu não aceno, nem ela.

Apenas nos encaramos enquanto o sol a ilumina e faz seus cabelos brilharem como uma chama flamejante. Memórias vêm à tona. Lembranças de tempos áureos, quando a vi sorrir para mim no pátio da escola no primeiro dia do fundamental com um livro do Ursinho Pooh no colo e pensei com todas as forças que um dia ela seria minha.

Que idiota.

Fantasias bobas e idiotas da infância.

Dou um trago, minha garganta se fechando enquanto a fumaça se enrola ao meu redor e sobe em direção ao céu. Prendo a respiração. Eu me pergunto por que estou olhando para ela e por que não consigo desviar o olhar.

Mas não preciso pensar por muito tempo.

Ela para, volta a olhar para a água e rompe as correntes palpáveis conforme as nuvens escuras se aproximam, bloqueando a luz do sol.

Outro instante se passa antes que, do outro lado da ponte, ela lance um olhar afiado em minha direção, uma expressão que grita *"que se foda o refrigerante"*.

Então vai embora.

Jogo o cigarro ainda aceso no chão, pisando nele com a ponta do sapato enquanto a observo se afastar em uma nuvem laranja volátil.

Sorrio.

Capítulo 5
ELLA

Setembro passa e agradeço que a onda de calor já tenha passado conforme ando com pesar sobre a terra e pelas folhas secas, abrindo caminho para a pequena clareira, meio escondida das trilhas já demarcadas. Um dossel de ramos e vegetação beijados pelo sol bloqueia a maior parte da luz, acrescentando um toque de reclusão ao pequeno esconderijo que me lembro de ter descoberto com Max anos atrás.

Jogo a mochila numa pilha de mato e me sento em um banco rústico. Parece ter sido esculpido à mão, e meu coração erra uma batida. Lembro-me de ele me dizer no final daquele dia que planejava construir um banco para nós dois.

Não.

Duvido muito. Fui embora ao pôr do sol e ele nunca mais me viu.

Com a minha sorte, esse provavelmente é o ponto de encontro de alguma seita esquisita, o lugar onde fazem rituais envolvendo cabritos e sangue de virgens.

Vasculho a mochila e pego um caderno espiral e uma caneta preta. Hoje minha mãe foi trabalhar. Conseguiu um emprego como recepcionista no salão de beleza Delores e vai trabalhar cinco vezes na semana até encontrar algo melhor. Na verdade, a dona se chama Anne, então o nome do salão ainda me deixa confusa. De qualquer maneira, Anne parece legal, e eu adoro um bom mistério.

como alcançar o Sol **55**

Levantando meus pés para ficar de pernas cruzadas no banco, abro meu caderno em uma folha em branco. A ponta da caneta desliza pelo papel em pequenos movimentos conforme começo a escrever.

Querido Jonah,
Eu te odeio.

Risco a primeira frase e tento outra vez, colocando a caneta logo abaixo daquelas três palavras e recomeçando.

Desculpa. Comecei mal, mesmo que seja verdade às vezes. Há dias em que te odeio e outros em que te amo. E há aqueles em que sinto as duas coisas ao mesmo tempo. Esses são os mais difíceis. Nesses dias, eu grito com a cabeça no travesseiro até que as minhas cordas vocais fiquem doloridas e inchadas, eu sou grossa com a mamãe e me recuso a comer, porque isso faz com que o meu estômago doa mais do que o normal.
De qualquer jeito, é deprimente, então vou parar de escrever. Só quero que você saiba que te amo de verdade. Eu te amo demais.
E é por isso que eu te odeio.

Ella

Ultrapassei até os limites do emo.

Arranco a página e a amasso em uma bolinha, enfiando na mochila aberta. Talvez deva tentar de novo. Posso mentir dessa vez. Posso dizer que a vida vai muito bem e que estamos nos virando sem ele. As pessoas gostam de mentirosos. Gostam de contos de fadas porque sempre terminam de forma satisfatória, amarrados por um laço cor-de-rosa e um final feliz. Nem sei por que o laço é cor-de-rosa, mas essa é uma cor feliz. Combina.

Desisto da caneta preta e troco por uma rosa-choque.

Assim é melhor. Vou mentir para o meu irmão usando tinta cor-de-rosa e palavras saídas de um conto de fadas.

Estou prestes a começar outra carta quando escuto passos se aproximando pela trilha mais próxima. Galhos se quebram sob pés que se movem suavemente. Gravetos e folhas caídas farfalham conforme os passos se aproximam. Prendo a respiração. A visão de uma figura encapuzada empunhando uma adaga reluzindo à luz do sol passa pela minha cabeça. A adaga tem a palavra *virgem* gravada na lâmina, e um carneiro indefeso grita longe dali. É isso; chegou o meu fim.

A sombra da folhagem verde é afastada, revelando o intruso. Eu congelo.

Encaro o rosto familiar, que me encara em resposta. Nos encaramos. Ninguém se mexe. Ninguém fala.

Max.

Max Manning está de pé na minha frente usando jeans desbotados e uma camiseta molhada colada no corpo. Seu cabelo ainda um pouco úmido está bagunçado, as ondas escuras caindo sobre os olhos, e os tênis brancos estão manchados de sujeira.

Ele parece furioso. Minha existência o enche de raiva.

Suspirando, volto o olhar para minha página em branco e finjo que ele não está ali. Se ignorar as coisas por tempo suficiente, elas costumam desaparecer. Isso não funcionou daquela vez que minha mãe me deu um peixe betta, mas, no geral, os resultados costumam ser positivos.

— O que você está fazendo aqui? — pergunta, dando um passo à frente na clareira.

Não parece estar funcionando dessa vez.

— Tomando um sol.

Começo a rabiscar o topo da página, desenhando um sol duvidoso.

O silêncio contamina o espaço entre nós, mas a presença dele é barulhenta e dominadora. Quase consigo ver as narinas dilatadas e os olhos se estreitando, mesmo que meu olhar esteja

como alcançar o Sol **57**

fixo no desenho de sol que sei lá como virou uma flor. Transformo os raios de sol em pétalas e acrescento um cabo comprido.

Por fim, ele diz:

— Esse lugar é meu.

— Não vi seu nome escrito por aqui.

— Você está sentada nele.

Franzindo a testa, levanto a bunda do banco e dou uma olhada para a madeira, estreitando meus olhos para as letrinhas tortas esculpidas nele.

Manning, 2013

Então tá.

Voltando a me sentar no banco, encho as bochechas de ar e expiro.

— Desculpa, não pensei em conferir se tinha dono. Você tem a escritura?

— Tô falando sério. Eu venho aqui quando quero ficar sozinho.

— Você pode ficar sozinho.

Lanço um olhar para ele, reparando em como cruza os braços em frente ao peito enquanto uma mecha de cabelo cai sobre a sobrancelha esquerda em um cachinho. As bochechas estão coradas pelo sol de sábado, acrescentando mais cor à pele já bronzeada, os braços são bem-definidos, os músculos estão contraídos pela raiva reprimida. São braços bonitos. Se eu tivesse um fraco por braços, o dele estaria entre os primeiros da lista.

Entendo por que as garotas tropeçam quando ele passa pelos corredores, deixando um rastro de menta, madeira e paixão incontrolável. Eu não tenho problemas de vista. Max Manning é atraente, nota dez. Se eu fosse composta apenas pelos meus hormônios, ficaria enfeitiçada. Graças a Deus, sou feita de trauma, café preto e sarcasmo, então seu corpo atraente e olhos azuis enigmáticos não funcionam comigo.

O olhar de Max flutua pelo espaço antes de voltar para mim.

— Não consigo ficar sozinho se você estiver aqui. Tenho certeza de que há vários outros lugares onde você pode ficar se lamentando.

Fingindo indignação, dou uma bufada e ergo três dedos.

— Primeiro, você pode, sim, ficar sozinho. Podemos ficar sozinhos juntos. A solidão é um estado de espírito. — Abaixo o dedo indicador. — Em segundo lugar, eu não estava me lamentando. Estava contemplativa. — Abaixo o dedo anelar, deixando apenas o dedo do meio erguido para o céu sem nuvens.

Não verbalizo o terceiro tópico porque já está evidente.

De canto de olho, Max movimenta o queixo, coça a nuca e se joga contra uma árvore com o tronco largo.

— Então tá.

Isso me surpreende. Estava esperando que ele fosse embora.

Ele abraça os joelhos e apoia a testa no tronco marrom-escuro. Nossos olhos se encontram por uma fração de segundo antes de eu limpar a garganta e voltar minha atenção para as páginas do meu caderno.

Mastigo a ponta da caneta, pensando na minha carta. Minha carta de mentiras.

Talvez eu deva dizer a Jonah que tenho um namorado em Juniper Falls — um cara que vive na floresta e se pendura em cipós, come frutas frescas direto do pé e bebe água direto da fonte. Meu irmão sempre quis que eu me apaixonasse e experimentasse essa sensação dolorosa na alma que acontece quando dois corações se enroscam. Se ele pudesse desejar algo para mim, seria isso.

Seria amor.

Tirando a caneta da boca, começo a rabiscar minha ficção.

Querido Jonah,
Hoje me apaixonei por um cara que...

— Eu tenho uma pergunta.

A voz de Max surge por cima do meu faz-de-conta antes que eu consiga desenvolver o enredo. Suspirando, largo minha caneta em cima do caderno.

— Fala.

— Qual é a diferença entre se lamentar e ficar contemplativa? Nosso olhar se encontra mais uma vez.

— Ficar contemplativa é sombrio e misterioso, enquanto se lamentar me faz pensar no Ió, o burrinho do Ursinho Pooh — explico, como se fosse um fato. — Ninguém quer ser o Ió.

Observo a expressão dele mudar de curiosidade para perplexidade. Na minha experiência, aversão costuma vir logo em seguida, mas se é isso que Max está sentindo, esconde muito bem. Ele apenas assente, como se achasse a resposta aceitável.

É nessa hora que eu deveria voltar a sonhar acordada com Jonah feito boba, mas, por algum motivo, o silêncio parece mais forte do que o normal. Isso me deixa inquieta, então tento continuar.

— Sabe, minha mãe me incentivou a fazer amigos — anuncio, observando o jeito como a cabeça dele cai para o lado e ele bate o pé na relva alta. — Quer voltar a ser meu amigo?

— Não.

Fico indiferente à rejeição dele.

— Ótimo. Imaginei que você fosse dizer isso. — Retorno a minha atenção para o caderno. — Vou dizer a ela que tentei.

Max não responde, mas sinto os olhos dele em mim por quase um minuto, então chega uma hora que eu olho para cima ao sujar meu polegar com tinta.

— O que foi? — pergunto.

— Você não se esforçou muito.

Ele não está realmente sorrindo, mas seu tom de voz faz com que meus lábios se contraiam como se quisessem sorrir. Porém, não faço isso — *nem pensar*. Fechando o caderno, pressiono os lábios em uma tentativa de evitar que eles façam algo irracional.

— Você quer que eu me esforce mais?

Max dá de ombros enquanto esfrega a sola dos sapatos num pedaço de terra.

— Preciso confessar que estou curioso.

Um desafio.

Agora não posso voltar atrás.

Eu o observo sentado, apoiado na árvore à minha frente. Ele desfaz o contato visual para admirar o lago; o sol brilha na água e ilumina a superfície como diamantes.

— Acho que posso te atualizar sobre todas as minhas qualidades — digo para ele. — Não são muitas, mas talvez sejam o suficiente para te convencer a formar uma amizade improvisada.

— Ah, é?

Max ainda está hipnotizado pela água cintilante.

— Talvez. — Com um pigarro dramático, tento encantá-lo.

— Tenho pouquíssimos hobbies, então estou sempre a postos para sair. Também sou muito boa em queda de braço, pra toda vez que o tédio bater. Quando tinha seis anos, plantei uns gizes de cera laranja no quintal, achando que eles iam crescer e virar cenouras. Não que isso seja uma qualidade, né... só uma curiosidade aleatória que você não perguntou. — Deslizo a língua pelo meu lábio inferior conforme a atenção dele se volta para mim, as sobrancelhas franzidas pelo que parece preocupação.

— Ah, eu sou muito boa em pegar coisas no ar. Qualquer coisa. Especialmente quando a trajetória delas é assustadora e vem do nada. É bem útil quando você está quase derrubando uma panela cheia ou precisa de uma goleira.

Ele olha para mim por um instante, inexpressivo, enquanto uma sinfonia de grilos faz uma serenata entre os arbustos.

Então acontece muito rápido.

A mão dele voa e lança uma pedrinha na minha direção antes que qualquer palavra sem sentido deixe meus lábios.

Tão rápido quanto, minha mão se ergue com a mesma velocidade que uma aranha venenosa persegue sua presa. Capturo a pedra com um estalo, minha mão se fechando ao redor.

É puro instinto.

Max não está aplaudindo, mas bem que podia.

como alcançar o Sol **61**

— Você tem ótimos reflexos — diz ele, os olhos dois tons mais escuros depois que o sol se escondeu atrás das nuvens. — Estou impressionado.

— Droga. — Suspiro. — Fui longe demais. Agora você está apaixonado.

Um momento.

Um respiro.

E os lábios dele se curvam, revelando um par de covinhas profundas que não vejo há dez anos.

Ai, meu Deus — ele está sorrindo, e é contagiante.

Eu realmente fui longe demais.

Desvio o olhar no mesmo instante e começo a vasculhar a mochila para procurar pela laranja que trouxe comigo. É melhor manter a boca ocupada antes que eu sorria. Depois de me livrar da pedra branca e lisa, descasco a fruta e pego um gomo, enfiando na boca.

— O que foi? — pergunto enquanto mastigo, ainda sentindo ele me encarar.

— Você está vestida de laranja, sua mochila é laranja e está comendo uma laranja — observa.

— Parabéns! Você tem olhos.

— É que... é uma cor feliz. Ensolarada e calorosa, como você costumava ser. — Um pensamento cruza o olhar dele ao me analisar mais uma vez. — Acho que preto combina mais com sua personalidade atual.

O suco da fruta escorre pelo meu queixo e limpo com as costas da mão.

— Justo.

— Você não se ofendeu?

— Não. Se ofender com algo que uma pessoa diz significa que você se importa com o que ela pensa a seu respeito. Não é o caso. — Limpando a garganta, acrescento: — Sem ofensas.

— Hum.

Piscamos um para o outro.

Max Manning ainda me observa, mesmo depois que outro silêncio longo se expande entre nós e minha expressão retorna à carranca de sempre. Abro o caderno. As palavras na página se embaralham e parece que estou sofrendo de um caso espontâneo de síndrome das pernas inquietas. Descruzo, deixando-as penduradas para fora do banco, então cruzo-as novamente. Fico batendo a caneta contra o papel sem parar. Suspiro algumas vezes sem motivo. Acho que é porque estou ciente da presença dele. Em dias normais, ignoro os outros de um jeito quase profissional. É uma habilidade poderosa. Na verdade, deveria ter mencionado isso para ele.

Acho que estou percebendo que não me sinto sozinha agora e nem sei o motivo.

Franzo ainda mais o rosto.

— Você vai na festa na fogueira hoje à noite?

Max se levanta, batendo a sujeira e a grama da calça.

— Não — respondo, erguendo apenas os meus olhos. Levantar a cabeça inteira faz parecer que me importo mais do que ligo. — Você vai?

Agora realmente parece que eu me importo. *Droga.*

— Não — diz ele.

— Legal.

Nos encaramos.

Ninguém se mexe. Ninguém fala.

Finalmente, Max assente de leve para mim e se afasta do pequeno esconderijo sem dizer uma só palavra, deixando uma nuvem perfumada de pinheiro e menta.

Meu coração bate mais rápido do que o normal. Não está pulando, é mais como uma caminhada. Mas é uma caminhada perceptível.

Eu esfrego o peito.

E por algum motivo irracional, o eco das nossas palavras não ditas chega aos meus ouvidos enquanto o vejo desaparecer entre as árvores.

Te vejo lá.

Capítulo 6
ELLA

Não tenho nenhum motivo plausível para estar aqui além do fato da minha mãe ter tido um colapso mental no jantar hoje à noite. Ela cozinhou uma caçarola de frango. Estava um pouco queimado e tinha gosto de areia, então achei que entendia por que ela estava chorando. Meus olhos também estavam marejados, para falar a verdade.

Mas então ela assoou o nariz no guardanapo e disparou:

— Essa foi a última refeição que preparei pra ele.

Meu garfo caiu na mesa com um barulho. Minhas mãos tremeram. Os pedaços de frango que passou do ponto grudaram na boca do meu estômago como tijolos de ácido.

Precisava sair dali.

Perto das sete da noite, envio uma mensagem para o número que Brynn rabiscou no meu braço, que salvei nos meus contatos antes de tomar banho.

Eu: Ei, é a Ella. Tô pensando em ir à fogueira hoje, mas ainda tô em dúvida. Me convença em três palavras.

Brynn: Eu também vou! :)

Eu: Me convenceu. Minhas habilidades sociais estão meio enferrujadas, só avisando.

Brynn: É pra isso que serve a cerveja! Quer carona?

Eu: Não tô longe. Vou andando. Te vejo mais tarde.

como alcançar o Sol **65**

> **Brynn: Mal posso esperar!**

Ela é uma garota do tipo ponto de exclamação.

Altero o contato dela para "Brynn!" antes de colocar um moletom por cima da minha regata e de vestir um jeans de lavagem escura. Analiso meu reflexo no espelho. Acabei de secar o cabelo, que agora cai em ondas compridas e pesadas nos meus ombros, e meu olhar não parece tão cansado e sofrido como de costume. Depois de aplicar uma camada de máscara de cílios, passar um brilho labial e beliscar minhas bochechas que já estão coradas graças ao estresse, me despeço da minha mãe, que deu um jeito de se recompor e está assistindo a uma reprise de *Grey's Anatomy* na sala.

Ela acena para mim do sofá, a voz ainda rouca.

— Não fique fora até muito tarde. Vou ficar acordada te esperando.

— Por favor, não.

— Eu não consigo dormir, de qualquer forma. E me preocupo com você.

Não sei se compro a última parte, mas tudo o que faço é dar de ombros em direção à porta de entrada, pegando a bolsa do cabideiro.

— Tá bem. Tchau.

Vinte minutos depois, estou descendo a colina em direção aos penhascos, onde a luz do fogo tremula à distância e as risadas abafam meus batimentos acelerados. A temperatura caiu para catorze graus e agradeço por ter vindo de casaco. Mas, conforme me aproximo do grupo, percebo que todas as outras garotas estão usando cropped, blusas de alcinha e vestidos. Os gritos e aplausos bêbados dos meus colegas de classe me dão vontade de ser engolida pelo chão, ou, pelo menos, dar meia-volta e seguir na direção oposta. Só que antes que eu pondere meu próximo passo, Brynn! está trotando na minha direção.

Ela está mesmo trotando. Parece um unicórnio com o rabo de cavalo alto e o vestidinho rosa e branco, correndo em minha direção para me arrastar para seu maravilhoso mundinho de conto de fadas.

Também conhecido como essa merda de fogueira com um monte de idiotas que detesto.

— Ella!

Congelo. Sou um cervo assustado pela luz de um unicórnio majestoso.

— E aí.

— Você veio! Achei que não fosse aparecer. — Ela enrosca o braço no meu, me contaminando de glitter e perfume com cheiro de melancia. — Vem. Vou te apresentar pra todo mundo.

Permito que ela me puxe, meus pés tropeçando para acompanhar o ritmo.

— Tenho certeza de que todo mundo sabe quem eu sou. E preferiam não saber.

— Não seja estraga-prazeres.

— Tá bem. — Tento outra vez. — Sou uma pessoa alegre e cheia de energia, com uma habilidade única para aventura e diversão.

— Esse é o espírito.

Caminhamos até um círculo de bancos de madeira ao redor da fogueira enquanto tentáculos de fumaça cobrem as expressões horrorizadas que tenho certeza de que estou recebendo. As gargalhadas morrem na mesma hora.

Assassina da alegria.

O silêncio que toma conta do grupo não parece abalar Brynn!, que entrelaça nossos dedos como se fôssemos íntimas — como se ela não tivesse me dado o seu número cerca de 24 horas atrás. Enquanto ela me apresenta com empolgação, aperta a minha mão de uma forma reconfortante, e eu admiro a gentileza. Forço um sorriso e uso minha mão livre para acenar.

Fuligem pinica os meus olhos, e tem cinzas na minha garganta. Estou tão fora da minha zona de conforto que esqueci como é me sentir confortável. Em Nashville, eu tinha amigos. Tinha

como alcançar o Sol **67**

uma vida social. Não era um unicórnio como Brynn!, mas sabia quem era e tinha um senso de pertencimento e comunidade. As pessoas sorriam para mim nos corredores e me convidavam para fogueiras e passeios de barco no lago Percy Priest.

Agora, até o meu moletom está tentando me sufocar.

Coço a clavícula, trocando o peso de um pé para o outro, desconfortável.

— Oi.

Patético.

Ninguém diz nada, o que considero um pequeno milagre se pensar na alternativa. Eles simplesmente voltam a conversar entre si como se eu fosse invisível.

Brynn! me arrasta para o outro lado de um banco próximo às margens da água, onde vejo a silhueta de duas pessoas conversando. Já sei que uma delas é Max Manning pelo desenho dos seus ombros e pelo cabelo desgrenhado tão pálido quanto a luz da lua que o abraça. McKay está ao lado dele, segurando uma cerveja, o perfil muito parecido com o de Max, exceto pelo cabelo mais longo que chega até os ombros.

— Quero te apresentar McKay, meu namorado — diz Brynn!, ainda me puxando pela mão. — E o irmão dele, Max. Acho que moram pertinho de você.

— Isso mesmo. Do outro lado da rua — confirmo. — Já conheço os dois. Morei aqui com meu pai por um ano, no início do fundamental. Estudávamos na mesma escola.

Os olhos dela se arregalam conforme avançamos.

— Uau! Eu não sabia. Me mudei pra cá só no fundamental II. A gente precisa marcar de ver um filme ou algo assim. — Ela faz uma pausa, olhando para longe. — Na minha casa, de qualquer jeito. Não posso ir pra casa do McKay. Parece que o pai dele é meio complicado.

— Ah, é?

Imediatamente simpatizo com o Sr. Manning, já que "complicado" quase sempre é a palavra que usam para *incompreendido.*

Ela dá de ombros.

— Não sei bem. McKay nunca fala dele.

— Há quanto tempo vocês estão juntos?

— Seis meses.

Seis meses é bastante tempo para nunca ter conhecido os pais — só que, mais uma vez, o que eu sei sobre namorar? Nada. Não sei nada.

Assentindo, continuo a andar ao lado dela quando Brynn! solta minha mão.

— Vi vocês dois juntos no corredor — digo. — Você gosta mesmo dele.

Ela se ilumina como um raio de luar, jogando o longo rabo de cavalo sobre o ombro.

— Acho que amo o McKay, Ella. Isso é esquisito? — Sacudindo a cabeça, ela balança a mão no ar como se tentasse apagar a pergunta. — Nem responde. Eu já sei que você vai dizer que é. Dá pra ver nos seus olhos que você é contra o amor.

— O quê? Eu sou? — Pisco repetidas vezes como se estivesse tentando ver meus próprios olhos. — Acho que as pessoas chamam isso de "cara de nojentinha".

Ela torce o nariz.

— Essa é só uma forma grosseira de se referir às garotas que carregam dor no olhar. Sempre odiei essa expressão. — Ela segura meu ombro e me para antes de chegarmos ao pé da colina. — O que você enxerga quando me vê?

Purpurina. Por todo lado.

Fora isso…

Ficamos nos encarando, a luz das estrelas refletindo no lago e iluminando os olhos castanhos e brilhantes dela. Tombo a cabeça para o lado e digo a primeira coisa que me vem à mente:

— Você é gentil e gosta de se divertir. Uma boa amiga pra todo mundo. Tem os olhos do Christopher Robin.

Ela aperta o olhar, processando a resposta.

— Quem?

como alcançar o Sol **69**

— Um personagem do Ursinho Pooh.

—Ah... —Aqueles olhos bonitos e gentis piscam e um sorriso brilhante surge em seguida. — Vou considerar um elogio.

— É um, sim.

— Então, obrigada.

— Ei, Brynn! — McKay grita a alguns passos de distância.

— O que tá rolando?

Brynn! tira as mãos dos meus ombros, passa uma no cabelo para ajeitar o frizz e acelera o passo, ainda sorrindo.

— Tô indo!

Max se vira para nós quando nos aproximamos, seu foco voltando-se para mim e permanecendo. Os lábios dele se contraem em um sorriso discreto, e não sei o que pensar sobre isso. Parece que não está desapontado em me ver, ainda que eu tenha sido uma babaca na clareira mais cedo.

Não digo nada e abaixo a cabeça, apagando o sorriso dele da minha mente, porque não deveria estar lá para começo de conversa.

Quando ergo meus olhos, o sorriso sumiu. Talvez eu tenha imaginado.

— Oi, amor! — guincha Brynn!, saindo do meu lado para abraçar McKay. — Não sabia que você já conhecia a Ella. É minha mais nova amiga.

Impressionante a facilidade com que o título nos foi concedido. Nenhuma cautela ou indecisão.

Só: *"Te achei legal. Aqui está meu número. Agora somos amigas."*

É quase como quando Max e eu estávamos no primeiro ano e tínhamos brilho no olhar, definindo nossas amizades para o resto da vida no primeiro dia de aula.

McKay me analisa dos pés à cabeça. Os olhos dele são da cor da meia-noite contra o céu noturno, mas sei por nossos olhares se cruzarem nos corredores da escola que são apenas um tom mais escuro que os do Max. Ainda azuis, penetrantes, mas um pouco menos suaves. O cabelo escuro e bagunçado emoldura o rosto dele, pousando nos ombros largos, mas enquanto sua estrutura física é parecida com a de Max, McKay tem o nariz mais largo e nenhuma covinha. Ele sorri bem mais do que Max, então notei logo a diferença. Apertando os lábios, ele pondera o próximo movimento. Tenho certeza de que acha que sou menos interessante do que as sobras requentadas da semana passada, mas a namorada dele gosta de mim.

Um enigma.

— É, e aí — cumprimenta, estendendo a mão. — Eu me lembro de você.

— Legal — digo.

A minha resposta é uma droga. Aceito o cumprimento, mas minha atenção está voltada para Max, que olha para nossas mãos. Com um pigarro, eu me solto.

— Como estão as coisas? — pergunto a Max.

— Tudo bem. Não achei que você viria — rebate.

— Nem eu. Minha mãe ficou toda emotiva por causa de uma caçarola de frango, então uma festa na fogueira de repente ficou interessante.

Rio sem graça, mas ninguém mais me acompanha.

Meu talento para a sinceridade não é nem um pouco charmoso e aparece nos lugares inadequados.

— Frango também faz isso comigo — comenta Brynn! a certa altura. — É por isso que sou vegana. Sabia que oito milhões de galinhas são abatidas por ano pela indústria alimentícia? — Ela dá de ombros. — Não, valeu. Não vou participar disso.

McKay a cutuca com o ombro.

— Ninguém é perfeita, baby.

—Argh. Você tem sorte por ser encantador e bem musculoso.

Eles começam a se agarrar até que os barulhos dos beijos se misturam às risadas estridentes da fogueira. Max me olha mais uma vez, as mãos nos bolsos do jeans. Eu o observo mexer os pés, desconfortável, e reparo nos tênis desgastados, e nele aparentemente querendo dizer alguma coisa. A curiosidade dança nos olhos dele, rodopiando com intensidade. Não sei bem por que ele sempre me olha desse jeito, como se quisesse saber mais, escavar mais fundo do que mostro na superfície. A maioria das pessoas nem repara na minha presença, mas tenho absoluta certeza de que ele apenas... me *vê*.

Não sei muito bem como me sinto a respeito disso.

McKay interrompe meus pensamentos, se afastando dos beijos com gosto de melancia de Brynn! e limpando o batom que ficou para trás.

— Max, me ajuda a pegar os *coolers* na caminhonete. Quero uma cerveja — diz ele.

Max desvia a atenção de mim com uma pitada de irritação.

— Tá, tá bem.

Com um suspiro longo, vasculha os bolsos e tira de lá um maço de cigarros antes de guardar o pacote de novo. Ele segue McKay até a colina de areia e relva morta, me lançando um último olhar por cima do ombro, e desaparece por trás do pico.

Brynn! segue atrás deles, saltitando, os cabelos balançando.

— Eu já volto! — grita para mim.

Assinto, puxando as mangas do meu moletom para cobrir as mãos.

— Vou ficar por aqui — sussurro para a noite.

A água do lago ondula sob a luz das estrelas, uma cena de tranquilidade. Parece tão pacífica, tão suave. A inveja se enrola e enche meu peito porque...

É isso que eu quero. Quero mais do que qualquer outra coisa. *Paz.*

Apenas um momento de paz. Várias pessoas conseguem milhares de momentos de paz, e eu quero um só.

Só um.

Solto o ar profundamente e deslizo a mão para o bolso traseiro quase por instinto, segurando uma pedra branca. É a mesma que Max jogou para eu pegar mais cedo naquele dia — a que trouxe à tona memórias da pedrinha que ele me deu pouco antes do meu pai me levar para mais de trezentos quilômetros daqui, deixando-o no parquinho ensolarado, na expectativa de me ver no dia seguinte.

Aperto a pedra antes de voltar a olhar por cima da água, já que a lua oferece um vislumbre de contentamento contra o céu grafite.

Não sei por que trouxe isso.

Não sei por que fiquei com ela, para começo de conversa.

Chamas crepitam e brilham enquanto me sento sozinha em um dos bancos de madeira, minhas mãos cruzadas no colo. Brynn! e McKay estão se agarrando perto da água, trocando beijos e risadinhas sob a luz da lua. Quero dizer, ela está dando risadinhas. McKay está rolando a tela do celular.

A playlist do Spotify de alguém estoura das caixas de som, nos embalando com a melhor música do Arctic Monkeys, "Do I Wanna Know". Eu gosto da banda, mas prefiro os clássicos como Fletwood Mac e The Eagles, porque me lembram as viagens de carro em família antes do meu pai trair minha mãe com a minha professora do primeiro ano e Jonah cometer dois homicídios dolosos.

Bato os joelhos e aperto os lábios, ansiosa. Fora de lugar.

Max se aproximou da fogueira alguns minutos atrás e está sentado no banco à minha frente, o rosto dele entrando e saindo de foco conforme o fogo cospe e a fumaça sobe. Eu o flagrei me encarando algumas vezes e me pergunto o que ele vê agora. O que sente quando me olha. Minha aposta seria desencanto, com pena em segundo lugar.

Andy está ao lado dele, entornando a quinta cerveja e agindo como um idiota barulhento. Ele age como o estereótipo do jogador de futebol com a mesma facilidade que tenho abraçado meu papel de deslocada, então não posso julgá-lo.

Observo Max alcançar o cooler ao lado dele antes de desviar o olhar e redirecionar minha atenção para minhas mãos cerradas

como alcançar o Sol **73**

no meu colo. Circulo os meus polegares, me concentrando no esmalte descascado. Qualquer dia vou me sentir motivada o suficiente para pintar as unhas de novo.

Estou tão concentrada nas minhas unhas que não percebi que Max saiu do lado de Andy e agora está sentado à minha esquerda. É um banco pequeno, então nossos ombros se encostam. O calor atravessa a manga grossa do meu moletom enquanto o cheiro dele flutua ao meu redor, uma mistura de madeira queimada e chiclete de hortelã.

Olho para cima na mesma hora que uma latinha de refrigerante é atirada para mim.

Eu a pego com uma das mãos.

Então meu coração dá uma cambalhota.

Em partes porque não estou esperando, mas principalmente porque fico chocada que ele se lembra do tipo de refrigerante que eu gosto e que tenho reflexos de super-heroína. As pessoas têm um talento especial de ignorar detalhes triviais. Geralmente perdem a essência do que o outro está dizendo ou fazendo porque estão ocupadas demais com as próprias bobagens. Suas preferências só fazem diferença se realmente se importam em observar e ouvir quem você é.

Max estava prestando atenção nas minhas bobagens.

Aperto meus dedos ao redor da lata gelada.

— Valeu — agradeço, piscando. Ele está apertando um copo plástico vermelho que provavelmente está cheio de cerveja. — Foi gentil da sua parte.

— Voltamos a ser amigos, não voltamos? — Ele toma um gole de sua bebida, os olhos fixos em mim por cima do copo. — Amigos fazem coisas gentis.

Observo seu pomo-de-adão subir e descer enquanto ele toma um gole, então volto a olhar para cima.

— Você rejeitou minhas tentativas de refazer nossa amizade perdida. Parecia enojado só com a ideia.

— Isso foi antes de você me conquistar com promessas de uma competição de queda de braço.

Deixo escapar uma gargalhada inesperada. Sem amarras ou planejamento. É como se ele tivesse feito um buraquinho no meu balão de sofrimento e um pouco da tristeza tivesse ido embora.

— Foi isso que te convenceu, é?

— É. Seus braços parecem pequenos e frágeis, então fiquei curioso. Ainda estou.

Olho para um dos meus braços. Houve um tempo em que não eram assim tão finos. Eram atléticos e definidos. Eu até ostentava uma barriguinha das noites repletas de gargalhadas em que Jonah e eu devorávamos pizzas de bagel, ou de quando eu e minhas amigas fazíamos festas do pijama cheias de pipoca, salgadinhos e risadas. Sinto saudades da minha barriga saliente. Mostrava que eu estava vivendo. Que curtia a vida e todas as maravilhas calóricas que vinham junto.

Agora sou frágil e pequena. Murcha. Meus peitos são grandes e meus quadris, largos — *sinal de fertilidade*, como diz Vovó Shirley —, mas meus braços estão molengas e minha barriga afundou. Sinceramente, nem sei como me sairia em uma queda de braço hoje em dia. Max talvez se decepcione bastante.

Sem querer desapontá-lo antes da hora, ergo meu braço e cerro meu punho, flexionando com bastante convicção.

— A gente pode tentar se você quiser.

Balançando a cabeça, ele nega a oferta.

— Você disse que isso é pra quando a gente ficar entediado.

— Enquanto brinca com o copo vermelho entre as duas mãos, morde o lábio inferior por um instante antes de olhar para mim. Seus olhos azuis refletem as chamas laranja. — Eu não estou entediado.

O olhar que lança para mim faz com que eu me contorça por motivos desconhecidos. Ele não está entediado porque está na fogueira com os amigos, não tem nada a ver comigo.

É óbvio.

Eu coço as costas da mão, minhas pernas começam a balançar e afundo meus dedos dos pés na areia. Meu caso não diagnosticado de síndrome das pernas inquietas ataca novamente.

— Tudo bem. — Dou de ombros e tomo um gole do refrigerante. — Eu nem queria segurar sua mão mesmo.

— Por quê? Minhas mãos são bonitas.

Dou uma espiada. Ele tem razão; ele tem mãos realmente bonitas. Tão bonitas quanto os braços dele, o que não me afeta em nada.

— Elas são normais — minto. — O que você está fazendo aqui, aliás?

— Tomando um sol.

Minha boca se fecha quando assimilo a resposta.

Essa...

Essa frase é minha.

Max parece indiferente ao tomar um gole da bebida e olhar fixamente para as chamas. Ele conseguiu me deixar sem palavras, o que é raro e sem precedentes. Acho que não gostei. Engulo em seco, tento pensar em algo inteligente e espirituoso para responder, mas estou tão vazia quanto o meu coração frio e sombrio.

Abro a latinha de refrigerante e dou um gole. O líquido efervesce na minha língua, trazendo-a de volta à vida.

— Você é mesmo amigo desses caras?

Eu levanto minha mão e gesticulo, apontando para Andy e seus seguidores esquisitos.

Antes que Max possa responder, Andy nos interrompe com uma gargalhada estrondosa e dá um tapa nas costas de um de seus parceiros.

— Cara, você estava tão doido pra dar uns pegas que estava chamando a loira do banheiro torcendo pra ela aparecer, assim você teria quem pegar.

— Cala a boca — diz um cara loiro que coloca no chinelo minha habilidade de franzir a testa.

Solto um gemido por dentro. Se Max responder que sim à minha pergunta, qualquer amizade em potencial vai ser cortada pela raiz.

— Não — murmura ele, ajeitando-se no banco até que a sua coxa encoste na minha. — Só sou amigo de uma pessoa, e ainda estamos nos estágios preliminares de amizade.

— Preliminares?

— Uhum — assente, apertando os olhos em direção ao fogo. — Preciso me redimir pela minha rejeição instintiva que não tinha nada a ver com ela, e sim com as minhas tendências de isolamento.

Algo me diz que Max está falando sério. Ele quer ser meu amigo.

Não faço a mínima ideia do que dizer, então não digo. Pela minha visão periférica, vejo Max me encarando, esperando uma resposta. Uma confirmação ou um aperto de mãos. Uma pulseira da amizade.

Talvez um pacto de sangue.

Tudo o que eu ofereço é um barulho esquisito.

— Huam.

Incrível. Meu cérebro não conseguiu decidir entre *hum* e *aham.* Encho as bochechas de ar e solto lentamente, batendo os pés e focando toda a minha atenção em um pequeno inseto escalando a ponta da minha bota de camurça sintética.

Max ainda está me encarando e me deixando inquieta.

Lanço um olhar e vejo um sorriso se formar nos lábios dele, os olhos faiscando contra as chamas.

Por que ele está sorrindo para mim? Por que está piscando?

De repente, sinto um calor. Por causa da fogueira.

Enrolo meus dedos na bainha do meu capuz e puxo com as duas mãos, cobrindo a cabeça. Ajeito o meu cabelo e regulo as alças da minha regata azul, flagrando o jeito como os olhos de Max vão parar nos meus peitos por meio segundo antes de ele desviar o olhar e tomar mais um gole da bebida.

Quando espio através da fogueira, vejo Andy me encarando com malícia. O olhar dele desce pelo meu corpo e se demora nos meus seios. Ao contrário de Max, ele não desvia o olhar. Em vez disso, lambe um pouco de cerveja — ou baba — de seu lábio inferior antes de passar a língua nos dentes e sibilar.

Em seguida, solta um comentário depreciativo, o que não surpreende ninguém.

— Não achei que tinha alguma qualidade que pudesse te redimir, Sunbury, mas você está se destacando com esses peitos.

Max voa do banco e joga a bebida na cara de Andy.

— Que porra é essa, Manning?!

— Respeita ela, seu monte de merda.

Max volta para perto de mim, jogando o copo vazio na fogueira, e o plástico se enrola e derrete.

Minhas bochechas queimam. Meus dentes rangem.

Fico parada, em choque, minhas mãos levantadas, as palmas voltadas para a frente, enquanto meu peito acelera com a explosão de adrenalina.

Isso foi... inesperado.

Andy explode em uma gargalhada enquanto limpa a camiseta e desliza a língua pelo queixo para provar as gotas derramadas.

— Água — debocha. — Seu viadinho do caralho.

Max volta a se pôr de pé, vendo meus olhos arregalados.

— Quer sair para dar uma volta?

— Não. Quê? Tá — divago, desorientada com a súbita mudança de clima.

Aperto a lata de refrigerante e me levanto, então começo a andar mais rápido na frente dele em direção à beira do lago. Escuto os passos de Max me seguindo, o som da areia pisada e o farfalhar da relva enquanto jogo a lata de refrigerante dentro da lixeira de reciclagem.

— Hm, então, por que estamos caminhando?

— Eu tô caminhando — diz ele. — Você tá correndo.

Reduzo o passo e o observo se aproximar de mim com as mãos nos bolsos. As veias azuladas marcam os braços dele, destacando-se sob a luz da lua. Ele não está usando casaco ou moletom, e as mangas da camiseta estão cortadas nos ombros.

— Você está me analisando para a nossa queda de braço, não é?

Fui flagrada encarando os braços dele. Minhas bochechas queimam, então resolvo fugir do assunto.

— O que foi aquilo?

Ele dá de ombros, indiferente.

— Andy Sandwell fez um comentário desrespeitoso sobre você e eu reagi à altura.

— Você não precisava ter feito isso. Não preciso de ninguém para me defender.

Max fica em silêncio por um momento enquanto caminhamos em direção ao lago. A luz da lua pinta um caminho cintilante sobre a água, como se fosse um espelho salpicado de estrelas.

— Ninguém precisa — responde, nossos passos desacelerando. — Mas às vezes é bom.

Olho ao redor, me perguntando onde Brynn! e McKay se esconderam. Penso sobre o que ele disse, sem saber como processar ou o que responder. Max insiste em fazer isso. Ainda consegue dar nós na minha língua e transformar minhas palavras em cinzas. Não estou acostumada a isso.

— Por que você quis dar uma volta comigo? — pergunto outra vez, rasgando os fios da bainha desfiada da minha camiseta. — Todo mundo diz que eu sou lindamente desagradável.

Há outro longo silêncio entre nós, meu cabelo chicoteando o meu rosto, soprado pela brisa que vem do lago.

— Se você tirar o desagradável, vou concordar com você.

Meu cérebro rebobina e quase engasgo. Um grande nó se forma na minha garganta ao olhar rapidamente para ele.

— Você… acha que sou linda?

Paramos na beira do lago, onde a areia úmida e a água se encontram.

— Acho. Claro.

Max age como se dizer isso não fosse grande coisa.

Fico boquiaberta, sem saber o que dizer.

— Você tá flertando comigo?

— Se você acha... Nunca flertei com ninguém antes, não teria como saber.

O nó na garganta aumenta, ameaçando atropelar a minha resposta, mas consigo resmungar:

— Pareceu um flerte.

— Então acho que foi. Isso te incomoda?

— Sim. Quer dizer... não muito. — Balanço a cabeça, os olhos piscando sem parar. — Mas incomoda.

Um sorriso irônico se forma no rosto de Max, destacando as covinhas que já são marca registrada. Toda vez que elas aparecem, sinto como se tivéssemos compartilhado um segredinho, transformado um momento comum em algo mais íntimo, pessoal.

— E aí? — pergunta. — Estou autorizado a flertar com você ou não?

Engulo em seco, esfregando as palmas das mãos na minha coxa. Não dou intimidade. Não deixo ficar pessoal demais.

Max me observa, ansioso pela minha resposta, os olhos estrelados analisando meu rosto à espera de uma reação. Algo dentro de mim se derrete. Acho que é o meu coração. Gotas pegajosas começam a escorrer, deslizando lentamente pelo meu peito e pingando na minha barriga e trazendo calor.

Acho que essa é a parte em que tenho que sorrir também, flertar ou perguntar o que ele vai fazer amanhã, para fazermos planos juntos.

Só que, ao melhor estilo Ella, eu o dispenso como a covarde que sou.

Afastando-me, eu me despeço gaguejando e dou tchauzinho.

— Desculpa, mas preciso ir. Toque de recolher. Minha mãe vai ficar preocupada. Tchau!

Antes que eu me vire e saia correndo, consigo ver como ele parece confuso, as sobrancelhas franzidas com decepção.

Corro até chegar em casa.

Capítulo 7
MAX

Nas semanas seguintes, Ella sai da escola e caminha por quase cinco quilômetros até a cidade, usando um gorro preto e carregando a mochila laranja, só para, horas mais tarde, aparecer exausta, derrotada e cansada. Ela mal falou comigo desde a festa na fogueira, mas ouvi McKay — que ouviu Brynn — comentar que ela está distribuindo currículos e procurando emprego.

Hoje, tentei tornar a caminhada dela até a cidade menos desgastante.

Por quê?

Ainda não sei.

Talvez esteja me agarrando à lembrança da garotinha que eu conhecia e me perguntando se ela ainda está ali em algum lugar. Ou talvez eu tenha enfrentado tantos desafios na vida que tenho uma certa inclinação a procurar por eles. Ella é um enigma. Um quebra-cabeças com partes faltando, e quanto mais tempo passo ao seu lado, mais sinto que estou encontrando novas peças. Será que ela ainda é aquela garota com um sorriso iluminado e uma risada contagiante que se diverte com livros e borboletas? Ou as dificuldades da vida apagaram a luz dela?

Consegui alguns vislumbres.

E isso me leva a acreditar que a antiga Ella ainda existe em algum lugar.

Estou arrancando ervas daninhas da horta no jardim quando a vejo sair em direção à varanda, que ocupa toda a extensão da casa. A casa é cinza-claro, com janelas cobertas por persianas escuras. Segue o estilo rancho, como a minha, só que muito mais conservada. Nossa casa está pela metade, não foi finalizada, e é cheia de fantasmas raivosos.

Os tênis de Ella estalam contra as ripas de madeira conforme ela desce os quatro degraus que levam ao gramado irregular da entrada. Finjo estar muito concentrado na minha tarefa de arrancar ervas daninhas e limpar a sujeira, mas meu queixo se levanta ao acompanhá-la com o olhar, protegido pelo meu boné do Grizzlies. A princípio, ela não percebe, porque está muito concentrada nas nuvens pairando no céu azul, enquanto segura firme as alças da mochila.

Então ela vacila e olha de novo. Para abruptamente, a cabeça pendendo para a direita enquanto fica ali, parada como uma pilastra, de costas para mim. Assim que se vira, abaixo minha cabeça e volto minha atenção para o jardim. Meu coração acelera quando escuto o cascalho estalando sob as solas dos sapatos dela. Sapatos que agora apontam na minha direção.

— Max.

Finjo indiferença, sem olhar para cima.

— Oi, Ella.

— Você sabe quem colocou aquela bicicleta no meu quintal?

Disfarço o sorriso, secando o suor da boca com o antebraço enquanto me sento no chão.

— Não. Provavelmente foi o Chevy.

Ella se vira para olhar do outro lado da rua, para a casa de Chevy dominada pelo caos mecânico. Carros velhos, em diferentes estágios de desmonte, estão espalhados pelo terreno, as carcaças desbotadas e castigadas pelo tempo. A casa é cheia de motores desmontados, com pneus empilhados e mesas repletas de ferramentas e metais sujos de graxa. Ela franze a testa, pensativa, antes de voltar a me olhar. Eu a encaro e limpo as mãos na calça cargo suja.

— Hmm — murmura. — Foi gentil da parte dele.

— Ele é um cara legal — concordo, balançando a cabeça.

— Nem todo mundo nessa cidade está tentando tornar a sua vida insuportável.

Sustentamos o olhar e torço para que ela entenda a mensagem subliminar.

Admito que ela ter ido embora de repente no dia da fogueira me deixou meio... mordido. Pensei que tinha muros ao meu redor, mas se eu tenho muros, Ella tem uma fortaleza de concreto, protegida por uma ponte levadiça e um fosso cheio de monstros metafóricos que estão ali para manter todo mundo longe.

E, por mais estranho que seja, também é atraente.

Ella limpa a garganta, cobrindo um pouco mais a testa com o gorro. As unhas estão pintadas de um laranja solar, em contraste com sua personalidade cinzenta.

— É, acho que sim. — Chutando algumas pedrinhas, ela começa a se afastar. — Agradeça a ele por mim... se o vir antes de mim.

— Claro, pode deixar.

Ela se vira para o próprio jardim, onde a bicicleta está apoiada no corrimão de madeira em frente ao portão de entrada. É vermelho-rubi, recém-limpa, com os pneus cheios e funcionando perfeitamente. Ficou guardada na nossa garagem por anos, então pensei que outra pessoa poderia fazer bom uso.

Conforme caminha para casa, com os chaveiros da mochila balançando atrás dela, eu me levanto e chamo seu nome.

— Ella.

Ela pausa, me olhando por cima do ombro.

— O que foi?

— A gente podia, hm... — Coço atrás do meu pescoço, sem sequer saber o que quero dizer. Só que quero dizer alguma coisa.

— A gente podia ir ver um filme amanhã, se você quiser.

O olhar dela está vazio, e ela nem pisca, quase como se não tivesse ideia do que é um filme.

como alcançar o Sol **83**

— No cinema. Sabe, naquele que fica na Av. Richter e tem os projetores gigantes, que tem cheiro de pipoca amanteigada e...

— Eu sei o que é um cinema. — Ela parece completamente inabalada. — Estou bem ocupada, desculpa.

— Talvez outro dia.

— Estou ocupada sempre. — Os dois olhos cor de jade se estreitam na minha direção, a cabeça inclinada, cheia de suspeita. — Você tá flertando comigo de novo?

Dou uma fungada, cruzando os braços.

— Claro que não.

— Tá. — Ela prolonga as palavras, me avaliando com os olhos semicerrados. — Mas ainda quer ser meu amigo?

— Claro. Por que não?

As sobrancelhas dela se arqueiam.

— Eu poderia te dar uma lista de motivos. Você gosta de listas? Eu adoro.

— Vai fundo. Estou curioso. — Meus braços flexionam e não deixo de reparar em como o olhar dela se desvia para os músculos por um instante, antes que pisque e volte a prestar atenção no meu rosto. Sorrindo, acrescento: — Falando nisso, você podia dar uma nota para os meus bíceps nessa lista. Adoraria saber como eles se saem.

As lindas bochechas pálidas de Ella ficam coradas, os olhos se arregalam. Então ela vira de costas, os cabelos voando por baixo do gorro, e vai embora.

— Tchau, Max.

— A gente se vê.

Faço uma continência de dois dedos antes de voltar para o meu lugar no jardim.

Ella voa em sua nova bicicleta instantes depois, assim que a frágil porta de tela se fecha atrás de mim. Quando me viro, dou de cara com meu pai apoiando-se na bengala com as duas mãos manchadas pelo sol, encarando a nuvem de poeira que os pneus de Ella deixaram.

— Oi, pai.

Ele parece melhor hoje. Sóbrio. Andando.

Um alívio me atravessa ao observar sua calça de veludo cotelê grande demais, com a camisa de flanela meio enfiada para dentro delas. Meu pai não está menos magro ou frágil, mas os olhos dele carregam algo parecido com uma centelha ao me encararem.

É um dia bom. Vivo pelos dias bons.

— Ela parece ser uma garota legal — comenta, inclinando a cabeça em direção à estrada de cascalho, os cabelos finos esvoaçando com a brisa.

— Eu não diria "legal". Está mais pra... temperamental. Inacessível.

Insuportavelmente intrigante.

— Hm. — Meu pai dá um passo à frente, cambaleante, então olha para o céu azul remendado de branco. — Sua mãe... ela também era escorregadia. Difícil de alcançar. E de segurar.

A menção à minha mãe me deixa tenso.

— Não tenho esse tipo de interesse na Ella.

Não tenho.

Claro, talvez estivesse tentando arrancar uma reação dela na fogueira no último final de semana — e é óbvio que eu acho ela bonita. Porque ela é. Ela é aquela peça de porcelana que fica no alto da prateleira, fora de alcance, só para exibição. Empoeirada e coberta pelas sombras. Quebrável. As pessoas admiram, curiosas, mas não ousam tocar.

Só que não tenho *interesse* nela.

Não desse jeito.

Romance está fora de cogitação para mim, e levando em conta como reagiu ao meu flerte inofensivo, ela pensa do mesmo jeito.

Funciona.

— Nunca te vi com nenhuma garota, Maxwell — diz meu pai, a expressão ficando séria. — Seu irmão tem uma namorada. Você é tão bonito e legal quanto ele. É o que eu quero pra você.

como alcançar o Sol **85**

— Eu estou bem. E ocupado.

Ajeito o meu boné e aponto ao redor com a mão, exibindo os frutos do meu trabalho.

Meu pai dá outro passo lento à frente e olha para a horta, de onde florescem vagens, nabos e couve. A pequena fagulha que tinha no olhar desaparece. Olhando ao redor, admira a grama verde, os crisântemos bem-cuidados e os canteiros livres de ervas daninhas. É como estivesse vendo tudo aquilo pela primeira vez.

— Max... — A emoção fica presa em sua garganta e se desequilibra um pouco. — Isso é muita coisa, filho. Acho que...

— Ele quase se engasga. — Acho que falhei com vocês.

Franzo a testa, tiro o boné e afasto o cabelo bagunçado da minha testa.

— Você não falhou. Eu gosto de fazer essas coisas.

— Você tem que aproveitar a juventude. Sair com os amigos, passear de barco no lago, acampar, garotas.

— Isso é coisa do McKay. Eu tô bem.

Ele balança a cabeça ao se afastar, olha confuso para a fachada da casa e solta um suspiro pesado.

— Nunca terminamos — diz suavemente. — É um dos meus maiores arrependimentos.

Cerro os dentes, meus molares rangendo enquanto acompanho o olhar do meu pai.

Anos atrás, pouco antes do acidente e de sermos abandonados pela minha mãe sem que ela olhasse para trás, eu, papai e McKay começamos a construir essa casa do zero. Era nosso projeto em família, um trabalho de amor. Passamos vários fins de semana trabalhando nela — serrando, martelando e rindo debaixo do sol quente. A fundação foi erguida com tijolos e argamassa, além de esperança, sonhos e uma visão de um futuro pitoresco. A ideia era criar um *lar*, não apenas uma casa.

Agora, a estrutura pela metade nada mais é do que uma carcaça do que deveria ser, assim como a nossa família. Cada viga, cada cômodo que não foi finalizado, carrega um sonho partido.

Uma memória triste. Embora a casa não esteja pronta, não é inabitável. Conseguimos erguer um teto antes de tudo desmoronar, e as paredes, ainda que não estejam pintadas nem emassadas, são uma barreira sólida para nos abrigar. A estrutura é firme. O assoalho pode estalar quando pisamos e o encanamento geme em protesto, mas as luzes se acendem e a água cai tanto quente quanto fria. Chevy e eu montamos um fogão à lenha que funciona não só para cozinhar, mas que serve como lareira e nos aquece nos meses mais frios, nos protegendo do vento da baía. As janelas sem vidros foram temporariamente cobertas com um plástico durável e transparente que deixa a luz entrar e mantém o frio ou o calor do lado de fora. Tornamos a casa habitável com pequenos ajustes — como quem cobre uma ferida profunda com um band-aid.

Olho discretamente para o meu pai, que tem o rosto marcado por linhas de sobrecarga e arrependimento. Consigo sentir sua tristeza. A dor. Fisicamente, ele nunca vai conseguir terminar a casa, e McKay não tem interesse. Sobra para mim. E sem recursos financeiros ou outro par de mãos para ajudar, é bem provável que a casa continue uma causa perdida. Já aceitei isso, então faço o que posso ao manter o jardim e garantir que os vegetais amadureçam saudáveis.

McKay diz que estou lustrando merda.

Digo que tendo a ter esperança.

Meu pai olha para o céu, apertando os olhos por causa do sol, ainda balançando a cabeça como se tivesse sido pessoalmente afrontado pelo farol flamejante. Parecendo zonzo, murmura:

— Acho que vou preparar o barco. Você encontra as redes de pesca pra mim, por favor?

Acho que escuto errado.

— O quê?

— As redes. Eu…

Meu pai protege o rosto do sol com a mão e franze a testa, confuso. Então pisca várias vezes antes de voltar a me olhar.

como alcançar o Sol **87**

— Acho que vou cochilar. Vou te deixar em paz.

Ele manca para dentro, fechando a porta de tela atrás de si.

Franzo as sobrancelhas. Ver meu pai fora de forma e falando coisas sem sentido não é novidade, mas ele parece coerente. Sóbrio. Acho que quando você luta contra o alcoolismo por quase uma década, alguns parafusos estão fadados a se soltar.

Respirando fundo, olho para o sol e deixo que o calor tome conta de mim. É uma bela tarde de outubro, já terminei o trabalho no jardim, meu pai está sóbrio e Ella não vai precisar andar quase dez quilômetros. Não sei o que McKay está fazendo no momento, mas provavelmente está transando. Está tudo bem.

Por enquanto.

Eu me enxáguo com a mangueira, aperto os cadarços e vou em direção ao lago para a minha corrida diária.

Capítulo 8
ELLA

Acordo super cedo na manhã de segunda-feira e me sento à escrivaninha para uma sessão de encadernação antes de ir para a escola. Faz algumas semanas que não pratico meu hobby favorito, seja por causa de estresse, busca por emprego, trabalhos de casa ou cólicas menstruais. Sempre amei ler, então comecei a encadernar livros quando era pré-adolescente e aprendi em uma aula de artes no ensino fundamental. Era uma forma de mergulhar mais profundamente no universo da literatura. A sensação do papel, o ritmo da costura, a complexidade das dobras... é relaxante.

Minha mesa de trabalho é um universo à parte: uma coleção de ferramentas, fios, artesanatos e papéis. Algumas vezes crio meus próprios livros, usando folhas de papel na cor creme que empilho com cuidado, alinhando as bordas, então dobro ao meio para montar os cadernos. Começo a costurar, que é a minha parte favorita. É terapêutico, somada à minha terapia *de verdade* uma vez ao mês com a conselheira da escola.

Quando não estou criando um livro novo para fazer um *scrapbook* ou diário, faço capas para meus romances favoritos. É o meu toque pessoal no mundo que o autor trouxe à vida. Sempre compro duas cópias dos meus livros favoritos — uma para honrar a capa original e outra para fazer minha própria capa usando couro, papel-cartão e tecidos com texturas. Meu trabalho favorito até hoje é uma versão que fiz para a coleção do Ursinho Pooh

como alcançar o Sol **89**

que Jonah me ajudou a criar uns anos atrás. Sempre foi a minha história favorita. Sou o Leitão dele, ele é o meu Pooh.

Ou... *era*.

O celular vibra em cima da mesa bem na hora que estou pegando o furador e um nome conhecido surge na tela.

> **Brynn!**: Bom dia! Eu e McKay vamos matar aula hoje pra fazer boia cross no lago! Quer vir? ◉◉

Penso.

Hoje o sol está ainda mais forte e o céu, limpo e sem nuvens. Vai fazer uns 21 graus e tenho certeza de que as minhas aulas serão sem graça e tormentosas. Por outro lado, minha mãe não precisa acrescentar uma filha que mata aula à lista de preocupações. Ela mal está segurando as pontas. Outro episódio igual ao da caçarola me anima tanto quanto fazer um tratamento de canal com um dentista vendado usando uma colher enferrujada.

> **Eu:** Obrigada pelo convite, mas vou passar. Quem sabe no próximo fim de semana.

> **Brynn!**: Sem problemas! Nos vemos amanhã.

A mensagem vem acompanhada de onze emojis, sóis sorridentes, corações cor-de-rosa e um bentô recheado de sushi. Enviada por engano, suponho. Depois de passar mais meia-hora em um *scrapbook* pequeno, tomo um banho rápido, seco o cabelo e aplico uma camada de máscara para cílios antes de vestir um jeans e um suéter desbotado.

Quando escuto o rugido gutural de uma caminhonete voltando à vida do lado de fora da minha janela, atravesso o quarto e puxo as cortinas cor de pêssego. Max está fumando ao lado do carro. Está encostado no capô com o boné cobrindo os olhos e os calcanhares cruzados, os braços musculosos bronzeados com aquele brilho pós-verão.

Braços idiotas.

É culpa dele eu estar sempre reparando, já que sempre está com camisetas sem mangas. Mal posso esperar pelo inverno. O que os olhos não veem, o coração não sente.

Entreabro a janela e me inclino sobre o guarda-corpo, inalando a brisa da manhã que cheira a terra e relva beijada pelo orvalho. Desde a fogueira, tenho tentado evitar Max, mas me dou conta de que é uma atitude um pouco babaca. Também percebi que fui *eu* que puxei o assunto da amizade, então não posso culpá-lo por ter se esforçado.

Só que ele disse que eu era linda.

Ele... *flertou comigo*.

E meus instintos de aversão a romance explodem como uma lata de refrigerante depois de ser sacudida em um dia quente. Inesperada e abruptamente, deixando uma bagunça que ninguém quer limpar. Bem dramático, suponho. Mas as minhas defesas são teimosas e meticulosas.

Max ergue o rosto e me flagra com a cabeça para fora da minha janela entreaberta. Tira o boné da cabeça e passa os dedos pelo cabelo, ajeitando os cachos cor de café. Não me movo quando nossos olhares se encontram. Também não sorrio nem aceno, mas não quero ser idiota.

Max me encara por alguns instantes antes de olhar para baixo e chutar o cascalho da entrada de veículos.

E, quando ele ergue o olhar mais uma vez, um sorriso discreto brilha em minha direção.

A princípio, quero fechar a janela e sair correndo. Quero encará-lo sem motivo, só porque é mais fácil.

Só que minha mente é tomada por lembranças da fogueira. A lata de refrigerante que ele trouxe para mim. O jeito que defendeu minha honra quando Andy agiu feito um cretino. Como os olhos azuis brilharam sob as chamas e a luz da lua enquanto ele me olhava com um sentimento que não era de repulsa. Era bom sentir que a minha existência importava para ele de alguma forma. Eu não era um fardo ou desperdício de espaço. Não era uma intrusa.

Max viu a mesma menina do parquinho de anos atrás;

Mais do que isso, ele me enxergou para além da irmã de Jonah Sunbury.

Então sorriso de volta, hesitante, suavemente. Não é um sorriso completo, mas é verdadeiro. Um esforço.

Válido.

Então me afasto da janela e termino de me arrumar para a escola, fazendo o melhor que posso para ignorar o frio na barriga.

Estou mastigando quando escuto.

O som chiado e horrível da minha voz. Soluçando. Implorando. Engasgando-me com uma torrente de lágrimas de amor.

— *E-ele não é uma pe-pessoa ru-ruim, juro. Ele é bom. Foi um mal-entendido. Por favor, por favor. Acreditem nele. Ele é meu irmão... vocês precisam acreditar que ele é inocente.*

A broa de milho se transforma em pedra na minha boca. Pedaços secos, duros e amargos. Farelos caem dos meus lábios entreabertos e meu estômago embrulha.

Estou enjoada. Acho que vou vomitar.

— Olha pra essa fracassada defendendo um monstro — zomba uma voz feminina na mesa ao lado, que pertence a uma garota sem nome.

Todo mundo se aglomera para ver o vídeo, o refeitório se transforma em uma prisão.

Barras me trancam. Guardas caminham de um lado para o outro, me olhando com repulsa.

Culpa.

Por alguns segundos, finjo ignorar a comoção acontecendo ao meu lado. Finjo que estou completamente alheia à minha dor sendo exibida e zombada pelos meus colegas. Sentada sozinha como sempre, tento mastigar e engolir o pão na minha boca, torcendo para que não arrebente nenhum órgão vital ao deslizar pela minha garganta.

— Ei! Sunbury.

Cubro as orelhas com minha touca. Torço para que as pessoas pensem que estou usando fones e desistam. Não tem graça perturbar alguém que está te ignorando.

Acontece mais rápido do que eu gostaria.

Meu gorro é arrancado da minha cabeça e jogado no chão.

— Ei! — Eu pulo do banco. — Não me toca, seu porco.

Um dos colegas de time do Andy — Heath — me encara. Sob as luzes da cafeteria, o cabelo é do mesmo tom que o sol alaranjado em um dia poluído e os olhos são um tom mais escuro que a maldade. Ele coloca o celular na minha cara, mostrando as cenas do meu apelo desesperado.

Percebo que ficar ao lado de um assassino em rede nacional foi um erro grave da minha parte, mas é difícil me desculpar pelo luto. O luto faz o que quer quando quer. Eu mal tinha dezesseis anos; uma criança destruída e confusa que teve a vida virada do avesso por uma pistola semiautomática.

Tiro a mão de Heath do meu rosto e disparo para longe dele e do bando de garotas miando.

Ele me puxa pelas costas da minha camiseta.

Meus olhos se arregalam em choque porque ele teve a audácia de me tocar.

— Que porra é essa? — digo. — Não *encosta* em mim.

Heath bufa, me deixando ir.

— Essa escola não é o seu lugar. Me surpreende que tenham te deixado entrar, já que você ficou ao lado do próprio diabo.

— Ele é meu irmão — cuspo as palavras entredentes. — Eu estava com medo e sofrendo muito. Me deixa em paz.

— Olha só para você, usando roupas caras, chorando por causa daquele assassino — acusa a menina sem nome, apontando para o vídeo.

Heath rebobina o vídeo.

como alcançar o Sol **93**

Com o maxilar cerrado e mais lágrimas escorrendo, olho para a tela do celular. Estou usando um terninho de novecentos dólares, os cabelos penteados e cacheados, os lábios pintados com gloss rosa. Meus olhos estão vermelhos, os lábios trêmulos pela perda. Minha mãe está ao meu lado, me segurando com um braço, o rosto contra meu ombro enquanto chora sem parar diante da câmera.

A náusea se forma dentro de mim. A bile sobe pela minha garganta.

Não vou chorar. Não vou chorar.

— Já sofri o bastante — resmungo, olhando ao redor para a variedade de olhares de ódio em cima de mim. Para as panelinhas e grupos de colegas de classe rindo. Meus juízes e júri. — Meu irmão está cumprindo a sentença dele, e eu também estou.

— E a garota que ele matou? O cara com quem ela estava transando? — grita alguém da multidão. — Eles estão enterrados e você andando livre por aí.

— Eu não fiz nada.

— Você tá respirando o mesmo ar que eu, e não gosto dessa porra. — Heath caminha até a mesa atrás de nós e pega minha mochila do banco. Jogando-a em cima de mim, provoca: — Não esquece sua mochila rabiscada.

Minhas bochechas queimam com o calor de um trilhão de sóis e estou sem ar, à beira de um ataque de pânico. Todo mundo ao meu redor dá risadinhas e aponta. Heath dá um sorriso de canto, antes de sacudir a mão no ar como se me dispensasse.

Eu me viro e fujo do refeitório. Da escola. De tudo.

Minhas pernas me carregam pela porta principal e para o ar livre. Os raios de sol me atingem, mas não o suficiente para me animar. Eu deveria ter ido fazer boia cross.

Mal cheguei ao meio do campo quando escuto passos me seguindo. Provavelmente é Heath ou Andy ou A Garota Sem Nome vindo atrás de mim para me humilhar um pouco mais.

E o meu lado desesperançoso e cansado talvez simplesmente deixe. Fico me perguntando se teria forças para lutar.

— Ella! Espera.

Sinto uma pontada no peito.

É Max.

Por algum motivo, a voz dele me deixa com raiva. Ele está vindo atrás de mim em vez de me afastar e isso não faz o menor sentido. Eu me viro para encará-lo, as lágrimas escorrendo pelas bochechas apesar do meu esforço para contê-las.

— *Que foi?* — pergunto, fervendo de raiva por ele.

Pareço furiosa, raivosa, desequilibrada. Ele não merece minha ira, mas eu não merecia perder tudo dias antes do meu aniversário de dezesseis anos. Nada é justo porque não existe "justiça" no mundo. É uma ilusão. Nos vendem a ideia de que existe ordem, equilíbrio, mas a vida me mostrou repetidas vezes que não funciona assim.

Max para a poucos passos de mim, parecendo magoado.

— Opa. O que aconteceu?

Estreito meu olhar.

— Acho que não ficou muito espaço para interpretação.

— Estava saindo da biblioteca e te vi disparando pelo corredor.

— Sinto muito por você ter perdido a diversão. Tenho certeza de que logo te contam. Na verdade, eu aposto que alguém filmou e você vai poder assistir em primeira mão. Provavelmente em algum telão por aí.

Ele balança a cabeça.

— Alguém te machucou?

Engulo em seco e então me viro para me afastar.

— Não faz diferença. Preciso ir.

— Ella.

— Me deixa em paz, Max. Não quero mais ser sua amiga. Não quero que você me salve. Só fica longe de mim antes que eu estrague a sua reputação perfeita.

como alcançar o Sol **95**

Ele fecha o meu caminho antes que eu dê três passos.

— Você acha que eu me importo com isso?

Dou de ombros.

— Não sei, e não ligo. Não quero saber nada sobre você, sendo sincera. Só quero ficar em paz.

Sinto um aperto no peito. Não tenho certeza se é o que eu quero dizer, mas é melhor assim. Max é um cara decente e não merece ser associado ao lixo da escola.

Max congela à minha frente, com as mãos dentro dos bolsos. Encara os sapatos por um instante antes de levantar a cabeça e seu olhar encontrar o meu.

— Você não merece o que quer que tenha acontecido lá.

— O que não significa que não aconteceu. E ter pena de mim não vai mudar nada.

— Não estou com pena — diz. — Só estou tentando voltar a ser seu amigo. Deveria parar de tentar?

Levo um instante para analisar o rosto dele. Os olhos azuis como gelo que de alguma forma são acolhedores. O cabelo castanho que parece tão macio quanto a expressão que me lança. Eu o encaro. Max parece sincero, e esse conceito é estranho para mim. Brynn! também quer ser minha amiga, mas me pergunto se é verdade. Eu me pergunto se ela conseguiria lidar com tudo o que vem no pacote de estar comigo. Aposto que recuaria com a pressão, as fofocas, a zombaria e os olhares tortos. Aposto que Max faria o mesmo.

Desvio o olhar, fungando enquanto seco as lágrimas traidoras que correm pelas minhas bochechas.

— Sabe aquele irmão que eu sempre mencionava? O que me escrevia as cartas? — pergunto. — É Jonah Sunbury. O assassino condenado à pena de morte.

— Eu sei — rebate Max. — Vi partes do julgamento na televisão.

Cerrando os punhos, nossos olhares se encontram mais uma vez.

— Claro. Mas deixa eu te contar a história da minha perspectiva. Do ponto de vista da irmãzinha enlutada dele.

Ele fica quieto, lambe os lábios e responde com um aceno breve.

— Jonah se apaixonou por uma garota linda chamada Erin. Ela era extrovertida e alegre, sempre foi gentil comigo. Me tratava como irmã, porque era filha única. O pai dela era aquele ator famoso, Peter Kingston. Tenho certeza de que você já viu algum dos filmes de ação dele. Erin era o seu bem mais precioso. Uma atriz iniciante, destinada ao estrelato. A família tinha fama, dinheiro, tudo.

Engulo em seco, prendendo o ar, então continuo:

— A gente também tinha dinheiro. Minha mãe tinha um haras nos arredores de Nashville, era a Fazenda Sunbury. Erin teve aulas de equitação lá, e foi assim que conheceu Jonah. Pelo que diziam, foi amor à primeira vista. — Minhas palavras estão carregadas de amargura. Odeio essa frase, é pura palhaçada. — Enfim, vou te poupar dos detalhes, mas o romance relâmpago dos dois virou tragédia no dia que, supostamente, o Jonah pegou Erin traindo ele com um colega de elenco. Estavam em um desses filmes para tv. Tyler Mack. Isso daria um filme, né?

Seu pomo de adão se move para cima e para baixo enquanto ele me encara, agarrando-se a cada palavra.

— Ella…

— Dizem que ele matou os dois a sangue frio, Max. De acordo com as provas, meu querido e amado irmão *surtou*. E não foi um surto momentâneo; foi uma ruptura fatal que levou uma semana. Premeditado, como chamaram. Ele pegou a arma que ficava no cofre da nossa mãe. Perseguiu a garota por alguns dias. Então invadiu o condomínio de luxo onde ela morava e atirou na cara dela. E atirou em Tyler pelas costas enquanto ele fazia uma respiração boca a boca no que ainda restava da boca de Erin. Então atirou nos dois mais uma vez, só pra ter certeza de que eles tinham morrido…

como alcançar o Sol **97**

Finalmente me calo, sem querer falar mais. Já dá para ter uma ideia. Ilustrei bem o suficiente e, sendo sincera, não há paleta, espectro de cores, ferramentas ou telas que possam ilustrar por completo o mundo em que eu vivo, dia após dia.

— Você acha que ele fez isso? — pergunta suavemente.

Mais lágrimas escorrem enquanto meu estômago se contorce com mais uma onda de náusea.

— Não achava... no começo. Era o meu irmão mais velho. Quem mais me protegia. Mas eu o vi coberto de sangue. Ele disse que estava tentando ajudar, mas... as provas... — Cruzo os braços em volta da minha barriga para não vomitar e completo:

— É, eu acho que sim.

Max abaixa a cabeça e assente, soltando um longo suspiro.

— E sim... eu acho que você deveria parar de tentar ser meu amigo de novo.

Quando tento passar por ele, ainda usando a manga do meu suéter para secar as lágrimas dos meus olhos traiçoeiros, Max me para mais uma vez.

— Eu preparei uma lista para você.

Congelo. Sinto o nó na minha garganta enquanto registro o que ele disse e me viro lentamente para encará-lo.

— Uma lista?

— É. Você disse que adora listas, então fiz uma para você.

Eu o encaro, inexpressiva, enquanto ele vasculha o bolso traseiro da calça jeans e tira um pedaço de papel de caderno dobrado.

Então entrega para mim.

Eu pego dos dedos dele.

Então vejo os lábios de Max cintilarem com um sorriso muito triste antes de ele se virar e ir embora.

Mais lágrimas vêm à tona, porque eu não estava esperando por esse gesto. Nunca espero por nada de ninguém e Max continua a me surpreender.

Engolindo seco, desdobro o papel branco pautado e leio o que ele escreveu em tinta preta.

Por que deveríamos ser amigos

1. Eu quero
2. Tenho um palpite de que você também quer

— Max

Obs.: Não era pra tudo na vida ser fácil assim?

Contendo uma mistura de choro e riso, fungo, manchando minhas bochechas com máscara de cílios enquanto Max volta para a escola, sem olhar para trás.

Então guardo o bilhete no meu bolso da frente.

Junto da pedra branca.

Capítulo 9
MAX

Hoje, McKay veio correr comigo. É raro conseguir tirá-lo de perto de Brynn ou encontrar espaço na agenda ocupada dele, então aproveito a hora que compartilhamos correndo por estradas sinuosas, às margens dos riachos e pelos caminhos entre as árvores densas. Quando estamos sem ar e sentindo sede, fazemos uma pausa e nos sentamos lado a lado em um tronco retorcido, admirando o lago por entre os galhos frondosos.

McKay pega uma garrafa d'água da mochila, então entrega para mim. Depois de poucos goles, solta um suspiro e encara o chão entre os seus pés.

— Isso é legal — diz. — Já faz um tempo.

— Tempo demais — concordo.

— Desculpa, eu só... precisava fazer minhas coisas, sabe? Nada pessoal.

Com certeza parece pessoal quando é você que está sendo ignorado. Ainda assim, solto um comentário superficial:

— Eu entendo.

— Eu sei que tenho estado distante ultimamente. Essa merda de casa é deprimente, e passar tempo com você me lembra de... — McKay hesita, a voz embargada.

Meus lábios tremem enquanto meu olhar permanece fixo no lago cintilante.

— Eu te lembro que a nossa mãe não nos amava o suficiente para ficar conosco. Nosso pai tem mais problemas do que tudo o que já foi publicado na história da revista *People* e nossa casa dos sonhos está a um sopro de se tornar uma pilha de gravetos. Que bom que está tudo esclarecido.

— Não foi isso que quis dizer.

— Foi sim. — Bebo mais alguns goles de água e ela desce queimando. — Tá tudo bem.

— Fala sério, Max. Você sempre foi o menino de ouro. Até quando a mamãe... — Ele solta um suspiro e bagunça ainda mais o cabelo. — Nossos pais sempre preferiram você.

— Me *preferiram*?

— É. Era *você* que a mãe levava para fazer as coisas na rua e ir em almoços divertidos e saudáveis. O pai levava *você* para pescar porque eu não sabia nadar até os nove anos. *Você* que se sentava e falava em códigos sobre construção e essas merdas todas. Eu que sou o excluído. Sempre fui, e você sabe.

— Isso é bobagem. Nós crescemos em cenários parecidos.

— Pergunte para o papai — dispara em resposta. — Eu te desafio. Quando estiverem a sós, pergunte de qual filho ele gosta mais e você vai entender o que estou falando.

Sou tomado pela raiva, tão quente quanto o sol na minha pele.

— Bom, agora a culpa é toda sua. Sou eu que o mantenho sóbrio e em segurança. Sou eu que limpo o vômito e a merda quando ele bebe até quase morrer. Sou eu que limpo a casa, cozinho e lavo a porra da roupa. Não tente agir como a vítima indefesa, McKay.

Por um instante, os olhos dele irradiam fúria, que some em um piscar de olhos. Suspirando, McKay balança a cabeça e chuta uma pedrinha.

— Tá. Você tem razão.

— Eu sei. — Olho para ele. — Além disso, sua vida não é tão ruim assim. Você tem uma namorada incrível. Brynn te ama demais. Suas notas são boas, o basquete te ocupa e falta menos de um ano para você se formar e meter o pé dessa cidade.

Ele aperta os lábios.

— Acho que sim.

— Tô errado?

— Tipo... as notas não importam tanto a longo prazo, o basquete só pode me levar até certo ponto e não tenho nenhum plano para depois da formatura. Não sei o que quero fazer da vida — diz, desolado. — Brynn é uma boa distração, mas ela vai fazer faculdade na Flórida.

Franzo a testa.

— Ela já foi aceita?

— Ela vai ser. É inteligente pra caralho e quer trabalhar com justiça criminal.

Assentindo, bebo o restante da minha água e aperto a garrafa vazia com a mão.

— Bom pra ela. Você poderia ir junto.

Como resposta, ele dá de ombros, indiferente.

Não sei bem o que eu estava esperando desse momento de união improvisado, mas tinha esperanças de que não viraria isso. Sinto falta da relação que costumávamos ter. Sinto falta do irmão gêmeo que sempre me protegia, que me seguia para cima e para baixo como se eu fosse um rei e que nunca havia me olhado com ressentimento ou rancor.

Odeio o que nos tornamos.

Deslizo as palmas das mãos pelo short e me viro para ele, observando os ombros caídos e a expressão vazia.

— Se te ajuda a se sentir melhor, não tenho a opção de ir embora depois da formatura. Enquanto o papai estiver vivo, vou ficar aqui.

Um lampejo de compaixão brilha em minha direção.

— Não precisa ser assim. Podemos sair juntos. Viajar, começar uma empresa, arrumar um apartamento. Fincar raízes em uma cidade grande, com luzes brilhantes e coisas para fazer em cada esquina. — A esperança se infiltra nas palavras dele. — Podemos fazer qualquer coisa, Max. Viajar pela porra do mundo todo se a gente quiser. Do jeito que a gente sempre falou.

Engulo em seco.

— E o pai?

— Ele fez as próprias escolhas.

— Ele quase ficou paraplégico num acidente.

— E aí, pra superar isso, escolheu a bebida no lugar da família — contra-ataca McKay. — Há casas de repouso, programas que podem…

— Não — respondo, cortando. — Não tem como a gente bancar essa porra.

A esperança se desfaz, tingindo os olhos dele de um cinza ressentido e familiar. Ele coloca a garrafa vazia na mochila.

— Não dá para dizer que não tentei.

Antes de se levantar, ele vacila, a atenção se virando para algo acima de nós, ligeiramente à esquerda.

— Aquela é Ella?

Sigo o olhar do meu irmão. Ella se empoleirou na ponte mais uma vez, os cabelos longos brilhando sob a luz do sol em um tom de vermelho eletrizante. Combina com a bicicleta que dei para ela, que está apoiada no guarda-corpo. Bom saber que ela está fazendo bom uso.

Por um momento, me identifico. Ella também tem um irmão que mudou muito e que está longe. Posso ver o peso desse fardo nos olhos dela, o mesmo que carrego por causa do McKay. É um tipo diferente de sofrimento, mas é impossível não me identificar.

Ella encara a água, segurando dois gravetos. Observo-a por alguns segundos, analisando o jeito como alinha os gravetos lado a lado, hesita, então solta. Eles caem na água e ela vai para o outro lado do guarda-corpo, de costas para nós.

— É — confirmo.

— Madi contou pra Brynn o que aconteceu ontem no almoço, então ela foi e contou pro diretor Walker. O Heath vai ficar na detenção a semana toda.

— Que bom. Ele é um idiota.

— Ouvi boatos de que Caulfield também se ferrou pelos comentários que fez sobre a Ella na aula. — McKay faz uma pausa. — Você viu o vídeo? Da Ella chorando para os repórteres?

Meus instintos apitam.

— O irmão dela tinha acabado de matar duas pessoas. Eu também estaria chorando.

McKay não diz nada.

Parte de mim se pergunta se McKay é do Time de Todo Mundo e acha que Ella é igual ao irmão dela. Isso é uma merda. A coitada mal teve chance de se defender depois que o nome dela foi manchado pela imprensa e por aquele vídeo, em um dos piores momentos da vida, e se tornou piada por toda a internet. Apenas dezessete anos e já é uma vilã que não cometeu crime algum além de amar profundamente alguém que fez algo muito ruim.

A galera da nossa idade segue a manada.

A sociedade é uma fossa de merda.

A raça humana está em decadência e eu estaria fodido se contribuísse para esse circo, com o comportamento de caça às bruxas. Se estamos todos em direção ao mesmo penhasco, prefiro seguir o caminho com a melhor vista.

McKay se levanta do tronco, jogando a mochila por cima do ombro. Olha mais uma vez para a ponte, onde Ella pega mais gravetos empilhados ao lado do pé.

— Você tem uma quedinha por ela? — pergunta, apontando em direção à ponte. — Igual quando a gente era pequeno? Lembro que você sempre falava umas coisas sobre casamento.

Franzo as sobrancelhas.

— Não. A gente era só criança. Era bobagem.

— Vi vocês de conversinha na fogueira.

— E daí? Ela é legal. Divertida e inteligente. — Engulo em seco, seguindo o olhar dele. — Talvez ela só precise de um amigo.

Ele balança a cabeça.

— Essa parte você pode deixar com a Brynn. Ela é boa nisso.

— Talvez eu queira ser amigo dela.

É verdade.

No começo, evitei Ella porque não havia espaço na minha vida para amizades ou conexões. Não era porque me importava com aquela entrevista. Eu não ligava para a reputação dela — ou para a minha.

Só queria ficar em paz.

Mas... acho que não quero mais isso.

McKay me lança um olhar perplexo, e alguns momentos se passam até ele assentir lentamente.

— Então tá. Boa sorte com isso. Tô indo direto pra casa para dar uma olhada no papai.

Cerro os dentes ao vê-lo hesitar. "Dar uma olhada no papai" significa "sentar minha bunda no sofá e ouvir podcasts até Max voltar para casa e dar uma olhada no papai". Resmungo um tchau que ele não escuta, então volto a olhar para a ponte. Mais uma vez, Ella está virada de costas para mim e olhando para a água, meio pendurada sobre o guarda-corpo frágil. A curiosidade me mantém de pé, e um fascínio latente para conhecer essa garota de novo me aproxima dela.

Subo o barranco até estar perto o suficiente para ouvi-la. A ponte range com o meu peso, fazendo com que ela se vire com o olhar de quem está pronta para atacar.

Ergo as minhas mãos.

— Venho em paz.

Ella relaxa um pouco quando me reconhece. Como se estivesse à procura de armas escondidas, me olha dos pés à cabeça antes de descer do guarda-corpo.

— Paz — resmunga. — Um conceito tão inatingível quanto o final do arco-íris. Sempre à vista, mas fora de alcance.

como alcançar o Sol **105**

— Que sombrio.

— A vida é assim. — Olhando para mim uma vez mais, ela volta para o lado oposto da ponte e pega dois gravetos da pilha que havia montado. — Você veio me entregar mais uma lista? Enfio as mãos nos bolsos e a avalio. Não faço a mínima ideia do que Ella está fazendo, mas parece concentrada. Inclinada sobre o guarda-corpo, ela estica os dois braços com cuidado e solta os gravetos pequenos no lago. Então, corre para vê-los serem levados pela correnteza.

— Se você quiser, eu posso fazer uma.

— Claro — responde, parecendo desinteressada.

Procuro por algo que possa mudar isso.

— Ok. Essa lista vai se chamar "Coisas que deveríamos fazer juntos agora que somos amigos".

Ella zomba e balança a cabeça, a atenção ainda voltada para a água.

— Um: jogar pedras no lago. Você está atirando gravetos, mas posso apostar que consigo te ensinar a fazer as pedras pularem na superfície. Sou profissional nisso.

Ela me olha, a curiosidade cintilando em seus olhos.

— Dois: observar as estrelas. Tem uma campina não muito longe daqui que é perfeita em noites limpas. Meu pai costumava me levar lá quando eu era criança e a gente tentava contar as estrelas. — Ergo um terceiro dedo. — Três: ir a um festival de música local. Esse nem precisa de explicação.

Eu paro, buscando alguma reação e, num lampejo, percebo que ela está ponderando.

Alguma coisa chamou a atenção dela.

— E quatro... — Pigarreio e tento me aproximar dela. — Ir ao Baile de Outono.

A expressão dela azeda tão rápido quanto leite fora da geladeira em um dia quente de verão.

Deveria ter parado no terceiro item.

— Baile de Outono? — ecoa, a voz tão entusiasmada quanto um gato indo tomar banho. — Não sei como te dei a impressão de que gosto de dançar, ir a festas e usar vestidos. Desculpa por isso.

— O que você tem curtido ultimamente? Você ainda ama livros, borboletas e picolés de laranja?

— Boa tentativa. — Ela volta a olhar para a água, embora sua determinação esteja abalada. — E só para constar, nunca concordei em sermos amigos.

O Baile de Outono foi forçar a barra, sei disso. Também não tinha intenção de ir, mas não tinha intenção alguma de ir à fogueira. Ela tornou aquele dia melhor. Divertido.

Continuo a me aproximar até estar perto o suficiente para sentir um perfume cítrico e de madressilvas. Ella olha para cima conforme me aproximo, os grandes olhos verdes me encarando. Dou um sorriso para que ela relaxe um pouco.

— Pensei que minha lista seria eficaz. Não era tão detalhada quanto a que você pontuou naquele dia na clareira, mas me senti bem com ela.

Ela pisca para mim antes de soltar um suspiro de quem se rendeu.

— Você é insistente demais, que irritante— reclama. — Jogar pedras, hein?

— Profissa — confirmo.

— Teve uma época que o Jonah tentou me ensinar a fazer isso, mas nunca consegui. Não tenho a manha. Aí a gente começou a colecionar gravetos para jogar por cima da ponte. — Ela segura dois galhos nodosos. — Pauzinhos de Pooh.

Faço uma careta.

— Esquisito.

Os lábios dela se contraem, um prelúdio da risada que estou louco para ouvir. Ella não ri de verdade e raramente sorri. Algumas vezes, flagrei um sorrisinho, mas nunca um grande sorriso.

como alcançar o Sol **107**

Não havia covinhas e os dentes não apareciam. Apenas um lampejo de felicidade soterrada tentando chegar à superfície.

E talvez seja bobagem, mas estou determinado a ser o responsável por aquele sorriso com covinhas e dentes à mostra. Uma gargalhada daquelas que doem a barriga seria um bônus.

— É do Ursinho Pooh — explica. — Cada pessoa joga um graveto de um lado da ponte e o primeiro a aparecer do outro lado é o vencedor. Eu e meu irmão costumávamos... — Desviando o olhar, ela engole em seco. — Eu brincava disso quando era criança.

Olho para os dois gravetos na mão dela.

— Mas você está brincando sozinha.

— É, acho que sim.

— Então não é divertido.

Ela levanta a cabeça, os olhos cor de jade se estreitam.

— Não precisa ser — diz. — Diversão é um privilégio. É resultado de uma vida boa e saudável. — Ela se vira novamente para o guarda-corpo e encara a água, qualquer sinal do que poderia ser um sorriso foi roubado por uma vida doce que azedou. — A essa altura, só estou tentando sobreviver.

A melancolia ameaça esse momento frágil, então faço o meu melhor para me agarrar à leveza que ainda está ao meu alcance. Estendo a mão para ela e abro a palma.

— Posso jogar com você?

Ela encara a minha mão fixamente antes que seu olhar passeie pelo meu braço até se fixar no meu rosto.

Meu sorriso se abre, chamando pelo dela.

— Ok. — Ella não sorri, mas me estende um graveto. — Precisamos alinhar bem os dois, então jogar na mesma hora.

— Entendido.

Chego bem perto dela até que nossos ombros se tocam. A blusa que ela veste é cor de tangerina com decote em V, os shorts jeans são desbotados. Nossos quadris se esbarram. Olho para ela, reparando no jeito que sua garganta se move e em como se contrai levemente mas não se afasta de mim. O sol ainda ilumina os cabelos com um brilho avermelhado, tornando difícil me concentrar na tarefa simples de soltar um graveto. Limpo a garganta e me inclino sobre o guarda-corpo, estendendo a mão.

— Tá, me avisa quando for pra soltar.

Ela imita a minha postura, o nariz apontando para a água.

— Ok… agora.

Soltamos os gravetos e admiramos eles caírem na água. Assim que eles encostam na superfície com um esguicho, Ella segura meu pulso e me arrasta para o outro lado da ponte. Os dedos dela se enroscam em volta de mim e a sensação da palma delicada contra a minha pele me faz tropeçar enquanto a sigo. Chegamos ao outro lado e espiamos por cima da grade, observando os gravetos emergirem alguns segundos depois. Eles estão empatados, lado a lado. Talvez eu deva continuar olhando para ver qual vai vencer, mas a mão dela ainda está segurando meu pulso, distraída, e por isso olho para Ella em vez disso. Os olhos dela brilham com expectativa enquanto olha fixamente por cima da mureta. Ella me aperta um pouco e eu acho que nem percebe.

Eu me assusto quando ela aponta para baixo com a mão livre e anuncia:

— Ganhei!

Seu tom de voz é animado.

A empolgação aparece no rosto dela como se fosse uma pedra lançada na água habilidosamente.

Não me dou ao trabalho de olhar para os gravetos concorrentes. Estou muito concentrado no rosto dela conforme o sorriso cresce. Encantado pelo sol nos cabelos e por como isso a suaviza, aquece. Faz parecer que ela nasceu para isso, assim como eu me lembro de pensar naquela tarde no parque.

Respondo gentilmente, sem pensar:

— Bom trabalho, Sunny.

Ela fica paralisada, absorvendo o apelido. Finalmente, solta meu pulso e me olha.

— Sunny?

— É.

Coço o cabelo, me perguntando por que o apelido escapou de mim e me perguntando por que meus pensamentos deram uma guinada brusca à esquerda em direção à Avenida Esquisita e Piegas.

— Seu sobrenome é Sunbury — explico a ela, dando de ombros, olhando para o céu rajado de nuvens. — Além disso... o sol deixa seu cabelo meio avermelhado. É bem bonito.

Ella se remexe onde está, parecendo alérgica a qualquer tipo de elogio. Então começa a brincar com o cabelo, deixando as mechas castanho-avermelhadas dançarem entre os dedos.

— Tenho certeza de que existem apelidos melhores. — Ela pondera. — Você pode me chamar de Segunda-feira. Ninguém gosta das segundas.

— Acontece que eu gosto, mas sou meio rebelde.

Um outro sorriso discreto aparece à medida que ela me olha de novo através dos cílios longos e escuros.

— Me identifico.

— Quem diria que temos algo em comum.

A princípio, estou com medo de que ela me ignore. Saia correndo. Suba na bicicleta vermelha e me deixe comendo poeira, transformando a amizade que estamos construindo em uma mera sombra que desaparece à luz da sua rápida fuga.

Ella só diz:

— Quer jogar de novo?

Meu coração parece bater mais forte só com a ideia de passar mais tempo com ela. Sabendo que ela está deixando que me aproxime, mesmo desse jeito ínfimo e inconsequente. Porque sei que isso não é pouca coisa — não para Ella, que adotou como padrão afastar as pessoas. Reconheço os sinais porque também sou treinado em fuga emocional. Como dois lados da mesma moeda, nós dominamos a arte de manter o mundo a certa distância, transformando a solidão em escudo.

Só que o escudo escapuliu. Ela tirou a armadura.

Encontrei uma brecha.

Vou até a pilha de gravetos e busco mais dois do montinho que sobrou.

— Tá bem, Sunny. Melhor de dez. Se eu ganhar, você vai ter que ir ao Baile de Outono comigo. — Então, só por garantia, acrescento: — Como amigos.

Ela franze os lábios.

— Nem pensar.

— Então tá. Vai comigo num festival de música nesse outono. Minha banda favorita vai tocar em Knoxville. — Mais uma vez, completo: — Como amigos. Podemos convidar a Brynn e o McKay e ir em grupo.

Enquanto ela me analisa, vejo o pensamento brilhando nos olhos dela, considerando os termos. Suspirando, Ella se rende.

— Fechado.

Estou sorrindo de orelha a orelha quando entrego um graveto para ela.

Passamos a tarde jogando pedaços de madeira na água, correndo de um lado para o outro da ponte e vendo a correnteza decidir nosso destino. Cada vez que soltamos um, Ella me puxa pelo pulso para me arrastar ao outro lado, quase por instinto — como se eu não soubesse para onde ir sem a mão dela para me guiar. Sempre que isso acontece, minha pele formiga com o simples toque.

Brincamos de Pauzinhos de Pooh até o sol baixar e a hora avançar.

É bobo.

É simples.

Acho que é exatamente o que precisamos.

Ella consegue ganhar todas as partidas, o graveto dela sempre ultrapassando o meu no último instante, fazendo com que erga os braços comemorando a vitória enquanto o sol a banha com uma nova luz.

Ela ganhou.

como alcançar o Sol 111

Ainda assim, quando me afasto da ponte para dar um mergulho, o sorriso dela tatuado na minha cabeça... parece que fui o grande vencedor.

Não queria ter caído no sono. Minhas pálpebras se abrem, os cílios tremulando pelos toques de cor do sol poente. Rosa, dourado, laranja.

Laranja.

Penso em Ella na mesma hora.

Apoio-me nos cotovelos e meu olhar vai até a ponte acima de mim. A bicicleta ainda está ali, apoiada na grade enferrujada. Faz pelo menos duas horas desde que jogamos os gravetos do alto da ponte, mas a bicicleta ainda está lá.

O problema é que não estou vendo Ella.

Vozes rastejam até a minha mente sonolenta e me sento, esfregando o rosto com as mãos. Apaguei depois de nadar enquanto olhava para o céu, contando as nuvens. Às vezes, eu cochilo às margens do lago, já que meu sono é constantemente interrompido pelos pesadelos do meu pai.

Só que hoje eu dormi até demais. Meu pai vai ficar preocupado, isso se ele estiver sóbrio e lúcido. McKay vai me procurar daqui a pouco.

E a bicicleta da Ella continua na ponte.

Ouço as vozes mais uma vez, carregadas pela brisa, me trazendo de volta à realidade. Olho ao redor, de um lado para o outro. As margens são cercadas por grandes árvores, mas há um pequeno cais a poucos metros de distância em que a galera da escola costuma se reunir às vezes para fumar e beber.

Pego a camiseta ao meu lado, visto pela cabeça e faço uma careta quando o tecido toca a minha pele queimada. Fui um idiota por ter capotado debaixo do sol.

Mas a queimadura vira o menor dos problemas quando ouço um grito.

Fico de pé num pulo, olhando para a ponte e para a bicicleta abandonada.

Meu coração se aperta, as batidas descompassadas.

— *Me deixa em paz!*

Eu corro rápido para caralho.

Deixo uma nuvem de poeira e mato para trás enquanto corro, abrindo caminho entre os galhos e as folhas. Não é uma corrida muito longa até o cais. Os últimos raios de sol iluminam quatro silhuetas lutando na beira do píer. Andy e alguns dos seus colegas de time.

E Ella.

Ella.

Estão implicando com ela. Brincando de bobinho com a mochila laranja, jogando para o alto, numa altura que Ella não consegue alcançar.

— Devolve! — grita, pulando na ponta dos pés, sem sucesso.

Coloco as duas mãos em concha ao redor da minha boca.

— Ei!

Todos olham na minha direção. Andy ri ao me ver, fazendo um coração com as mãos na minha direção conforme me aproximo. Outros dois colegas estão rondando a entrada do cais, parecendo entretidos feito idiotas. Babacas. Avanço, escorregando algumas vezes enquanto desço pelo barranco, e arranho minha panturrilha no mato. Não me importo.

Andy grita para mim ao ver que me aproximo.

— Chegou pra ver o show, Manning?

— Deixa ela em paz, porra — rosno em resposta.

Ella parece horrorizada. Lágrimas escorrem por suas bochechas coradas de sol, os cabelos bagunçados. Ela me lança um olhar e então ataca Andy, acertando-o com os punhos.

— Seu *babaca.*

Ela bate nas costas de Andy, mas ele consegue se virar e a pega no colo, segurando por baixo da bunda.

como alcançar o Sol **113**

Consigo chegar ao final do barranco quando dois babacas do time de futebol me param, bloqueando minha tentativa de resgate. Heath me puxa pelo braço e o amigo dele, Lisbon, pega o outro. Me segurando. Me contendo.

Andy joga Ella por cima do ombro, mas ela continua a socar as costas dele, arranhando, seus protestos ecoando pela quietude da escuridão. Outro cara joga a mochila dela no lago e escutamos os respingos d'água. Ella se contorce. Andy pisa firme até a beira do píer, com Ella se debatendo e se contorcendo em cima de seus ombros musculosos.

Tento me soltar dos dois caras que me seguram, mas eles apertam ainda mais, as unhas arranhando meus braços. Filhos da puta. Vou matar um por um.

— É assim que se joga o lixo fora, Manning — diz Andy, assobiando conforme se aproxima da água. — Aqui não é lugar de putas como ela. Você viu ela na TV defendendo aquele doente do caralho? Os dois são da mesma laia. Boa viagem.

Ao dizer isso, ele a joga no lago como se fosse uma boneca de pano. Um fardo de arroz.

Um saco de lixo.

O grito de Ella atravessa a floresta.

Esmaga meu coração.

Andy finge que está limpando as mãos.

— Hora de limpar a cidade de todo esse lixo.

Estou rosnando como um cão raivoso, tentando me livrar dos dois idiotas quando vejo Ella romper a superfície e desaparecer no lago escuro. Ela vai reaparecer a qualquer momento, esses filhos da mãe vão me soltar, então vou conseguir secá-la e levá-la para casa. Então vou acabar com eles. De alguma forma, de qualquer jeito. Não sei qual é o meu plano, mas não vai ser coisa boa. Eles vão se arrepender pra caralho do dia em que colocaram a mão nela.

— Ella! — chamo enquanto dedos gordos machucam minha pele.

Todo mundo está rindo, menos eu.

Todo mundo vê a água formar ondas e bolhas no lugar em que ela desapareceu.

Todo mundo espera.

E espera.

Eu espero.

Os segundos se transformam em um minuto e o medo me atinge como uma picareta. Heath e Lisbon finalmente afrouxam o meu braço, as risadas sumindo quando Ella não ressurge.

Ela está se afogando? Será que ela não sabe nadar? Porra!

Eu me solto e consigo ver a expressão desconfiada de Andy enquanto encara, perdido, a água calma.

— E-eu não fazia ideia de que ela não sabia nadar... — balbucia. — Eu só queria... Merda...

Passo voando por Andy e os amigos, os cadarços desamarrados dos meus tênis batendo contra as frágeis tábuas de madeira enquanto corro em direção ao lago. Arrancando os sapatos, inspiro fundo. E, sem pensar duas vezes, ao chegar na beira do cais, pulo na água e mergulho.

Estou cercado por água gelada, que me consome. Me engole. Batendo os pés, forço meus olhos a se abrirem no meio daquela escuridão cinza e procuro por Ella. O mundo brilha acima de mim, distorcido, parecendo um sonho, enquanto sou preenchido por uma onda de quietude. Tudo está em silêncio, quieto, familiar ao meu redor.

Então a vejo, através da barreira formada pela água barrenta, os cabelos flutuando ao redor como fitas carmesim. Ela está a alguns metros, então nado sem parar, e consigo vê-la melhor conforme me aproximo.

Os olhos estão abertos. Os braços, estendidos ao lado do corpo, preguiçosos e levitando. Ela está me encarando, o leve arregalar dos olhos me dizendo que não está se afogando. Não está.

Ela escolheu.

como alcançar o Sol **115**

Não consigo evitar encará-la. Parece que estamos congelados enquanto eu a observo e ela me encara de volta, e algo bruto e doloroso na mesma medida cruza a distância que nos separa. Um fio em comum.

Ela parece em paz. Etérea.

Farta.

Minha mente volta alguns anos, relembrando que já estive na mesma situação. McKay e eu costumávamos prender a respiração e nos encararmos sob a superfície do lago, desse mesmo jeito, uma batalha de força de vontade e pulmões resistentes. Uma competição para ver quem aguentava mais tempo. Sempre me perguntava quem seria o primeiro a desistir. Quem abriria mão. Quem se submeteria à escória e a afundar para sempre. Contudo, éramos covardes. Apenas crianças. Batíamos os pés quando estávamos prestes a ficar sem ar, flutuando suavemente de volta ao ar fresco e à luz do sol. Voltar à superfície nunca parecia uma vitória. De um jeito mórbido, parecia que não havia vencedores.

Nós dois perdemos.

Sou arrancado do meu devaneio quando os olhos de Ella se reviram e percebo que o momento não é eterno. Não é eterno, mas vai ser. *Merda.* O que estou fazendo aqui, só observando, quando deveria estar ajudando? Meus instintos voltam a funcionar e nado para a frente, meu peito doendo, os pulmões sobrecarregados e doloridos. O tempo está passando e ela está morrendo diante dos meus olhos. Está se rendendo ao silêncio e não posso deixar isso acontecer.

Eu a alcanço. Puxo Ella pela camiseta laranja e a arrasto para o céu ao mesmo tempo em que meu fôlego diminui e começo a ver estrelas. Ella não luta, não nada. Está leve e à deriva. Inconsciente, longe. Impulsiono meu corpo mais e mais para cima enquanto essa triste casca em forma de garota pende ao meu lado, e me pergunto se vai me odiar por causa disso... se salvá-la vai ser como uma perda trágica.

Alcançamos a superfície e eu inspiro.

Respirações longas, profundas e ávidas.

Ella está pendurada em mim, molenga, sem vida. Não está respirando. Não está sorvendo o ar fresco de outono do mesmo jeito que estou.

Não, não, não.

Arrastando-a para cima do cais, eu me levanto e a coloco de costas, esticando as pernas e inclinando a cabeça dela para trás.

Caio de joelhos ao lado dela.

Todo mundo foi embora. Eles fugiram.

Bombeio o peito dela com as palmas das minhas mãos, o medo tomando conta de mim enquanto vejo gotas caírem da minha franja molhada.

Respira, respira, respira.

Estou tremendo, desesperado, inquieto.

Continuo bombeando. Tentando. Implorando.

— Reage, Ella. Reage.

Eu me curvo. Estou prestes a encostar meus lábios no dela, para fornecer ar fresco e vida nova, só que então ela se levanta do cais e arqueja, os olhos esbugalhados.

A água do lago jorra dela.

Ao rolar, Ella vomita, colocando para fora bile e um bocado de líquido transparente.

Ela tosse sem parar, cuspindo e se engasgando, antes de voltar a deitar de costas e continuar a respirar ofegante. Afasto os fios de cabelo embaraçados dos olhos dela, acariciando a testa com a ponta do meu dedão. É um gesto íntimo, mas salvar a vida de alguém é algo íntimo. Não parece fora de hora.

Ella respira fundo, os pulmões mais limpos, o corpo tremendo como se voltasse à vida. A camiseta molhada se molda às curvas do corpo dela e os cabelos embaraçados estão espalhados pelo cais em cachos escuros e encharcados. Continuo massageando a testa dela, dizendo que está tudo bem, ficando ao lado dela até que os seus olhos se voltem para mim. Ella pisca

como alcançar o Sol **117**

na minha direção, o peito ainda pesado. O corpo tremendo. Os lábios afastados, buscando algo a dizer.

Não a deixo falar. Estou com muito medo do que pode dizer.

Eu te odeio.

Como se atreve?

Você tinha que ter deixado eu me afogar.

Em vez disso, eu me inclino e sussurro suavemente ao pé do ouvido dela, assim que o sol desaparece no horizonte e o fogo se apagou do céu:

— Ei, Sunny.

Capítulo 10
ELLA

Acho que estou ouvindo... uma canção de Natal. Johnny Mathis.

Ele está cantando sobre neve e visco, e, por um instante, sou tomada por devaneios da infância — um refúgio aconchegante de nostalgia, biscoitos de canela e aqueles aromatizadores de carro com cheiro de pinheiro. Meus pais nunca compravam árvores de verdade porque Jonah era alérgico a espinhos de pinheiro. Então, eu improvisava. Juntava a minha mesada, pedalava até a loja de conveniência e comprava um número considerável dos meus aromatizadores favoritos de abeto. Quando chegava em casa, decorava a árvore com eles, pendurando as cordinhas nos galhos de plástico e inalando o aroma azedo do pinho artificial.

Quase igual.

Johnny Mathis costumava ser nossa trilha sonora durante o mês de dezembro. Minha mãe amava colocar uma velha fita vhs de origem duvidosa do Johnny passeando sem rumo por cenários natalinos, cercado de pessoas vestindo aqueles suéteres de Natal dos anos 1990. Era algum especial de fim de ano que tinha ido ao ar e era muito brega, mas ela amava. Nós amávamos porque ela amava e... bem, anos depois, acho que continuo amando. Ele me faz lembrar de uma época mais feliz, momentos queridos presos em um globo de neve mágico.

Minha cabeça começa a latejar.

Há um rugido nos meus ouvidos, afastando as memórias. As imagens de quando ficávamos sentados à beira da lareira comendo os biscoitos caseiros que mamãe fazia e o chocolate quente de Jonah coberto por marshmallow são substituídas por algo que queima em meus pulmões. Sinto uma dor no peito. E dessa vez não é a dor de tristeza a qual já me acostumei. É uma dor física, um peso. Uma pressão quente estrangula minhas costelas e sobe pelos meus pulmões. O vibrato sem esforço de Johnny Mathis é engolido, assim como todos os meus sentidos.

Meus olhos se abrem de repente.

Cambaleio.

Arfo.

Vomito.

Respiro.

Com a mesma violência que uma tempestade furiosa, água jorra da minha boca enquanto me ergo no cais e rolo para o lado. Arranho a tábua de madeira, minha garganta está queimando.

Acho que quase me afoguei.

Acho que queria ter me afogado.

Acho que tentei me afogar.

Entre todos os sentimentos possíveis no momento, me sinto envergonhada. Alguém está aqui comigo. Alguém me viu no fundo do poço e me tirou de lá.

Não qualquer pessoa.

Max.

Eu me jogo de costas, com a lembrança dele me observando desaparecer nas águas profundas com um olhar de cortar o coração tomando conta da minha mente. Meus olhos se abrem, minha cabeça lateja e meus pulmões continuam a trabalhar. Não sei o que dizer.

Ele é um borrão acima de mim, uma névoa brilhante.

Senhor, eu fui tão idiota... tão irresponsável.

Deveria agradecer. Pedir desculpas a ele.

Mas ele se curva antes que eu me engasgue com as palavras, os lábios contra minha orelha.

— Ei, Sunny.

A emoção me invade. Lágrimas se formam em meus olhos. Quase morri, mas não acho que queria mesmo morrer. Não agora, ainda não. Não estou preparada para algo tão definitivo. Preciso mudar a minha vida; preciso de uma nova chance para ser melhor. Fazer o meu melhor. Preciso...

— Fica aqui.

Max paira sobre mim, afastando meu cabelo molhado e acariciando minha testa com o polegar; minha respiração finalmente começa a se acalmar.

Fica aqui, diz ele.

Duas palavras.

Sinto-as mais do que as escuto.

Uma luz tranquilizante atravessa a nuvem escura que engole minha alma. O rugido em meus ouvidos se transforma em um zumbido tranquilo até que a voz de Johnny Mathis volta a ser um eco distante, me lembrando de que ainda estou viva. Que ainda vou viver outros Natais.

Desapareci, mas não fui embora.

Escorreguei...

Mas continuo aqui.

Max me carrega por todo o caminho até em casa.

Mais de três quilômetros.

Um braço debaixo dos meus joelhos, outro em volta das minhas costas, e minha mochila laranja ensopada pendurada no ombro.

A respiração dele está cansada, os passos pesados ao triturar pedras e poeira. Os carros passam por nós zunindo. As luzes da rua brilham. Minhas pálpebras tremulam, a exaustão me vencendo.

Ele é quente e eu sou fria.

Ele cheira a água do lago, terra e pinho.

Max me segura com um pouco mais de força quando encosto minha testa no ombro dele e fecho os olhos.

Ele me carrega.

Eu deixo.

Capítulo 11
ELLA

Pneumonia.

Foi o que ganhei por pensar que seria mais fácil afundar do que lutar para voltar à superfície. Na verdade, esse era o resumo. Não queria realmente morrer. Só pareceu... *mais fácil*, de algum jeito. Dava menos trabalho deixar o universo agir. Vamos chamar de preguiça.

Agora estou sofrendo as consequências, acamada em casa depois de três dias no hospital, quando fui cutucada e furada por uma mulher uniformizada que cheirava a arroz cru e prendia o cabelo igual a uma colmeia torta. A boa notícia é que vou ficar duas semanas fora da escola. Pequenas vitórias.

Minha mãe não sabe de todos os detalhes sórdidos da minha experiência de quase-morte, e nem vai saber. Depois que Max me carregou por mais de três quilômetros naquela tarde, ele ficou comigo até minha mãe chegar do trabalho, vinte minutos mais tarde. Disse que saí para nadar no lago e os meus cadarços agarraram na vegetação debaixo d'água.

Por sorte, ela estava cega pela preocupação para sequer perguntar por que eu estava nadando de tênis.

Um pequeno descuido.

Por dentro, eu estava morrendo de vontade de acusar Andy Sandwell e seus cúmplices idiotas, mas eu só queria ficar em *paz*. E nunca teria paz se começasse um tumulto em Juniper

como alcançar o Sol **123**

Falls. Cansei de batalhas, guerras improdutivas que não posso vencer. Além disso, Andy não tinha a intenção de me afogar. Não é um assassino que nem Jonah. Desistir foi escolha minha.

Eu me rendi.

Ele venceu.

Isso é tudo.

Quando já estou em casa e acamada há cinco dias, Brynn! saltita para dentro do meu quarto com tranças balançando e o sorriso mais iluminado que já vi.

Tão iluminado que meus olhos chegam a doer.

Puxo as cobertas e cubro a cabeça.

— Ella!

Resmungo enrolada nas cobertas.

— Estou com o pulmão cheio de catarro. Parece que levei uma surra e perdi uma luta de UFC. Meu cérebro está funcionando tão rápido quanto internet discada. — Tusso um pouco. — E estou fedendo a chulé.

— Internet discada?

— Minha mãe sempre fala disso quando reclamo do Wi-Fi.

As cobertas são puxadas para longe de mim, revelando meu estado deplorável. Brynn! estremece ao me ver, mas se recupera bem.

— É meu e dos meus dois pais.

— Dos seus dois pais?

— É, eu tenho dois pais.

— Sorte a sua, eu não tenho nenhum. — Meu olhar se dirige para uma travessa de frutas cobertas de chocolate, com abacaxis cortados em formato de estrelas e morangos transformados em emojis de coração. — Isso foi muito fofo, obrigada.

— De nada!

Ela apoia o prato na minha mesa de cabeceira bagunçada, cheia de lenços de papel assoados, antibióticos e cinquenta mil garrafas d'água. Então, se senta ao lado das minhas pernas.

— Ia te perguntar como você está, mas você já me deu um relatório detalhado — diz ela.

— Desculpa por estar cheirando a chulé.

Ela me cheira.

— Você não está. Na verdade, está com cheiro de casca de laranja e suor. Não é uma combinação tão ruim.

— Eu estava comendo laranja quando a febre aumentou — conto.

Buscando forças, suspiro e tento me sentar, encostando contra a cabeceira de madeira. Os meus cabelos emaranhados, secos naturalmente depois da minha última tentativa de tomar banho, caem no rosto, e jogo os fios para o lado para ver essa bola de sol radiante sentada ao meu lado. A postura dela é impecável. Os cabelos parecem seda. Os dentes são mais brancos do que neve recém caída. Ela não pode ser humana.

— Obrigada por me visitar. Não precisava.

— Eu queria. Tentei vir ontem, mas sua mãe disse que você ainda não estava recebendo visitas.

Verdade. Minha mãe adiantou as férias para ficar em casa comigo enquanto me recupero. Ela tem sido bem rígida para garantir que eu durma o suficiente, fique hidratada e tome meus antibióticos na hora certa, para evitar uma recaída. Ainda bem que nosso seguro-saúde estadual passou a valer mês passado enquanto a gente se reorganiza, e por isso minhas contas do hospital estão completamente cobertas. Não faço a menor ideia do que aconteceria se não fosse o caso.

Sou tomada pela culpa, porque sou irresponsável. Se eu tivesse tentado chegar à superfície, nada disso teria acontecido. Minha mãe está uma pilha de nervos, achando que vou sufocar no meio do sono.

Forço um sorriso fraco.

— Como vai o colégio?

Eu não me importo, mas é a única coisa que temos para conversar.

— Vai bem. Hoje o McKay me convidou pra ir ao Baile de Outono — comemora. — Você acha que até lá vai estar bem para ir com a gente?

— Provavelmente.

— Uhul!

— O que não quer dizer que eu vou.

Ela torce o nariz.

—Ah, mas você deveria! Pode pegar carona com a gente na caminhonete do McKay. Tecnicamente, é da família dele, mas é tão *vintage*. Um daqueles modelos clássicos dos anos 1960. Acho que é um Chevy... — Ela percebe que meus olhos estão se fechando, então me dá um tapinha no ombro. — Podemos nos arrumar juntas. Ainda preciso escolher o vestido.

— Eu passo — resmungo, meio grogue.

— Fala sério... você poderia ir com o Max. No ano passado ele foi com uma tal de Libby, mas ela era chata e tinha uma mania esquisita de fazer coisas em conserva. Cebola, pepino, beterraba. Até pé de porco. Você é bem mais divertida.

— Há controvérsias.

Ela suspira.

—A propósito, o Max está bem preocupado com você.

Meus olhos voltam a se abrir, um de cada vez.

— Ele está?

— Uhum. Tem um boato rolando de que ele te salvou, mas ele não quer tocar no assunto. — Hesitante, ela mordisca o lábio inferior e ergue os olhos castanhos para mim. — É verdade? Ele te salvou?

Volto a fechar os olhos e deixo as lembranças do lago voltarem. A calmaria silenciosa. A quietude. O brilho distorcido da luz do sol laranja e amarela ondulando acima da superfície.

Max.

Penso em como ele me encarou debaixo d'água, os cabelos castanhos flutuando ao redor de seu rosto como um halo formado por folhas de outono. Algo me diz que ele também esteve naquele lugar, assim como eu. Que ele sabia o que era querer se afogar. Então me levou até em casa sem reclamar, o calor de seus braços fortes sendo suficiente para substituir a água fria do lago que ameaçava congelar meus ossos.

Ei, Sunny.

Fica aqui...

Não vou negar que ele me salvou. Max Manning merece todo o crédito por me trazer de volta dos mortos.

— É, é verdade — confesso. — Max me salvou.

Os olhos dela estão cheios de lágrimas quando une as palmas da mão contra o peito.

— Uau. Isso é importante.

Virando a cabeça, encaro o terrível teto com textura de pipoca.

— Acho que é.

— Ah! Isso me lembra — diz ela, pescando algo do bolso do macacão. — Ele disse que o pai estava passando por algum tipo de crise, então não conseguiu vir comigo... mas me pediu para te entregar isso. Ele vai tentar te visitar amanhã se sua mãe deixar.

Brynn! segura um pedaço de papel dobrado e meu coração salta. Meus dedos tremem enquanto estendo a mão para pegar.

— Obrigada.

— Sem problemas. Vou te deixar descansar. Só queria ver como você estava. — Ela se levanta da cama e aperta as tranças em seu cabelo. — Aproveite as frutas. O meu preferido é o abacaxi.

Sorrio para ela — um sorriso sincero dessa vez.

— Agradeça aos seus pais por mim. Quem sabe eu conheço eles qualquer dia.

— Isso! Eles já te convidaram para ir lá em casa para uma noite de fondue e charadas. É uma coisa que eles gostam de fazer. — Afastando-se, ela acena para mim com entusiasmo. — Se cuida, Ella.

— Tchau.

como alcançar o Sol **127**

Depois que ela sai pela porta, deixando uma nuvem adocicada, me viro na cama e abro o bilhete do Max. A tinta preta familiar me encara e eu mordo o lábio inferior.

Três motivos pelos quais você sempre deveria nadar na superfície:

1. Nadar é um ótimo exercício. É por isso que meus braços são tão bonitos (não negue. Eu sei que você gosta dos meus braços.)
2. O sol está acima da superfície. Você combina com ele.
3. Sentiria sua falta.

— Max

Sou interrompida pela minha mãe entrando no quarto segurando uma caneca de chá quente, de bobes nos cabelos, os olhos vermelhos. Escondo o bilhete debaixo do travesseiro e lanço um sorriso meio maníaco para ela.

— Ei, mãe.

— Sua febre abaixou. — Ela se aproxima, suspirando de alívio, e coloca a caneca laranja-néon ao lado da minha luminária de lava. — Como está a tosse?

— Encatarrada e nojenta.

Pressionando o dorso da mão contra a minha testa molhada por suor frio, ela sorri suavemente.

— Você parece melhor. Menos vermelha.

— Uhum. — Me apoio na cabeceira ao me virar para encará-la. — Voltei ao padrão da minha pele: fantasmagórica e pálida.

— Sua amiga é um amor, aliás... Brynn. — Minha mãe se senta ao meu lado. — Ela trouxe alguns deveres de casa pra você fazer, já que está de cama.

Resmungo.

— É muita expectativa. Você não devia me dar muita coisa pra fazer no meu estado atual.

— Ai, Ella. — Ela suspira e aperta a palma da mão contra o cobertor que cobre minhas pernas. — Você não faz ideia do quanto eu sou grata ao Max. Não posso imaginar... — Ela hesita, afastando as lágrimas. — Só a ideia de você... não consigo... A voz da minha mãe falha. Ela sequer consegue dizer em voz alta.

A culpa volta enquanto ouço marteladas de juiz à minha volta. Fui egoísta pra caralho. Quase deixei minha mãe completamente sozinha. Sem filhos e enlutada.

Não respondo. Estou com muito medo de confessar meu pecado terrível e minha sentença ser uma morte lenta.

Recompondo-se, ela limpa a garganta de toda a angústia e força um sorriso.

— Vovó Shirley mandou um cartão fofo e um cheque de cinquenta dólares. Eu disse a ela que estávamos com dificuldade de encontrar um trabalho e essa pneumonia vai te deixar de molho.

Vovó Shirley é uma dessas senhoras mesquinhas que passou a vida inteira guardando dinheiro. Ela é rica. Diz que está sendo responsável, mas vai completar oitenta anos daqui a pouco.

Embora tenha ajudado na época em que mais precisávamos, comprando um carro usado e essa casinha depois que minha mãe quase foi à falência por pagar pelos advogados do Jonah, ela ainda nos deu um sermão sobre a importância de sairmos do buraco por conta própria.

Puxo as cobertas até o queixo e solto um resmungo.

— Legal. Valeu.

— Vou voltar para o salão amanhã — continua. — Você vai ficar bem sozinha? Preciso ficar com você por mais uns dias?

— Não, estou bem. Acho que o pior já passou.

como alcançar o Sol **129**

Olho pela janela ao ouvir um barulho de algo quebrando do outro lado da rua. Olhando de fora, parece tudo bem na casa dos Manning — mas eu sei muito bem que as aparências enganam. Olho para a minha mãe.

— Eu te ligo se precisar de alguma coisa.

— Tá bem. — Ela me aperta firme e se levanta antes de hesitar brevemente. — Ah, Ella?

Viro para ela.

— O que?

Minha mãe me analisa por um instante, apertando os olhos ao me observar. Então balança a cabeça cheia de bobes cor-de--rosa e pergunta, franzindo a testa:

— Por que raios você estava nadando de tênis?

Sou acordada por sons de batidas.

Toc, toc.

Meus olhos se abrem e dou de cara com a escuridão. Tateio à procura do meu celular, que deixei carregando ao meu lado, e vejo que já passou das dez da noite. Devo ter caído no sono depois do delicioso banquete de caldo de ervilha e biscoitos salgados que já deviam estar quase fazendo aniversário. Coço os olhos com as duas mãos, bocejando.

Então escuto mais uma vez.

Toc, toc, toc.

Dou uma olhada na janela rachada. Sinto uma brisa suave que balança minhas cortinas cor de pêssego, que tremulam como um presságio. Sinto uma onda de calafrios, ainda que eu tenha certeza de que não é nada além de um galho de árvore. Sempre fui aquele tipo de pessoa que diz "é só o vento", quando Jonah era mais do tipo que se preocupava e ficava em alerta, especialmente quando tinha a ver comigo.

Deslizo para fora das cobertas, subo no colchão, arranco a minha luminária de lava da tomada e a seguro, caminhando descalça até a janela, com os olhos ainda turvos. Estou cansada e ensopada de suor, mas ou estou prestes a acertar a cabeça de um intruso com um abajur vintage ou vou estragar a noite de um galho de árvore. De um jeito ou de outro, estou hesitante.

Com quase nenhum senso de preservação, avanço e abro a cortina, erguendo meu braço para atacar.

Max me encara do outro lado do vidro, os braços cruzados.

Parece estar se divertindo.

As sobrancelhas estão arqueadas, visíveis até na escuridão noturna.

— Que porra é essa? — vocifero, mas sem abaixar o braço.

Ainda não decidi se quero ou não acertar a cabeça dele.

Ele faz um sinal com a mão, pedindo que eu abra a janela um pouco mais.

Não.

Nem morta que vou fazer isso.

— Max — sussurro, quase assobiando. — Vai pra casa.

A janela está semiaberta porque está emperrada, então ele se agacha para que eu possa ouvi-lo melhor.

— Posso entrar?

— Por acaso parece que você pode entrar?

Balanço a minha luminária de lava como uma ameaça, só que o meu pijama de abacate com um capuz enfeitado com caule e uma folha no topo meio que acaba com a intimidação.

— Tô doente e provavelmente morrendo. Por favor, vai embora.

— Você não quer saber por que eu vim?

— Não. Tchau.

— Você vai me transformar em guacamole?

Meus olhos se estreitam em desdém.

— Não faça piadinhas com meu pijama de abacate, ou vou tossir em você.

— Pneumonia não é contagiosa — rebate.

Eu o encaro porque é a minha única defesa. *Eu sabia.*

como alcançar o Sol **131**

Ele não parece disposto a ir embora, então abaixo o braço, os ombros murchando com a derrota. Ok. Acho que estou um pouco curiosa para saber o motivo dele estar aqui. Acendendo a luz, me inclino e abro a janela o suficiente para que ele a atravesse.

Max dá um sorrisinho vitorioso assim que desliza uma perna para dentro, seguida de outra.

Isso é estranho.

Tem um cara entrando pela minha janela no meio da noite e eu estou fedendo a suor e caldo de ervilha.

No entanto, ele salvou minha vida, então tento parecer menos na defensiva.

— Sabia que dá para bater na porta? Ou usar o celular para ligar ou mandar mensagem?

Com as botas pretas firmemente plantadas no meu carpete bege, Max se endireita à minha frente, os lábios ainda pressionados em um sorrisinho.

— Também dá para atravessar janelas quando está muito tarde para tocar a campainha. E eu não tenho seu telefone para te ligar ou mandar uma mensagem. — Ele cruza os braços e inclina a cabeça, suavizando o olhar. — Como você tá?

Max está perto demais. Ele é alto e sufocante, tem um cheiro terroso e de limpeza, assim como quando me carregou do lago até em casa. Nem as minhas narinas entupidas são imunes ao cheiro dele, másculo e atraente. Engulo em seco e afasto o meu olhar.

— Tô bem. Melhor.

— Trouxe uma coisa pra você — diz ele.

Levando o braço para atrás das costas, ele tira algo do cós da calça e entrega para mim. A luz da lua brilha através da janela aberta, iluminando o que parece ser um potinho.

— Imagino que você deve estar ganhando muitas flores, então tentei pensar fora da caixinha. Um presente de melhoras.

Evito olhar ao redor do meu quarto, que está cheio de flores invisíveis. Então volto a minha atenção para o que Max está segurando na palma da mão. Consigo enxergar melhor quando me inclino e forço os olhos.

Ai meu Deus.

É um giz de cera laranja plantado em um vaso de terra.

Fico em silêncio por um momento antes de voltar o meu olhar para Max.

— O que é isso?

— Um dia, talvez, vire uma cenoura. Estou torcendo.

Minha boca se fecha. Meu peito aperta. Não consigo parar de piscar sem parar, fora do ritmo das minhas batidas descompassadas.

— Você se lembra de cada palavra que eu te disse?

— Lembro. — Ele dá de ombros. — Sou um bom ouvinte.

Minhas mãos traiçoeiras estão tremendo quando as estico para aceitar o potinho de barro. Deve ser a febre, porque fico emotiva e meus olhos se enchem d'água. Sou obrigada a continuar piscando, assim ele não vai reparar.

— Hm, obrigada. Isso é… legal. — É muito legal mesmo. É atencioso. Completamente ridículo, mas atencioso. — Então, você escalou minha janela às dez da noite só pra me entregar um giz de cera plantado?

Sorrindo, Max dá um passo à frente e analisa meu quarto.

— Claro — responde.

Pego a luminária e corro até a mesa de cabeceira, colocando de volta na tomada e acendendo. Um brilho fúcsia suave preenche o quarto enquanto apoio o vaso, me virando para encará-lo.

— E se eu dormisse pelada?

— Achei pouco provável. Você é muito cautelosa. — Ele anda de um lado para o outro do quarto, examinando as paredes repletas de pôsteres e as estantes amontoadas de romances e bugigangas. — Enfim, não sei se você está se perguntando isso, mas eu durmo pelado. Vou deixar minha janela destrancada.

— Nojento.

Virando-se, ele me lança um sorrisinho.

como alcançar o Sol **133**

— Também queria saber como você está. Ter certeza de que tá tudo bem.

— É, eu tô. A propósito, obrigada pela lista.

— É claro. — Ele assente, os olhos azuis me analisando dos pés à cabeça. — Queria ter vindo antes, mas o meu pai... hm... ele teve uns probleminhas.

Lembro de Brynn! mencionar algo assim na fogueira. Suavizo a postura um pouco mais e me aproximo dele.

— O que aconteceu?

Max pigarreia e coça a nuca, parecendo desconfortável com o assunto.

Eu me identifico, então não vou insistir.

— Você não precisa me contar...

— Ele é alcóolatra — conta. — Há uns anos, sofreu uma lesão que o deixou bem debilitado e acabou descontando no álcool. Geralmente, no uísque. Ele é um cara legal, mas precisa de cuidado o tempo inteiro, ainda mais quando consegue bebida. — Max suspira, parecendo tão cansado quanto me sinto. — Enfim... eu também gosto de Stevie.

Franzo as sobrancelhas, confusa.

— Quê?

— Stevie Nicks. — Ele aponta para os meus pôsteres. — Ela é uma lenda.

— Ah, sim. Ela é incrível. Não imaginei que você fosse fã do Fletwood Mac — admito. — Você tem mais cara de quem curte metal, rodinha punk. Você é meio sombrio.

Ele sorri. À luz fúcsia da luminária, seus olhos brilham quase em tom violeta.

— Mais deprimido, né?

— Não. — Balanço a cabeça e mordo meus lábios. — Deprimido não.

— Qual é sua música favorita deles? — pergunta, se aproximando de mim enquanto eu me mexo para a beirada da cama.

— "Thrown Down".

134 JENNIFER HARTMANN

— Não conheço.

— É de um álbum mais recente deles, *Say You Will*, de 2003 — explico.

— Hmm. Vou ouvir.

Quanto mais ele se aproxima, mais sinto minhas bochechas esquentarem. Fico me perguntando se a febre está voltando. Max para a alguns centímetros de distância da minha cama, o olhar fixo no meu rosto. Algo familiar brilha em seu olhar. Por um instante, voltamos à água, um ar de seriedade atravessando o espaço obscuro entre nós dois. Um laço. Um fio em comum. Engulo em seco mais uma vez, sentindo um nó na garganta.

— Acho que nunca te agradeci de verdade… por salvar minha vida — digo. — E obrigada por voltar e buscar meu livro e a bicicleta.

Não sou de demonstrar vulnerabilidade, e Max sabe disso. Não acho que ele esperava a sinceridade que escorre pelas minhas palavras. Dessa vez, não estou atacando, nem sendo ríspida ou indo pelas beiradas.

Estou sendo sincera. Eu sou muito grata.

Ele inspira fundo.

— De nada, Sunny.

Meu peito dói. Passei a detestar apelidos, exceto os que Jonah usava comigo. Leitão, principalmente. E eu costumava chamá-lo de Ursinho Pooh — ou Pum, se a gente estivesse sendo bobo.

Mas ultimamente os apelidos que me davam eram sempre cruéis e me machucavam.

Princesinha.

Cúmplice.

Escória, Lixo, Merda.

Até meu sobrenome parece um insulto ultimamente.

Mas… Sunny não é tão ruim. Na verdade, quando Max está por perto, nada parece ruim, e não tenho certeza se isso é bom ou se devo me preocupar.

como alcançar o Sol **135**

Antes que consiga responder, Max se vira e fixa o olhar no que parece ser a minha mesa de cabeceira. Os olhos dele se estreitam enquanto se concentra. Ele pisca algumas vezes antes que um pequeno sorriso se forme e então volta a me olhar.

Viro-me para encarar a mesinha, tentando encontrar o que chamou atenção dele. Um monte de lenços usados ocupa boa parte do espaço, ao lado de remédios para febre, garrafas de água e uma tigela nojenta de sopa pela metade. Está verde- -escura e grudenta. Constrangedor.

— Desculpa a bagunça — peço, me retraindo. — Pode me julgar o quanto quiser.

O sorriso dele só aumenta.

— Você guardou a pedra que eu joguei pra você. Na clareira.

Quando entendo o que Max acabou de dizer, meus olhos se arregalam e minhas bochechas queimam.

— Ah, hm... não. Não guardei. Minha febre passou pra você e agora você está alucinando.

Vou até a mesa de cabeceira e pego a pedra que deixei à mostra, tentando esconder o que ele já descobriu.

Só que ela escorrega dos meus dedos e quica na mesa.

Na minha tentativa desesperada de capturar, meu ombro esbarra na luminária e ela também escorrega, batendo contra a mesinha de madeira.

— Merda.

Escuto passos se aproximando do quarto ao lado.

Minha mãe.

Merda.

Tem um cara no meu quarto.

Merda!

Entro em pânico e corro até Max, de olhos arregalados e estendendo os braços.

— *Se esconde* — sibilo entredentes.

Ele ainda está sorrindo.

Eu o seguro pelos braços, giro o corpo dele e o arrasto até o meu closet. Então abro a porta e o empurro para dentro, e ele me encara, maravilhado. Por um instante, estou completamente ciente das minhas mãos envolvendo os braços nus de Max. De sua pele quente, seus músculos firmes. Do seu peito largo a poucos centímetros do meu. Do closet escuro.

Minha mãe bate à porta.

— Ella? Está tudo bem por aí?

Dou um pulo para trás e fecho a porta do closet antes de correr para lidar com minha mãe. Estou tão nervosa que me esqueci até de como a porta funciona, então empurro umas duas vezes em vez de puxar, antes de finalmente conseguir abrir.

— Oi, mãe. Uau, tá tarde. — Dou um bocejo exagerado. — Boa noite.

Ela segura a porta antes que eu feche na cara dela.

— Tá tudo bem? Achei que tinha escutado alguma coisa caindo.

— Estava fazendo exercício.

— Ella… são dez e meia da noite.

— Nunca é tarde demais para a saúde cardiovascular ser uma prioridade.

A dúvida brilha em seu olhar. Minha mãe cruza os braços por cima da camisola.

— Você está se sentindo melhor?

— Estou ótima. — Alongo meus braços, então rodo um para trás como se estivesse me preparando para uma corrida noturna. — Dormi o dia inteiro, então agora estou muito acordada. Desculpa… Eu esbarrei na minha luminária… enquanto fazia polichinelos.

Ela dá uma espiada na minha mesa de cabeceira caótica e esfrega as duas mãos contra o rosto.

— Tá bem. Enfim, tente descansar. Se você quiser, eu tenho melatonina.

Eu sorrio e aceno.

— Tá. Ótimo. Boa noite.

como alcançar o Sol **137**

Quando ela se afasta, eu fecho a porta e tranco. Encosto a minha testa contra a madeira e solto um suspiro. Um farfalhar me faz me arrastar até o closet, abrindo a porta. Max arqueia a sobrancelha.

— Você me escondeu aqui dentro como se eu fosse um grande segredo.

— É, bem, a última coisa que eu quero agora é a minha mãe me explicando de onde vêm os bebês depois de encontrar um garoto no meu quarto.

Ele pega um dos meus bichinhos de pelúcia, que calha de ser o Piu-Piu, de uma caixa aberta.

— Justo. Não tenho a menor intenção de provocar sua mãe a dar uma palestra dessas.

Max lança o Piu-Piu na minha direção e eu agarro com facilidade.

— Você deveria ir agora — digo para ele, segurando um sorriso.

— Posso voltar amanhã?

Ele sai do closet e passa por mim, em direção à janela.

— Por quê?

— Para te ver.

— Eu tô parecendo a Morte, só que batida no liquidificador, depois colocada no micro-ondas e deixada no sol pra apodrecer.

Antes que escape pela janela aberta, Max vira de frente para mim. Os olhos dele se suavizam na bruma magenta.

— Você não parece a Morte, Sunny — diz. — Na verdade, parece o contrário disso.

Ele lança um olhar para a minha mesa de cabeceira, que abriga o giz plantado e a pedrinha branca. Acena para se despedir, então levanta a perna e sai pela janela, me deixando sozinha no meu quarto silencioso.

Engulo em seco, encarando como as cortinas tremulam e balançam na brisa da noite, enquanto ele desaparece na escuridão.

A presença de Max permanece ali.

Ainda posso sentir os braços dele em volta de mim, me carregando do lago até a minha casa.

Tremendo, respiro fundo e esfrego os braços antes de voltar à minha cama. Pego a pedra da mesa de cabeceira e me enrolo debaixo dos cobertores.

Quando o sol surge na manhã seguinte, ela ainda está lá, guardada na minha mão.

Capítulo 12
ELLA

Andy Sandwell está me encarando do outro lado da sala, com os olhos roxos. Clico na caneta com o polegar, sustentando o contato visual. Não vou me render. Não vou desistir. Tenho muita coisa pela qual vale a pena viver — guacamole feita em casa, bons livros, maioridade legal logo na esquina, a sensação incrível de descascar uma laranja de uma vez só e as listas do Max.

Sei disso agora.

Não sei muito bem por que Andy está com os dois olhos roxos, mas não ficaria surpresa se ele tivesse dado de cara com uma parede de tijolos por acidente. Lanço um sorriso na direção dele, rabisco algo numa folha em branco do caderno e mostro discretamente para ele:

Eu ia adorar um tutorial desse olho sexy. Está testando para o baile?

Ele me mostra o dedo do meio e eu dou uma piscadinha em resposta.

Ao meu lado, um novo aluno está sentado em silêncio, um garoto que recentemente se mudou das Filipinas para cá enquanto eu estava em casa, lutando contra uma pneumonia irritante. O nome dele é Kai, um nome tão curto e vivo quanto os cabelos pretos que caem por cima dos olhos dele como um véu. O armário dele fica a dois de distância do meu. Ele é tímido e reservado, mas quando vê meu bilhete para Andy, sufoca uma risadinha.

Um possível aliado. Fofo.

Nosso professor de álgebra caminha na frente da sala, divagando sobre como fatoração é empolgante. Ele sacode os braços como o regente de uma orquestra. As mãos cheias de giz criam uma nuvem de entusiasmo acadêmico que falha em atingir a maioria da turma, que rabisca nas apostilas ou troca mensagens escondido durantes as aulas.

Viro para uma página em branco no meu caderno e rabisco outro bilhete, então viro na direção do Kai.

A empolgação do Sr. Barker por parábolas e raízes é quase maníaca.

Ele sorri para mim e rabisca algo em resposta.

Leio de canto de olho.

Bobagem. A animação dele é contagiante. Spoiler: infelizmente sou imune.

Segurando a risada, continuamos a nossa conversa por bilhetes por alguns minutos até o sinal tocar e os alunos se espalharem.

Kai me para no corredor, afastando a franja escura do rosto.

— Ei — diz ele, estendendo a mão. — Eu sou o Kai.

— Ella — apresento-me, aceitando o cumprimento. — Acho que eu deveria te dar boas-vindas à Juniper High com bastante esperança e otimismo, mas não sou de mentir. Odeio esse lugar.

— Você mora aqui faz muito tempo?

— Felizmente, não. Nós voltamos para a cidade há alguns meses. — Eu ajeito a minha mochila, que levou dias para secar completamente do lado de fora. Alguns desenhos e rabiscos agora são nada mais do que tinta desbotada e manchas de cor.

— Andy e os amigos babacas estão te incomodando?

Ele dá de ombros.

— Não muito. Eles ainda não se deram conta de que eu existo. Mas tem uma menina bem legal na minha aula de Artes, Brynn Fisher. — As bochechas dele coram. — Vocês se conhecem?

— Ela é legal mesmo. Foi a única pessoa que de fato foi bacana comigo, tirando…

como alcançar o Sol **141**

— Sunny.

A voz opulenta, grave e aveludada de Max Manning faz com que eu dê um giro completo até nossos olhares se encontrarem. Ele está encostado contra a parede de armários azuis, as íris dos seus olhos três tons mais claras, e os braços estão cobertos hoje por um moletom preto desbotado. O capuz está levantado, cobrindo boa parte do cabelo cor de noz-pecã, exceto por algumas mechas soltas que caem sobre a testa casualmente.

Com o ombro apoiado contra o armário, ele olha para Kai e depois para mim.

— Oi — digo, minha voz ainda rouca por conta das crises de tosse seca. — Esse é o Kai, ele acabou de se mudar para cá.

Max dá um aceno discreto para Kai antes de voltar a atenção para mim.

— Me encontra na clareira hoje depois da escola. Você sabe qual.

— Ah. — Brinco com a alça da minha mochila. — Eu ia passar na cidade depois da escola. Tem uma cafeteria na Wallnut Street que abriu uma vaga de emprego.

Ele assente mais uma vez.

— Posso te dar uma carona.

— Me levar?

— É, na minha caminhonete, sobre rodas.

Paro por um instante, então balanço a cabeça.

— Tá. Então… certo. Acho que tenho que dar um tempo nas pedaladas até a tosse passar.

Na hora certa, minha garganta coça e eu começo a tossir.

Um cara passa por mim e me dá um tapa nas costas.

— Dá um tempo na garganta profunda, Sunbury. Isso daí tá nojento.

Max parece prestes a voar em cima dele, e o garoto foge como um ratinho assustado, ao mesmo tempo que um paredão de caras do futebol e líderes de torcida explodem em gargalhadas e o cercam pelos dois lados.

Minhas bochechas queimam de vergonha enquanto eu os observo desaparecer virando o corredor. Não sei bem por quê. Esses idiotas não conseguem me atingir — ninguém consegue, na verdade —, mas sei lá por qual motivo, não gosto que suponham que sou uma vagabunda sempre que Max está por perto.

Meu olhar busca por ele, que pressiona a mão em punho contra o armário. O rosto dele está rígido e os olhos azuis estão em chamas quando ele me olha. Só então percebo que o seu lábio inferior está cortado, e a ferida parece ter alguns dias. Franzo a testa. Estou prestes a perguntar o que aconteceu quando Brynn! surge no meu campo de visão, arrastando McKay atrás dela, puxando-o pela manga da camiseta.

— E aí, pessoal!

Ela sorri. Está usando um vestido amarelo da cor do sol com bolinhas brancas, uma jaqueta jeans clara e tênis de lona. O cabelo está trançado e amarrado com um laço cor-de-rosa, brilhando tanto quanto o sol sob as luzes artificiais.

Ela é a Barbie e eu sou uma boneca Monster High.

Quase me esqueci que Kai está ao meu lado quando ele se aproxima e me dá um tapinha no ombro.

— Ei, foi bom te conhecer oficialmente. Te vejo por aí.

Eu me viro para encará-lo e percebo o brilho apaixonado nos olhos castanhos ao admirar Brynn! através dos cílios longos e pretos. Kai tem uma quedinha por ela. Quando ele está prestes a se afastar, eu o puxo de volta pela alça da mochila.

— Espera. Deixa eu te apresentar formalmente aos meus colegas. Esses são Brynn!, McKay e Max.

Kai engole em seco.

Brynn! se ilumina, balançando a cabeça.

— Oi! Você tá em uma das minhas aulas. Acho que na de Artes, né?

— Uhum — responde, com as mãos nos bolsos.

Max interrompe.

como alcançar o sol **143**

— *Colegas?* — repete, encarando-me com a sobrancelha arqueada, fingindo indignação.

—Acho que você merece uma promoção. O giz de cera que você plantou pra mim me conquistou.

Todo mundo fica em silêncio quando enrosco meu braço ao dele de forma espontânea.

Por que fiz isso?

Agora estou completamente ciente de como ele é cheiroso. Não sei por que estou tocando Max. Está na cara que McKay também não faz a menor ideia, já que o olhar dele está fixo nos nossos braços dados.

Max sente que estou me afastando e me puxa mais para perto pelo cotovelo.

— Já virou uma cenoura? — pergunta, fitando meu rosto vermelho e os meus olhos arregalados.

Acho que ele está me provocando, mas a boca dele não se curva e o olhar está ardente e intenso, em vez de brincalhão.

— A metamorfose está começando — resmungo. — Em pouco tempo vai ficar pronta pro cozido.

Brynn! parece completamente confusa, mas entra na onda.

— Eu amo cozido.

Kai está perdido.

— Tô indo pro almoço. Tchau.

Sem dizer mais nada, ele sai correndo, e na mesma hora me identifico com ele.

Limpando a garganta de um jeito dramático, deslizo o braço para longe de Max e dou um passo considerável para trás, quase esbarrando em outro aluno. McKay ainda está me encarando, e não consigo entender bem o que ele está pensando, por isso tudo parece muito esquisito.

— Então — murmuro, formando as palavras. — Almoço. Minha hora favorita do dia. Vou procurar um banheiro tranquilo pra comer.

Sem esperar por uma resposta, eu me viro e vou na direção oposta, copiando a escapada de Kai.

Não demora muito até que passos rápidos me alcancem.

— Você não vai comer no banheiro — diz Max, caminhando ao meu lado.

— Gosto de ler os rabiscos nas portas enquanto como. É terapêutico. Você sabia que uma pessoa transformou a segunda cabine em um espaço pra escreverem conselhos? Tem de tudo, desde amor proibido até dever de casa de biologia. É tipo ver um post do Reddit ao vivo, em tempo real.

— Ella.

— Nunca te vi no refeitório, então você não pode me julgar.

É verdade — nunca o vi por lá. Brynn! e McKay geralmente estão presos na própria bolha de amor e não sou eu que vou me meter entre os dois. Ela já me convidou para almoçar com eles algumas vezes, mas só consigo aguentar um certo número de barulhos de beijos enquanto estou tentando comer um sanduíche de peru.

— Costumo comer do lado de fora, debaixo do salgueiro, ou ficar na biblioteca — conta Max. — Vem comigo.

Olho para ele enquanto meus pés continuam seguindo em frente.

— Só nós dois?

— Claro.

— Porque somos amigos.

— Uhum. A gente até deu os braços pra selar a amizade.

Meu rosto cora mais uma vez.

— Desculpa. Foi esquisito e intrusivo.

— Tipo quando eu entrei três vezes no seu quarto pela janela?

Meus lábios se curvam em um sorrisinho e eu os aperto para reprimir.

Depois da visita de Max naquela noite, ele foi mais duas vezes depois da escola na semana passada. Minha mãe estava trabalhando e deixava a porta da frente trancada, então ele disse

como alcançar o Sol **145**

que a janela era mais conveniente, já que eu não precisava sair da cama e atravessar o pequeno corredor até a entrada. Achei gentil da parte dele. E havia um pedaço desconhecido de mim que meio que estava gostando do segredinho que compartilhamos.

As visitas foram monótonas, mas escutamos às playlists do Fletwood Mac, conversamos sobre planos para o inverno e mostrei para ele alguns trabalhos de encadernação que andei fazendo. Mantivemos as conversas superficiais — não falamos sobre o que aconteceu no lago, nem sobre Jonah ou sobre o pai dele e a situação complicada da família. Fiquei grata por aliviar um pouco a minha nuvem de tristeza cotidiana.

Na última visita, eu tinha acabado de passar por mais uma crise de febre e desmaiei na cama enquanto Max folheava *A redoma de vidro*, da Sylvia Plath. Eu tinha criado a capa para aquele exemplar, e o romance encadernado em couro foi decorado com uma figueira feita de feltro e retalhos, alguns dos figos maduros e vibrantes, enquanto outros estavam murchos e apodrecendo.

Quando acordei, horas mais tarde, Max já tinha ido embora, mas o livro estava semiaberto na minha escrivaninha, em uma página específica. Um post-it laranja estava colado debaixo de uma frase, destacando a citação:

> *"Senti os pulmões inflarem, invadidos pelos elementos da paisagem: ar, montanhas, árvores, pessoas. Pensei comigo: 'ser feliz é isso'."*

Aquilo me fez sorrir. Também fez com que me perguntasse quanto tempo levou até que ele encontrasse uma citação que valesse a pena ser destacada para mim.

Deve ter levado tempo.

Deve ter exigido esforço.

Agora, Max caminha rápido ao meu lado, a postura mais relaxada, os braços balançando ao lado do corpo. Ele me olha de vez em quando enquanto desviamos de alunos distraídos.

O sorrisinho continua em meus lábios, do mesmo jeito que meu marca-páginas marcando onde parei em um livro que estou ansiosa para voltar a ler.

— Não me importo com as visitas — admito. — Obrigada por me fazer companhia.

Ele assente.

— Você pode retribuir me fazendo companhia durante o almoço debaixo do salgueiro.

A minha parte solitária e teimosa implora para que eu rejeite a oferta. Saia correndo. Que eu me tranque dentro do banheiro e engula meu sanduíche seco de peru enquanto espero o sinal tocar. É confortável e seguro. A ideia é como alguém me cutucando sem parar, até que seja tudo o que consigo sentir.

Corra.

Só que Max passa o braço pelo meu, enroscando-os e me puxando para mais perto conforme andamos pelo corredor.

Ele me observa, a expressão suave. É um olhar carinhoso.

E de repente… é tudo que eu consigo sentir.

Estou me atualizando na leitura de *Monstro* enquanto espero por Max na clareira, após a escola. Há um trecho no começo do livro que ficou na minha cabeça desde que li pela primeira vez:

"Você precisa adivinhar sem ficar adivinhando."

Ele faz referência ao final de um filme. Se você escreve um filme para ser previsível, os espectadores vão adivinhar o final antes que ele acabe.

De certa forma, nossas vidas são como um filme e os espectadores são as pessoas que temos ao nosso redor. Algo me diz que meu filme é previsível pra caramba.

A garota triste está triste.

A garota triste se muda para uma nova cidade, onde todo mundo a odeia.

A garota triste se rende ao sofrimento e leva uma vida triste e sem importância.

Fim.

Talvez minha rendição quando Andy me jogou no lago tenha sido uma tentativa irresponsável de ter alguma reviravolta. Todo mundo esperava que eu voltasse à superfície e nadasse até o deque. Eles pensaram que eu ia me sacudir e gritar, xingando para o sol poente, arfando e de punhos cerrados, e seguiria com a minha existência miserável.

Só que não fiz nada disso.

Eu afundei.

Surpreendi todo mundo ao me afogar.

Toma essa, previsibilidade.

Afinal, a previsibilidade nada mais é do que a ladra da emoção.

Enquanto coloco os pés no banco esculpido à mão, vejo o sol espalhar faixas de luz pálida pela clareira, os galhos das árvores criando sombras dançantes sobre a relva e a terra. A alguns metros de distância, escuto passos, o som de botas contra gravetos quebrados, e ergo o queixo.

Max aparece na entrada alguns segundos depois, e eu amaldiçoo meu coração por seja lá que merda ele acabou de fazer.

Ele acelerou de um jeito esquisito.

Acho que preciso fazer um eletrocardiograma.

Fecho o livro e me sento, ereta.

— Aqui estou, atendendo seu pedido de te encontrar na clareira depois da aula.

Ele ainda está usando o moletom, as mangas enroladas.

— Desculpa por ter soado assustador.

— Não peça desculpas. Foi o que me convenceu.

Os lábios dele se curvam.

— Vamos. Quero te mostrar uma coisa.

— Uau, isso também foi ameaçador. — Pulo do banco, pronta e ansiosa. — Estou dentro.

Um sorriso completo surge nos lábios de Max e ele abaixa a cabeça como se tentasse esconder. Droga, isso foi meio fofo. Especialmente quando combinado a uma jogada de cabelo e só os olhos erguidos para mim.

Engulo em seco, afastando esses pensamentos.

Então me afasto, me curvando para recuperar a mochila e guardando o livro dentro antes de fechar o zíper. Uma brisa gelada beija minha pele enquanto algumas folhas secas flutuam ao redor da gente como uma espécie de flocos de neve outonais. Max me encara por um instante enquanto coloco a mochila nos ombros.

— Que foi? — sondo.

Hesitante, ele dá um passo à frente e estende a mão, tirando uma folha do meu cabelo emaranhado. Ele vacila um pouco, os dedos descendo em câmera lenta.

— Vem comigo — diz, dando meia volta e se afastando.

Por instinto, passo as mãos pela mecha de cabelo que Max acabou de tocar antes de correr atrás dele.

— Aonde nós vamos?

— México.

— Amo chilaquiles.

Olho para ele enquanto caminhamos no mesmo compasso, observando seu capuz caído e as mangas escuras puxadas acima dos ombros. Suas pernas estão cobertas por um jeans cinza-ardósia, desgastados e desbotados, e os sapatos arranhados e sujos de lama levantam o cascalho,

É início de novembro e esfriou. O Tennessee oferece um amplo leque de temperaturas no outono, desde quente e úmido até frio e seco. Hoje está fazendo uns doze graus, o que eu considero perfeito. Minha pele pálida não suporta o sol escaldante e, além disso, minha preferência por moletons e suéteres aconchegantes sempre foi um inconveniente enquanto morei nesse estado. Sendo bem sincera, acho que não gostaria do Mé-

como alcançar o Sol **149**

xico. Praias são sujas e cheias de pessoas suadas, e a areia é a versão natural e cruel do glitter.

Meu sonho é me mudar algum dia para a Península Superior do Michigan, onde os verões são inofensivos, o inverno é frio e a neve brilha como diamante.

Quando nos aproximamos das margens do lago Tellico, eu já sei por que ele me trouxe até aqui.

— A gente vai jogar pedras, não vai?

— Você trouxe a pedra da sua mesa de cabeceira? *Trouxe*, está no meu bolso traseiro.

— Não.

— Tudo bem. Aqui tem várias. — Ele se vira para a margem do lago e escava o chão buscando pedrinhas para a gente jogar.

— Você disse que seu irmão tentou te ensinar?

Meu coração bate mais forte. Ele mencionou meu irmão com tanta facilidade, como se o assunto não fosse um elefante gigante e desengonçado dentro da sala, vindo para cima da gente. Me ajeitando no lugar, assinto.

— Ele tentou. Disse que era tipo dançar: tudo é ritmo e saber deslizar no tempo certo. — Dou de ombros. — Sou uma dançarina horrível, então o resultado não é tão surpreendente. Todas elas afundaram.

Agachado, Max me olha por uma fração de segundo.

— Me conta sobre ele.

— O quê? Meu irmão?

— É.

— Hum… — Aliso meu cabelo, que balança com a brisa fresca, e troco o peso de pé, sem saber como responder. — Eu te contei o que aconteceu.

Ele parece tranquilo.

— Não é o que eu quero saber — diz, arrancando uma pedra cinza de um pedaço de cascalho e acariciando-a com a ponta do polegar. — Me conta como ele era antes.

Antes.

Ninguém quer saber como era antes. Ninguém se importa. Só querem saber sobre depois... sobre o monstro, não sobre o homem.

Monstros são mais interessantes. Homens são comuns. O homem é a narrativa previsível, mas o monstro... O monstro é a reviravolta eletrizante que te faz virar as páginas.

Inspirando uma lufada de ar terroso tingido pela fumaça distante das fogueiras, me agacho ao lado de Max e começo a juntar pedrinhas na palma da mão.

— Jonah era meu melhor amigo — confesso. — Ele me amava. Muito. Teve uma época que eu tinha certeza de que ele faria qualquer coisa por mim, mas parece que... não era bem assim. — Olho de relance para Max, minha voz suavizando. — Tudo o que eu queria era que ele ficasse comigo pra sempre. E agora não me deixam nem encostar nele.

Max me analisa, escutando enquanto passa as pedras de uma das mãos para a outra.

Prossigo.

— Ele era quatro anos mais velho do que eu, mas isso nunca atrapalhou nosso laço. Acho que o deixava mais forte. Jonah era mais esperto do que eu. Me ensinou as coisas. Amava tocar guitarra e ler uns livros super entediantes que tentava me explicar. Ele gostava de acampar nas montanhas Great Smoky... ah, e gostava de cozinhar as receitas mais complicadas só pra dizer que tentou. — Rio um pouco, as memórias ganhando vida como se fossem vaga-lumes ao anoitecer. — Jonah me dizia que o amor supera tudo e pediu para eu me lembrar dele quando a vida ficasse difícil. Nada mais deveria importar quando você tem um amor assim. Foi uma coisa meio idiota de se dizer e só serviu para que eu ficasse ressentida com o amor. Ele transforma corações em pedras, homens em monstros e sonhos em poeira. Não é um conto de fadas, é uma história exagerada, enfiada goela abaixo para deixar a gente fantasiando e querendo

como alcançar o Sol **151**

viver aquilo. Só que o amor azeda, a gente também. As pessoas nunca param pra pensar nisso. Nunca consideram quem elas podem se tornar quando o amor der errado, ou como esse veneno vai afetar quem ama *elas*.

As palavras escapam e me obrigo a parar para respirar. Os sentimentos tomam conta do meu peito. Olho para o lago enquanto minhas palavras tristes pairam ao nosso redor como nuvens carregadas de chuva.

Quando arrisco me virar para Max, ele está me encarando com uma ruga entre as sobrancelhas. Tem um olhar tenso e pensativo. Preocupado, talvez — preocupado que a minha sanidade esteja por um fio.

E está.

— Enfim — resmungo, soltando o ar e me levantando. Esfrego a terra e as pedrinhas da minha calça jeans, me sentindo boba por meu desabafo deprimente. — Desculpa por ter me deixado levar. Não foi bem isso que você me perguntou.

— Era o que eu queria saber. — Max se põe de pé lentamente, os punhos cheios de pedras redondas e multicoloridas para jogarmos. — Vem, a água está ótima.

Eu me arrasto atrás dele, minha garganta ainda queimando pelo amargor que ficou. Engolindo o sentimento, eu me aproximo de Max enquanto ele admira o lago tranquilo.

— O seu irmão tinha razão sobre ser como uma dança — conta Max, organizando as pedras perto do pé, exceto por uma. A superfície da pedra é de um cinza quase branco, suavemente desgastada pela chuva e pelo tempo. — Tudo é ritmo.

— Tenho dois pés esquerdos — resmungo. — E ao que parece, duas mãos esquerdas também.

Max coloca a pedrinha na palma da mão, jogando para cima e para baixo algumas vezes antes de segurá-la entre o polegar e o indicador.

— Olha isso.

O braço dele recua, o cotovelo dobrado, a mão pouco acima do ombro. Sem esforço, Max dá uns passos para a frente e balança o braço em um arco baixo, soltando a pedra ao agitar o pulso. A pedra sai da mão dele e voa sobre água. Toca a superfície, pula uma, duas, mais de três vezes, cada salto deixando pequenas ondulações até que ela afunde com a inevitável força da gravidade. Dou uma olhada para Max, meus olhos arregalados e impressionados. Sei que estou com um sorrisão no rosto. Posso sentir. Surgiu com tanta naturalidade quanto a pedra de Max pulou sobre a água.

Ele se vira para mim, os olhos presos à minha boca. Ao meu sorriso. À alegria genuína que pinta os meus lábios — algo muito, muito raro. Quando a atenção dele se volta aos meus olhos, sorri em resposta. Nos encaramos, sorrindo diante do conceito simples e básico de uma pedra dançando por cima da água em um dia fresco de outono.

Sinto um aperto nas minhas costelas, então pressiono a palma da minha mão contra o meu moletom cor de ferrugem, coço meu peito e desvio o olhar.

— Posso tentar?

— Claro. — Max procura mais algumas pedrinhas e pega uma da pilha. — Vou te ajudar.

Recuso-me a olhar para Max quando ele se aproxima por trás de mim. Não me movo, prendendo a respiração ao sentir o peitoral dele contra a minha coluna, seus braços se enroscando em mim ao me abraçar gentilmente por trás. Meu coração está mais do que acelerado. Está pulando. Dando cambalhotas e estrelinhas.

Coisa de ginasta.

— Assim — diz ele, o queixo apoiado contra o meu ombro, a respiração quente soprando em meus ouvidos.

Ele desliza a mão pelo meu braço, o toque leve como uma pena ao colocar uma pedrinha na palma da minha mão. As pontas dos dedos dele são calejadas, porém macias. Roçam delica-

como alcançar o Sol **153**

damente contra os meus. O cheiro de pinho, sabonete neutro e um pouco de fumaça de cigarro me envolve. Um elixir atrativo. Com meu braço em cima do dele, Max guia o meu para cima, para que copie o lançamento, o pulso girando no final.

— Sinta o ritmo, Sunny.

Praticamos o movimento algumas vezes.

Tento focar no que estamos fazendo.

Tento me concentrar na minha respiração e nas instruções que recebi, tudo isso enquanto Max está com o corpo pressionado contra as minhas costas, o calor da pele dele penetrando meu moletom.

Em determinado momento, Max se afasta e me dá espaço para lançar a pedra. Sinto o olhar dele sobre mim, observando, esperando. Solto um suspiro trêmulo, ajeito meus ombros e levo meu braço para trás como ele me ensinou. Lanço a pedra e observo, ansiosa, ela deslizar pelo ar...

E afundar imediatamente dentro da água, como se fosse um pedregulho.

Errei feio.

Sacudo meus braços, gemendo em autodepreciação.

— Tenho um talento nato para isso.

Max prende o riso e me entrega outra pedra.

— Não foi tão ruim assim. Você vai conseguir.

— A sua crença inabalável em mim vai ser o seu fim.

— Tem jeitos bem piores de ser derrotado. — Ele me entrega uma pedrinha lisa, um pouco menor do que a anterior. — Tenta de novo.

Eu tento.

E de novo, e de novo.

Ploft.

Ploft.

Ploft.

Não estou nem com raiva. Minha incapacidade de jogar pedrinhas é até engraçada.

Continuo lançando pedras até que cada respingo de derrota faça o riso se agitar em meu peito, borbulhando à superfície. Max as lança ao meu lado com elegância e sutileza, enquanto eu rio mais e desisto, tudo ao mesmo tempo. Fico só jogando as pedras na água para ver o quão longe consigo lançar. A animação no ar é contagiante e Max também ri, até que quase uma hora se passa e meu braço começa a doer por todos os arremessos fracassados.

Por fim, nossa pilha de pedras termina e Max se vira para mim enquanto o sol cai no céu.

— Pronta para ir à cidade? — pergunta. — A sorte claramente está ao nosso favor hoje.

Dou uma cotovelada nas costelas dele, mas abro um sorriso. Há um brilho de alegria cintilando no meu peito e eu me sinto mais viva. Mais leve. Um pouco menos sufocada.

Não acertei uma pedra sequer essa tarde.

Previsível.

Só que enquanto caminho ao lado de Max até a caminhonete, o sol pintando o céu de um laranja-pêssego, percebo que as pedras não eram o mais importante.

O mais importante foi que a cada pedra que lancei e afundou na água, o resto do mundo inteiro desapareceu.

E isso era algo que eu não esperava.

Capítulo 13
MAX

O som de colheres batendo contra tigelas de cerâmica enche a pequena cozinha enquanto eu e McKay tomamos sopa com pão velho e copos de água da torneira. Nosso pai está desmaiado no sofá atrás de nós, um braço caído para fora. O cabelo dele está bagunçado para todos os lados, parece até um cientista maluco que teve um dia explosivo no laboratório.

McKay olha por cima da tigela de vez em quando, palavras não ditas pendendo entre cada colherada. Quando nossos olhos finalmente se encontram, ele dá um pigarro e enxuga uma gota de caldo que escorreu pelo queixo.

— Convidei Libby para ir ao Baile de Outono com a gente.

Minha colher para no meio do caminho e uma cenoura meio crua prende na minha garganta. Franzo a testa.

— Por quê?

Ele dá de ombros.

— Ela é gata e você não tinha par.

— Se eu quisesse ir com a Libby, teria chamado.

— Você vai com a Ella?

A cenoura desce pela minha garganta como um pedaço de madeira boiando em um mar de xarope.

— Não. — Eu fungo. — Ela não quis ir.

Assentindo, McKay continua a dar goles na sopa.

— Vamos dar um pulo na casa da Libby depois que passarmos para pegar Brynn. Deixei camisinha na sua mesa de cabeceira.

— Que porra é essa, McKay?

— Ótimo. Vai no pelo, então. Brynn e eu paramos de usar camisinha mês passado. Ela tá tomando pílula. Faz toda a diferença.

Eu me afasto da mesa, as pernas da cadeira rangem alto o suficiente para acordar nosso pai no sofá por tempo o bastante para ele resmungar alguma coisa sobre mostarda.

— Vou sair para correr.

A lâmpada solitária desprotegida balança acima das nossas cabeças pela força com que me levanto. O isolamento cor-de--rosa aparece aqui e ali entre as paredes de madeira inacabadas, me provocando enquanto caminho para a frente da casa. Não é bem o toque de cor que alguém encontraria como sugestão em uma página de design de interiores, e só serve para que eu saia ainda mais rápido.

— Vou com você.

McKay se levanta e dá a volta na mesa para me seguir.

— Não.

— Vou, sim.

— Prefiro ir sozinho.

Ele bufa atrás de mim enquanto sigo até o saguão onde deixei meus sapatos. Dou uma olhada no meu pai, que agora está de barriga para baixo, o rosto esmagado contra uma almofada.

— Aliás, vai se foder.

— Quê? — zomba McKay, ofendido. — Acho que você quis dizer *obrigado*.

— Não, eu quis dizer *vai se foder*. Não vou pro baile com a Libby nem vou transar com ela. Fique longe das minhas paradas.

— Ela tá te querendo, cara, e é bonitinha demais. Se sua vida tivesse um pouquinho mais de emoção, talvez você não estivesse tão nervoso ultimamente.

McKay calça os tênis e me segue pela porta de entrada.

Corro à frente dele, meu olhar passando rapidamente pela casa de Ella do outro lado da rua. Ela está sentada de pernas cruzadas no portão, com um livro gigante no colo e um carretel

como alcançar o Sol **157**

de linha entre os dentes. A visão me leva a diminuir meu ritmo e hesitar em frente à entrada. Nossos olhares se encontram de lados opostos da rua de terra e ergo minha mão em um aceno. Ela acena em resposta, cuspindo o carretel da boca e juntando as duas mãos ao redor da boca.

— Oi, Max!

Estou sorrindo feito um idiota quando McKay surge atrás de mim e cutuca meu ombro com o dele.

— Vamos correr? — pergunta ele, impaciente.

Não respondo. Em vez disso, atravesso a rua correndo em direção ao jardim de Ella.

— Ei — respondo. — Encadernando livros?

— Uhum. Comprei uma cópia daquele que estamos lendo pra aula de Inglês. Estou curtindo.

Os olhos dela se voltam para a minha esquerda.

McKay está parado ao meu lado, pisando em um monte de terra.

— Ei, Sunbury.

— Oi.

— Max e eu estávamos falando agora mesmo do Baile de Outono semana que vem. Convidei a Libby. Se você quiser uma carona, ficaremos felizes em te levar. Vai ter espaço o suficiente na caminhonete se não se importar em ficar apertada com as meninas.

Meu sangue parece ferver. Sinto cada músculo tensionar ao cerrar o maxilar e fechar os olhos. Quando os abro lentamente, soltando uma respiração tranquila, o brilho do sorriso que Ella tinha instantes atrás desapareceu.

Os olhos dela perdem o brilho, mas ela se recupera rapidamente.

— Não vou, mas obrigada por oferecer. Divirtam-se.

Ela volta à encadernação como se sequer estivéssemos ali.

Não sei bem o que fazer. Sempre odiei ir a esses bailes idiotas, mas McKay me arrasta todos os anos. O último Baile de Outono foi um fracasso. Fui com Libby, que foi fofa, mas grudenta, e fedia a picles. Não tinha a menor intenção de ir esse ano até que a ideia de ir com Ella atraiu meu interesse.

O som da risada dela no lago no outro dia não saiu da minha cabeça desde que o ouvi, aquela alegria nua e crua e um sentimento puro. O eco daquela risada permanece, provocando o desejo de ser quem a faz rir daquele jeito mais uma vez.

Como amigos, é claro.

Porque tenho certeza de que somos amigos agora — amigos *de verdade*. E já faz tempo pra caralho desde que tive um.

Passo a mão pelo cabelo e observo enquanto Ella mexe na linha e cantarola.

— Você tem certeza de que não quer ir? McKay convidou a Libby. Eu não vou com ela. — Algo dentro de mim diz que devo esclarecer isso. — Pode ser divertido.

— Pode ser — responde, com desdém.

Quando ergue a cabeça, está sorrindo de novo. Não com os olhos, mas está sorrindo.

— Se alguém curte arcos de bexigas exagerados, um ginásio que fede a cecê e a honra duvidosa de dividir a pista de dança com adolescentes suados dançando ao som de músicas dos anos 1980 que ninguém aguenta mais ouvir enquanto os pais nos vigiam como agentes secretos prestes a entrar em ação, com certeza deve ser divertido.

Dramática pra caralho.

O canto da minha boca se curva em um sorrisinho e cruzo os braços.

— A gente pode tornar isso divertido.

Ela hesita.

Sabe que a gente vai.

Ainda assim, ela torce o nariz e desvia o olhar.

— Tô tranquila. Tenho uma porrada de dever de casa para fazer depois do meu flerte com a morte. Depois me conta como foi.

como alcançar o Sol **159**

Sou tomado por uma onda de decepção.

Só Deus sabe o que eu faria para ver essa garota dançando, com a cabeça jogada para trás, parecendo uma boneca em um vestido bonito, curtindo como nunca. A essa altura, parece que estou implorando, então me recolho com dignidade.

— Tudo bem, Sunny. Até amanhã.

— Até.

Ela não olha para mim.

— Sunny? — pergunta McKay, ecoando o apelido como se fosse algo besta enquanto me segue pelo jardim de Ella. — Ela não tá na sua, cara.

Meus dentes rangem.

— Obrigado pelo toque.

— Só estou dizendo o que eu noto.

— As coisas não são desse jeito com a Ella. — Chego à rua e começo a correr preguiçosamente. — Somos só amigos.

— Sim, porque ela não tá na sua.

Acelero o ritmo, torcendo para que o meu irmão encontre algo melhor para fazer e eu possa correr em paz. Costumo gostar dos raros momentos de proximidade que compartilhamos, correndo, escalando, nadando ou acampando, só que ultimamente a presença dele só parece um espinho incômodo. Não é afiado o suficiente para sangrar, mas incomoda, para dizer o mínimo.

— Eu só me preocupo com você, cara. — McKay prossegue conforme viramos em uma rua mais movimentada, seguindo em direção aos trilhos. — Não quero te ver preso no meio do drama dessa menina.

Não respondo.

Ella não é um fardo — ela me traz leveza. Lançar pedrinhas com ela no lago pareceu ser tão bom para a alma quanto inspirar o ar fresco do Tennessee. A risada dela é um alívio, não um obstáculo. O seu sorriso faz com que eu me sinta flutuando, como me sinto quando estou correndo entre as árvores altas e arbustos de jacintos, tentando fugir de tudo.

Só que não sei como expressar isso sem levantar mais perguntas.

E realmente não quero ter que respondê-las.

— Ah, e não se esqueça — acrescenta McKay, acelerando em direção à entrada da pista de corrida. — Deixei umas camisinhas na cabeceira.

Balançando a cabeça negativamente, ignoro o comentário e passamos o restante da corrida em silêncio, apenas ouvindo o som dos nossos pés contra a terra e o ritmo entrecortado da nossa respiração.

Assim que chego em casa, jogo as camisinhas no lixo.

Crec.

Pulo da cama, o peito acelerado. Jogando minhas pernas por cima das cobertas, tento me enfiar em uma calça jeans que vesti ontem enquanto os xingamentos acelerados do meu pai reverberam pela casa. Com o cinto aberto, saio correndo do meu quarto e viro o corredor, sem camisa e com os olhos turvos.

Meu pai está dando voltas, caminhando em círculos perto da cabeceira da cama, balançando a cabeça para a frente e para trás enquanto solta frases ininteligíveis. Nenhuma novidade. Ele sofre de sonambulismo, e é por isso que não durmo muito bem. McKay sempre dorme de fones de ouvido, alheio a tudo.

Li um pouco sobre o assunto, então sei como me aproximar com cautela. O melhor é não acordar a pessoa. Meu tom é sempre suave e gentil, minhas palavras reconfortantes. Na maior parte do tempo, consigo guiá-lo de volta para a cama sem nenhum incidente e ele cai no sono sem lembrar de nada ao amanhecer.

Não sinto cheiro de álcool no hálito dele quando me aproximo, o que é um ponto positivo.

— Pai. Está tudo bem — digo, em voz baixa.

Meu pai não gosta do escuro, então dorme com uma lâmpada acesa. Minha mãe o abandonou no meio da noite, quando o céu estava azul-escuro e a lua, escondida pela neblina. Meu pai acordou sozinho, procurando por ela nas sombras, sem sucesso. Ela já tinha ido embora para nunca mais voltar.

Agora o escuro é um gatilho, um lembrete do que perdeu.

— Vamos voltar para a cama — digo a ele.

— Você tá comendo minha esposa, Rick — grita para mim, os olhos esbugalhados pousando logo atrás do meu ombro. — Vou arrancar suas tripas com meu anzol.

Minha pele formiga com pressentimentos ruins. Parte de mim se pergunta se deveria deixá-lo aqui desse jeito mesmo, mas uma vez ele tentou arrombar a janela com uma caneca, achando que a casa estava pegando fogo. Rasgou a mão em três lugares.

Ele pode se machucar. Pode se matar.

— Pai, tá tudo bem. Você tá bem. Sou eu, Max...

Não espero o que vem em seguida.

É rápido demais.

Quando dou um passo à frente, meu pai pega o abajur da mesa, dá um pulo para a frente e quebra a base de barro contra a minha cabeça. Antes que eu consiga me recuperar do golpe e entender o que aconteceu, ele está em cima de mim, me jogando contra o chão do quarto e apertando as duas mãos em volta do meu pescoço, como uma corda de dedos grossos.

Sinto uma dor explodir atrás das minhas têmporas.

O sangue escorre para dentro do meu olho.

A parte de trás da minha cabeça bate contra as tábuas de madeira enquanto meu próprio pai tenta me matar.

Fui pego de surpresa.

Meu pai é fraco. Posso facilmente dominá-lo. Mas a minha mente virou um borrão, meus instintos estão entre a sobrevivência e o amor. A inconsciência me provoca, ameaçando me engolir por inteiro.

Agora o quarto está escuro e mal posso ver os olhos vidrados acima de mim enquanto ele grunhe e cospe.

— Seu monstro — rosna, me apertando com mais força. — Você arruinou a porra da minha vida.

Uma luz vem do corredor. Passos contra a madeira. Pela visão periférica, vejo meu irmão aparecer na porta.

— Max! Que porra...? — McKay avança, ajoelhando-se ao nosso lado e alcançando meu pai, puxando-o pelo cabelo. — Sai de cima dele!

As mãos me soltam.

As mãos que pertencem ao meu pai.

Ele não está pensando direito. É um pesadelo. Ele não sabe quem eu sou.

Desabo com a respiração ofegante, puxando um joelho e massageando a garganta. Tenho uma vaga noção de McKay arrastando nosso pai pelo chão enquanto um rastro de luz vinda do corredor ilumina meu inferno pessoal. Eu me apoio nos cotovelos e a minha cabeça lateja, as têmporas pulsando em agonia.

Nosso pai se sobressalta, como se voltasse ao normal, e se arrasta até a parede mais distante até que McKay o deixa ir.

— O que... o que está acontecendo...?

McKay está pálido, uma sombra ameaçadora pairando sobre um homem atormentado.

— Você quase matou seu próprio filho. Foi isso que aconteceu.

— Não, e-eu nunca...

Sob as sombras, vejo os olhos do meu pai se arregalarem enquanto ele balança a cabeça, esfregando as mãos no rosto abatido e enrugado.

— Maxwell.

Estou paralisado. Mal consigo respirar, e o sangue continua a escorrer pela lateral do meu rosto. Engulo em seco, a garganta machucada demais para formar palavras.

Não posso ficar aqui.

Um pânico me atravesse e preciso dar o fora. Sair correndo, fugir. Sem olhar para trás. Talvez McKay estivesse certo. Talvez não haja esperança para o nosso pai. Eu deveria começar a procurar por programas e recursos — não que a gente consiga bancar alguma coisa, sobrevivendo apenas com a pensão por invalidez do meu pai e uma pensão do governo. Temos apenas o suficiente para sobreviver todos os meses.

Não arranjei um emprego porque sou praticamente cuidador em tempo integral. Com a escola e os cuidados do meu pai, mal tenho tempo para algo além dos poucos momentos de liberdade que consigo quando estou correndo ou nadando — necessidades que me mantêm são e com a mente vazia, o que permite que eu consiga lidar com as minhas responsabilidades.

Merda.

Eu me forço a levantar do chão, erguendo-me com as pernas trêmulas. McKay ainda está tremendo de nervoso enquanto me assiste cambalear.

— Max! — Ele me chama. — Pra onde você vai?

Não respondo. Ele pode cuidar do nosso pai só para variar.

Não consigo ficar aqui.

Desequilibrado, vou até a sala de estar e procuro pelos meus tênis, meu equilíbrio oscilando como uma folha presa a um galho durante uma tempestade. Encontro um par de sapatos. Sapatos de alguém. Desamarrados e um tamanho menor do que os meus pés, eles servem para me levar até o lado de fora, para a noite fria.

Cambaleio pelo gramado com um corte sangrando na cabeça.

Confuso e com o coração partido.

Tremendo e sem camisa.

E, dois minutos depois, bato na janela do quarto de Ella.

Capítulo 14
MAX

Não sei por que vim parar aqui. É capaz da Ella me presentear com outro machucado na cabeça com a luminária de lava dela quando me vir sem camisa do lado de fora da janela, no meio da noite, parecendo um animal perdido e machucado.

Alguns instantes se passam antes que eu finalmente escute o som dos passos dela se aproximando. Me preparo para o impacto quando as cortinas se abrem e Ella aparece.

Ela fica surpreendida.

Congela.

Vestida apenas com uma regata branca e shorts de pijama cinza desbotado, me encara, processando minha presença. Entendendo o meu estado. O rosto empalidece enquanto ela fica ali, me analisando dos pés à cabeça através do vidro empoeirado, os olhos vidrados como se tivesse visto um fantasma.

Talvez eu seja um fantasma. É bem provável que meu pai tenha me matado no chão do quarto dele.

Merda — se esse for o caso, ela deveria ficar honrada com a minha presença. São poucas pessoas com quem eu me importo o bastante para assombrar depois da morte. Ella Sunbury está entre elas.

Eu a encaro de volta, sem palavras. Sem saber o que dizer ou como me explicar.

Fantasmas conseguem falar?

como alcançar o Sol **165**

A janela se abre e Ella inclina o corpo para o lado de fora, apoiada no peitoril.

— Puta merda. O que aconteceu com você?

Minha garganta se força a engolir em seco. Balanço a cabeça um pouco e o leve movimento já causa uma pressão atrás dos olhos. Sou atacado por uma tontura. Bambeio, quase caindo para a direita, quando as mãos de Ella vêm para o lado de fora, me segurando pelo pulso e me sacudindo.

Os olhos verdes se arregalam de preocupação e as sobrancelhas castanhas se franzem, enquanto seu polegar desliza pela minha pele.

— Nossa... Ei, entra. — Ela me puxa levemente para a frente. — Vem. Vou acordar a minha mãe e vamos te levar ao hospital.

— Não.

— Max... você está sangrando.

— Nada de hospitais.

Ergo a mão livre e toco minha têmpora com a ponta dos dedos. Toco o corte provocado, próximo ao meu couro cabeludo, pela luminária do meu pai. Meus dedos ficam pegajosos e úmidos.

— Vou ficar bem — murmuro. — Posso... passar a noite aqui?

É uma pergunta idiota. Totalmente inapropriada. Ainda estamos nos conhecendo e eu pergunto se posso passar a noite no quarto dela. Fecho os olhos por um instante enquanto tento reformular.

— Desculpa. Eu posso só...

— Quer fazer o favor de entrar logo?

Não há hesitação alguma, nenhuma indecisão complementando a resposta. Não tenho forças para questionar nada, então aceito o convite e entro, a mão dela ainda envolvendo meu pulso. A janela do quarto é na altura do chão, o que a torna fácil de atravessar, mesmo com uma possível concussão. Dentro do quarto, Ella me ajuda, as mãos cálidas deslizando nos meus braços nus, firmando meus ombros e me apoiando enquanto piso no chão do quarto dela com os sapatos que não são meus.

Nos demoramos por um momento enquanto meus olhos se ajustam ao quarto escuro, as palmas das mãos dela deslizando até os meus bíceps, a expressão preocupada em seu rosto mais visível a cada segundo. Quando se afasta, é de um jeito cauteloso, em câmera lenta, para que eu não caia aos pés dela.

Eu me mantenho de pé e me apoio contra a parede.

— Obrigado. Desculpa... sei que está tarde.

Ella dá a volta por mim e busca a cadeira da escrivaninha, trazendo até onde estou.

— Senta.

Ela corre até a mesa de cabeceira e acende a luminária de lava até que o quarto esteja coberto por um brilho rosa-arroxeado.

— Que merda aconteceu com você? Se meteu numa briga?

Eu me sento, abaixo a cabeça e enrosco meus dedos atrás do pescoço. O gesto irradia a dor pelo meu corpo, mas eu a afasto, brigando contra as ondas doloridas.

— Meu pai. Ele teve um episódio de terror noturno... achou que eu era outra pessoa e tentou me atacar com um abajur.

— Ai, meu Deus.

Ella corre na minha direção e imediatamente se agacha na minha frente, encostando as mãos nas minhas coxas como se o toque não fosse nada. Como se fosse completamente natural.

— Você pode ficar o quanto precisar. Minha mãe não vai se importar. Eu explico tudo.

— Não, e-eu só preciso de uma noite. Não diga nada para ela. Vou embora de manhã — digo, atropelando as palavras, consciente demais por causa das mãos dela apertando minhas coxas. Meu cinto ainda está aberto, mas Ella não parece se importar. — Ele não é violento. Só tem alguma coisa errada. É como se ele apagasse totalmente e sequer me reconhecesse às vezes.

— Já levou ele ao médico?

Eu solto o que parece ser uma risada, mas é tudo menos isso.

— Não. Nunca consigo fazer ele ir. McKay quer que eu deixe nosso pai em alguma instituição de assistência sem olhar para trás, mas... não consigo fazer uma coisa dessas. Ele é a minha família.

Ela assente como se compreendesse, e acho que ela entende mesmo. Apoiando-se nos calcanhares, ela me analisa, medindo as próprias palavras.

— Você deveria ir ao hospital. Deixar te examinarem. Provavelmente você teve uma concussão.

— Bem capaz. Mas o que eu vou dizer? — rebato, erguendo a cabeça e apoiando meu queixo nas minhas mãos. — Que meu pai me atacou com a porra de um abajur? Ele vai ser preso. Passar a noite na cadeia. Não posso fazer isso com ele.

— Max, você precisa...

— Você foi na polícia depois que o Sandwell te jogou no lago? — contra-ataco.

Nós dois sabemos que algumas batalhas não valem a pena.

A associação faz com que Ella compreenda e balance a cabeça, negando.

— Não — sussurra.

Através da névoa magenta, percebo a atenção dela mudar para a minha boca, concentrando-se no corte ainda cicatrizando no meu lábio inferior. Irregular e com casquinha. Ela encara, somando dois mais dois.

— Foi você que deu aquele olho roxo pro Andy, não foi?

Engulo em seco.

— Ele merecia coisa pior.

Ella desvia o olhar, absorvendo as implicações daquilo antes de voltar a atenção para mim.

Então as mãos dela vão até o meu rosto. Inseguras. Levemente trêmulas. Meu corpo enrijece em expectativa, prendo a respiração enquanto as pontas dos dedos dela chegam mais perto e acariciam meu lábio inferior.

Tão suavemente. Mal tocam.

Fecho os olhos. Ainda estou prendendo a respiração, as mãos tensionadas no colo, quando sinto os dedos dela passearem um pouco mais acima e roçarem gentilmente minha franja ensanguentada. Parece íntimo, de certa forma. Há doçura no gesto, algo desconhecido, mas ainda assim estranhamente reconfortante e acolhedor. Ella toca minha têmpora, os dedos cuidadosos traçando o contorno onde pulsa minha ferida mais recente.

— Volto já.

O som da voz dela me traz de volta à realidade. Quando abro os olhos, ela está de pé, atravessando o quarto até a porta e saindo em silêncio. Volta pouco depois carregando ataduras e um pequeno kit de primeiros socorros. No silêncio, os itens fazem mais barulho ao serem colocados à mesa, revelando um estoque de pomadas, gazes e um pano úmido.

Meus olhos a seguem através da luz fraca enquanto ela vasculha a pilha de itens e volta a ficar à minha frente, colocando os joelhos entre as minhas pernas abertas.

— Estou longe de ser uma enfermeira, mas costumava cuidar de cavalos na fazenda — conta, inclinando-se para limpar a ferida com o pano úmido.

Faço uma careta com o toque, mas seguro o uivo de dor.

— Eu tinha um cavalo, Phoenix, que amava se meter em confusão. Ele era mal-humorado, mas cheio de energia. Tinha a mania de esfregar os flancos na parede do celeiro e um dia acabou com um machucado feio.

Ella está ajoelhada, o rosto de porcelana a centímetros do meu. Embora seus olhos estejam concentrados, a mente parece distante, perdida nas memórias da fazenda em Nashville. Minhas mãos se afrouxam enquanto meu corpo relaxa, o calor da proximidade dela derretendo minhas barreiras.

Ou… talvez eu não tenha barreiras.

Não ao lado dela.

Ella prossegue, me olhando brevemente, então voltando a olhar para o corte.

— Eu passava horas limpando a ferida. Fazendo curativos. Misturava mel, ervas frescas e pão para afastar qualquer infecção,

como alcançar o Sol **169**

uma receita que Jonah me ensinou — explica. — No início, Phoenix odiava. Não gostava que as pessoas mexessem nele. Mas depois... percebeu que eu só estava tentando ajudar. É bobagem, mas teve uma época que aquele cavalo teimoso achava que era meu melhor amigo.

Uma melancolia suave contamina seu tom de voz e ela troca o pano vermelho-sangue por um tubo de pomada antes de prosseguir:

— Para mim, os cavalos eram mais do que animais. Eram minha família. Quando todas as pessoas horríveis da cidade viraram as costas para mim, me atormentaram, ridicularizaram, os cavalos ainda estavam lá. Phoenix nunca me olhou como se eu fosse um monstro. Eu era só... Ella.

Fico parado, quieto, enquanto absorvo as palavras dela, os sonhos despedaçados. Ela passa a pomada pelas minhas têmporas e o creme alivia a ardência da ferida, aumentando a alegria que sinto ao descobrir mais uma parte dela. Engolindo em seco, desvio a atenção para o perfil dela, memorizando como as sobrancelhas dela franzem com concentração, o arco dos lábios enquanto uma respiração quente sopra contra a minha pele.

Conforto.

É o que sinto nesse momento.

Sentado nessa cadeira de madeira dura, sem camisa, machucado e espancado, dependendo dessa menina destruída para me consertar...

Sinto-me estranhamente em paz.

Enquanto ela mexe com um curativo adesivo, inalo e exalo uma respiração trêmula.

— Você deve sentir muita falta dos cavalos.

Ela sorri.

— Sinto falta de muitas coisas.

— Você acha que um dia vai voltar a cavalgar?

— Espero que sim — murmura, aplicando o curativo na minha pele com as duas mãos firmes. Chegando mais perto, ela faz uma pausa para avaliar o próprio trabalho. — Quero me mudar para a Península Superior do Michigan depois que me formar. Guardar dinheiro para comprar um motorhome e pegar a estrada. Não preciso de muita coisa. Vou encontrar um lugar tranquilo para ficar, um dia comprar um cavalo. Talvez o meu próprio haras. Esse é o meu maior sonho.

Quando o curativo está firme, ela coloca um pedaço de gaze para proteção e declara:

— Então vou voltar a cavalgar.

— Por que o Michigan? — pergunto.

— Não sei. Só sei que sempre quis morar lá — diz ela. — Parece a casa que eu nunca tive. Tem um pouco de nostalgia nisso, como se eu estivesse imaginando memórias que nunca vivi. Esquisito, né?

Os olhos dela brilham nas luzes cor-de-rosa quando ela diz:

— Quero andar de caiaque no verão e montar bonecos de neve no inverno. Viver do que a natureza pode dar. Andar a cavalo e pescar truta. E no meu aniversário de 21 anos, quero ir ao Parque Estadual de Porcupine para tentar ver a aurora boreal. É um sonho que eu tenho, e dizem que esse parque é um dos melhores lugares para ver no país inteiro.

Eu me pergunto se Ella percebe que está sorrindo, uma curva genuína em seu lábio enquanto sonhos e desejos se desenrolam por trás do seu olhar.

— Quando é o seu aniversário? — pergunto.

— Vinte de novembro. — Ella se inclina para trás, analisando seu trabalho manual com um ar de triunfo. — Pronto. Aí está.

Meus dedos acariciam o curativo. Sinto o meu sorriso crescer enquanto esse espaço de paz aumenta e fervilha, criando algo quase palpável entre nós. Uma amizade em ação.

Uma dança.

Ritmo.

Nossos olhares se cruzam enquanto toco as bordas da gaze.

— Valeu.

— De nada. — Ela dá um pigarro e se põe de pé, limpando as mãos nos shorts de algodão. — Você pode ficar na minha cama. Eu durmo no chão.

— Nem pensar.

— Nem tenta esse papinho pra cima de mim. Você está com um buraco na cabeça. O colchão confortável é seu. — Ela anda até a cama tamanho queen e joga as cobertas no chão, então vacila e se vira para me encarar. — Espera. Você não deveria dormir se teve uma concussão.

Merda.

O cansaço me toma quando vejo os cobertores macios e uma coleção com uma dezena de travesseiros.

— Vou ficar bem.

— Não. Eu vou te manter acordado. — As bochechas dela inflam antes de soltar um suspiro. — Deixa só eu encontrar uma blusa pra você vestir. Ainda tem uma caixa das roupas do Jonah no meu armário... não consegui me livrar de algumas camisetas e moletons que ele adora. — Ela se vira para o guarda-roupas.

— Elas devem estar cheirando a guardado, então não vão te deixar tão confortável. A não ser... — Hesitante, ela se vira para mim mais uma vez. — É esquisito pra você usar as coisas dele?

— Não, por mim tudo bem.

Isso parece tranquilizá-la, então ela entra no closet.

Enquanto Ella vasculha entre as caixas, me levanto da cadeira e tento me equilibrar. Não me sinto tão tonto e nem estou cambaleando, então dou alguns passos cautelosos até a cama. Ella está agachada no closet, os shorts do pijama apertando as coxas dela.

É então que me desequilibro um pouco.

Desvio o olhar.

— Quais são os seus planos para me manter acordado?

Quando me sento na beira do colchão, me pergunto se essa frase fez parecer que tenho segundas intenções. Estou sentado na cama dela, seminu, tentando não encarar as suas curvas como um pervertido.

Por sorte, Ella não tem como saber o que estou pensando, então não parece notar nenhuma insinuação. Ela se aproxima de mim segurando uma camiseta branca embolada.

— Você subestima o quanto eu posso ser irritante.

Um sorriso surge. Pego a camisa e dou uma olhada no desenho estampado.

— Ursinho Pooh?

— Uhum — diz, e isso é tudo.

Ella desvia o olhar, brincando com a ponta do cabelo enquanto passo a camiseta pela cabeça. Fica um pouco apertada em volta dos meus braços, mas serve. O cheiro de papelão mofado com um toque de sálvia enche meu nariz, enquanto deslizo pelo colchão até a cabeceira, a base rangendo.

Hesitante, Ella se ajeita ao meu lado.

Minha mente fica vazia.

É como se bolas de algodão tampassem a minha boca enquanto alongo as pernas e nossos quadris se tocam.

Tenho dezoito anos, então estou muito ciente de que estou na cama de uma garota bonita, ainda que as coisas não sejam assim com Ella.

Sinto que é o momento em que o silêncio desconfortável está prestes a surgir entre nós. Estamos lado a lado, as costas apoiadas na cabeceira, ombros se tocando.

Só que eu já deveria conhecê-la bem a essa altura.

Ela começa a cantar na mesma hora. É desafinada e muito ruim.

Ela fez uma versão própria de *Rhiannon*, do Fletwood Mac, e acho que está tentando ser insuportável de verdade. Com a voz embargada e a letra errada, Ella se inclina para cantar no meu ouvido, dando a vida pela apresentação. Calafrios correm pela minha pele e a respiração dela faz cócegas na minha orelha a cada nota desafinada.

Ella cai na gargalhada.

como alcançar o Sol **173**

— Está funcionando?

Tombo a cabeça, a apenas alguns centímetros de distância da dela. Memorizo o sorriso dela porque é tão raro e fugaz.

— Definitivamente estou acordado agora. — É tudo o que digo.

— Ótimo, porque eu estou só começando. — Quando esquece o restante da letra, muda de assunto. — Sabia que existe uma espécie de fungo que se chama *Ophiocordyceps unilateralis* que contamina formigas, toma conta do corpo delas e as transforma em formigas-zumbis? Joga no Google.

Dou de ombros.

— Não, obrigado.

— Joga no Google, Max. A formiga se prende à folhagem das plantas usando as mandíbulas, e então morre. O fungo sai da parte de trás da cabeça dela e vira um talo que solta esporos que infectam outras formigas.

— Jesus. Nunca vou jogar isso no Google. — Ela faz isso por mim, digitando no celular e esfregando imagens horríveis na minha cara. — Que porra é essa, Ella?

— Estou tentando te manter acordado. Você nunca mais vai querer dormir.

— Pois é. Você garantiu isso — resmungo, batendo no telefone que ainda balança diante dos meus olhos. — A ironia disso é que eu vou ficar acordado todas as noites sem ter o que fazer, então vou ser obrigado a escalar sua janela. E, em troca, vou deixar *você* acordada.

— Sabe o que mais é irônico? — pergunta, cantarolando.

— Que o nome pra fobia de palavras longas seja hipopotomonstrosesquipedaliofobia.

Aperto a ponte do nariz e suspiro, absorvendo a informação. Então, deixo escapar uma gargalhada e minha cabeça bate na cabeceira. Franzo a testa.

— Onde você aprende essas coisas?

Ela dá de ombros.

— Nunca subestime o poder de uma nerd solitária.

— Bom, agora você não precisa mais ser solitária. Eu estou aqui.

— Verdade. Ah, a gente pode fazer uma queda de braço. Tenho praticado com o braço esquerdo.

Eu rio.

— Nhé. Não estou entediado.

— Justo. Estou te perturbando demais pra você ficar entediado. — Ela faz um gesto com a mão como uma reverência improvisada. — E posso fazer isso a noite inteira.

Meu coração se aquece enquanto respiro fundo, quase como se estivesse sorvendo o ar de uma manhã ensolarada. Dou uma olhada de relance, meu tom se suavizando.

— Muito obrigado por isso.

Naquela noite, não caio no sono, mas Ella acaba dormindo.

Ela adormece com a cabeça encostada no meu ombro conforme a noite avança e as horas passam. A única coisa que se move é o meu coração. Meus músculos estão tensos e rígidos, mas os fios do meu coração são elásticos, as batidas vivas e agitadas. A sensação é tão rara quanto o sorriso dela.

Quando o sol nasce, eu me afasto, me levantando do colchão com bastante cuidado. Ela não acorda. Não desperta. Parece um anjo enquanto dorme, com uma auréola formada pelo sol nascente. Atravesso a janela assim que o primeiro raio atinge o quarto, pintando as paredes laranja com gotas douradas.

Antes de me virar para ir embora, observo através do vidro, admirando o rosto sonhador enquanto ela dorme apoiada na cabeceira, a cabeça pendendo levemente para o lado em que o meu ombro estava. Um sorriso suave pinta os lábios dela e me pergunto o que ela pode estar fazendo no sonho.

Pescando nos Grandes Lagos e cozinhando salmão em uma fogueira.

Admirando o nascer do sol no campo de seu próprio haras.

Deitada sob as estrelas enquanto a aurora boreal dança no céu.

Cavalgando o seu cavalo favorito.

Ela está galopando, livre, o vento soprando os cabelos e o sol na pele, aquele sorriso radiante, leve e iluminado.

Um dia, quem sabe, a gente possa cavalgar juntos.

Acolhido pela ideia, caminho de volta para casa e me esgueiro pela porta do quintal, me sentindo totalmente recuperado.

Capítulo 15
ELLA

Você pode se esforçar o quanto for, mas garanto que não vou ao Baile de Outono.

Foi o que eu disse ao andar pelos corredores da escola com Brynn!, enquanto ela tentava me convencer desesperadamente de que o Baile de Outono é uma parte essencial da experiência no Ensino Médio, um rito de passagem que para sempre seria uma mancha incompleta na minha memória caso eu não fosse.

Acho que essas são as famosas últimas palavras.

Acontece que vou para o Baile de Outono.

Mas que fique claro: vou sozinha. Não tenho companhia. Nenhuma espécie sequer de par romântico. Não tem literalmente ninguém porque dispensei o único convite que recebi.

Preciso agradecer ao Max por me fazer mudar de ideia, mesmo que não estejamos indo juntos. E está tudo bem. Ele vai se divertir com Libby e os picles de pés de porco que ela faz. Afinal de contas, fazer picles é uma arte. Aposto que Libby tem várias curiosidades sobre proporções de salmoura e a arte da fermentação. Vai ser uma noite memorável.

Enfim...

Estou indo porque Max deixou outro post-it em um dos meus livros quando passou lá em casa ontem, depois da escola. Está quase virando uma tradição. Uma semana se passou desde que ele apareceu na minha janela naquela noite, sujo de

como alcançar o Sol **177**

sangue e machucado, precisando de um refúgio. Ainda não sei por que veio até mim, talvez tenha sentido a mesma coisa que senti aquele dia no lago. O dia que jogamos pedras e o som desconhecido da minha própria risada se misturou à brisa.

Aquela tarde pareceu uma fuga.

Então, talvez eu entenda.

O livro que ele deixou aberto para mim era uma coletânea do T.S. Eliot chamada *Quatro quartetos*. O poema se chamava *Little Gidding* e o seguinte trecho estava destacado:

"O que chamamos de princípio é quase sempre o fim. E alcançar um fim é alcançar um princípio. Fim é o lugar de onde partimos."

A citação tinha pouco a ver com as comemorações do Baile de Outono do último ano, mas algo no trecho me fez reconsiderar.

Até arranjei um vestido.

Depois das aulas, pedalei até a cidade. Fui até o brechó mais próximo e procurei entre os vestidos, armada com uma postura despreocupada e os cinquenta dólares que ganhei da vovó Shirley. Eu o avistei na mesma hora, enfiado entre dois vestidos pretos em uma arara bagunçada. Um farol laranja-vivo. Uma bola de fogo digna de sonhos adolescentes.

Um vestido tubinho tangerina brilhando no mar de tons neutros monótonos.

Meu destino estava selado.

Iria para o baile idiota.

Abro o vestido novo em cima da colcha, alisando as dobras e passando a ponta dos meus dedos no tecido laranja brilhante. É simples, sem mangas, com um decote reto. Ele aperta um pouquinho a cintura e bate um pouco acima dos joelhos.

Quando seguro à minha frente e me viro para encarar o espelho, minha mãe bate à porta.

— Ella?

— Presente.

Minha mãe entra, espiando só com a cabeça para dentro do quarto primeiro. Quando vê que não estou amuada, ela suspira e a porta se abre.

— Meu amor, ele é lindo! Você está encantadora.

Faço uma careta. *Encantadora* é um elogio tão esquisito.

— É legal — respondo, dando de ombros, ainda que um sorriso se forme em meus lábios.

— É para aquele Baile de Outono?

— Não, é para um velório. Acho que morri e ressuscitei no corpo de uma adolescente que vai aos bailes da escola.

Tombo a cabeça e movo o quadril, conferindo o vestido de todos os ângulos.

— Meu Eu Morto merece uma despedida de respeito — digo.

Minha mãe nunca aprecia meu senso de humor. Ela cruza os braços e se apoia no batente, os cabelos castanhos recém--pintados caindo por cima dos ombros. Fios grisalhos estavam começando a aparecer, o que quase a levou a uma crise de meia--idade aos quarenta anos. Acho que a idade chegou. Ainda bem que ela trabalha em um salão de beleza, então agora tudo voltou ao normal. Essa crise foi adiada.

— Você vai com o Max? — pergunta.

Dou uma espiada na minha cama por reflexo — a cama onde caí no sono no ombro dele semana passada, como se fosse cotidiano. Minhas bochechas coram, então desvio do olhar investigativo da minha mãe para tirar o vestido.

— Não, vou sozinha. Você pode me dar uma carona amanhã à noite?

— Claro. Por que você vai sozinha?

— Porque Max me convidou e eu disse que não. Agora ele vai com a Libby.

Não há amargura na minha voz. Nenhuma.

— Hm — murmura, daquele jeito de *mãe*. — Ele é lindo.

Meu coração acelera um pouco.

como alcançar o Sol **179**

— Ele é normal. O que você acha de genética molecular? Estamos aprendendo sobre isso em biologia.

Ela suspira.

— Eu acho que você herdou do seu pai o talento para mudar sutilmente de assunto... — Minha mãe se interrompe de repente quando viro a cabeça para ela e tento absorver as palavras. — Desculpa.

Seria hipócrita da minha parte se eu desse uma bronca nela por mencionar o meu pai quando vivo deixando o nome do Jonah escapar dos meus lábios. É curioso como as duas pessoas mais importantes das nossas vidas foram reduzidas a um jeito rápido de matar o assunto.

— Tudo bem.

— Eu, hm, na verdade, trouxe uma coisa pra você. Chegou pelo correio. — Afastando-se do batente, minha mãe pega algo do bolso da calça social preta. O envelope está dobrado ao meio. — Toma.

A princípio, acho que é um dos cheques da vovó Shirley, já que ela é a única que me manda cartas e Deus sabe que outros cinquenta dólares não fariam falta para ela. Só que quando me aproximo e analiso as letras rabiscadas, a caligrafia não combina com a da minha avó. Não combina de jeito nenhum.

Sinto uma pontada no estômago.

Instituição de segurança máxima Riverbend
Nashville, Tennessee

Nossos olhares se encontram. Os meus estão arregalados, os da minha mãe estão embaçados de lágrimas. Minhas mãos tremem ao alcançar o envelope e tento encontrar minha voz.

— Obrigada.

— Eu não li. Guardei por um tempo... fiquei com medo de como você iria reagir.

Tudo o que faço é assentir.

— Ella... eu te vi melhorar nas últimas semanas. — Engolindo em seco, ela ergue um braço e aperta meu ombro com firmeza. — Você voltou a sorrir. Parece estar melhor.

Continuo assentindo, sem pensar. Estou assentindo porque se não fizer algum movimento para me distrair, vou explodir em lágrimas e desabar aos pés dela. Não quero explodir em lágrimas. Não quero começar a chorar. É cansativo e, se eu cair no chão, vou ralar os joelhos e sangrar. Estou cansada de me machucar. Tenho colecionado feridas abertas tanto quanto coleciono novos livros.

Minha mãe seca os olhos e se afasta devagar, avaliando meu estado. Meu estado de assentir sem parar.

— Estou aqui se você precisar — diz. — Estarei na cozinha.

Assim que a porta do quarto se fecha, corro até a cama e rasgo um dos envelopes, revelando um bilhete escrito à mão dentro.

Jonah.

Jonah, Jonah, Jonah.

Cubro a boca com a mão e começo a ler.

Leitão,

Sonhei com o Bosque dos Cem Acres ontem à noite. Vou para lá muitas vezes quando os dias são longos e as noites ainda mais, e é onde eu te encontro. Sempre à minha espera, como um lar com duas pernas. Só que na noite passada foi diferente... você não estava. Fiquei na nossa ponte favorita segurando um graveto e olhando entre as árvores, esperando que viesse ao meu encontro. Só que a floresta permaneceu em silêncio e o meu graveto escorregou dos meus dedos para o rio, arrastado pela correnteza.

Não tenho notícias suas e entendo. Você deve acreditar que matei eles. Vi nos seus olhos naquele último dia no tribunal. Acha que eu mereci a sentença de morte por um crime construído por procuradores sedentos e urubus da mídia.

Você acha que mereço estar aqui.

Mas nos meus sonhos, meu lugar é em casa. Com você e a mamãe. Eu deveria estar cuidando da minha irmãzinha, protegendo-a como jurei que faria.

Atendo por vários nomes ultimamente: Monstro. Assassino. Psicopata. Doente. Detento n° 829. Mas eu espero que quando você pensar em mim...

Eu sempre seja seu Ursinho Pooh.

Com amor,
Jonah

A carta desliza nas minhas cobertas enquanto uma arfada dolorosa escapa da minha garganta.

Desabo em lágrimas.

As cartas de Jonah estão enfiadas na minha bolsa como se fossem meu porto seguro à caminho do baile, às sete e meia, na noite seguinte. Não sei por que trouxe elas comigo. As palavras e os sentimentos varrem a minha mente enquanto encaro as luzes dançando nos vidros das portas do ginásio, com minha bunda grudada no banco do passageiro.

Leitão,

Ainda posso te chamar desse jeito? Espero que sim.

Muitas coisas mudaram, mas torço para que essa nunca seja uma delas.

Entrei numa briga com um dos guardas, chamado Olsen. Ele é um idiota inútil em vários sentidos, mas quer saber por que surtei?

Desrespeitou minha irmãzinha.

*Ele viu uma foto sua, que a nossa mãe me mandou,
e começou a me contar em detalhes o que queria fazer
com você. Então mostrei pra ele onde ele ia parar com
aquelas ideias.*

*Minhas mãos algemadas estavam em volta do pescoço
dele antes que pudesse desperdiçar mais ar respirando.
Eu apaguei rápido, mas acho que consegui acertar o cara
antes que outro guarda me tirasse de cima dele.*

*Fiquei no isolamento por um tempo, e tenho certeza
de que ainda vou enfrentar outras consequências. Dizem
que o Olsen vai ficar bem, mas aposto que aquele nariz
destruído vai ser um ótimo lembrete para tomar cuidado
com as merdas que diz.*

Enfim, ainda estou te protegendo.

Mesmo a milhares de quilômetros.

Mesmo no corredor da morte.

Jonah

Minha mãe me observa enquanto tento me livrar da tristeza,
a imagem de Jonah batendo em um guarda na prisão rodando
sem parar na minha cabeça. Quando eu era mais nova, achava
que os rompantes de agressividade do Jonah em minha defesa
eram corajosos e dignos de defesa. Agora é só mais um lembrete
assustador do motivo que o levou a uma cela de prisão, no corredor da morte.

— Tá tudo bem?

— Tá.

Estou pensando nas cartas do meu irmão, me perguntando
como ele lidou com o isolamento, se houve mais consequências
e por que eu deveria me importar.

Pare de se importar, Ella.

*A vida vai ser muito mais fácil se você parar de se importar
com isso.*

Estou apertando uma pedrinha branca na palma, ficando mais suada a cada minuto. Parei de pensar por que a carrego para cima e para baixo ultimamente; só carrego. Seja qual for o motivo, me traz segurança. É algo que me deixa centrada, como um elo tranquilizador com a garota que fui um dia. A garota que cacheava o cabelo e ria mais do que chorava.

Pensei em fazer cachos essa noite, mas desisti. Meu cabelo está do mesmo jeito de sempre, seco e solto, caído nos meus ombros em ondas castanho-avermelhadas. Tentei cobrir os sinais de uma noite insone com corretivo e um pouco de sombra brilhante na cor champanhe. Passei gloss. Meu vestido cai bem. No geral, não estou tão horrível quanto me sinto.

Minha mãe me encara. Pelo canto do olho, percebo que ela me analisa enquanto os faróis à nossa frente nos iluminam. Aperto a pedra um pouco mais forte.

— Você vai se divertir essa noite — diz, estacionando o carro quando vê que não saio do lugar. — E está tão linda.

Linda.

Max disse que eu era linda enquanto admirávamos o lago e uma fogueira explodia em risadas atrás de nós. Foi a coisa mais gentil que alguém me disse em muitos anos. Fugi do elogio, assim como fugi do convite para o baile. Ele disse que a gente ia se divertir e acreditei. É o único motivo pelo qual estou aqui agora, tão linda.

— Obrigada — murmuro, lançando um sorriso fraco para a minha mãe. — Eu arranjo uma carona para voltar.

— Vou ficar acordada esperando. Tenho muita coisa para fazer, de qualquer jeito. Me manda mensagem se quiser que eu venha te buscar.

Não faço a mínima ideia do que ela tem para fazer, mas me esforço para assentir.

Ela aperta meu joelho, as íris dos olhos verde-acinzentados brilhando. Minha mãe parece mais feliz do que o normal. Há um lampejo de alegria verdadeira brilhando na minha direção.

— Aproveite — diz antes que eu desça.

Saio do banco e abro a porta do passageiro, guardando a pedra na minha bolsa velha. Não é exatamente um acessório chique para o baile, mas chique não combina mais comigo.

— Até mais — respondo.

Fecho a porta e fico parada no meio-fio, desajeitada e sozinha, enquanto o carro se afasta e desaparece noite adentro.

Dou uma olhada na fachada do prédio, cutucando o dedão. Um borrão de vestidos coloridos e cabelos balançando se move no ritmo da música enquanto luzes cegantes atravessam as portas duplas de vidro.

Respirando fundo, dou um passo à frente em meus saltos gastos e entro no edifício. O DJ me inunda com uma versão pop de "Take me Home Tonight", do Eddie Money, enquanto aperto a alça da bolsa, tentando não tropeçar e cair de cara num mar de balões cheios de glitter. Felizmente, uma mesa de ponche está montada no canto do ginásio, então sigo até lá para me distrair.

Estou dando um gole na minha segunda porção da bebida quando alguém da minha aula de Artes se aproxima de mim. Acho que o nome dele é Brandon.

— Ella, né? — pergunta, pegando um copo descartável cheio de ponche. — Eu sou o Landon. Estamos na mesma turma de Artes.

— Legal.

Eu não acho nada legal.

Ele assente, me olhando lentamente, das minhas sandálias arranhadas cor de damasco à insinuação de decote em meu colo.

— Você está formidável — diz.

Eu o encaro.

Formidável.

"Formidável" é uma daquelas palavras que quanto mais repetir, mais incomuns parecem. Não sei por quê. Ouvi-la faz com que eu torça o nariz e franza as sobrancelhas, então repito sem parar na minha cabeça até se transformar em uma não palavra.

Percebo que estou fazendo uma careta nada apropriada ao ouvir um elogio, então tento compensar com os olhos esbugalhados, dentes à mostra e um aceno lento, lembrando aquele gif do Jack Nicholson com um sorriso maníaco em *Tratamento de Choque*.

Landon se afasta lentamente.

Menos um.

Pego outro copo de ponche torcendo para que a minha bexiga me salve de mais um pesadelo e consiga me esconder no banheiro por um tempo. A parede mais afastada parece estar livre de contato humano, então me arrasto até ela, me encosto e aperto o copo entre os meus dedos. O ginásio está repleto de luzes estroboscópicas e barulhos, e meu olhar flutua de um corpo dançante para outro, à procura de alguém conhecido em quem possa me agarrar.

Brynn!.

Kai.

Até mesmo o McKay.

Na verdade, estou procurando por...

Max.

Eu me ajeito na parede, apertando mais o copo quando o vejo em uma das mesas redondas. Brynn! é uma miragem em rosa-flamingo sussurrando algo ao pé do ouvido de McKay enquanto os dois sorriem, já Libby está ao lado de Max em um vestido de paetês prateados, o cabelo loiro e curto parcialmente preso por grampos cravejados de brilhos.

A mão, com unhas feitas, está em volta do braço de Max. Libby está inclinada na direção de Max, que vasculha o salão, claramente inquieto. Provavelmente entediado. Vestindo uma simples camisa de botão branca enfiada dentro das calças pretas, ele ainda consegue estar atraente. O cabelo está levemente penteado com gel e as mangas da camisa estão dobradas até os cotovelos. Max esfrega uma das mãos pelo rosto e coça o queixo, com a sombra de uma barba por fazer.

Ele não para de olhar em volta.

Fazendo uma varredura. Procurando, assim como eu estava. Meus instintos ordenam que eu escape, corra, saia de cena antes que ele me veja. Não deveria ter vindo. Está na cara que o par dele é a Libby e eu sou a esquisitona secando ele do outro lado do salão depois de rejeitar vários convites. É meio patético, se for para ser sincera comigo mesma, e não quero acrescentar mais esse à minha lista de defeitos gritantes.

Mas meus pés continuam plantados no chão de linóleo.

Meu corpo não se move.

A patética ganhou.

Congelo ao perceber Max vacilar e piscar em seguida. Ele caminha na minha direção, quase como se tivesse me sentido de algum jeito. Primeiro, a atenção dele está no chão, o olhar fixo nos meus saltos, antes de subir pelas minhas pernas devagar até, por fim, pousar no meu rosto.

Nossos olhares se prendem.

Nos encaramos firme através das luzes piscantes da pista de dança, meu pulso acelera e meu coração dispara.

Percebo uma expressão atravessar o rosto dele. Algo que não consigo descrever bem. É quase como se o tempo tivesse congelado em um instante de puro deslumbramento.

Engolindo em seco, olho ao redor, pensando que ele pode ter visto uma das líderes de torcida gostosas usando um vestido justo rebolando a bunda à minha esquerda. Mas quando volto a olhar para Max, sei que não é o caso. Ele está olhando diretamente para mim. E a expressão dele não vacilou, se desfez ou mudou. Max me vê e está vendo algo que o deixa deslumbrado.

Eu, com o olhar cansado e o cabelo do mesmo jeito de sempre, sem penteado.

Eu, usando um vestindo laranja-néon que achei na arara de um brechó.

Eu…

Encarando-o de volta com o mesmo olhar.

como alcançar o Sol **187**

Capítulo 16
MAX

Existe um sentimento muito específico de quando você está esperando que uma pessoa chegue e ela finalmente chega. Em uma festa ou em um encontro. É um instante de euforia desenfreada, algo quase indescritível, e ainda assim, todos nós já vivemos esse momento — esperando impacientes, completamente ansiosos, nos perguntando se por acaso a pessoa não vai vir. Talvez não apareça. Talvez tenha mudado de ideia.

Então a porta se abre.

Você olha para cima.

Primeiro, os olhos ficam presos nos pés da pessoa, ansiosos para conseguir um vislumbre dos tênis desgastados que você comprou para ela ou do par de saltos com pedraria favorito. Seu olhar caminha para cima, sentindo uma pontada de vitória no peito, maravilhado, do tipo *porra, obrigado* quando finalmente encontra o rosto que tanto esperava.

Ella me encara com uma expressão bem parecida, então dá de ombros discretamente. Um gesto autodepreciativo, como se dissesse: "Eu vim".

Ela veio.

Está mesmo aqui, e não consigo conter o sorriso que se forma lentamente quando nossos olhares continuam fixos um no outro, a seis metros de distância.

— Você quer dançar?

Estremeço, esquecendo que há uma mão segurando meu braço. Uma voz aguda flutua até o meu ouvido e corta a conexão, e não é a que estou desesperado para ouvir. A garota ao meu lado cheira a pote de picles e a flores, mas sinto falta do cheiro de frutas cítricas e madressilvas.

— Não.

Afasto a mão dela do meu braço. Nem percebi que ela me segurava, porque estava ocupado demais procurando alguém que não esperava encontrar.

Estou prestes a dar um passo à frente quando McKay me segura, o outro braço pendurado sobre os ombros de Brynn.

— Olha só, cara — diz, rolando as mensagens do celular. — Festa na casa do Morrison depois do baile. Ele conseguiu um barril de cerveja.

— Vai ser incrível! — exclama Brynn, entrando na conversa.

— Os pais do Morrison moram no lago. Vão soltar fogos depois.

Ela coloca as duas mãos no peito e lança um olhar sonhador para o meu irmão e diz:

— Imagina como a água vai ficar linda refletindo todas aquelas cores. Que romântico!

Não há muitas coisas que eu gostaria menos de fazer.

— Legal. Me deixa em casa quando estiver voltando, assim posso fugir disso.

Volto a olhar para Ella, que já foi encurralada por um dos colegas de McKay do time de basquete, Jon. Ele está inclinado, sussurrando algo no ouvido dela. Uma das mãos carnudas sobe até a cintura dela, enquanto vejo os nós dos dedos dela esbranquiçarem ao apertar o copo de ponche que está segurando.

Estou a caminho.

— Max! — chama Libby. — Aonde você vai?

Eu a ignoro. Eu nem convidei ela, então nem me sinto mal. Em três segundos, estou serpenteando meu caminho em direção a Ella e o babaca do time de basquete.

como alcançar o Sol **189**

— Ei, Jon. Ouvi dizer que estão servindo cerveja de graça na mesa de ponche. Para todo mundo. Só essa noite.

Os olhos de Jon se arregalam.

— Aí, sim.

Ele se afasta, lançando uma piscadela para Ella antes de desaparecer na multidão.

Tiro o ponche da mão dela, apoio na mesa e aproveito a chance de passar meus braços pela cintura dela e puxá-la para perto de mim.

— Max. — Ella planta as palmas das mãos no meu peito, embora não me afaste. — O que você está fazendo? Não servem cerveja para quem é menor de idade. E ele só estava me explicando uma jogada de basquete.

Ela finge interesse.

— Estou sendo um bom amigo e te salvando.

— Me salvando de uma conversa inocente? — Ela me encara, os longos cílios piscando, parecendo pensativa. — Você me conhece tão bem.

Um sorrisinho se abre quando a minha mão desce até o quadril dela, segurando de leve enquanto começamos a nos mover. Ella pisca para desviar o olhar, mas não se solta. Os dedos dela se espalham contra o meu peito, antes de deslizarem lentamente até os meus braços e ficarem ali.

Engulo em seco. O toque é suave e hesitante, como se ela soubesse exatamente onde colocar as mãos, mas não tivesse certeza se deveria.

— Não achei que você viria hoje à noite — digo, minha voz falhando um pouco. — Estou surpreso.

Continuamos nos movendo, continuamos dançando. A música fica mais lenta, uma canção country sonolenta. Ela dá uma olhada na minha mesa, do outro lado da pista de dança.

— Não queria te tirar do seu encontro.

— Eu não estou em um encontro.

— Acho que ninguém avisou a ela.

— Acho que agora ela está avisada.

Os olhos de Ella se erguem para encontrar os meus mais uma vez. Tímidos, hesitantes. As mãos dela estão nos meus braços e as minhas, nos quadris dela. Ela cheira a laranjeiras na primavera. Estou com uma sensação no peito. É a mesma que tive quando estava no quarto aquela noite, quando ela se ajoelhou entre as minhas pernas e passou os dedos cuidadosamente pelo meu rosto, remendando mais do que uma ferida na cabeça. Como se lesse a minha mente, a atenção dela se volta para o curativo que ainda tenho na têmpora.

— Como está sua cabeça?

— Melhorando.

Também estou sentindo meu coração sarar, mas não digo isso.

— Estou de vestido. — Ella franze o nariz, como se pensar nisso fosse horrível, então deixa um riso escapar. — Não uso um há anos.

— Eu gostei.

Sorrindo, dou um passo para trás, tiro uma das mãos dela do meu braço e a faço dar uma voltinha. De primeira, ela é pega de surpresa, tropeçando nos saltos cor pêssego, mas então segue minha deixa e faz uma pirueta desajeitada antes de tropeçar contra meu peito.

Quando Ella se coloca de pé, as bochechas estão vermelhas e um sorriso inocente surge nos lábios dela.

— Desculpa. Eu disse que não sei dançar.

— Tudo é ritmo e saber deslizar no tempo certo — relembro.

— Até porque isso funcionou super bem para jogar as pedras.

Eu a giro outra vez, e agora é um pouco mais gracioso.

— Você vai pegar o jeito.

— De dançar ou de jogar pedras?

— Das duas coisas.

Os ombros dela relaxam e uma leveza se sobrepõe à incerteza em seus olhos. Ela se acalma, exalando profundamente quando a minha mão entrelaça na dela, encontrando nosso rit-

como alcançar o Sol **191**

mo. Ella olha para os pés antes de me encarar de novo, ainda agarrada àquele sorriso.

— Parece uma cenoura gigante — diz ela.

— Gosto de cenouras. — Faço ela dar um giro e, dessa vez, é sem esforço. — Como vai o giz de cera?

— Saudável e próspero.

Giro.

— Você está regando? — pergunto.

Rodopio.

— Sim. Até mudei para a minha mesa para pegar mais sol.

A música muda mais uma vez. Ganha um ritmo mais animado quando "Gold", de The Ivy, ecoa pelos dois alto-falantes gigantes em cima do palco. Nossos pés se movem mais rápido. Giro Ella algumas vezes e observo uma gota de suor se formar perto da raiz do seu cabelo, luzes multicoloridas refletindo como pedras preciosas em seus olhos. Ela voltou a segurar o meu braço, dessa vez, com mais segurança. Está mais leve, mais confortável. Nossas barrigas se tocam e quando nossos olhos se encontram através das luzes piscantes, decido jogá-la para trás.

Minha mão serpenteia pelas costas de Ella enquanto a seguro para mantê-la de pé.

E quando eu a jogo para trás... ela grita.

É uma explosão genuína de alegria, as pernas se levantam, os cabelos balançando em um aglomerado de laços vermelhos. Ella aperta minha mão com uma força absurda antes que eu a levante de volta, e então tropeça para a frente, caindo em cima de mim sem parar de gargalhar.

Estou rindo como se estivesse bêbado. Meu sorriso é largo, daqueles que mostram os dentes brilhantes e fazem a bochecha doer. Meus braços estão em volta dela e eu a seguro firme enquanto continuamos a dançar.

— Não acredito que você não me deixou cair — diz ela, os quadris balançando, as pernas em movimento.

— Sério? Achei que você confiava um pouco mais nos meus braços. Está sempre olhando pra eles.

— Argh. — Ela crava as unhas nos meus braços. — Você tá imaginando coisas. Na melhor das hipóteses, seus braços são um pouco inspiradores.

— Vamos ver quando a gente for finalmente lutar uma queda de braço.

— Podemos fazer isso agora. Acabar com essa história de uma vez por todas.

Nego com a cabeça.

— Não estou entediado.

Depois de fazê-la dar mais um giro bem-sucedido, eu arrisco e a jogo para trás outra vez. Dessa vez, o tornozelo dela vira, pego de surpresa pela manobra, e ela se agarra aos meus braços em um aperto firme, a perna voando até a minha coxa para se segurar. Estou muito ocupado tentando segurá-la para prestar atenção nas nossas pernas enroladas, de qualquer jeito. Meu coração perde o compasso por um instante, antes que eu consiga colocá-la de pé, garantindo que recuperou o equilíbrio.

Nós dois paramos, sem ar, rostos a centímetros de distância. Então ela me dá um soco no estômago.

— Que porra é essa, Max? — Um sorriso largo se abre, sobrepondo-se ao ultraje na voz dela. — Você quase me deixou cair.

— Eu nunca deixaria isso acontecer.

A perna dela desliza pela minha até que seus pés estejam plantados de volta na pista de dança, nosso ritmo desacelerando para um mais lento.

— Também sou bom em pegar as coisas — digo.

Não demora muito até que Brynn corra até nós, puxando McKay atrás dela digitando algo no celular com apenas uma das mãos.

— Ella! — grita, por cima da música estrondosa. — Ai meu Deus, estou tão feliz que você veio.

como alcançar o Sol **193**

Relutante, solto Ella assim que Brynn desliza entre nós, um raio rosa-choque. Os olhos de Ella se voltam para mim, o sorriso de glória ainda intacto, antes de se voltarem para Brynn.

— Eu vim — diz ela, o cabelo bagunçado e cheio de nós depois da dança.

Brynn me olha de soslaio.

— Tudo bem se eu roubar seu par? — pergunta, dando uma piscadinha.

Deslizo as mãos para os meus bolsos.

— Ela não é meu par, Brynn. Só estávamos dançando.

— Então acho que você não vai se importar. — Ela puxa Ella pelas mãos e entrelaça os braços das duas. — Uau!

Não consigo conter a risada, nem Ella. Vejo as meninas dançarem e se remexerem, os cabelos ao vento, os paetês brilhando tanto quanto os sorrisos delas.

McKay para do meu lado e me cutuca com o ombro.

— Você parecia estar se divertindo.

— Eu estava.

Nós dois olhamos para Libby ao mesmo tempo. Ela está dançando com Jon e um grupo de garotas. Espero que McKay faça algum comentário sarcástico. Que me ponha contra a parede ou me dê um esporro.

Ele me surpreende.

— Que bom.

Trocamos um olhar cúmplice e retribuo o empurrão com o ombro.

Mais uma hora se passa, cheia de dança, risada e ponche de frutas tropicais. McKay trouxe um cantil para deixar o drinque dele um pouco mais forte, o que me preocupa, levando em conta o histórico do nosso pai com abuso de substâncias. Odeio que ele precise de álcool para se divertir.

Eu com certeza não preciso. Já me sinto flutuando, chapado por uma brisa natural, admirando Ella se soltar e ficar livre no ginásio da escola, o cabelo molhado de suor, o rímel escorrendo e os olhos mais vibrantes do que nunca.

Quando ela me presenteia com mais um sorriso, me concentro nas sardas que ela tem espalhadas pelo nariz. Já tinha reparado nelas antes. Parecem uma constelação desbotada, estrelinhas que só ganham vida para quem se dá ao trabalho de realmente olhar. Franzo a testa.

É quando percebo que eu talvez esteja com problemas, porque não deveria estar reparando em coisas assim. Pernas? Claro. Peitos? Óbvio. Sardas no nariz?

Condenado.

É um trajeto curto até a minha casa, onde fazemos uma parada para Ella e eu descermos antes deles irem atrás da cerveja. Estou espremido no banco de trás da caminhonete entre Libby e Ella, e Brynn está na frente, ao lado de McKay, detalhando cada segundo das últimas horas. Ela dirige, já que McKay estava bebendo e porque era o "maior sonho da vida dela" finalmente dirigir nossa caminhonete caindo aos pedaços.

A voz aguda e entusiasmada vai sumindo porque estou ciente demais do corpo da Ella contra o meu, à esquerda. Os braços vermelhos, nossas coxas pressionadas uma contra a outra, o joelho nu batendo no meu toda vez que o carro passa por cima de um buraco. Os cabelos compridos fazendo cócegas nos meus ombros, o cheiro encobrindo o fedor de fumaça de cigarro e de couro antigo do interior.

As mãos dela estão apoiadas no colo, cerradas em punho, e a bolsa gigante está aos pés. De canto de olho, percebo como me olha de vez em quando. A adrenalina da noite diminuiu, deixando-a mais calma, e me esforço muito para manter as mãos nos joelhos. Tudo o que eu quero é pegar a mão dela e entrelaçar

como alcançar o Sol **195**

nossos dedos, o que é um pouco preocupante. Não sei por que quero fazer isso.

Quando encostamos na entrada de carros, Ella desce da caminhonete primeiro, os saltos estalando sob o cascalho.

— Obrigada pela carona — diz, já se preparando para atravessar a rua. — Vejo vocês na segunda.

Deslizo atrás dela, dando um tchau apressado para o grupo, então bato a porta e corro para alcançá-la. Ella já está quase entrando em casa.

— Ei, espera. — A caminhonete se afasta e acelera pela rua tranquila, até que tudo o que escuto são os saltos batendo contra o asfalto e o canto das cigarras. — Ella.

Ela vacila, olhando para mim por cima do ombro.

— Quê?

— Você está fugindo.

— Não. Só pensei... — Ela desacelera, olhando para a minha casa do outro lado da rua, e depois para mim. — Achei que a noite já tinha terminado.

Olho para o céu. A lua está no alto, um brilho prateado na extensão preta, as estrelas brilhando cintilantes. A festa pode ter acabado, mas a noite não.

— Vamos nas ribanceiras.

Isso a faz parar. Ella se vira para me olhar, a brisa soprando alguns fios do cabelo dela, jogando contra o rosto.

— Nas ribanceiras?

— É. Prometi que ia te levar para ver as estrelas, e a noite está perfeita pra isso.

Ela hesita.

— Ver as estrelas.

— Por que não?

— Eu... — Apertando a alça da bolsa, ela olha para o vestido e para os saltos. — Bem, olha só pra mim. Não tem nada que eu gostaria mais do que arrancar esse vestido e jogá-lo no chão do meu quarto.

Ela arregala os olhos.

Minha garganta trava enquanto uma onda de calor passa pelo meu corpo.

— Caramba. — Ela se força a desviar o olhar. — Isso soou bem sugestivo. E agora estou morrendo de vergonha.

Tento obrigar meu cérebro a pensar em imagens menos indecentes, porque não devo ficar imaginando uma amiga sem roupa. Isso seria indelicado e inapropriado.

Quando não respondo, porque meu cérebro está sendo indelicado e inapropriado apesar dos meus esforços, Ella limpa a garganta e caminha até mim.

— Quer saber? Tá bem. Podemos ir ver as estrelas chiques desse jeito. Vai ser a única vez que vou usar esse vestido, então preciso fazer valer a pena.

Sou atravessado pela euforia.

— É?

— Claro, vamos lá.

Um sorriso surge nos meus lábios quando penso em passar mais tempo com ela. Só nós dois, frente a frente. Não consigo nem lembrar quando gostei mais da companhia de outra pessoa do que de ficar sozinho, mas já faz anos. McKay costumava ser essa pessoa.

— Ótimo — digo, tentando não parecer tão desesperado.

— Vou só dar uma olhada rápida no meu pai e pegar um cobertor. Se importa de esperar aqui?

Ela dá uma olhada na minha casa, do outro lado da rua, demorando-se na janela em que o brilho de uma lâmpada amarela reluz por trás das cortinas. Ela me olha por um instante, então diz:

— Sem problemas. Vou trocar de sapato.

Sei que quer ir comigo, mas isso está fora de cogitação. Finalmente progredimos na parte da amizade, a última coisa que eu quero é assustá-la quando compreender por completo o desastre que se esconde por trás daquelas paredes decadentes.

como alcançar o Sol **197**

Com um breve aceno, corro até a casa e entro pela porta da frente. Meu pai tomou remédios para dormir antes do baile, então provavelmente está apagado. Pego um cobertor velho no encosto do sofá antes de chamar por ele.

— Pai?

Para minha surpresa, ele responde.

— Estou aqui, filho.

Quando chego ao quarto dele, o encontro sentado na cama, com um livro no colo.

— Ei — digo. — Achei que você estaria dormindo.

— Estava. — Ele encara o vazio antes de olhar na minha direção. Seus olhos enevoados voltam ao foco quando me dá uma olhada. — Você está muito bonito, Maxwell.

— Obrigado. O Baile de Outono foi hoje.

— Você levou uma garota bonita com você?

Lembro de Ella dançando nos meus braços, belíssima em seu vestido laranja-solar, os olhos e sorriso brilhantes.

— Levei, sim.

— Isso enche seu velho de orgulho. Eu devia ter tirado algumas fotos para colocar na parede.

Houve uma época em que tínhamos paredes cheias de fotos, pinturas e quadros descombinados. Memórias cobriam o gesso. Viagens de pesca, aventuras de acampamentos e churrascos em família enfeitavam cada corredor e cada cômodo repleto de amor.

Agora os corredores estão vazios, os quartos desocupados e frios.

Até mesmo dizer que temos paredes é forçar a barra.

Antes que possa responder, meu pai se ajeita no lugar e repara no meu curativo.

— O que aconteceu com sua cabeça? — pergunta, alarmado.

Engolindo em seco, levo a mão até o curativo. Ele não se lembra daquela noite. Não se lembra de quebrar o abajur na minha cabeça e me jogar no chão, no mesmo lugar em que agora estou de pé.

— Caí no lago — minto. — Estava correndo e tropecei numas pedras.

O rosto dele se contorce de angústia.

— Eu me preocupo com você, Max. Você vive correndo sozinho, e fico com medo de você nunca mais voltar.

Uma tristeza sombria toma conta de mim enquanto eu saio da sala.

— Sempre vou voltar, pai. Não se preocupe.

Não tenho outro lugar para ir, é o que quero acrescentar. Mas não faço isso.

— Você deveria dar flores para ela.

Hesito, parando onde estou antes de sair.

— Flores?

— Para a menina que você levou pro baile — diz ele. — Garotas gostam de flores. Sua mãe preferia rosas brancas porque elas simbolizavam lealdade eterna.

Os olhos azul-acinzentados ficam vidrados por um instante, antes de ele pegar o livro que tem no colo e se ajeitar na cabeceira velha. Ele suspira, e então diz:

— Eu gostava mais de dar rosas vermelhas para ela. Pode ser por isso que ela me deixou.

Encaro meu pai por alguns instantes, então coço a cabeça e começo a sair do quarto.

— Boa noite, pai.

— Boa noite.

Pouco depois, estou no meio da rua com uma colcha marfim debaixo do braço. Ella está inquieta do outro lado, pisando com a ponta dos pés em um pedaço de grama, calçando um novo par de tênis. Ainda está usando o vestido.

— Desculpa a demora — digo. — Pronta?

Vejo os olhos dela desviarem para a minha casa antes de assentir.

— Pronta.

Chegamos à ribanceira depois de caminharmos em um silêncio confortável. Guio Ella até uma pequena clareira no topo de uma colina, debaixo de um céu estrelado. Meu coração acelera com o romantismo da cena, apesar dos meus esforços iniciais. Algo mudou entre nós, e não tenho certeza de como me sinto em relação a isso. É preocupante, empolgante... inesperado. É a última coisa que eu quero, e parece que estou correndo atrás disso, preso em um turbilhão de emoções novas.

Dou uma olhada no pequeno oásis, a grama esmagada sob os meus pés, ainda úmida por causa da última chuva. O horizonte mescla a terra escura com o céu azul-escuro, e tudo parece tão... *mágico*. Já estive aqui centenas de vezes e nunca pareceu nada além de natureza pontilhada pela luz das estrelas.

A diferença é que nunca estive aqui com Ella.

Minha garganta se aperta conforme avanço lentamente e murmuro:

— Vem. Vou esticar o cobertor ali.

— Espera.

Ella agarra meu punho, me parando, os olhos preenchidos pelo brilho ancestral da lua. Deixando um suspiro escapar, ela ergue o queixo e diz:

— Tenho uma condição para admirar as estrelas com você usando o meu vestido laranja, Max Manning.

— Combinado. Qualquer coisa.

Ela solta o meu punho, olha para o céu e então se vira para me encarar.

— Me prometa que isso não é um encontro.

Dou um sorriso. Tiro o cobertor de debaixo do braço, espalho sobre a grama e gesticulo para que ela se sente.

— Eu te prometo, Ella Sunbury — minto, entre dentes. — Isso não é um encontro.

Capítulo 17
ELLA

— **Parece um encontro.**

Estou deitada no cobertor ao lado de Max, os olhos voltados para o céu do Tennessee. O cheiro de orvalho e terra molhada paira no ar enquanto o pio abafado de uma coruja distante soa na escuridão.

Torcendo o nariz, me viro para Max para analisar a reação dele. Ele não parece nem um pouco perturbado.

— Talvez seja.

— Quê? Não, você prometeu. — Encaro Max e sua teia de mentiras. — Eu não vou a encontros. Não me envolvo em romances, beijos, nem nada do tipo. Vou morrer virgem e provavelmente, freira. Ainda não me decidi. Igrejas têm um cheiro esquisito, mas freiras são bem legais e *Mudança de Hábito* fez parecer tentador. Tem seus prós e contras, acho.

Max alonga as pernas e suas calças escuras roçam contra minha perna parcialmente exposta.

— O que virgindade tem a ver com isso?

Minhas bochechas ficam vermelhas.

— Não sei.

— Não precisa ser um encontro romântico — diz, ainda olhando para o céu. — Somos só amigos. Amigos saem em encontros platônicos o tempo todo.

— Nós dançamos e agora estamos observando as estrelas.

— E o próximo item na sua lista é perder a virgindade? Faz sentido.

— Se essa fosse uma lista de verdade, então, sim, provavelmente estaria ali em quarto ou quinto lugar. Em terceiro vem beijar. Quem sabe, andar de mãos dadas. — Penso na lista imaginária e assinto conforme elenco os pontos. — Dançar, admirar as estrelas, andar de mãos dadas, e só então beijar. Perder a virgindade definitivamente está em quinto lugar.

— Se essa fosse a lista do Andy Sandwell, talvez você tivesse razão.

— Não. Andy nunca observaria as estrelas.

Isso faz com que ele dê um sorrisinho. Max inclina a cabeça na minha direção, os olhos dele brilhando com as luzes cintilantes.

— Bom, a minha lista é diferente. Sem beijos, sem perder a virgindade. Você está segura comigo.

O ar está fresco, mas não sinto frio. E sei que o tom da nossa conversa é bem-humorado, mas a certeza me cobre como se ele tivesse acabado de me enrolar no cobertor quentinho em que estamos deitados. Inclino a cabeça para trás para encarar as constelações e solto um pequeno suspiro.

— Eu me sinto segura com você — admito. — Você me faz sentir como...

Max fica em silêncio por um instante.

— Como o quê?

Há um nó na minha garganta. Uma bola flamejante de um sentimento que não sei se devo engolir ou vomitar.

— Você faz com que eu me sinta uma garota normal.

— Você é — diz, suavemente.

— Não sou. Mas às vezes é bom sentir que sim.

Quando ele não me responde de pronto, eu me mexo ao lado dele. Nossos ombros roçam e, por um buraco desgastado no cobertor, a grama faz cócegas no meu pescoço. Meus pensamentos assumem um lado sombrio e deixo escapar:

— Jonah me mandou cartas da prisão.

Max me olha.

— Vocês costumam trocar cartas?

— Não. Eu até pensei em entrar em contato com ele, mas... ainda não consegui. A última vez que nos falamos foi quando vi os guardas o levarem algemado para fora do tribunal. Já faz quase dois anos.

Aquela cena está marcada na minha mente como uma queimadura feia.

Leram o veredito:

Culpado em todas as instâncias.

Eu me lembro de cada palavra, cada sussurro, cada instante tenso de silêncio enquanto o juiz McClarren lia o veredito e organizava os pensamentos.

Então lia a sentença de Jonah para o tribunal lotado.

— Em todos os meus anos nessa cadeira, foram raras as vezes que encontrei um caso que me afetou tão profundamente, tanto como juiz quanto como ser humano. A perda sem sentido de Erin Kingston e Tyler Mack é um lembrete brutal da fragilidade da vida e da escuridão que pode existir na humanidade. Este veredito, embora esteja alinhado à lei, nunca vai compensar verdadeiramente o vazio deixado por uma tragédia tão terrível.

Meu coração estava saindo pela garganta. Entre os meus dentes. Parecia que eu o mastigava como se o sangue escorresse pela minha língua, mas eu só tinha mordido a minha bochecha por dentro.

Cravei minhas unhas nas palmas.

Estava suando, mal conseguia respirar.

Ajeitando os óculos prateados, o juiz respirou fundo e prosseguiu, a voz austera e grave.

— Considerando a gravidade do crime, a dor causada às famílias das vítimas e depois de analisarmos todas as provas e os depoimentos, a corte chegou à decisão de que o réu será condenado à morte, conforme as leis do estado.

como alcançar o Sol **203**

Gritei.

Ao meu lado, minha mãe gritou antes de cair em lágrimas.

Éramos as duas únicas pessoas de luto naquele tribunal enquanto todo mundo se levantou, aplaudiu e chorou lágrimas totalmente diferentes.

Eu e a minha mãe também fomos sentenciadas à morte naquele dia.

Jonah nos encarou quando foi levado para fora do tribunal, o rosto tomado pela dor. Nossos olhares se encontraram, separados por alguns metros de distância, e ele enunciou em alto e bom som, angustiado, com lágrimas saindo de olhos vermelhos e escorrendo pelas bochechas:

— Não fui eu. Por favor, acredite em mim.

Odeio não acreditar nele.

Odeio o fato de ainda amar meu irmão, sentir falta dele, precisar dele ao meu lado, me acalentando nos dias mais difíceis. Acho que é por isso que estou tão quebrada e destruída.

Perdão sem amor é uma coisa.

Mas amor sem perdão? É uma árvore sem raízes; não se sustenta por muito tempo. Nunca pode viver.

É por isso que resisto tanto à ideia de me apaixonar. Não posso passar por isso outra vez.

Brynn! me disse que dá para ver nos meus olhos que sou contra o amor e acho que é por causa de todas as coisas terríveis que vi serem feitas em nome desse sentimento.

Viro-me para Max e mal consigo identificar a expressão dele por trás do borrão de lágrimas. Tudo o que sei é que está me encarando. Ele não afasta o olhar, ainda que um céu estrelado esteja acima de nós.

— Desculpa — murmuro. — Estou ficando emotiva.

— Não precisa se desculpar. Sei que não é a mesma coisa, mas de certa forma... me identifico com o que você disse.

— Se identifica?

Max assente, sustentando o contato visual.

— Minha mãe nos deixou e nunca mais voltou — conta.

— Ela não morreu, mas não está mais aqui. Não posso dar um abraço nela nem comer os waffles de mirtilo que ela preparava, mas também não posso levar flores para um túmulo ou sussurrar palavras para as nuvens e fingir que ela está me escutando.

Os nós dos dedos de Max roçam contra os meus. Não tenho certeza se foi de propósito, mas não me afasto. Faço o contrário, aproximando minha mão da dele até que o toque leve como uma pena evolui para pinceladas. Ritmo. A sensação me causa um frio na barriga e faz minha pele arrepiar.

— Não tem como colocar um ponto final em algo assim — continua, sussurrando as palavras. — Esse tipo de luto é uma espécie de monstro. Ficar de luto por alguém que ainda está vivo é uma escolha, não um destino, e nisso eu tenho bastante experiência.

Ele engole em seco, acariciando as costas da minha mão com o polegar.

— Algumas vezes acho que é a única coisa nesse mundo pior do que a morte — conclui.

Eu o escuto, mas seu toque fala mais alto. Parece uma música, uma orquestra pulsando pelas minhas veias. Meu coração é um bumbo, e quando os dedos dele começam a se entrelaçar aos meus, lenta e delicadamente, sinto o *crescendo* dos tambores rufando.

Por mais que eu seja muito boa em pegar coisas no ar, mal consigo controlar minha respiração. Ela foge de mim, do mesmo jeito que o tempo. Nos encaramos, os dedos se entrelaçando gentilmente, nossas mãos se encontrando como nossos olhares. A respiração de Max está trêmula, meus braços e pernas estão tremendo e nunca fiquei tão perto de ninguém assim. Não desse jeito. As estrelas estão acima de nós, mas algumas devem ter caído e colidido contra o meu peito. Pelo menos algumas. Pelo menos uma.

como alcançar o Sol **205**

Os olhos de Max se fecham lenta e preguiçosamente por um instante. Então ele sussurra:

— Olhe para o céu, Sunny.

As palavras dele escorrem como um melaço espesso e não consigo desviar meu olhar. Acho que estou em transe. Em estupor enfeitiçado.

Max sorri para mim e aperta minha mão gentilmente.

— Olhe para cima.

Por fim, recupero o ar. Ele me atravessa, me libertando, e quando a névoa esquisita se dissipa, volto à ribanceira e permito-me assimilar o que ele disse.

Olho para o céu.

Acima de mim, estrelas começam a surgir, uma de cada vez, como se alguém estivesse iluminando um enorme quadro de avisos cósmico. Meus olhos se ajustam à noite conforme a escuridão clareia, revelando um espetáculo extravagante de constelações. Então, do nada, um raio brilhante cruza o céu.

Eu me viro para Max de novo.

— O que foi isso? — digo, meio estrangulada, as palavras ofegantes e maravilhadas.

— Táuridas, é a chuva de meteoros.

Meu olhar se volta para o céu e meu coração dispara. Táuridas, a chuva de meteoros. O meteoro corta a noite como uma pincelada rápida e afiada em um quadro escuro. Então vem outro e mais outro, cada um mais encantador do que o último.

Posso sentir meus batimentos acelerarem, combinando com o ritmo de cada meteoro fugaz. Cada rastro flamejante parece um aceno, um cartão postal dos recantos mais distantes do espaço. Estar sob o céu aberto faz com que eu me sinta pequena, insignificante. Mas também traz uma sensação estranha de pertencimento à medida que os feixes de luz cortam o pano de fundo do mais profundo azul.

— Ella? — sussurra Max.

Lágrimas se acumulam em meus olhos e meu peito é tomado por uma sensação sufocante.

— Sim?

— Menti para você sobre uma coisa.

Franzo a testa, inclinando a cabeça na direção dele.

— Mentiu?

— Menti. Eu te disse que você é uma garota normal, mas... você não é. — Ele umedece os lábios com a língua e se vira para encontrar meu olhar. — Você é mais do que isso.

Ele não elabora. E com todas as coisas não ditas, aquele peso no meu peito escapole e as lágrimas começam a sair pelos meus olhos. Não me desculpo dessa vez. Não peço desculpas por deixar minhas emoções jorrarem, por permitir que esse momento me faça sentir algo além de ser banhada pelo conforto do vazio. Não estou arrependida.

Estou grata.

Quando lágrimas se acumulam no canto dos meus lábios, me permito lamber o sal e inspirar, hesitante.

— Estamos de mãos dadas — digo. — Qual é o próximo item da sua lista?

Não pode ser um beijo. Ele disse que não teríamos beijos.

Não quero saber como os lábios dele são macios, ou quão áspera seria sua barba por fazer contra a pele do meu maxilar. Não tenho a menor vontade de sentir a língua dele contra a minha. Não quero nada disso.

Não quero.

O olhar de Max vai até o meu lábio e fica ali.

— Nada — responde, um sorriso lento se formando antes que os olhos dele se voltem de novo para cima. — A lista acaba aqui.

Quando absorvo as palavras dele, meu sorriso cresce e aperto gentilmente a palma da mão dele. O trecho de *Little Gidding* volta a passar pela minha mente enquanto encaro Max, a mão dele segurando a minha e os olhos repletos de estrelas.

"O que chamamos de princípio é quase sempre o fim. E alcançar um fim é alcançar um princípio. Fim é o lugar de onde partimos."

Gosto desse fim.

"COMO ALCANÇAR O SOL"
SEGUNDO PASSO:

abrace a hora de ouro

Aproveite o calor antes que ele desapareça.

Capítulo 18
ELLA

Duas semanas depois, chega o meu aniversário de dezoito anos e acordo com um buquê de rosas laranja na porta de entrada. O sol do fim de novembro as incendeia como se fossem as brasas de uma fogueira de outono. Olho ao redor do jardim para ver se algum admirador secreto está se escondendo atrás dos arbustos de hortênsia. Minha mãe já foi trabalhar, mas deixou meu café da manhã favorito em cima da mesa da cozinha, além de balões amarrados no encosto das cadeiras. Bebo um copo de suco de laranja, então me esbaldo no banquete de bolo cítrico e ovos mexidos com bacon caramelizado. Alguns meses atrás, estava apavorada com meu aniversário. Não tinha planos, nenhum amigo, nada para celebrar além de mais um ano perdido para a tristeza. Só que acordei me sentindo renovada. Estou de barriga cheia, é uma manhã de sábado ensolarada e tem rosas laranja na minha porta.

Inclino-me para pegá-las pelos caules e dou uma lida rápida no bilhete pendurado.

Meu coração acelera.

Ella,

Feliz aniversário. Pesquisei no Google o que significam rosas laranja e acho que simbolizam energia, recomeços e boa sorte. Também encontrei isso aqui:

como alcançar o Sol 211

"Flores laranja são símbolo do sol e das coisas positivas".
Achei que elas eram perfeitas porque você combina com o
sol. Com as flores também.

— Max

Obs.: Calce sapatos bons para dançar — nós vamos
a Knoxville.

Sorrio.

Acho que vou para Knoxville.

Recebo uma mensagem exageradamente empolgada de Brynn!
e, uma hora mais tarde, estou de pé no meio da sala de estar da
casa dela, cheguei de carona com Max e McKay. As paredes são
de um tom de ameixa. O carpete é verde-vivo. Mobílias em vermelho estão espalhadas pelo ambiente, obras de arte ecléticas
me encaram de todos os ângulos e *If I Could Turn Back Time*,
da Cher, ecoa para nós de um toca-discos no canto da sala.

— Ella!

Um homem vestindo um suéter de crochê de Halloween,
estampado com morcegos pretos e lanternas de abóboras, aparece da cozinha, o cabelo loiro-platinado.

Ai, meu Deus. É outra Brynn!.

Outro homem aparece, o cabelo mais escuro, o suéter mais
brilhante, e finge cantar usando uma espátula enquanto se inclina
para trás e se solta. Então, se vira para mim e abre um sorriso.

— Ella!

Ai, meu Deus. Tem *mais uma* Brynn!.

Não dá para não retribuir o sorriso, é impossível.

— Oi — respondo com um leve aceno, mas parece sem-
-graça e apático comparado aos cumprimentos que recebi. Então, franzo a testa, confusa. — Hm, o Halloween foi mês passado.
Já estamos quase no Dia de Ação de Graças.

— Por aqui, o Halloween vai até a véspera de Natal — diz um dos homens.

— É sempre época de assistir *Abracadabra* — acrescenta o outro.

Eu os encaro.

— Ah.

Brynn! passa pelo meio dos dois homens e acena loucamente para mim.

— Ella! — chama, o entusiasmo dela atingindo novos níveis. — Finalmente você conheceu os meus pais. Esse é o pai Matty — diz, apontando para o homem loiro. — E esse é o pai Pete. Chamo eles de Papi e Papito.

Max e McKay estão sentados lado a lado no sofá vermelho e florido. Max me lança um sorrisinho, os olhos dele estão brilhando.

Volto o olhar para Matty e Pete.

— É muito bom poder finalmente conhecer vocês. Obrigada por mandarem aquela cesta de frutas quando eu estava doente.

— Açúcar é a única coisa que funciona pra mim quando estou com infecção no pulmão — diz Pete, deslizando a espátula para o cós da calça. — Está se sentindo melhor?

— Estou.

— Foi o açúcar.

Sorrio.

— Antibióticos são superestimados.

Brynn! trota em suas botas de caubói de cano alto e saia jeans, se ajeitando ao lado de McKay no sofá. Assim que ela se senta, a campainha toca e ela se põe de pé novamente.

— Ah, é o Kai! A gente se aproximou na aula de Artes, então eu o convidei. Tudo bem? — Ela me olha antes de ir até a porta da frente. — Sei que o aniversário é seu. Espero não ter passado dos limites.

— Claro que não. O Kai é ótimo.

como alcançar o Sol **213**

Kai atravessa a soleira, parecendo tímido e extremamente deslocado. Ele dá uma olhada para nós seis, tirando a franja preta dos olhos e colocando as mãos nos bolsos.

— Oi.

— Kai! — exclamam os dois pais da Brynn! ao mesmo tempo, enquanto Kai fica parado como um gato em um programa de cachorro.

Cinco minutos depois, nosso grupo sai, se preparando para a nossa viagem de mais de uma hora até Knoxville. Matty grita da varanda enquanto seguimos em direção aos vários carros parados na garagem.

— Vamos ter muitas guloseimas quando vocês voltarem! Molhos de taco com teias de aranha, múmias de cachorro-quente, bolo de cemitério e minhas asinhas de morcego superfamosas. Muhahaha!

Pete logo arranca a espátula do cós da calça e esfrega na cara de Matty.

— Faz de novo para você ver.

— Muhahaha! — repete Matty com a cara na espátula.

Deixo escapar uma risadinha enquanto todos nos despedimos e me enfileiro para me sentar no banco de trás da caminhonete de Max.

— Você vai comigo no carona — diz Max.

McKay resmunga.

— De jeito nenhum. Sempre vou no carona. As meninas podem ir fofocando no banco de trás.

Quando Kai pigarreia, McKay acrescenta:

— E o Kai.

— Na verdade, vamos em dois carros — sugere Max. — Brynn, tudo bem pra você se você dirigir?

— Claro — cantarola.

— Então precisamos de dois motoristas reserva — rebate McKay.

— Isso não é um problema. Só você que misturou uísque na sua Coca.

— Não precisamos de dois carros, Max. É um desperdício de gasolina. Cabe todo mundo num só.

— Quero passar um tempo sozinho com a Ella.

Todo mundo fica quieto. Minhas orelhas queimam debaixo do gorro conforme meu olhar vai pulando de um em um. A lembrança de segurar a mão de Max sob a chuva de meteoros passa pela minha mente como uma estrela cadente cortando o céu. O calor das minhas orelhas vai até as minhas bochechas.

McKay aperta a mandíbula e joga as chaves para Max com mais força que o normal.

— Tá bem. Te encontro lá.

Brynn! dá um pulinho engraçado e apressado para mim enquanto todo mundo vai para seus respectivos carros. Ela pega os meus pulsos e os sacode com um gritinho, as tranças balançando por cima dos ombros.

— Ella! — Brynn! consegue gritar e sussurrar meu nome ao mesmo tempo, o que é impressionante. — Há uma chance *real* da gente ser irmãs.

As coisas escalaram bem rápido.

— Irmãs?

— Se você se casar com o Max e eu me casar com o McKay, vamos ser cunhadas. Tipo irmãs. Seria incrível!

Minhas bochechas nunca mais voltaram ao normal, porque ficam vermelhas mais uma vez.

— Hm, não é tão sério assim. Somos só amigos.

— Mas o jeito que ele te olha! E ele quer passar "tempo sozinho" com você. — Ela segura meus pulsos com mais firmeza. — Eu vi o jeito que vocês dois dançaram no Baile de Outono. Max nunca se interessou muito por garotas. Achei até que ele era gay.

— Ele pode ser. Somos só amigos, então não sei.

Algo me diz que ele não é.

como alcançar o Sol **215**

Max desce a janela do passageiro e se inclina sobre o painel.

— Pronta, Sunny?

Brynn! dá um sorriso mais largo, os olhos arregalados.

— *Sunny.* Ai, meu Deus, me atualiza por mensagem durante o caminho! — Outro gritinho, seguido por um abraço bem apertado que quase nos faz cair. — Te vejo lá!

Meu gorro está caído e meu cabelo, arrepiado, quando ela finalmente me solta. Não consigo evitar dar um risinho quando a vejo saltitar até o sedã preto ao lado da caminhonete e entrar.

Abro a porta e quase caio outra vez com o peso.

— Pronto — murmuro, me equilibrando antes de arrancar o meu gorro e jogar no chão da caminhonete.

— Foi um abraço e tanto. Parecia até que vocês nunca mais iam se ver.

— Na verdade, foi o oposto disso. — Bato a porta e passo o cinto de segurança pelo meu peito. — Ela quer que a gente seja cunhada. Unidas pelos respectivos matrimônios com os gêmeos Manning.

Max hesita antes de colocar a chave na ignição.

— Interessante.

— Uhum.

— Agora a pressão para um pedido está alta — diz ele. — Pelo menos eu fui romântico com as rosas. Você gostou?

Quando ele se vira para olhar pela janela traseira enquanto sai da garagem, admiro por um instante os braços dele flexionarem e tensionarem, mas logo me afundo no banco e fico olhando em frente. Então, encaro as minhas unhas enquanto pegamos a estrada.

— Claro. São lindas.

— Também achei. Que tipo de anel você gosta?

Eu rio e mordo o lábio.

— Os de açúcar. De preferência os laranja.

— Feliz com o simples. Admiro isso.

— A propósito, obrigada. Pelas flores.

Ainda mordendo meu lábio, dou uma olhada para ele e flagro um sorriso.

— Da última vez que alguém me deu flores, eu tinha sete anos — digo intencionalmente, uma lembrança do parquinho brilhando magicamente na minha memória. — E então meu pai estragou tudo.

— Eu me lembro de escolher aquela flor para você. Era radiante como o sol, e o sol é radiante como você.

Sorrindo de um jeito suave, Max procura por um maço de cigarros no painel, então vacila. Ele os deixa lá, intocados, sintonizando o rádio em vez disso. Um vento fresco sopra pela janela aberta.

— Me conta sobre ele — pede.

— Meu pai? Ele abandonou a gente alguns meses depois daquilo. Me levou de volta para Nashville para morar com minha mãe porque os peitos da minha professora eram mais interessantes do que cuidar da própria filha. Meus pais concordaram em separar os filhos por seja lá qual foi o motivo idiota e meu pai não queria lidar com as dificuldades de Jonah em controlar a raiva, então me escolheu. Minha mãe e Jonah se aproximaram bastante naquele ano que nos separamos. — Cerro os dentes enquanto olho pela janela. Rancores são um peso para o coração, então transformei o meu em pedra. Uma pena que existam rachaduras. Seria muito mais fácil odiá-lo se não existissem. Também seria bem mais fácil odiar Jonah. — Enfim, ele é um babaca.

— Quero saber sobre antes — pede Max depois de um momento de silêncio. — Antes dele ir embora.

Junto as mãos no colo e olho para baixo. Assim como a água, as lembranças sempre parecem encontrar um caminho mesmo através das menores fissuras. Penso nos tempos em que o amor não exigia esforços e a confiança não exigia tanta luta. Queria conseguir selar as rachaduras e continuar, mas corações — até mesmo aqueles feitos de pedra — têm um jeito de relembrar o que um dia guardaram com carinho.

como alcançar o Sol **217**

— Meu pai me levou para um show da Stevie Nicks uma semana antes de me trocar pela minha professora — conto a Max, ignorando a queimação na minha garganta. — Ele me colocou nos ombros, para eu enxergar melhor. Eu era tão novinha, mas ainda consegui sentir a mágica daquele momento.

Max apoia o cotovelo no console entre nós, o braço nu roçando na manga do meu suéter. Há uma carga pesada no ar, então ele tenta aliviar cantando.

— *This magic moment...*

Um sorriso quebra a minha tristeza e lanço um olhar de gratidão por ele mudar o clima. Então evito pensar no trecho que vem a seguir. A parte sobre lábios.

— Estou animada para ver as bandas hoje à noite. Você deveria tocar algumas músicas deles para eu ouvir.

— Abre o meu Spotify — diz ele, gesticulando para o próprio telefone. — Preparei uma playlist pra você.

— Oh, outra lista. Só que dessa vez em forma de música.

— Uhum. Desculpa por não ter bluetooth nessa caminhonete velha, mas você pode tocar no meu celular.

Assentindo, procuro o aparelho e busco na biblioteca dele, que tem uma única playlist.

Tem um nome.

Músicas para Sunny.

Olho para ele.

Max responde antes que eu tenha tempo de questionar o que descobri.

— Essas são algumas das minhas bandas favoritas e várias músicas falam do sol. Elas me lembram de você. — Ele passa a mão pelos cabelos bagunçados e limpa a garganta. — Duas vão tocar hoje à noite no show. Wilderado e Bear's Den. Eles são meio...

— Têm músicas que te lembram de mim? — interrompo, porque é tudo que eu consegui absorver.

Ele hesita e engole em seco.

218 JENNIFER HARTMANN

— Uhum.

Quando paramos em um sinal vermelho, Max pega o telefone das minhas mãos e rola pela lista, parando em uma música. Ele aperta o play.

— Essa daqui em especial. É *Surefire*, do Wilderado.

A melodia ganha vida quando ele aumenta o volume. A música é animada. Feliz. Eu me pergunto o que faz com que ele se lembre de mim. Sou sempre uma nuvem carregada chovendo em cima dele, e essa música é tão pura. Traz a sensação de vida. Uma vida real e autêntica.

E de repente...

Estou com raiva.

É tão rápido.

Minhas mãos se apertam no meu colo enquanto a letra ecoa alto. Sinto uma pressão queimando meus olhos. Pela minha visão periférica, vejo Max se virar para me olhar.

— O que aconteceu? — pergunta, entrando em uma autoestrada enquanto a luz do sol ilumina o trecho sem fim à nossa frente. Pedras e seixos se iluminam, formando uma tapeçaria dourada. Os galhos das árvores balançam e tremem.

— Nada — resmungo enquanto cravo as unhas nas palmas.

Ele pisa no acelerador e a paisagem se transforma num borrão em movimento.

— Se você ficou chateada, me conta. Você está segura comigo.

Balanço a cabeça.

— Não.

— Põe pra fora, Sunny. — Ele abre as janelas completamente. — Coloca pra fora. Você vai se sentir melhor.

— Não posso.

— Você pode, sim.

A raiva cresce no meu peito, tentando sair. Tento conter, como de costume, mas ela me provoca, me cutuca e então começa a me arranhar. Entre as costelas. Uma garra afiada, denta-

como alcançar o Sol **219**

da e má. Minha respiração acelera, transformando-se em ofegos constantes.

— Que se foda o Jonah — sibilo entre dentes, os sentimentos embolados na minha garganta. — Que se foda por ter ido parar no corredor da morte, por me abandonar. Eu também quero que o meu pai se foda por abandonar a gente sem nem olhar para trás, e um foda-se bem grande pra minha professora do primeiro ano e os peitos idiotas dela. Os dois se merecem.

— Que se fodam — concorda Max, os nós dos dedos ficando brancos ao redor do volante. — Fodam-se todos eles.

— Fodam-se todos eles — repito. — E que se foda o pessoal da escola que fica me olhando como se eu fosse um monstro. Os professores também. Principalmente a Sra. Caulfield. Eu quero que ela se foda, assim como aquela cabeça pontuda dela e as palavras cruéis que solta. Ela deveria ser uma professora, mas só me ensinou que as pessoas podem ser horríveis com as outras.

— Foda-se ela.

— E foda-se o Andy Sandwell, o Heath e todos os amigos babacas deles. Foda-se a minha mãe, que trabalhou tanto pra ter dinheiro e então se esforçou muito pra perder tudo, contratando os melhores advogados por achar que poderia libertar o Jonah — confesso, me sentindo furiosa de um jeito bom. — Ele queria aceitar o acordo judicial. Confissão de culpa com prisão perpétua e sem direito a condicional. Foi a mamãe que implorou para ir a juízo. Ela tinha certeza de que ele iria se livrar, porque estava convencida de que meu irmão era inocente. Mas ela estava errada. Foi minha mãe que sentenciou ele à morte.

Max fica em silêncio, me olhando de vez em quando enquanto aceleramos pela estrada vazia.

Continuo.

— Foda-se todo mundo que me crucificou por causa daquela entrevista, que me puniu por conta do meu coração triste e machucado. Não é justo. É uma droga. Odeio estar tão brava. —

Estou praticamente histérica, então me viro para Max e o encurralo com o que sobrou da minha dor. — E vai se foder também, Max Manning. Vai se foder por ser tão gentil comigo. Por fazer com que eu me sinta segura e vulnerável quando sei que isso é um erro. Por dançar comigo, por segurar a minha mão sob as estrelas e por me fazer rir como se ainda existissem coisas pelas quais vale a pena rir. Vai se foder por ter me presentado com flores quando a gente era pequeno e agora, como se eu realmente importasse pra você, por tornar meu aniversário especial. E por tocar essa música idiota que eu amei de verdade porque faz com que me sinta do mesmo jeito que *você* me faz sentir.

Prendo o ar e engulo em seco, minha voz se acalmando e se transformando em um sussurro rouco.

— Como se... eu não tivesse mais motivos para ficar brava — concluo.

Alguns instantes de tensão se passam.

Max não diz nada, a mão dele ainda está segurando o volante, o maxilar está tenso. Olha fixamente para a frente, ainda processando meu discurso inflamado, provavelmente pensando que fiquei louca.

Eu fiquei. Mesmo.

Meu rosto queima de vergonha. As palmas das minhas mãos estão quase sangrando por causa das minhas unhas e meu estômago formou um nó ansioso.

Estou prestes a me desculpar. Talvez me dobrar e sair rolando do carro enquanto estamos indo a setenta quilômetros por hora — que se dane o pescoço quebrado. Vou fazer isso. Eu vou.

Só que então...

— Vai se foder, Dr Pepper — diz Max, finalmente.

Respiro fundo. Quase deixo uma risada escapar, mas estou chocada demais para rir. Ele me ouviu xingando a máquina de guloseimas naquele dia. Não só ouviu, como se lembrou disso.

Eu o encaro e assinto devagar, meus batimentos em disparada.

— Vai se foder, Dr Pepper — murmuro.

— Mais alto.

Ajeito-me no banco e inclino a cabeça em direção ao teto da caminhonete.

— Vai se foder, Dr Pepper!

— De novo.

Estou ofegante como se tivesse corrido uma maratona. Feito salto em altura, salto em distância e salto com vara. Ergo meu corpo e me inclino para fora da janela aberta, meus cabelos cobrindo minha visão enquanto o vento tenta me sufocar. Então grito com toda a força dos meus pulmões:

— Vai se foder, Dr Pepper!

Ninguém está à nossa volta, não há um único carro na estrada. Só Max pode me escutar. Só o vento sente a minha dor quando a coloco para fora de um jeito selvagem, minhas mãos agarradas à porta do passageiro, o coração saindo pela boca. Grito de novo. E de novo. Coloco para fora, grito, me dobro e desabo.

Eu rio.

Rio de um jeito alucinado, desafiador, consciente de uma maneira que revira a alma. A música continua alta, o volume no máximo, uma eterna trilha sonora para esse momento.

Esse momento mágico.

Quando volto a me sentar no banco do passageiro, estou sem ar, e mais viva do que nunca. Leva um segundo para que eu perceba algo molhado escorrendo pelas maçãs do meu rosto, criando poças ao redor dos meus lábios e da minha mandíbula. Coloco a língua para fora e provo o sal.

Lágrimas. Estou chorando.

Estou chorando.

Seco as lágrimas com a manga do suéter, outra risada soluçante saindo da minha boca. Estou chorando, mas não é porque estou triste. É porque finalmente encontrei o que estava procurando. O que há anos estava desejando desesperadamente.

Paz.

Um momento de paz.

Não estou quebrada. Não sou um caso perdido. Eu sou merecedora; sou *tão merecedora* desse momento. Desse pequeno e precioso momento de paz.

Está aqui.

É meu.

Encontrei.

Encontrei nessa caminhonete velha e enferrujada, em uma autoestrada, com a música alta, o sol laranja-vivo. Encontrei com poeira entrando nos meus olhos e vento balançando os meus cabelos, enquanto Max procura pela minha mão e entrelaça nossos dedos em um aperto delicado.

Então percebo que não é a primeira vez que encontrei. Mal é a primeira vez que me dou conta disso.

Sou um caos de lágrimas e alegria quando olho para Max, nossas mãos entrelaçadas uma à outra. Ele me segura. Está comigo. Ele também sente.

A verdade é que eu tive muitos momentos de paz.

E todos foram com Max.

Capítulo 19
ELLA

Brynn! saltita ao meu lado enquanto serpenteamos entre universitários e casais de mãos dadas, a música enchendo o ar e vazando do espaço lotado. Estou tomando uma raspadinha de framboesa azul quando ela me dá o braço.

— O que você acha do Kai? — pergunta.

É uma pergunta esquisita. O sorriso permanente dela oscila quando a olho diretamente.

— Ele é um amor. Tímido, introvertido. E bem engraçado quando está confortável do seu lado. Por quê?

— Nada.

Nunca é nada.

— Diga.

— Bom, o McKay fica insistindo que ele tem uma queda por mim e está irritado porque o convidei. Ele tá errado, né? Kai só precisa de alguns amigos. E eu adoro fazer amigos.

— Concordo com McKay.

Quando Brynn! vira a cabeça na minha direção, está um pouco pálida. Nunca tive dificuldade em ser sincera.

— Desculpa, mas o Kai com certeza tem uma quedinha por você — explico. — Não tem como culpar o McKay por perceber isso, mas também não te culpo por fazer o Kai se entrosar. Só vai com calma.

Ela suspira, soltando o ar lentamente pelos lábios brilhantes e cor-de-rosa.

— É tudo culpa do meu olhar de Christopher Robin.

Leva um minuto para que eu entenda o que ela disse e, quando isso acontece, caio na gargalhada.

— Isso não é ruim. Queria que todo mundo visse o mundo como Christopher Robin.

— Não, é uma maldição. E agora o McKay está bravo, achando que vou trair ele.

— McKay não acha isso de verdade.

— Ele me encurralou do lado de fora do carro e disse exatamente essas palavras. O McKay tem andado bem ciumento e irritado, e isso está me estressando.

Franzo o nariz, não consigo não pensar em Jonah.

Não.

McKay não é o Jonah; ele é só um aluno do Ensino Médio. Afasto o pensamento e tento acalmá-la.

— Ele está bêbado, daí ficou inseguro. Christopher Robin é fiel.

— Você é qual personagem? — pergunta ela.

Faço uma pausa. Estou prestes a dizer Leitão, mas então me pergunto... *quem é o Leitão sem o Ursinho Pooh?* Engulo rápido o nó que se forma na minha garganta e dou de ombros.

— Já não sei mais.

Brynn! dá um gole na sidra de maçã e sorri suavemente, ainda de braços dados comigo enquanto passamos pela multidão. É uma noite fria de dez graus e todo mundo está agasalhado e grudado nos amigos ou na pessoa amada enquanto espera do lado de fora da casa de shows. Já que é quase dezembro, então tem bastante gente usando suéteres de Natal. Ainda estou presa no Halloween com meu look todo preto, lábios azulados e pele pálida, então devo estar a cara da Wandinha Addams.

Aposto que Matty e Pete ficaram orgulhosos.

Os rapazes estão com roupas confortáveis. Max pegou um gorro de trás da caminhonete quando estacionamos, e quando dou uma espiadinha nele andando a alguns metros, ele puxa o capuz sobre a cabeça para se proteger da friagem.

Nossos olhares se encontram.

Espero que meus olhos não estejam vermelhos por causa do choro vergonhoso no caminho até aqui. Os dele estão suaves e azuis como sempre.

McKay está do outro lado de Max, enquanto Kai caminha atrás do grupo, olhando para o chão. Brynn! solta meu braço e olha para os *food trucks* enfileirados que se vangloriam de servirem o melhor churrasco do Tennesssee.

— Olha! Eles têm kebabs veganos. Vamos parar ali?

Ela olha para o grupo.

Balanço a cabeça.

— Estou bem.

Kai aceita a sugestão na mesma hora, e McKay fica furioso, enquanto Max faz um comentário sobre carne de porco desfiada com alho defumado. É assim que eu e McKay vamos parar lado a lado, desviando de um grupo de bêbados de vinte e poucos anos.

Ele destampa a Coca e toma um grande gole, os olhos fixos no rabo de cavalo ondulado de Brynn!

— Ele gosta dela — murmura, girando a bebida em círculos sem sentido. — Quer dizer, ela é perfeita. Não o culpo. Mas ela flerta com ele.

McKay e eu mal nos falamos, muito menos sobre assuntos sérios. Na verdade, apostaria dinheiro que ele não vai muito com a minha cara. Limpando a garganta, piso em uma ranhura no chão e tento parecer tranquila.

— Ela é do mesmo jeito comigo. É uma pessoa amigável.

— É diferente. Ela ficou olhando para ele pelo retrovisor durante o caminho todo.

— Isso não quer dizer nada. Tenho certeza de que ela só queria garantir que ele estava à vontade.

— É. Acho que sim.

— Vocês estão pensando em ir pra mesma faculdade? — pergunto, mudando de assunto.

Ele funga.

— Não. Não tenho grandes planos para depois da escola. Talvez eu viaje o mundo, talvez não.

Por mais estranho que pareça, me identifico com a resposta dele. Olho para McKay e sorrio.

— O mundo é grande e intimidador. Talvez seja mais sobre encontrarmos nosso lugar, não sobre ver ele por inteiro.

A boca dele se contrai ao olhar para mim. Assentindo, ele coloca uma das mãos no bolso da calça jeans. Os cabelos na altura dos ombros voam atrás dele quando uma brisa sopra e, por um instante, vejo uma semelhança impressionante com Max. O sorrisinho, a postura, os olhos que têm um tom parecido de azul quando o sol está se pondo. Mas não há traço de covinhas.

Estou prestes a dizer mais alguma coisa quando Max volta, tirando o moletom pela cabeça e oferecendo para mim.

— Toma, pega. Você está congelando.

— Só que aí quem vai congelar é você — rebato, franzindo a testa por causa do gesto enquanto olho para os braços nus do Max. — A idiota bebendo raspadinha no frio sou eu.

— Vou ficar bem. Pega, Ella.

Relutante, aceito a oferta com um olhar de gratidão.

— Obrigada.

O moletom é quente e cheira a colônia, um aroma terroso, e carrega notas fracas de fumaça de cigarro. As mangas cobrem as minhas mãos e eu abraço a mim mesma, inalando profundamente.

Max vem na minha direção, o olhar me avaliando ao engolir em seco.

— Ficou bom em você.

— É confortável — respondo, com um sorriso.

— Pronta pra música?

Ele me espera responder para diminuir a distância entre nós e buscar por uma das minhas mãos cobertas.

como alcançar o Sol **227**

Balanço a mão pelo buraco da manga e nossos dedos se entrelaçam. Parece simples, como se nossas mãos tivessem sido feitas para se segurarem, e sinto um calor se espalhar por cada parte do meu corpo. Ergo os olhos para encontrar os dele, uns trinta centímetros mais alto do que eu.

— Pronta — digo.

Estaria pronta para qualquer coisa segurando a mão de Max.

Ficamos em uma mesa alta com vista para o palco gigante. Luzes brilhantes projetam uma variedade de cores na banda, enquanto o público acena na pista e a música coloca todos de pé.

Bear's Den está tocando — uma das bandas favoritas do Max. Reconheço algumas músicas que tocaram no trajeto. Kai balança para a frente e para trás do meu lado, então o cutuco com o cotovelo.

— Está se divertindo?

Ele olha para Brynn! antes de limpar a garganta.

— Claro. A música é boa.

— E a companhia é excepcional.

— Quase toda a companhia é excepcional.

Trocamos um olhar, e eu sei que foram os comentários passivo-agressivos de McKay que estragaram a companhia excepcional.

Quando a banda anuncia a próxima música, chamada *Red Earth & Pouring Rain*, Max se inclina para mim à minha esquerda. A voz firme faz cócegas na minha orelha e arrepia minhas costas.

— Essa aí é a minha favorita.

— Ah, é?

Eu me viro para olhar para Max e ele está mais perto do que eu esperava. Respiro fundo e bem rápido quando nossos narizes quase se tocam.

— Mal posso esperar para ouvir — digo.

O público vai à loucura quando tocam o primeiro acorde. As luzes diminuem e um único holofote ilumina o vocalista, banhando-o sob uma luz branca. À medida que a voz sussurra no microfone, harmonizando em perfeita sincronia com os instrumentos, a energia toma conta da plateia, levando os corpos a se mexerem e os braços a balançarem. Estou com um sorriso enorme enquanto assisto, paralisada, com meu ombro colado ao braço de Max. Uma expressão sonhadora e emotiva se formou entre as sobrancelhas dele e eu me pego admirando-o, em vez de olhar para a banda. Max deve ter sentido que eu prestava atenção nele, porque, logo depois, ele coloca os braços ao meu redor, me puxando para mais perto.

Eu me derreto nele.

A música começa, a multidão assobia e dança. Casais deslizam e dançam lentamente enquanto a magia se infiltra na minha pele e atinge o meu coração. Eu me inclino para Max com o peso do meu corpo, me aninhando na curva do braço dele, colada ao seu peito enquanto ele me segura como se eu fosse preciosa. Assim que o cantor começa a cantar sobre a chuva cair, o sistema de sprinklers é ativado, dando um banho frio na multidão. Eu me sobressalto. Em seguida, caio na gargalhada, jogando a cabeça para trás para receber o fluxo suave de água que molha meu rosto.

Max olha para mim, um sorriso surgindo nos lábios dele, a água molhando a franja dele, fazendo com que grude na testa.

Nada mais existe. Só essa música, esse cara e o olhar entre nós dois.

Então ele se abaixa e me ajeita atrás dele.

— Sobe — convida, tentando sobrepor a voz ao riff da guitarra.

Não consigo não rir.

— Quê?

— Nos meus ombros. Eu te levanto, aí você pode ver melhor.

Ele está falando sério.

Hesito por um instante, mas logo minhas pernas estão se mexendo, me guiando às costas dele. Max enrosca os braços atrás dos meus joelhos e me levanta como eu se não pesasse. Voo em direção ao céu até me apoiar nos ombros dele, minhas pernas cruzando os peitos de Max, minhas mãos segurando o cabelo dele para me equilibrar. Deixo escapar um grito. Tombo para os lados e Max trava os braços nas minhas pernas para me manter segura.

Se a minha vida fosse um livro, esse seria o instante em que tudo muda. Uma cena que os leitores iriam marcar, destacar, reler. Aquela em que a protagonista não está só observando a história, mas vivendo de verdade. De cima, o mundo parece diferente. Sou parte da multidão, mas estou acima dela, e Max é a minha âncora, me dando firmeza entre as letras, melodias e a chuva de mentirinha. Se é isso que significa aproveitar o momento, quero que todos os capítulos sejam assim.

Com uma das mãos, me agarro no cabelo dele e jogo a outra para o ar, com um grito de alegria. Gotas de água brilham sob as luzes do palco, o vocalista se curva e canta como se a letra fosse muito além do que apenas palavras. Em resposta, me seguro em Max como se ele fosse muito mais do que um par de ombros fortes. Ele parece uma corda, uma tábua de salvação. Uma fuga. Somos dois gravetos lançados de cima da ponte, nadando lado a lado, flutuando para longe de tudo.

Quando a música termina, Max me desce das costas dele e minhas botas tocam o chão. Não o solto imediatamente. Quero encostar minha bochecha no arco da coluna dele, mas, em vez disso, deslizo as mãos lentamente pela cintura dele até que meus braços estejam pendendo ao meu lado. Uma música mais lenta começa a tocar em seguida e me coloco de volta ao lado de Max, enquanto Brynn! está sentada no colo de McKay, em uma das cadeiras altas, e Kai está parado ao lado, bebendo refrigerante. Dou uma olhada para Brynn! e o sorriso que trocamos vale mais do que mil palavras.

Esse é o meu grupo. Finalmente sinto que pertenço.

— Vem cá.

A voz de Max me desperta do momento e olho para o braço estendido para mim.

— Quê? — pergunto.

— Vem cá, Sunny.

Meu olhar percorre o corpo esguio dele, então se volta para o seu rosto. Um pequeno sorriso brilha na minha direção, enquanto os cabelos molhados dele colam nas têmporas e na testa. Meu coração acelera só com a ideia de estar completamente envolta naquele abraço, minhas costas pressionadas contra o peito dele enquanto uma música lenta e sonhadora nos embala do palco, e aqueles braços fortes me seguram firme. Sinto um frio na barriga quando me aproximo ainda mais, deixando que ele passe os dois braços pela minha cintura.

— Ok — murmuro, evitando contato visual.

Eu me inclino para trás, hesitante e cuidadosa. Nervosa e assustada para caramba. Não tenho certeza do que tenho medo, mas o meu coração está batendo em alta velocidade e o oxigênio parece um nó palpável na minha garganta.

Max se inclina um pouco mais para a frente. Sinto seus batimentos atravessarem as costas do moletom, e estão tão acelerados quanto os meus. Ele me aperta, dando um passo à frente, assim suas pernas encostam em mim e sua pélvis está na mesma altura da parte inferior das minhas costas. Sinto uma respiração quente no topo da minha cabeça, soltando baforadas rápidas e constantes. O cheiro dele flutua ao meu redor, sabonete de pinho e colônia amadeirada, misturado ao aroma de fritura e máquina de fumaça.

A música continua ecoando pela multidão. Se chama *Shadows*. É mais lenta e um pouco triste, algumas meninas à nossa frente estão chorando e é um milagre que eu não me identifique. Não estou triste agora.

Eu me encosto contra o peito de Max, fazendo com que a cabeça dele caia para a frente até que os lábios estejam sussurrando no meu ouvido. Pelo jeito que está respirando, sei que também não está triste. A melancolia paira no ar, mas estamos em um universo só nosso e tudo o que sinto é o calor do corpo

como alcançar o Sol **231**

de Max me aquecendo, a respiração trêmula contra a minha orelha e a mão deslizando do meu quadril para a perna, acariciando para cima e para baixo o jeans úmido que visto. Sinto os tentáculos de um calor reconfortante deslizarem sobre mim e fecho as minhas pálpebras.

— Está tudo bem? — pergunta ele suavemente.

Meu cabelo esvoaça com a respiração dele e meu coração se agita por causa das palavras. Não faço a menor ideia se está tudo bem, mas a resposta escapa do mesmo jeito.

— Está.

Algo dentro de mim acha que está.

Suspirando, Max se aperta contra mim, então o outro braço envolve a minha cintura e me traz mais para perto.

Deixo escapar um barulho.

Não tive intenção, só saiu com a mesma naturalidade que o ar.

A mão de Max está na minha coxa e ele me envolve com o braço, e nunca senti algo assim. Nunca soltei esse som.

Ele escuta e, em resposta, faz um som parecido, ao pé da minha orelha. Um gemido ofegante que parece uma bola de fogo no meu coração, uma explosão viajando em direção ao sul e provocando um calor pulsante entre minhas pernas.

Ai, Deus.

O que é isso?

O que está acontecendo?

Meu corpo está paralisado, mas dentro de mim tudo está se movendo. Girando e em queda livre. Estou congelada, ainda assim, derretendo. Nada faz sentido.

Tudo faz sentido.

A mão do Max sobe e desce pela minha coxa, enquanto a outra passa pela minha barriga, passeando e investigando. A ponta de seus dedos toca por baixo do meu moletom, de leve. Um toque sem peso algum. Um dedo roça o cós da minha calça e o polegar acaricia a pele da minha barriga. Parece que dezenas de vaga-lumes brilhantes me atravessaram. A luz das estrelas se infiltra. A luz do sol invade minha alma e derrete cada pedaço de gelo.

E quando Max sussurra o meu nome na curva do meu pescoço, tudo fica dourado.

— Ella.

Minha pele se arrepia. Meu coração está batendo forte, minha barriga dói.

Uma vozinha na minha cabeça implora para que a mão dele desça para o espaço entre as minhas pernas.

Não, não, não. Para com isso, Ella.

Apavorada pelos pensamentos esquisitos, jogo a cabeça para o lado e olho para ele. Não tenho certeza de por que faço isso, mas parte de mim precisa saber o que ele está pensando e sentindo. Preciso olhar nos olhos dele. Talvez para Max isso seja inofensivo, coisa de amigos, uma brincadeira. Talvez meu corpo esteja reagindo do jeito errado e eu possa rir, possamos voltar ao normal.

Só que olhar para ele foi um erro.

Quando ele ergue a cabeça, seus olhos estão brilhando numa intensidade cristalina, bem longe de espelharem riso ou brincadeira. O olhar de Max é inabalável, caloroso, firme — e naquela fração de segundo, percebo que estamos em sintonia, consumidos pela mesma tensão, a mesma atração. A normalidade parece estar a quilômetros de distância.

Ele se aproxima.

Os cílios tremulam, os lábios se abrem.

Nossas bocas estão a poucos centímetros.

Meus instintos disparam e sou tomada por uma onda de pânico.

A luz se apaga ao mesmo tempo que me afasto dele.

— E-eu acho que preciso ir.

Max inspira fundo e me solta, como se tivesse se queimado.

— Ir?

— Preciso pegar um ar.

Eu me afasto de pernas bambas, incapaz de olhar para ele. Max me chama outra vez, mas já estou correndo. Fugindo como uma covarde.

Abro caminho entre a massa de corpos, tropeçando nos pés das cadeiras, recebendo olhares e comentários irritados da multidão.

Brynn! grita o meu nome.

Continuo correndo.

— Ella! — chama Max dessa vez, vindo atrás de mim.

Lágrimas embaçam a minha visão. Lágrimas de medo e confusão. Não queria isso… não queria *aquilo*. Uma bola de fogo e desejo atinge a minha barriga e quero arrancá-la de dentro de mim. É um invasor miserável. Um transgressor. Quando chego às portas duplas e saio no ar frio, desacelero meu passo, me curvo e apoio as mãos nos joelhos enquanto tento recuperar o ar.

Max chega correndo até mim, consigo ver os tênis na calçada.

— Ella.

— Não… eu não posso.

— Não pode o quê?

Ainda sem fôlego, me levanto e tiro mechas de cabelo molhado dos olhos. As sobrancelhas de Max estão arqueadas de preocupação, mas um pequeno sorriso ainda escapa no olhar que ele me lança. É tranquilo e gentil. Amável. Ele analisa meu rosto, minhas bochechas rosadas, meus olhos arregalados e meu cabelo emaranhado. Não sei por que ele sorri. Odeio que ele esteja sorrindo.

— Não faz isso, Max — repito. — Não sorri pra mim desse jeito.

Minhas palavras saem chiadas. Cada sílaba está impregnada por veneno de cobra letal.

O sorriso dele murcha, envenenado até a morte.

— Por que não?

— Porque você sorri para mim como se eu *importasse* — disparo. — Como se significasse alguma coisa pra você.

— Você importa. E significa algo para mim. — Max engole em seco e balança a cabeça, como se tentasse afastar as minhas palavras para a estratosfera. — Você importa muito. É minha amiga, Garota Ensolarada.

— Sou?

— É.

— Então o que foi aquilo?

Max não hesita, tombando a cabeça enquanto pergunta:

— O que você quer que seja?

Ele não está com medo da resposta porque ela é clara como o dia, independente do que eu responda em voz alta. Está no meu olhar vidrado e no rubor de desejo em minhas bochechas. No meu corpo e nos meus lábios trêmulos. Max sabe exatamente o que quero que seja, e que é por isso que estou correndo.

Também sabe que nunca vou admitir.

Cruzo os braços em frente ao peito e abaixo o olhar para o asfalto antes de encará-lo mais uma vez.

— Eu acho... acho que quero que você me leve de volta para casa.

Max hesita, então assente.

— Tudo bem. Vou mandar uma mensagem para McKay avisando que vamos embora.

— Tá bem. Obrigada.

Envio uma mensagem para Brynn! ao mesmo tempo e recebo uma resposta na mesma hora.

Eu: Estou com dor de barriga. Tomei muitas raspadinhas. Max e eu estamos indo, se estiver tudo bem.
Diga aos seus pais que agradeço o convite para o lanche mais tarde, mas que vou voltar direto pra casa.

Brynn!: Sem problemas! Por acaso isso é um código secreto pra sexo e travessuras sem roupa? *olhos desconfiados*

Eu: Negativo.

Brynn!: É questão de tempo, de acordo com TODO MUNDO na plateia hoje à noite ;) Me manda mensagem mais tarde!!

como alcançar o Sol **235**

Agora realmente estou com dor de barriga.

Deslizo o telefone no bolso e sigo Max até o estacionamento segundos depois. Não falamos muito durante a viagem de cerca de uma hora até em casa. Ele não segura a minha mão. Só a playlist que preparou para mim embala meus pensamentos bagunçados, e encaro a janela, vendo o sol se pôr no horizonte de vez. Quando pego no sono naquela noite, Max está comigo.

Assombrando os meus sonhos. Transformando-os.

Estamos montando cavalos, lado a lado, cavalgando por uma trilha sob um céu nublado e azul. Ele se vira para mim, a aba do chapéu fazendo sombra nos olhos cristalinos.

— O sol está brilhante demais hoje, Sunny. A gente deveria tentar capturá-lo.

Dou uma olhada na bola de fogo amarelo-alaranjada no céu e balanço a cabeça.

— Não sei como.

— É fácil — diz ele. — Prepare a rede e começamos no amanhecer.

Não faz o menor sentido.

Não respondo e olho para o horizonte enquanto os cascos do cavalo batem contra a terra. Então vejo Jonah, de pé na beira de um desfiladeiro, os lábios formando palavras que não consigo decifrar. O cabelo cobre reflete a luz e um sorriso brilha na minha direção.

Quero abraçá-lo. Correr até ele, segurá-lo em meus braços e não deixar que vá embora. Mas está longe demais, fora de alcance. Nunca vou alcançá-lo antes que o sol se ponha e a escuridão pinte o céu de preto. Lutando contra as lágrimas, aperto meus olhos e encaro o sol antes de olhar de volta para o lugar onde Jonah estava.

Ele se foi.

Algumas coisas são difíceis de capturar, mesmo para mim.

Capítulo 20
MAX

Perdi a cabeça. Deixei a loucura tomar conta, me contaminando com a ideia absurda de devolver vida a essa casa de merda. Não sei o que deu em mim desde o dia do show, mas acordei com o desejo ardente de terminar o que meu pai e eu começamos anos atrás. Talvez seja Ella. Ela me permitiu acreditar que coisas quebradas não precisam permanecer assim.

Meu coração, por exemplo.

E agora... essa casa.

Em uma conversa com meu vizinho, Chevy, um tempo atrás, comentei sobre a ideia que estava matutando, achando que ele ia me olhar como se tivesse surgido uma segunda cabeça. Só que não foi bem assim.

— Quando começamos? — Foi tudo o que disse.

Logo percebi que restauração não é uma brincadeira. É difícil, cansativo e toma muito tempo. É mais fácil deixar algo estragar do que consertar.

Só que enquanto olho para o outro lado da rua, vejo Ella pedalando pela estrada na bicicleta vermelha com o sol tocando os cabelos dela e um sorriso nos lábios, e sei que não é impossível.

Ela derrapa e para na frente do meu jardim, colocando os dois pés no chão.

— Ei — cumprimenta.

como alcançar o Sol **237**

O sorriso continua, apesar de eu quase tê-la beijado na semana passada, no festival de música. Por sorte, me recusei a deixar que as coisas ficassem estranhas, então colei uma lista na janela dela segunda-feira de manhã, antes da escola:

Motivos para não me evitar para sempre:

1. Você vai sentir falta das minhas listas maravilhosas;
2. Com quem você vai brincar de Pauzinhos de Pooh? Sozinha? É ridículo e você sabe;
3. A gente ainda não fez uma queda de braço. Uma vida de arrependimentos é uma vida desperdiçada.

— Max

Foi idiota, mas funcionou. Ella almoçou comigo debaixo do salgueiro naquela tarde e todos os dias desde então. Não tentei beijá-la dessa vez, mesmo que só pense nisso. Embora tenha feito as pazes com o fato de meus sentimentos por Ella terem mudado e estarem crescendo, percebo que os muros dela são mais fortes do que os meus. Assim como essa casa velha, vai levar tempo e exigir paciência para consertar o que se quebrou e construir algo novo.

— O que você está tramando? — pergunta, olhando para as ferramentas espalhadas na frente do meu terreno.

— Consertando a casa.

As sobrancelhas dela sobem até a linha do cabelo.

— Sério?

— Chevy se ofereceu pra me ajudar. Ele já está renovando um casarão a poucos quilômetros daqui, então entende do assunto e tem uma penca de material sobrando. McKay também se ofereceu, mas não estou contando muito com ele. — Jogo um martelo no ar, girando, então pego pelo cabo. — Imagino que vá levar alguns meses, talvez até um ano, mas alguma hora chegamos lá. O progresso é inevitável quando você realmente coloca a mão na massa.

Chevy vem correndo até nós do jardim dos fundos, usando um boné virado para trás e uma blusa suja de graxa. Ele é cheio de tatuagens, o que faz minha única tatuagem parecer boba. Chevy é um solteirão na casa dos trinta que mora sozinho e sempre está metido em centenas de projetos ao mesmo tempo. Consertando carros, reformando casas, paisagismo, é só dizer e ele faz.

— E aí, menina. — Ele cumprimenta Ella ao se aproximar, alguns fiapos de cabelo loiro aparecendo por baixo do boné. — Max te colocou para trabalhar?

Ela franze o nariz, mudando o peso na bicicleta.

— Não, eu estou indo na cidade tomar café com a Brynn. Já desisti de procurar um emprego, então vou afogar minhas mágoas numa quantidade mortal de café.

— Isso vai resolver o problema — diz ele.

— A propósito, obrigada pela bicicleta. Desculpa não ter agradecido antes.

Pisco. *Ops.*

— Hm, claro. — Chevy dá uma olhada em mim e coloca o boné para a frente. — Eu consertei e dei pro Max anos atrás quando ele ainda era criança. Fico feliz que alguém esteja usando de novo.

Não digo nada ao olhar para Ella e coçar o meu pescoço.

Vejo a expressão dela mudar ao entender. Ela aperta os lábios e assente lentamente, o olhar fixo em mim.

— É — murmura. — Também fico.

O som da porta de tela se abrindo atrás de nós faz com que eu me vire, concentrando a atenção no meu pai, que manca pelo degrau da varanda.

Apoiando-se na bengala, ele se inclina, as calças dois tamanhos acima do que deveriam ser, caindo nos quadris.

— Foi essa garota bonita que você levou no baile? — pergunta, apontando para Ella.

Todos os meus mundos entram em colisão. Eu me atrapalho para responder, minha garganta está apertada.

— É, pai. Essa é a Ella. Nossa vizinha de frente.

Ella solta a bicicleta e anda pelo jardim.

— Prazer em finalmente te conhecer, Sr. Manning.

— Me chame de Chuck. — O rosto dele se ilumina. — Meu filho te deu flores?

Suspirando, esfrego o espaço entre os meus olhos e torço por uma morte lenta.

— Vamos, pai. Ela tem coisas pra fazer.

— Na verdade, ele deu, sim — responde. — Rosas laranja.

— Laranja? — Ele franze a testa. — Interessante. Nunca dei dessas antes.

— Laranja é a minha cor favorita.

— Combina com você. Ei, por que você não janta com a gente no fim de semana? Vou fazer carne assada.

Arregalo os olhos e avanço, colocando-me entre meu pai e Ella. Sem chances de a gente recebê-la para o jantar. Se for preciso, arrumo um cartão de crédito e mando ela para a Itália na primeira classe para viver a experiência mais cara e autêntica da culinária italiana antes que a sujeite a entrar naquela casa vergonhosa para testemunhar uma das explosões do meu pai bêbado. *Nem pensar.*

— Ella não come carne assada.

Ella bufa.

— Eu amo carne assada. Obrigada pelo convite. Estou livre amanhã.

— Não está, não. — Viro-me para encará-la, implorando com o olhar. — A gente tem aquele compromisso.

— Que compromisso?

— Aquele negócio com a... *coisa*. Não acredito que você esqueceu.

Chevy tenta vir ao meu resgate.

— Eu lembro o que é. É um negócio de estrelas. Não dá pra perder.

Ella olha para nós três e morde o polegar. Os ombros dela relaxam por um instante e acho que está prestes a ceder. Só que ela se ajeita, abre um sorriso cheio de dentes e balança a cabeça para o meu pai.

— Eu chego aqui às seis.

Ela acena e vai embora.

Merda.

Meu pai parece feliz e despreocupado. O brilho recém--descoberto em seu olhar deveria me deixar radiante, mas já jogaram bastante controle de danos no meu colo. Chevy me lança um olhar de desculpas antes que eu saia correndo para alcançar a bicicleta de Ella.

— Ella, espera.

Ela me ignora e começa a pedalar, o ritmo lento e sem energia ao subir uma ladeira.

— Ella. — Corro ao seu lado, admirando os cabelos avermelhados voarem atrás dela. — Você não pode vir jantar. Faz uma década que o meu pai não cozinha. A gente nem tem um fogão de verdade.

Minhas bochechas estão vermelhas de vergonha, mas continuo correndo ao lado dela, meu ritmo acelerando para uma corrida quando ela também alcança mais velocidade.

— E quem você acha que eu sou para julgar? — zomba, já sem ar. — Estou morando cercada de caixas porque não consigo mexer nas minhas coisas antigas.

— A gente mal tem paredes.

— Tudo bem. Vou estar ocupada demais comendo carne assada para reparar nas paredes.

— Estou falando sério. Eu te levo para jantar se você quiser sair comigo. — Ela me lança um olhar de soslaio, semicerrado.

— Tem um lugar de Braxton com um risoto muito bom.

como alcançar o Sol **241**

— Prefiro carne assada.

— Droga, Sunny. Vai devagar pra gente conversar sobre isso direito.

— Não posso me atrasar pro café. — Ella olha para mim e depois para os meus pés, que se movem rápido, como se não pudesse acreditar que consigo acompanhar. Ela pedala mais rápido. — Te vejo amanhã às seis.

Ella se ergue e usa toda a força que tem para pedalar à minha frente até que eu desista e desacelere, parando derrotado no meio da estrada.

Esfrego as mãos no rosto, me perguntando se posso entrar para a história por reformar uma casa em 24 horas.

Que se foda a minha vida.

Preciso colocar um fim nisso.

No momento que vejo Ella chegar ao anoitecer e estacionar a bicicleta ao lado de casa, calço os sapatos. Espero um pouco para que dê tempo de ela se ajeitar enquanto ando de um lado para o outro na sala. Então espio pela janela sem vidros, puxo as persianas baratas e disparo pela porta da frente. Meu pai está dormindo. É bem provável que durma amanhã também, quando Ella vier para o jantar inventado. Isso se ele não desmaiar bêbado de uísque.

O pavor desse cenário provável me faz sair correndo até o outro lado da rua em tempo recorde.

Quando alcanço a porta de entrada, bato suavemente. Passos se aproximam e a porta se abre, revelando uma mulher de meia-idade usando um conjunto rosado de moletom de ficar em casa. Dois olhos verdes, um tom mais escuros que os de Ella, brilham ao me ver na porta com as mãos nos bolsos.

— Ah, oi!

— Oi. — Encontro minha boa educação e dou um passo à frente, estendendo a mão. — Max Manning.

242 JENNIFER HARTMANN

Ela me cumprimenta com um sorriso surpreso.

— Candice. Você está procurando a Ella?

— É, ela está?

Sei que está, mas não quero que a primeira impressão que a mãe dela tenha de mim seja que sou um *stalker*, então tento parecer alheio.

— Ela acabou de chegar. Está no quarto.

— Obrigado.

— Max — acrescenta Candice antes que eu siga pelo corredor.

— É um prazer finalmente te conhecer. Nunca te agradeci por ter salvado a vida da minha filha naquele dia no lago.

— Ah, hum... — Paro e coço a nuca. — Que bom que eu estava lá. Lugar certo na hora certa.

— Vocês dois ficaram próximos, né?

— Bem próximos. Somos amigos.

— Você que deixou aquelas rosas pra ela?

Os olhos de Candice se voltam para a mesa da cozinha, no cômodo ao lado, onde um vaso azul-cerúleo guarda um buquê meio caído.

Aquelas flores me assombram.

Aperto os lábios e assinto.

— Bom, elas são lindas. — Ela dá um sorriso vibrante. — Me avisa se eu puder fazer comida pra vocês dois.

— Obrigado. Não vou ficar muito... estamos juntos num projeto. Da escola.

Quando ela me lança outro sorriso acolhedor, caminho devagar pelo pequeno corredor até parar em frente a uma porta fechada. Há três delas, mas essa tem uma placa de madeira em forma de cavalo pendurada em um prego, personalizada com o nome de Ella em letras maiúsculas.

Bingo.

Esqueço de bater e abro direto a porta do quarto.

E congelo.

como alcançar o Sol **243**

Ella se vira para me olhar, vestindo apenas um sutiã preto de renda com a calcinha combinando. Ela me olha boquiaberta, a boca se contraindo em surpresa.

Já eu, só fico ali encarando, sem me mexer, minha boca aberta em choque. Em mais do que isso. Meu olhar passeia em câmera lenta pelas curvas do corpo dela e a pele clara, antes de voltar para o rosto dela e os cabelos bagunçados por causa da estática.

Ainda não me mexi.

Não me mexi.

— Max, sai daqui! Que coisa! — grita, as bochechas corando.

Por instinto, ela puxa um lençol da cama e se enrola como se fosse um burrito mortificado.

— Tá. Droga. Desculpa.

Não me mexo.

Ela joga um chinelo em cima de mim.

— Tá bem... tô indo.

Fico nervoso e saio rapidamente do quarto, fechando a porta. Eu me encosto na madeira e inspiro fundo, implorando para que os meus Países Baixos se acalmem. Ao jogar a cabeça para trás, a placa de cavalo cai na minha cabeça, e tudo fica um caos.

Estou a colocando de volta no lugar quando a porta se abre outra vez e Ella está de pé na minha frente, vestida com calças de pijama e uma camiseta do avesso, a etiqueta aparecendo por cima do peito dela.

Eu a encaro.

— Minha mãe te deixou entrar?

— Uhum. — Soltando o ar, faço tudo a meu alcance para tirar os últimos trinta segundos da minha cabeça, mas falho tremendamente. — Desculpa. Eu deveria ter batido primeiro.

— Você acha?

A bochecha e o pescoço dela são salpicados por manchinhas cor-de-rosa, enquanto ela evita contato visual.

— Posso entrar?

— Não. — Ella engole em seco e cruza os braços. — Tá bem. Passo por ela para entrar no quarto e tento não tropeçar no cobertor embolado no chão. Quando me jogo na ponta do colchão, atrevo-me a olhar para ela.

— Estou acostumado a vir pela janela. Achei que a porta era um avanço.

— Bater é o básico da etiqueta nos dois casos.

— Anotado. — Franzo os lábios e a sigo com o olhar enquanto ela circula pelo quarto, jogando roupa suja no cesto e empilhando livros. — Como foi lá no café?

— Foi ótimo. A barista de lá é superlegal. O cabelo dela é azul.

— Impossível não ser legal quando se tem cabelo azul.

Ella sorri para mim, mas logo o sorriso morre.

— Andy e uns caras da escola passaram para tomar café e me entreteram com a falta de inteligência deles, então foi divertido.

Meus pelos se arrepiam.

— Você deu um soco na cara deles? Por favor, diz que sim.

— Não. Eu gosto de ter a ficha limpa, obrigada.

— Autodefesa, claro. Só o fato deles existirem já é ofensivo.

Ela deixa escapar uma risadinha.

— Na cabeça do Andy, ele estava se comportando bem, tenho certeza. Tudo o que ele fez foi pedir um café com xarope de cereja e soltar um comentário sobre a *minha* cereja, se é que você entende onde ele queria chegar.

— Ele falou sobre tirar sua virgindade?

Eu me levanto da cama, cada músculo enrijecendo à medida que caminho pelo quarto até Ella, que está ao lado da mesa. Repleta de itens de encadernação, pilhas de papéis na cor creme e uma variedade de artesanatos multicoloridos. É um pequeno paraíso literário de contos de fadas e imaginação.

Cruzo os braços e a encaro, esperando pela resposta.

Ella parece perplexa.

como alcançar o Sol **245**

— É. Imagino que, no que diz respeito a objetivos, é sempre bom manter o nível alto. Depois que a garota com quem ele está saindo rabiscou "vadia" no meu armário semana passada, surtei e contei pra todo mundo que era virgem. Agora a abordagem é essa: arrancar minhas calças.

— Você, hum... não está interessada nisso, é claro.

É óbvio que estou sondando. Fico ao lado dela enquanto organiza a mesa, depois vai fazer o mesmo com a estante. É como se ela estivesse tentando fugir fisicamente do assunto.

— Se eu tenho interesse em perder minha virgindade para um daqueles babacas? — O nariz dela se contorce de nojo. — Eca. Não. Credo.

Sinto uma onda de alívio. Eu a alcanço e enrolo os dedos no pulso dela, levemente, desviando a atenção dos livros espalhados. O olhar dela vai parar na minha mão, então no meu rosto. Não faço a menor ideia do que me leva à declaração que faço em seguida, mas deve ter algo a ver com o fato de que acabei de vê-la seminua e agora estamos conversando sobre sexo.

— Então... você é virgem.

Ella franze a testa.

— Não faça essa cara de surpreso. Eu te disse.

— Não sabia se a situação tinha mudado desde a última vez que me contou.

— Isso foi só há umas duas semanas, Max. E se *por acaso* acontecer... você vai ser o primeiro a saber.

— Vou?

— Claro. Prometo de dedinho. Se por acaso eu abrir minhas pernas, não tem como você não saber. Na mesma hora. Em primeira mão.

Acho que há algum significado oculto, então lanço um olhar de soslaio para ela.

— Por que isso?

— Porque...

246 JENNIFER HARTMANN

Ella suspira antes de desviar o olhar e então me encarar de novo. O nervosismo toma conta do rosto dela, as maçãs do rosto ganham um tom rosado.

— Se eu tivesse a mínima vontade de perder a virgindade, provavelmente seria com você — diz ela.

Paro de respirar.

Acho que deixo escapar um som de engasgo.

É bem provável que o que venha em seguida seja um desmaio e humilhação, então engulo em seco e inspiro fundo, trêmulo.

— Comigo?

Piscando várias vezes, ela se afasta e vai até o outro lado do quarto, agora concentrada em uma teia de aranha no canto. Ela tira o espanador de uma gaveta e afasta as teias.

— Essa parte é irrelevante.

Com licença? Vou atrás dela.

— Pra mim não, Ella.

O rosto dela está vermelho como uma beterraba, mas Ella mantém a compostura ao devolver o espanador para a gaveta e se virar para mim. Essa garota acabou de confessar que quer dormir comigo, mesmo que indiretamente. Há milhares de perguntas na ponta da minha língua, mas tudo o que consigo dizer é:

— Por que eu?

Ella limpa a garganta e dá de ombros.

— Quer dizer... você é basicamente o meu melhor amigo. E confio em você.

Meu coração está agitado que nem um pássaro na gaiola desesperado pelo céu. As palavras dela são uma dose de luz do sol nas minhas veias. Ainda assim, tento parecer inabalável ao inclinar minha cabeça e analisá-la com os olhos semicerrados. Avalio seu perfil quando ela se vira, então cruzo os braços, tentando manter o orgulho longe do meu tom de voz.

— Sexo costuma envolver algum nível de atração. Você sente atração por mim, Sunny?

As bochechas dela ficam mais coradas.

como alcançar o Sol **247**

— Não, eca, nunca — dispara. — Talvez eu vá fazer sexo em algum momento, e seria bom ser com alguém que não acho repulsivo.

— Isso é tão triste.

— Se em algum momento eu passei a impressão de que meus pensamentos são mais engraçadinhos, minhas mais sinceras desculpas. Estou envergonhada.

Suspirando, passo a língua pelos meus dentes superiores.

— Presunçoso da sua parte achar que eu estaria interessado.

— Você estaria.

— Como você tem tanta certeza?

Ela me encara e arqueia a sobrancelha.

— Você é um homem hétero de dezoito anos. E apesar da minha lista imensa de falhas de caráter, não sou uma feiosa. Meu corpo é pelo menos um seis e meio. Talvez um sete. — Ela dá de ombros de novo. — Além disso, você está encarando os meus peitos agora mesmo.

Olho para cima bem rápido.

— Você tem um sinal pequeno no peito. Sempre achei bonitinho. Parece um tiranossauro rex.

Ella se mexe, trocando o peso de um pé para o outro.

— Ótimo. — Limpando a garganta, olha para o teto. — Sete e meio. Por causa do sinal de dinossauro. Mas é aí que eu me retiro.

Um sorriso se abre e reparo no jeito que o olhar dela recai sobre a minha boca por um instante. Ela engole em seco, me olha diretamente nos olhos por um segundo, então se vira e foge de mim.

Mais uma vez.

— Ella. Fala sério.

Relutante, vou atrás dela pera terceira vez quando ela desliza pelo quarto para fazer a cama. Eu a vejo pegar o cobertor gigante jogado no chão e cobrir o colchão.

— Você não pode jogar uma bomba dessas e fingir que as coisas não estão diferentes.

— Nada precisa mudar. Só estava sendo sincera.

— Gosto da sua sinceridade. Mas geralmente isso vem acompanhado de uma conversa. Você só disse que queria transar comigo.

Ela afofa os travesseiros, batendo várias vezes até estarem o contrário de afofados. Agora estão amassados, como panquecas de algodão na cabeceira.

— Não foi o que falei. Eu disse que *se* eu quisesse dormir com alguém, *provavelmente* seria com você. Mas também disse que iria morrer virgem, então é só fazer as contas.

Eu a encaro por alguns instantes, processando o que ela disse. Fazendo as contas.

A matemática está no jeito que ela colocou o corpo pra fora da janela da caminhonete e despiu a alma para mim, chorando enquanto nossas mãos estavam entrelaçadas, o coração sangrando enquanto eu recolhia os pedaços e guardava um pouco para manter em segurança comigo.

A ciência está no jeito que ela se derreteu em mim no show enquanto as minhas músicas favoritas eram tocadas ao vivo, me enchendo de esperança e promessas.

A química está em como ela se ilumina, mais brilhante do que qualquer chuva de meteoros, sempre que nossos olhares se encontram.

Sou bom em fazer as contas.

A matemática só permite um resultado.

Eu me aproximo por trás dela até que meu corpo esteja encostado em suas costas. Assustada, ela se vira, as palmas das mãos voando e gentilmente se espalhando no meu peito. Não se afasta. Olha para mim com os olhos arregalados e curiosos, esperando que eu diga alguma coisa.

Tento manter a expressão neutra. Mantenho meu coração acelerado sob controle e faço tudo ao meu alcance para afastar o tremor da minha voz.

como alcançar o Sol **249**

— Bem... você tinha razão sobre uma coisa — digo, me curvando lentamente até que meus lábios rocem no lóbulo da orelha dela. — Eu estaria interessado.

Foda-se — eu também preciso ser sincero.

Ela estremece, inspirando fundo, os dedos se fechando e pressionando contra meu peito.

Ella ama fingir que não a abalo, apesar das mãos dadas, os olhares acalorados, os elogios e o flerte. O caráter distante serve como um mecanismo para lidar com as coisas, confere poder e a mantém em modo de sobrevivência. Por conta disso, respeitei as vezes que ela me dispensou e os muros que ergueu. Eu a deixo fingir porque é disso que precisa para seguir em frente.

Mas agora ela não pode fingir.

Sinto a pele dela esquentar. Vejo seus olhos se fecharem. A respiração está mais acelerada e o peito sobe e desce com expectativa. Está reagindo.

Ela me sente. Por todos os lados.

Aproximando-me, murmuro:

— Você tinha razão sobre isso, mas estava errada sobre outra coisa.

Os olhos dela se fecham rapidamente.

— O quê? — pergunta, sem ar.

Planto um beijo suave como uma pena na testa dela, levo meus lábios até a bochecha e então suspiro ao pé do ouvido:

— Você é um dez.

Então me afasto.

Ela abre os olhos lentamente, como se minhas palavras fossem uma droga correndo pelas veias. Ella não diz nada, apenas vê eu me afastar enquanto os braços dela caem languidamente ao lado do corpo, balançando com as pernas trêmulas.

— Vou passar aqui amanhã às cinco e meia — digo, minha voz grave enquanto caminho até a porta do quarto. — Você não vai jantar lá. Vou te levar pra sair.

— Max...

Não permito que ela argumente e saio do quarto, tudo isso enquanto finjo que um beijinho na bochecha dela não foi o melhor momento da minha vida.

Capítulo 21
MAX

Seco meu cabelo úmido com uma toalha enquanto saio do banheiro sujo para o corredor. Ferramentas estão espalhadas pelo chão. Lonas estão estendidas, como se o contrapiso sujo precisasse de proteção. A casa cheira a uma mistura de serragem e desespero, mas há um lampejo de otimismo renovado pairando entre as paredes estéreis que parece um paralelo sutil, mas perceptível, com o meu relacionamento com Ella. Chevy me ajudou a trabalhar noite adentro e não tenho a menor ideia de como vou conseguir retribuir a ajuda. Por outro lado, os únicos lampejos que tive de McKay nos últimos dias foram pela escola, o que não é surpresa. Já pressentia que ele não estaria disposto a ajudar com a reforma, apesar de ter concordado com pouco entusiasmo enquanto comíamos o que tinha sobrado na semana passada.

Depois de vestir uma camisa de botões limpa e meu único par de calças sociais, que usei no Baile de Outono, ajeito meu cabelo com um pouco de gel diante do espelho e passo um pouco de colônia no pescoço e nos pulsos.

Há uma caixa nova de camisinhas na minha mesa de cabeceira.

Não é como se eu estivesse tirando conclusões precipitadas ou algo do tipo, mas com base no que eu e Ella conversamos ontem e na química entre nós dois mais cedo, na escola, é melhor estar preparado.

Só por garantia.

Às cinco e meia, pego a carteira e me preparo para ir à casa de Ella buscá-la para nosso jantar. Fiz uma reserva em um restaurante italiano no centro. Uma das minhas tias, que vive em uma cidade próxima, me deu um cartão-presente de aniversário em setembro, então é o momento perfeito para usar.

Aviso ao meu pai antes de sair pelo corredor:

— Estou saindo, pai. Talvez chegue tarde.

Escuto um farfalhar.

— Espera, espera... segura aí, Maxwell.

Suspirando, paro em frente à porta do quarto dele. Alguns segundos se passam e a porta se abre, revelando algo que nunca esperei ver.

Meu coração está apertado e meus olhos arregalados pela surpresa.

Meu pai está de pé à minha frente vestindo um terno cinza-escuro com o cabelo recém-cortado.

Ele limpa a garganta e acerta a gravata verde-esmeralda, um sorriso tímido surgindo em seus lábios.

— E aí? — pergunta, estendendo os braços ao lado do corpo. — Como eu tô?

Coço a cabeça e esfrego a mão no rosto.

— Hm... você está ótimo, pai. Pra que essa roupa?

— Para o jantar de hoje, é claro. Sua namorada está vindo comer carne assada com a gente.

— Eu...

Nem sei o que dizer. Não só presumi que ele se esqueceu do convite para o jantar como também supus que estaria desmaiado por causa dos calmantes ou da bebida. E nunca, nem em um milhão de anos, imaginei que estaria usando terno. Há anos que meu pai não veste nada além de calças largas e camisetas encardidas.

— Pai, e-eu cancelei o jantar. Não temos carne em casa.

— Hum. — Ele estreita os olhos. — Estava me perguntando para onde você iria correr. Bom, não tem problema. Podemos

como alcançar o Sol **253**

preparar outra coisa. A despensa está cheia de massas e vidros de molho. Preparo rapidinho.

— A gente não tem despensa, tem uma prateleira de comida enlatada que passou da validade. E ainda não reabasteci a geladeira. Não temos nada.

Meu choque é superado pelo pavor, porque ele está falando sério. Mas não pode estar. Vou morrer de vergonha se Ella aparecer aqui e comer uma das nossas "edições limitadas" de carnes misteriosas enlatadas.

— Podemos remarcar. Vou comprar comida fresca amanhã.

— Bobagem. — Ele passa voando por mim, cheirando à colônia do McKay. — Vamos dar um jeito. Ela vai chegar às seis, né?

— Não, eu…

Ouço uma batida na porta da frente.

Alguém me mata agora.

Sinto a pele empalidecer e começo a suar.

— Ah, ela chegou cedo. É uma ótima característica, Max. Ultimamente todo mundo anda atrasado, sem a menor consideração pelos outros.

Sorrindo, ele manca até a entrada, a bengala de alumínio batendo no contrapiso.

Passo por cima das ferramentas e serras, correndo à frente dele para me livrar de Ella. Só pode ser ela. Com certeza me entendeu errado e pensou que nos encontraríamos aqui em casa.

Quando chego ao pequeno vestíbulo, abro a porta e dou de cara com a beleza em sua forma mais pura.

As palavras se embaralham na minha garganta, minha respiração fica presa.

— Ei.

Ella está deslumbrante em um vestidinho preto, o cabelo arrumado em cachos vermelho-escuros que caem nos ombros. E, nas mãos, traz um prato embalado em papel-alumínio, que segura com firmeza.

— Trouxe a carne assada.

Ela trouxe a carne assada.

Ella trouxe a carne assada.

Não sei se grito com ela ou despejo uma declaração de amor. Acabo a encarando por algum tempo, meus olhos passeando entre o prato nas mãos dela e o rosto. Ella está usando um pouco de maquiagem, os lábios vermelho-rubi e as pálpebras pintadas com sobra prateada. Cílios longos e escuros piscam para mim ao mesmo tempo que o sorriso dela se abre, parecendo mais iluminado.

— Você... trouxe a carne assada — repito, maravilhado.

Ela assente.

— Trouxe. Você disse que não tinham um fogão.

— Mal temos uma mesa decente para jantar. É uma daquelas dobráveis com umas cadeiras que compramos em uma venda de garagem.

— Eu me adapto.

Você é perfeita.

É o que quero dizer, mas meu pai consegue chegar até a porta aberta e enfia a cabeça por cima do meu ombro.

— Você não é uma querida? — diz, com um toque de magia na voz. — Max, olha só para ela. É linda.

Meu pai se agarra ao meu ombro, dando um apertão cheio de orgulho. Finalmente finjo tossir e me afasto, sabendo que não tenho escolha a não ser deixá-la entrar.

— É, é sim.

Ella me lança um sorriso e atravessa a soleira, o olhar passeando pela sala de estar bagunçada. Normalmente, me esforço para manter a casa limpa e organizada no pouco tempo livre que tenho, mas começamos a reforma agora, então está mais bagunçada do que nunca. Tem poeira e placas de gesso por todos os cantos. Colocamos uma lona azul por cima do sofá porque é o único móvel decente que a gente tem, e eu não queria que estragasse com a pintura e os escombros caindo.

Só uma palavra é capaz de resumir como estou me sentindo enquanto essa garota linda por quem estou me apaixonando mais rápido do que imaginei tem acesso às minhas condições atuais de vida.

Mortificado.

Mas o sorriso de Ella não vacila quando olha ao redor e volta a olhar para mim.

— Obrigada por me receber.

Suspiro com um olhar fraco.

— De nada.

Da cozinha adjacente, meu pai acena.

— Vamos arrumar a mesa. Estou morrendo de fome. Não lembro a última vez que comi uma carne assada gostosa e quentinha. Você que fez? — pergunta para Ella.

— Aham — respondeu. — Vamos só dizer que minha mãe não tem planos de entrar para o *Masterchef* tão cedo.

— Impressionante.

É impressionante. Não sei dizer o que é mais: Ella preparando carne assada para nós ou o meu pai estar coerente, sóbrio e vestindo um terno completo. Minhas emoções estão uma bagunça. A vergonha aquece minha pele, mas ver o meu pai desse jeito aquece o meu coração. E ver Ella usando um vestido bonito, de cabelos cacheados e com um sorriso no rosto aquece a minha alma inteira.

Ela caminha até a mesa dobrável, desajeitada nos saltos, e apoia a travessa com papel-alumínio.

— A gente precisa de pratos ou talheres? Qualquer coisa busco lá em casa, sem problemas.

— A gente tem.

Vou até um armário no corredor e tiro uma toalha de mesa antiga, em seguida pego também um antigo jogo de louças da minha mãe. Tem sobras de espaguete que podemos esquentar como acompanhamento. Também temos uma daquelas saladas prontas e um vidro de molho francês. Além de um jarro pela metade de suco de laranja.

Vai ter que servir.

As pernas das cadeiras gemem contra o chão de cimento quando meu pai puxa uma para Ella se sentar. Avalio os dois com cuidado, enquanto vou do balcão para a geladeira e depois para o armário.

— Você e o meu filho são namoradinhos da escola, né? — sonda o meu pai, sentando-se lentamente na própria cadeira, do outro lado da mesa, em frente a Ella. Apoia a bengala na toalha florida de plástico. — Conheci a minha esposa no segundo ano do ensino médio. Levava rosas para ela todos os dias, até a formatura. Sei que você vai fazer o meu filho muito feliz.

Ella parece nervosa, brincando com um cacho.

— Ah, eu não... — De repente, parece ter se dado conta de algo, então limpa a garganta e pisca para mim. — Obrigada. Você criou um ótimo garoto, Sr. Manning.

Eu me criei pelos últimos seis anos, mas não vou dizer isso agora. Jogando um bolo de espaguete em uma frigideira de ferro fundido, acendo o fogão a lenha.

— Me chame de Chuck — relembra meu pai. — Ei, você joga Scrabble?

—Ah, hum, não muito. Joguei algumas vezes com meu irmão anos atrás — responde Ella.

— É? Eu nunca o vi por aqui.

— Ele... se mudou. É quatro anos mais velho do que eu.

— Está por aí vendo o mundo, aposto. Isso é bom. Inteligente. — Meu pai acena com a cabeça. — Ele é um romântico igual a você?

Resmungando, ando até a mesa e coloco três pratos, então tiro o papel-alumínio da carne assada.

— Pai — alerto.

As perguntas pessoais e mudanças de assunto são estranhas e quase tão intragáveis quanto esse espaguete velho que estou requentando.

como alcançar o Sol **257**

Ella balança a cabeça, me lançando um sorriso discreto.

— Tudo bem. Não sou exatamente romântica, para ser sincera. Acho que sou o contrário.

— Bobagem. — Meu pai faz um gesto com a mão como se estivesse cortando as palavras dela no ar, em pedacinhos. — Seus olhos são cheios de amor. Muito amor, na verdade. Você só precisa colocar para fora e compartilhar com o mundo. No momento ele está guardado. Romantize sua própria vida.

Estou prestes a intervir de novo, mas Ella ergue a mão, sentindo que vou me meter. Ela olha para o meu pai, os olhos cheios de lágrimas.

— O que você quer dizer?

— Quis dizer exatamente o que eu disse. Romantize sua própria vida. Não passe os dias vivendo como se fosse o último. Viva cada momento como se fosse o primeiro. Últimas vezes são trágicas. As primeiras são empolgantes e cheias de celebração. Olhe para cada pôr do sol como se fosse a primeira vez que está vendo essas cores. Escute sua música favorita como se nunca tivesse escutado uma melodia tão preciosa. Se você transformar cada dia numa festa, nunca vai se entediar com a própria história.

Paro no meio do caminho até o fogão. As palavras do meu pai me atravessam como uma maré de calor. Não escuto ele fazer tanto sentido há anos, e notar isso quase me faz cair de joelhos. Quando dou uma olhada para Ella, ela o encara com uma expressão que reflete a minha. Os olhos brilham com lágrimas, os lábios estão abertos com maravilhamento.

O que deu nele?

Ella inspira fundo.

— Isso… foi muito sábio. Obrigada.

— Tenho meus momentos. — Meu pai pega um garfo para se servir e enfia na carne assada. — Vamos jantar.

Comemos.

Rimos.

Jogamos Scrabble até o sol se pôr e a cadeira de Ella estar mais perto da minha, as pernas nuas roçando contra a calça. Quando abaixo a mão para segurar a dela, entrelaçamos nossos dedos e ficamos assim até a chama do fogão virar cinzas, até a luz das estrelas atravessar a janela. Não é a primeira vez que damos as mãos, mas eu finjo que sim.

Porque parece.

Conforme a noite avança, eu vou até uma prateleira empoeirada e alcanço o livro que está lá, o que eu planejei dar a Ella no jantar.

— Ei, eu tenho uma coisa pra você — digo, jogando na direção dela. Ella captura no ar. — Já leu esse?

O sol é para todos.

— É óbvio — responde.

Sorrindo, eu a observo olhar o próprio colo e folhear a cópia antiga do livro, procurando por alguma coisa que sabe que está lá dentro. Quando encontra, para de cabeça baixa, os dedos com unhas laranjas segurando as bordas.

Ella me observa, o sorriso se torna radiante ao encontrar o que procura.

"Você raramente vai vencer, mas às vezes vai conseguir."

Jogamos mais uma rodada de Scrabble.

Estamos sentados juntos, tendo uma conversa normal, fazendo piadas e brincando com jogos de tabuleiro depois de comermos a melhor carne assada de todas, enquanto o livro está ao nosso lado como um lembrete silencioso.

E, de alguma forma, mesmo com as paredes quebradas, lonas de plástico e gesso sem pintura…

Ella finalmente faz minha casa parecer um lar.

Capítulo 22
ELLA

Faz sentido que terminemos a noite jogando gravetos de cima da ponte, com a luz da lua iluminando a água. Ao nos inclinarmos, somos encarados, lado a lado, por ondulações prateadas, então corremos para o guarda-corpo oposto.

Rindo, aponto para a correnteza.

— Ganhei de novo. Você é péssimo.

— Não sabia que tinha estratégia para esse jogo.

— Deve ter. Nunca vi ninguém perder todas as vezes.

Max suspira, balançando a cabeça ao se curvar no guarda--corpo.

— Não do meu ponto de vista.

Imito a posição dele e nossos cotovelos se tocam. Mesmo o menor dos toques faz um calor atravessar meu corpo. Passo os olhos pelo perfil dele, despontando por baixo do moletom preto.

— Seu pai foi... inesperado — murmuro. — Ele não é como eu pensava.

O maxilar dele treme enquanto encara o riacho cintilante.

— É, faz anos que não vejo ele lúcido assim. — Max ergue o queixo e encara o céu. — Não tenho visto ele beber ultimamente. Deve ter passado da fase de desintoxicação.

Eu me viro, encostando as costas no guarda-corpo.

— Ele parece um bom homem, mas que se perdeu no caminho.

— É o que sempre digo — concorda Max. — McKay acha que ele é um caso perdido.

— A ausência do seu irmão foi bem perceptível essa noite — comento, mexendo na minha manga comprida e larga. Estou vestindo um moletom de Max por cima do vestido preto, o mesmo que ele me emprestou no festival. Ainda tem o perfume dele. — Sinto muito por ele não te apoiar mais.

Meus joelhos se batem quando um vento cortante açoita nosso rosto e o frio passeia pelas minhas pernas nuas.

Ajeitando-se na mesma posição ao meu lado, Max cruza os braços e olha para a ponte.

— É. Vivo tentando aproximar meu irmão, mas ele sempre foge. É minha família, então não vou desistir. O sangue é mais denso do que a água, sabe?

Mordo meu lábio enquanto a afirmação dele escorre por mim como piche.

— É engraçado que a frase significava o contrário de como usamos hoje.

Max franze a testa, olhando para mim.

— Como você descobriu?

— A frase original é "O sangue do pacto é mais denso do que a água do ventre" — digo, olhando-o nos olhos. — Ao contrário do que as pessoas pensam, reforça que as relações que a gente escolhe podem ser mais fortes do que nossos laços de família. Destaca o valor dos laços formados por escolha, não por nascimento.

— Isso é interessante.

— Uhum. Sempre que quero odiar Jonah um pouquinho mais, tento me lembrar disso. Ele é sangue do meu sangue, mas não é mais minha família. Perdeu o título quando apertou o gatilho. — Dou de ombros e analiso as unhas. — Não funciona de verdade. Ainda amo meu irmão, então isso só faz com que eu me odeie.

A mente humana é uma fera imprudente. Agarra-se às memórias e laços, não importa o quanto a lógica nos diga o con-

como alcançar o Sol **261**

trário. Tentar separar amor de ressentimento, especialmente na família, é como tentar desembolar fios emaranhados. Um sempre segue o outro.

— Você está congelando.

Minhas pernas estão tremendo e meus dentes batendo um no outro.

— Está frio demais.

— O Michigan é mais frio do que isso — diz ele.

Não consigo conter um sorriso ao olhar para ele. A memória de Max Manning é uma armadilha de aço.

— Prefiro sentir frio lá.

— Por quê?

Ele abaixa o rosto para me olhar de verdade, as sobrancelhas formando um vinco.

— Porque é longe daqui.

É o que digo para mim mesma, de qualquer forma. A quilômetros de distância daquelas memórias que fodem a minha alma, dos julgamentos da cidade e da prisão de segurança máxima que fica a apenas três horas de distância — um lugar que me atrai de um jeito inexplicável. Longe da minha mãe, que colocou cada grama de amor e dinheiro no filho assassino e, como consequência, deixou a filha em frangalhos.

Só que quando eu me viro para admirar o céu, sinto uma mão encostar no meu braço para me segurar.

Max sussurra suavemente.

— É muito longe de mim.

Meu coração acelera e uma dose de tristeza me atravessa, nossos olhares se cruzando sob a luz da lua.

— Max...

Ele me solta e pega o celular do bolso, então começa a rolar a tela. Pouco depois, uma música começa a tocar.

Cerro os meus dentes para manter as emoções sob controle.

— Qual é o nome dessa?

— *Atoms to Atoms*, do Eyes on Shore — conta, apoiando o celular no guarda-corpo. — Quer dançar?

— Quero.

A resposta vem com facilidade.

Planejo deixar o Tennessee no próximo verão e ir atrás do meu sonho de ter um haras. Vou guardar dinheiro para comprar um carro, quem sabe Chevy me ajude a encontrar algo barato, mas confiável. Porra, pego até carona na estrada se for preciso...

Mas se Max me pedir para ficar aqui...

Não consigo evitar me perguntar se daria a mesma resposta com tanta facilidade.

Ei, Sunny.

Fica aqui.

Foi o que ele disse quando me tirou do lago, e as palavras ainda passeiam pela minha mente. Estou nos braços dele antes que consiga pensar muito a respeito. Ele me puxa para mais perto, apagando o frio em meus ossos. Ele passa os braços fortes ao meu redor e apoia o queixo no topo da minha cabeça. Meu rosto está esmagado contra o peito dele quando começamos a dançar no ritmo da música. Visões do Michigan coberto de neve se mesclam a imagens de um futuro exatamente assim. Dançando em pontes até o fim dos tempos. Eu me pergunto se ele vê o mesmo. Me pergunto se é o que ele deseja.

Me pergunto se é o que eu desejo.

Levanto o rosto para encará-lo, minhas mãos descendo e se agarrando aos quadris de Max.

— Se você não levasse em consideração dinheiro, tempo e distância e pudesse fazer qualquer coisa... o que faria agora? — pergunto.

Quero conhecer os sonhos do Max. Ele estaria aqui comigo? Estaria bem longe daqui, procurando uma vida diferente? Escalando uma montanha, mergulhando fundo sob o mar agitado pelas ondas ou escrevendo histórias em uma cabine reclusa na floresta?

Talvez ele queira ver o mundo. Talvez queira mudar o mundo.

— Qualquer coisa? — sussurra de volta.

— Isso. Qualquer coisa.

— Eu estaria te beijando, Ella.

Meu coração para. É como se o semáforo tivesse mudado de verde para vermelho sem passar pelo amarelo. Recuo lentamente, mal conseguindo recuperar o fôlego.

— O quê?

— Eu estaria te beijando.

— Eu escutei o que você disse.

Ele sorri e abaixa a cabeça, erguendo apenas os olhos para me encarar, os braços caindo ao lado do corpo.

— Quer que eu seja mais claro?

Dou outro passo para trás, então mais um. O medo me toma, ainda que eu soubesse que isso ia acontecer. É assim que esse tipo de coisa começa. Foi como começou entre Jonah e Erin.

Amizade.

Andar de mãos dadas.

Um beijo.

Amor.

Todo mundo morto de forma sangrenta.

Fim.

Pânico e medo se transformam em um só enquanto balanço a cabeça de um lado para o outro e engulo em seco.

— E-eu já disse... não estou atrás de romance. Não quero isso.

— Mas quer perder a virgindade comigo.

Engulo em seco outra vez. Mais forte. Tento engolir a confissão que fiz no quarto ontem à noite e arrancar da cabeça dele. Do universo. Foi algo estúpido a se dizer, sendo verdade ou não, e agora Max nunca mais vai me deixar esquecer.

— Eu não falei desse jeito. Não era sobre intimidade ou, Deus me livre, amor. Seria só...

— Transar? — Ele franze a testa. — Não combina muito com você.

— Uma experiência. Uma experiência com alguém em quem confio.

— Beijar também é uma experiência. Você já beijou alguém antes?

Fecho meus olhos e continuo mexendo a cabeça, ignorando o calor que cresce na parte baixa da minha barriga enquanto imagino os lábios de Max tocando os meus.

— Beijar é diferente. É mais íntimo.

Ele dá mais um passo em minha direção.

— Sua lógica não faz sentido, Sunny. Se você acha que só pode ter experiências sexuais e sem significado comigo, sem sentir *mais* emoções, eu pagaria para ver.

A sensação se transforma em fogos de artifício e aperto as minhas coxas.

— Você está dizendo que quer mais?

— O que eu quero não vem ao caso, mas seria mais, sim. É só um fato.

— Porque você é tão habilidoso entre quatro paredes — digo, forçando uma risadinha. — Eu não teria outra escolha além de me apaixonar por você?

Minha tentativa de levar na brincadeira não funciona. O que vejo no olhar de Max está a anos luz de distância de se parecer com bom-humor.

Ele dá um passo à frente, lentamente, o olhar penetrante. Quando estamos cara a cara, nossos pés se tocando nessa ponte velha, sob as estrelas, Max ergue a mão e roça os nós dos dedos no meu queixo.

— Não teria como saber.

As palavras são ofuscadas pela sensação da pele dele contra a minha mandíbula. Um polegar áspero roça o meu lábio inferior e seguro um pequeno suspiro, os olhos fechados e trêmulos. O cheiro dele me invade, puro e limpo. O toque me desvenda. Minhas pernas tremem e meu coração acelera e, depois de alguns batimentos deslumbrados, finalmente registro o que Max disse.

como alcançar o Sol **265**

— O que você não teria como saber? — murmuro.

— Se sou um mestre na cama ou não.

Meus olhos se abrem lentamente.

— Tenho certeza de que você tem plena consciência.

Tudo o que ele faz é negar com a cabeça, firmemente.

Uma carranca se forma entre as minhas sobrancelhas assim que a conclusão surge no meu peito.

— O que você está dizendo? — murmuro.

Max deixa o ar escapar e se aproxima novamente, os lábios se esfregando na minha orelha e liberando calafrios na minha coluna.

— Eu também sou virgem, Ella — confessa com gentileza.

O mundo para.

Meu mundo para.

Nunca considerei a ideia de que Max Manning poderia ser virgem aos dezoito anos. Não com um rosto como o dele, um coração daqueles, com o poder silencioso de pegar minhas opiniões sombrias e repugnantes sobre romance, rasgar em pedacinhos e as lançar ao vento.

Max é virgem.

Quando ele se afasta, está encarando meus lábios entreabertos e chocados. A palma de sua mão segura meu queixo, os dedos deslizam nos meus cachos soltos.

— Também não queria isso — admite, limpando a garganta, os olhos ainda fixos na minha boca. — Não tenho espaço para garotas ou relacionamentos na minha vida. Carrego bagagem demais, muitas responsabilidades, não tenho nada de bom.

A outra mão de Max procura minha palma trêmula e a pressiona contra o peito dele. Fica segura ali, as batidas vertiginosas do coração dele vibrando contra as pontas dos meus dedos.

— Só que tem espaço para você, Ella — diz. — Tenho todo o espaço do mundo para você, se for onde você quer ficar.

Lágrimas rolam dos meus olhos.

É demais. Esse momento, as palavras dele, meus dedos espalhados pelo seu lindo coração.

Puxo minha mão do aperto dele e saio correndo.

— Ella.

Max me chama enquanto meus tênis esmagam as tábuas da ponte no ritmo das batidas do meu coração. O ar frio mordisca a minha pele. Quer afastar minha determinação. A indecisão me consome e me cospe até que eu não queira mais fugir.

Vou diminuindo até parar, sem ar.

Quando me viro para encará-lo, percebo que ele continua parado no mesmo lugar. Não correu atrás de mim. Não se mexeu, mas o rosto dele está dividido entre tortura e esperança. Tirou o capuz e as mãos estão tensionadas ao lado do corpo, como se precisasse de todo o seu autocontrole para se manter onde está.

— Fica — diz, de um jeito tão suave que quase não escuto por cima do uivo do vento.

Mas escuto.

Volto a correr.

Só que, dessa vez, corro na direção dele. Corro *para* ele. Minha parte cansada corre ao meu lado, mesmo com o pulmão arfando e o peito doendo, e tento vencê-la nessa corrida de partir o coração que nunca fui capaz de superar.

Ela é uma concorrente de peso, mas a faço comer poeira.

Corro até alcançá-lo.

Corro até jogar meus braços ao redor do pescoço dele, ficar na ponta dos pés e puxar o rosto dele para mim quando a música atinge o clímax, e coloco meu coração para fora.

Ganhei.

O prêmio está no jeito que as mãos dele vêm embalar o meu rosto. A medalha de ouro é o primeiro toque dos seus lábios contra os meus.

A respiração de Max falha e a boca se abre por instinto e me deixa entrar. Nossas línguas se tocam, primeiro de forma gentil. A primeira nota de uma canção ou uma única gota de chuva caindo das nuvens. Deixo escapar um gemido para combinar com a respiração ofegante dele, sem esperar o calor que flui através de mim apenas com um simples golpe da língua dele.

A língua de Max acaricia a minha outra vez, então se afasta, e nós dois paralisamos, esperando, sem ar. Ele se inclina para trás de leve, os olhos fechados, apenas nossos lábios continuam se roçando.

— Esse é o meu primeiro beijo — sussurra contra a minha boca enquanto uma das mãos segura atrás da minha cabeça e nossas testas se encostam.

— O meu também — cochicho de volta, as palavras trêmulas e minhas pernas ainda mais.

Meu primeiro beijo.

Nosso primeiro beijo.

Meus olhos se abrem devagar antes que ele se afaste e encoste nossos lábios. Minhas mãos mergulham no cabelo de Max e agarro os fios escuros como a noite enquanto ele separa meus lábios com a língua. Abro para que entre por completo, e não é mais uma nota inicial ou uma gota de chuva rebelde. É um *crescendo*. Uma tempestade. Relâmpagos, trovões, uma orquestra de tirar o fôlego.

Deixo escapar um gemido quando nossas línguas se entrelaçam com mais intensidade.

Qualquer hesitação sumiu.

Tudo parece perfeito, magicamente *no lugar*.

Nunca senti nada parecido com isso.

Max me rodopia e me apoia contra o guarda-corpo, uma das mãos tocando meu queixo e a outra deslizando na confusão dos meus cachos. Ele os segura e me puxa para perto. A língua acaricia a minha, ávida ao explorar minha boca. O gosto de chiclete de menta desperta os meus sentidos, mesclando-se ao cheiro da colônia terrosa e o traço de pinho no ar. Nossos rostos se ajeitam, provando mais fundo, e enrosco minha perna em volta da coxa dele. Um gemido escapa pela garganta de Max enquanto nos experimentamos, buscamos e saboreamos. Puxo o cabelo dele, ele puxa o meu. Eu me esfrego contra ele, sentindo a ereção dele entre as minhas pernas. Minha cabeça cai para trás com um arquejo, e ele deixa uma trilha de beijos no meu pescoço. Pressiono mais contra ele, buscando a sensação. Sinto arrepios por todo o corpo, me acendendo. Minha calcinha está molhada e o meu vestido subiu pelas coxas.

Estou leve e flutuando. Nada mais existe. Meu corpo inteiro treme quando a língua dele corre pelo meu pescoço e ele morde meu queixo, a respiração irregular.

Quero continuar beijando Max. Não quero parar nunca.

— Max. — Minha voz é áspera, meu aperto no cabelo dele se afrouxa enquanto meus dedos o examinam e tocam.

Os lábios dele estão rosados e inchados, brilhando sob as estrelas, molhados pelos nossos beijos. Olhos sonolentos e semicerrados me encaram, e ele desliza a mão até os meus quadris e me puxa para perto.

— Seu gosto é tão bom.

— Gostei de te beijar.

— Não precisamos parar.

Minha cabeça está tonta, minhas pálpebras estão trêmulas e fechadas quando levo minhas mãos aos ombros dele e me seguro.

— Eu não quero parar.

Beijando minha testa, diz:

— Vem cá.

Max se abaixa para sentar-se na ponte e me puxa para o colo dele, encostado no guarda-corpo com meu peito contra o dele. Com as palmas das mãos, seguro as bochechas e monto em cima dele, a dureza entre as pernas me fazendo pegar fogo.

Nos beijamos de novo. Nos beijamos até o tempo congelar, a terra deixar de girar e tudo o que existe ser a língua dele dentro da minha boca.

Estou sem ar quando me afasto, completamente tonta. Querendo mais. Roço as pontas dos dedos na bochecha dele, a barba rala fazendo cócegas na minha pele. Quando ele levanta

como alcançar o Sol **269**

os olhos azul-claros, uma imagem vem à minha cabeça. Tenho um vislumbre de um futuro bem diferente do que sempre imaginei. Olhando estrelas nos campos, dançando sob a lua, beijos mágicos acima de um riacho que desliza lentamente enquanto a música preenche o ar.

— Seus olhos — sussurro, segurando a bochecha dele com uma das mãos. — Eles fazem com que eu me sinta vista por completo.

Max sorri, piscando lentamente como se estivesse bêbado das minhas palavras, do meu toque.

Suspirando, pressiono os lábios contra a raiz dos cabelos dele e afasto os novos e estranhos pensamentos. Só quero pensar nesse instante.

— Seu sorriso faz com que eu me sinta celebrada. — Então me aconchego mais contra ele e concluo: — E seus braços fazem com que eu me sinta segura.

Max se inclina para dar um beijo suave do lado da minha cabeça e sinto um sorriso florescer dos lábios dele quando sussurra de volta:

— Sempre soube que você tinha uma coisa com os meus braços.

Capítulo 23
MAX

Na noite seguinte, sonho com um haras iluminado pelo sol. Fitas douradas brilham nos campos de alfafa e nas crinas marrom-chocolate, e admiro o cenário. O cheiro doce de couro e feno se mistura com esterco, e caminho até um celeiro vermelho despontando à distância. Três cavalos pastam atrás de uma cerca trancada, onde uma garota está usando um vestido laranja--brilhante e um chapéu de palha. Ela acaricia um dos cavalos, murmurando uma cantiga de ninar. A melodia flutua até mim, parecendo assombrosa.

Continuo seguindo em frente, curioso com a garota.

Querendo ver o rosto dela.

O cabelo está sob o chapéu, escondendo a cor. Chamo por ela, mas nenhum som sai da minha boca. É um apelo silencioso. Apenas a cantiga assustadora ecoa nos meus ouvidos conforme meus pés ganham ritmo e começo a correr.

Ela escuta minha aproximação.

A garota sente a minha presença, ainda que eu não consiga falar. Não posso cantar com ela. Não posso fazer nada além de correr, meu coração rodopiando no meu peito e minhas botas chafurdando na lama.

Assim que ela se vira para me encarar com a sombra do chapéu cobrindo os seus olhos, a imagem se dissipa. Sou puxado por algo.

como alcançar o Sol **271**

Assustado, abro meus olhos enquanto a realidade toma conta de mim. Estou deitado na minha cama, o quarto está escuro e a minha mente, confusa. Cerro os olhos até acordar enquanto o vento frio sopra pela janela aberta e sinto calafrios na minha pele nua. Minha visão está nublada enquanto se ajusta à névoa preta. Então sinto um cheiro cítrico. Madressilvas laranja e shampoo puro.

O colchão se mexe com um peso adicional. Eu me sento e viro a cabeça para a esquerda, meus olhos encontrando Ella no escuro.

— Ella? O que...

Minha voz some.

Ela está chorando.

— Desculpa — sussurra, as palavras saem roucas. — Tive... um pesadelo.

— Droga. Vem cá. — Não hesito em passar o braço ao redor dos ombros dela e puxá-la contra o meu peito. Ella se joga em mim, lágrimas quentes rolando sobre a minha pele. — Está tudo bem, Sunny. Está tudo bem.

Fungando, ela busca uma das minhas mãos e segura firme.

— Eu sonhei que... e-ele te matava.

— Quem?

— Jonah.

Sinto uma pontada no peito e fecho os olhos, apertando a mão dela.

— Estou aqui. Foi só um pesadelo.

— Parecia tão real. — Ela balança a cabeça, o cabelo com perfume doce faz cócegas no meu queixo. — Achei que era verdade.

— Não era. Ele está na prisão e nunca vai sair.

Isso faz com que ela chore mais, roçando o nariz na curva do meu pescoço.

— Ele te esfaqueou — sussurra, colocando a mão no meu peito. — Bem aqui. E daí você estava sangrando. Caindo de joelhos na minha frente. Tentei correr, mas minhas pernas congelaram. Meus sapatos ficaram presos, colados no chão. Eu só fiquei olhando.

— Shiu. — Beijo o topo da cabeça dela. — Foi só um sonho.

— Acordei apavorada — diz. — Precisava te ver. Te tocar. Ter certeza de que você ainda estava aqui.

— Estou.

Quando as lágrimas dela se transformam em exalações aturdidas, ela se levanta e passa os dedos pelo meu cabelo.

— Desculpa te acordar.

— Não precisa pedir desculpas. Você pode entrar pela minha janela sempre que quiser.

Um sorriso triste surge durante um instante silencioso. Então, ela sussurra:

— A bicicleta era sua.

Engolindo em seco, assinto, segurando-a com mais firmeza. Estava me perguntando quando ela tocaria no assunto.

— Era.

— Por quê? A gente nem era amigo ainda.

— Não? Eu me lembro de você pedindo minha mão em amizade na clareira naquele dia da festa na fogueira. — Hesitante, retiro o que disse. — Não… a gente já era amigo bem antes disso. Te vi no pátio da escola lendo um livro quando eu tinha sete anos. Você sorriu pra mim. E isso foi o bastante.

Os olhos dela brilham sob a luz suave da lua, os cílios tremulando de forma pensativa.

— Obrigada pela bicicleta, Max.

— De nada.

Ella apoia o queixo no meu ombro e ergue os olhos inchados para mim.

— É verdade que você dorme pelado?

O olhar dela vai até o lençol branco que cobre os meus quadris, então volta para mim.

— Só de cueca.

como alcançar o Sol **273**

Ela engole em seco, desviando o olhar.

— Eu deveria ir embora.

Não quero que ela vá. Ella cheira a frutas cítricas e parece a luz do sol. A palma de sua mão ainda está sobre o meu peito, pairando levemente sobre as minhas costelas. A respiração aquece a lateral do meu pescoço. Uma de suas pernas está enroscada na minha por baixo das cobertas. Não há lugar em que eu queira estar mais do que aqui.

Quando a respiração dela se acalma e a mão para, inclino minha cabeça até que minha testa encoste na dela.

— Fica — sussurro.

Mas ela já caiu no sono.

Ainda está escuro e quieto quando abro os olhos e desperto de um sono sem sonhos. Sinto um peso novo enrolado em mim. Um sorriso sonolento se forma em meus lábios enquanto me alongo, minhas costas rígidas, mas meu peito explodindo de alegria.

Ella desperta ao meu lado, o braço em cima do meu peito deslizando até que a mão dela esteja no meu cabelo, o corpo aconchegado no meu. A mudança de posição subiu a perna dela até roçar perto do aço guardado na minha cueca. *Merda*. Talvez eu estivesse sonhando, sim.

Deve ter sido um ótimo sonho.

Ela congela ao perceber, porque é impossível não notar.

Escuto a respiração dela falhar, sinto um leve suspiro trêmulo no meu pescoço enquanto ela continua ao meu lado. É um momento cheio de energia, carregado. Estou bem acordado agora, encarando o teto preto. Não movo um músculo. Estou com medo de tocar nela, considerando que estou seminu e duro como uma pedra na minha cama, com a garota dos meus sonhos grudada em mim.

A respiração dela está pesada, rouca e irregular. Quando dá um beijinho atrás da minha orelha, quase tenho uma convulsão.

Fecho os punhos com força e um dos meus joelhos se encolhe debaixo das cobertas. Engolindo em seco, inspiro fracamente e fecho os meus olhos, esperando para ver o que ela fará em seguida. Ela volta a me beijar, demorando mais. E de novo. Puxando meu cabelo com a mão direita, sobe um pouco mais para beijar o lado da minha mandíbula. Ella espalha beijos pela minha pele eriçada e emite um pequeno som de alívio.

E quando a língua dela aparece, perco o controle.

Viro a cabeça, enterro meu punho nos seus cabelos e aperto a boca contra a dela.

Ella se derrete no beijo com um gemido, as pernas enroladas em volta de mim em um aperto necessitado, os shorts curtos subindo pelas pernas. Choraminga, geme. Ela se esfrega em mim e solto um gemido em resposta, nossas bocas pressionando uma à outra por um instante congelado no tempo. Quando a mão dela solta uma mecha do meu cabelo, vai parar no meu tronco e roça pelo membro duro. Quase morro. Poderia apostar em dinheiro que a minha alma saiu do corpo por um instante divino e leve, flutuando até o teto com painéis.

— Ella — gemo, me afastando e fechando os meus olhos enquanto ela me acaricia por cima da cueca.

Estou morrendo de medo de gozar. Ninguém nunca me tocou ali antes, tirando minha própria mão. Viro o travesseiro até estarmos de frente um para o outro, os olhos úmidos e grandes encontrando os meus. A luz da lua se derrama pela janela aberta, iluminando as bochechas coradas e o cabelo bagunçado dela.

Dou uma olhada no peito arfante que está envolto em uma regata na cor pêssego. Mamilos acesos despontam através da fina camada de tecido e algo dentro de mim reage. Um rosnado estronda da minha garganta quando busco pela bainha da camiseta dela e começo a tirá-la pela cabeça. Ella suspira de novo, tirando a mão para me ajudar a me livrar da peça. Os segundos voam quando a camiseta é jogada no chão e os seios brancos como leite estão na altura dos meus olhos. Deitando-a no colchão,

como alcançar o Sol **275**

seguro seus seios e me inclino para a frente, alcançando um mamilo com a boca.

— Max... ai, meu Deus... — geme, arqueando as costas, se jogando contra mim, se agarrando aos meus braços.

Belisco e chupo, depois vou para o outro. Ela é uma combinação de pele macia e devaneios beijados pelo sol. Mechas de cabelos longos caem em cascata por cima dos seios de Ella, e quando estou sem ar, encho a mão e me afasto, inspirando fundo e mergulhando de volta na boca dela. Ela envolve meus ombros com os braços e me puxa para o mais perto possível. As pernas se enrolam ao meu redor até que eu esteja entre as coxas dela e os nossos peitos se esmaguem.

A cabeça dela cai para trás com o contato.

— Max — implora. — Me toca.

Não hesito.

Nós não temos experiência, mas isso é irrelevante quando se é movido pela necessidade. Guiado por um sentimento cru. Tudo parece no lugar. Cada toque, cada nova descoberta faz sentido. Ela parece simplesmente saber onde colocar as mãos e nossos membros se enredam de acordo, enquanto lábios e línguas dançam em um ritmo antigo.

Deslizo minha mão para dentro do cós dos shorts dela e acaricio o pedaço de pano úmido entre as pernas dela.

Ella geme.

Cubro a boca dela com a outra mão, tentando conter o grito agudo que faria o meu irmão ou o meu pai entrarem no quarto, estragando o momento. E isso iria *me* arruinar. Definitivamente vou cair morto se Ella for arrancada da minha cama antes de gozar.

Os olhos dela correm até a minha mão quando deslizo os dedos para dentro da calcinha. Ela geme, impotente, contra a minha mão antes que eu puxe a palma para trás lentamente e deixe a minha testa colar na dela.

Fecho meus olhos ao gemer baixo enquanto meus dedos mergulham dentro dela, começando a bombear, entrando e saindo. Um calor tentador me toma. Fogo aveludado. Nossos rostos estão a centímetros de distância e o hálito quente dela atinge os meus lábios enquanto pequenos gemidos ficam presos na sua garganta. Meu dedo está molhado e coloco mais um conforme as pernas dela apertam mais a minha cintura.

Quando a palma da minha mão se esfrega nela, Ella se empurra contra mim.

— Ai, Deus… — sussurra, cravando as unhas nos meus braços nus. — Max.

— Tô com você. Tô aqui. — Abro os olhos para vê-la derreter. — Segura em mim. Deixa rolar.

Ella me aperta mais firme.

— Eu… Isso é…

— É gostoso, né? — Engulo em seco, minha cueca me aperta e me sufoca. — Você gosta?

— Gosto.

— Quer gozar?

— Quero… Max… — Os lábios dela se entreabrem, as bochechas coradas. — É tão gostoso.

Eu me inclino para beijá-la, a boca aberta e a língua ávida. Ela corresponde meu beijo com a mesma urgência, nós dois gemendo, roçando e sentido coisas *para caralho*.

— Tem camisinhas na minha mesa de cabeceira — murmuro, pressionando minha testa contra a dela.

Ella consegue balançar a cabeça.

— Isso… isso é muito bom.

Minha mão acelera, dois dedos a preenchendo, se curvando dentro dela, indo mais fundo. Meto com força.

É aí que ela congela com um pequeno grito.

Afasto o rosto do dela, meus olhos se arregalando.

— Te machuquei?

Ella trinca o maxilar, mas nega com a cabeça.

— Tô bem... continua.

— Ella.

Começo a tirar os dedos, mas ela agarra meu pulso para me manter lá. Para me manter dentro dela.

— Por favor, não.

Sou tomado pela indecisão... até que *ela* me toma. Ella desliza a própria mão por baixo das cobertas e coloca os dedos dentro do cós da minha cueca boxer.

— *Porra* — xingo, minha cabeça caindo para trás com a onda de prazer que desliza pela minha coluna.

Ella me acaricia. Para cima e para baixo, os dedos firmes. Continuo dedando, roçando minha mão contra ela. Frenético, desesperado, nós dois chegando no limite.

Desço a cueca pelo quadril, deslizando-a no meio da coxa até estar livre das amarras, fazendo com que ela consiga me acessar mais facilmente. Não tenho um pingo de vergonha quando guio a mão dela e ela faz o mesmo comigo. O calor se espalha. Arrepios surgem e me atravessam. O colchão range quando a cabeceira bate de leve contra a parede. Ella se esfrega em mim, e o som dos meus dedos entrando e saindo dela ecoa pelo cômodo silencioso.

Minha língua está de novo na boca dela, bagunçada, desajeitada, estimulada pela necessidade desenfreada.

Ella se tensiona quando minha mão encontra o ritmo perfeito, os gemidos e suspiros derramados na minha boca aberta. Ella fecha os olhos. Sua mão se move bruscamente no meu membro quando atinge o orgasmo.

Obrigo meus olhos a se abrirem para admirar o rosto dela se contorcer de prazer. Ella deixa escapar um choro silencioso e rouco, tremendo nos meus braços.

Mesmo assim, ela me acaricia mais rápido.

E é o bastante.

Meu corpo se enrijece, queima e se derrete.

Deixo escapar um gemido rouco quando gozo na barriga pálida dela, antes de desmoronarmos juntos, sem ar.

À minha frente, os olhos de Ella se abrem, encostada no travesseiro, a mão úmida e pegajosa quando afrouxa o toque. A sobrancelha dela brilha por conta do suor enquanto me encara, maravilhada. Tiro meus dedos dela, que estremece, deixando um leve assobio escapar entredentes.

Minha respiração para.

— Eu te machuquei.

— Não. Estou bem.

Piscando para ela, tiro minha mão de sua calcinha, me viro e acendo a lâmpada na minha cabeceira. Quando olho para a minha mão, os dois dedos estão sujos de sangue.

Viro minha cabeça na direção dela.

— Ella...

— Eu tô bem, Max. Foi só uma pressão. Não é grande coisa.

Ela se inclina para o lado da cama e procura algo para se limpar.

Ajeito a cueca boxer ao me levantar do colchão, então pego uma camiseta limpa do armário e entrego para ela. Eu me viro enquanto ela se limpa.

— Desculpa — murmuro. — Acabei me deixando levar. Deveria ter tido mais cuidado. — Arriscando uma olhadela rápida por cima do ombro, a vejo vestir a camiseta. — Não fui gentil.

Ella arruma o cabelo bagunçado, passando os dedos pelos fios embaraçados. Então me encara, as bochechas rosadas e os olhos ainda brilhantes.

— Estou bem.

— Não era pra ter acontecido desse jeito, tinha que ser quando a gente... — Engolindo em seco, deixo minha voz desaparecer, meu interior se contorcendo de culpa. Eu a machuquei com os meus dedos, como um babaca. Soltando uma respiração forçada, passo a mão pelo meu cabelo e abaixo meu olhar. — Eu já volto.

como alcançar o Sol **279**

Saio do quarto e vou em silêncio até o banheiro do outro lado do corredor. Meu reflexo me encara de volta, revelando uma pele corada, cabelo bagunçado e marcas de unha nos meus braços. Marcas de unha feitas por Ella. Porque os meus dedos estavam dentro dela e a fiz gozar.

Puta merda.

Sou atingido pela gravidade do que acabamos de fazer quando abro a torneira e solto uma expiração trêmula. Enquanto limpo a pia, vejo a água ficar vermelha com o sangue dela.

A cena é uma faca no meu peito.

Quando volto para o quarto com uma toalha quente e úmida, Ella está debaixo dos lençóis apenas com a cabeça para fora. Entrego a toalha e subo na cama ao lado dela, apagando a luz. Ficamos em silêncio por alguns instantes, deitados lado a lado na minha cama, antes que eu me vire para ela.

— Você está bem?

— Estou — sussurra em resposta.

— Tem certeza?

— Sim.

— Você está bem... emocionalmente?

— Max.

— Ontem você nem queria me beijar. Vinte e quatro horas depois, está na minha cama com a mão no meu...

Ela coloca três dedos em cima da minha boca, me fazendo ficar quieto.

— *Max* — repete.

Abro a boca e mordo os dedos dela, arrancando um gritinho de riso enquanto ela se aproxima de mim na cama. Estamos cara a cara mais uma vez. Enquanto meus olhos se ajustam à luz, os traços de porcelana de Ella lentamente entram em foco. Ela leva os dedos até o meu queixo, esfregando-o, depois os deixa cair. Inspira, preocupada.

— Não quero mais fugir — confessa.

Analiso o rosto dela através da escuridão. De alguma forma, parece mais leve. Mais tranquila.

— Estou dentro.

— Desculpa ter demorado tanto a falar isso — diz. — Não estou tentando te machucar ou te fazer duvidar do que está acontecendo entre a gente, porque não é justo. Eu só... prometi a mim mesma que nunca faria isso. Nunca abriria o coração pra ninguém porque isso me deixaria exposta e vulnerável à dor de verdade. Então estou fugindo há anos. Sem pausa para descanso. Sem água. Com os músculos tensos, as articulações doloridas, os pés machucados.

— Parece desgastante — murmuro.

— Tem sido. — Ela faz uma pausa e acrescenta: — Mas toda a corrida valeu a pena.

— Valeu?

Beijo-a na testa, minha mão acariciando seu braço enquanto espero que continue.

Os olhos dela fecham no meio de um suspiro e Ella coloca a palma da mão na minha bochecha.

— Por fim, te encontrei.

Meu coração acelera, explodindo com uma sensação de satisfação. Porque também estava correndo. Correndo em círculos por uma floresta densa, pedindo socorro, implorando que alguém me encontrasse antes do sol se pôr e a escuridão me engolir por completo. Então, Ella chegou. Usando um vestido laranja, de cabelos vermelhos e sorriso dourado, brilhando mais bonita do que qualquer pôr do sol.

Minha saída.

Levanto a mão e coloco uma mecha de cabelo errante atrás da orelha dela.

— Uma trombada favorável — murmuro, me inclinando para beijar a ponta do nariz.

Um sorriso sonolento surge nos lábios dela quando se aproxima de mim com um bocejo, as mãos entrelaçadas ao redor do meu pescoço. Alguns minutos de felicidade se passam antes que ela murmure:

— Max?

— Ella — respondo, sendo arrastado por sonolência.

— Acho que sou o Ió.

Quase caindo no sono, pisco algumas vezes, uma careta divertida se formando no meu rosto.

— Quê?

— Sou o Ió. Do Ursinho Pooh — diz. — Não queria ser, mas sou. Os amigos tentavam deixar ele animado, tirar do buraco que se enfiou, e até funcionava... mas ele sempre se arrastava de volta. — Ela suspira, os olhos tremulando fechados. — Ió nunca teve um final feliz.

Sou tomado pela melancolia. Eu a puxo para mais perto, encaixando a cabeça dela no espaço entre minha mandíbula e o meu peito, com o queixo apoiado no topo de sua cabeça, minhas mãos acariciando o cabelo dela.

— Então vamos ter que reescrever — digo, suavemente.

Ella solta um suspiro, o corpo relaxando contra o meu.

— Você raramente vai vencer... mas às vezes vai conseguir, né? — murmura, a voz ficando mais fraca, a respiração relaxando à medida que o sono a rouba de mim.

— É, Sunny. Às vezes vai conseguir.

Caio no sono pouco depois, sorrindo, ciente de que esse é só o começo.

Mas, como todo mundo sabe...

O começo muitas vezes é o fim.

Capítulo 24
ELLA

Johnny Mathis é música para os meus ouvidos.
Mas a única coisa que ecoa mais alto é meu próprio gemido quando Max me leva ao êxtase, me jogando contra a porta do meu quarto com os dedos entre as minhas pernas. Os vocais melodiosos são afogados, substituídos pela sensação da língua de Max na minha boca, a outra mão dele subindo pelo meu vestido e segurando o meu peito. Eu me arqueio contra ele com um gemido.

— Ai, Deus…

— Hum. — Ele bota e tira os dedos, acelerando o ritmo. — Te beijar é como alcançar o sol — diz, os lábios mergulhando no meu pescoço e deixando um rastro molhado de beijos na minha clavícula.

Não que eu tenha muita experiência com romance, mas isso é, de longe, a coisa mais romântica que já ouvi.

É impossível superar.

Sorrio entre os espasmos que sinto lá embaixo, que estão prestes a serem liberados. Max coloca a cabeça na curva do meu pescoço conforme acelera e alcança o lugar certo, fazendo com que meus lábios soltem outro gemido alto.

Max cobre a minha boca com a mão livre quando, sem a menor graciosidade, eu me desmonto e me jogo para a frente. Puxo o cabelo dele, o vestido verde-esmeralda enrolado na minha cintura.

como alcançar o Sol **283**

— Mmmffx — digo, uma versão abafada de *Max* que não consigo articular bem com a mão dele cobrindo a minha boca.

Mas entendo.

O pai dele está na sala, ao fim do corredor. E o irmão. E minha mãe também.

Na verdade, todo mundo está aqui e provavelmente vai me ouvir, inclusive Johnny Mathis.

Uhum. Ele sabe.

Saio do transe eufórico e desabo contra a porta, satisfeita. Lentamente, Max tira a mão da minha boca, a ponta dos dedos pegando o meu lábio inferior inchado. Parece que nem precisava ter me preocupado com maquiagem. Meus lábios estão manchados, a máscara borrou num nível que não consigo consertar e minhas bochechas estão coradas com o rosado natural que só um orgasmo pode dar.

Abro um sorriso preguiçoso e idiota, cobrindo os olhos com o braço enquanto recupero o fôlego.

Max tira a mão do meio das minhas pernas, parecendo convencido.

— Acho que você está ficando barulhenta.

— Você está ficando muito bom nisso — sussurro, flutuando num lugar tão, tão distante. Afastando o braço, pisco para ele, o sorriso embriagado ainda estampado e combinando com o dele. — Sua vez?

Ele arqueia as sobrancelhas.

— Claro.

Quando Max vai desafivelar o cinto, ouço uma batida na porta do quarto atrás de mim.

Merda!

— Max. Sai daí e vem nos ajudar com essa lasanha idiota — grita McKay do outro lado. — Parece que ela tá numa crise de meia-idade. Você pode foder depois.

Minhas bochechas queimam de vergonha enquanto ajeito o meu vestido, procurando pela minha calcinha no chão.

— Estamos quase lá! — respondo.

— É, a gente ouviu.

Os passos de McKay se afastam.

Com os olhos arregalados de pavor, ponho a minha calcinha e quase tropeço quando tento vesti-la me apoiando num pé só.

— Merda. Isso é apavorante.

Max me segue, olhando para o espelho para fechar os botões da camisa, ajeitar o cabelo e fechar o cinto.

— Falei pra eles que a gente precisava terminar um projeto bem rapidinho.

— Uhuuum. O projeto "Dando prazer transcendental para Ella com uma só mão" já foi bem documentado por toda a Juniper Falls. Obrigada.

— Tentei te fazer ficar quieta.

— Era melhor a gente ter esperado. A casa está cheia de gente agora.

— Você me deu aquela olhada, Sunny. E seu cabelo estava tão bonito contra a luz da árvore de Natal. Esse vestido... — Ele se vira para mim, me devorando com o olhar. — Eu estava fodido.

— Aí você resolveu me foder.

Sorrindo, arrumo o cabelo diante do espelho e esfrego as manchas pretas debaixo dos meus olhos antes de destrancar a porta e abrir. Ao mesmo tempo, rezo para que o cheiro de sexo e hormônios adolescentes não fique óbvio.

Max sai do meu lado, se ajeitando dentro das calças.

Sorrio ainda mais.

Vou retribuir mais tarde.

A música escapa do aparelho de som que Brynn! e os pais dela trouxeram e *Winter Wonderland* preenche o vazio com aquela magia da neve, ainda que por dentro eu esteja tão quente quanto o verão no sul da Flórida. Limpando a garganta, cruzo a sala de estar e aceno para os convidados espalhados pelo espaço.

Todo mundo nos encara.

Brynn! finge estar alheia a tudo ao se levantar do sofá, em um vestido vermelho-cereja estampado com flocos de neve.

— Feliz Natal! — deseja, com um sorriso largo.

Ela exclama como se tivesse saído de uma caixa de presente gigante, os braços erguidos no alto, lantejoulas caindo em cima de nós.

Max aperta meu quadril antes de se juntar a McKay na cozinha para ajudar com a lasanha, enquanto murmuro um "Feliz Natal" para Brynn! e torço para que o meu vestido não esteja preso na calcinha. Talvez esteja.

Nossa casa está cheia de luzes brilhantes, pratos saborosos e todas as minhas pessoas favoritas. Um pinheiro natural está ligeiramente inclinado na sala, ocupando metade do espaço. Max ajudou a minha mãe e eu a derrubá-lo; então passamos uma tarde de domingo encantadora decorando-o com luzes coloridas antigas, festão prateado e enfeites nostálgicos que tiramos de caixas empoeiradas no galpão.

Já se passou quase um mês desde que beijei Max na ponte, e já é véspera de Natal. Decidimos receber um "Natal entre amigos" para celebrar o que parece um recomeço que todos nós merecíamos. Sinceramente, há muitas coisas a celebrar neste ano. O meu status de relacionamento saiu de "deplorável e solitário, para todo o sempre" para "quase namorada, ainda que eu desprezo o título". Não tive nenhum grande colapso mental nos últimos tempos. Minha mãe e eu estamos com um relacionamento melhor porque o humor dela melhorou consideravelmente nos últimos tempos. Além disso, o pai de Max parece ter atingido um ponto consistente da jornada de sobriedade.

Dezembro está sendo um bom mês.

Brynn! me envolve com o braço cheio de hidratante com glitter e me guia até o sofá, soltando discretamente a minha calcinha do vestido.

Ah! Eu sabia.

Sinto as bochechas queimarem, combinando com o calor que emana do forno próximo. Nós nos jogamos no sofá gigante, Matty e Pete à nossa direita e minha mãe e o pai de Kai, Ricardo, à esquerda. Kai está sentado à nossa frente, no divã, bebendo um gole de ponche, enquanto os homens da família Manning gentilmente cuidam do nosso banquete na cozinha. Vejo a minha mãe lançando olhares para Max, a aprovação tácita ecoando mais alto do que o tilintar dos utensílios e o zumbido sutil de conversa no cômodo. O olhar dela o acompanha enquanto Max organiza cumbucas de salada e pratos, então ela me lança um sorriso caloroso e genuíno. Ela não diz nada. Palavras não ditas se derramam entre nós, o olhar me dizendo que está orgulhosa. Aliviada. Grata por Max e nosso relacionamento em construção que me tirou do fundo do poço, me dando esperanças.

— Meu filho e eu agradecemos muito pelo convite — diz Ricardo, rompendo o momento silencioso e se apoiando no sofá, segurando um drinque. — É difícil fazer amigos numa cidade nova.

Minha mãe assente.

— Nós sabemos bem. Mas é bom perceber que não estamos sozinhas.

— Admiro bastante sua força e coragem, Candice. Te conhecer hoje à noite abriu meus olhos da maneira mais positiva possível. — Quando minha mãe cora e morde o lábio, Ricardo articula um sorriso tímido. — Kai me contou o quanto sua filha tem sido gentil com ele.

— Estou bem aqui, pai — resmunga Kai entre um gole e outro, as bochechas bronzeadas corando.

Brynn! ergue o pé e cutuca o tornozelo dele. Os dois trocam um sorriso.

— Não sei se diria *gentil* — acrescento, dando de ombros.

— Eu corri atrás dessa amizade de um jeito meio agressivo. Envolveu força. Ele não teve escolha além de ceder.

como alcançar o Sol **287**

Brynn! dá uma risadinha.

— Foi o que fiz com você, Ella. E olhe só pra gente! — Ela suspira, sonhadora. — Uma grande família feliz.

Eu me inclino para sussurrar na orelha dela, sorrindo:

— Irmãs no futuro, quem sabe?

A expressão dela muda.

Ela se recupera rápido, assentindo com a cabeça e colocando um sorriso no rosto.

— É.

Hmm.

Matty faz um barulho ao nosso lado, monopolizando uma bandeja inteira de biscoitos de Natal no colo.

— Quem preparou esses biscoitos vai ser meu novo melhor amigo. Vamos ser inseparáveis — diz, depois de morder o biscoito quebradiço.

— Temos um quarto livre lá em casa — completa Pete, entrando na conversa.

— A oferta está na mesa.

— Desde que os biscoitos também estejam.

Kai ergue uma das mãos e arruma a franja.

— Hm, obrigado. Eu dispenso o quarto e o cargo, mas fico feliz em fazer os biscoitos sempre que quiserem.

Os biscoitos *realmente* parecem fantásticos. Cada um foi desenhado cuidadosamente com um enfeite diferente de festas de fim de ano, desde boneco de neve a renas, como se tivessem saído de uma confeitaria de renome. O cara é talentoso.

Estendo a mão para pegar um biscoito em formato de bengala de açúcar, meus olhos se arregalando quando dou uma mordida.

— Puta merda. Isso é bom pra caralho!

— Olha a boca, Ella — repreende minha mãe.

— Puxa vida. Isso é bom pra caracas!

— Ainda não, cracas são horríveis — diz Matty, que se treme todo, desconfortável.

— Ele tem tripofobia — explica Pete.

Eu os encaro.

— Céus! Isso é bom pra caramba.

Todo mundo parece satisfeito. Minha mãe e Ricardo continuam a conversar, se aproximando no sofá a cada gole de ponche batizado de rum, as mãos gesticulando com animação e as risadas ficando mais altas. Matty e Pete ainda estão falando sobre tripofobia, então decido deixar os adultos, arrastando Brynn! e Kai pelos pulsos e os levando para longe do novo tema: por que vagens de lótus são mais angustiantes de olhar do que ovos de inseto agrupados?

Kai parece estranhamente tonto quando escapamos pela porta da frente para nos reunirmos na varanda. Estreito os olhos para ele, o ar frio de dezembro domado apenas pelo sol brilhante.

— O que você tá bebendo?

— Ponche — responde.

— Seja mais específico.

— Ponche forte.

Brynn! se sobressalta.

— Seu espertão! Pode me dar um pouquinho?

Ele entrega o copo a ela com um sorriso malicioso e Brynn! engole a bebida.

Eu os observo, absorvendo a dinâmica dos dois. Parecem bem confortáveis juntos. Talvez um pouco confortáveis *demais*, considerando que McKay está do outro lado da parede branca. A reação de Brynn! ao meu comentário mais cedo sobre sermos "irmãs" vem à minha memória e fico me perguntando se há problemas entre os dois.

Deixo escapar minhas suspeitas, já que nunca precisei de álcool pra soltar a língua.

— Como vão as coisas com McKay?

Um nó se forma na garganta de Brynn! e ela se esforça para engolir.

— O quê? Por quê?

como alcançar o Sol **289**

— Só curiosidade. Vocês parecem meio distantes ultimamente.

— Ah. Bem... andam um pouquinho tensas. Estamos brigando bastante e ele parece bravo o tempo inteiro. Além disso, em breve vou pra faculdade, então não tenho muita certeza de como vamos ficar depois disso. — Mordiscando o lábio vermelho-rubi, ela desvia o olhar e olha para a varanda. — Vou me mudar para a Flórida em junho. Vou ficar na casa da minha tia até me ajeitar.

— Ah, uau. Você foi aprovada?

Ela assente, incapaz de conter um sorriso.

— Universidade Estadual da Flórida.

— Isso é demais, parabéns — digo, dando um empurrãozinho com o cotovelo para celebrar. — McKay não quer ir com você e tentar fazer as coisas darem certo?

Ela dá de ombros.

— Acho que não. Ele quer ficar com o Max.

— Sério?

— Acho que sim. Ele disse que os dois fizeram um pacto quando eram crianças. Que vão viajar juntos. Ver o mundo.

Isso é novidade. Max não costuma falar sobre o futuro, e acho que isso nos leva à nossa *própria* discussão. Não tenho a menor vontade de ficar no Tennesse, mas deixar Max me parece horrível. Talvez ele venha comigo. McKay pode tomar conta do pai deles enquanto descobre o que quer fazer com a própria vida.

Kai se apoia contra a grade da varanda ao lado de Brynn! e pega o copo de volta, tomando os últimos goles.

— Meu pai quer que eu seja médico. Ele é dermatologista.

— É o que você quer ser?

— Não. Quero ser artista — diz. — Meu pai fala que "artista" não existe sem "sofrimento", então está tentando me colocar numa direção mais favorável. Pra ele, de qualquer forma. — Ele torce o nariz, desapontado. — E você, Ella?

— Não sei mais — admito, sentindo um peso no peito. — Meu sonho sempre foi me mudar para o Michigan e trabalhar em um haras. Talvez até comprar um… se juntar dinheiro suficiente um dia. Vários acres, cavalos que se tornam parte da família e as auroras e crepúsculos mais bonitos iluminando os estábulos. Os dois sorriem para mim, mas não consigo retribuir os sorrisos.

Esse futuro parece incerto, me deixando confusa. É esquisito pensar que um sonho de uma vida inteira, do qual planejei cuidadosamente cada pedacinho com fios de coração e nós cheios de alma, pode se desfazer tão facilmente. Desfeitos por um rapaz com beijos mágicos e braços fortes. Uma ponte, uma playlist e uma dança eterna.

O sonho do Michigan é difícil de alcançar quando meus braços estão tão carregados de outras coisas.

E parece cedo demais para pensar assim, mas não consigo ignorar a sensação de que Max está se tornando um *novo* sonho — um que nunca imaginei, mas não consigo mais ignorar.

A porta se abre um minuto depois, revelando McKay. Uma carranca se forma no rosto dele quando vê Brynn! e Kai tão perto um do outro, apoiados contra a grade, os quadris se tocando. Kai se ajeita e passa a mão pelo cabelo.

—A comida tá pronta — murmura McKay, antes de se virar para mim. — Max estava te procurando.

Limpo a garganta.

— Ótimo. Já vou, só um minutinho.

Ele nos dá um aceno breve, lança para Brynn! um olhar furioso e então volta a desaparecer dentro de casa. Brynn! não diz nada ao passar por mim, os saltos estalando contra o piso da varanda e um sorriso como se estivesse mascando chiclete.

Vejo-a desaparecer dentro da casa, o sonho de construir uma vida com McKay agora se transformando no litoral da Flórida e uma nova carreira promissora… enquanto meus sonhos estão na balança.

como alcançar o Sol **291**

***

Depois do jantar, abrimos as sacolas surpresa de presentes à luz da árvore de Natal e de vários castiçais verdes e vermelhos. Estamos de barriga estufada de biscoitos e lasanha, a sala coberta por gargalhadas e cheia de música. Estou sentada de pernas cruzadas próxima à árvore, brincando com a franja do meu novo cachecol cor de jade que ganhei na troca de presentes.

Max está ao meu lado, as pernas estendidas e as mãos apoiadas no chão.

— Tenho uma coisa pra você — diz ele baixinho, de forma que sou a única que pode escutá-lo.

— Tem?

— Uhum. Queria te entregar em particular.

Meus olhos se arregalam e minhas bochechas queimam.

— É mais um truque com os dedos?

Ele deixa escapar uma risada.

— Estou guardando esse para mais tarde.

Sorrindo, prendo o cabelo e jogo sobre o ombro. Não transamos ainda. Ainda estou me acostumando à ideia de ser namorada de alguém depois de anos erguendo muros de pedra, aço e tijolos amargos para me proteger do romance. Sempre que estamos prestes a cruzar essa linha que faz meu coração parar, aperto os freios, repensando as minhas decisões. É ridículo porque nós dois já temos dezoito anos e sei que ele está pronto. Também acho que estou, mas meus medos mais profundos sempre surgem sorrateiramente quando estou prestes a ceder. Acho que é o que acontece quando você passa anos se condicionando a fugir de intimidade e conexões emocionais. Você descobre que não é um botão que pode apertar quando tem vontade.

Por sorte, Max é paciente.

Eu me levanto e saio de fininho da sala enquanto todo mundo está tomado pela conversa e bêbado de ponche. Max me segue, a mão gentilmente apoiada nas minhas costas, e mudamos de direção para o meu quarto. Vejo enquanto ele se abaixa e pega algo debaixo da cama.

— O que é isso? — pergunto, vendo o pacote cuidadosamente embrulhado.

O papel de presente prateado brilha sob a luz do teto, adornado com um laço vermelho.

— Seu presente.

— Eu só te dei um cartão-presente da Spoon — digo, tristonha, me referindo à cafeteria no centro.

Pelo menos foi um vale de cinquenta dólares. Café e bolo por um mês inteiro, se usado com sabedoria.

Max sorri, me entregando o presente.

— Amei o vale-presente. É uma desculpa para te levar para tomar café.

— Você entendeu minhas segundas intenções, hein? — Suspirando, pego o presente e mexo levemente no laço. — Isso é demais, Max.

— Você ainda nem sabe o que é.

— Mas sei que é demais. E você faz embrulhos melhor do que eu.

— Faço.

Rindo, eu me sento na beira da cama e começo a desembrulhar o presente. Max se senta ao meu lado e sinto meus olhos se encherem de lágrimas. É verdade que ainda não sei o que é, mas algo me diz que o presente vai fazer o meu coração vazar para fora de mim e escorrer aos meus pés.

Provavelmente vai me fazer ficar ainda mais louca de amor por ele.

Max aperta as mãos enquanto me vê abrindo o pacote. Desembrulho bem devagar, porque ele embalou com tanto cuidado que não quero estragar. Quando tiro a fita, inspiro fundo, paro e então puxo o papel.

Um livro encadernado em couro me encara.

Pisco algumas vezes.

Encaro o presente.

Prendo a respiração.

A ponta dos meus dedos desliza pela textura suave e marrom da cor de café enquanto meu coração faz exatamente o que achei que faria — se derrete.

— Abra — diz, suavemente, nossos ombros se tocando.

Dou uma olhada rápida para ele por trás dos meus olhos molhados e então abro o livro. O título da página se ilumina para mim e as lágrimas caem como chuva.

O final feliz de Ió.

Cubro a boca com a mão para não soluçar.

O braço de Max me envolve conforme ele se aproxima.

— Não sou um encadernador experiente como você, Sunny. Mas tentei.

— Ai, meu Deus. — Minhas mãos estão tremendo enquanto folheio páginas e páginas de tinta no papel creme. — Max...

— Kai me ajudou com os desenhos — diz, apontando para os esboços complexos desenhados com lápis coloridos. — É a nossa história.

À medida que folheio as páginas decoradas com florestas escuras e cores vibrantes, a história ganha vida, me levando pela jornada de um burro frequentemente deixado de lado que encontra alegria com outro burro recluso no Bosque dos Cem Acres. O lugar favorito dos dois é uma pequena clareira de onde admiram juntos o pôr do sol alaranjado e chuvas de meteoros. As ilustrações mostram os dois jogando pedras no lago enquanto dançam ao som de *playlists* carregadas pelo sol, lançando gravetos de cima da ponte favorita, o que leva a uma amizade que desabrocha rapidamente. Conforme os dias se transformam em semanas, o laço entre os dois fica mais forte e eles encontram consolo na companhia um do outro, com suas caudas abanando de felicidade. Nossos momentos mais marcantes estão espalhados pelas páginas de cor creme, fazendo meu coração acelerar.

Um encontro no parque na infância com uma flor laranja presa entre os dentes do burrinho.

Sentados um ao lado do outro na fogueira anos depois.

Dançando juntos no Baile de Outono.

Em um campo isolado, admirando uma chuva de meteoros.

Brincando de Pauzinhos de Pooh na ponte até a noite terminar em um beijo doce.

E, quando viro a última página, uma nova imagem me encara. Um momento que ainda virá.

Um futuro.

Estamos sentados ao lado de um lindo cavalo branco, vendo o céu brilhar com belas luzes verdes. "Fim" está rabiscado com letras rebuscadas embaixo do desenho.

Eu caio em prantos, cobrindo meu rosto com as mãos enquanto meu corpo inteiro treme com um choro de partir o coração.

— Não chora, Sunny — sussurra Max, me puxando para perto. — Por favor, não chora.

Sinto os lábios dele tocarem a minha testa, meu cabelo, minhas bochechas molhadas de lágrimas. As palavras perdem o sentido em um momento como esse, porque nenhuma delas consegue descrever o que estou sentindo agora.

Passo os braços em volta dele e o puxo para a cama, chorando na curva do pescoço de Max. Ele me segura contra o peito e acaricia meus cabelos. Mal consigo respirar quando murmuro:

— Obrigada. Isso foi tão lindo.

— Não foi muito ruim e brega?

Nego com a cabeça.

— Foi perfeito. Você é perfeito. Não te mereço.

Ele beija o topo da minha cabeça, ainda fazendo carinho no meu cabelo.

— Você merece muito mais do que imagina.

como alcançar o Sol **295**

Fungando, saio de cima dele e me enrolo ao lado, a ponta dos meus dedos traçando desenhos preguiçosos no peito dele. Então uma leve batida na porta nos assusta e nos tira daquele momento. Eu me sento de repente e limpo as lágrimas do meu rosto enquanto tento ajeitar o meu cabelo bagunçado.

O Sr. Manning coloca a cabeça para dentro.

— Tudo bem por aí?

— Estamos bem, pai — diz Max, limpando a garganta. — Um minuto.

— Tá bem. Enfim, as coisas de acampamento estão na caminhonete. A gente deveria tentar sair antes de escurecer — diz para a gente, apoiando-se na bengala enquanto olha para algo acima de nós. — Você sabe que a sua mãe odeia montar as barracas no escuro.

Eu me endireito ao lado de Max, apertando as mãos uma na outra enquanto meu coração acelera.

O Sr. Manning deve ter tomado ponche batizado.

Max se levanta, olhando para mim antes de se voltar para o pai.

— Pai?

Ele não responde no mesmo momento, olhando para a janela mais distante com a sobrancelha franzida. Por fim, pisca algumas vezes e volta a atenção para Max.

— A sobremesa está pronta. Torta de mirtilo.

Com um breve aceno e um sorriso, ele se vira lentamente e desaparece pelo corredor.

Observo os punhos cerrados de Max ao lado do corpo, os músculos das costas tremendo de tensão. Espero que comente alguma coisa sobre a interação esquisita, mas ele não comenta. Engole em seco e se vira para mim.

— Torta?

Assentindo lentamente, forço um sorriso.

— Torta é uma ótima ideia.

Soltando uma respiração profunda, Max abaixa a cabeça e caminha até a sala.

Meus olhos se fecham com o sentimento de tristeza passando pelo meu peito como uma nuvem carregada. Mas não tenho tempo para me aprofundar nele, porque estou me ajeitando quando a voz de Brynn! me assusta.

— Hora da sobremesa — diz, espiando pela porta. — Tá tudo bem?

O tom de voz dela não tem o entusiasmo de sempre, as frases sem pontos de exclamação.

— Eu estou bem. Você tá?

Ao olhar para ela da cama, juro que há lágrimas naqueles olhos, avermelhados e com rímel borrado.

Ela balança a cabeça de um jeito exagerado.

— Uhum! É claro. Estou animada para a sobremesa. — O sorriso também está tenso quando ela une as mãos. — Ah, ei... você deveria vir com a gente para a festa de Ano-Novo do Morrison — diz. — Vai ser bem divertido. Música ao vivo, fogos, comida boa.

— Ah, hmmm. Ainda não tenho planos com o Max. — Cutuco a costura da colcha, distraída. — Vou ver e te aviso.

— O Max vai, com certeza. A gente pode se vestir com umas roupas legais e virar o ano em grande estilo! — Ela tenta demonstrar empolgação no tom de voz, mas ainda parece desanimada. — Tenho o *look* perfeito. Podemos nos arrumar juntas. E-eu acho que preciso me distrair um pouco de todas essas grandes decisões.

— Você tá falando da faculdade?

Ela morde o lábio.

— Tipo isso.

Eu me levanto da cama, assentindo, sabendo bem o que é precisar de uma distração. De uma amiga. Precisar fugir das derrotas cruéis da vida. Ajeitando meu vestido e o meu cabelo, ergo o queixo e lanço um sorriso para ela, concordando.

— Tá, com certeza. Parece divertido — cedo. — Conta com a gente.

— Sério? — Ela sorri.

Sinto um mal-estar sutil se instalar no ar, uma voz dentro da minha cabeça sussurrando para que eu volte atrás e escolha passar uma noite tranquila, em casa, ao lado do Max.

Só que não escuto.

Afasto a sensação e meu sorriso se alarga.

— É — digo a ela. — Estaremos lá.

A expressão de Brynn! se ilumina quando me junto a ela no corredor e damos os braços, compartilhando um olhar afetuoso antes de irmos à cozinha para comer a torta de mirtilo.

Eu disse sim.

Concordei em ir à festa.

E por algum motivo esquisito, não consigo evitar pensar que acabei de concordar com um adeus.

Capítulo 25
MAX

— Pai!

Vidros se quebrando. Xingamentos ricocheteando nas paredes pintadas pela metade. Meu coração se aperta e tenho vontade de colocar tudo para fora.

Isso não pode estar acontecendo.

Não, não, não.

Chamo pelo meu irmão por cima do ombro.

— McKay, preciso de ajuda.

A pequena árvore de Natal que McKay me ajudou a cortar está caída aos meus pés, cacos de enfeites multicoloridos espalhados pelo piso ainda em construção. Meu pai está tendo um ataque que começou do nada — ele estava me ajudando com a gravata para a festa de Ano-Novo hoje à noite, a mão trêmula enquanto tentava fazer o nó teimoso. Eu queria ficar bonito para Ella, então meu pai ofereceu o terno dele emprestado. O dinheiro está curto, então não fazia sentido comprar roupa nova.

— Você está muito bonito, Maxwell — disse meu pai, o olhar orgulhoso, o sorriso caloroso.

— Obrigado, pai.

Dedos trêmulos brincaram com o tecido azul-petróleo, deslizando pela gravata. Tudo estava bem. Tudo estava perfeito. Uma noite encantadora com música, fogos de artifício e beijos à meia-noite que talvez levassem a algo mais era o que dominava a minha cabeça quando o relógio marcou oito da noite.

como alcançar o Sol **299**

Então ele parou. Meu pai hesitou na cadeira à minha frente, os olhos perdendo o brilho e ficando atordoados. Ele encarou o vazio, a atenção voltada para o meu peito, antes de levantar o queixo e nossos olhares se cruzarem.

Franzi a testa.

Pisquei.

— O que f...?

Ele explodiu.

Cambaleante, pegou um velho jogo de louças da minha mãe que estava em cima de uma prateleira próxima e começou a jogar pratos na parede, um atrás do outro.

Congelei em choque.

— Seu filho da puta — disparou entre os dentes amarelados. — Você não tem direito de estar na porra da minha casa depois do que fez.

Eu o agarrei pelos pulsos, tentando pará-lo.

— Pai, não! — implorei, sentindo-me estrangulado pela confusão. — Não tem ninguém ali. Somos só nós dois aqui.

Os olhos dele estavam enfurecidos e saliva escorria pelo queixo dele enquanto tentava se livrar de mim.

— Você é um desgraçado, Rick. Um parasita que roubou tudo de mim.

Segurei meu pai mais uma vez antes que outro prato saísse voando da mão dele e acabasse quebrado, perto da porta de entrada.

— Vou te levar pro hospital.

— Vai o caralho!

Meu pai cortou o ar com o braço e tudo que estava na mesa da cozinha saiu voando: um vaso de flores que ganhamos da mãe de Ella, duas canecas de chocolate quente pela metade e uma vela que queimou a toalha de mesa rendada e logo se transformou em uma faísca perigosa. Corri para apagar as chamas antes que a casa inteira pegasse fogo e olhei para o meu pai, que seguia em direção ao quarto dele, tropeçando na árvore no meio do caminho.

Agora, vejo nuvens de fumaça enquanto meu coração se despedaça, um pedaço horrorizado por vez.

— McKay! *Porra* — xingo, sabendo que meu irmão está no quarto, no fim do corredor.

Arranco a toalha da mesa e embolo em uma bola de raiva, o cheiro acre do tecido queimado fazendo o meu estômago se contorcer.

McKay vem se arrastando pelo corredor, parecendo que foi atropelado. Os olhos escuros e brilhantes encontram o meu conforme meu peito arfa. Jogo a toalha de mesa de lado e agarro meu cabelo.

— Tem alguma coisa acontecendo com o papai — digo, chutando toda a bagunça no chão.

Meu irmão funga, dando uma olhada na destruição.

— Isso não é nenhuma novidade.

— Ele está sóbrio. Tem estado *sóbrio* — insisto. — Tem alguma coisa errada. Não ligo pro que ele diz, vou levar pro hospital.

— Boa sorte.

Mais sons de coisas se quebrando estouram do outro lado da porta do quarto do meu pai.

Franzindo a testa, estreito o olhar para McKay.

— *Você* tá sóbrio?

— Não.

— Ótimo. Bom pra caralho. — Esfrego a mão pelo rosto. — Preciso de você, cara. Não posso continuar fazendo isso sozinho.

Ele deixa escapar uma risada sem humor.

— Sozinho? — imita, zombando. — Você não tá sozinho. Você tem uma ruiva bonitona nos braços que te acha o centro do universo. Você tem o amor incondicional do papai e sempre teve. E um futuro brilhante à frente.

Olho para ele, boquiaberto e com a testa ainda franzida.

— Você tem tudo e eu não tenho porra nenhuma. — O maxilar dele está tenso quando cruza os braços. — Brynn me deu um pé na bunda.

como alcançar o Sol **301**

Não consigo evitar a onda de empatia que me atinge, apesar de tudo. Engolindo em seco, desvio o olhar para os cacos no chão.

— Sinto muito.

— Tenho certeza de que você está arrasado.

— Eu tô. Achei que as coisas entre vocês iam dar certo.

— Hmm. — McKay dá um passo à frente, desequilibrado. — Você sabia que não. Quando alguma coisa funciona pra mim?

A raiva supera a empatia.

— Para com essa merda de ficar com pena de si mesmo. Você é melhor do que isso.

— Mas não sou melhor do que você.

— Não é uma competição — grito, lançando as mãos no ar.

— O que aconteceu com você? O que aconteceu com a gente?

— *Você* aconteceu — acusa, colocando um dedo na minha cara. — Você e sua sorte, esse complexo de superioridade, você que nunca consegue me enxergar como igual... além *dela*.

O dedo dele aponta pela janela, em direção à casa de Ella, e McKay continua:

— Seu final feliz está escrito nas estrelas, né? Você conseguiu a garota. O conto de fadas. E eu fico com nada. Só com a porra do final. — Ele pontua cada palavra, a fúria crescente.

A minha também cresce.

As palavras dele são injustas.

— Acho que sim — murmuro. — Vou meter o pé depois da formatura.

Meu coração acelera ao admitir isso, porque eu e Ella ainda não discutimos o assunto. Só que eu sei que é o que ela quer... e acho que é o que eu preciso. Aproximando-me, cruzo os braços e o encaro.

— Segurei as pontas por quatro anos, desde que a mamãe foi embora. Sacrifiquei tudo por você, pelo papai, por essa casa e por essa família. Agora é sua vez. É hora de ter um pouco de responsabilidade nessa porra, só pra variar. Você pode cuidar do papai enquanto tento ter uma ilusão de vida.

McKay trinca os dentes enquanto processa o que eu disse.

— Você vai embora com ela.

— Vou, sim.

— Você é um babaca.

— *Eu* sou o babaca? — rebato. — Pelo amor de Deus, McKay. Fiz *tudo* por você. Cozinhei, lavei, fui cuidador do papai enquanto você bebia com os amigos, jogava basquete, namorava, vivia, aproveitava a juventude. Finalmente eu tenho algo pelo qual vale a pena viver e eu... — Sinto minha voz falhar, arrependido do que disse no mesmo instante.

As sobrancelhas dele se erguem, a mágoa visível. O silêncio recai sobre nós, comprometido apenas pelo eco das minhas palavras descuidadas. McKay olha para os próprios pés, a fisionomia murchando. Os músculos ficando tensos.

— Algo pelo qual vale a pena viver, né?

Fecho os olhos, balançando a cabeça.

— Não foi o que eu quis dizer.

— Mas foi o que disse.

— Não... não, eu só disse que finalmente tenho algo pra *mim*. — Bato uma das mãos contra o peito. — Eu mereço isso. Lutei por isso.

— Tá. — Ele deixa a briga de lado quando dá um passo para trás e olha para o corredor, de onde não vem mais nenhum barulho. — Preciso esfriar a cabeça.

— McKay...

— Não vem atrás de mim — diz, girando nos calcanhares.

— Você tá certo, Max, você merece uma vida livre do seu irmão inútil. O pacto que a gente fez quando era criança não importa. Não importa que eu tenha passado anos da minha vida me distraindo com bobagens, implorando pro tempo passar pra gente finalmente conseguir sair juntos dessa cidade e correr atrás dos sonhos que você me prometeu.

Meus lábios se partem, mas nenhuma palavra sai.

Minha visão está borrada por lágrimas.

como alcançar o Sol **303**

Relembro os verões no lago quando mergulhávamos debaixo d'água e ficávamos nos encarando através do paredão escuro e cinza. Um futuro se desdobrava para nós dois. Em algum lugar bem longe dali, nós estávamos viajando pelo mundo, observando paisagens e deixando tudo isso para trás.

Foi o que prometi a ele.

— *Eu e você, McKay — prometi a ele enquanto nos secávamos à beira do barranco, admirando as nuvens. — Um dia seremos só nós dois.*

Sou dominado pela culpa, misturada à amargura e a uma tristeza de partir os ossos. Éramos crianças naquela época. Não achei que ele se prenderia àquelas palavras inocentes durante a vida adulta, esperando que eu arrumasse as malas e o levasse para longe daqui.

Não sei o que dizer. Agora me dou conta de que as palavras têm peso. Palavras têm consequências, o poder de criar raízes profundas em uma pessoa, moldando futuros e desfazendo até mesmo os laços mais fortes. Palavras nunca são inocentes. Podem ser armas ou remédios. Como sementes, elas crescem e se expandem, transformando-se em árvores do tamanho de arranha-céus ou ervas-daninhas.

McKay enfia os pés nos calçados e procura pelas chaves da caminhonete.

— Feliz Ano-Novo — resmunga, caminhando até a porta da frente.

— McKay, espera. Você não pode dirigir.

— Tente me impedir.

— Desculpa. Por favor, vamos falar sobre isso e…

Ele bate a porta e o silêncio toma conta de tudo. Olho ao redor da minha casa caótica, meus sentimentos presos na garganta, meu coração ainda apertado. Penso em Ella se arrumando junto com Brynn, animada para passar o Ano-Novo comigo, ansiosa por uma noite tranquila e romântica vendo os fogos colorirem o lago em várias cores.

304 JENNIFER HARTMANN

Esfrego o rosto com as duas mãos, e então afrouxo minha gravata. Pisando forte até o banheiro, pego um frasco de remédios do armário, jogo dois na palma da mão e encho um copo de água.

Meu pai está jogado de barriga no colchão quando entro no quarto.

— Pai — chamo. — Toma essas daqui para dormir.

— Hmpf — reclama.

— Por favor.

Pergunto-me se ele ouviu quanta dor essas duas palavras carregaram. Ele se levanta devagar, virando a cabeça no travesseiro, na minha direção.

— Maxwell — diz, a voz grogue.

— Vou te levar no médico amanhã bem cedo. Você não está bem.

Ele pisca lentamente na minha direção enquanto ajeito os comprimidos e a água dele na mesa de cabeceira. Meu pai estica a mão trêmula para pegar os itens e engole os remédios de dormir.

— Estou bem, filho. Só preciso descansar um pouco. — Ele engole a água e volta a se jogar no colchão com um suspiro cansado. — Obrigado por cuidar de mim.

— É. — Estou com o maxilar tenso, sem forças para lutar. — Feliz Ano-Novo.

— Hum — murmura, fechando os olhos. — Dê um beijo na sua garota à meia-noite.

Tento não deixar as palavras dele serpentearem no meu coração feito uma cobra.

— Boa noite — sussurro, deixando a luz acesa ao sair do quarto.

Não posso levar meu pai sozinho ao hospital, não agora. Preciso da ajuda de McKay, e ele me deixou por conta própria... *de novo*. Não tenho carro, nem esperança, e nem posso beijar minha garota à meia-noite. Tudo o que tenho é essa bagunça para limpar e um novo ano assustador à frente, que de repente parece bem menos livre.

como alcançar o Sol **305**

Depois de colocar a árvore no lugar, ligo para Ella, agarrando o cabelo com uma das mãos enquanto ando de um lado para o outro no meu quarto, a gravata azul-petróleo pendurada.

Ela atende no segundo toque, tagarela.

— Ei. Eu e a Brynn estamos quase prontas para a festa. Só mais cinco minuti...

— Não posso ir.

Aperto os olhos, uma enorme decepção queimando a minha garganta.

Há uma longa pausa.

— O quê?

— Não posso ir à festa, Sunny. É o papai. Não sei que porra tá acontecendo... numa hora ele estava me ajudando com a gravata, depois começou a jogar pratos contra a parede. — Engulo em seco, segurando as lágrimas. — Ele estava alucinando. Vendo coisas que não existiam.

— Ai, meu Deus. Estou a caminho. Brynn pode me dar uma carona...

— Não — respondo rapidamente. — Você não pode vir aqui. Não é seguro.

— Max...

— É sério. Tem alguma coisa errada. É como se ele estivesse tendo um daqueles rompantes que tem quando fica bêbado, mas não está cheirando a álcool. Dei um remédio pra ele dormir, pra passar a noite. Amanhã eu levo no hospital... — Minha voz falha e coço o maxilar. — Antes eu achei que era por causa da bebida, mas ele está sóbrio, Ella. Estou com medo de ser alguma outra coisa. Algo pior.

— Max — sussurra, e isso é tudo. — Amanhã vou com você. Quero estar lá.

Assinto, trincando os dentes.

— Tá. Tá bem. Amanhã.

O suspiro rouco dela ecoa pelo telefone.

— Sinto muito, Max. Onde está o McKay? Ele tá aí com você?

— Não. A gente brigou e ele saiu uns minutos atrás. — Aperto a ponte do meu nariz, balançando a cabeça. — Brynn deu o pé na bunda nele hoje, então está bêbado e abalado.

— É — murmura. — Ela me contou.

— Ele disse que precisava esvaziar a cabeça. Se voltar, talvez eu consiga te encontrar rapidinho. McKay pode ficar de olho nele. Se isso não acontecer... divirta-se. Aproveite bastante, tá?

Ela parece prestes a chorar.

— Quero ficar com você.

— Eu sei — digo, querendo isso mais do que tudo. — Mas você merece essa festa. Dance a noite inteira com a Brynn, coma um monte de carboidratos, vá ver os fogos na água. E depois me conta tudo. Por favor, não se preocupa comigo.

— Max... não sei. Eu sinto que deveria ir aí — insiste. — Não vai ser a mesma coisa sem você.

Um sorriso triste se forma quando aperto o celular na minha mão e respiro fundo, entre dentes.

— Me liga depois, tá? Estarei aqui.

— Você tá bem? — pergunta, suavemente. — Ele... te machucou?

Sim.

Ele me machucou.

Mas não digo isso.

— Ele não me machucou. Está dormindo agora. Eu estou bem.

— Tem certeza?

— Tenho sim. Eu...

Te amo. Quero escalar sua janela mais tarde e fazer amor com você até o sol nascer e o novo ano surgir. Quero cavalgar em pastos de ouro, capturar o pôr do sol e me casar com você na sua ponte favorita. Controlando minhas emoções, murmuro uma despedida antes de desligar a chamada:

— Feliz Ano-Novo, Sunny.

Jogo meu celular no sofá, tiro a gravata e me desmancho no chão coberto de vidro.

como alcançar o Sol **307**

Capítulo 26
ELLA

Os barulhos da festa estouram meus tímpanos e Brynn!, em seu vestido rosa-Barbie, me guia por um mar de gente. Ela fez um ótimo trabalho ao cobrir os olhos inchados depois de chorar no meu ombro por uma hora enquanto nos arrumávamos no quarto.

Não queria muito estar aqui sem o Max, mas a minha amiga também precisa de mim.

Ela está de luto.

Dedos com unhas rosa-flamingo se enrolam no meu pulso conforme Brynn! me empurra pelo meio de grupo de veteranos.

— Essa casa é demais! — declara, virando um copo de ponche.

Não gosto de álcool, então estou tomando golinhos de uma Coca-Cola aguada, querendo que fosse Dr Pepper.

—Acho que sim.

Apertando os lábios, eu a sigo até a sala de jantar, onde quatro jogadores de futebol estão lançando bolinhas de pingue--pongue em copos de cerveja quente. Um dos caras é um dos lacaios de Andy, e seria um desserviço alguém como ele desper-diçar a oportunidade de me atormentar.

— Sunbury! — diz, assobiando na minha direção. — Eu separei um dos quartos pra gente. Cama king-size, lençóis de seda e o caralho. Tem até uma daquelas velas com cheirinho de baunilha. Ouvi dizer que é afrodisíaco.

Se meus olhos se revirassem mais, eles voltariam pra semana passada.

— Você não ia me deixar excitada nem se tivesse um manual de instruções e uma linha de suporte ao cliente.

— Veremos.

Ele me avalia da cabeça aos pés, desde o meu decote até as minhas pernas nuas, nas quais Brynn! insistiu em passar a bruma com glitter. Elas continuam tão brancas quanto a neve do Michigan, mas agora brilham. Meu vestido preto é o mesmo que usei no jantar na noite que Max e eu nos beijamos pela primeira vez — do total de três que tenho no momento.

Três vestidos, glitter e uma festa de fim de ano regada a cerveja. Nem me reconheço.

A festa avança em meio a competições de *beer-pong*, música alta e risadas bêbadas, eu me encosto em uma parede e aceno para Kai quando ele chega. Ele se arrumou bem para a ocasião.

— Kai! — cantarola Brynn!, pulando nos braços dele para dar um abraço de urso. — Você veio!

Kai solta um grunhido suave com o encontro, então cora, as bochechas ficando rosadas quando ele passa, com cuidado, um braço ao redor da cintura dela.

— Tive que sair de fininho. Meu pai diz que festas são pra quem quer problemas ou é arroz de festa. Até o fim da noite, a gente descobre pra qual desses lados eu pendo mais.

— Você seria um arroz de festa encantador — diz Brynn!, se inclinando para ajustar a gola da camisa dele. — Já tem o charme. Só está faltando o tempero e os acompanhamentos.

Ela cutuca o nariz dele, a risada contagiante, todos os resquícios de McKay deixados de lado no momento.

Abro um sorriso triste quando penso em Max. Eu o imagino aqui, usando aquelas roupas chiques, o cabelo arrumado com gel, as covinhas brilhando. Solto um suspiro e a imagem apenas se amplifica quando vejo Kai e Brynn! começarem a dançar lentamente uma música triste, dançando em direção à cozinha,

como alcançar o Sol **309**

imersos naquele instante. Alguma coisa está nascendo entre os dois e não consigo evitar de me perguntar se foi isso que engatilhou o término.

Quando me encosto contra a parede, brincando com o copo vazio nas minhas mãos, algo chama minha atenção do outro lado das portas que dão para o pátio.

Meu coração falha.

Max?

Hesito, franzindo a testa.

Não... o cabelo é comprido demais, o movimento dos ombros é bem diferente. Meus olhos se estreitam, para terem certeza de que estão vendo tudo corretamente. Sem uma gota de álcool no sangue, só posso garantir que estou realmente vendo McKay tropeçar pelo jardim dos fundos.

Que esquisito.

Não faço a menor ideia do que o levaria a aparecer aqui essa noite, ainda mais sabendo que Brynn! viria.

Engolindo em seco, me afasto da parede e passeio pelo cômodo lotado. McKay parece péssimo. A camisa está amassada, o cabelo, que vai até o colarinho torto, está todo desgrenhado. Meu coração bate mais forte por empatia. Ele é o irmão gêmeo do meu namorado e está sofrendo.

Brynn! disse que ele não levou o término numa boa.

Eu o vejo se jogar na grama à beira do lago e balançar uma garrafa de cerveja entre os joelhos. Mordendo o lábio, olho para Brynn! por cima do meu ombro. Ela está imersa em uma conversa com Kai no canto do salão, os dois em uma bolha enquanto balançam ao ritmo da música, um espaço bem pequeno entre eles.

Não devo contar que ele está aqui — só estragaria a noite dela.

Ainda que minha lealdade esteja dividida, decido ver se McKay está bem e saio de fininho pelas portas do pátio, fechando-as atrás de mim sem fazer barulho.

Não deve fazer mais do que quatro graus do lado de fora e o ar frio do fim de dezembro belisca a minha pele. Puxo as mangas do meu cardigã preto até que cubram as palmas da minha mão e cruzo os braços por cima do peito, buscando ficar aquecida. McKay não me vê, porque está olhando na direção contrária, dando goles desajeitados na bebida. Pigarreio ao me aproximar.

— McKay?

Ele interrompe um gole e abaixa a garrafa lentamente, a cabeça tombando levemente até que eu apareça pela visão periférica.

— Não achei que te encontraria aqui.

— Hm. Parece que não acho um lugar em que me encaixo ultimamente.

Minhas sapatilhas esmagam a relva fria. Nunca fui boa em confortar as pessoas, e talvez seja porque nunca fui uma fonte considerável de conforto. É difícil ser um raio de sol no céu nublado de alguém quando *você* mesma é uma nuvem carregada.

Dou uma olhada no lago, na água tranquila e livre de ondulações. Quando estou parada ao lado dele, me abraço com mais força para me proteger da temperatura mordaz e deixo escapar um suspiro, minha respiração saindo em uma fumaça branca.

— Eu me identifico com isso de não pertencer a lugar nenhum — conto. — Se precisar de alguém para conversar, estou disposta a oferecer meus serviços duvidosos. Sem garantia ou reembolso.

Ele se vira para mim, o olhar vidrado e embriagado.

— Por que eu iria querer conversar com você sobre isso?

— Você tem um ponto.

— Sem ofensas — acrescenta, tomando mais um gole da cerveja.

— Não me ofendi. O que, devo acrescentar, pode ser um motivo por si só. Eu nunca me ofendo. Se eu for parte do problema, você pode me descascar com toda a raiva e angústia que está sentindo e eu levo numa boa. — Lanço um sorriso com entusiasmo forçado. — Tenta. Dê o seu pior.

Os olhos dele se estreitam sob a luz baixa enquanto ele me encara.

— Você é meio estranha.

— Adorei. Continua.

— Meio pra baixo também.

— É parte do meu charme, se eu tenho algum.

— Não sei muito bem o que o meu irmão vê em você.

— Concordo.

Um meio-sorriso escapa quando McKay me olha, a garrafa de cerveja meio tombada na relva. Quando ele volta a olhar para o chão, o sorriso desaparece.

— Ele quer sair da cidade depois da formatura, e eu não entendo. Ele prometeu que ia embora comigo. *Comigo* — diz, o sofrimento embalando cada palavra. — Ele mal te conhece e eu sou o irmão gêmeo dele. Que bobagem. Não é justo. Max disse que o abandonei, mas ele nunca tentou vir atrás de mim ou me conquistar de novo. Ele nunca lutou, nunca me fez acreditar que éramos uma equipe... então por que devo me importar? Por que lutar por um pai que nem sabe que eu existo? Por que consertar uma casa que nunca pareceu um lar?

Ele fecha os olhos, solta uma respiração ansiosa e continua:

— Achei que eu era o objetivo, o grande plano... mas acho que sempre fui o *plano B*. Eu estava lá até algo melhor aparecer.

— Quando olha para cima, os olhos azul-escuros de McKay parecem pretos. — Você apareceu, Ella. *Você* é o objetivo dele.

Meu coração falha.

Bate mais rápido de surpresa, porque eu não fazia ideia de que Max queria deixar a cidade comigo.

Também sinto culpa, porque agora McKay é uma vítima inocente da nossa fuga.

E sei bem como é isso. Entendo como é ser abandonada e deixada de lado pelas pessoas que você ama. As pessoas em quem confia. Aqueles que disseram que sempre estariam ali para você.

Pisco para afastar a névoa que cobre meus olhos e ergo meu queixo.

Não estou ofendida, só estou... triste.

Triste por McKay.

Balançando a cabeça, ele se levanta com as pernas bambas, deixando a garrafa de cerveja quase vazia. Ele passa por mim, cheirando a bebida e colônia barata.

— Vamos dar uma volta.

Levanto a cabeça e franzo a testa, perplexa.

— Quê?

— Vem comigo.

Ele já está marchando à minha frente, indo em direção às árvores que margeiam o lago. Hesitante, olho por cima do ombro para a casa iluminada, com um enxame de vida e música. Silhuetas dançam e balançam por trás das cortinas das janelas, adolescentes enchem uma banheira de hidromassagem borbulhante, gritando e jogando água uns nos outros, segurando bebidas.

Quando volto a olhar para McKay, ele está a metros de distância, desaparecendo na escuridão.

Vou atrás dele, preocupada por ele se enfiar na floresta sozinho e bêbado.

Corro, alcançando-o antes que ele chegue às árvores.

— Eu te contaminei com meu conselho inestimável e meu humor positivo? — pergunto, meus pés se movendo com o dobro da velocidade para acompanhar o ritmo. — Talvez eu seja mais descolada do que pensei.

— Não é — resmunga. — Mas também não é uma péssima ouvinte.

— Vou aceitar o elogio.

Caminhamos no mesmo compasso por alguns minutos, gravetos e folhas se quebrando sob a sola dos nossos pés. Dá para perceber que McKay está meio desequilibrado quando pisa nos galhos e cambaleia de um lado para o outro. Ele não diz nada, então minha única habilidade como ouvinte quase decente parece um desperdício.

O caminho entre as árvores é inclinado, o que faz minhas panturrilhas doerem e a planta dos meus pés pulsar através da

como alcançar o Sol **313**

sola fina dos meus sapatos. Não estou em condições de fazer trilha agora. Dou uma olhada em McKay, ainda tentando acompanhar seus passos largos.

— A gente deveria voltar. Aliás, quão bêbado você tá?

— Não o suficiente. — Ele se abaixa para passar por baixo de um galho sem folhas. — O que ela disse?

— Brynn? — pergunto.

— Óbvio.

Abrimos caminho entre as árvores densas até que chegamos perto de um penhasco com vista para o lago Tellico. A luz da lua é como uma lanterna assustadora, lançando um brilho sobre a água parada.

— Ela está bem chateada. Chorou a noite inteira antes de chegarmos na festa.

A respiração dele forma uma nuvem palpável ao exalar.

— Não foi o que perguntei.

Minha garganta se aperta quando engulo em seco. Nossos pés param e McKay se senta na beira do penhasco, se jogando sem nenhum cuidado e fazendo um barulho. Sigo o exemplo, sento ao lado dele e cruzo as pernas.

— Ela só disse que não funcionaria. Falou que você estava com ciúmes do Kai e as coisas andavam tensas. Ela está indo pra Flórida em poucos meses e você vai ficar, então terminar parecia a coisa certa a fazer.

— Ciúmes — murmura, com desprezo. — Você acha? Eles têm andado grudados desde que o cara se mudou. É impossível não se irritar e se machucar quando sempre dou de cara com os dois juntos, flertando e sempre de olho um no outro.

Pego um punhado de mato. Não estou aqui para falar no lugar da minha amiga, então tudo o que digo é:

— Sinto muito que você esteja magoado. Sei que é uma merda.

Resmungando, McKay tira algo do bolso da frente. É uma minigarrafa de bebida que ele abre rápido, inclina e entorna em um só gole.

— Você e meu irmão não vão durar, sabe.

Franzo a testa.

— Por que não?

— Ele nunca teve uma namorada. É totalmente sem experiência.

— Não acho que isso importa. Também nunca namorei.

— Vocês já foderam?

Eu pisco para ele, minhas bochechas queimando apesar do tempo frio.

— Isso não é da sua conta.

Ele dá de ombros, girando a garrafa vazia entre os dedos.

— Só perguntei. Você não parece uma puritana.

Acerto a bainha das mangas e cruzo os braços, olhando para o mato.

— Não, não transamos.

— Como assim?

— Ainda não estou pronta. Me apaixonar nunca foi parte dos meus planos, então estou indo devagar. — Percebo que ele me encara, esperando que eu diga algo mais. — Sexo complica as coisas. É mais difícil desapegar e eu não sei bem qual direção vamos tomar depois da formatura.

Ele solta um zumbido.

— Sendo assim, parabéns, ele está caidinho.

McKay deixa a garrafa de lado, então a joga penhasco abaixo. Ouço um tilintar quando ela despenca, nos lembrando do quão no alto estamos.

— Me diz, Sunbury, o que torna ele melhor do que eu? — pergunta.

Aperto mais os braços ao meu redor.

— Nada. Vocês só são diferentes.

— A gente é quase idêntico.

— As personalidades são diferentes. Não são a mesma pessoa.

— Então o que torna ele melhor do que eu?

McKay pega uma segunda garrafa de bebida e vira na boca, jogando o vidro vazio ao lado dele.

como alcançar o Sol **315**

Então vira lentamente a cabeça na minha direção, os olhos turvos e vidrados sob a luz do luar. Não sei bem como responder à pergunta sem chateá-lo ainda mais. Não posso definir um sentimento. Max toca a minha alma. Ele me completa da melhor forma.

Inspirando fundo, eu me viro para ele e nossos olhares se encontram.

— Ele me enxergou quando ninguém mais fez isso — murmuro. — Ouviu minha verdade quando todo mundo à minha volta ficava contando fofocas e mentiras. Ele queria *me* conhecer... não os boatos. Não o meu passado. Só... Ella.

Vejo as sobrancelhas dele se juntarem em uma expressão pensativa.

— Max me encontrou quando eu estava perdida — conto, gentilmente. — E acho que esse é o único jeito de reconhecer seu verdadeiro lar. Primeiro você precisa se perder. Precisa vagar, esquecido, fora de lugar. Só então você vai saber exatamente aonde pertence.

Meu coração dá uma cambalhota com minhas próprias palavras. Com essa compreensão. Meus batimentos aceleram e minha respiração falha conforme sinto o peso das minhas palavras jorrar sobre mim como uma cascata morna.

McKay parece sentir o peso da minha confissão e o olhar dele suaviza. Assentindo, estica as pernas e encara a água escura sangrando com o céu sombrio.

— Invejo vocês dois. Deve ser bom sentir que finalmente pertence a algum lugar.

Um breve sorriso se abre e estendo a minha mão, colocando-a por cima da dele no pedaço de relva entre nós.

— Você vai encontrar o seu lugar. Sei que vai. Meu irmão costumava me dizer... — A emoção faz minha voz falhar, então faço uma pausa para me recompor. — Meu irmão costumava me dizer que quando as coisas não dão certo, é porque algo melhor está à sua espera.

— Parece um clichê. Uma daquelas bobeiras para nos ajudar a lidar quando não conseguimos dar conta do que aconteceu. As palavras de McKay começam a se arrastar conforme ele se balança de um lado para o outro. Olha para a minha mão em cima da dele, o pomo de Adão subindo e descendo.

— Sem falar que ele é um assassino.

Ignoro a última parte.

— Não há nada de errado em precisar de ajuda.

— Você está me oferecendo ajuda, Sunbury? — Ele ergue os olhos escuros, semicerrados. — Talvez você não seja tão ruim.

Parte de mim quer dizer: *só de saber que você achava que eu era "ruim" já é uma diferença entre você e Max, só para começar.* Só que não quero piorar as coisas.

Afasto a mão e dou de ombros.

— Claro. Posso tentar.

— Pode?

Ele se aproxima de mim na relva até que nossos quadris se encostem. O álcool quase o derruba em cima de mim conforme a cabeça dele tomba e o nariz roça em meu cabelo.

Congelo.

— Hmm — diz. — Seu perfume é bom.

Sinto uma pontada na barriga, e a proximidade dele faz com que eu me afaste.

— Hm, obrigada — murmuro. — A gente devia sair daqui. Já é quase meia-noite e os fogos já vão começar.

Quando me mexo para ficar de pé, ele estende a mão e agarra meu punho, me segurando. Franzo a testa e encaro o aperto.

— Não vá — resmunga.

— McKay — declaro, me livrando do toque dele. — A gente tem que ir.

— Não quero. Só preciso de uma amiga. Você disse que ia me ajudar.

— Não sei se quero te ajudar agora. Você tá muito bêbado. A gente pode tomar um café amanhã se você quiser.

como alcançar o Sol 317

— Não. — Ele segura meu punho de novo. — Fica.

Fica.

De algum modo, a palavra parece menos reconfortante quando ele a diz.

Balanço a cabeça e tento me afastar.

— Não quero. Estou com frio.

— Posso te esquentar.

Os olhos dele vão até meus lábios.

Um instante tenso se passa entre nós e eu congelo. Não consigo me mexer nem formar um pensamento que faça sentido. Os olhos dele se fecham ao verem os meus lábios semiabertos. Ele ainda está trêmulo, bêbado de álcool e amargura.

Então ele se inclina.

McKay se inclina para me beijar.

Ai, meu Deus.

Todos os meus sentidos voltam como um vento cortante e me afasto rápido, apavorada, empurrando o peito dele.

— Que porra é essa?

Meu coração se aperta.

Sinto uma pontada de ansiedade atrás do meu pescoço, descendo pela minha coluna.

Ele ainda está se aproximando, perto demais, um sorrisinho curvando metade dos lábios dele.

— Achou que eu ia te beijar.

— Isso não está certo. Quero ir embora agora.

Olhando ao redor no penhasco vazio, finalmente me dou conta de que estamos sozinhos. Mal consigo enxergar as luzes da casa do outro lado do lago. A brisa fria aumenta, disparando mais calafrios pelos meus braços e pernas.

— Vou voltar.

Quando tento me levantar, McKay estica o braço e agarra meu cardigã.

— Por que eu ia querer voltar pra lá? Minha ex tá lá, quem sabe até tirando a roupa praquele tal de Kai. Foda-se. Prefiro ficar aqui. — Ele me puxa para baixo com uma força surpreendente e caio no colo dele. — Prefiro você. Quero saber o que o meu irmão vê em você.

O medo me prende como arame farpado. Eu me esforço para me soltar enquanto os dois braços dele estão em volta de mim para me manter presa no colo. Ele geme quando minha bunda esfrega contra a virilha dele na minha tentativa de fuga.

— McKay... me solta — digo, minha voz trêmula ficando mais aguda. — Estou falando sério.

A lógica me lembra que esse é o McKay. O irmão gêmeo do Max, e ele nunca me machucaria. Ele está bêbado e não está pensando direito e, a qualquer minuto, vai pedir desculpas e me deixar ir embora.

É um mal-entendido.

Um passo em falso esquisito e desconfortável.

Só que os meus instintos estão apitando, me dizendo o contrário. Eles pressentem perigo, apesar de quem ele é.

— Isso é gostoso — sussurra no meu ouvido, esfregando a ponta do nariz pelo meu cabelo. — É gostoso quando você se mexe assim.

Então a mão dele sobe pela minha cintura até segurar o meu peito, e ele enfia a cabeça no meu pescoço, inspirando fundo.

Não, não, não.

Isso é errado.

Isso é muito errado.

— McKay, para. Não encosta em mim.

Tiro a mão dele do meu peito e tento me afastar, meu coração saindo pela garganta.

Ele me puxa de volta.

Eu grito.

— Que porra é essa — rosna, erguendo a cabeça enquanto cobre minha boca com uma das mãos. — Meu Deus. Alguém vai te escutar.

Continuo gritando, o som abafado pela mão dele.

como alcançar o Sol **319**

— Para com isso, Ella. Porra... fica parada!

Ele me segura com mais força, me apertando até que eu mal consiga respirar.

Chutando, tento encontrar estabilidade para me levantar. Arranho os braços dele, me contorcendo, desesperada para me soltar. O medo toma conta de mim conforme a adrenalina aumenta e os meus instintos disparam. Quando uma das mãos dele desce pelo meu corpo e desliza entre as minhas pernas, afastando-as, balanço a cabeça para trás até que meu crânio bata com força na testa dele.

McKay deixa escapar um gemido de dor e me larga. Solto um grito de ranger os ossos enquanto luto para levantar, então fico de pé e saio correndo.

Mal dou alguns passos quando a mão dele surge e agarra meu tornozelo.

Tombo, caindo de cara na relva, meu queixo batendo na terra dura. Meu dente acerta minha língua e minha boca se enche de sangue.

Lágrimas borram a minha visão e a dor me paralisa por tempo suficiente para McKay me virar e agarrar meus dois punhos, segurando-os acima da minha cabeça.

Ele monta em cima de mim.

Eu o encaro, o sangue cobrindo a boca e a mandíbula, meu peito carregado de pânico. O cabelo preto e bagunçado cai no rosto dele e os olhos brilham, frios e sombrios.

— Por favor, por favor, sai de cima de mim — imploro, me debatendo sob o peso dele, tentando soltar as minhas mãos. — Sai *de cima* de mim!

— Não quero te machucar — fala, arrastado. — Só sossega, porra.

— McKay, para! Você *tá* me machucando! — grito. Lágrimas deslizam pela minha bochecha, misturando-se ao sangue. — *Alguém me ajuda!*

Ele dá um tapa no meu rosto.

— Cala *a boca* — sibila, os olhos selvagens.

Sinto mais dor me atravessar, dos pés à cabeça. Vejo quando algo parece tomar conta dele tal qual uma possessão sinistra. McKay parece louco, fora de si.

Eu luto.

Estou gritando e implorando, chutando as pernas e lutando para libertar meus braços. Assim que ele usa uma das mãos para levantar o vestido na altura das minhas cochas e abrir o zíper da calça dele, me liberto, levantando o suficiente para conseguir flexionar os meus joelhos e lançar as minhas pernas para a frente, dando um chute no peito dele.

Fico de pé, a língua inchada, sangue escorrendo pelo meu queixo e pescoço. Minha clavícula está machucada, meu corpo atormentado por uma tremedeira e pelo choque que entorpece minha mente.

McKay está em cima de mim antes que eu consiga ganhar velocidade. Ele me vira, me puxando pelos braços e me apertando contra ele.

Cambaleamos.

— Meu Deus, fica parada! — diz entre dentes, cuspindo na minha cara. — Para de fugir!

Soluços rasgam o meu peito. Nunca fiquei tão congelada. Ele luta comigo, as mãos em pânico puxando meu cabelo, em volta do meu pescoço, tentando me conter.

— Para, para! Alguém me ajuda — grito, lutando contra McKay, batendo meu joelho entre as pernas dele e acertando sua virilha.

Ele rola de dor e me deixa escapar. Choro o mais alto que meus pulmões permitem e dou meia volta para fugir, mas ele segura meu cotovelo e me puxa de volta. Ele me puxa com força, mais do que meu corpo consegue aguentar.

Escorrego.

Meus sapatos não encontram suporte ao lutarem para se apoiar.

Balanço os braços de forma desesperada, tentando me agarrar ao vento frio para me manter de pé.

O momento passa em câmera lenta. McKay avança para me segurar, para me alcançar, para evitar que eu caia.

Então hesita.

Ele para no meio do caminho, atordoado, os olhos arregalados enquanto tombo para trás, pedras e escombros se levantando abaixo de mim.

Ele não me alcança. Nem se mexe.

Só... observa.

Percebo naquela fração de segundo o que está atrás de mim. Sei exatamente o que tem ali para me segurar.

Nada.

Um grito explode da minha garganta enquanto o vazio me agarra, me vira do avesso, e tombo para trás no declive.

A última coisa que vejo é McKay puxando os próprios cabelos com as mãos, os olhos tomados de pavor ao mesmo tempo que fogos de artifício laranja cortam o céu.

A última coisa que sinto é meu coração saindo pela boca, um vento frio e galhos de árvore cortando minha pele enquanto eu caio, caio, caio.

A última coisa que penso antes do meu corpo atingir o chão é... nele.

Max.

E me pergunto se um dia ele vai descobrir que foi o irmão dele que me matou.

Capítulo 27
MAX

Ela não me liga à meia-noite. Caminho em círculos pelo quarto, o celular suado na minha mão enquanto fico encarando o aparelho.

00h04.

00h05.

Ligo para ela pela terceira vez, sem resposta.

Provavelmente está com Brynn, admirando os fogos de artifício, rindo e aproveitando. Tudo bem. Ela não me esqueceu; só está curtindo a noite.

Soltando o ar, passo a mão pelo meu cabelo e abaixo o braço, batendo com o celular contra minha perna e olhando pela janela do quarto. Vejo a mãe dela na sala, do outro lado da rua, as luzes amarelas e quentes. Está ao telefone, em círculos, assim como eu. A diferença é que ela está sorrindo. Parece feliz.

Digo a mim mesmo que é Ella no telefone. Quis ligar para a mãe primeiro.

Esperando mais alguns minutos, caminho pelo corredor e fico andando em círculos um pouco mais. Pela sala, pela cozinha.

00h11.

Ligo de novo.

Sem resposta.

Decido ligar pra Brynn, porque é provável que as duas estejam juntas. Toca algumas vezes antes que ela atenda.

— Max, ei! — gorjeia, a voz aguda e cheia do seu entusiasmo de sempre. O barulho e a estática são filtrados pelo alto-falante.

— Feliz Ano-Novooooooo!

Volto a andar em círculos.

— Ella está com você?

Risadas se misturam à aplausos estridentes. Fogos de artifício explodem à distância.

— Brynn?

— Desculpa, desculpa! Os fogos ainda estão queimando. Muito barulho. Um segundo. — Alguns segundos se passam até que as vozes e os barulhos externos diminuam e eu escute um som parecido com o de uma porta se fechando. — Ei! O que rolou?

— Estou procurando a Ella. Ela não me ligou.

— Ah... hum, ela tá... — Outra longa pausa. — Não estou vendo em lugar nenhum.

— Como assim? Achei que vocês fossem passar a virada juntas.

— A gente ia. E eu não percebi que ela não estava aqui. Meu Deus, desculpa. Estava bebendo, Kai e eu estávamos colocando a conversa em dia, então... — A linha fica em silêncio, exceto por alguns sons de fundo. — Merda, não tô encontrando ela. Ela deve estar no banheiro.

Aperto a ponte do nariz, meu peito formigando de ansiedade. Parece bobagem me preocupar. Conhecendo Ella, provavelmente saiu da festa para assistir aos fogos de artifício sozinha, perto do lago.

— Quando foi a última vez que você a viu?

— Hm, não tenho certeza. Acho que uma hora atrás? Não... provavelmente menos. Não faz tanto tempo assim.

— Tá bem. Certo, você pode pedir pra ela me ligar?

— Claro! Desculpa. Eu tinha que ter prestado mais atenção. Sou uma péssima amiga.

Engulo em seco.

— Tá tudo bem. Eu também tinha que estar com vocês. Só... pede pra ela me ligar logo. Quero desejar boa noite.

— Vou pedir. Prometo.

Desligo, passando a mão pela boca e pelo queixo enquanto olho pela janela para a garagem vazia. Se estivesse com a caminhonete, já estaria indo até lá.

Ligo para McKay em seguida, torcendo para ele ter um pingo de simpatia por mim só para variar e trazer a caminhonete para casa.

Digito o número.

Direto na caixa postal.

Tento mais uma vez, a mesma coisa.

— Merda — murmuro baixinho, um brilho de suor na minha testa.

Ele estava bêbado quando saiu em disparada, e pensar nisso só me deixa mais nervoso.

Ele está bem.

Ella está bem.

É ridículo me preocupar tanto. São só 00h15 e é uma casa grande no lago. Ella pode ter caído no sono em um quarto vazio e McKay provavelmente foi para a casa de algum amigo.

Mas...

Mas.

Esse é o problema. Tem um "mas" me incomodando, pairando como uma nuvem carregada, uivando no meu peito e revirando meu estômago. Não consigo explicar. Nunca poderia começar a explicar o sentimento estranho e instintivo que está me atravessando, me dizendo que alguma coisa está errada.

Minha Sunny precisa de mim.

Espero mais quinze minutos antes de dar uma olhada no meu pai e calçar os sapatos. Ele parece ter dormido, a cabeça enfiada no travesseiro, os braços ao lado do corpo. Roncos ecoam pelo quarto, me trazendo um pingo de alívio. Dez segundos depois, estou cruzando o quintal, atravessando a rua e parando na porta dos Sunbury. Bato três vezes e espero os passos se aproximarem.

como alcançar o Sol **325**

Candice abre a porta da frente e olha para mim. Quando me reconhece, escancara a porta, com o celular contra a orelha e rolinhos no cabelo.

— Max — diz, a testa franzida, confusa, competindo com um sorriso hesitante.

Erguendo o indicador, diz para a pessoa no outro lado da linha que depois liga de volta. Quando desliga a chamada, abaixa o telefone e volta a atenção para mim.

— Achei que você estava com a Ella.

Estou inquieto, agitado, balançando meus pés para a frente e para trás enquanto enfio as duas mãos nos bolsos. Não quero preocupá-la, porque meus medos não têm fundamento, então me forço a manter a expressão neutra. Parado e calmo.

— Um negócio aconteceu, então não consegui ir à festa — explico, olhando por cima do ombro dela.

Uma série de pastas abertas e papéis estão espalhados pela escrivaninha no canto da sala de estar. O notebook está ligado, cercado por canecas de várias cores.

— Eu, hm, queria te pedir um favor. Meu irmão pegou a caminhonete e estou tentando me encontrar com a Ella. O telefone dela deve estar sem bateria.

Um lampejo de preocupação aparece nos olhos dela. Candice brinca com um bobe cor-de-rosa que combina com o moletom que está vestindo.

— Está tudo bem?

— Tá. — Limpo a garganta. — Claro. Não é uma emergência nem nada, então acho esquisito pedir… mas pode me emprestar seu carro?

As sobrancelhas castanhas arqueiam, surpresas.

— Precisa de uma carona?

Balanço a cabeça rapidamente.

— Não, não, não é tão sério. Você parece estar ocupada — comento, meu olhar se dirigindo para a escrivaninha. — A festa é só a alguns quilômetros daqui. Posso ir andando se você preferir não emprestar.

— Tem certeza que tá tudo bem? Ella está bem?

— Ela tá bem. Acabei de falar com a Brynn. — Torço para que minha resposta vaga traga para ela algo parecido com alívio. — Queria encontrar com ela. Trago de volta pra casa rapidinho.

Ela morde o polegar, pesando as minhas palavras e prestando atenção nos meus movimentos, nas minhas expressões. Devo mentir bem, porque ela assente lentamente, se afasta da porta e pega um molho de chaves da bolsa. Quando volta, entrega para mim.

— Você não bebeu, né?

— Não. Nunca toquei em álcool na minha vida.

É a verdade, graças à minha experiência em primeira mão vendo tanto o meu pai quanto o meu irmão sucumbirem à tentação destrutiva da bebida.

Candice assente mais uma vez e aperta os lábios. Então entrega as chaves na minha mão.

— Tudo bem. Por favor, pede pra Ella me ligar quando você chegar. Vou esperar.

— Pode deixar. Obrigado.

Forço um sorriso, empunho o chaveiro e então giro na escada da frente. Minha caminhada é tomada pelo pânico enquanto procuro a chave certa, me jogo no banco da frente e ponho a chave na ignição. O Nissan Sentra vermelho ganha vida e não perco tempo para sair da garagem, sem me importar que a mãe de Ella esteja observando da porta da frente, mexendo na gola do moletom rosa-claro.

Ela está bem, ela está bem, ela está bem.

Dirijo no piloto automático por ruas secundárias, a janela aberta para evitar sufocar no meu próprio medo. Quando desvio para a entrada lotada de Morrison, estaciono de lado, bloqueando vários veículos, e deixo o motor morrer. Não ligo. Só me importo com encontrar Ella. O instinto faz com que eu procure nossa caminhonete na rua mal-iluminada, me perguntando se McKay veio para a festa. Não vejo, então continuo andando.

A porta está destrancada. Entro com meu boné de baseball, uma calça jeans velha e camiseta branca, abrindo caminho entre corpos suados e dançantes, ignorando o ponche de cereja que cai no meu sapato quando esbarro em uma menina irritada de cabelo castanho.

Alguém chama meu nome. Eu ignoro.

Meu olhar analisa a sala cheia e a cozinha, registrando rápido cada rosto que não é o da minha garota. Duas loiras estão em cima da ilha de quartzo branco, os braços balançando ao som de *Something in the Orange*, do Zach Bryan. A melodia me persegue enquanto disparo pelos corredores, entro por portas fechadas e ignoro o boquete que está rolando em um dos quartos.

— Você não sabe bater? — grita alguém.

Fecho a porta e continuo andando. Cinco minutos se passam e não encontro Ella. Meu coração bate como uma bateria quando saio marchando até o pátio, olhando para a banheira de hidromassagem à minha esquerda, então paro para observar a varanda cercada de lâmpadas e tochas. Só um monte de adolescentes festejando e rindo sem nenhuma preocupação.

Ao avançar em direção ao lago, avisto uma silhueta um pouco antes de uma voz familiar chegar aos meus ouvidos.

— Ella! — chama a voz, outro corpo seguindo ao lado dela enquanto olham a água que ondula lentamente.

Brynn e Kai.

Corro na direção deles, fazendo uma concha com as mãos em volta da minha boca.

— Brynn!

O rabo de cavalo alto chicoteia o rosto dela quando se vira.

— Max... ainda estou procurando a Ella. E-eu não a encontro em lugar nenhum.

Já passou de uma da manhã. O medo me rasga como uma faca cega. Diminuo o passo quando os alcanço, passando os dedos trêmulos pelo meu cabelo.

— Vocês acham que ela foi embora com alguém?

O rosto de Brynn está rosado e em pânico. Os olhos se arregalam e brilham contra a lua enquanto ela nega com a cabeça, os braços cruzados por cima do peito.

— Ela não iria embora sem me avisar, né? Não é o tipo de coisa que ela faz. Olhei em todos os quartos, banheiros, na garagem...

— Eu também — sussurro. — Porra. Você acha que ela saiu para caminhar? Se perdeu? Caiu?

Está frio para caralho aqui fora. Minha mente acelera com imagens de Ella com o tornozelo quebrado, se arrastando entre gravetos e galhos na floresta escura e profunda. Entrelaço as mãos atrás da cabeça e meus pensamentos parecem rodopiar.

— Precisamos procurar. Ela não está atendendo o telefone.

— Eu sei, estou ligando sem parar — diz Brynn.

Kai aponta para a sombria linha das árvores, a alguns metros de distância.

— Tem uma trilha ali. Talvez ela quisesse ter uma visão melhor dos fogos.

Estou correndo antes que ele termine de falar.

— Por que ela não atende a porra do telefone? — pergunto em voz alta, ouvindo os passos deles correndo atrás de mim.

— Sem sinal? — grita Kai. — Nunca consigo sinal na floresta.

Alguns estouros atrasados de fogos de artifício pintam o céu em manchas azuis e violeta enquanto avançamos pelo caminho, subindo penosamente a trilha inclinada. Tiro o telefone do bolso e acendo a lanterna, seguindo a luz pelo terreno acidentado, torcendo para encontrar algo relevante. Raízes retorcidas, musgo, vegetação rasteira. Nada de útil.

— Ella! — chama Brynn, seguida por Kai.

Grito o nome dela para o céu noturno e para os galhos dançantes das árvores.

— Sunny!

— Ella!

como alcançar o Sol **329**

Nossas vozes se elevam e se misturam à medida que subimos pela colina escarpada, uma saraivada de vento gelado castigando a minha pele. Brynn dispara à minha frente, quase torcendo os tornozelos por causa do salto alto brilhante.

— Ella! — grita, desviando em direção a uma pequena clareira com vista para o lago.

Meu peito dói por respirar com tanta força, mais por pânico do que por esforço. A única coisa que vejo brilhar na ribanceira é uma pequena garrafa de Jim Beam.

Ella não bebe. Ela não está aqui.

Viro à esquerda, enquanto Brynn e Kai viram para a direita. Estou abrindo o caminho entre os arbustos altos quando escuto.

O grito. Ensurdecedor e de arrepiar os cabelos.

Meu sangue gela. Meus músculos travam enquanto o universo se encolhe até ficar minúsculo.

E eu sei.

Simplesmente sei que a porra do meu mundo está prestes a ser abalado, sacudido e dividido ao meio.

O grito de Brynn se transforma em um soluço feio e triste e eu giro, giro, giro, aquele instante sendo um redemoinho em câmera lenta. Ela cai de joelhos, os olhos fixos no pesadelo lá embaixo. O rosto de Kai se contorce de agonia. Os dois encaram a beira da ribanceira, e então eu me junto a eles. Não me lembro de me mexer. Não me lembro do uivo que rasga a minha garganta, mesmo que tenha escutado ele ecoar até mim e estourar os meus tímpanos.

Só que nunca vou me esquecer da imagem de Ella.

Caída em um monte, nove metros abaixo de nós.

Sem se mexer e sangrando.

Minha Sunny.

Minha mente é uma névoa nublada e letal. Agarro os cabelos com os punhos enquanto encaro a saliência do penhasco onde Ella está esparramada em uma cama de relva e ervas daninhas, a poucos centímetros de distância do lago. A água escura bate no cabelo dela como se tentasse puxá-la.

Um soluço fica preso na minha garganta.

Bile sobe pelo esôfago.

Eu me movimento.

Passo as pernas sobre a saliência do penhasco e desço, meus pés ficando presos na terra irregular, as mãos cortando nas pedras.

— Ella! — grito, repetindo o nome dela de novo e de novo.

Kai diz para Brynn ficar onde está enquanto desce atrás de mim. Cheguei apenas na metade do barranco quando me lanço e pulo o resto do caminho, aterrissando de bunda no chão com um baque forte. Me arrasto até ela, ignorando a dor que me toma.

— Ella, Ella… *merda* — choro, engatinhando.

O sangue escorre da boca dela, já seco e duro, enquanto cachos de cabelo escuro caem por cima dos olhos. Quando a alcanço, afasto o cabelo e analiso o rosto dela. Uma piscada, uma respiração, qualquer coisa. Confiro os batimentos dela, os meus estão acelerados. Um braço passa por cima da cabeça dela, a ponta dos dedos submersa na água rasa, enquanto o outro está estendido ao lado do corpo.

— Sunny, meu amor, por favor — choramingo, encostando minha orelha no peito dela e implorando por um sinal de vida.

Se não escutar nada, vou vomitar.

Kai corre até mim, os tênis levantando uma nuvem de poeira, e cai de joelhos do outro lado de Ella. Está mais calmo do que eu. De cabeça fria ao tomar a dianteira.

— Pulso? — pergunta, pegando o punho dela.

Mal registro o que ele diz. Tudo o que escuto é meu próprio sofrimento e os gemidos assustados de Brynn acima de nós, enquanto enfio a minha cabeça no pescoço de Ella.

— Ela está viva — diz Kai.

Seguro o rosto machucado dela entre as mãos e salpico beijos temperados por lágrimas pelas bochechas e pela testa.

— Sunny, Sunny… Ella, por favor. Porra… *por favor*.

como alcançar o sol **331**

— Max! — grita Kai mais uma vez. — Ela está viva.

Levanto a cabeça, finalmente compreendendo o que ele disse. Kai está com um celular na orelha, dando as coordenadas. Garota. Caiu. Ribanceira. Perto da rua Plankton. Respirando. Respirando.

Viva.

Erguendo a cabeça para cima, Kai avisa a Brynn.

— Ela está viva! — repete ele.

— Ai, meu Deus. Ai, meu *Deus* — soluça.

Tiro a mão dela da água e pressiono meu polegar no punho dela, forçando minha respiração a ficar mais calma para que eu consiga me concentrar na pulsação.

Só que não sinto nada.

O medo sussurra no meu pescoço quando coloco meu ouvido contra o peito dela mais uma vez, então tento sentir a pulsação, e repito. Kai percebe que estou surtando e equilibra o telefone entre a orelha e o ombro, inclinando-se sobre Ella para me ajudar.

— Ainda estou aqui — diz para a pessoa do outro lado da linha antes de abaixar o aparelho e virar para mim. — Bem aqui, Max. É só pressionar dois dedos aqui. Está fraca, mas tem. Ela tá viva.

Inspiro fundo e fecho os olhos, segurando o indicador e o dedo do meio no ponto de pulsação.

Há um movimento.

Uma batida suave e linda. O traço mais suave de vida.

Meu olhar encontra o de Kai e ele assente para mim.

— Disseram para não mexer nela a não ser que pare de respira. Se ela parar, aí a gente precisar fazer uma respiração boca a boca. A ambulância está vindo. Vou continuar na linha.

Caindo de cócoras, levo as mãos ao rosto e deixo escapar um gemido atormentado. Alívio e pavor. *Obrigado, caralho* misturado a uma incredulidade repugnante. Olho para Brynn, que está com metade do corpo pendurada na beirada, uma das mãos cobrindo a boca enquanto o corpo treme de tanto chorar.

Olho para Ella.

Encaro o corpo naufragado, a pele de porcelana marcada por esfolados e arranhões, o rosto machucado e cheio de sangue.

Eu me inclino e beijo a testa dela, acariciando seus cabelos, de olhos fechados.

— Fica comigo, Sunny — murmuro, sufocando minha dor.

— Por favor, fica.

Minha garota caiu da porra de um penhasco.

Ela caiu.

E eu não estava lá para pegá-la.

"COMO ALCANÇAR O SOL"
TERCEIRO PASSO:

enfrente o eclipse

Até o sol navega entre as sombras

Capítulo 28
ELLA

Jonah me traz limonada. Ergo o queixo, os olhos semicerrados protegidos por um chapéu de aba larga, a luz do sol jorrando do céu azul-claro. Meu macacão jeans está sujo de lama. Pior ainda, ao apertar os dedos ao redor de um copo suado, minhas unhas parecem quase pretas depois de ter trabalhado com os cavalos o dia inteiro.

— Obrigada — agradeço, meus lábios buscando o canudinho. — Mamãe faz a melhor limonada.

— É o xarope de mel — diz Jonah, os polegares enganchados nos passadores de cinto. O cabelo cor de cobre desgrenhado forma cachos na altura da orelha e a franja está úmida por causa do trabalho pesado, debaixo do sol. — Erin vem para o jantar hoje à noite. Mal posso esperar para finalmente apresentá-la como minha namorada.

— Não brinca! — exclamo, sorrindo. — Então é oficial?

— Tão oficial quanto um martelo de juiz.

— Ela é um doce, Jonah. E também é muito bonita.

Penso em Erin, nos seus cabelos longos e na franja perfeita. Tentei usar franja uma vez e fiquei parecendo um cão pastor assustado que levou a pior numa briga contra uma serra tico-tico.

— A mamãe está ficando doida?

— Ela fez três caçarolas, sete tortas e limonada o suficiente para hidratar o estado inteiro do Tennessee nos próximos anos.

— É a cara dela. — Dou uma risadinha. — Estou feliz por você.

— Obrigado, Leitão. — Ele se inclina para bagunçar meu cabelo como se eu fosse uma criança. — Não faço a menor ideia do que ela viu em mim, mas não vou reclamar.

— É claro que ela vê o mesmo que eu.

— Espero que não. Isso seria esquisito.

Ergo o braço para dar um tapa no ombro dele.

— Ela vê seu coração, Jonah. Você sabe... essa coisa grande e linda dentro do seu peito.

— Você acha?

— Eu sei que sim.

Suspirando, sonhadora, tomo um gole da minha limonada e fico pensando em como seria me apaixonar algum dia. Imagino um caubói musculoso, de cabelos pretos e braços largos. Ele está em forma e é forte porque trabalha o dia inteiro na fazenda, cuidando dos cavalos e dos fardos de feno. O nascer do sol é cheio de pássaros cantando e brisas florais, enquanto o pôr do sol tem o tom mais bonito de laranja que já vi.

— Onde você estava? — indaga Jonah, tombando a cabeça para o lado.

Abro e fecho os olhos, de volta aos estábulos, a fantasia se dissolvendo.

— Só estava pensando na minha futura história de amor.

— Ah, é? Mas você só tem catorze anos. Ainda falta muito.

— Eu sei, mas é divertido imaginar — divago. — Além disso, você sempre quis que eu encontrasse o amor.

Jonah olha por cima do meu ombro e os olhos verde-sálvia se iluminam.

— Bem, ele está aqui bem agora. Você deveria se apresentar.

Começo a tossir quando engasgo com a limonada.

— O que você quer dizer? Quem é ele?

— Sua futura história de amor.

Minha futura história de amor? Será que minha mãe batizou a limonada sem querer?

— Do que você tá falando?

Torço o nariz, confusa.

Ele aponta para o além.

— Olha.

A hesitação toma conta de mim por um instante antes que eu me vire, minha atenção recaindo sobre um homem com os olhos azuis mais claros e os braços mais bonitos do mundo. Posso ser apenas uma caloura no Ensino Médio, mas reconheço braços bonitos quando vejo. Quando o homem sorri para mim, covinhas surgem nas bochechas, me fazendo ter uma síncope. Ele me encara como se já me conhecesse.

Acho que conhece.

Fecho os olhos e lembranças se agitam e giram. Pedras saltam por cima da água e o céu se ilumina com padrões ofuscantes. A música toma meus ouvidos enquanto um vento frio sopra por uma janela aberta, pneus voando por uma estrada deserta. Ele segura a minha mão. Nossos dedos se entrelaçam e tudo fica dourado.

— Max — sussurro.

Eu me viro de volta para Jonah, animada para contar tudo a ele.

Max.

É Max.

— Jonah, você tem razão. É...

Um grito deixa a minha garganta. Erin está ao lado de Jonah, salpicada por manchas carmesim. O sangue vaza por buracos no peito dela, enquanto ela acena e sorri para mim.

Jonah passa os braços ao redor da cintura dela, trazendo-a mais para perto.

— Erin chegou — diz, parecendo orgulhoso e apaixonado. — Ela não é linda?

O rosto dela é uma bagunça sangrenta.

O corpo está repleto de buracos de bala.

Sou tomada pelo pavor quando olho para a limonada em minha mão, o líquido amarelo claro formando redemoinhos vermelhos. Algo está errado. Isso não é real.

Não, não, não.

Há um bipe soando dentro da minha mente. Persistente e estridente. Cubro os ouvidos com as mãos e balanço a cabeça.

— Que barulho é esse?

Jonah sorri.

— É hora de ir.

— Pra onde? — A ansiedade aperta o meu peito. — Não sobrou lugar nenhum pra ir.

— Sempre tem pra onde ir. Ninguém fica perdido pra sempre.

— Mas... não terminei de te escrever aquela carta — confesso.

De repente, essa é a única coisa que importa. Preciso terminar a minha carta. Jonah se foi há anos e nunca escrevi uma carta para ele. Nunca contei que ainda me importo, que ainda o amo e sinto muitas saudades dele.

Nunca fui capaz de escrever minha carta de conto de fadas, aquela em que me apaixonei por um rapaz na floresta que balançava em cipós e se banqueteava com frutas e água da chuva. De alguma forma, parece importante. Ele precisa saber que estou bem. Que a minha história de amor aconteceu.

Jonah assente, concordando, ainda se segurando a uma Erin sangrenta.

— Então escreva a carta, Leitão. Ainda dá tempo.

— Não consigo.

— Claro que consegue.

— Mas...

Ele estala os dedos.

Então, estou na clareira.

Pássaros gorjeiam na copa das árvores enquanto a luz do sol surge através dos galhos frondosos, projetando fitas de ouro nos meus pés. Max está sentado à minha frente, os joelhos junto ao peito, as duas mãos pendendo entre eles ao se apoiar em uma caminhonete gigante. Há um caderno no meu colo, uma caneta rosa empunhada em minha mão. Olho para Max, analisando-o. Admirando a cabeleira e os olhos cristalinos.

Mas antes que eu consiga absorver qualquer coisa, há uma pequena pedra vindo em minha direção na velocidade da luz. Não penso quando levanto a mão e capturo com uma precisão assustadora.

— Ótimos reflexos — diz Max, as sobrancelhas escuras se unindo.

— Eu... sou boa em pegar as coisas.

— É, você comentou.

Abro os dedos e olho para a pedra na palma. É lisa e branca. Reconfortante de um jeito esquisito. Parece uma corda presa em solo firme, ligada a um mundo que eu conhecia bem.

Engolindo em seco, dou uma olhada em Max.

— Você vai na fogueira hoje à noite? — pergunta, arrancando tufos de grama do chão entre as pernas.

— Não.

Ele assente.

— Também não.

O caderno está pesado no meu colo e minha mão sua ao redor da caneta de gel. Dou uma espiada nas palavras que não terminei, me perguntando por que nunca dei vida a elas. Deveria escrever a carta e enviar para Jonah. Deveria contar a ele que estou bem.

Eu estou bem?

Mesmo se não estiver, posso mentir. Vou mentir para ele.

— Você devia terminar isso aí — Max me diz.

A voz dele desaparece, soando a quilômetros de distância. É substituída por um som sibilante nos meus ouvidos, como um chicote em brasa açoitando meu cérebro. Estou em queda livre. Um vento gelado corta a minha pele enquanto galhos de árvore me arranham e me cortam, um grito distante ecoando na minha mente.

O bipe volta e não consigo bloquear.

Bipe, bipe, bipe.

— Vá em frente, Sunny — estimula Max, apenas um sussurro. Um eco.

Bipe, bipe, bipe.

Eu inspiro uma respiração profunda.

E levanto a caneta.

Querido Jonah,
Hoje me apaixonei por um cara que...

Meus olhos se abrem.

O oxigênio preenche meus pulmões em uma inspiração afiada como uma navalha, meu corpo se enrijece e arqueia em uma superfície elástica. O som do bipe acelera e meu olhar percorre o espaço desconhecido. Luzes brilhantes e fluorescentes cegam a minha visão. Escuto um burburinho por cima dos bipes, uma enxurrada de palavras que não consigo compreender. Mal consigo discerni-las.

Acordada.

Acordada.

Ela acordou.

O pânico toma conta de mim. Os meus dedos encontram um tecido engomado e uma ferroada cortante na mão me faz ficar ciente de algo afiado. *Uma agulha?* Minha garganta está seca, meus lábios, ressecados e rachados. Ao tentar chamar alguém, só consigo emitir um sussurro rouco, as cordas vocais protestando contra o que parece uma eternidade de silêncio. Sou tomada por mais uma onda de pânico. Estou assustada, perdida e sozinha.

Não estou sozinha.

Acima de mim, rostos estão borrados, rostos que não reconheço de imediato.

Onde estou?

Quero gritar, mas não me lembro como.

Uma sombra se aproxima enquanto alguém mexe em algo preso a mim que queima o dorso da minha mão. Os movimentos são acelerados. Uma desordem confusa de movimentos.

Estou assustada.

Tão assustada.

Pisco para afastar a névoa dos olhos. Continuo piscando, um milhão de vezes, até que os outros rostos se transformem em algo familiar. Um cabelo escuro cai por cima de olhos azuis e maçãs do rosto esculpidas. Um homem. Um homem que reconheço. O olhar dele é feroz e carregado de preocupação. Os lábios se movimentam, mas não consigo escutar as palavras.

Congelo.

Flashes de memória passam pela minha mente.

Aquele rosto pairando sobre mim.

O mesmo cabelo escuro balançando sobre olhos brilhando com malícia.

As mãos me agarram, me segurando.

As pedras machucam minhas costas e o sangue enche a minha boca com gosto de cobre quente.

Gritos.

Gritei antes e grito agora novamente. Meu corpo se debate e luta. Alguém me segura de novo. Talvez sejam duas pessoas. Tantas mãos, tantas vozes.

Estou muito consciente de outra coisa. Algo na minha mão. É liso e pequeno, e seguro firme na palma escorregadia de suor. Aperto mais e mais ao ser dominada por um senso de calmaria. Paz. Um momento de paz.

Volto para a clareira.

O sol toca meu rosto e Max está sentado à minha frente, sorrindo do seu lugar na árvore.

Olho para os meus dedos abertos.

E lá está uma pedrinha branca, descansando na palma da minha mão.

Capítulo 29
ELLA

Quando acordo de novo, não está tão barulhento. Nem tão violento. Minha mente está devagar, estou grogue, minhas pálpebras, pesadas, enquanto deixo o que está à minha volta tomar forma. Parece que há cascas de limão cobrindo meus olhos quando forço eles a se abrirem, um de cada vez.

Escuto o bipe mais uma vez.

A luz do sol dos meus sonhos se transforma em uma luz forte e artificial, e dou de cara com um lençol branco. Enquanto abro os olhos lentamente, pisco para afastar a película grossa, os painéis do teto tomando forma acima de mim. Estou em uma sala, deitada de costas. Movimento meus dedos. Mexo os dedos dos pés. Os sons parecem abafados, soando por trás de uma... cortina.

Eu a encaro. É um azul cerúleo, balançando de leve sempre que sombras passam do outro lado.

Estou em uma cama de hospital.

Um cobertor, branco como pó, me cobre até a altura do peito, e tem uma gama de acessos e agulhas presos ao meu corpo. Quando abro os dedos da mão direita, um pedaço de esparadrapo estica minha pele. Minha boca está seca, meus músculos, rígidos, e sinto uma dor na parte de trás da cabeça.

Mal registrei o que está ao meu redor quando uma cabeça com cabelos escuros como um corvo surge pelas cortinas.

— Srta. Ella — diz uma voz suave. — Meu nome é Naomi, sou uma das suas enfermeiras.

como alcançar o Sol **345**

Olho bem para ela, registrando o coque grande e trançado e os lábios cor-de-rosa. Reparo nos óculos com armação roxa descansando na ponta do nariz cor de ébano quando ela entra no quarto.

Ela sorri, calorosa.

— É tão bom ver seus olhos abertos. Como está se sentindo? Consegue me entender?

Naomi desliza até mim, arrumando a cama para que eu fique confortável.

— Consigo — respondo, minha voz rouca, quase inaudível.

— O que aconteceu?

— Você está no hospital. Do que se lembra?

Fecho os olhos. Minha mente é uma tela em branco, a ânsia por relembrar é o pincel e a tinta. As imagens são trazidas à memória quando ergo meu pincel e vejo as cores ganharem vida em traços cuidadosos.

Laranja.

Respingos laranja cintilam no céu noturno.

Vejo raios reluzentes de luz enquanto estrondos altos ecoam pela escuridão e se misturam a aplausos distantes.

— Fogos — murmuro, meus olhos ainda fechados. — Eu me lembro dos fogos de artifício.

— Isso é bom, srta. Ella — responde Naomi, puxando uma cadeira para mais perto e se sentando ao lado da cama. — Você está aqui há um tempo. Você se lembra do que aconteceu antes de chegar?

Tento vasculhar as partes mais profundas do meu cérebro, mas tudo é um borrão. Fogos de artifício laranja… então a escuridão.

— Não lembro de nada depois disso — sussurro.

— Tudo bem. As lembranças podem levar horas ou dias para voltar. Às vezes, até mais tempo — explica. — Você se lembra de alguma coisa antes dos fogos?

Minha respiração fica presa.

Um beijo.

Eu me lembro de beijar um garoto lindo. As costas contra a porta, minhas mãos no cabelo dele. Os olhos azul-claros pareciam famintos e devotos quando se afastou e sorriu para mim. Sou o tesouro mais valioso que ele tem.

— *Te beijar é como alcançar o sol.*

Solto um suspiro devagar.

— Um beijo — conto. — Acho que estou no meu quarto. Escuto... músicas de Natal.

Naomi assente, conferindo meus sinais vitais.

— Te encontraram debaixo de um penhasco íngreme. A queda foi feia — diz. — Uns galhos de árvore atrasaram a queda e reduziram o impacto, o que te faz uma garota de sorte. Uma queda dessas poderia ter sido muito pior.

— Há quanto tempo eu tô aqui?

Os olhos dela se suavizam com empatia.

— Quatro semanas.

Uma punhalada de pânico desliza pelo meu peito.

Quatro semanas.

Quatro semanas.

Naomi leva uma das mãos ao meu ombro e aperta com gentileza.

— Vou chamar o médico em breve. Ainda tem bastante coisa pra acontecer. Vamos restringir visitas por um tempo enquanto monitoramos suas condições. A primeira vez que você acordou, estava bastante agitada, então precisamos te sedar.

Quatro semanas.

É tudo o que consigo escutar.

Tudo o que consigo processar.

Sinto meus olhos queimarem pelas lágrimas e o meu corpo começa a tremer.

— M-minha mãe... ela está aqui?

— Está. Ela está na sala de espera com o seu namorado. Os dois te visitaram todos os dias.

como alcançar o Sol **347**

Meu namorado.

— *Te beijar é como alcançar o sol.*

As lágrimas caem e eu balanço a cabeça para a frente e para trás, levando as duas mãos aos cabelos. Os fios se emaranham enquanto a máquina apita com urgência. Quando puxo o cabelo para trás, percebo que não está lá. A ansiedade toma conta de mim quando toco a parte de trás da minha cabeça e mal consigo sentir alguma coisa.

Uns dois centímetros de cabelo, no máximo.

— Meu cabelo... — digo, sendo tomada por mais pânico.

— Onde foi parar meu cabelo?

Naomi se levanta para mexer na máquina.

— É, querida. Eles tiveram que raspar a parte de trás do seu cabelo para fazer uma cirurgia. Vai crescer. Você está linda.

Começo a soluçar.

— Não... não.

— Está tudo bem. Agora descanse. Quando você acordar, o médico virá aqui para falar com você.

— Não, por favor. Eu quero... Eu preciso...

— Está tudo bem. Descanse.

A voz parece distante quando minha cabeça tomba e encaro a janela, tudo ficando embaçado. Um sentimento de paz toma conta de mim, ansioso para me levar para longe.

Antes de eu apagar, meus olhos pousam na mesinha de cabeceira.

Rosas laranja. Rosas vermelhas. Rosas cor-de-rosa.

Ao lado delas há um potinho de barro com um giz-de-cera laranja plantado na terra.

Memórias de um rapaz entrando pela janela do meu quarto vêm à mente. Me tirando do lago. Dançando comigo, me segurando, me beijando em uma velha ponte.

— *Fica* — diz ele.

Tento alcançá-lo.

Não posso deixar que vá embora.

— Max — sussurro enquanto o mundo desaparece.

Tem um homem no meu quarto. A luz do sol que entrava pela janela agora foi substituída por um painel preto. Até as luzes fluorescentes diminuíram, deixando claro que já é noite. Tiro as cobertas ásperas e ergo os olhos para a figura parada diante de mim.

— Oi, Ella. Sou o dr. Garcia, o neurologista que está cuidando de você.

O médico está ao lado da cabeceira da cama, segurando uma prancheta, vestindo um uniforme branco impecável. Ele franze as sobrancelhas grossas ao me analisar.

— Tenho certeza de que tem muitas perguntas, então vamos começar com seus ferimentos e o tratamento que você recebeu nas últimas quatro semanas.

Quatro semanas.

Ainda não consigo acreditar.

Já faz dois dias que estou oscilando entre consciente e inconsciente.

Processando. Relembrando.

Fervendo nessas memórias.

As peças se encaixaram, uma a uma, hora a hora.

Por um tempo, fiquei presa entre sonho e realidade. Ficção e verdade. A certa altura, pude jurar que vi Jonah sentado à minha cama me dizendo que eu ficaria bem. Mas então voltei à deriva e, quando acordei, estava sozinha. Tinha sido apenas um sonho.

Aperto a pedrinha branca na minha mão, a que estava junto ao pote de barro.

— Ok — respondo, em uma voz áspera. — Pode falar.

O médico de pele bronzeada e cabelos tingidos pausa enquanto me olha, analisando minha reação.

como alcançar o Sol **349**

— Você passou por bastante coisa, mocinha. Quando te trouxeram, ficou claro que teve uma lesão traumática que causou um inchaço significativo no seu cérebro depois de uma queda forte — explica, monitorando minhas microexpressões a procura de qualquer sinal de estresse. — Tivemos que fazer uma craniotomia occipital. Essa cirurgia faz com que a gente precise remover temporariamente uma parte do seu crânio para permitir que o cérebro inche sem causar mais danos. Quando o inchaço diminuiu, colocamos ela de volta no lugar.

Quê?

Arregalo mais os olhos e não consigo respirar normalmente.

Só a ideia de tirarem o meu crânio e depois cutucarem e espetarem meu cérebro já me deixa enjoada. Tento manter minha expressão neutra, mas meu lábio inferior treme e eu me agarro à pedra.

Dr. Garcia me lança um sorriso reconfortante, se inclinando e tocando o meu braço.

— Agora o seu crânio já foi totalmente reparado, e você respondeu bem à cirurgia. Também fizemos várias tomografias para monitorar o seu cérebro. E falando das suas outras lesões — prossegue —, você teve uma fratura na pélvis e deslocou o quadril. Também quebrou algumas costelas. Teve bastante sorte porque não perfurou o pulmão.

Ele respira fundo, os olhos castanhos são calorosos ao analisarem o meu rosto.

— A princípio, induzimos o coma por causa do inchaço no cérebro. Então o seu corpo tomou o controle, te mantendo em coma natural pelo restante do tempo, permitindo que melhorasse. A boa notícia é que você está se recuperando bem dos outros ferimentos. Em mais algumas semanas, vamos te transferir para uma unidade de reabilitação.

Inspiro, cansada.

— Não estou... paralisada? — engasgo.

Está na cara que não, considerando como as minhas pernas estão se mexendo debaixo das cobertas, mas a ideia me enche de pânico e pavor.

— Não, não está — garante. — Sua coluna ficou intacta, tirando alguns inchaços e hematomas que já cicatrizaram. Agradeça aos galhos das árvores e à grama crescida que amorteceram sua queda.

Ele faz uma pausa, piscando para mim.

— Falando em prognóstico, toda lesão no cérebro é única. Embora estejamos confiantes por causa do seu progresso atual, talvez haja alguns desafios mais à frente. Você vai precisar de fisioterapia para o quadril e para a pélvis, e talvez terapia ocupacional e fonoaudióloga. Se formos falar de desafios cognitivos e emocionais, eles podem variar. É comum enfrentar problemas de memória, variações de humor ou problemas de concentração. Como você está se sentindo agora?

Fisicamente, parece que bati com uma frigideira atrás da minha cabeça e estou mastigando um chumaço de algodão. Já mentalmente...

— Confusa — murmuro. — Assustada. Cansada.

— É completamente normal — diz. — Você passou por bastante coisa. Gostaria de perguntar algumas coisas para entender a sua situação cognitiva. Tudo bem?

A ansiedade me atravessa, mas eu a engulo com um aceno lento.

— Pode me falar seu nome completo?

— Ella Rose Sunbury.

— E qual o nome da sua mãe?

— Candice. Candice Sunbury.

— Bom. Qual é o último dia do qual você se lembra?

Fogos de artifício e velas sparklers brilham na minha mente. Um vestido de festa cor-de-rosa. Música, risadas, barulho.

— Trinta e um de dezembro. Véspera de ano-novo.

Ele faz algumas anotações.

— É primeiro de fevereiro. Você se lembra de alguma coisa que aconteceu antes da sua queda?

Hesito, engolindo uma respiração trêmula.

— Eu me lembro... de sair para caminhar. Queria ver melhor os fogos de artifício e... a festa estava bem barulhenta. Cheia. Eu não gosto de festas, mas queria passar a noite com a minha amiga. Ela estava em um momento difícil. — Engulo a saliva, mas parece areia. — Fui andando até a ribanceira um pouco antes da meia-noite. E... caí. É a última coisa que eu lembro.

— Seus exames não apontaram álcool no sangue. Nem drogas. Você estava sóbria.

Assinto.

— Eu não bebo nem uso drogas.

— Tinha mais alguém com você?

Fecho os olhos enquanto finjo relembrar o que aconteceu. Mas não preciso fingir.

As últimas imagens vieram à tona quando acordei uma hora atrás, meu peito queimando, um nó no meu estômago e meu coração em pedaços.

— *Meu Deus, fica parada! Para de fugir!*

— *Para, para! Alguém me ajuda!*

— Não, eu estava sozinha — minto.

— Tudo bem. Não se esforce tanto — reforça. — Podemos retomar esse assunto quando estiver melhor.

— Não precisamos. É tudo o que lembro. Estava sozinha quando caí.

Dr. Garcia me analisa, cruzando um braço por cima do uniforme branco enquanto segura a prancheta com a outra mão.

— Tinha um machucado na sua bochecha que não parecia ser da queda. Era recente, mas parecia ter sido feito pela mão de alguém ou algum objeto. Você lembra como se machucou?

Por instinto, levanto a ponta dos meus dedos e deslizo pela minha bochecha esquerda.

— *Cala a boca* — sibila.

Meu coração acelera e um suor frio se forma perto da minha sobrancelha. As memórias me afogam, mas as afasto, tentando manter minha expressão neutra.

—E-eu não sei. Não me lembro. Talvez eu tenha esbarrado em alguém antes? Tudo ainda parece um borrão.

O médico arqueia a sobrancelha, sem estar totalmente convencido, mas não me pressiona.

— Certo. Bom, é importante entendermos o que aconteceu antes da sua queda, não só por motivos médicos, mas pela sua segurança. Um detetive vai passar aqui com mais perguntas quando você estiver pronta.

— Não tem mais nada — insisto, fraca. — Eu caí.

O sorriso dele é firme.

— Você já está pronta para receber visitas? Sua mãe e o seu namorado estão na sala de espera. Se preferir descansar, aviso a eles.

Penso na minha mãe passando pelas últimas quatro semanas, sentada em uma cadeira na sala de espera, incerta do meu prognóstico. Sem saber se um dia eu acordaria. Sem saber se passaria o resto da vida sozinha ou não, com os dois filhos arrancados cruelmente dela.

Rolo a pedra entre meus dedos e assinto.

— Você pode trazer um de cada vez? Queria ver minha mãe primeiro — digo.

— Claro. Vou pedir pra ela entrar.

Ele passa pela cortina azul e minha mãe corre para o quarto dois minutos depois.

— Ai, Ella. — Ela para, a mão indo até a boca para segurar o choro. — Meu Deus…

— Mãe — murmuro.

Por mais que estivéssemos afastadas nos últimos anos, parece que não há distância alguma entre nós. Apenas alguns metros que são apagados rapidamente por ela quando corre até

como alcançar o Sol **353**

mim e se ajoelha, segurando a minha mão entre as próprias. Ela beija os nós dos meus dedos, as lágrimas caindo sem parar.

— Minha garotinha — choraminga, a testa apoiada nas nossas mãos unidas.

Ela não me chama assim desde os meus catorze anos. O apelido faz com que minhas lágrimas rolem como cachoeira pelas minhas bochechas.

Passamos os minutos seguintes chorando em silêncio, aproveitando o momento. Aproveitando todos os momentos que perdemos no último mês. Quando minha mãe finalmente se levanta e puxa uma cadeira, ela me olha como se eu tivesse voltado dos mortos. Quase como se estivesse deitada em um caixão encrustado de ouro, salpicado com estampa floral, e tivesse aberto os olhos de repente.

Ainda estou viva. Por favor, não me enterre.

Minha mãe me atualiza nas últimas quatro semanas, me informando sobre a saúde debilitada da minha avó, a licença que ela precisou tirar no trabalho e a investigação sobre a minha queda misteriosa.

Ela me pergunta do que eu me lembro.

Minto para ela.

Não sei bem por que estou mantendo minhas memórias em segredo. Sempre me orgulhei de ser honesta e direta. Meu lado racional me diz que deveria estar gritando a verdade do alto dos prédios.

Foi o McKay. McKay Manning me atacou quando estava bêbado e me deixou cair para uma possível morte. Ele poderia ter me pegado, me segurado, me puxado de volta. Mas só ficou olhando. McKay sabia que pessoas mortas não falam e o segredo dele estaria a salvo.

A falta de ação dele é uma forma silenciosa de assassinato.

Assim como o meu silêncio de agora trai a verdade.

Só que a verdade está presa na minha garganta como um nó ácido. Partes dela tentam abrir caminho com garras, mas morrem na minha boca. Amaldiçoo minha própria covardia e aperto a pedra enfiada na minha mão, sem ouvir direito a voz da minha mãe enquanto fala sem parar.

Conforme o tempo passa, minha mãe se recosta na cadeira e passa os dedos pelo cabelo. Está inquieta, os olhos correndo pelo quarto antes de voltarem a mim. Seu cabelo, sempre cacheado, está liso e sem brilho, quase nos ombros, e o olhar dela brilha com palavras não ditas.

— Ella... meu amor — diz, o rosto está uma bagunça de lágrimas e hesitação.

Pisco para ela, o coração apertado.

Apertando o meu pulso, minha mãe comprime os lábios e solta o ar pelo nariz.

— Tem mais uma coisa. Tem uma coisa que você precisa saber.

— O quê? — sussurro, a ansiedade fazendo minha nuca formigar.

— Eu...

Os lábios dela estão entreabertos, mas não sai nenhuma outra palavra. Os segundos passam. Os batimentos cardíacos instáveis e trêmulos.

Ela balança a cabeça e posso ver o movimento da garganta quando engole em seco.

— Nada, meu amor. Vou pedir pro Max entrar. Ele está doido pra te ver.

— Não, espera. O que você ia me contar?

Ela força um sorriso, ainda balançando a cabeça.

— A gente conversa quando você estiver se sentindo melhor.

— Estou bem. estou me sentindo bem. — Busco pela mão dela quando afasta a cadeira, preparando-se para sair. — Mãe, por favor.

— Está tudo bem, Ella. Conversamos sobre isso depois.

Soltando-se do meu aperto, ela se levanta.

Minha garganta queima quando a vejo sair do quarto. Por cima do ombro, me lança um sorriso rápido e nervoso antes que as cortinas se fechem atrás dela.

como alcançar o Sol **355**

É a queda.

Todo mundo acha que fui empurrada do penhasco... e meu *Deus*, como eu queria que fosse algum idiota aleatório da escola que estivesse lá. Queria que fosse o Andy ou o Heath que tivesse aberto as minhas pernas, me segurado, batido e me machucado, então me deixado para morrer aos pés da ribanceira.

Seria muito mais fácil.

Ainda estou processando o que realmente aconteceu quando as cortinas se abrem de novo e meu coração para, as batidas falhando. Eu o escuto antes de vê-lo. Escuto o som que ele faz.

Um gemido.

Um gemido audível e atormentado de dor e alívio.

Meus olhos se fecham por um instante enquanto inspiro fundo, então os abro, e subo o meu olhar pelas pernas vestindo calça jeans, pela camiseta verde-floresta e então paro no rosto dele. A mandíbula está marcada por uma barba que não é aparada há semanas. Os olhos estão contornados por olheiras e o cabelo cresceu, fazendo com que se pareça ainda mais com McKay.

Nosso olhar se encontra. Prendemos o ar.

Max está aos pés da minha cama, o rosto puro tormento enquanto segura minha mochila laranja em uma das mãos. Ele a apoia no chão, punhos cerrados feito pedra. Ele se desequilibra ao lutar contra as lágrimas.

— Ella — diz, suavemente.

Eu o encaro, sem saber o que dizer a ele. Deveria dizer que não saiu da minha mente por quatro semanas. Estava lá em todos os sonhos, em cada devaneio enevoado, recusando-se a me deixar esquecer. Recusando-se a me deixar ir. Chamando-me de volta para casa.

Meus lábios secos se abrem para proferir uma única palavra.

— Oi.

Se ele esperava por mais, não diz nada. A única sílaba é o suficiente para que venha até mim, as sobrancelhas castanhas enrugadas enquanto a mandíbula está travada de emoção. Max se aproxima de mim na cama, igualmente gentil e ansioso. Ele toma cuidado com meus fios e agulhas, ainda que esteja desesperado pelo meu toque. A princípio, congelo, a culpa pelo segredo me mantendo em alerta e impenetrável. Só que quando ele estica a mão para tocar minha bochecha e os dedos inclinam meu rosto na direção dele, deixo a tensão escapar como se fosse um balão estourando.

Olhos azuis como o gelo me analisam. Não são gelados como o medo que escorre por mim, mas cristalinos e límpidos. Um lago tranquilo em uma manhã de inverno.

— Sunny — diz, levando dois dedos à minha bochecha com um toque tão leve que me faz tremer. — Você se lembra de mim, não lembra?

Abaixo meu rosto, achando difícil olhar para ele.

— Claro.

— Toda vez que você acordava, ficava com medo de mim. Você olhava para mim, mas era como se estivesse olhando para outra pessoa — diz. — Sempre precisavam te sedar.

— *Quero saber o que o meu irmão vê em você.*

— *Para com isso, Ella. Porra... fica parada!*

Sinto uma pressão queimar atrás dos meus olhos.

— Desculpa. Eu não me lembro disso.

Max ergue o meu queixo com o dedo, mas mantenho os olhos fechados.

— Os médicos estavam com medo de amnésia. — Quando não abro os olhos, ele arrasta o polegar pela minha bochecha molhada. — Ei... olha pra mim, Ella. Tá tudo bem.

Sinto calafrios quando Max me toca. Meu corpo quer se enrolar nele, sentir o cheiro e beijar até não conseguir respirar, mas a minha mente confusa me faz pisar no freio bruscamente.

Balanço a cabeça de leve.

— Você está segura — afirma em tom de súplica.

como alcançar o Sol **357**

— Eu sei, só... é bastante coisa. — Fungando, permito que meus olhos se abram, revelando uma nova camada de lágrimas. — Perdi um mês da minha vida. Perdi o meu cabelo. Não sei se consigo andar.

— Você vai andar.

— Não tem como você saber.

Ele se inclina até que nossos narizes se toquem.

— Eu te carrego, se for preciso.

Meus lábios tremem com pesar, medo e culpa entalada.

— Max...

— Eu te encontrei, sabe — diz, passando a mão por trás do meu pescoço e fazendo as nossas testas se tocarem. — Eu te encontrei na beira da ribanceira. Eu, Brynn e Kai. A gente achou que você tinha morrido. Achei que nunca mais veria seus olhos. Nunca mais ia tocar em você, te abraçar... Isso me *matou*.

Meu corpo inteiro treme enquanto choro.

— Me desculpa.

— *Eu* que peço desculpas. Peço desculpas por não estar lá com você.

— Não tinha como você saber. Ninguém tinha como saber.

Inspirando fundo pelo nariz, Max se segura com mais firmeza no meu pescoço e mexe a cabeça de um lado para o outro.

— Porra, Sunny. Não consigo acreditar que você está aqui.

Estou?

Parte de mim está aqui, metade se foi. Parte de mim é a garota que fui e a outra metade é essa casca vazia e assustada. Devo estar horrível. Pálida e fantasmagórica, fraca e machucada.

Eu me afasto de Max e rolo de costas, olhando para a mesinha de cabeceira. O giz plantado no vasinho me encara de volta.

— Achei que a essa altura já seria uma cenoura — sussurro roucamente.

Ele não me responde e me pergunto se está se sentindo rejeitado. Sentindo-se ignorado porque me afastei. Mantenho o olhar no giz de cera laranja e tento ignorar a dor no meu peito enquanto digo:

— Você trouxe a minha pedra.

— Trouxe — diz ele. — Achei que podia ajudar.

— Ajuda.

Enrolo meus dedos na pedrinha, deixando que seja minha âncora. Deixando que acalme meu coração ansioso como sempre fez, por algum motivo que não sei explicar.

— Cadê o McKay? — questiono. A pergunta soa estúpida e fora de contexto, então logo tento disfarçar: — E a Brynn? O Kai?

Ele faz uma pausa antes de responder.

— Eles vieram aqui. Estão preocupados.

Engulo em seco.

— Todos eles?

— Claro. McKay pergunta sobre você todos os dias. Se você acordou, se está progredindo. E Brynn está destruída. Sempre que a vejo, está chorando.

Aperto os lábios em uma linha fina e volto meus olhos para a janela escura. Posso ver um pedaço da lua se embrenhando entre a copa das árvores. Deveria responder, mas meus lábios estão paralisados. Minha língua congelou.

McKay não está preocupado comigo, Max. Está preocupado com ele mesmo.

Mais um instante de silêncio se passa e Max pergunta:

— Quer que eu vá embora?

Ele soa magoado, e é como se tivessem dado um nó no meu peito. Max passou o último mês esperando que eu retornasse e mal consigo olhar para ele. Não consigo vê-lo sem enxergar o irmão, sem sentir o segredo queimando dentro de mim como um atiçador em brasa.

E é exatamente por esse motivo que nunca quis nada disso. Nunca quis esses sentimentos porque eu *sabia*. Sabia que a consequência seria ficar com os ossos quebrados e estraçalhada. Sabia que ficaria em ruínas e talvez até morresse.

como alcançar o Sol **359**

Nunca quis ser conquistada, dominada, mais uma vítima do *amor*.

Mas, ainda assim, caí, apesar de tudo o que eu sabia. Caí de amores por ele.

Me joguei de cabeça por Max Manning, agora preciso viver sabendo que o irmão gêmeo dele tentou me matar.

Passo a língua pelo meu lábio superior para lamber uma lágrima. Eu me recuso a olhar para Max enquanto digo:

— Estou um pouco cansada. Deveria descansar.

O silêncio preenche o espaço entre nós dois. Daqueles que irritam e coçam como uma mordida de mosquito que não pode ser aliviada.

— Tudo bem — finalmente diz, levantando-se do colchão.

— Vou te deixar dormir.

A cama se move e o calor do corpo dele se dissolve, me deixando com mais frio do que nunca. Faço todo o esforço do mundo para não olhar para Max, para não puxá-lo de volta para a cama e deixar que me abrace até o sol raiar.

Ouço um som de zíper, mas meus olhos continuam fixos na janela. Um minuto inteiro se passa antes que eu sinta algo colocado na cama, ao meu lado.

— Trouxe pra você — diz Max, antes que os passos dele se afastem da cama do hospital. — Amanhã eu volto. Se você quiser que eu venha.

— Tchau — digo rápido, fechando minha boca antes que caia no choro.

Eu o escuto suspirar, um suspiro carregado de angústia. Muito parecido com o lamento que soltou quando entrou no quarto pela primeira vez e me viu. Sinto o estômago embrulhar de enjoo enquanto escuto ele se afastar. A cortina se fecha com um sibilo e um tinido metálico, e então ele se vai.

Olho para a direita e descubro o que deixou para mim — é um exemplar de *Ursinho Pooh constrói uma casa*.

Max trouxe um dos meus livros favoritos.

Lágrimas escorrem pelas minhas bochechas enquanto abro o livro e passo as páginas, sabendo que uma mensagem espera por mim. Sabendo que há algo que ele quer que eu encontre. Viro as páginas, folheio e procuro, até que meus olhos param em uma sequência de palavras sobre rios e córregos, destacada em laranja.

Eu leio.

Leio de novo e de novo, até que caio no sono de tanto chorar.

"Não tenha pressa. Chegaremos lá algum dia."

Capítulo 30
MAX

Após me identificar no centro de reabilitação e colar a etiqueta com meu nome na camiseta, desço pelo corredor sinuoso. Hoje, Ella está na área aberta de terapia. A recepcionista me guia até os assentos de onde posso observá-la terminar a sessão, até que possa visitá-la quando terminar.

Dois meses se passaram como um borrão entre exercícios entediantes da escola, reformas da casa para manter a mente ocupada e visitas à Ella enquanto termina a fisioterapia como parte da preparação para voltar para casa. Está ficando mais forte a cada dia. Mais forte, mais radiante, mais corajosa.

E ainda assim... parece que ela está escapando.

Escapando para longe de mim.

McKay insistiu em me dar carona, como sempre. Nunca quer visitar Ella. Diz que lembra muito a reabilitação do nosso pai depois do acidente que o paralisou por um tempo. Eu entendo. E agradeço por ele estar aqui para me apoiar, mesmo que espere na entrada.

Enquanto me sento em uma das cadeiras duras vermelho-escuras, vejo Ella em uma maca de fisioterapia, com uma fisioterapeuta ao lado guiando-a em um delicado movimento de pernas para mobilizar as articulações do quadril e fortalecer os músculos fracos. Ella faz caretas a cada alongamento, uma prova do esforço que cada movimento exige. Só que com cada repetição há uma sensação de vitória, um passo mais perto da recuperação plena. O suor escorre pela testa enquanto os braços tremem entre puxões e alongamentos. As bochechas estão coradas, enchendo-se de ar antes que ela expire.

A fisioterapeuta de Ella, uma mulher alta de cabelos prateados, fala com ela entre os movimentos, oferecendo palavras de apoio e instruções técnicas. Volta e meia ajusta a postura de Ella ou impõe resistência em manobras específicas. Em outra parte, barras paralelas estão montadas, o próximo passo para que Ella pratique ficar de pé e caminhar com apoio.

Eu a observo pelos vinte minutos seguintes antes que a levem para fora da sala de terapia com o apoio de um andador. Quando ela me vê esperando, para, os nós dos dedos ficando esbranquiçados ao apertar o apoio de mãos acolchoado.

Eu me levanto da cadeira, segurando um buquê de rosas na cor laranja.

Ella o encara, demorando-se nas cores. Então o seu olhar se volta para o meu rosto.

— Ei — cumprimenta, a voz mais forte apesar de ser perceptível que falhou.

Ela me olha de um jeito diferente.

É como se lembrasse de mim… só que não do mesmo jeito.

— Ei — respondo. A palavra é permeada por esperança, que desaparece assim que ela desvia o olhar de mim.

— Vem — murmura. — Podemos ir para a sala de visitas.

Eu a sigo em direção a um espaço de consulta com paredes azul-claro e luz ambiente suave. O sol da primavera entra por várias janelas, fazendo o cabelo curto dela brilhar nos tons de sempre de vermelho e castanho. Recentemente fizeram um corte chanel, com a parte de trás mais curta por conta da cirurgia e a frente mais longa. Ela brinca com as mechas compridas, sentada em uma das cadeiras acolchoadas.

Puxo outra cadeira para perto e entrego as rosas para ela.

— Você parece bem.

Ella não mantém contato visual ao segurar as flores no colo e mexer em uma das pétalas.

— Ainda estou com cara de morta, mas obrigada. — Os olhos dela tremulam, fechados, em uma longa exalação. — Você não precisa continuar me trazendo flores, Max.

— Eu sei. Mas eu quero trazer.

— Você também não precisa me visitar todos os dias. Tenho certeza de que está ocupado.

— Nunca estou ocupado demais para você, Sunny.

Ela engole em seco.

— Disseram que estou quase pronta para voltar pra casa.

Casa.

Houve um tempo em que eu imaginava que estava me tornando a casa dela. De alguma forma, não acho que esse seja o caso.

— Isso é ótimo.

— É.

A conversa-fiada me consome. Minha pele coça dos pés à cabeça e tudo o que quero fazer é me ajoelhar em frente a Ella, enfiar minha cabeça no seu colo, sentir os dedos dela mergulharem no meu cabelo como costumavam fazer. Quero sentir o cheiro dela. Laranjas e raios de sol. Quero pegá-la nos braços e levá-la para casa... uma da qual eu faça parte.

Inclinando-me sobre os cotovelos, esfrego as mãos pelo meu rosto e as deixo lá, tentando não começar a chorar na frente dela.

— Ella, conversa comigo.

— Estou conversando — sussurra.

— Isso não é conversar. Isso não é a gente. Alguma coisa se quebrou entre nós e não sei como consertar. — Ergo meu queixo e junto meus dedos. — Fiz alguma coisa de errado?

Os olhos dela estão arregalados e sombrios enquanto balança a cabeça.

— Não, você não fez nada de errado. Eu só não... sou eu mesma. Estou tentando me acostumar, e isso leva tempo.

As palavras não parecem sinceras.

— Eu vejo como você é com a sua mãe. Com a Brynn e o Kai. É como se nada tivesse mudado com eles, mas comigo...

— As emoções ficam presas na minha garganta. — Parece que tudo mudou.

— Isso não é verdade.

— Você sente que sua memória está falhando de algum jeito? Que tem buracos, partes faltando? Estou quebrando a cabeça, tentando descobrir por que tem esse muro entre a gente. Se você precisar que te relembrem de alguma coisa, posso fazer isso.

— Max...

Ella balança a cabeça, apertando os lábios.

— Eu te conto sobre quando a gente brincava de Pauzinhos de Pooh na ponte, como te ensinei a fazer as pedras pularem no lago. Você não conseguiu, mas meu coração quase explodiu só de te ver tentar, rindo e sorrindo como se nada mais importasse. Só aquele momento... aquele momento comigo.

Faço uma pausa para recuperar o ar.

— Vou te contar sobre o show e sobre como rimos enquanto você chorava no caminho até lá, parecendo livre pra caralho, tão em paz enquanto estávamos de mãos dadas e a música tocava pelos autofalantes. E como te segurei contra o meu peito enquanto a banda tocava, com os braços em volta de você, meus lábios roçando na sua orelha. Queria tanto te beijar que doía. E vou te contar sobre aquela noite na ponte quando te beijei. O tempo parou. Ella. O mundo parou. Tudo parou — confesso. — E *porra*... tem horas que queria que tivesse parado mesmo. Queria que tivesse parado bem ali, naquela hora, congelado aquele instante, porque só assim poderia te segurar para sempre, do jeito que você estava. Do jeito que *a gente* estava.

Nem percebo que as lágrimas estão rolando pelo meu rosto até elas se acumularem no canto dos meus lábios. Eu as afasto passando a língua por eles, deixando escapar uma respiração trêmula enquanto engasgo com as palavras finais.

— A gente era feliz.

como alcançar o Sol **365**

Ella me encara com os olhos cheios d'água, o buquê de rosas tremendo no colo dela. Os lábios estão entreabertos com uma respiração rápida e instável, as lágrimas se acumulam, as bochechas brilham em um tom rosado.

Quando ela não responde, é como se o meu coração se arrastasse por cima de vidro quebrado. Ella não diz nada e só me encara, boquiaberta, como se eu tivesse acabado de declamar a Declaração da Independência em francês.

— Porra — xingo baixinho, passando as duas mãos sobre o rosto, apagando as provas da minha dor. — Desculpa. Vou embora.

— Max...

Eu me levanto da cadeira e me viro para ir embora.

— Max, não vá — diz, chorando. — Eu me lembro. Eu me lembro de tudo isso.

Paro, de costas para ela. Coço a parte de trás do meu pescoço e abaixo a cabeça, sem saber o que fazer. Passamos dois meses nesse purgatório doloroso e não faço a menor ideia de como consertar.

Engolindo em seco, me viro lentamente para encará-la.

— Se você precisar de espaço... tempo... — começo, vendo os lábios dela tremerem pela emoção. — Posso fazer isso. Vou esperar. Mas se acabou... só me conta logo. Diz pra mim. Que seja rápido.

As lágrimas rolam pelo rosto dela enquanto segura o buquê contra o peito. Então ela estica a mão para mim, acenando para que eu me aproxime.

Mordendo o lábio, solto um suspiro que estava preso e deixo minhas pernas me levarem até ela. Afundo na cadeira à frente dela e puxo até que estejamos a centímetros de distância. Nossos joelhos se encostam. Minhas mãos buscam as dela, levando-as até meus lábios, espalhando beijos nos dedos ressecados.

Ella se solta e passa o braço ao redor do meu pescoço, me puxando para perto.

Quase solto um gemido com o contato. Com a sensação do rosto dela se aconchegando na curva do meu pescoço. Eu a seguro. Eu a abraço. Eu a aperto com força, sentindo seu corpo se moldar contra mim. Quente e vivo. Pequeno, mas forte.

Ela nunca me responde.

Não me diz se acabou ou se apenas precisa de espaço. Só que eu não pressiono. Não imploro por mais do que está me oferecendo.

Eu apenas a seguro.

E finjo que estamos na ponte outra vez, dançando e nos beijando sob as estrelas, presos naquele instante congelado no tempo.

McKay se levanta assim que me vê virando o corredor.

— Oi — diz ele, despenteando o cabelo desgrenhado, parecendo tão inquieto quanto eu.

Não digo nada ao passar por ele e atravessar as portas duplas em direção ao sol quente. Ele me alcança. Chama por mim enquanto vasculho os bolsos atrás de um maço de cigarros.

Passei meses sem fumar. Sempre soube que era um mau hábito, mas servia para me distrair das minhas responsabilidades e aliviar meu estresse. Só que Ella chegou, e *ela* se tornou meu alívio. Em vez de buscar por cigarros, buscava por ela.

Mas o que é bom não dura para sempre.

— Max — diz ele mais uma vez, segurando meu cotovelo para interromper minha caminhada acelerada pelo estacionamento. — Como ela tá? O que ela falou?

— Você pode ir lá e perguntar — respondo, minhas palavras abafadas pelo papel e pela nicotina. Meus pulmões se enchem de fumaça que traz um doce alívio, e eu a solto pelas narinas.

— É capaz de você conseguir fazer mais progresso do que eu a essa altura. Depois me diz como é que foi.

Tento sair andando, mas McKay me segura.

como alcançar o Sol **367**

— Ela não disse nada?

Suspiro, finalmente me virando para encarar meu irmão. Ele parece pálido, a luz do sol faz reluzir o suor na sobrancelha.

— Não exatamente. Ela mal fala qualquer coisa comigo.

Ele expira lentamente, os ombros relaxando.

— Isso é tão… esquisito — diz. — Você acha que ela está com amnésia? Perdeu a memória?

McKay olha por cima do meu ombro, trocando o peso de um pé para o outro.

— De acordo com os médicos, ela se lembra de tudo.

E é por isso que nada faz sentindo.

Assentindo lentamente, ele esfrega a mão pela mandíbula.

— Porra, cara. Isso deve ser uma merda. Não consigo me imaginar tendo que viver com essas lembranças… — Ele engole em seco e abaixa a cabeça. — Cair de uma ribanceira desse jeito. Esperar alguém te achar. Sem saber se você vai sobreviver ou não.

Meu peito dói, sinto o meu interior se embolar.

Não consigo pensar nisso. As imagens já me perturbam o bastante nos meus sonhos.

— Vamos lá — resmungo, afastando meu tormento. Dou mais algumas tragadas no cigarro antes de esmagá-lo debaixo do sapato. — A gente tinha que dar uma olhadinha no papai, então tentar desvendar aquele problema elétrico com a fiação.

Para minha surpresa, McKay tem ajudado bastante nos últimos dois meses com as obras de casa e levando nosso pai para uma série de consultas médicas enquanto tentamos descobrir a origem daquele comportamento estranho. A primeira visita ao hospital foi deixada em segundo plano por algumas semanas por causa do acidente de Ella. Mas, depois de uma ida à emergência que veio como consequência de outra noite assustadora de terrores noturnos — que rendeu a McKay um machucado no queixo —, os exames foram inconclusivos. Fomos encaminhados a um especialista e ainda temos mais uma consulta no horizonte.

Não temos respostas, mas descartaram muita coisa. Deficiência de vitaminas, problemas de tireoide, tumor no cérebro, várias condições neurológicas. O alívio que senti quando nada de sério foi descoberto sempre desaparece no instante em que meu pai passa por outro episódio. Na noite passada, ele se convenceu de que Rick estava do lado de fora, espreitando nos arbustos. Ele nos mandou apagar as luzes e trancar as portas enquanto se escondia debaixo da mesa da cozinha, segurando um taco de baseball.

O estresse está me comendo vivo. Ella. Meu pai. Saber que a escola vai acabar em breve e não tenho a menor ideia de que porra vou fazer com a minha vida. Sem ambições de ir para a faculdade, sem grandes planos, sem Ella para me guiar através do desconhecido assustador. Nunca me senti mais abatido e derrotado.

McKay me segue até a caminhonete enquanto pulamos para dentro e ligo o motor.

— Vai ficar tudo bem — diz para mim, se encostando no assento e olhando pela janela, a expressão dura. Ele balança os joelhos enquanto repete: — Vai ficar tudo bem.

Não respondo enquanto dou ré para sair do estacionamento e acelero em direção à luz do sol traiçoeira.

Em outra vida, eu talvez acreditasse nele.

Capítulo 31
ELLA

Lar, doce lar.

Meu quarto parece o mesmo, não há nada fora do lugar. Os objetos de encadernação estão jogados pela mesa e minha roupa de cama ainda está bagunçada como na última vez que dormi ali. Até a minha luminária de lava está acesa, lançando um brilho magenta nas paredes laranja-melão.

Eu me seguro no andador, entrelaçando meus dedos no apoio de mãos.

— Vou te dar um pouquinho de espaço — diz minha mãe atrás de mim, estendendo a mão para apertar o meu ombro. — Leve o tempo que precisar e relaxe. Vou fazer uma comida quentinha pra gente.

Lanço um olhar vazio para um pôster de cavalo pregado à minha parede e me imagino cavalgando sob o céu do Michigan.

— Não estou com fome.

— Você deveria comer alguma coisa. Precisa estar forte enquanto se recupera.

— Estou me recuperando bem. Andando, ficando mais forte a cada dia.

É verdade. Minha atrofia muscular diminuiu, graças a semanas de fisioterapia. Até consegui dar alguns passos sem o andador pela manhã.

— Vou comer quando estiver com fome — digo.

— Ella.

— O que você ia me contar no hospital no dia que eu acordei?
Cerro os meus dentes enquanto mantenho o olhar fixo no outro lado do cômodo. Escuto a respiração aguda da minha mãe atrás de mim antes de senti-la no pescoço.

— Você nunca mais tocou no assunto. Parecia importante — insisto.

Alguns instantes de silêncio se passam.

— Sua avó está em cuidados paliativos. Não queria te preocupar.

— Você já me contou que ela estava doente.

— Já, mas é pior do que eu disse. Ela não tem muito mais tempo.

Sinto um aperto no coração. Vovó Shirley e eu nunca fomos muito próximas, mas ela é minha família. E, além de mim, é tudo o que restou à minha mãe.

— Sinto muito. Queria poder visitá-la.

— Eu sei, meu amor — diz minha mãe. — Vou fazer um jan…

— Mas não era isso — interrompo.

Ela pausa, inspirando fundo outra vez.

— O quê?

Sinto um zumbido de intuição no meu peito. A minha mãe está escondendo algo de mim. Tenho certeza. Ela está chateada por causa da vovó Shirley, claro, mas não era isso que ia me contar no hospital naquela noite. Eu me viro lentamente, me apoiando no andador. Minha mãe espera com a mão perto do peito enquanto seus olhos brilham com as palavras não ditas.

— Me conte — imploro.

O olhar dela desvia para o carpete.

— Mãe… por favor.

— Tá bem — cede, a garganta vibrando ao engolir em seco. — Tem a ver… com o pai do Kai, o Ricardo.

Espero.

Leva um tempo até que eu processe as palavras, porque não estava esperando por isso.

como alcançar o Sol **371**

— O que tem ele?

— Bom, ficamos mais próximos nos últimos meses, enquanto você estava no hospital. Nós começamos a namorar — confessa. — Não queria te perturbar. Sei que é esquisito. Não namoro ninguém desde que o seu pai foi embora e já faz mais de dez anos, então espero que você não tenha...

— Mãe — digo, cortando-a. — Isso é incrível. Por que você ficou com receio de me contar?

Minha mãe comprime os lábios e balança a cabeça, dando de ombros.

— Eu... não sei. Sinto muito. Achei que você ficaria abalada e entenderia mal.

Franzindo a testa, balanço a cabeça para ela.

— Nem pensar. Estou feliz por você. Claro que estou.

— Sério?

— Sério. — Aperto os olhos enquanto absorvo a notícia. — Brynn não me contou.

— Pedi para ela não te contar. Achei que seria coisa demais para lidar. Você estava tão frágil, Ella. Queria ser cuidadosa.

— Bom, está tudo bem. Mais do que bem — digo, sentindo uma pontada de alegria pela primeira vez em muito tempo. Minha mãe merece sossegar e curtir um romance mais uma vez.

— Estou feliz por você.

Ela abre um sorriso ainda maior e balança a cabeça rapidamente.

— Obrigada. Vou preparar uma caçarola. Você precisa comer alguma coisa.

Tento protestar, mas ela sai rapidamente pelo corredor até a cozinha. Suspirando, fecho a porta atrás de mim e encaro o silêncio. Fico parada no meio do quarto, absorvendo tudo, olhando para o espaço pequeno e a montoeira de bagunça organizada.

Quando meu olhar encontra o verde sombrio no espelho do outro lado, paro para mirar o meu reflexo. Olhar de verdade para ele. É uma representação fiel de como me sinto por dentro, decido. Doente e esgotada. Anêmica. Minha pele pálida está quase translúcida e círculos escuros contornam os olhos. Os cabelos, que um dia foram brilhantes, emolduram meu rosto em mechas opacas e quebradiças, graças aos produtos de higiene vagabundos que usei no hospital e no centro de reabilitação. Minha mãe havia levado meu condicionador favorito, mas nunca tirei da mochila. Ter um cabelo saudável não parecia importante quando todas as minhas outras partes estavam fracas. Uma alma doente e um coração acamado.

O médico me disse que depressão e oscilações de humor eram sintomas esperados. Uma psicóloga foi conversar comigo algumas vezes, mas o que eu podia dizer para ela? Dezembro passado eu estava no precipício, caindo de amores por um rapaz que tem um rosto assustadoramente parecido com a pessoa que me atacou e me deixou para morrer.

Não.

Não é um processo de cura. Apenas uma ferida aberta sangrando de ironia.

Ainda que Brynn tenha sido uma fonte inesgotável de vivacidade e consolo, reparei que, em algum momento... parei de acrescentar o ponto de exclamação ao fim do nome dela. Lentamente vou até a cama e arranco uma colcha do colchão, que levo até o espelho e uso para cobrir a superfície. Não quero encarar as evidências físicas do meu declínio.

Também não há cura para isso.

Antes de voltar para a cama, hesito perto da janela. Dou uma olhada no lado de fora, no céu escuro com as últimas pinceladas de um sol se pondo. Laranja-sangue e rosa-escuro. As cores respingam no telhado da casa dos Manning, o que faz parecer que as paredes estão ardendo em chamas sobrenaturais. É assustador e lindo ao mesmo tempo. Aproveito a visão por alguns minutos antes de abrir um pouco a janela, grata por não estar emperrada, e me arrastar até a cama.

como alcançar o Sol **373**

Minha mãe bate na porta uma hora mais tarde, me avisando que o jantar está pronto, mas eu a ignoro e finjo que já estou dormindo. Ouço os passos dela se afastando e tudo volta a ficar em silêncio. O crepúsculo se transforma em noite, mas o sono nunca chega para mim. As horas passam em câmera lenta enquanto me reviro, me livrando das cobertas para depois puxá-las mais uma vez. Rolo de costas, de lado, tentando ficar confortável. Mas parece que o conforto não consegue me encontrar.

Passo a noite inteira me perguntando se ele vai entrar pela janela.

Só que ele nunca chega.

O segundo dia traz outros dois detetives à minha porta. Depois que acordei do coma, eles entraram e saíram do hospital, com blocos de anotações e expressões estoicas, fazendo perguntas e me interrogando sobre a queda.

Mencionaram alguns nomes.

Neguei tudo.

Sem provas além do machucado misterioso na minha bochecha, eles ficaram de mãos atadas. Saíram da minha casa trinta minutos depois, sem sequer chegarem perto de descobrir a verdade. Atravesso a porta de entrada, o andador abrindo caminho, e vejo os carros de polícia saírem rapidamente pela estrada de cascalho.

Enquanto os pneus deixam para trás uma nuvem de pedras e areia, aperto os olhos em direção ao sol. Do outro lado da rua, um cortador de grama se engasga à medida que a poeira abaixa. Max está de pé no meio do terreno, puxando a corda de partida várias vezes, sem sucesso. A luz do sol o ilumina, fazendo com que sua pele brilhe contra a regata azul-marinho. Os músculos do braço se destacam a cada puxão que ele dá na corda.

Depois de uns cinco minutos, ele desiste, solta o ar e se afasta do cortador de grama. Vejo o suor escorrer pelas laterais do pescoço e enxarcar as raízes do cabelo dele.

Pouco depois, ele caminha na minha direção.

Eu endireito a minha postura na varanda, apertando o andador com mais força, mas não é apoio físico que estou buscando. Vejo Max cruzar a rua que separa nossas casas, encarando o chão.

— Oi — cumprimento quando ele atravessa o gramado verde da primavera.

Não acredito que já é primavera.

Parece que ainda estamos no inverno, por vários ângulos.

— Oi. — Ele para na minha frente, uns trinta centímetros mais alto do que eu, mesmo que eu esteja em cima do degrau da varanda. — Como você tá?

— Melhor. Me sinto bem mais forte. — Ergo meu braço e flexiono meus bíceps, tentando trazer leveza para minha fala. — Mas você com certeza me ganharia numa queda de braço agora.

Max finalmente levanta a cabeça e nossos olhares se encontram, soltando uma descarga elétrica. Só o contato visual já faz faíscas brilhantes saltarem entre nós.

— Isso é ótimo, Ella.

Mordo os lábios e solto os braços.

— O cortador de grama está com problema?

— Parece que sim — responde ele, deslizando as mãos para dentro dos bolsos dos shorts de corrida. — O que os policiais disseram?

Dou de ombros, fingindo indiferença.

— Ainda estão investigando a queda. Não sei por quê.

— Estão de olho em uns caras da escola. Está correndo um boato de que te jogaram no lago no ano passado. — Os olhos de Max se estreitam, procurando uma reação. — Você me contaria se alguém tivesse te machucado, né?

— Claro.

como alcançar o Sol **375**

Claro que eu contaria se fosse algum idiota da escola que me tivesse me empurrado de um penhasco. Infelizmente, para nós dois, a verdade é muito pior.

Forçando um sorriso raso, olho por cima do ombro dele.

— O que o McKay tem aprontado? Não tenho visto ele por aí. Meu tom de voz é surpreendentemente estável. Nem pisco.

— Ele está ficando na casa de um dos colegas do time de basquete nesses últimos dias. Disse que precisavam se concentrar em um trabalho de biologia que estão fazendo.

Que conveniente.

— Sei.

— Ele mandou um abraço.

Sinto um aperto no peito ao segurar uma risada de desprezo. Meus olhos queimam, lágrimas quentes de raiva ameaçando cair.

— Legal da parte dele.

— É. — Max assente. — Queria te dar um pouco de espaço enquanto você se ajeitava — prossegue ele, bagunçando o cabelo liso. — Não queria te sufocar. Tenho certeza de que pareceu isso.

— Você não me sufoca, Max. Você…

Interrompo o que eu ia dizer.

Queria dizer que ele me traz estabilidade, me cura, faz com que eu sinta que sobreviver à queda não foi apenas um golpe de sorte. Mas não consigo, porque esses sentimentos entram em conflito com a imagem paralisante do rosto do irmão gêmeo dele. Toda vez que olho para Max, vejo a semelhança assustadora que ameaça o conforto que ele costumava me trazer. Meu silêncio paira no ar, pesado, carregado com palavras não ditas. Meu conflito interno continua, dividido entre o consolo que ele oferece e os ecos do passado.

— Você significa muito para mim — murmuro, desviando o olhar. — Obrigada por ir me visitar todos os dias. E por me trazer todas aquelas flores.

Percebo que as mãos dele estão sem rosas laranja hoje. Eu entendo. Não dá para comprar tantas flores. Não dá para suportar o coração ser partido tantas vezes quando as flores morriam na minha mesinha de cabeceira e a gente não chegava nem perto do que éramos.

— Ella... — sussurra Max, se aproximando até que as pontas dos sapatos dele estejam niveladas com o degrau de madeira da varanda. Ele estende uma das mãos para cobrir a minha, que segura firme no andador. — Se eu fiz algo de errado... se te aborreci de alguma forma... me diz?

Observo a garganta dele se agitar quando solto meu aperto. Entrelaço meus dedos nos dele, perdendo um pouco do meu equilíbrio com o toque. Nossas mãos se entrelaçam.

Um encaixe perfeito.

— Você não fez nada de errado — sussurro. — Nem uma coisinha. Nunca.

A dor atravessa o rosto dele, marcada em cada vinco. Ele aperta a minha mão com mais força, então assente, pisca e desiste.

— Pode me mandar mensagem a qualquer hora, Sunny. Estarei aqui.

Ele não espera pela minha resposta antes de se virar e ir embora.

Observo Max se afastar e depois o vejo brigar de novo com o cortador de grama. Ele puxa, sacode e estala a corda de partida. Uma vez, duas, doze, fazendo mais força a cada tentativa. Max xinga e resmunga enquanto o suor escorre pelo rosto dele.

Então funciona.

Um ruído gutural estoura meus ouvidos.

Conforme a tensão deixa o corpo dele, Max me olha e empurra o cortador pela grama.

Deixo uma lágrima escapar e volto para dentro.

Quando a noite cai, estou cansada e sem paciência, a ansiedade que acumulei se infiltra nos meus sonhos, e durmo e desperto várias vezes. Sonho com Phoenix, meu cavalo de estimação na infância. Meu amigo querido, que perdi há muito tempo. Cavalgamos por pastos dourados e verdejantes, o sol nos

como alcançar o Sol **377**

tocando enquanto galopamos por quilômetros. A temperatura está confortável. As nuvens são brancas como marshmallow. Tudo é perfeito enquanto os pássaros cantam e meus cabelos voam com o vento ameno.

Então McKay aparece do nada, no meio do nosso caminho. Tudo acontece rápido demais.

Com um movimento do pulso, McKay rasga a garganta do meu cavalo com uma faca, com um sorriso digno de vilão enquanto o sangue espirra no rosto dele. Mata Phoenix bem na minha frente. Eu grito, caindo, enquanto o garanhão sangra até a morte e tomba de lado, com um relincho aterrorizado.

A voz do McKay me atormenta quando caio no chão.

— Pare de fugir, Ella.

Acordo encharcada de suor frio.

Meu coração está saindo pela boca.

Meus batimentos estão acelerados.

Pode me mandar mensagem a qualquer hora, Sunny. Estarei aqui.

Procuro pelo meu celular e quase o derrubo da mesa de cabeceira, o meu rosto contorcido em lágrimas. Não penso enquanto busco pelo nome dele e digito uma mensagem rápida e desvairada.

Eu: Vem aqui. Por favor.

Não é possível que ele esteja acordado. Já são mais de duas da manhã.

Passo os dedos pelo cabelo e me curvo, tentando estabilizar a respiração. Para a minha surpresa, meu telefone apita alguns segundos depois.

Max: Dois minutos

Deixei minha janela aberta mais uma vez, o que não foi muito inteligente. McKay ainda mora do outro lado da rua, por mais que eu não o tenha visto desde que voltei. Estou facilitando muito que ele entre no meu quarto e termine o trabalho que começou. Que o segredo dele seja enterrado de uma vez por todas.

Tudo o que tenho para me defender é um taco de baseball debaixo da cama, que não é de muita serventia se eu estiver caída no sono.

Mas não é McKay que abre a janela dois minutos depois. É Max. Ele coloca uma perna para dentro do quarto, depois a outra. Está vestindo calças na cor cinza e uma camiseta branca e justa.

Minhas costas estão apoiadas na cabeceira, os joelhos dobrados na altura do peito. Ainda estou trêmula e fora de mim, o sonho está fresco na minha mente.

— Max — digo, com a voz despedaçada.

Ele continua ali por alguns instantes, me encarando através da parede de escuridão, os braços caídos ao lado do corpo. Ele aperta e estica os dedos, como se não soubesse se pode ou não me tocar.

Facilito as coisas para ele. Ergo minha mão e seguro a dele, um apelo silencioso por conforto.

Max engatinha na minha cama, os braços fortes e seguros me envolvendo e me puxando para perto.

Alívio. Trégua. Conclusão.

Um suspiro trêmulo escapa de nós dois quando enterro minha cabeça no peito dele e inspiro seu cheiro. Limpo, terroso e familiar. Um vestígio de fumaça. Bosques e pinheiros. Max enfia o nariz no meu cabelo, passando a mão por trás da minha cabeça, com gentileza, contra a cicatriz da minha incisão — um zigue-zague roxo atravessando a parte de trás do meu crânio. Ao redor da cicatriz, cresceram alguns centímetros de cabelo, que ele acaricia gentilmente com a ponta dos dedos. Max tenta falar algo, mas não quero conversar. Não há nada a dizer.

Em vez disso, me inclino e encontro os lábios dele, interrompendo-o.

como alcançar o Sol **379**

Max fica imóvel quando nossos lábios se juntam. Não hesito e nem sou suave. Minha língua invade a boca de Max, a respiração dele trava com o contato, assustado. Incerto.

Ele recua com a respiração brusca, embala meu rosto entre as mãos e franze a testa.

— Ella...

Nenhuma conversa.

Nenhuma palavra.

Meus olhos estão arregalados ao percorrerem aquele belo rosto hesitante.

Eu o beijo mais uma vez.

Levanto a perna e a enlaço ao redor da cintura dele, puxando-o totalmente contra mim. Minha língua invade a boca de Max e nós dois soltamos um gemido. A língua dele desliza contra a minha, qualquer hesitação se dissolvendo, o beijo se tornando voraz, devorador. Ele desliza a mão até o meu pescoço, pressionando os polegares contra a minha mandíbula e abrindo-a. Nossas línguas se transformam em um nó afoito. Uma dança molhada e faminta. Deixamos nossos gemidos sangrarem juntos, inclinando nossos rostos à procura de mais lugares que possamos alcançar e saborear. Faz muito tempo. Os meses sem nos beijarmos me deixaram faminta.

Eu me abaixo e desço os shorts pelo quadril, arrancando a calcinha em seguida. Sem interromper o beijo, puxo uma das mãos dele e a movo, descendo, até que a palma esteja pressionada entre as minhas coxas. Ele para de mexer a língua e estremece, gemendo, paralisado.

Estou muito molhada.

Os dedos de Max desaparecem dentro de mim, mergulhando fundo e rápido, meu desejo soando como um eco escorregadio no cômodo silencioso.

Só que não é o bastante. Preciso de mais.

— Camisinha — sussurro sem ar, me afastando dos lábios que beijei tanto.

Max tira o dedo de dentro de mim, me acariciando até que eu me contorça.

— Não trouxe — diz.

Fecho os olhos e minha boca se entreabre em um gemido silencioso enquanto rebolo na mão dele.

— Não tem problema. Você é tudo que eu preciso. Tão irresponsável. Tão descuidadamente irresponsável.

— Ella. — Os dedos dele continuam se mexendo, me levando à loucura quando Max encosta a testa na minha. — Tem certeza?

— Eu...

Meu corpo tem certeza. Tanta certeza. Mas minha hesitação pesa entre nós e ele para de me tocar.

— Ella — repete Max, parando e descansando a mão gentilmente entre as minhas pernas. — Preciso que você tenha certeza.

— Não para — imploro, afundando as mãos no cabelo dele.

— Olha para mim.

Continuo de olhos fechados. Não consigo. Não consigo abri-los.

A mão dele sai do meio das minhas pernas e eu o escuto suspirar ao se afastar. Cegamente, procuro por ele, trazendo-o de volta para mim e enterrando minha cabeça na curva do ombro dele.

— Você não vai me machucar.

— Não é só isso que me preocupa — responde, depositando um beijo na minha testa.

Lágrimas brotam por trás das minhas pálpebras fechadas enquanto me agarro a ele com o máximo de força que meus músculos frágeis permitem.

— Por favor — sussurro. — Preciso de você.

O coração dele bate forte contra o meu. As mãos serpenteiam por mim, segurando minha bunda nua e seguindo até a bainha da minha camiseta.

Sinto as respirações quentes e regulares contra o meu cabelo.

— Porra.

como alcançar o Sol **381**

Então Max desliza pelo meu corpo, me colocando gentilmente de costas enquanto se ajeita entre as minhas pernas e separa os meus joelhos. Sinto o coração bater na garganta. Minha mão agarra um punhado do cabelo de Max quando ele desliza os braços por baixo das minhas coxas para me segurar firme antes de abaixar a cabeça.

Solto uma exclamação quando sinto a língua dele me penetrar.

— Meu Deus... *Max*.

Meu corpo inteiro treme, minhas costas arqueiam contra o colchão por instinto. Qualquer dor ou resistência que pudesse sentir desaparece, substituída pela boca dele me devorando. As pontas do dedo de Max arranham minhas coxas. Minhas mãos agarram o cabelo dele com um aperto violento. Se o machuquei, ele não percebe. Não se incomoda.

Estou quase lá. Dolorida, carente, cheia de sentimentos reprimidos.

Minhas coxas apertam o rosto dele, tremores ondulando pelo meu corpo, tomando conta de mim a cada lambida. A boca de Max se fecha em mim e ele me chupa com intensidade enquanto mete dois dedos dentro de mim.

Ele mete e tira. Sem parar.

Ritmo.

O ritmo perfeito para uma explosão.

A boca dele foi feita para mim. Sabe o que eu preciso. Max sabe o que desejo e me leva ao meu limite, sem piedade.

É de partir o coração que esse garoto seja tudo o que eu poderia desejar e muito mais, mas, ainda assim... mal consigo olhar diretamente para ele.

Olho para baixo, meus shorts e minha calcinha pendurados em um tornozelo. Enrosco as pernas nos ombros dele e cravo minhas unhas no seu couro cabeludo, me segurando para me manter viva. Me agarrando ao momento, ao sentimento, ao tempo que para quando nada mais importa. Tudo se despedaça, menos ele. Somos só nós dois... Max e eu.

Eu me empurro contra o rosto dele enquanto sinto arrepios correrem pelo corpo. Um gemido rouco escapa meus lábios. Logo Max levanta a mão para cobrir a minha boca, para calar o meu grito que poderia até acordar os mortos, e mordo quando dois dedos dele entram na minha boca.

O orgasmo toma conta de mim, um raio de luz contra o céu escuro. Quero gemer, gritar, soluçar e rir. Sinto uma descarga elétrica libertadora que sacode minhas estruturas. Estou voando...

E logo caindo.

Galhos de árvores machucam a minha pele. O frio toma conta dos meus pulmões. Fogos estouram no céu enquanto McKay me encara, observando, esperando, implorando para que eu morra.

A felicidade se esvai e o pavor toma conta de mim. Murcho no colchão, me transformando em uma pilha de derrota, decadente e miserável.

A princípio, Max não percebe e continua a subir lentamente pelo meu corpo, parando um momento para acariciar com a ponta dos dedos a cicatriz no meu baixo ventre deixada pela cirurgia. É comprida, curva e rosada, mergulhando em direção à linha do biquíni.

Curvando-se, ele deposita um beijo suave na pele marcada, parando apenas quando sente meu tremor. Max afasta os lábios de mim quando levanta a cabeça e encara o meu corpo trêmulo, meus soluços silenciosos estragando o momento íntimo.

O prazer se esvai, substituído por memórias carregadas de luto.

— Minha Sunny — murmura, respirando angustiado, os braços dele subindo pelo restante do caminho até estarmos cara a cara. — Ella... Meu Deus. Por favor, não chora. Você está segura. Estou aqui.

Passo meus braços ao redor do pescoço de Max e o puxo para perto, enfiando sua cabeça na curva do meu pescoço e enroscando as minhas pernas na cintura dele. Os minutos se passam em silêncio e minhas lágrimas secam, a dor retornando para o

como alcançar o Sol **383**

buraco escuro e sem vida, tendo sugado minhas forças do mesmo jeito que um parasita suga o hospedeiro.

O momento acabou. O tempo corre e uma única palavra paira na ponta da minha língua.

Fique.

Quero dizer isso, gritar, gravar no coração dele.

Fique, fique, fique.

— Vai — é tudo o que eu murmuro.

Max congela em cima de mim, a respiração presa na garganta. Um ar que sussurra como um arrepio fantasmagórico no meu pescoço quando ele deixa escapar.

Ele se levanta e me encara.

Meus lábios tremem quando digo:

— Você deveria ir.

Posso ver seu rosto formar uma careta, iluminada pela suave luz da lua que invade o quarto.

Ele engole em seco.

— Não quer que eu fique?

— Minha mãe vai aparecer pra ver como estou. Não é uma boa ideia.

— Ella, eu não ligo…

— Obrigada — disparo.

A palavra soa horrível e irritante. Egoísta. Como se ele tivesse me prestado um serviço e, depois, estou dispensando-o.

— Desculpa, eu só… acho que devia tentar dormir um pouco. Te ligo amanhã.

Max solta outra expiração profunda, a cabeça caída, o queixo encolhido contra o peito, absorvendo minha rejeição. Em seguida, assente e se afasta.

— Tá — murmura. — Claro.

Nada mais é dito quando ele se levanta do colchão e caminha lentamente até a janela. Ele hesita por um instante, apenas um segundo, passando a mão pelo cabelo antes de sair pela janela e desaparecer na escuridão.

Nas duas noites seguintes, a rotina continua.

Pela janela aberta, Max invade o quarto depois da meia-noite e me desfaz com a língua e os dedos. Então eu desmancho em lágrimas nos braços dele, que acaricia meus cabelos, afasta meus demônios e me diz que tudo vai ficar bem. Deixo que ele me segure por alguns minutos, saboreando seu toque. O calor. O amor. Aproveitando os poucos segundos preciosos que nos permito ter.

Só que os segundos se passam e eu mando Max ir embora com a desculpa de que a minha mãe vai encontrá-lo na minha cama ao amanhecer. Ele sabe que não é por isso. Não sabe qual é o verdadeiro motivo, mas sabe que não é esse.

Max não pode ficar porque tenho medo das palavras que podem escapar da minha boca.

Estou apavorada com a verdade que vai deixar os meus lábios quando cair em pesadelos macabros. Tenho medo de que quando acordar de repente à noite, eu o confunda com outra pessoa.

E tenha medo dele.

Nunca quero ter medo dele.

Então, não deixo que Max fique.

Faço com que vá embora. Eu o afasto, ainda que destrua nós dois.

E conto os minutos até que ele volte.

Capítulo 32
ELLA

No meu quinto dia em casa depois de sair do centro de reabilitação, estou deitada na cama, imersa nos últimos capítulos de *Monstro*. Apesar de estar ciente de que os trabalhos estão atrasados e que vou precisar correr atrás de um diploma de supletivo quando estiver totalmente recuperada, sinto vontade de terminar o livro. Nunca parei um livro pela metade, mesmo quando não estava gostando da leitura. Nada parece pior do que uma história pela metade, com personagens no limbo, os pontos do enredo se chocando no desconhecido. Essa ideia sempre me trouxe ansiedade, então eu me arrasto por páginas e páginas até chegar ao fim. Não importa o que aconteça.

Por sorte, esse livro é ótimo.

Não me arrependo.

Minha mãe se aproxima de mim e fica na porta enquanto estou deitada, enrolada debaixo de um antigo cobertor que a vovó Shirley costurou para mim anos atrás — é o jeito que encontrei de me sentir perto dela, já que não posso visitar. Estava enfiado em uma caixa no meu armário, mas ficou novinho em folha depois de uma lavagem rápida. Uma parte tola de mim gostaria que fosse possível fazer isso com o meu próprio bem-estar.

— Meu amor — diz minha mãe, com a mão segurando a porta. — Você pode me encontrar na sala?

Deixo o livro de lado, na cabeceira, perto do meu caderno de rascunhos. Tenho trabalhado em uma carta para Jonah, mas meus pensamentos estão confusos e nada parece certo. Nada parece bom o suficiente para enviar a ele. Depois de começar uma centena de vezes, tudo o que tenho são maços de papel pautado amassados e espalhados entre lençóis e a minha decepção.

Quando ergo o olhar, ele se fixa na minha mãe. Ela está branca, a pele mais pálida do que a minha.

— O que foi? — pergunto.

— Nada.

A voz dela oscila com a palavra.

Ao contrário de mim, ela é uma péssima mentirosa.

Ela puxa o cabelo para trás, os dedos trêmulos.

— Você está se sentindo melhor, né?

— Estou. Circulei um pouco com o andador pela manhã.

O suspiro dela parece aliviado, o que é uma boa resposta, mas ainda sinto um incômodo no peito. A suspeita floresce entre minhas costelas.

— Tem a ver com o pai do Kai? Você vai me apresentar oficialmente pra ele como seu novo namorado? Porque isso não é grande coisa. Já te disse.

Desviando o olhar e mexendo no cabelo, minha mãe limpa a garganta, sem negar ou confirmar minhas suspeitas.

— Eu te encontro na sala de estar em um minuto — diz.

Então ela desaparece da soleira da porta tão rápido que posso jurar que deixa uma nuvem de fumaça para trás.

Esfrego a palma da mão no peito.

Meu telefone está na mesa de cabeceira ao lado do giz de cera plantado e da pedra branca. Pego o celular antes de sair da cama, morrendo de vontade de tomar um banho, mas curiosa para descobrir o que a minha mãe quer.

Pendurando minhas pernas para um dos lados da cama, sorrio para a série de mensagens e gifs de Brynn, que me animaram nos últimos dias, então abro minhas mensagens recentes para Max.

como alcançar o Sol **387**

Eu: Sinto falta das suas listas

Meu sorriso se desfaz.

Enviei às quatro da manhã, horas depois de Max me saciar e cansar, a língua ocupada comigo o máximo que pôde. Ele me levou ao limite várias vezes, então se afastava, se divertindo com o meu corpo se contorcendo e com meus protestos, sabendo que precisava aproveitar cada pouquinho de tempo que eu oferecia. Quando gozei, foi para valer. Depois, envolvi minha mão ao redor dele quando Max se ajoelhou por cima de mim, me prendendo, então gozou na minha barriga, puxando o meu cabelo, a outra mão agarrando a cabeceira da cama enquanto se desfazia com um gemido agudo.

Deixei que ele me segurasse em meio às lágrimas.

Então Max foi embora.

Sinto um aperto no peito quando descubro que ele não respondeu a minha mensagem. Apareceu como lida um minuto depois que enviei. Não posso culpá-lo, assim como não posso culpar meu pobre coração por sofrer por causa do tratamento de silêncio que eu mesma comecei.

Coloco o celular na mesa de cabeceira com a tela para baixo e me levanto devagar do colchão. Levo um momento para me recompor, recuperar meu equilíbrio e avançar com minhas pernas frágeis. Elas não estão mais molengas como gelatina, pelo menos. Estão mais para um espaguete que passou um pouco do ponto. Eu me recuso a pegar o andador quando vou até a porta do quarto. A voz da minha mãe reverbera pelo corredor, vindo da sala de estar, o que me deixa mais curiosa.

Tenho certeza de que vou encontrar Ricardo e Kai sentados na sala, com os nervos à flor da pele, prontos para me contar sobre o relacionamento.

Deixo escapar um suspiro enquanto sigo em frente.

Vou cuidadosa pelo pequeno corredor, minha mão se apoiando na parede cor de creme para me manter firme e de pé. Estou sorrindo de novo quando chego ao fim, feliz com a conquista. Até agora, foi a caminhada mais longa que fiz sem auxílio.

Minha mãe se levanta do sofá à minha frente, os olhos arregalados, as mãos se retorcendo contra a barriga enquanto fica me encarando sem reação.

— Ella.

— Andei o caminho todo — conto. — Consegui.

Lágrimas escorrem dos olhos dela. Está feliz por mim.

Só que antes que eu possa dizer qualquer coisa, uma sombra rouba minha atenção, me tirando daquele momento de orgulho.

Cerro as sobrancelhas e fixo o meu olhar na minha mãe enquanto ela engole em seco e as lágrimas caem livremente pelas bochechas pálidas.

Sou tomada por uma sensação.

Um golpe de consciência. Uma cotovelada no estômago.

Eu me viro lentamente quando o vislumbre de cabelos acobreados surge na minha visão periférica.

Então congelo.

Uma nuvem de incredulidade se forma ao meu redor quando meus olhos encontram um tom familiar de verde-escuro.

Eu exclamo. Engasgo. Oscilo, balanço e tremo.

Ele me encara do outro lado da cozinha, com os olhos brilhando de emoção. A voz dele fica mais aguda quando diz, com um sorriso que não vejo desde os meus quinze anos de idade:

— Ei, Leitão.

A última coisa que escuto é o meu próprio grito de dor.

Então os braços da minha mãe estão ao meu redor, me segurando enquanto vou ao chão.

Capítulo 33
ELLA

Jonah se senta ao meu lado no sofá.

Jonah

se senta

ao meu lado

no

sofá.

Minha mãe segura um lenço na altura do rosto, cobrindo a boca e o nariz, sentada do meu outro lado, acariciando meu cabelo enquanto meu corpo treme violentamente naquele terremoto.

— Eu te disse para esperar na cozinha — repreende, a voz dela distorcida e confusa. — Queria que ela se preparasse. Ella ainda está fraca, Jonah.

— Eu esperei por anos. Não conseguia esperar mais.

Isso é um truque.

Não é real.

Ainda estou em coma.

Puta merda — *ainda estou em coma.*

Belisco minha própria pele, puxo o cabelo, bato o pé.

Acorda, Ella.

Acorda!

O cenário não muda.

Tombo minha cabeça para a esquerda e Jonah ainda está ao meu lado, o braço por cima do sofá, o rosto enrugado com afeição e preocupação enquanto acaricia minhas costas e diz que está tudo bem.

— Não — choro. — Não, não, não. Você não é real. E-eu não...

— Eu sou real. — Jonah me pega pelos ombros, me segurando enquanto eu desabo física e mentalmente. Encontrando meus olhos, ele me força a olhar diretamente para ele. — Respira fundo. Respira, Ella. Eu sou real mesmo. Estou bem aqui. Senti sua falta pra caralho.

Meu rosto se contorce.

— Não.

Minha mãe aperta meu antebraço, fungando ao meu lado.

— Meu amor, sinto muito por não ter contado antes — diz, se engasgando. — Não queria alimentar esperanças caso não funcionasse... você já chegou tão longe. Só que então o acidente aconteceu e eu fiquei apavorada. É muita coisa pra assimilar e você mal conseguia ficar de pé. Achei que só ia conseguir meu garotinho de volta porque ia perder minha menininha. Achei que o universo estava me forçando a fazer uma troca.

As palavras dela se transformam em névoa.

— Há... há quanto tempo foi isso?

Uma pausa.

— Janeiro — sussurra.

Janeiro.

Já é abril. É abril e meu irmão está fora da prisão — fora do *corredor da morte* — há três meses e eu só descobri agora.

Acho que vou vomitar. De espanto, desespero e descrença de partir o coração.

— Ele tem ficado na casa de um amigo em Charlotte — prossegue minha mãe, a voz falha. — Achei que era o melhor a fazer, até que você estivesse completamente recuperada. Não sabíamos quais seriam os efeitos a longo prazo da sua lesão no cérebro e como você iria lidar com um choque desses. Eu queria...

como alcançar o Sol **391**

— Como. — A palavra sai como uma ordem, não uma pergunta.

Estou encarando Jonah, em transe. Sonhei tantas vezes com ele, de tantas formas. Brutais e assustadoras. Tenras e suaves. O medo misturado às memórias, a dor adocicada por uma nostalgia calorosa.

Só que nunca assim.

Nunca real, em carne e osso, perto o bastante para tocar.

Aos 22 anos, ele parece mais velho. Castigado pelo tempo, pelas paredes estéreis da prisão e por Deus sabe mais o quê. Uma cicatriz serpenteia a bochecha dele e olheiras escuras acinzentam a pele abaixo dos olhos.

Eu me coloco de pé.

Encontro alguma fonte de forças e me levanto vacilante nas pernas bambas e fracas, as mãos da minha mãe se esticando para me segurar firme.

— *Como* — repito, a emoção subindo, fermentando, crescendo ao máximo. — Me diz como. Me diz como isso pode ser verdade. Não consigo acreditar. Não consigo, me recuso. Isso não pode estar acontecendo.

As lágrimas rolam rápida e violentamente.

O queixo de Jonah treme quando ele olha para mim. A mão grande ajeita seu cabelo grosso e acobreado. Castanho-claro com reflexos avermelhados. Cheio em cima, cortado na zero dos lados e atrás. As unhas estão cheias de sujeira e outra cicatriz corta os nós dos dedos, uma ruga pálida e alta na pele.

— É uma longa história — diz.

— Aposto que é. Me conta tudo. Agora.

Não consigo parar de chorar. Minha voz está dez oitavas mais alta do que o normal, chiando de desespero.

— Eu estava lá no tribunal quando você recebeu a pena de *morte* — grito. — Morte, Jonah! Ninguém se livra do corredor da morte desse jeito.

— Às vezes, sim — murmura.

— Você fugiu?

Puxo meu cabelo para trás com as duas mãos, aliviada por minha mãe ainda estar me segurando. Estou despencando mentalmente e mal consigo ficar de pé.

— Ai, meu Deus... você fugiu — repito.

— O quê? Não. Que coisa, Ella.

— Então me explica como isso é possível. Não consigo nem começar a entender — choramingo, balançando a cabeça e cravando as unhas no couro cabeludo.

Minha mãe responde primeiro.

— Já faz um tempo que estou trabalhando para reverter a sentença, Ella — conta. — Isso não aconteceu de um dia para o outro. Estou cuidando disso desde que leram o veredito. Todas aquelas noites no computador, no telefone... aquela era eu lutando pela vida do seu irmão.

— Você não me contou — desabafo.

Vejo a mágoa brilhar nos olhos dela.

— Não podia, garotinha. Vi o quanto foi difícil pra você. Você estava revoltada, confusa, perdida. Escolhi esconder de você porque não queria que você precisasse lidar mais uma vez com o peso de se desapontar caso não desse certo. Foi o meu jeito de te proteger da montanha-russa imprevisível que é lutar por justiça.

Eu desabo no chão da sala, tremendo.

— Mas as pessoas não são simplesmente condenadas à *morte* — grito. — As... as provas. Até eu achei que você era culpado. *Eu* achei.

Bato com a palma da mão no meu peito enquanto olho para Jonah, me sentindo sufocada pela culpa. Meus pulmões estão tomados por ela, se espremendo.

— Jonah... você estava na cena do crime. Você estava coberto pelo sangue deles.

Não consigo ler a expressão de Jonah quando seus olhos percorrem o meu rosto.

como alcançar o Sol **393**

— As provas do DNA estavam comprometidas. A mamãe trabalhou muito para comprovar isso — diz. — E o júri foi corrompido. O babaca do pai da Erin tinha um amigo no júri, infiltrado para enviesar a sentença. O jurado admitiu. Ele confessou.

Jonah engole em seco e faz uma pausa antes de completar:

— O julgamento inteiro foi uma farsa, foi orquestrado para me condenar. Precisavam culpar alguém, dar um veredito, porque a porra do mundo inteiro estava assistindo.

Minha garganta se fecha.

— Mas o sangue... por que você estava coberto de sangue?

Ele inspira, desviando o olhar por um instante antes de encontrar o meu e juntar os dedos.

— É o que venho tentando te dizer todo esse tempo. Eu tentei *ajudar* os dois. Tentei ressuscitar. Eu não cometi o crime, mas estava lá depois que aconteceu, tentando salvar os dois. Sabia que parecia incriminador, então fui embora. Eu sei que fodi tudo, mas não merecia pena de morte por isso.

O peso da minha dúvida me esmaga. Todos esses anos eu permiti que as encenações daquela noite, as provas e o frenesi da mídia direcionassem a narrativa. Deixei a suspeita encobrir o amor. Tudo isso ofuscado pelo garoto com quem cresci, o homem que conhecia do fundo do meu coração.

Nossa mãe entra na conversa, secando os olhos com um lenço de papel.

— O laboratório que estava analisando as provas teve um incidente de contaminação — explica. — Algumas das amostras se misturaram, inclusive a de Jonah. Sua avó ajudou a pagar pelos serviços do Dr. Jensen, o especialista forense com quem mantive contato nos últimos dois anos. Foi ele que desvendou. Ele descobriu que os resultados do exame de DNA nas peças de roupa não só tinham anomalias: eles tinham falhas fundamentais.

Meu coração dispara, tentando lidar com a grandiosidade daquele descuido.

— Como não perceberam isso durante o julgamento?

Jonah dá de ombros, evidentemente frustrado.

— Talvez tenha sido uma ineficiência na verificação cruzada. A acusação construiu uma narrativa forte e todo mundo foi carregado por ela. Erin era minha namorada, eu era o cara ciumento que pegou ela me traindo. Ninguém pensou em questionar a autenticidade das provas. Confiaram nos resultados do laboratório e seguiram as pistas plantadas pela acusação, que estava sedenta. Só que não foi um erro qualquer. Dr. Jensen revelou que o mesmo laboratório cometeu erros parecidos antes, mas foram encobertos. Dessa vez, o erro custou anos da minha vida.

Continuo balançando a cabeça, que ainda está zumbindo de incredulidade.

— Então você teve um segundo julgamento? Como não fiquei sabendo?

— Não fui pra julgamento de novo. Sem nenhuma testemunha que me colocasse direto na cena do crime, o veredito foi todo baseado na prova do DNA. Todo o resto era circunstancial e insuficiente para um caso crível. As chances de uma sentença culpada eram de cinquenta por cento.

Eu o encaro por um longo tempo.

— Mas... você *estava* lá — digo, soltando uma lufada de ar. — Quem mais estava? Você viu o assassino?

Jonah não pisca, não desvia o olhar. Segundos angustiantes se passam antes que ele responda.

— Não. E isso não importa. Eles não têm nenhuma prova concreta nesse momento, nenhuma testemunha para corroborar qualquer coisa. Não é meu trabalho descobrir quem fez isso.

Eu não estava lá... mas vi meu irmão.

Ele veio para casa coberto de sangue da cabeça aos pés.

Nunca encontraram a arma do crime, mas minha mãe sempre guardou uma pistola em casa. Os testes de balística batiam com ela.

Ainda assim, foi circunstancial. Era uma arma comum, uma pistola de 9mm. Uma Glock 19.

As roupas sujas de sangue foram o sinal de fumaça. Se o exame de DNA não era mais confiável, não tinham nada no que se apoiar além de suposições: a falta de álibi de Jonah, o relacionamento com Erin e a arma da minha mãe que ela disse para a tribuna lotada que tinha sido roubada anos antes, mas que ela nunca tinha prestado queixa.

Jonah morde o lábio inferior.

—A acusação decidiu não reabrir o caso por causa da publicidade e notoriedade que ganhou — continua. — Considerando os erros no primeiro julgamento, eles acham que um novo podia corroer ainda mais a confiança do público, especialmente se houvesse chances de perderem. E eles perderiam.

Jonah se levanta do sofá, pairando sobre mim enquanto estou caída, ainda trêmula, ainda cambaleando.

— Acabou, Leitão. Eu sou um homem livre — diz ele suavemente, se agachando diante de mim e tirando uma mecha de cabelo dos meus olhos. — Estou feliz pra caralho que você acordou. Que você está bem. Pensei em você e na mamãe todos os dias naquela porra. Me preocupei, me estressei, escrevi cartas. Senti muita falta de vocês.

Lágrimas brilham nos meus olhos. Uma dor crua reflete em mim, me enchendo do mesmo sentimento.

Jonah se agacha ainda mais até que estejamos cara a cara.

Estou olhando dentro dos olhos do meu irmão. O homem que pensei ter perdido para sempre. O homem que eu mesma esbofeteei com uma sentença de culpado.

Jonah.

Ele não está mais no corredor da morte, esperando por uma agulha no braço. Ele está aqui e está livre.

Voltou para mim.

Eu me desfaço em mil pedaços, me atirando nele com o pouco de força que ainda me resta. Ele me segura firme, me puxando para o peito ao cairmos contra o pé do sofá. Com os braços fortes ao meu redor, o rosto dele tomba no meu ombro, as lágrimas caindo e encharcando a minha blusa. Ele cheira a cedro, a cigarros e ao almíscar rançoso do tempo perdido.

Desmoronamos juntos.

Minha mãe desliza do sofá para se juntar a nós, nos abraçando. Ficamos sentados assim por quase uma hora, encolhidos no chão da sala de estar.

Soluçando, liberando, nos curando... juntos.

Mamãe.

Jonah.

E eu.

Voltamos a ser uma família.

Nos sentamos juntos às margens do lago que reflete a luz do sol, a apenas alguns metros da rodovia. Meu andador está ao meu lado para apoio. Jonah me deu uma carona, ansioso para passarmos um tempo a sós, juntos.

A noite foi repleta de histórias que relembramos e trocamos ao longo dos anos: as de Jonah eram angustiantes, as minhas, uma mistura agridoce. Os momentos doces tomaram conta enquanto comemos caçarola de frango à mesa da cozinha — o prato favorito do meu irmão. Cozinhamos juntos e saboreei cada mordida com gosto.

Foi a melhor caçarola que já comi.

Minha mochila laranja está no meu colo enquanto admiramos juntos o lago cintilante, e eu brinco com os chaveiros.

— Não acredito que você ainda tem isso — diz Jonah, lançando pedras na água.

Elas deslizam pela superfície e minhas memórias se embaralham.

Relances de Jonah tentando me ensinar a jogar pedras quando eu era só uma garotinha se mesclam às imagens do peito de Max rente às minhas costas, os braços cuidadosos me instruindo enquanto ele sussurrava em meu ouvido.

como alcançar o Sol **397**

Tudo é ritmo.

Olho para a mochila decorada com caneta Sharpie preta, então me viro para Jonah.

— É o meu bem mais precioso — conto. — Era a única coisa sua que me sobrou.

Ele assente.

— Escrevi pra você. Recebeu minhas cartas?

A culpa me consome por dentro, deixando vários buraquinhos.

— Recebi — choramingo. — Li milhares de vezes.

— Você nunca respondeu. — As feições dele se enrugam com decepção. — Achei que você me odiava.

— Uma parte de mim, sim — admito. — Mas a outra te amava. E essa parte de mim *me* odiava.

— Você achou mesmo que eu tinha feito aquilo? — pergunta, a voz falhando na última palavra.

— Sim.

Fecho os olhos lentamente, a dor deslizando pelas minhas veias.

— Não sei — murmuro. — Às vezes, não conseguia acreditar que você tinha feito aquilo. Não conseguia entender um negócio daqueles. Você era o Jonah. Meu irmão mais velho dedicado, meu herói que sempre me salvava. — Meu dedo toca a frente da minha mochila, traçando o desenho do Ursinho Pooh. — Mas era nesses dias que doía mais... a ponto de eu mal conseguir fazer qualquer coisa, mal conseguir respirar sem me engasgar com o nó que o luto deixou na minha garganta. Era mais fácil pensar que você estava no lugar que merecia, em vez de encarar uma realidade em que seria executado a sangue frio por um crime que não cometeu.

Jonah se inclina para trás, apoiado nas duas mãos, o cabelo emaranhado pela brisa do vento enquanto absorve minhas palavras. É um dia perfeito de 18 graus, o sol está amarelo brilhante e a copa das árvores balança contra o céu azul. Ele ergue a cabeça e aperta os olhos para as nuvens.

— Você se lembra daquele dia que a gente estava brincando de Pauzinhos de Pooh na ponte e nossos gravetos sempre ficavam presos nos arbustos?

Memórias brilhantes passam pela minha cabeça enquanto a luz do sol ilumina o lago.

— Claro que sim. Eu me lembro de tudo da nossa infância.

— Você só tinha cinco ou seis anos. Acho que foi no verão antes do papai separar a gente e te levar pra longe de mim — relembra, um toque de amargura na voz. — Enfim, você começou a chorar. Disse que era injusto e que o rio estava trapaceando.

Deixo escapar uma risada apesar do meu coração partido e balanço a cabeça.

— Tão dramática.

— Você era. — Ele sorri. — Então você fez a gente andar até a margem do rio e pegar todos os gravetos do arbusto. Queria dar uma segunda chance pra eles.

Suspirando, encosto meu queixo no peito.

— Nunca pensei que conseguiria uma segunda chance com você — digo, triste. — Então comecei a brincar sozinha.

Olho por cima do meu ombro para a ponte erguida acima de nós, a alguns metros de distância.

— Eu brincava naquela ponte logo ali e fingia que você estava comigo. — Considero contar sobre Max e como ele *me* deu uma segunda chance, uma chance para viver. Uma segunda chance para ter paz. Meus olhos lacrimejam, mas as palavras saem secas: — Acho que não preciso mais fingir.

— Quando você estiver mais forte, a gente pode brincar — reflete ele, arrancando alguns tufos de grama e deixando que escapem de seus dedos. Então, se senta ereto e me olha com dúvida. O clima parece mudar, uma frente fria se aproximando.

— Me conta mais sobre aquela noite. Da queda.

Meu coração dispara.

— O quê? Por quê?

— Quero saber a verdade.

— Você sabe. Eu tropecei e caí. Foi idiota.

Ele me analisa, coçando o cavanhaque curto. A suspeita brilha em minha direção, se demorando no verde dos olhos dele.

— Desculpa, mas estou tendo muita dificuldade de acreditar nisso. Você é safa na floresta. Eu te ensinei tudo que precisava saber. Nem fodendo você ia escorregar de uma ribanceira sozinha, de noite.

— Mas escorreguei. Estava escuro e tentei ver uma coisa por cima do ressalto.

— E o que você estava tentando ver?

Minha mente se acelera com cenários inventados, enrolando minha língua.

— E-eu não sei. Uma cobra ou sei lá.

— Uma cobra no inverno?

— Não me lembro, Jonah. Minha memória ainda está meio confusa. — Minha pulsação acelera tão rápido quanto o suor escorre pela minha testa, tentando me entregar.

Ele franze o cenho.

— Você disse que se lembrava de tudo da nossa infância, mas não consegue se lembrar do que era tão interessante que fez você despencar de uma encosta de nove metros de altura?

Sinto as bochechas queimarem.

— Você acha que estou mentindo?

— Você está? — Jonah me encara por alguns segundos, então se vira para olhar para a água quando uma família de patos se aproxima. — Eu te prometi que sempre te manteria a salvo — diz para mim, com a voz angustiada. — Me mata o fato de que eu não estava lá naquele dia. Acaba comigo pensar que você teve que se virar sozinha por todos esses anos, e que eu cheguei um mês atrasado para evitar a porra de uma lesão no seu cérebro.

Fecho os olhos, afastando as memórias.

— Não estive sozinha. Tinha a mamãe.

É uma meia verdade — ela estava lá, ainda que sempre estivesse enrolada com o "trabalho". Um trabalho que agora entendo que era a missão de libertar Jonah. Parte de mim está com raiva porque ela não me contou, mas outra parte, maior, entende os motivos. Não facilitei as coisas para ela se abrir — ainda mais sobre Jonah. Foquei nos meus problemas e, ao fazer isso, sem perceber, contribuí para o tanto que ela deve ter se sentido isolada durante a missão.

— Enfim — continuo, suspirando. — Eu caí. Mas já estou bem. Está tudo bem.

Meu irmão suspira, engolindo a própria luta. Não é hora para isso. Talvez nunca seja.

— Eu queria muito que você tivesse escrito para mim — diz ele, os olhos fixos na relva. — Só ler suas palavras já seria como um banho de sol, escutando a sua voz na minha cabeça.

— Me desculpa — peço. — Desculpa por ter te abandonado. Por ter duvidado de você, ainda que eu tenha feito isso para me proteger.

Ele assente devagar, fermentando a minha resposta.

— Imagino que foi assim que você se manteve segura, apesar de ter sido às minhas custas… eu aguento.

Minha mente rodopia com memórias queridas de Jonah — defendendo minha honra quando éramos crianças, colocando valentões para correr, ficando ao meu lado até mesmo contra os nossos pais.

Mesmo que custasse algo a ele. Castigos, punições, surras. Ele aceitava as consequências, não importava quais fossem.

Desde que eu ficasse bem.

— Não acredito que você bateu num dos guardas — digo, lembrando de uma das cartas.

Jonah dá de ombros, como se fosse bobagem.

— Aquele filho da puta mereceu por ficar falando de você. Faria tudo de novo se precisasse.

— Como é que foi? — indago. — Estar no corredor da morte?

Os olhos dele ficam vidrados e a expressão enrijece. Ele cerra as mandíbulas e as mãos dele agarram um monte de mato entre as pernas. Então ele olha para mim e os traços se suavizam, quase como se estivesse olhando para o sol nascente e brilhante.

— É tão solitário que dói. — Ele olha para o chão e demora a soltar o ar. — Você sabe, temos bastante tempo para compensar. Quero saber tudo sobre você... escola, planos pro futuro, garotos. — Ele dá um sorrisinho. — Nenhuma história de amor por aí?

Eu coro quando o rosto de Max passa pela minha cabeça.

— Teve um cara — admito, mordendo o lábio. — Não sei bem em que pé estamos agora, mas se eu te apresentar pra ele, não quero que fique superprotetor comigo e dê uma surra se ele tentar segurar minha mão ou algo do tipo. Já tenho dezoito anos.

A leveza surge entre nós quando Jonah ri, voltando o olhar para mim.

— Isso já não posso prometer.

Sorrio, um sentimento de paz tomando conta de mim.

Como se eu tivesse voltado para casa.

Como se as coisas finalmente estivessem se acertando.

Como se... talvez tudo *vá* ficar bem.

E quando encontro os olhos de Jonah mais uma vez, digo algo que não pude dizer por anos quando meu livro de histórias favorito passava pela minha cabeça.

— Ursinho Pooh? — sussurro.

Os olhos dele se iluminam. Já sabe o que vem em seguida.

Um sorriso se forma nos lábios dele quando estende a mão para mim.

— Que foi, Leitão?

Voltamos ao Bosque dos Cem Acres.

A magia sopra no ar, meu coração se enche de pureza e abro um sorriso brilhante para Jonah.

Pego a mão dele e tudo se ajeita no mundo.

— Nada. Só queria ter certeza de que está aqui.

Capítulo 34
MAX

Ella se contorce debaixo de mim, os gritos irregulares e abafados pela própria mão quando chega lá. O som do meu nome escapando dos lábios marcados quando ela se desmancha em uma onda de prazer é música para meus ouvidos. Melhor do que a minha canção preferida. Melhor do que todas as músicas na porra do mundo inteiro.

Tiro meus dedos de dentro dela e deposito um beijo em suas coxas, o gosto dela cobrindo a minha língua e me deixando louco. Percorro o corpo seminu com mais beijos enquanto subo para encontrar os lábios dela. A respiração dela está pesada, os olhos fechados. Os braços pendurados em volta do meu pescoço enquanto me puxa para cima dela e passa os dedos pelo meu cabelo molhado de suor.

Minha camiseta está jogada ao lado da cama, a calça de moletom armada igual barraca. Eu me encaixo no meio das pernas dela e me esfrego, apenas uma fina camada de roupa nos separando. Nós dois gememos.

— Max — implora, roçando suavemente as unhas pelas minhas costas nuas. — A gente pode ir além…

Minha garganta se aperta com o desejo reprimido. Porra, isso é o que eu mais quero.

Não… isso não é verdade.

Mais do que qualquer coisa, quero que a gente volte a ser o que era. Antes do acidente. Antes de ela começar a me olhar como se eu fosse um desconhecido.

Como se fosse alguém de quem ela tem medo.

Esses momentos são os mais difíceis. Quando pego ela desprevenida ou a assusto sem querer. Ela costuma se contorcer, o olhar fixo no meu quando um pavor real surge nos olhos dela. É passageiro, apenas um flash. Mas é *instintivo*, e é isso que parte a porra do meu coração e o seca como concreto dentro do meu peito.

E então há momentos como esse.

As noites curtas demais na cama dela, uma brisa fresca da madrugada entrando pela janela, a luz da lua iluminando quando ela se contorce embaixo de mim. Afasto os medos dela com a minha língua e destruo os demônios com os meus beijos que vão até a alma. Ela é minha mais uma vez. Ela é minha até o sol raiar e o amanhecer trazer uma nova luz para aquela escuridão.

Enquadro o rosto dela com as mãos e despejo mais beijos nele.

— Não posso dar esse passo, Sunny. Não até a gente voltar ao que era.

Os olhos dela se fecham.

— A gente não pode voltar ao que era.

— Então vamos parar por aqui.

— Quero mais — murmura, os lábios trêmulos.

— Eu também.

Todas as noites, fico um pouco mais. Meia hora, uma hora, duas horas. O raiar do dia se aproxima no horizonte e eu me pergunto se essa vai ser a noite que vou cair no sono nos braços dela e acordar ao seu lado, os cabelos formando uma auréola no travesseiro, nossos corpos emaranhados perfeitamente.

— Me abraça, Max — diz ela, me puxando mais para perto.

Eu me aproximo e me ajeito ao lado dela, aproximando-a do meu peito. Meu coração se aperta de esperança. Uma esperança desesperada e tola de que essa vai ser a noite.

— Preciso te contar uma coisa — sussurra ela, levando o indicador até o meu peito.

Uma ansiedade contamina o pequeno espaço entre nós dois, mas me concentro no dedo dela traçando pequenos desenhos perto do meu coração.

— Você pode me contar qualquer coisa.

Qualquer coisa, desde que não seja que a gente acabou.

Qualquer coisa menos isso.

Ela inspira fundo e desmorona com um tremor perceptível.

— Meu Deus... não sei como te contar isso. Ainda não processei.

Meus músculos se contraem quando encontro os olhos dela, os nervos correndo por todo o corpo, até a ponta dos pés. Eu me pergunto se ela vai me contar sobre a queda. Me contar que algum filho da puta empurrou ela lá de cima, que alguém tentou matar a garota que eu amo. Engulo em seco.

— Me conta.

— Tem a ver com... o meu irmão.

Franzo a testa.

— Merda — resmungo. — Eles marcaram a data da execução? Não pode ser. Mal faz três anos — até eu sei que leva décadas para isso acontecer.

Ela nega com a cabeça.

— Não.

— Então o que houve?

— Ele... — Ella se afasta e rola de costas, esfregando as mãos no rosto e no cabelo. — Ele está livre, Max. Mudaram a sentença do Jonah. As acusações foram retiradas e ele foi solto.

O quê?

As palavras dela me paralisam.

Me engasgam.

Eu me apoio nos cotovelos, me inclinando sobre ela, em choque.

— Como?

— As provas do DNA estavam contaminadas. O júri foi comprometido. Essa é a versão resumida da história.

— Você está segura?

É a primeira coisa que se passa pela minha cabeça. A única.

Ela se vira, franzindo a própria testa e me encarando. Hesitante, assente devagar, com cuidado.

— Claro que sim. Por que não estaria?

— Porque ele matou duas pessoas.

— Não, ele não matou. Eu acabei de te contar que retiraram as acusações. Ele é inocente.

— E isso foi provado?

Ela se senta, ereta, com a respiração instável, aumentando o espaço na cama entre nós dois.

— Não podiam provar nem que era culpado nem que era inocente.

— Então não dá pra dizer que ele é inocente. Ele só está livre.

— Ele não é culpado.

Meu coração está acelerado e o frio causado pelo medo penetra nos meus ossos.

— Ella... você mesma achou que ele era culpado. Você me disse. O que mudou? Encontraram novas provas? Prenderam o assassino de verdade?

Lágrimas enchem os olhos dela enquanto se esforça para vestir as roupas de novo.

— Eu estava errada, tá bem? Jonah nunca me machucaria. Você nem conhece ele — diz. — Já é difícil viver sabendo que duvidei dele algum dia. Não preciso que você faça isso também.

— Você não pode me culpar por ficar preocupado com você. Ele recebeu uma sentença de morte por um duplo homicídio violento e foi solto por uma tecnicidade. Isso me assusta pra caralho. — Tento alcançá-la, mas ela me afasta, vestindo a camiseta. — Sunny.

— Você devia ir embora. Já é quase de manhã.

— Ella... por favor. — Minha voz falha quando digo: — Eu te amo.

Não queria ter falado isso agora.

Porra.

Queria ter dito isso desde o começo.

O silêncio vem logo em seguida, minha confissão oscilando entre recuperação e coração partido. Estamos prestes a ficarmos juntos de novo ou nos separarmos de vez.

Ella encara o vazio, os olhos arregalados e vidrados. Ela prende a respiração e suas mãos tremem enquanto agarra as cobertas. Quando ela finalmente solta o ar, deixa escapar um choro. Ela encosta o queixo no peito e balança a cabeça de um lado para o outro.

— Não — diz, rouca.

A resposta dela me pulveriza. As emoções ficam presas na garganta enquanto me mexo, buscando por ela.

— É verdade. Deveria ter te dito isso meses atrás.

— Para. Por favor.

— Não. Não vou parar de te amar porque você está assustada. Também estou. — Seguro a mão dela, mas Ella se solta.

— Estou totalmente apavorado porque você está se afastando de mim, enquanto estou me apaixonando mais e mais por você. Todos os dias. A cada minuto.

Ela cobre o rosto com as mãos, os ombros sacudindo.

— Você não me ama — diz ela, as palavras soam abafadas.

— A gente é muito novo.

— Você diz isso como se não significasse nada — disparo de volta, tentando manter a compostura. Tentando manter nós dois unidos ao mesmo tempo. — Meu Deus, Ella, não tem nada mais puro do que o amor juvenil. Acho que eu te amo desde o dia que te vi pela primeira vez naquele parquinho, dez anos atrás.

— Isso é ridículo. A gente era criança.

— Não importa. Você sorriu pra mim e eu sabia que me casaria com você um dia.

— Para! — Ella grita, alto o suficiente para me dar um susto. Nos encaramos, as lágrimas rolando nos rostos de nós dois. — Você não entende, Max? *Meu Deus...*

como alcançar o Sol **407**

Ela força uma gargalhada que soa desequilibrada, então continua:

— Posso ter errado sobre o Jonah, mas eu estava certa sobre o amor. O amor te cega. É um traço tóxico. Cega a alma.

Fecho a mandíbula, odiando cada palavra. Odiando a opinião sombria e miserável sobre o amor. Sobre o *meu* amor.

— Almas não enxergam, Sunny. Almas sentem. Elas sentem e desejam, elas *sabem*.

Engolindo em seco, me aproximo, me recusando a desistir desse assunto. Me recusando a desistir dela.

— Eu me apaixonaria por você em qualquer vida, em qualquer versão da realidade — digo. — E eu sei, sem dúvida nenhuma, sem nem hesitar... que a sua alma foi feita para a minha.

— Não...

Ela começa a chorar, cruzando os braços em volta da barriga como se estivesse tentando impedir todas as suas partes mais preciosas de serem cuspidas no abismo entre nós dois. Busco por ela mais uma vez. Ella me afasta. Faço de novo e de novo, até que, finalmente, ela se solta em cima de mim, enrola as pernas ao redor da minha cintura e soluça no meu peito, cada centímetro nosso entrelaçado.

As suas mãos seguram o meu cabelo e puxam o meu rosto contra o dela.

Nossas línguas chicoteiam e se enroscam. Sal, luto, dor, amor.

Ela me beija desesperadamente, tomando tudo o que posso oferecer. E eu entrego tudo de mim. Meu coração inteiro. Minha vida. Sou dela e ela é minha, quer ela se permita acreditar ou não.

Sei que ela sabe.

Nossas almas sabem.

Puxando minhas calças de forma frenética, ela enfia a mão por dentro do cós e enrola os dedos ao meu redor. Eu recuo com um silvo de prazer conforme ela desce pelo meu corpo, empurrando meu peito, me pressionando contra a cabeceira. Observo quando ela me segura e acaricia com força, as bochechas brilhando com lágrimas, gemidos ecoando de nós dois.

Ella me coloca dentro de sua boca e me faz desabar em menos de dois minutos. Quero aguentar o máximo que posso, mas perdi para ela, perdi para a sensação da sua boca em mim, uma das minhas mãos no cabelo dela e a outra entrelaçada à dela em cima do colchão.

Acaba antes de começar.

Gozo dentro da boca dela com um pequeno gemido, tremendo quando chego no auge, durante aquele instante perfeito de conclusão, ao mesmo tempo em que tenho medo do que vem em seguida.

Ela me dispensa mais uma vez. Como sempre.

Volto para casa, machucado e perdido, dominado pela percepção de que não vou ver o sol nascer com ela em meus braços.

Essa noite não foi a noite.

Quem sabe amanhã.

Capítulo 35
ELLA

Senti assim que acordei. Aquela intuição esquisita que algumas vezes aparece sem um pingo de lógica que a sustente. Uma pedra caindo na boca do estômago. Um dedo nodoso cutucando o seu peito. Dizer *sim* para uma festa de Ano-Novo inocente.

Afasto o pensamento, colocando na conta de estresse residual e ansiedade. Afinal de contas, Max não entrou pela minha janela essa noite — provavelmente porque joguei na cara dele sua declaração de amor —, então meus sonhos estavam repletos de fantasmas e pensamentos sombrios. Sem mencionar que também há uma previsão de tempestade de trovões para hoje. Sempre fico ansiosa com tempestades.

Tentando conter a sensação que me afunda, ligo para Brynn em busca de um momento entre de garotas. Nos sentamos de pernas cruzadas na minha cama, nos encarando enquanto eu a atualizo sobre a volta chocante de Jonah e vejo as lágrimas correrem pelas belas bochechas dela.

Nos abraçamos e choramos enquanto como sem parar uma bandeja de brownies que Brynn trouxe, cortesia dos pais dela. Queria que o açúcar tivesse os poderes de cura que os pais dela insistem que tem, mas meu coração ainda está machucado de uma forma que não dá para curar.

Devoro cinco brownies, só para garantir.

Depois que Brynn vai embora, o céu gira em tons de cinza e prata quando piso do lado de fora e olho para o alto. Minha vontade de voltar a me debruçar sobre alguma encadernação tem me arrebatado nos últimos dias, e estou desesperada por um hobby terapêutico. Nosso quintal dos fundos está cheio de flores silvestres coloridas — lilás, cor-de-rosa e azul-claras. Vou colher algumas, colocar entre as páginas de um livro velho e usar no meu próximo projeto.

É uma caminhada lenta e tediosa até o jardim, meu corpo está cansado de se readaptar. Tenho feito exercícios nos dias que não tenho fisioterapia e, aliados às atividades que faço com Max tarde da noite, tenho sentido a queimação de trabalhar os músculos.

Demoro um pouco a me sentar no gramado antes que a chuva caia, alongando as pernas, estirando os tendões. Então reúno uma série de flores lilás e azul-claras e coloco na palma da mão. Satisfeita com a colheita, me levanto e vou até a porta da frente, doida para começar a trabalhar.

Estou caminhando ao lado da casa com um punhado de flores quando uma figura chama minha atenção do outro lado da rua.

Sinto dor no corpo inteiro.

Dedos gélidos se prendem ao redor do meu coração.

Uma nevasca corre pela minha coluna.

McKay.

Ele está vindo na minha direção pela entrada da garagem, olhando por cima do ombro antes de caminhar até a minha casa. Graças a ele, não ando exatamente flexível, então minha fuga está mais para uma tartaruga tentando correr mais rápido do que uma lebre.

Mal tenho a chance de me mexer quando ele me chama.

— Ella, espera. Queria falar com você.

Congelo.

Minha mãe voltou ao trabalho hoje depois que prometi que ficaria bem sozinha. Jonah está vindo de Charlotte para casa, já que saiu para buscar o restante das coisas dele para se mudar oficialmente para cá. Max ainda está na escola.

Se McKay quiser me machucar, não será difícil, mesmo que eu consiga me trancar em casa. Meu coração bate acelerado, meu peito aperta com um medo revelador. Eu sabia que esse momento chegaria. McKay não tinha como se esconder para sempre.

Enrolo meus dedos em volta do punhado de caules verdes e tento controlar minha respiração.

— Me deixa em paz. Vou chamar a polícia.

Meu telefone está lá dentro, mas ele não sabe disso.

— Por favor, me dê uma chance para eu me explicar.

Meus olhos se arregalam quando ele corre na minha direção.

— Se explicar? — zombo, espantada.

Ele está perto demais. Apenas a alguns metros de distância. O pânico rasteja dentro de mim, como uma centena de formigas-lava-pés me picando.

— Preciso falar com você — diz, olhando ao redor, avaliando a rua tranquila.

É terça-feira, meio-dia; a maioria dos adultos está trabalhando, os mais novos estão na aula. Ele também deveria estar.

— Por favor — insiste.

As flores voam da minha mão úmida.

Meu corpo inteiro começa a tremer.

— Você precisa ir — ordeno. — Agora. Nunca mais chegue perto de mim.

Os cabelos dele, na altura dos ombros, voam com o vento da tempestade, que balança a copa das árvores. McKay parece magro, adoecido. Ele carrega o peso do segredo nos olhos. Olhos cercados por círculos escuros e profundos. A pele, que costumava ser bronzeada, está pálida e sem vida conforme ele coça a bochecha, mudando o peso de um pé para o outro.

— Eu estava bêbado. Fora de mim. Mal me lembro do que aconteceu.

O lábio inferior dele treme.

— Posso refrescar a sua memória.

Ele pressiona os lábios em uma linha fina.

— Primeiro, você tentou me beijar — conto. — Quando resisti, cheia de nojo, você me puxou, me machucou, me marcou com hematomas e então tentou me estuprar.

— Isso é um exagero.

— Não tenta me tirar de doida — sibilo em resposta, a raiva e o pavor abrindo um buraco no meu peito. — Você abriu as minhas pernas. Levantou meu vestido e abriu o seu zíper. Me prendeu no chão. E, quando eu lutei para fugir, você lutou com mais força. Você me arrastou até a beira da ribanceira e me deixou cair. Quase me matou.

— Foi um acidente.

— Você poderia ter impedido a queda. Estava bem ali, perto o bastante para me puxar de volta. — Lágrimas quentes cobrem os meus olhos, mas eu as afasto. — Você sentia ciúmes do seu irmão por ter algo especial. Estava com raiva por não ter rumo na vida. E descontou em mim.

— Eu não...

— Você me deixou pra morrer! — grito.

McKay avança, atingindo meu rosto.

— Fica quieta — ordena, rangendo os dentes. — Alguém vai ouvir.

Lembranças amargas passam pela minha cabeça — da mão dele me atacando e cobrindo a minha boca, contendo meu choro, meus gritos. Antes que eu consiga empurrá-lo ou dar um soco na boca dele, McKay pula para trás, balançando a cabeça.

— Desculpa, desculpa... — pede, erguendo as duas mãos, com as palmas para a frente. O suor escorre pela testa dele enquanto as gotas de chuva pingam das nuvens. — Só tô... enlouquecendo. Não posso ir pra cadeia. Não *posso*. Foi um erro, Ella... um erro terrível, horroroso, que eu queria poder desfazer. Faria tudo diferente, juro.

como-alcançar o Sol **413**

Eu me afasto, quase caindo quando tropeço em um ressalto.

— Eu confiei em você.

— Eu sei... nossa, eu sei. Estou arrependido pra caralho. Você precisa acreditar em mim, não sou assim. Bebi demais, me deixei levar e entrei em pânico quando achei que você ia sair correndo e contar pra alguém. Eu não te empurrei. Só...

— Só tentou me estuprar — ajudo. — Então me viu caindo na direção da morte certa e se esqueceu de buscar ajuda.

Ele puxa os cabelos, balançando a cabeça de um lado para o outro, trincando os dentes.

— Achei que você estava morta.

— Você queria que eu estivesse.

— Eu estava bêbado pra caralho, Ella! Nem lembro como cheguei em casa. Acho que dormi na caminhonete em algum estacionamento, então acordei na manhã seguinte e nem me lembrava direito do que tinha acontecido.

— Bom, eu não consegui acordar por quatro semanas. Quatro semanas! — grito, fervendo, as lágrimas escapulindo e rolando pelas minhas bochechas. Meu rosto está fervendo de raiva. — Nada que você disser pode mudar isso.

— Eu só... preciso que você fique quieta. Estou implorando pra você não contar pra ninguém. — Ele se aproxima, os olhos brilhando com gelo e fogo, os braços balançando ao lado do corpo. — Eu faço qualquer coisa. O que você quiser.

— Não quero nada de você.

— Tem que ter alguma coisa. — Ele tenta me alcançar com a mão, mas eu a afasto com um tapa como se fosse uma arma mortal. — Você ainda não foi na polícia e tem seus motivos. Tudo o que estou pedindo é que lembre desses motivos, qualquer que sejam. Acho que você sabe, lá no fundo, que eu não sou um monstro. Sou humano. Fodi tudo e posso garantir que estou sofrendo as consequências. A culpa está me matando.

— O *medo* está te matando — corrijo, aumentando o espaço entre nós. — O medo de ser descoberto.

— Não, é mais do que isso. Eu me arrependo de cada segundo daquela noite. — Vejo a garganta dele se mover enquanto McKay engole em seco e baixa o olhar para os próprios pés, então se volta para mim. — Por favor... deixa isso entre a gente. Se você quisesse acabar comigo, já teria feito isso. Você sabe que não mereço ser preso.

Eu o encaro, me sentindo paralisada. Sentindo que apanhei e fui arrebentada.

— Eu vou deixar uma coisa bem clara — disparo, perdendo um pouco o equilíbrio enquanto tento não cair. — Não estou te protegendo. Estou protegendo o Max. Estou protegendo aquele cara maravilhoso, lindo e *incrível* que é muito melhor do que você vai ser um dia.

Aponto um dedo para ele, com a pele corada e fervendo, minha respiração irregular quando digo:

— Você devia se envergonhar por tomar para si algo precioso para ele quando tudo o que Max sempre fez foi te amar. E você tomou, McKay. Você roubou dele. E teve dez vezes mais sucesso, porque me destruiu. A garota que ele conhecia se foi. — Fecho os olhos por trás da dor, sinto mais lágrimas rolando. — E ele nem sabe por quê.

Os olhos azuis de McKay lampejam conforme a chuva aumenta. Gotas pesadas caem, molhando o cabelo e a pele dele. Piscando para afastar as lágrimas, ele passa a mão pelo rosto, da testa até o queixo, parecendo desolado.

— Sinto muito. — Ele se engasga. — Mesmo. Max é o meu melhor amigo desde o momento em que abri os olhos pela primeira vez, e a última coisa que quero é machucar ele. Vocês dois podem consertar isso. Você pode...

— Sempre que eu olho para ele, vejo *você*. — Minha respiração agarra em um gemido e bato os dentes desesperadamente.

— Já li milhares e milhares de livros e nenhum deles, *nenhum*, foi capaz de ilustrar uma tragédia como essa que estou vivendo.

McKay parece triste. Os ombros dele despencam.

como alcançar o Sol **415**

Somos encharcados pela chuva, lágrimas frias do céu.

Ele fecha os olhos e encara o gramado encharcado, soltando uma expiração enquanto absorve minhas palavras. Um momento de pesar se passa antes que ele sussurre:

— Está bem. — Outro instante se passa. — Pode me denunciar.

— Eu... — Minhas palavras falham quando finalmente entendo o que ele acabou de dizer. Pisco para ele, abrindo os lábios em uma respiração assustada. — O quê?

— Pode me denunciar — repete, assentindo devagar, fazendo as pazes com a própria declaração. — Pode fazer isso. É a coisa certa.

Estou atordoada, em silêncio.

— Conta tudo o que aconteceu pro Max — prossegue. — Conversa com ele primeiro. Ele precisa escutar isso vindo de você. Depois é só ir até a polícia e me denunciar. Ou eu mesmo faço isso. Eu vou. Só... conta para o Max primeiro.

Um raio estoura acima de nós, rasgando o céu. Os meus lábios tremem por causa do frio, da indecisão, da angústia total. Não sei o que fazer.

Não sei o que fazer.

Cubro o rosto com as mãos, fechando os olhos com força conforme o luto me atravessa.

— Sinto muito, Ella. Por tudo.

Quando abro os olhos novamente, McKay já está se afastando, dando um passo para trás. O rosto dele desaba antes de se virar e sair correndo no sentido oposto, em direção à própria casa. Eu o observo ir, vejo quando atravessa a rua e desaparece pela porta de entrada.

Ergo o meu rosto para o céu e deixo a chuva cair sobre mim. Imploro por respostas. Rezo por uma direção.

McKay *precisa* pagar pelo que fez.

Mas...

Quem vai pagar o preço mais caro... é Max.

Vale a pena guardar alguns segredos. Algumas verdades existem para continuarem enterradas.

E, mais do que isso, algumas tragédias devem ser vividas para proteger aqueles que amamos.

Não posso me dar ao luxo de perder mais alguém, não logo depois de conseguir o Jonah de volta.

Os minutos se passam enquanto fico parada ao lado da minha casa, com o cabelo encharcado pela chuva e flores silvestres jogadas aos meus pés. Fico ali por tempo suficiente para ver a caminhonete de Max estacionar, os pneus espirrando água da chuva ao passarem por cima das poças. Há um nó na minha garganta quando o vejo descer da caminhonete e cruzar o gramado com a mochila pendurada no ombro antes de entrar em casa.

Eu poderia contar para ele. Poderia ir lá nesse momento e confessar tudo.

Mas não vou.

Em vez disso, entro em casa.

Batendo a porta atrás de mim, rosno de dor no vazio silencioso, puxo meu cabelo e me encolho, porque meu peso é grande demais para suportar. Levo alguns minutos para me acalmar, reunir as forças e então me levantar, trôpega, para ir em direção ao meu quarto, onde posso relaxar.

Fico de pé no meio do cômodo e encaro a janela, a vista turva por causa da chuva, enquanto ouço a tempestade ganhar forma do lado de fora do vidro.

Segundos se passam até eu sentir que tem alguém atrás de mim.

Pulo onde estou, um grito saindo da minha garganta quando alguém bate à porta do quarto.

McKay?

Porém, quando eu me viro, os meus olhos recaem sobre Jonah, apoiado no batente da porta, cada músculo tenso e flexionado. Sinto meu peito borbulhar, vibrando de alívio quando o reconheço. Pressiono uma das mãos contra o peito para acalmar meus batimentos.

como alcançar o Sol **417**

— O que você está fazendo aqui? E-eu achei que você não chegaria antes do jantar.

A mão dele está em volta de uma chave de fenda.

Franzo a testa, confusa.

O maxilar está travado como uma armadilha de aço, os olhos verdes tão selvagens e ferozes.

— Voltei antes.

Jonah atravessa o quarto, se senta na minha cama e apoia a chave de fenda ao lado dele, na mesa de cabeceira.

— Pra que isso? — pergunto, apertando a frente da minha camiseta, ainda tentando acalmar meus batimentos.

— Estava consertando um negócio para a mamãe — responde.

As trevas se escondem no tom de voz dele. Os olhos de Jonah estão fixos em mim, queimando. Sinto o calor à distância. Engolindo em seco, cerro os dentes.

— Você precisa de alguma coisa? — pergunto casualmente, apesar do pavor alcançar minha nuca.

— Me conta mais um pouco sobre a queda.

As palavras que ele disse no lago ecoam de volta até mim, dessa vez cercadas por algo mais sinistro.

Não demora muito para que eu entenda o que aconteceu.

Meu coração sai pela boca. Vai parar no carpete feio e bege.

Encaro meu irmão, sem piscar, a ansiedade cavando o meu peito.

— O que... o que você ouviu?

Ele escutou a gente. Ele me ouviu conversando com McKay do lado de fora da casa.

Ele sabe.

— O bastante.

Desmonto quando inspiro fundo.

— Jonah...

— Preciso escutar outra vez — diz ele, o tom firme, mas ameaçador. — Ele fez aquilo tudo com você?

Tudo o que faço é balançar a cabeça.

— Diz, Ella. Me conta.

Minhas pálpebras se fecham, minha garganta queima.

— Jonah, por favor.

— Ele tentou te estuprar? Te atacou? Te colocou na porra de um coma por um mês? — As sombras rodopiam ao redor dele. Os olhos diabólicos, o corpo tremendo por toda a fúria suprimida. — Ele deixou minha irmãzinha pra morrer na beira da *porra de um precipício?*

Não posso mentir para ele. Não posso mais mentir.

Ele já sabe.

Cubro o rosto com as duas mãos e assinto, desabando quando a verdade finalmente é liberada e rasga cada parte de mim ao se soltar.

— Sim.

Jonah se levanta da cama e caminha na minha direção, sem se parecer nem um pouco com o irmão que eu conheço. Ele parece...

Um monstro.

Choro convulsivamente quando ele pega as minhas bochechas entre as mãos e estala um beijo no topo da minha cabeça.

Quando se afasta, a voz dele parece assustadora ao dizer:

— Jurei que ia te proteger, Leitão. E você pode ter certeza de que vou manter a minha palavra.

Então ele dá meia volta e dispara para fora do meu quarto, fechando a porta atrás de si. O choque me paralisa por um instante antes de eu ser tomada por uma compreensão mortal, que quase faz meu coração parar.

— Jonah! — grito, saindo o mais rápido que posso.

Escuto a porta da frente bater. O medo me agarra como uma fraqueza.

Giro a maçaneta e disparo.

Minha pulso falha. A porta não se mexe.

Puxo e faço toda a força contra a maçaneta, mas sei que não vai abrir.

como alcançar o Sol **419**

Está trancada.

Rapidamente, meus olhos vão na direção da chave de fenda, então voltam para a porta e eu junto os pontos. Ele trocou a maçaneta pouco depois de ouvir minha conversa com McKay. A tranca está do outro lado.

Ele me trancou dentro do quarto para que pudesse se vingar.

— Não! — guincho, batendo com os punhos na porta, sabendo que não vai servir de nada. — *Jonah!*

Lágrimas quentes rolam pelo meu rosto enquanto vou até a janela e começo a bater no vidro, vendo-o atravessar a rua marchando, o andar com uma postura letal. Tento abrir a janela, mas está presa. Não vai ceder e meus braços estão fracos demais.

Não.

Olho para a caminhonete na entrada e quase desisto.

Max.

Eles são gêmeos. Jonah não sabe disso.

Ele vai atacar o cara errado.

Uma sensação doentia e brutal toma conta de mim. Uma sensação que diz...

Que talvez Jonah realmente seja um assassino.

É como veneno correndo pelas minhas veias. Piche preto correndo pelo meu sistema sanguíneo. É muito mais angustiante do que o sentimento que me atravessou quando despenquei nove metros até o chão e caí dura, os meus ossos se quebraram, meu coração paralisou e tudo ficou preto.

Grito com toda a força que tenho nos pulmões, batendo na janela ao ver Jonah se aproximar da entrada da casa.

Pensando rápido, corro para o outro lado do quarto e procuro pelo taco de beisebol debaixo da cama, então corro até a janela e acerto o vidro com toda a força que consigo. O vidro quebra. Eu me movimento por instinto, sem me preocupar com meus ferimentos e indiferente à forma que minhas pernas, ainda fracas, resistem à subida.

Eu me arrasto para fora, cacos de vidro arranhando a minha pele enquanto saio tropeçando pela janela e caio na grama molhada. Raios cortam o céu da cor grafite. Trovões estouram, mas não soam mais alto do que os gritos que saem do fundo da minha alma e que solto no meio da tempestade.

Olho para cima.

Jonah já está lá dentro.

— Jonah! Jonah! — grito, me erguendo sobre as pernas trêmulas e avançando. — Não, não! Eles são gêmeos! São *gêmeos*!

Consigo atravessar a rua. Pedras e escombros tentam me fazer tropeçar. Vejo vermelho, vejo néon, vejo estrelas diante dos olhos enquanto meu coração bate no mesmo ritmo do trovão.

Estou escorregando no gramado da frente da casa deles, tentando não cair, quando ouço um disparo.

Um tiro.

Congelo, empurrada para trás por uma força invisível. Arregalo os olhos em círculos cheios de lágrimas e em pânico. Grito outra vez quando a munição transforma meu interior em cinzas.

Sequer me lembro de como fui parar na frente da porta deles. Não me lembro de como fui parar lá, tremendo e gritando na sala de estar da casa dos Manning, encarando um corpo ensopado de sangue, incapaz de discernir quem está esparramado aos meus pés.

Max, o amor da minha vida.

Ou McKay.

Não consigo me lembrar do que ele estava vestindo. Não me lembro de nada.

Mal percebo Jonah de pé, o peito pesado, a pistola apontada para o cara se contorcendo no chão. O homem com sangue escorrendo por uma ferida aberta no peito. Poças vermelhas embaixo dele. Meus gritos são ecos, incapazes de atravessar o terror, a aflição e o choque, conforme caio de joelhos ao lado dele e pressiono as mãos contra o buraco no peito.

Olho para cima e outra pessoa aparece.

como alcançar o Sol **421**

E dessa, eu sei, sempre vou me lembrar.

Nunca vou me esquecer da expressão em seu rosto quando ele de repente congela, deixando escapar um grito de dor ao encontrar o irmão sangrando no chão da sala.

Capítulo 36
MAX

QUINZE MINUTOS ANTES

Jogo a mochila no chão parcialmente ladrilhado e arranco os sapatos molhados.

McKay está sentado no sofá, jogado, o rosto entre as mãos.

— Ei — cumprimento, fazendo uma pausa para avaliá-lo. — Está tudo bem?

Ele ergue a cabeça devagar. Assentindo, McKay apoia o queixo nas mãos entrelaçadas, os olhos vermelhos.

— Tudo bem. Como o papai está?

— Melhorando. Vão deixá-lo mais uma noite sob observação.

Meu pai teve mais um terror noturno, caiu e bateu a cabeça na mesa de cabeceira. Uma concussão leve. Quatro pontos. E uma noite longa, insone, na sala de emergência antes de eu me arrastar até a escola pela metade do dia, sem sequer conseguir ficar de olhos abertos.

Estou exausto. Cansado e acabado.

Sinto falta da Ella.

Tiro meu celular do bolso e vou até a cozinha buscar um copo de leite, então envio para ela uma rápida mensagem de texto depois de beber tudo num só gole.

> **Eu:** Desculpa por não ter aparecido noite passada. Estava no hospital com meu pai... longa história. Tenho uma nova lista pra você. Sei que já faz um tempo. Te vejo hoje à noite. ♥

Apago o emoji de coração três vezes até pensar "foda-se", deixar o emoji e enviar.

Quando dou uma olhada na sala de estar, McKay está jogado mais uma vez, balançando para a frente e para trás na almofada do sofá. Franzo a testa.

— Tem certeza de que tá tudo bem? — pergunto, abaixando meu copo de leite vazio.

Ele está suado, agitado e mais pálido do que nunca.

— Dor de barriga — murmura entre as mãos. — Vou ficar bem.

McKay se ofereceu para levar o nosso pai ao hospital na noite passada, mas eu sabia que o prazo do projeto de biologia dele era hoje, então garanti que eu poderia ir sozinho. Meu irmão ia pegar uma carona para o colégio com um amigo.

— Como foi o projeto?

Ele solta uma lufada de ar e coloca uma das mãos sobre o rosto.

— Liguei pra escola porque estava me sentindo mal pra caralho.

Cruzo os braços.

— Você parece mal pra caralho.

Ele faz um zumbido com a boca, então para.

— Você já fez alguma coisa da qual se arrependeu?

A mudança de assunto me faz travar, piscar devagar e dar um passo à frente.

— Como assim?

— Isso mesmo que eu falei — diz, batendo os pés em tempos opostos enquanto encara a janela da frente. — Arrependimento. O pior sentimento do mundo. É como girar uma faca no peito e você querer que alguém a puxe de lá, mas não ter certeza se isso vai piorar as coisas. De qualquer jeito, você sangra. De qualquer jeito, você sofre. De qualquer jeito... você levou uma facada. E não dá pra voltar atrás.

Eu o encaro com os lábios semiabertos, olhos brilhando. Não sei bem como responder, então, vendo que continua olhando pela janela e batendo os pés, me aproximo até estar parado ao lado dele.

— McKay — murmuro. — Isso tem a ver com a Brynn? Jesus, ele está péssimo. Nunca o vi tão mal assim.

— Aham, isso — ele se força a dizer. — Então, você tem algum arrependimento?

— Claro. Todo mundo tem.

— Do que você se arrepende?

— Eu me arrependo de não ter sido um irmão melhor para você e de ter feito promessas que não consegui cumprir. De não ter sido um filho melhor pra mamãe e pro papai. Eu passei noites acordado pensando se foi por isso que a mamãe nos deixou. Pensar nisso me consome.

— Nada disso é verdade — diz ele, quebrado. — A faca mal te arranhou. Estou falando de arrependimento *de verdade*, Max. Do tipo fatal.

Balanço a cabeça, confuso.

— Falando sério agora, que história é essa?

Ele finalmente para de balançar e se mexer e desvia o olhar da janela, virando-se para mim.

— Não importa o que aconteça... espero que saiba o quanto eu sou grato por tudo o que você fez por mim. Eu notei. Eu sou grato por *você* — diz ele. — E sinto muito por não estar mais presente, por não ter sido o irmão que você queria que eu fosse. Desculpa por te deixar preso ao papai, por te abandonar com um monte de responsabilidades quando tudo o que você merecia era viver uma vida tranquila e sem preocupações. Por fazer você sentir que estava sozinho. Sempre quis ser o melhor pra você, juro. Mesmo quando parecia ingrato e egoísta. Meu jeito de lidar estava todo errado e me arrependo de tudo isso. Me arrependo pra caralho, Max.

como alcançar o Sol **425**

Ele volta a enterrar o rosto entre as mãos trêmulas quando um trovão estoura do lado de fora da casa, as paredes balançam. Recuo, olhando pela janela. A chuva cai pesada, ricocheteando no vidro, enquanto as palavras do meu irmão me atingem como um jogo de pingue-pongue entre as minhas costelas.

— McKay...

— Você deixou o cortador de grama do lado de fora — resmunga.

Encaro ele, franzindo a testa. Meus olhos se voltam para a janela que ele não para de encarar.

— Posso guardar — diz, colocando-se de pé. — A gente não pode pagar um novo.

Ao passar por mim, a gola da camisa encharcada de suor, seguro meu irmão pelo braço e balanço a cabeça.

— Deixa comigo. Senta aí. Você parece que vai cair — insisto. — Volto rapidinho.

Ele crava as palmas das mãos nas pálpebras e assente.

— Tá, tá bem.

— Segura aí. A gente conversa mais quando eu voltar.

Dou uma última olhada nele antes de voltar para o lado de fora e sair pisando forte em direção ao cortador de grama, explodindo de inquietude.

Nunca vi McKay desse jeito. Sei que ele ficou abalado com o término, mas ele não costuma conversar comigo, ainda mais sobre temas profundos e desconfortáveis. Por anos, me manteve à distância.

Confuso e sem foco, empurro o cortador de grama até o galpão, e a chuva é como uma trilha sonora ruidosa dos meus pensamentos mais sombrios.

Agacho para apertar a tampa do combustível e me levanto de repente quando penso ter escutado a voz de Ella.

Berrando, gritando, implorando.

Que porra é essa?

Um barulho de estalo estoura em seguida. Um trovão.

Congelo, dou meia volta e corro para fora do galpão.

Com o coração batendo forte, olho para o alto, meu rosto encharcado pela chuva fria. Está caindo o mundo, raios cortam as nuvens carregadas como se fossem veias amarelo-claras. Eu me pergunto se imaginei os gritos. Pode ter sido só a tempestade. Talvez Ella esteja me assombrando.

Sinto a ansiedade formigar ao fechar a porta do galpão e passar a mão pelo cabelo ensopado.

Estou correndo para os fundos da casa quando escuto mais um barulho. Um que sei que não imaginei.

Um grito.

Um grito horripilante, arrasado e gélido.

Minhas orelhas entram em alerta, minha pulsação acelera e minhas pernas ficam bambas.

Saio correndo.

Corro mais rápido do que nunca, escorregando no gramado molhado, meu coração quase saindo pela boca de um jeito que me faz engasgar. Abro a porta dos fundos correndo e avanço por ela, tropeçando em uma mesinha, os pratos caindo no chão da cozinha. Virando no corredor, paro bruscamente na entrada da sala de estar.

Então eu vejo.

E não consigo tirar a imagem da cabeça.

Ella, curvada sobre o meu irmão, as mãos pressionando o peito dele, dilacerado.

McKay, jogado em cima de uma poça de sangue, o corpo se contraindo. Um líquido carmesim vaza da boca dele e escorre pelas mãos de Ella, que grita e chora.

Um homem.

Um homem segurando uma arma, por cima de McKay, a camiseta manchada de vermelho e os olhos furiosos.

O cheiro de pólvora e cobre impregna o meu nariz enquanto os gritos de Ella, aos farrapos, tomam os meus ouvidos. Meu

como alcançar o Sol **427**

próprio lamento sangra junto ao dela. Terror, confusão, um *choque* debilitante para caralho.

Não sei como me mexer, como respirar. Minha visão fica turva, uma névoa vermelha e, um segundo depois, estou jogado no chão ao lado dela, coberto pelo sangue do meu irmão. Não me lembro de me mover, só estou lá, gritando, chorando, cuspindo, implorando.

— Que porra é essa? Que *porra* é essa? — grito.

O homem está pairando sobre nós, buscando por Ella.

— Vamos. A gente precisa ir embora. Agora.

Ele pega as mãos ensanguentadas dela, mas Ella o dispensa, histérica.

No instante seguinte, o homem se foi, a porta de entrada balançando nas fechaduras.

— Desculpa, eu sinto muito — implora Ella, as mãos cruzadas sobre o peito de McKay. — Eu sinto muito!

Preciso ligar para a emergência. Acho que meu celular está sem bateria, mas não me lembro de procurar por ele porque meus olhos estão fixos no rosto cheio de sangue de McKay enquanto ele se engasga e tosse um fluido vermelho.

— Não, não, não — imploro, apertando o rosto dele entre as minhas mãos e forçando que olhe para mim. — McKay, fica comigo.

Os olhos dele tremem, se fechando. Dou um tapa no rosto dele.

— Fica comigo, porra.

Não reconheço a minha voz.

— Eu contei pra ele — choraminga Ella. — Contei pra ele, contei pra ele. Ele sabe... ai meu Deus, Max.

As palavras dela atravessam a loucura. Eu avanço e a agarro pelos braços, manchando a pele dela com meus dedos ensanguentados.

— Contou pra ele? Contou o que pra ele, Ella?

Ela não está olhando para mim. Está olhando para McKay, em choque, tremendo e gritando.

— O que você *contou* pra ele?

Outra silhueta aparece na minha visão periférica, correndo na nossa direção, caindo de joelhos. Um telefone. Ele tem um telefone contra a orelha enquanto passa a nossa localização. Chevy. É o Chevy.

— Jesus, o que foi que aconteceu?

Eu escuto o que ele diz, mas não escuto.

— Um homem levou um tiro — diz uma voz distante. — Precisamos de uma ambulância, rápido. Não sei o que aconteceu. Sim. Não. Porra, vocês precisam vir correndo...

Lágrimas escorrem pelas minhas bochechas sujas de sangue. Seguro o rosto de McKay de novo, meus polegares apertando as maçãs do rosto dele enquanto tento mantê-lo comigo. Ele chia, tenta dizer alguma coisa. Não consegue, só sai mais sangue de sua boca.

— McKay, McKay... não morre nos meus braços, porra. Fica comigo. *Fica comigo!*

Ele cospe quando tenta falar.

A cabeça dele tomba, os olhos me encontram no meio da névoa sombria.

Com os lábios separados e trêmulos, McKay solta um suspiro e seus olhos escurecem diante de mim. Deixo escapar uma lágrima, que cai e escorre pela têmpora do meu irmão.

Uma luz pisca.

A vida dele está sendo drenada, expirando, e não posso fazer nada.

— Não — grito. — Não... — Eu o sacudo com força, rugindo de pavor. — Fica!

McKay para de se mexer depois de soltar uma última respiração falha, os olhos arregalados e fixos nos meus.

Ele está imóvel.

Completamente imóvel.

como alcançar o Sol **429**

Não me lembro do que acontece em seguida. Mal posso dizer que estou vivo quando um som atravessa a minha mente, vozes se misturam e braços fortes me tiram de cima do meu irmão enquanto me agarro a ele, soluçando, xingando e gritando meu luto e incredulidade para o corpo sem vida.

Sons de bipe. Pás de desfibrilador. Homens de uniforme.

Ella.

Ella está nos meus braços, aos prantos, e eu a seguro porque não sei no que mais posso me segurar. As palavras quebradas sangram em meus ouvidos enquanto ela se desculpa, tentando explicar.

— A ribanceira... a queda... McKay... me atacou... desculpa... Jonah...

Não consigo processar nada.

Tudo o que absorvo são os sons externos. Mais bipes, um borrão de uniformes, um monte de palavras inúteis e um instante de silêncio angustiante.

Então...

Hora da morte.

Para todos nós.

Capítulo 37
ELLA

Tudo o que enxergo é vermelho.

— O que você *fez?* — grita nossa mãe a plenos pulmões, jogada no chão do meu quarto enquanto as sirenes soam à distância. Estou estarrecida.

Partida ao meio.

Estou paralisada pelo choque.

Jonah me encara, implorando, os olhos arregalados e a camisa salpicada de gotas vermelhas.

O sangue de McKay.

Não, não, não.

— Amo tanto vocês — diz ele. — Acreditem.

Ele beija o topo da minha cabeça enquanto me abraça mais forte do que nunca. Como se fosse a última vez.

Porque é.

— Cuida da mamãe — pede ele, destruído.

Homens uniformizados disparam para dentro do quarto enquanto estou no chão, com ânsia de vômito.

Jonah os acompanha sem questionar.

Ele se rende.

Com os pulsos algemados e ainda olhando para mim, meu irmão é guiado para fora do quarto enquanto minha mãe se agarra, inutilmente, ao tornozelo dele. Jonah diz que a ama, que tudo vai ficar bem.

Olho para ela. Esparramada no carpete bege. Ela não para de gritar.

Já passamos por isso antes, mas os gritos não são os mesmos. Na noite em que Jonah chegou coberto de sangue depois que encontraram Erin e Tyler mortos, ela logo se recompôs, mantendo um traço de esperança e compostura.

— Você não fez isso, Jonah — disse ela naquela noite, repetindo sem parar. — Vai ficar tudo bem. Você vai sair dessa. É tudo um mal-entendido. Uma tragédia terrível, mas vou consertar. Vou consertar isso, Jonah.

Esse grito é diferente. Não há esperança escorrendo pelas bordas ou sangrando de seu timbre irregular. Dessa vez, há testemunhas do crime de Jonah.

Dessa vez, não tem conserto.

De alguma forma, consigo me firmar nas pernas trêmulas que me arrastam até a janela quebrada. Olho para as minhas roupas sujas de sangue, os arranhões na minha pele causados pelo vidro quebrado. Ergo as mãos diante dos olhos, manchadas de um vermelho-escuro. É um filme de terror.

É o *meu* filme de terror.

Viro lentamente até o outro lado da rua. Carros de polícia estão por todos os lados. Ambulâncias também. Chevy está de pé na rua, de braços cruzados, algumas manchas de sangue salpicando o macacão cinza-metálico. Ele conversa com um policial enquanto o homem de uniforme toma notas.

E lá está Max.

Na varanda da frente, curvado, o rosto enfiado nas mãos vermelhas e encharcadas, os ombros tremendo. Meu coração se parte aos meus pés, deixando mais manchas vermelhas para trás.

Quero correr na direção dele. Estar lá por ele. Segurar Max em meus braços e rebobinar alguns meses desse filme de terror.

Só que estou no papel principal — a vilã.

E ele é a vítima desamparada.

Max ergue a cabeça quando os policiais o cercam para colher o testemunho. Eu me pergunto se ele me sentiu o encarando no instante antes de nossos olhares se encontrarem a alguns metros de distância.

Quilômetros de distância.

Ele nunca esteve tão distante.

Lágrimas rolam pelas minhas bochechas enquanto formo as palavras, sem som:

— Me desculpa.

Ele balança a cabeça, o rosto tomado por mais dor do que posso suportar. Então Max cai para a frente, enquanto um policial se senta ao lado dele no degrau.

Logo depois de escapar da sentença de morte, meu irmão vai voltar para a prisão.

Eu mesma o coloco lá, se for preciso.

As horas se arrastam, até se transformarem em dias.

Idas à delegacia, interrogatórios, um luto paralisante competindo com o entorpecimento.

Minha mãe não fala. Tudo o que faz é chorar e preparar caçarolas de frango. Caçarolas queimadas. Caçarolas ainda meio cruas. Todas as noites, em silêncio, ela prepara uma e eu me forço a comer algumas garfadas até ficar enjoada e me arrastar para o quarto. Conto a quantidade de dias que se passam pelo número de caçarolas que ela faz.

Cinco dias.

Cinco dias desde que Jonah matou McKay.

Ricardo dá um pulo na nossa casa para consolar a minha mãe enlutada, e Brynn traz doces para confortar nós duas.

Para mim, cada dia é uma luta para me reconciliar com as emoções conflitantes que borbulham no meu âmago. Sinto um luto intenso por Max, um que me atravessa profundamente, deixando para trás traços de dor e confusão. Ainda assim, por trás

como alcançar o Sol **433**

do luto, uma raiva latente cresce, alimentada pela noção de que Jonah *era mesmo* capaz de uma violência tão forte e sombria.

Sempre foi.

Misturada à raiva, está uma batalha de sentimentos que aparecem em relação à minha mãe. Luto contra a frustação por ela, em sua crença inabalável na inocência de Jonah, ter se tornado cúmplice, sem querer, desse pesadelo. Não consigo evitar sentir uma pontada de ressentimento, me perguntando se a fé cega que ela tinha em Jonah nublou sua capacidade de julgamento, nos empurrando ainda mais fundo para essa teia de desgosto.

As caçarolas que dão errado são lembretes da realidade fragmentada na qual vivemos agora. A cada prato, provo o amargor enquanto navego pelos dias tal qual um fantasma na minha própria casa, sempre consciente até demais da tarefa assustadora que é reconstruir a minha vida mais uma vez.

Na quinta noite, congelo na cama quando escuto batidas na janela recém-instalada que Chevy trocou para mim.

Meu coração dispara.

Não pode ser...

Desço da cama e vou até a janela, meus batimentos se entrelaçando a uma esperança crua.

Só que quando olho do lado de fora, não vejo nada. Não tem ninguém ali.

Só meu reflexo oco me encarando de volta.

Capítulo 38
ELLA

Um mês passa e a primavera se transforma em um verão quente. Fico na casa de Brynn a maior parte dos dias, dormindo no quarto de hóspedes. Às vezes, vou até o quarto dela no meio da noite e me enfio na cama, a solidão me arranhando, os pesadelos dominando meu inconsciente.

Ela nunca me obriga a ir embora. Apenas segura a minha mão e choramos juntas.

Ricardo se mudou para a nossa casa para morar com minha mãe na semana passada, então não me sinto tão culpada por precisar de espaço. Morar em frente à casa de Max era doloroso demais. Morar a poucos metros de uma cena de assassinato era além do que o meu coração podia suportar quando ainda não estava nem totalmente recuperado.

Estou sentada à mesa de jantar preta e eclética da família Fisher, em uma tarde amena de junho, enfiando meu garfo em um monte de torta de carne moída. A aparência é de um mingau marrom, mas o pedaço que consegui engolir era saboroso. Bem melhor do que a caçarola da minha mãe.

Pete me olha do outro lado da mesa.

— Colocamos mais cenoura só para você — diz.

Meu estômago se contrai.

Meu giz-de-cera plantado está na mesa de cabeceira do quarto de hóspedes, um lembrete constante de tudo o que perdi.

— Obrigada. Eu adoro.

como alcançar o Sol **435**

— Você tinha que conversar com ele, Ella-Bella — sugere Matty.

Inspiro profundamente, batendo o garfo no prato.

Cerro a mandíbula, minhas mãos trêmulas se contorcendo no colo.

— Papi — interrompe Brynn, batendo gentilmente o joelho contra o meu. — É complicado.

— Verdade. É mais difícil do que resolver um cubo mágico no escuro. — Matty explode uma vagem dentro da boca. — Mas não é impossível. Eu já fiz isso. Não isso, claro, céus, isso não. Quis dizer o cubo mágico. A prova disso está em cima da nossa cama, orgulhosamente emoldurada em vidro.

Apesar de tudo, um sorriso surge.

— Eu tentei... mas ele disse que precisava de espaço — murmuro. — E de tempo.

Brynn acaricia as minhas costas com carinho.

— Acho que todos precisamos de tempo — diz, a voz falhando entre as palavras. — Ainda não acredito que ele morreu. Não acredito que ele estava aqui e agora se foi. Não só isso, mas nos deixou com a verdade horrorosa do que fez antes de morrer.

Ela afasta a mão de mim e continua:

— Sinto que estou de luto por ele de vários jeitos. McKay tinha alguns problemas, mas nunca achei que... Meu Deus, nunca imaginei...

— Eu sei — respondo.

— E Max... não faço ideia de como ele está lidando com isso tudo.

Lágrimas rolam pelas bochechas de Brynn enquanto ela acerta o purê de batatas com o garfo.

Vi Max no velório.

Bom, foi mais para um memorial. Ainda não liberaram o corpo de McKay, então o funeral de verdade ainda será marcado. Só de pensar sinto calafrios.

Max não demonstrou emoção.

Estava paralisado.

O pai deles estava destruído, chorando de soluçar durante toda a cerimônia.

O sol parecia mais quente do que o normal naquele dia, o que deixou as coisas ainda piores. Corri até Max antes que ele fosse embora, apertando os dedos em volta do braço dele e impedindo que ele fosse. O rosto dele estava tomado por dor quando nossos olhares se encontraram. Me perguntei se foi o rosto de Jonah que ele viu ao me olhar, do mesmo jeito que eu via McKay quando olhava para ele. Não poderia culpá-lo.

Ainda não posso.

— Max… por favor — implorei em um sussurro rouco, incapaz de soltar o braço dele. — Me desculpa. Eu sinto tanto que é até difícil de acreditar.

Ele olhou para a minha mão, engoliu em seco e depois voltou a me olhar.

— Não é culpa sua — disse, sem alterar o tom de voz. Era como se a dor o tivesse deixado sem paixão. — Me desculpa também.

— Quem sabe a gente não passa um tempo juntos? — sugeri. — Para conversar.

— É… um dia — respondeu. — Hoje não.

Concordei em meio às lágrimas.

— Eu entendo.

Max não se afastou enquanto nos encarávamos e eu apertava o braço dele ainda mais firme. Ele abaixou a cabeça para fitar a grama por um tempo antes de erguer apenas os olhos para mim.

— Ella… sei que você também é uma vítima. Brynn me contou o que aconteceu no penhasco. O que o meu irmão fez com você. — Os olhos dele finalmente adquiriram emoção com uma tristeza cristalina enquanto sua voz se partiu. — Estou tentando… absorver tudo. Estou sofrendo…

— Eu sei — disse, me sufocando. — Eu sei.

— Só preciso de mais espaço. Tempo. Quero conversar com você, de verdade, mas nem tenho palavras…

Soltei o braço dele, fiquei na ponta dos pés lentamente e joguei os braços ao redor do pescoço de Max.

— Eu sei, Max. Desculpa por tudo. Eu deveria ter contado a verdade.

— Eu entendo por que você não me contou — disse, respirando contra o meu cabelo.

— Por favor, não me odeie.

— Eu nunca poderia te odiar.

Nos seguramos um ao outro até que as pessoas começaram a sair pela porta da cerimônia em vestidos e ternos pretos, assoando o nariz com lenços.

Max foi o primeiro a se afastar, tirando os meus braços do pescoço dele, um som de sufoco escapando de sua garganta.

— Preciso ir — sussurrou. — Só que... tenho uma coisa pra você.

Pisquei, funguei e enxuguei as lágrimas.

Então vi quando ele colocou a mão no bolso e tirou um papel amassado.

— Escrevi isso pra você na manhã do... — A voz dele falhou, as lágrimas brilhando sob o sol. — Escrevi isso pra você.

Peguei o bilhete, assentindo, enquanto meu coração doía e meu peito se apertava.

— Obrigada.

Com um último olhar sofrido, Max encarou os pés, então se afastou, encontrando o pai no estacionamento.

Observei a caminhonete se afastar e desaparecer pela rua, o bilhete tremendo no meu punho. Inspirando fundo, abri e passei os olhos pela caligrafia familiar.

Como alcançar o sol

1. Estratégia? Ainda estou montando, mas a chave é a persistência. Depois a gente volta a isso.

2. Assim que eu descobrir, nunca vou deixá-lo ir embora. Vou aproveitar o brilho, deixar que me esquente, me encha, e, porra, vou deixar até que me queime. Um preço pequeno a se pagar pelo brilho eterno.
3. Você é meu horizonte eterno, Sunny. Nunca vou parar de procurar a sua luz.

Essa não era a lista estruturada que você imaginava. Minha musa parece distante. Mas você também está. Volte para mim.

— Max

Caí no gramado com o bilhete apertado contra o peito, as lágrimas correndo e encharcando o papel.

Agora está dobrado, embaixo da pedra branca, bem ao lado do giz-de-cera plantando. É tudo o que ainda tenho dele: um bilhete com palavras bonitas, uma pedra preciosa e um vasinho de barro.

Dou uma olhada nos dois homens da família Fisher, o clima tenso e pesado. A melhor parte da família deles é que os momentos de tensão nunca duram muito, sempre equilibrados por uma piada, uma dancinha boba, música ou palavras de amor.

— Posso te dar um conselho? — pergunta Matty, abaixando o garfo e cruzando os braços ao se apoiar na mesa.

— Na melhor das hipóteses, vai ser banal — acrescenta Pete com um sorrisinho.

— Como é? — dispara Matty.

— *Banal*, meu amor. Eu disse *banal*.

— O que você quer dizer com isso?

Ele olha para os outros na mesa, mas todos damos de ombros. Foda-se o conselho. Já estou sorrindo.

como alcançar o Sol **439**

— *Enfim* — prossegue Matty, olhando com gentileza para o esposo antes de se voltar para mim. — Meu conselho banal é: o amor vem primeiro.

Olho para ele, as palavras tomando lugar no coração.

— Sempre que esse cabeça-dura me irrita, repito isso sem parar.

— Obrigado — resmunga Pete.

Ele sorri.

— Mas falando sério, Ella-Bella, lembre-se disso. *O amor vem primeiro.* Você está de luto por causa do que aconteceu. Está sangrando porque o amor cravou as unhas safadas e lindas em você. Está chorando porque o amor te tomou e agora não tem para onde ir. — Um silêncio solene toma conta da mesa quando ele me olha nos olhos e suaviza o sorriso. — O amor sempre dói, querida. Esse é o preço que a gente paga por ele. Às vezes essa dor aparece numa escala menor, às vezes é grande o suficiente para mover montanhas. De qualquer forma, dói. Você tem que pensar no amor como se fosse um dom cruel. Nada na vida é de graça. Sempre há sacrifícios ou golpes mais fortes. E mesmo que você nunca se recupere desses golpes, a gente pode aproveitar o amor enquanto ele ainda é doce e sem amarras. Afinal, é o que veio primeiro. É o canal para cada mágoa crua, apaixonada e feia que cultivamos ao longo da vida.

Sequer me dou conta de que Brynn está segurando minha mão por baixo da mesa, nossos dedos entrelaçados, as mãos se apertando com firmeza. Olho para ela e vejo que está chorando. Lágrimas silenciosas rolam pelo seu rosto.

E percebo que... também estou.

Assinto ao forçar um sorriso desolado, fungando, os lábios tremendo.

Eu me lembro de uma noite de verão em um balanço. As nuvens pareciam feitas de algodão-doce. Uma lagarta engraçadinha esperava para se transformar em uma belíssima borboleta. O sol brilhava como um abraço quentinho.

E, no centro disso tudo, havia um garoto.

Um garoto com covinhas, afeto nos olhos azuis desanuviados e uma flor laranja na palma da mão.

"Era radiante como o sol, e o sol era radiante como você."

É.

O amor veio primeiro.

Um amor juvenil, doce e bonito.

A vida continua, joga água gelada no seu rosto, mas nunca consegue apagar o calor daquela primeira chama.

Os olhos de Pete brilham com lágrimas ao passar um braço ao redor dos ombros de Matty e puxá-lo para perto.

— Você não pode voltar atrás, querida — diz para mim. — Não pode mudar nada. Não tem como mudar o passado. Se você acredita que consegue, nunca vai seguir em frente.

— Então — acrescenta Matty —, agora só há uma coisa a se fazer.

— O que? — resmungo, enxugando minhas bochechas.

Por cima da mesa, ele aperta minha mão contra a dele.

— Se curar.

Capítulo 39
MAX

Demência de corpos de Lewy.

O diagnóstico do meu pai chega logo após o pior mês da minha vida.

— O seu pai tem o que chamamos de "demência de corpos de Lewy", que abreviando é DCL — conta um jovem médico para mim, os fios claros do cabelo loiro contrastando com as palavras sombrias.

Franzo as sobrancelhas e sou tomado pela ansiedade.

— O que isso significa?

Dr. Shay se inclina na mesa à minha frente com o olhar carregado de empatia.

— É um tipo de demência progressiva. O nome vem da presença de depósitos anormais de proteína no cérebro, conhecidos como "corpos de Lewy". Eles afetam a química do cérebro, levando a problemas de memória, comportamento e humor. — Ele faz uma pausa para que eu possa processar a informação. — É diferente do Alzheimer, ainda que alguns sintomas se cruzem. Seu pai pode passar por alucinações visuais, delírios, momentos de oscilação entre alerta e sonolência e sintomas motores bem parecidos com os comuns do Parkinson.

Terrores noturnos. Mãos trêmulas. Alucinações. Cochilos frequentes. Perda de memória.

Tudo isso me atinge como um ciclone.

Todos os testes e avaliações eram inconclusivos e eu estava começando a achar que meu pai ficaria bem. Talvez eu tivesse exagerado os sintomas. Talvez ele só estivesse envelhecendo e, com a idade, viesse a perda de memória. Talvez o trauma de perder a esposa, combinado a uma lesão, simplesmente estivesse cobrando o seu preço. Talvez só fosse uma noite de pesadelos como acontecia com outras pessoas.

Esfregando a mão no rosto, apoio o meu queixo e fecho os olhos.

— Como consertamos isso? — pergunto. Quero desaparecer, desvanecer. Torço para que a cadeira dura do consultório se transforme em areia movediça. — Qual é a cura?

Dr. Shay inclina a cabeça e dá um suspiro solene.

— Infelizmente, não há cura. Sr. Manning. Os tratamentos atuais podem ajudar a reduzir alguns sintomas, mas não interrompem a progressão da doença. Nosso principal objetivo será garantir que o seu pai tenha a melhor qualidade de vida, considerando as circunstâncias. Vamos trabalhar juntos para desenvolver um plano de tratamento que seja moldado às necessidades dele.

O médico me entrega um panfleto.

Encaro como se fosse o mapa de um país estrangeiro que não tenho a menor vontade de visitar.

Sem cura.

Sem dinheiro para o tratamento.

Tenho sorte do nosso plano de saúde ter coberto as visitas ao hospital e os exames até agora, mas sei que não vai ser assim para um tratamento a longo prazo.

Estou sozinho.

Sem mãe, sem irmão, sem futuro.

Guio meu pai até o quarto quando chego em casa e o ajudo na cama. Dou a notícia a ele, assim como precisei contar sobre McKay quatro semanas atrás.

O meu pai me encara com o olhar vidrado, as mãos trêmulas em cima do colo.

— Você é um ótimo filho, Maxwell — diz. — Você me deixou muito... orgulhoso.

Não sei bem se ele entendeu, mas acho que não importa.

Ele não vai se lembrar de nada disso.

Eu o abraço, me recusando a chorar. Recusando-me a começar a chorar, porque sou a única estabilidade que ele tem. Preciso ser forte... não tenho escolha.

— Acho que vou tirar um cochilo — diz ele, assentindo enquanto olha pela janela. — Me acorda antes do jogo do seu irmão, por favor? Eu quero ir.

Minhas pálpebras tremem fechadas quando fico de pé.

— Claro, pai. Eu te chamo em uma hora.

— Ótimo, filho. — Ele se ajeita por baixo da colcha e dobra as pernas contra o peito. — Obrigado.

Eu o encaro por um momento antes de sair e me jogar no degrau de entrada.

As aulas acabaram na semana passada.

O ensino médio terminou e eu me formei com boas notas e um diploma reluzente.

O que não significa nada, porque já perdi tudo.

Duas botas pretas surgem na minha visão periférica e, quando olho para cima, meu olhar pousa em Chevy. Ele está de pé ao meu lado, duas cervejas na mão, os cabelos dourados esvoaçando com a brisa do verão.

— Oi — cumprimento.

Ele se senta ao meu lado no degrau e me entrega uma cerveja.

Nego, balançando a cabeça.

Porém, quando ele me oferece um cigarro, hesito por um instante antes de aceitar e pegar um no maço.

— Valeu. — Levo o papel enrolado até os lábios e observo enquanto ele acende a outra ponta, colocando a mão em concha ao redor da chama. — A propósito, é isso mesmo que eu queria te dizer — acrescento. — Obrigado... por tudo.

Chevy guarda o isqueiro com um aceno.

— Não precisa me agradecer. Vizinhos se ajudam.

— Você é mais do que um vizinho. Sempre foi.

— Se é assim, de nada, então. — Ele me lança um meio sorriso antes de olhar para o outro lado da rua. — Algumas das melhores lembranças que tenho são de vocês dois ainda crianças brincando no jardim, jogando bola, correndo pelo gramado com os irrigadores ligados. Me lembrava da minha própria infância no Oregon. Também tenho um irmão. Não somos gêmeos, ele é dois anos mais velho do que eu, mas é a minha melhor metade. Meu melhor amigo.

Não consigo imaginar o Chevy tendo uma metade melhor do que a que eu conheço. Ele já é o melhor.

— Vocês ainda são próximos?

Os olhos dele perdem o brilho.

— Não o suficiente — diz Chevy, abrindo a cerveja que recusei e tomando um longo gole. — Ele está num cemitério perto de Cannon Beach.

— Porra — murmuro, encostando o queixo no peito. — Sinto muito.

— Leucemia. Foi diagnosticada em estágio avançando e ele nunca teve chance. Morreu três meses depois que descobrimos. Ele tinha catorze anos. — Chevy prende a cerveja entre os joelhos e olha para mim. — Enfim, se você precisar botar tudo pra fora, fala comigo. Tenho um monte de coisa parada que podemos quebrar quando você quiser.

Deixo escapar um sorriso enquanto solto um pouco de fumaça pelo nariz.

— Acho que vou aceitar a oferta.

Assentindo, ele me analisa, o humor mudando mais uma vez.

— Não sei o que é perder alguém de forma tão violenta, mas... perdas são perdas. Ausência é ausência. Não dá pra

como alcançar o Sol **445**

compensar nem pra sumir com ela. Tudo o que dá para fazer é aceitar que sempre vai te acompanhar como uma sombra, e você faz o possível para viver com isso — diz ele. — Você preenche a vida com outras coisas. Hobbies, pessoas, sonhos. Eu me mantenho ocupado porque preciso... reformas, restauração de carros, essa merda toda. Entro em milhares de projetos ao mesmo tempo porque assim as sombras ficam de escanteio e consigo aproveitar o que ainda tenho. Vira uma silhueta.

Chevy toma outro gole de cerveja, então coloca a garrafa entre os joelhos.

— Nunca vou mentir e dizer que é fácil. Nunca vou fingir que às vezes isso não suga a sua alma... só que vou dizer que ainda é possível encontrar a luz. A perda é para sempre, mas a escuridão não é.

Meus olhos estão cheios de lágrimas quando olho para a casa de Ella, no outro lado da rua.

Penso nela.

Penso em McKay.

Penso em mim mesmo, dentro do lago Tellico, encarando os dois enquanto flutuam ao meu lado, nossos olhos fixos um no outro enquanto a luz do sol brilha sobre a superfície.

Olhos verdes. Olhos azuis.

Anseio e desesperança.

O tempo parou e o som desapareceu enquanto seguramos a respiração e contamos os segundos.

Mal sabíamos que nos afogaríamos para valer quando saíssemos da água.

Chevy coloca a mão no meu ombro e aperta, me tirando dos meus pensamentos sombrios.

— Ela é a sua luz, Max. Acredite em mim quando digo isso — diz com convicção, apontando para a casa de Ella. — Não perde isso.

Sentindo os nós na minha garganta, encaro Chevy quando ele se levanta do degrau e assente de leve para mim.

— A propósito, meu nome é Eli. — Andando de costas, ele ergue a garrafa de cerveja e dá uma piscadela. — Não conta pra ninguém.

Sorrio por trás das lágrimas, um agradecimento silencioso, enquanto o observo voltar para casa e trabalhar em um trailer velho e sem uso estacionado no jardim da frente.

Enquanto trago o cigarro, Ella passa pela minha cabeça como um raio de sol forçando passagem pelas nuvens cinzentas.

Eu disse para ela que precisava de espaço.

Meu irmão se foi, mas o da Ella também. Meu mundo foi balançado, mas ela está no mesmo barco, sendo jogada de um lado para o outro pelas ondas turbulentas. Nós dois somos vítimas, nos afogando nas sombras, tentando encontrar uma luz.

É difícil pensar no que ela teve que passar naquela noite por causa do meu irmão. O segredo que guardou. A dor que escondeu de mim para *me* manter em segurança, protegido do mesmo sofrimento. A alma dela estava tão destruída, e eu não fazia ideia do motivo.

Nem em um milhão de anos poderia imaginar que o sangue do meu sangue destruiu Ella e a deixou paralisada.

Nunca vou dizer que McKay teve o que mereceu quando Jonah atirou no peito dele — *não consigo*. O perdão é uma fera complexa, mas o amor tem um jeito de persistir, apesar de tudo. Não consigo pensar nos atos hediondos que ele cometeu sem pensar nos momentos doces e felizes. Tenho certeza de que Ella se sente do mesmo jeito sobre o irmão dela.

Luz e escuridão. Yin e yang. Sol e lua.

Eles coexistem.

Mas eu sei o que Ella merece, e não é nada isso. Ela não merece meu silêncio sepulcral ou ser ignorada. Ela precisa da minha leveza, do meu calor, mais do que nunca.

Chevy tem razão. Ela é a minha luz e eu sou a dela.

Minha querida Sunny.

Desde o primeiro olhar no jardim de infância, o sorriso dela surgindo por detrás de um livro sob a luz dourada do entardecer, senti bem no fundo da minha alma — ela era, e sempre será, o meu sol.

Tiro o cigarro parcialmente queimado dos lábios, franzindo a testa enquanto me pergunto por que corri atrás daquele amparo desnecessário para começo de conversa.

Convicto, amasso o cigarro sob os pés, apagando-o sem pensar duas vezes.

E nunca mais olho para trás.

Capítulo 40
ELLA

Eu me sento no banco feito à mão quando o sol se põe por trás das nuvens, deixando para trás respingos de fúcsia e laranja-queimado.

"A gente tinha que encontrar uma clareira na floresta e transformar num esconderijo particular. O papai pode me ajudar a construir um banco pra gente se sentar e ler livros juntos. A gente pode contar como foi o dia na escola e ver as borboletas voando. Seria o nosso esconderijo secreto."

As pontas dos meus dedos trilham os veios da madeira, demorando-se no entalhe irregular: MANNING, 2013.

Ele construiu.

Construiu o banco, como disse que faria tantos anos antes.

Lágrimas se formam nos meus olhos. Eu me pergunto quanto tempo ele ficou ali, esperando que eu voltasse, para me sentar ao lado dele e lermos livros ilustrados juntos, olhando borboletas listradas baterem as asas. Eu falei para ele que o veria no dia seguinte, mas meu pai transformou aquele dia em dez anos.

Inspiro, trêmula, quando olho para o meu celular.

Max: Me encontre na clareira ao pôr do sol.

Estou aqui.

Estou pronta.

como alcançar o Sol **449**

Não sei o que vai acontecer em seguida, mas deve ser alguma coisa. A cura só vem quando seguimos em frente.

Levanto a cabeça quando escuto passos se aproximando. Galhos se partindo, folhas farfalhando. Um instante depois, Max aparece, erguendo-se na entrada do nosso esconderijo vestindo shorts de corrida azul-marinho e uma camiseta cinza-claro, os olhos brilhando na luz de fim do dia.

Estou à beira das lágrimas. Não tenho certeza se vou conseguir.

Mas estou aqui.

Estou pronta.

Ele entra, a garganta se movendo quando engole.

— Oi, Sunny.

O apelido quase me quebra. Meu lábio inferior treme, então eu mordo a carne.

— Ei. — Observo ele parar por um instante, olhando para mim, o cabelo tingido de rosa e laranja.

Eu me arrasto no banco, abrindo espaço para ele se sentar ao meu lado. Se quiser.

— Fiquei surpresa por receber notícias suas — confesso.

Ele assente devagar e olha para o espaço vazio no banco antes de dar mais um passo à frente, entrando de vez na clareira.

— Me desculpa por ter andado distante. O diagnóstico do meu pai saiu logo depois que tudo aconteceu com… — Max engole em seco, parando onde está. — Demência de corpos de Lewy. Não tem cura. Estou tentando descobrir como lidar, como ajudar meu pai. Há alguns tratamentos disponíveis, lugares que podem cuidar dele, mas… não sei. Vou precisar encontrar um jeito de ganhar dinheiro. Chevy se ofereceu para me levar numa reforma em que ele está trabalhando fora da cidade. Quem sabe eu possa fazer isso.

Olho para ele, estupefata. De coração partido.

— Meu Deus, Max… — murmuro. — Sinto muito.

— Não tem o que fazer. Vou descobrir como dar um jeito.

Ele dá de ombros e olha para mim, tentando se recompor.

— Eu me lembro de construir esse banco com o papai — sussurra ele, mudando de assunto. — Começamos naquela noite mesmo. Depois que você foi embora do parque.

Caio em lágrimas.

— Mesmo?

— Uhum. Foi antes do acidente do papai. Antes da minha mãe ir embora, antes de você ir embora. — Ele engole em seco, cerrando o maxilar. — Acho que... acho que foi meu último dia bom de verdade. Até você voltar para Juniper Falls e roubar o meu coração outra vez.

Franzo a sobrancelha, sentindo um nó na garganta.

Max balança a cabeça.

— Não... isso não é verdade. Porque, para começar, você nunca chegou a me devolver ele.

Abaixo o queixo, o nó ficando maior.

— Tivemos um ano mágico juntos quando éramos crianças. Nós éramos tão novos.

— É mesmo uma coisa incrível, né?

— O quê? — digo, soltando o ar e erguendo a cabeça.

— Inocência.

Max afasta o olhar do meu por um instante antes de voltar a me encarar e continuar:

— É tão passageira, né? Mas, nossa... é transformadora. Some num piscar de olhos, mas é forte o bastante para moldar cada coisa que acontece depois. Todas as histórias de amor, todos os sonhos. Uma vez que vai, não temos como recuperar, mas nos seguramos a tudo o que ela nos traz na hora — diz, carregando cada palavra de emoção. — Nunca desisti de você, Ella. Achei que você era uma pessoa totalmente diferente quando voltou, mas não era. Te ver de novo foi como voltar para casa.

— Max avança outro passo e cai de joelhos na minha frente, pegando as minhas mãos. — Amor juvenil...

como alcançar o Sol **451**

Eu termino a frase por ele, lágrimas rolando pelas minhas bochechas.

— A porra mais pura que tem.

Um sorriso se abre por trás da melancolia enquanto Max esfrega o polegar pelos nós dos meus dedos.

Olho por cima da cabeça dele e por trás da abertura da clareira. O céu está cinza diante dos meus olhos, o vento aumentando como um presságio. Uma punhalada afiada na inocência. As cores desaparecem do céu e um trovão estoura à distância. Tiros abrem buracos em devaneios doces.

Sinto outra vez, me lembrando de todas as coisas que quero esquecer. Mas não dá para esquecer.

Soltando a mão de Max, me levanto do banco e dou a volta por ele, observando o lago enquanto a água ondula e se agita. Cruzo os braços com um calafrio.

— Não sei como seguir em frente agora — admito, mirando as minhas palavras para o céu, para o lago, para ele. — Não sei como me recuperar. De onde vem a cura, afinal? Do tempo? Da terapia? De caminhadas cada vez mais longas?

Dou de ombros, me sentindo desanimada antes de continuar:

— Nada disso parece uma cura. Só uma forma de forçar a felicidade na vida depois que ela é arrancada da gente.

— Qual é a outra opção?

— Não sei. Acho que nem todos os livros ou conselhos do mundo podem juntar as peças.

Quando Max não responde, dou passos à frente, em direção à floresta. O vento cálido balança o meu cabelo enquanto a copa das árvores ondula acima de nós.

— Com cada grama de recuperação vem outro golpe duro. Um passo para a frente, dois para trás. Talvez algumas pessoas não sejam feitas para serem curadas ou superarem seus traumas.

Sinto Max vir atrás de mim quando gotas de chuva rebeldes escapam das nuvens.

— Sunny — sussurra ele às minhas costas.

Eu me viro.

Enquanto nos encaramos, sinto meu amargor crescer. Não por causa dele, mas por causa da vida. Pelo *dom* cruel da vida.

— Como você consegue olhar pra mim? — pergunto, sem ar.

— Como nós dois estamos de pé aqui, conversando sobre amor, inocência e esperança depois de tudo o que aconteceu?

A expressão de Max murcha enquanto repete, dessa vez, mais desanimado:

— E nós temos escolha?

— Sempre existe uma escolha, Max. Sempre.

Ele dá um passo à frente, o corpo tenso.

— Você tem razão. McKay fez uma escolha quando tentou forçar para entrar no meio das suas pernas. Fez uma escolha quando te deixou cair da porra de um penhasco e saiu andando, sem chamar ajuda, te deixando para morrer.

Raiva e ressentimento marcam o olhar dele quando continua:

— Jonah também fez uma escolha quando entrou em disparada pela porta da minha casa com uma arma e atirou no peito do meu irmão. Ele escolheu quando fez justiça com as próprias mãos, justiça em *seu* nome. Toda escolha é uma fenda. Toda escolha gera um efeito dominó — dispara. — E agora *nós* temos uma escolha. Eu e você. Qual vai ser, Ella? Como você vai mudar o rumo do nosso próximo capítulo? Para onde vai nos levar?

Olho para ele boquiaberta, com olhos arregalados, balançando a cabeça em negação.

— Eu… não depende só de mim. O que *você* quer?

— Te beijar. É isso que eu quero.

As palavras dele me paralisam. Meu coração acelera enquanto a chuva cai, encharcando o meu cabelo.

— Me beijar não vai consertar nada.

Ele dá de ombros.

— Provavelmente não. Mas é o que eu quero.

— Não acho que você sabe bem o que quer. É impossível pensar direito em um momento como esse. Acho… acho que

como alcançar o Sol **453**

preciso de um tempo — digo. — Você tinha razão quando disse que precisava de espaço. Tudo está muito confuso, sombrio. Bagunçado.

— Então a gente organiza.

— Não é simples assim.

Soltando uma respiração profunda, ele olha para as folhas molhadas e cerra os punhos.

— Tudo bem.

— Tudo bem?

— É. Tudo bem. Se é o que você quer, a gente dá um tempo.

— Não é sobre o que eu quero, é sobre o que a gente precisa.

— Parece que precisamos de coisas diferentes — diz ele. — Tive espaço e senti sua falta pra caralho. Não, calma aí. Eu tive espaço nos últimos sete meses quando você me deixou sozinho e apaixonado por você e não me explicou o que estava acontecendo. Foda-se o espaço. Não é o que eu quero *nem* o que eu preciso. Tudo o que eu preciso é você. — Ele bate a palma da mão aberta no peito. — Você é a única coisa que vai consertar essa merda desse buraco no meu coração.

— Não sou a resposta. Não sou…

— Você é a *minha* resposta, Sunny.

— Meu irmão matou o seu! — grito, minha voz superando o estrondo de um trovão.

Ele engole em seco, os olhos arregalados.

— E não somos nenhum dos dois. Você é a Ella e eu sou o Max. Por que isso não é o bastante?

— Não é. Não pode ser — grito em resposta. — McKay morreu por culpa do Jonah.

— E McKay fez algo imperdoável com você.

— Ele não merecia morrer!

— Eu também não mereço!

Meu rosto se contorce de dor enquanto a chuva cai pelo rosto e pelas bochechas dele.

— Max…

O peito dele pesa, o corpo treme, os olhos escurecem ao mesmo tempo que a noite. Ele esfrega as duas mãos sobre o rosto e o cabelo, balançando a cabeça enquanto coça os olhos.

— Porra... desculpa. Você está certa. — Max fica por um tempo na mesma posição, o movimento da cabeça se transformando em um movimento de aceitação. — Você tem razão. Leve o tempo que precisar.

Entro em pânico quando ele se afasta. Meu peito implode de arrependimento. Abro minha boca para chamá-lo de volta, mas nada sai.

Então corro atrás de Max, seguro ele pelo braço e o viro para mim.

Ele me encara.

Sussurro o nome dele ao soltar o ar, meu coração explodindo com o peso de tudo que vivemos.

— Max.

Ele não hesita.

Nossos lábios colidem no suspiro seguinte.

Chuva, lágrimas, dor, amor.

Agarro a camiseta dele com as duas mãos. Os braços dele me seguram e me puxam contra o peito. Max empurra a língua para dentro da minha boca e eu a abro, de boa vontade, com saudades. Gememos juntos quando me contorço, puxando-o para perto. As mãos dele são tudo o que me impedem de tropeçar.

Sem mais palavras. Sem mais conversas, sem tentar refazer as coisas ou lamentar.

Só isso.

Max e Ella.

Ainda me segurando com um braço, ele toca um lado do meu rosto e segura com força a minha bochecha, puxando o meu queixo com o polegar. Abro mais a boca. Eu o beijo com mais vontade. Tudo vira um borrão: passado, presente e futuro. A água da chuva escorre na gente, enquanto a língua dele se entrelaça na minha e desço as mãos para o quadril.

Ele me leva para trás. Nossos pés escorregam nas folhas molhadas, as poças espirram a cada passo atrapalhado. Chegamos à entrada da clareira e Max me vira antes de desabarmos no banco de madeira e de ele me puxar para a frente. Dedos escorregadios deslizam pela bainha da minha camiseta e a puxam para cima, passando pela minha cabeça. Suspiro quando a brisa beija a minha pele. Meu cabelo molhado bate nos ombros, meus seios nus cintilando sob a chuva. Max solta um gemido profundo quando enterra o rosto entre eles, sua língua encostando na minha pele, então pega um mamilo com a boca, chupando sem a menor gentileza.

Sinto minhas pernas tremerem quando vejo Max se mexer, um gemido animalesco ameaçando escapar da garganta dele. Agarro seu cabelo e puxo, o desejo pulsando entre as minhas pernas.

Monto no colo dele, prendendo-o com os joelhos, e ele agarra a minha bunda e empurra os quadris para a frente. Sinto seu membro duro contra mim por dentro dos shorts de corrida e não penso antes de deslizar meus dedos trêmulos para dentro do cós e puxar os shorts dele.

Max se levanta por um instante. Os shorts deslizam pelas coxas dele.

Agitada pela dor e luxúria acumuladas, me contorço para arrancar a legging, liberando uma perna. Monto em cima dele, a calça pendendo de um lado só quando busco por sua ereção. Passo o braço ao redor do pescoço dele procurando me equilibrar e puxo o cabelo dele.

Max joga a cabeça para trás enquanto minha mão o segura e acaricia.

— Poooorra — diz, rangendo os dentes, o rosto caindo de novo entre os meus peitos, mordendo um mamilo.

Solto um gemido, sentindo um calor formigar lá embaixo. Meus joelhos tremem enquanto tento me manter firme, me levantando um pouco e o alinhando a mim.

A tensão aumenta entre nós. Um batimento dolorido e sem fôlego.

Meu olhar recai sobre o dele. Seus olhos estão semicerrados e ele os ergue de um jeito preguiçoso para encontrar os meus.

Eu me curvo em cima ele.

Sinto Max me penetrar, preencher cada centímetro, e quando finalmente está quase todo em mim, entrelaço os braços ao redor dos ombros dele e desabo de uma vez.

Nós dois deixamos escapar um gemido alto e agudo, capaz de humilhar a trovoada.

Minhas mãos agarram a nuca dele e enterro as unhas na pele.

— Max — solto um gemido agudo, uma série de sílabas roucas.

Ele está totalmente dentro de mim, até o fim. Estamos juntos, conectados, completamente interligados. A barreira foi quebrada, então não há mais dor física, embora lágrimas rolem dos meus olhos quando ele me abraça com os braços afoitos e trêmulos, me apertando firme.

Eu o aperto em resposta, segurando o rosto dele contra o meu peito enquanto movimento os meus quadris.

Faço o mesmo movimento de novo e de novo.

Ele rosna, geme e mantém o ritmo, ofegante.

— Ella — sussurra meu nome, os braços entrelaçados ao redor do meu corpo, a mão em concha atrás da minha cabeça, correndo os dedos pelo meu cabelo. A outra mão desliza para cima e para baixo, sentindo meus movimentos. Guiando.

Preciso sentir mais dele, então puxo a gola de sua camiseta e tento arrancá-la de seu corpo. Max me segura com uma das mãos enquanto a outra alcança as próprias costas, puxa a camiseta pela gola e passa por cima da cabeça.

Pele contra pele.

Peito contra peito.

Coração contra coração.

Continuo rebolando, meus peitos apertados contra o peitoral esculpido. Acelero os movimentos, olhando para baixo e vendo ele deslizando para entrar e sair de mim. Quando me levanto, quase lá, a visão de Max molhado pelo meu desejo me dá tremores. Meus batimentos estão acelerados, meu sangue ferve.

Eu me derreto e ele treme nos meus braços, a respiração acelerando.

Quando me ergo mais uma vez, nossas testas se chocam e admiramos meus movimentos ganharem mais velocidade. Ele se levanta do banco, me acompanhando.

Tombo o pescoço para trás e monto nele com força. Rápido. Desesperada e inconsequente, tão perto que posso sentir uma onda de eletricidade.

— Porra, Ella… *porra*, continua — implora Max, se agarrando ao meu quadril, os dedos me marcando enquanto ele mete em mim. — Sente o quanto eu quero você. Preciso de você. Meu Deus, você é perfeita.

A boca dele fica aberta, as sobrancelhas bem próximas, enquanto encara nossa união, nossos corpos batendo um contra o outro enquanto a chuva cai na terra à nossa volta.

— Vou gozar em você — geme. — Porra, tô quase lá.

Aquelas palavras são o combustível que preciso.

Com uma das mãos entre nós, ele me acaricia com o polegar, me puxando para perto.

— Ai, Deus — gemo, jogando a cabeça para trás, o cabelo suado balançando. A sensação sobe pelo meu corpo, arranha, até chegar ao limite. — Max…

— Me sente em você, Ella — implora, a testa caindo no meu peito. — Esquece. Esquece tudo.

Eu me esfrego nele, e quando Max chupa o bico do meu peito mais uma vez, desmorono. Quebro em um milhão de pedaços e vou parar entre as estrelas. Raios cortam a minha visão enquanto o êxtase incandescente me leva para longe e depois me traz de volta.

Caio nos braços dele, sem forças e atordoada, enquanto Max segura o meu quadril com força e mete em mim mais duas vezes antes de seu corpo tensionar, estremecer e soltar um gemido selvagem com o rosto esmagado entre os meus seios. Ele se esvazia dentro de mim, se soltando. Soltando tudo.

Com a respiração pesada, continua pressionando meu corpo enquanto se recompõe. As mãos dele acariciam minhas costas, uma enrolando meu cabelo molhado enquanto nós dois processamos os últimos cinco minutos.

Perdemos a virgindade.

Max se entregou para mim e eu para ele, no mesmo lugar em que entregamos nossos corações um para o outro há mais de uma década.

Ele ainda está dentro de mim quando levanta a cabeça lentamente e beija meu peito, subindo até a minha clavícula. Seguro o queixo dele entre as mãos, roçando a barba por fazer, antes de levar o rosto dele à altura do meu.

Nos encaramos por alguns segundos, então me curvo para dar um beijo nele. Suave, gentil. Não acho que seja uma despedida, mas enquanto nossas línguas estão entrelaçadas e nossos lábios se movem, quase parece uma. Sinto a emoção presa na minha garganta e o beijo com mais vontade, me segurando no que quer que tenha sobrado.

Quando me afasto de Max, seus olhos estão cheios de lágrimas. Brilhando, reluzindo, refletindo tudo o que sinto.

Meus lábios tremem quando beijo a testa dele e apoio a minha cabeça no seu ombro.

— O que fazemos depois disso? — sussurro, rouca.

Meus lábios roçam pelo pescoço dele enquanto espero pela resposta.

E eu espero.

Max me aperta mais forte, ainda envolto em mim.

Então, com uma respiração cansada, diz três palavras que me levam às lágrimas.

— Eu não sei.

como alcançar o Sol **459**

***

Uma hora mais tarde, Brynn me dá uma carona até a farmácia mais próxima. Compro a pílula do dia seguinte e, em um corredor vazio repleto de caixas coloridas de cereal como testemunha, eu a engulo com a ajuda de uma garrafa de Gatorade.

Brynn me encontra alguns instantes depois, segurando uma paleta de sombras na mão. Ela se aproxima com um sorriso e acaricia meu braço, carinhosa. Suspirando, apoia a testa no meu ombro.

— Você está bem? — pergunta.

Tampo o Gatorade e tento recuperar o ar enquanto olho fixamente para uma caixa de cereal. Piscando devagar, olho para os meus sapatos enlameados e minha calça ainda molhada, fechando os olhos e me segurando à minha tristeza. Em seguida, sussurro de volta, ecoando as palavras de Max:

— Eu não sei.

Capítulo 41
ELLA

O mês de junho escaldante se transforma em julho, ainda mais quente, e minha mãe finalmente me conta que vovó Shirley faleceu nas últimas semanas.

— Tem certeza de que não quer que eu vá com você? — pergunta Brynn, passando por mim como um raio azul-bebê e rosa enquanto procura as próprias sandálias. — Posso remarcar com o Kai. É só um piquenique.

Um sorriso surge nos meus lábios.

— Ninguém recusa um piquenique, Brynn. Ninguém.

Ela rejeita meu comentário com um sorriso radiante e faz um gesto com a mão, cortando o ar.

— Não tem problema. Uma qualidade ótima do Kai é que ele se adapta fácil.

Franzo os lábios.

Você meio que precisa se adaptar fácil se mora nessa cidade amaldiçoada que foi palco de várias tragédias no intervalo de meses.

Preciso reformular: você meio que precisa se adaptar fácil se mora nessa cidade amaldiçoada que foi palco de várias tragédias no intervalo de meses, graças à amaldiçoada Ella Sunbury.

— Ele montou uma tábua de frios — digo, lembrando à minha amiga enquanto ela aperta o rabo de cavalo. — Você não vira as costas para uma variedade complexa de queijos chiques no primeiro encontro oficial.

como alcançar o Sol **461**

— É, eu adoro queijo.

— O queijo sempre vence.

Brynn faz uma pausa, me lançando um olhar compreensivo.

— Vou colocar meu celular no volume mais alto. Por favor, me liga ou manda mensagem se precisar de alguma coisa. Sinto muito pela sua avó.

Nos abraçamos quando Kai aparece no Volkswagen do pai dele e corre até o lado do passageiro para abrir a porta para Brynn. Eu sorrio e a dispenso assim que Kai surge pela calçada.

— Divirta-se — digo, acenando.

— Pode deixar — responde.

Quinze minutos depois, estou entrando na garagem de casa.

Brynn me emprestou o carro dela para fazer o trajeto até lá. Foi a minha primeira vez atrás do volante em muito tempo, depois que o médico finalmente me liberou. Foi bom ter a sensação de controlar *alguma coisa* na minha vida. Todas as tomografias e exames estavam ótimos, sem qualquer dano permanente no cérebro, sem problemas de visão ou nas funções motoras. O próximo passo é me preparar para o supletivo, o que faz parte de perder quase seis meses do meu último ano na escola.

Reunindo coragem, desço do carro e encontro minha mãe na sala de estar, tomando chá com Ricardo no sofá. O braço dele está por cima dos ombros dela e a minha mãe está aconchegada no peito dele, segurando a caneca com as duas mãos.

Fico feliz que ela tenha alguém depois que a deixei sozinha com todos esses fantasmas.

Ela me encara quando entro.

— Ella.

— Ei. — Deixo a minha bolsa de lado e tiro os tênis. — Como vocês estão?

Ela apenas dá de ombros, de leve, os olhos lavados de tristeza.

Coitada da minha mãe.

Ricardo se levanta, me lançando um aceno gentil.

— Estou indo cortar a grama — diz, fazendo a gentileza de nos deixar sozinhas.

— Obrigada, querido — responde minha mãe, pegando a mão dele e dando um aperto rápido antes que Ricardo desapareça pelas portas do quintal.

Fico de pé na entrada, perdida. Congelada.

Desesperadamente insegura.

— Venha cá, meu amor — diz minha mãe, dando uma batidinha no espaço ao lado dela no sofá. — Senti saudades.

Meus olhos embaçam, aquelas palavras fazem as minhas pernas entrarem em ação. Eu me jogo ao lado dela, que me envolve com os braços, e caio em prantos.

— Desculpa, mãe. Por tudo.

— Você não precisa pedir desculpas.

— Eu te abandonei. Tenho sido uma filha terrível — resmungo. — Egoísta.

— Ella — sussurra minha mãe, tocando o meu queixo com dois dedos e erguendo a minha cabeça. — Todo ser humano tem o direito de ser egoísta quando se trata de luto. Eu também te abandonei depois do que aconteceu com seu irmão.

— A voz dela falha ao pronunciar a última palavra. — Sacrifiquei o tempo precioso que tinha com você para tentar reverter a sentença dele, quando eu ainda tinha uma filha que precisava de mim mais do que nunca — conta, destroçada.

Ela continua:

— Eu escondi tudo de você. Estava tentando te proteger, tentando te poupar de outra decepção horrível caso não funcionasse. Então, não, Ella… Você não precisa se desculpar por ter levado um tempo para se curar, independentemente de quanto isso tenha custado. Sempre vou ser o seu porto-seguro quando não tiver para onde ir. — Ela acaricia o meu cabelo e seca minhas lágrimas. — Eu prometo.

como alcançar o Sol **463**

A fala da minha mãe me faz chorar ainda mais, mas enterro minha cabeça no ombro dela.

Em meio às lágrimas, compreendo solenemente que a amargura — assim como um espinho teimoso — não pode ser a base da nossa relação. Enquanto minha mãe continua a me reconfortar, sinto uma vulnerabilidade compartilhada florescer entre nós. Minha mãe fez uma escolha; o julgamento dela foi guiado pela crença na inocência de Jonah. O amor sempre encontra um jeito de direcionar os desejos do coração.

Não posso culpá-la por amar.

E sei que também preciso fazer uma escolha.

— Eu te amo — sussurro contra o ombro dela enquanto minha mãe acaricia o meu cabelo. — Não quero continuar com raiva ou me apegar a ressentimentos bobos. Só quero seguir em frente. Viver. E isso é tão difícil quando me sinto presa nessa bolha de tragédia e mágoa.

Inspiro fundo em um movimento irregular, então completo:

— Eu só... quero me recuperar, mãe.

— Ah, meu amor... eu também te amo. Demais. — Ela funga, me apertando com mais força. — Faça o que for preciso para encontrar a sua cura, tá bem? O que quer que seja. Eu *sempre* vou estar aqui. Não importa o que aconteça.

Concordo com a cabeça, levando o que ela diz ao pé da letra. Absorvendo suas palavras, que rodam na minha cabeça.

Ficamos nessa posição por alguns minutos, talvez uns dez ou vinte. O sentimento de ser abraçada é bom, especialmente de ainda ser tão amada depois de tanto amor ter sido roubado.

— Tenho uma coisa pra você — diz minha mãe, tirando os óculos para afastar as próprias lágrimas. A máscara de cílios borrada se mistura às olheiras quando ela leva de volta ao nariz os óculos com aros de arame. — É da vovó. Ela deixou uma coisa pra você no testamento.

— Sério?

— Claro. Sei que ela tinha um jeito sério e cabeça-dura, mas te amava muito.

Minha mãe se levanta e atravessa a sala para buscar sua bolsa, que está pendurada em um gancho na parede.

Ela me entrega um envelope de papel pardo.

Levanto do sofá e aceito o envelope das mãos dela, passando a ponta dos dedos no papel áspero. O nó na minha garganta aperta mais.

— Vou te dar alguns minutos — diz, com cuidado. — Depois de ler tudo, me encontre no quarto.

Assentindo meio distraída, sinto ela apertar meu braço carinhosamente e escuto os passos se afastarem quando ela vai em direção ao corredor.

Abro o envelope e pego o que está dentro.

Leio.

Arregalo os olhos. Sinto um aperto no peito.

Solto o ar aos poucos e me inclino contra a parede, buscando apoio, o mundo se transformando em um borrão.

Vovó Shirley deixou 250 mil dólares para mim no testamento.

Também deixou um bilhete.

Lágrimas quentes correm pelas minhas bochechas enquanto passo os olhos rapidamente pela tinta borrada, absorvendo suas últimas palavras para mim.

Querida Ella,

Use esse dinheiro com sabedoria.
Acima de tudo, viva com sabedoria e amor.
De todo o meu coração,

Vovó

Levo a mão ao peito, relendo dezenas de vezes aquelas palavras simples.

Então me viro para a janela, meu olhar pousando e se demorando no trailer estacionado no quintal do Chevy, do outro lado da rua, antes de olhar para a casa de Max.

Sinto um aperto no peito. Meu coração dispara.

E levo apenas dois segundos para me dar conta.

Fiz a minha escolha.

Sei exatamente o que vou fazer.

Capítulo 42
MAX

Tump.

Passos ecoam na minha varanda.

Ergo o rosto do livro que estou lendo e espio pela janela da frente quando uma sombra passa correndo, desaparecendo antes que eu consiga descobrir de quem é.

Franzo as sobrancelhas, me perguntando se é Chevy trazendo uma sacola de compras como costuma fazer de vez em quando.

Fecho o livro e coloco do meu lado no sofá, calço os sapatos e abro a porta. Leva um minuto para eu perceber. Meu olhar passeia pelo quintal, atravessa a rua, vai de um lado para o outro. Só que quando olho para a varanda, me deparo com um objeto familiar.

Uma mochila laranja.

Engulo em seco, sentindo um aperto no peito. Um motor ronca e estala perto de mim, vindo do quintal de Chevy, mas não presto muita atenção.

Todo o meu foco está na mochila — o bem mais precioso de Ella.

Eu me ajoelho, abro o zíper da mochila e dou uma olhada dentro. O peso é quase nulo.

Porque só tem uma coisa dentro.

Um bilhete.

Quando estico a mão para alcançar o papel no fundo da mochila, estou tremendo. Ao abrir, outro pedaço de papel retangular sai voando, parando aos meus pés.

como alcançar o Sol **467**

Abro a carta, o coração acelerado, a respiração instável. Então, leio.

Querido Max,

Você não pode alcançar o sol, mas não é vergonha nenhuma procurar pela luz.
Espero que isto te traga luz.
Obrigada por ser a minha.
Dê o melhor tratamento possível para o seu pai.
Eu te amo.

— Sunny

Deixo escapar um engasgo ao ler o bilhete uma, duas, doze vezes.

Então volto a minha atenção para o outro pedacinho de papel aos meus pés. Pego e o viro. E quase desmaio quando vejo o que é.

Um cheque.

Um cheque de 200 mil dólares.

Não.

Não, não, não.

— Ella... *porra.*

Fico de pé em um pulo e passo uma das mãos pelo cabelo no momento em que o trailer no quintal de Chevy desperta e dá ré a toda velocidade para fora do terreno.

Já sei que é ela. Já sei que Ella está me deixando.

Mal sinto as minhas pernas presas ao meu corpo enquanto guardo o cheque no bolso e começo a correr.

— Ella!

Meus sapatos levantam algumas pedrinhas e escombros conforme o trailer dispara pela vizinhança. Ela me viu. Com certeza me viu correndo na direção dela, desesperado para alcançá-la.

Chevy está na porta quando passo rápido pela casa dele. Ele balança a cabeça, com lágrimas nos olhos.

Sigo correndo.

O trailer é antigo e sofre para subir a colina íngreme.

— Ella! — grito, colocando as mãos em concha ao redor da minha boca à medida que o carro acelera. — *Ella!*

O trailer segue adiante, o motor rugindo quando ela acelera.

Ella está indo embora.

Está indo sem se despedir.

Minhas coxas queimam e as solas dos meus pés doem enquanto corro o mais rápido possível, tentando alcançá-la. Diminuindo a distância, pouco a pouco.

Corro como nunca. Com a velocidade de um atleta olímpico. Com o coração de um homem destruído e desesperado. Como se fosse a última corrida da minha vida.

O trailer segue e eu continuo correndo. Não vou parar. Não posso; não posso deixar Ella ir embora. Não desse jeito, não depois de tudo o que vivemos.

Mal a tive comigo. Mal tive a chance de amá-la.

Aquela noite chuvosa na clareira não vai ser nossa última música. Eu me recuso a deixar que ela vá embora sem uma despedida de verdade, sem segurá-la nos braços mais uma vez, sem a porra de um último beijo.

Não, não, não.

— Ella! — chamo, meu coração parecendo tão acelerado quanto meus pés, minhas vias aéreas se fechando enquanto o oxigênio preenche meus pulmões. Enquanto luto para alcançar a minha garota antes de perdê-la para sempre. — *Sunny!*

O trailer avança cada vez mais rápido, me deixando para trás.

Parece que o meu peito vai explodir e vou perder toda a minha força.

Não consigo alcançá-la.

Ela está longe demais.

Ela se foi.

Soltando um uivo ofegante, finalmente desacelero até parar, sofrendo, e caio de joelhos no cascalho, inspirando, exalando. Não vejo propósito em respirar sem ela e penso nisso a cada fôlego.

Olho para a estrada empoeirada e árida, o trailer ficando cada vez menor.

Berro, grito, rosno o meu sofrimento para o sol, a tristeza se derramando dos meus olhos e escorrendo pelas minhas bochechas.

Fico de pé, destruído e morrendo por dentro, chutando um grupo de pedras e puxando meus cabelos.

Então...

Congelo.

Eu fico parado, sentindo um soluço preso na minha garganta.

Luzes de freio vermelhas piscam. O trailer dá uma freada brusca à frente.

Dou mais uma arfada, dessa vez com falta de esperança. Meu coração acelera e minhas pernas começam a se mexer outra vez. Minha caminhada lenta e cautelosa se transforma em uma maratona quando vejo Ella descer do lado do motorista e parar de pé, me olhando a alguns metros de distância.

A porta está aberta.

Ela grita.

E corre.

Corre na minha direção, mancando um pouquinho, e eu avanço com a força renovada, sentindo um pico de adrenalina, o peito ardendo de esperança.

— Ella!

— Max — diz, se engasgando, o espaço entre nós diminuindo.

— Ella.

Nos encontramos no meio do caminho e ela se joga em cima de mim, enlaçando as pernas na minha cintura quando caio de joelhos, segurando-a firme nos meus braços.

— Max... Max — choraminga Ella contra o meu pescoço, puxando meus cabelos com as duas mãos. — Me perdoa.

Beijo cada centímetro do rosto molhado de lágrimas, chorando junto com ela.

— Meu Deus, Sunny. Achei que você tinha ido embora.

— Não consegui... e-eu te vi correndo e le-lembrei daquele dia que meu pai me levou embora. Não podia ir sem me despedir. Não podia fazer isso outra vez.

O lamento amargo e triste é abafado contra o meu pescoço, enquanto ela chora nos meus braços.

— Ella... não posso aceitar esse dinheiro — desabafo, apertando-a mais firme. — Não consigo. É demais. Não ouse me deixar com isso aqui.

— Aceite — choraminga. — Por favor.

— Não... esse dinheiro não tem valor sem você. Minha vida não tem valor sem você.

Ela nega com a cabeça.

— Seu pai precisa de você, Max. Vocês precisam um do outro.

— Eu preciso de *você*.

Nos seguramos firmes no meio da estrada, os dois acabados.

Com os lábios contra a gola da minha camisa e os braços envoltos em mim, ela expira de maneira irregular.

— Preciso de você. Sempre precisei, m-mas... não posso ficar aqui.

Dor.

Uma dor crua e violenta toma conta de mim.

Desolação e compreensão competem entre si, ambas me atravessando enquanto me agarro a ela, sentindo seu cabelo macio contra os meus dedos.

— Sunny...

— Não consigo, Max — diz ela, soluçando. — E-eu não consigo ficar. Preciso descobrir quem sou longe dessa cidade. Longe de toda a tragédia.

Penso em tudo pelo que Ella passou. O quanto está destruída. O quanto está perdida.

Penso nos sonhos dela, nos sonhos tão preciosos e pelos quais lutou e que *merece* tornar realidade.

Um haras no Michigan. Um céu estrelado brilhando acima dela. Uma vida tranquila e simples no trailer, com livros aos pés e o vento tocando o cabelo dela enquanto está montada nas costas livres do seu cavalo favorito.

Uma vida tranquila.

Uma vida distante de toda a dor, de todos os lembretes tristes.

Ela não pode ficar.

E eu não posso ir embora.

Deixo as lágrimas rolarem pelas bochechas e molharem os cabelos dela.

— Entendo, minha Sunny. De verdade.

Sufoco as palavras, me afastando e pressionando meus lábios contra a testa dela, enquanto meu coração se encolhe no peito.

— Sei que é disso que você precisa — digo, devastado. — Só precisava me despedir.

A expressão no rosto dela cai, as bochechas coradas e molhadas, o corpo inteiro tremendo sem parar.

— Me desculpa, Max. Me desculpa mesmo. É só... é muita coisa. Preciso de tempo... tempo pa-para me curar...

Eu a puxo de volta para mim, acariciando seu cabelo.

— Porra — murmuro contra a testa dela, a apertando com mais força — Eu sei.

Eu sei. Sei pra caralho.

Dói para caralho, mas sei que Ella está certa. *Sei* que é o que ela precisa e nunca vou ficar no caminho da procura dela pela paz.

Pela luz.

Ainda que eu não seja essa luz.

— Mude o seu número — forço-me a dizer, cada palavra me cortando por dentro. — Estou te implorando. Mude o seu número e apague o meu, porque juro que vou atrás de você nos meus momentos de fraqueza.

Ela concorda, soluçando desesperadamente no meu ombro.

— Não deixe ninguém me contar onde você está. Faça todo mundo prometer. Vou atrás de você, Ella. Juro por Deus que vou atrás de você e não vou te deixar ir.

— Tá bem — choraminga. — Tá bem.

— Eu te amo tanto.

— Eu te amo — sussurra, falhando. — Eu te amo, Max.

É a primeira vez que ela diz isso em voz alta.

E ela diz ao se despedir.

Cada pedaço de mim murcha e despenca como uma rosa que secou debaixo do sol quente. Eu me deterioro, as pétalas caindo, carregadas pelo vento.

— Vai — consigo dizer, me afastando e ignorando a falta de ar. — Vai, Sunny.

— Max.

Ela me aperta com mais força, beijando meu pescoço, minha bochecha, meu cabelo.

— Por favor — imploro. — Vá viver uma vida boa, Ella. A melhor. Conheça pessoas novas, aprenda a jogar pedras no lago, admirar cada nascer e pôr do sol. Encontre uma ponte e atire gravetos na correnteza. Dance. Dance, independentemente de quem esteja vendo. Leia o máximo de livros que conseguir, faça listas, beba Dr Pepper e ande a cavalo até ficar sem ar. — Seguro o rosto dela entre as mãos e dou um último beijo em seus lábios. — E pense em mim. Me leve contigo nessa jornada — imploro, a dor me comendo vivo. — Não me abandone, Sunny. Nunca abandone a gente.

Assentindo entre lágrimas, ela segura meus ombros, os olhos verde-esmeralda brilhando com novas aventuras, novos sonhos e uma nova chance na vida.

— Não vou — sussurra ela em resposta, me dando um último mo apertão. — Nunca vou te deixar ir. E talvez… — Ela enxuga as lágrimas, olhando nos meus olhos. — Talvez eu te encontre de novo um dia. Quem sabe... a gente se encontra.

As palavras estão carregadas de esperança.

A esperança de que um dia, quem sabe, estejamos no lugar certo na hora certa. Que o destino a traga de volta para mim, assim como aconteceu dez anos depois de ver aquele rosto lindo e sorridente pela primeira vez.

— Uhum — murmuro. — Quem sabe um dia.

Eu me afasto e dou um passo para trás, esfregando as mãos pelo rosto. Então solto um suspiro entrecortado e digo meu último adeus:

— Vá viver, minha Sunny.

Hesitante e bem lentamente, ela se afasta, voltando para o trailer, ainda assentindo como se lembrasse a si mesma de que é o certo a se fazer. E com um último olhar comovente, ela dá meia volta e sai correndo, os cabelos castanho-avermelhados voando atrás dela.

Antes de ela entrar, chamo seu nome.

— Ella.

Ela se vira. Nossos olhares se encontram.

— Obrigado.

Dou uma batidinha no meu bolso da frente, o cheque que ela deixou para mim pesando ali dentro.

O último presente.

Uma segunda chance também. Para mim e para o meu pai.

Ela afasta mais lágrimas e dá um sorriso triste que mostra que ela entendeu.

— De nada.

Ella pula para o banco do motorista me lançando um último olhar, e observo o trailer ganhar vida, levando embora a garota que eu amo. Observo ele se afastar, desaparecendo por trás da colina e me deixando para trás.

Caio de joelhos mais uma vez assim que a perco de vista.

Destruído e esgotado, desabo no meio da rodovia enquanto os carros passam ao meu redor, buzinando e me contornando, gritando para que eu saia do meio da rua. Mal os escuto. É tudo barulho de fundo. Um zumbido distante.

Eu fico ali até que a noite caia e os minutos se transformem em horas.

A luz do dia desaparece. O céu escurece até ficar cinza.

E eu só fico ali...

Observando o sol se pôr.

"Adeus...? Ah, não, por favor.
Não podemos simplesmente voltar à primeira
página e começar tudo de novo?"
— A MAIOR AVENTURA DO URSINHO POOH,
FILME DA DISNEY DE 1977

"COMO ALCANÇAR O SOL"
QUARTO PASSO:

espere pelo amanhecer

A chance de um recomeço se levanta assim como o sol

Capítulo 43
ELLA

DOIS ANOS DEPOIS

— **Ella! Preciso de você, agora!**

Pela porta aberta, a voz de Natine invade o meu trailer, me colocando em ação. Pulo da cama, jogo meu livro em uma pilha de travesseiros e pulo três degraus de metal, respondendo o chamado desesperado. Corro pelos estábulos, em direção ao pasto cercado, aperto meus olhos diante da forte claridade e a vejo à frente.

Dou de cara com uma cena caótica. Vários cavalos estão correndo pelo espaço cercado, os relinchos de pânico ecoando ao nosso redor, aumentando a ansiedade. Sou recebida por vários olhos arregalados, os cascos assustados levantando nuvens de poeira e terra a cada passo. Natine está no meio, tentando segurar as rédeas de uma égua particularmente agitada, a voz baixa e tranquilizante fazendo o melhor que pode em meio ao caos.

— Ella — chama, virando a cabeça na minha direção quando me aproximo. — Precisamos acalmá-los antes que se machuquem.

— Pode deixar — digo, assentindo, inspirando fundo para me concentrar.

Volto por onde vim e corro até a sala de arreios para pegar alguns cabrestos e guias. Primeiro, temos que isolar os cavalos mais agitados.

Quando volto correndo para a cena, me atrapalho com o cadeado, mas consigo entrar e trancar quando passo por ele.

— Vai na Índigo primeiro. Ela está influenciando os outros.

Natine aponta para a égua matriarca, que está trotando de um lado para o outro no extremo oposto.

Eu me aproximo de Índigo, vindo pelo lado, evitando contato visual para não fazer com que se agite ainda mais. Usando uma voz gentil e reconfortante, murmuro:

— Calma, garota. Calma. Você tá bem. Tá tudo bem.

Natine faz o mesmo com outro cavalo, a linguagem corporal igualmente calma e assertiva. Um a um, usando uma combinação de vozes suaves, movimentos lentos e o toque familiar das nossas mãos firmes, conseguimos prender os animais aflitos e levá-los para padoques separados. A cada cavalo que isolamos, o pânico coletivo no pasto se acalma mais.

Assim que o último cavalo está encurralado em segurança, nós duas paramos, ofegantes e cobertas de sujeira, no cercado agora silencioso.

— Nossa, isso foi estressante — diz Natine, enchendo as bochechas de ar, os olhos castanho-escuros avaliando o entorno. — Fico me perguntando como eles se soltaram.

Olhando para a mesma direção que ela, vejo um galho caído na beira do cercado, as folhas farfalhando sob o vento do final de novembro. Ao lado dele está um balão metálico rasgado, do tipo que as crianças ganham em feiras e eventos. Deve ter estourado e assustado os cavalos.

— Ali — aponto. — O balão perto da cerca. Aposto que acharam que era um predador.

Natine concorda, franzindo o nariz.

— É, faz sentido. Vamos ter que conferir os arredores todas as manhãs a partir de agora. Aquela feirinha de fim de ano acabou de começar no quarteirão.

— Ótimo para a minha coleção de velas — decido. — Mas os cavalos não parecem muito empolgados.

Dando uma risadinha, ela olha para mim, os dentes brancos em contraste com a pele escura e o batom cor de ameixa. Natine arruma o lenço verde-sálvia e seus dois brincos dourados brilham sob a luz do sol.

— Eu ia lá esta noite. O único cheiro além de esterco que tenho sentido esse fim de semana é de fritura. Meus quadris estão dizendo para ficar aqui, mas meu coração está implorando por Oreos no palito.

Rio enquanto andamos lado a lado em direção ao trailer, minhas botas de cano alto afundando na lama que está secando com o frio.

— Me dê vinte minutos para tomar uma ducha e serei sua parceira de Oreo.

— Sabia que você era uma boa pessoa.

— Claro que sim. Quando você me conheceu, eu tinha "Irmã mais nova do coração" escrito na minha cara enquanto caía plantada de bunda na lama.

— Sua cara estava mais para "puta merda, estou prestes a cair plantada de bunda na lama", mas tá, podemos contar a sua versão da história.

Eu a cutuco com o ombro, brincalhona.

— Definitivamente vamos usar a minha versão.

É verdade que causei uma primeira impressão abaixo da média quando dirigi até o haras de Natine dois anos atrás, perdida, cansada depois de meses viajando sem rumo, ansiosa para montar em um cavalo pela primeira vez em anos.

Não deu muito certo.

Acontece que eu não era mais a amazona confiante com brilho nos olhos que um dia fui. O cavalo sentiu que eu estava fingindo minha autoconfiança e decidiu brincar comigo, acelerando em disparada assim que coloquei meus pés nos estribos. Eu me curvei para a frente, tentando ao máximo continuar em cima da sela, mas foi demais, cedo demais — estraguei tudo.

Natine riu enquanto corria na minha direção.

E foi assim que nossa amizade começou. Lá estava eu, chafurdando numa poça de lama com o cóccix machucado

como alcançar o Sol **481**

enquanto Natine, uma presença sábia e acolhedora aos seus trinta e cinco anos, ficou ao meu lado, estendendo a mão para me levantar. Ela me ajudou de várias formas, me dando um trabalho temporário na fazenda, assim como uma mãozinha enquanto eu procurava uma carreira mais duradoura no ramo equestre. Ela também me deixou viver na propriedade, no velho trailer enferrujado que Chevy me vendeu por nove mil e quinhentos dólares — bem abaixo do preço de mercado. Usei os outros quarenta mil da herança da vovó Shirley para viajar sem rumo antes que o destino me trouxesse até Acres de Diamante, um dos poucos haras na Península Superior do Michigan — o que dificultou minha procura por emprego —, e ainda tenho bastante dinheiro sobrando, considerando que levo a vida com simplicidade. Usei uma boa parte para deixar meu trailer novinho em folha. Funciona não só como uma casa, mas também como um pequeno negócio, já que comecei a vender livros e minhas próprias encadernações.

Gosto de chamar de "biblioteca móvel moderna". Para mim, está funcionando, porque o dinheiro entra enquanto consigo fazer o que gosto.

Os últimos dois anos foram primordiais para meu processo de recuperação, e visitas constantes da minha mãe, de Ricardo, Brynn e Kai me mantiveram concentrada nessa jornada crescente. Estou mais empolgada nessa semana porque o meu aniversário de vinte e um anos está chegando.

Só que tem uma coisa que ofusca essa empolgação.

Um lembrete constante do que abri mão para encontrar a minha cura.

Há dias em que me pergunto se fiz a escolha errada. Esses são os piores. Os dias enevoados e sombrios, nos quais me afundo comendo bastante carboidrato e fazendo chamadas de vídeo com a Brynn, lágrimas correndo pelo meu rosto. Ela me contou que ele está bem, visitando o pai em uma clínica de repouso e se saindo bem em um negócio que começou com

Chevy. O que era apenas um trabalho extra acabou se tornando uma carreira promissora para os dois.

Ainda assim, machuca.

Sinto muita falta dele.

Há um buraco no meu peito, um buraco na minha vida. Uma peça dolorosa faltando. A única coisa que chega perto de preencher esse vazio é o ar do Michigan enchendo os meus pulmões enquanto monto o meu cavalo favorito, Meia-noite, pelos pastos e campos dourados, fingindo que ele está comigo.

Ele está.

Nunca o deixo partir.

O trailer entra no meu campo de visão e dou um tchauzinho para Natine quando ela segue em direção à pequena casa branca no estilo rancho.

— Passo lá daqui a pouco — aviso.

— Tome o seu tempo, El. Tenho que dar conta de uma papelada. — Ela para e se volta para mim. — Ah, ei, você ainda tem aquela entrevista no domingo de manhã? No novo haras aqui perto?

— Tenho — respondo, gritando por cima de uma rajada de vento. — Dez da manhã.

— Droga. Eu estava torcendo para você ficar aqui pra sempre.

— É, eu sei. Mas você sabe que esse trailer é horrível.

— Mas você não é. Vou mesmo sentir a sua falta.

Trocamos um olhar gentil enquanto ajeito meu gorro e hesito ao entrar na minha casa improvisada sobre rodas. Parte de mim não se importaria de ficar nesse lugar para sempre, mas sei, lá no fundo, que Natine e a Acres de Diamante são apenas lindos degraus em direção ao meu destino. O meu desejo de me especializar como treinadora profissional de cavalos fez com que eu me desapontasse ao entender que a Península Superior não oferece muitas oportunidades nessa área. Então me vi arrastando os pés sujos de lama, relutante em me despedir da minha amiga querida.

como alcançar o Sol **483**

Para a minha surpresa, Natine ficou sabendo de uma nova fazenda que havia inaugurado a menos de cinquenta quilômetros de distância. Ela inclusive me ajudou a conseguir uma entrevista para a vaga de gerente de estábulos, que, por acaso, está marcada para domingo, um dia depois do meu aniversário. Conseguir um emprego na área que eu quero e ficar, ao mesmo tempo, perto de Natine seria o melhor presente de aniversário do mundo.

Grito para ela antes de entrar no trailer:

— Nada oficial. Pode ser que você fique presa comigo para sempre.

— Isso não me incomodaria, querida.

Com um sorriso largo, eu a dispenso com um aceno e desapareço para o lado de dentro antes de entrar no banheiro minúsculo para tomar um banho.

Só que, antes de tudo, preciso ler mais um capítulo de *Diamante negro*.

— Eu tô bem, mãe. Para de se preocupar. — Equilibro o telefone entre a orelha e o ombro enquanto me atrapalho com a tampa de um protetor labial, as botas chapinhando pelas poças meio congeladas espalhadas pela calçada da cidadezinha. — Ainda vou fazer muitos aniversários em que você poderá visitar.

Minha mãe está em Cancún com Ricardo.

O meu aniversário é amanhã.

Por isso ela está se sentindo culpada.

— Eu me sinto péssima — resmunga, apesar da música da banda de mariachis tocando ao fundo, misturada às risadas e ao som das ondas levadas pelo vento. — Você está sozinha no seu aniversário.

— Eu não estou sozinha. Eu tenho a Natine, os cavalos, a mim mesma e a incrível companhia de um monte de livros para ler.

— Queria poder estar com você.

Dou um sorriso suave.

— Eu te amo, mas isso é mentira. Você está no paraíso com o seu namorado, tomando coquetéis na praia. Não tem lugar em que gostaria de estar mais do que aí, e você sabe bem disso.

A voz dela ainda está carregada de melancolia.

— Mas você está fazendo 21 anos. É uma idade importante.

— Você está se lamentando, mãe. Precisa aprender a ser contemplativa.

Uma risada estrondosa ecoa pelo celular.

— Você tem razão. Mas eu tenho uma professora excelente.

— Você tem mesmo — concordo. — E essa professora adoraria que você a visitasse no Natal, assim poderíamos ficar contemplativas juntas, ouvindo as músicas tristes do Johnny Mathis.

— Mal posso esperar para te ver, meu amor. Por favor, se cuida. Amanhã eu te ligo.

— Te amo.

— Também te amo. Feliz aniversário.

Desligamos a chamada e deslizo meu celular dentro da bolsa enquanto caminho até a entrada. Meu sorriso se abre quando penso o quão longe minha mãe chegou, considerando as reviravoltas desastrosas na nossa família. Não foi fácil para nenhuma de nós duas, mas minha mãe realmente passou por um baque emocional. Ela dedicou anos da própria vida a tirar o filho da prisão, só para que ele voltasse para trás das grades poucos meses depois de ficar livre.

Ainda bem que ela encontrou o Ricardo.

O pai de Kai tem sido uma grande benção, mantendo minha mãe ocupada, rindo, cheia de esperança, crescendo. Eles não têm planos de se casar e estão satisfeitos em serem parceiros, já que os dois passaram por divórcios conturbados. A dinâmica funciona. Viajam com frequência e se amam muito, e não consigo me lembrar de uma época em que minha mãe tenha sido tão feliz.

Quando me aproximo dos degraus de cimento já conhecidos, que me levam até a imponente porta almofadada, seguro a

como alcançar o Sol **485**

maçaneta e abro, uma onda de calor tocando o meu rosto assim que entro.

— Ella! — Atrás do bar, Anderson vira uma garrafa de tequila na mão como um profissional, me lançando uma piscadinha quando entro. — Feliz aniversário, querida.

— Meu aniversário é só amanhã, mas obrigada — agradeço, tirando o capuz e ajeitando o cabelo. Meus fios já cresceram até o meio das costas, mesmo depois de terem sido cortados bem curtos por causa da cirurgia. Arrumo os cabelos por cima dos ombros e abro caminho até uma banqueta vazia.

— O de sempre? — pergunta Anderson, de canto de olho enquanto serve outro cliente.

Confirmo.

— Uhum. Dose dupla.

Um minuto depois, dois copos borbulhantes de refrigerante estão à minha frente. Tomo um longo gole de um deles pelo canudinho e quase me engasgo.

Anderson segura uma risada.

— Um presentinho de aniversário adiantado.

— Parece gasolina de foguete — resmungo, enquanto finjo vomitar. — Gasolina de foguete com fogo.

— É uma bomba de Dr Pepper. Tem uma dose de rum no fundo.

— Valeu. Não recebi o seu aviso.

— E eu ia perder sua reação? Nunca.

Olho para ele em meio a um sorriso divertido.

— Ainda nem tenho idade para beber.

Ele olha para um relógio invisível.

— Só mais duas horas. O risco vale a pena.

A música vaza de uma jukebox antiga, e olho para a direita, avistando um grupo de jovens de vinte e poucos anos navegando pela lista de músicas. O bar se chama Retro Rhytms, uma homenagem à nostalgia, e é uma mistura de madeira antiga, luz baixa e um caleidoscópio de capas álbuns de vinil de todas as cores decorando as paredes. O cheiro de couro desgastado com toques de tabaco flutua, misturando-se às risadas e conversas de clientes novos e velhos.

Nunca fui muito o tipo de garota que frequenta bares, mas o nome chamou minha atenção um dia, enquanto estava explorando as lojas locais e os restaurantes.

Tudo é ritmo...

Anderson é o meu bartender favorito. Ele está na casa dos trinta e poucos, tem dois filhos, é casado com a dona do bar e sempre me recebe com um sorriso e Dr Pepper quando apareço às sextas, como sempre.

Bebo o refrigerante.

Então danço.

— Acho bom você escolher uma música antes que esses universitários estourem meus ouvidos com música country — diz ele, batendo uma mistura de vodca e suco de limão.

Eu rio quando ele estremece visivelmente.

— Deixa comigo — respondo, bebo o refrigerante que não foi batizado, jogo uma nota de vinte dólares no balcão e desço da banqueta com um aceno.

Quando a música country termina, vou até a jukebox e coloco meu cartão de débito, já sabendo o que vou escolher. Logo depois, a voz de Stevie Nicks preenche o salão com *Rhiannon*.

Um sorriso largo se forma nos meus lábios.

Vou até o meio da pista de dança, balançando os quadris, um sorriso fixo no rosto, meu cabelo balançando em volta de mim. Alguns clientes de sempre me incentivam, batendo palmas e assobiando. O suor escorre da minha testa enquanto danço sob as luzes e a música preenche a minha alma.

Três minutos de renovação.

Três minutos de terapia pura.

Três minutos em que estou com ele e ele comigo, e estamos dançando na ponte debaixo das estrelas, seus braços ao meu redor, minha bochecha pressionada contra o peito dele com cheiro de pinho.

Nesses momentos, o sinto mais do que nunca. Sinto o calor, a força, os dedos cuidadosos correndo pelo meu cabelo. Inspiro o perfume familiar de natureza e escuto uma só palavra murmurada ao pé do meu ouvido: *"Fica".*

Nesses três minutos, eu fico. Nunca saio de Juniper Falls. A tragédia nunca coloca suas garras sombrias em nós. Ela não nos atinge, não contamina tudo o que é bom e precioso.

Não existe Jonah. Ou McKay. Não há pavor, nem derramamento de sangue ou lágrimas.

Só existem Max e Ella, dançando em uma velha ponte acima da água, com uma playlist inspirada pelo sol como nossa trilha sonora.

Ergo os braços lentamente acima da minha cabeça, então passo os dedos pelo meu cabelo enquanto balanço os quadris, meu pescoço gira e meu coração acelera. Permaneço de olhos fechados. O olhar da minha mente traz cor e vida às imagens e saboreio cada segundo nos braços dele.

E, por um instante, acho que sinto *mesmo* ele.

Minha pele se contorce com uma familiaridade esquisita. Uma picadinha de intuição. Como se eu estivesse recebendo um abraço apertado.

"Almas não enxergam, Sunny. Almas sentem."

Abro os olhos e vasculho a pista de dança, o olhar passeando por cada rosto, por cada sombra, enquanto continuo a dançar, continuo a me mexer em câmera lenta.

Nada.

Eu me repreendo por ser ridícula e fecho os olhos mais uma vez, afastando a sensação.

Três minutos se transformam em quatro e a música termina, me deixando sozinha e com frio. Volto a abrir os olhos, meu olhar recaindo em rostos animados e punhos entusiasmados no ar enquanto os outros clientes comemoram meu solo de dança. Forço um sorriso e faço uma pequena reverência antes de sair da pista de dança, já desejando outros três minutos.

— Você faz parecer catártico — comenta Anderson, enchendo o meu copo de refrigerante aguado. — Quando eu danço, minha esposa diz que fico parecendo um robô aspirador com defeito, batendo na parede sem parar.

Aperto os dedos na borda do balcão enquanto tento visualizar a analogia. Não consigo. Soltando uma risada, dou de ombros.

— Nunca gostei muito de dançar. Não gostava da atenção, das luzes brilhantes e nem da multidão.

— O que mudou?

Meu sorriso desaparece.

— Um cara.

— Ah. Sempre é.

Ele se inclina sobre o balcão com as duas mãos e tomba a cabeça.

— Parece que você se torna outra pessoa quando dança — divaga ele. — Para onde você vai?

Soltando o ar devagar, pego o copo, brinco com o canudinho e volto a olhar para ele.

— De volta para esse cara.

Volto para casa um pouco depois da meia-noite e entro no trailer, acendendo a luz e me virando em direção ao quarto em miniatura no fundo. Depois de vestir pijamas confortáveis, beber um copo d'água e escovar meus dentes e cabelo, tiro meu caderno de uma gaveta da escrivaninha e procuro por uma caneta.

Dentro do caderno tem uma lista.

É a lista de todas as coisas que Max queria que eu fizesse.

Conhecer gente nova;
Aprender a jogar pedras;
Admirar cada nascer e pôr do sol;
Encontrar uma ponte e jogar gravetos na água;
Dançar, sem ligar para quem está olhando;

como alcançar o Sol **489**

Ler o máximo de livros possível;
Fazer listas;
Beber Dr Pepper;
Cavalgar até ficar sem ar.

Tirando a tampa da caneta azul, acrescento mais um tracinho nas colunas de "dançar" e "beber Dr Pepper". Então, com um sorriso melancólico, coloco o caderno de volta na gaveta e rastejo até a cama.

Tracinhos número 122 e 146.

Capítulo 44
ELLA

— Ah, você está maravilhosa!

A voz alegre de Brynn é música para os meus ouvidos quando me deito na grama, o rosto apontando para o céu, segurando o celular na minha frente.

— Obrigada. Foi um dia divertido.

— Espero que você tenha tido o melhor dia de todos, amiga! Queria estar com você. — O sorriso radiante dela se desfaz, se transformando por um instante em um beicinho, antes de voltar a sorrir. — Kai teve aquela mostra de arte hoje à noite.

— Eu sei, é tão empolgante — digo com um sorriso, vendo Kai aparecer na tela do celular.

Ele ergue a mão com um aceno, então ajeita a própria franja.

— Feliz aniversário, Ella.

— Valeu, Kai. Parabéns!

— Obrigado. Foi bem legal.

— Não escute o que ele diz. — Brynn cutuca o ombro dele com o dela. — Foi *épico*, Ella. Um evento black-tie, com champanhe e gente importante.

Ela deixa escapar um suspiro sonhador antes de continuar:

— A pintura dele foi *ovacionada*. Papi e Papito estavam chorando. Sério, a taça de champanhe deles hoje era 85 porcento lágrimas.

Kai suspira.

como alcançar o Sol **491**

— Ela está exagerando. Só chamou atenção quando as pessoas confundiram com uma mancha de tinta.

O telefone treme entre as minhas risadinhas.

— Estou com a Brynn nessa. Eu sei que foi épico.

— Acho que foi muito bem — diz ele, cedendo, incapaz de conter o sorriso orgulhoso que surge em seu rosto.

— Me conta sobre o seu dia especial — encoraja Brynn.

Kai acena para mim e minha melhor amiga me leva com ela enquanto flutua pelo pequeno apartamento que dividem no Sul da Flórida, depois de oficializarem o relacionamento dois anos atrás. Paredes rosa-bebê e alguns cacarecos passam voando enquanto ela vai até a cozinha para servir um copo de suco.

— Natine e eu começamos o dia assistindo ao nascer do sol e cavalgamos por um tempo — conto, relembrando a sensação do vento frio atingindo minhas bochechas. — A gente almoçou no quarteirão, fuxicamos as barracas de artesanato e escutamos música ao vivo antes de irmos para os estábulos. Então Natine mandou eu me vestir, arrumar o cabelo, me maquiar e não fazer absolutamente nada pelo resto do dia.

Dou de ombros, grata pelo meu programa comum de aniversário.

— E foi isso que eu fiz. Foi maravilhoso — concluo.

— Espera, você não bebeu *todos* os drinques? Nem vomitou no colo de alguém como uma verdadeira aniversariante?

Franzo o nariz.

— Dispenso.

— Melhor assim — resmunga, parando no meio de um gole. — Você tem aquela entrevista amanhã.

— Eu te contei sobre isso?

Ela engole o restante do suco.

— Claro. Você comentou semana passada.

— Certo.

Assinto, meu peito palpitando só de pensar em virar uma gerente de estábulos. Vai abrir tantas possibilidades nessa área.

— Tem sido ótimo trabalhar com Natine e reaprender tudo sobre cavalos — prossigo. — Só que eu acho que chegou a hora de finalmente explorar novas oportunidades.

Brynn se apoia no balcão.

— Tenho um bom pressentimento sobre a entrevista — diz. — Um pressentimento muito bom mesmo.

— Sério?

— Uhum. Eu realmente acho que você vai conseguir o emprego.

— Isso seria incrível. E eu acho... — Minhas palavras flutuam e sinto minha garganta começar a queimar. — Acho que o Max sentiria muito orgulho de mim.

Os olhos dela se enchem de lágrimas durante alguns instantes de tensão.

— Max está indo bem, Ella. Kai conversou com ele semana passada. Ele perguntou de você.

— Ah, é? — A bola de fogo na minha garganta incendeia com gasolina. — Que legal ouvir isso.

— Ele sempre pergunta por você.

Sinto uma pressão forte atrás dos olhos.

Levei ao pé da letra os pedidos que Max fez naquele dia, no meio de uma estrada de cascalho, com as pedras machucando os nossos joelhos e as despedidas apunhalando nossos corações. Fiz os meus amigos prometerem que nunca diriam a ele onde eu estava, nunca passariam meu número a ele. Todos concordaram. Até a minha mãe.

Eles entenderam.

E agora, ainda que eu esteja bem melhor e tenha chegado longe, não sei se algo mudou entre nós. Não sei se ele *quer* notícias minhas. Talvez ele tenha me feito prometer coisas para o bem de nós dois. Pela própria paz interior.

Pensei em falar com ele mais vezes do que consigo contar.

Quase cedi à tentação.

como alcançar o Sol **493**

Porém, quase três anos se passaram, e muito tempo já se foi. Max parece feliz, com a vida encaminhada, bem-sucedido, livre do meu rastro de tragédia que parece sempre nos seguir e grudar em nós dois como se fosse um tumor maligno.

Dizem que lembrar que "o que os olhos não veem, o coração não sente" é o único jeito de se curar de verdade e superar.

Talvez Max tenha finalmente superado.

Talvez ele tenha me superado.

Com um pigarro, balanço a cabeça rapidamente e tento afastar uma cascata de lágrimas vergonhosa.

— Bom, estou feliz que você tenha tido uma noite legal na exposição de arte. Como está indo a faculdade?

Brynn me atualiza sobre as matérias da faculdade e a jornada em justiça criminal, o entusiasmo voltando à sua voz. Passamos os quinze minutos seguintes conversando, nos atualizando e relembrando os bons tempos até que o firmamento azul-escuro acima de mim quase fica preto e nos despedimos.

Agora estou sozinha.

Eu e o céu.

Eu e o meu desejo de infância.

Fico deitada e espero, torcendo para que o céu ganhe vida acima em listras verde-brilhantes. É uma noite clara e sem nuvens, a tela perfeita para auroras.

Quando eu tinha dez anos, Jonah me contou sobre as auroras boreais. Eu tinha voltado para Nashville há alguns anos e nosso laço tinha se fortalecido dez vezes mais. Os meus desejos tinham se transformado nos dele. Os sonhos dele se tornaram os meus. Jonah disse que, quando eu ficasse mais velha, nós faríamos uma viagem de carro juntos até o Parque Estadual das Montanhas de Porcupine para vermos as luzes aparecerem quando a lua não estivesse visível e o céu ficasse limpo.

Eu me agarrei àquele sonho, mesmo depois que ele foi preso.

Se tornou o meu sonho.

Então, durante a viagem de carro que eu e minha mãe fizemos em silêncio para Juniper Falls depois do julgamento de Jonah, com nosso recomeço desaparecendo no horizonte sombrio, prometi a mim mesma que iria para o parque no meu aniversário de 21 anos. Passaria a noite deitada sob as estrelas, esperando pelo primeiro brilho verde-esmeralda.

É o que estou fazendo.

O vento frio mordisca o meu nariz e o meu cabelo forma um halo ao meu redor, se espalhando na grama e escapando pelo meu gorro. Está fazendo menos um grau e deve nevar na próxima semana, e estou ansiosa para mergulhar nessa mudança de estação. Só que, esta noite, o céu está limpo. Esta noite, o céu é só para mim.

Meus dentes batem e os meus dedos dos pés estão espremidos dentro de meias felpudas e botas forradas de lã. Aperto o cachecol um pouco mais e cruzo os braços por cima do casaco fofinho.

Espero.

Por uma hora. Duas. A caneca de chocolate quente que trouxe já está quase no fim, sobrando apenas um líquido gelado. As folhas de grama congeladas pinicam a parte de trás do meu pescoço, me dando coceira. São quase onze da noite quando estou prestes a me dar por vencida e desistir.

Quase desisto.

Quase.

Só que eu escuto um barulho diferente.

Franzindo a testa, eu me sento ereta, ouvindo um som esquisito invadir o silêncio da natureza. De primeira, penso que é algum bicho, como um veado-de-cauda-branca ou uma raposa curiosa. Espero que não seja um coiote.

Só que... acho que é pior.

Uma pessoa.

Passos esmagam folhas e gravetos, se aproximando à esquerda, e calafrios formigam na minha nuca. Sinto um frio na barriga de nervosismo. Tudo o que consigo imaginar é algum homem

como alcançar o Sol **495**

da montanha saindo do meio das árvores com um machado enferrujado e correndo atrás de mim até que meus sonhos desapareçam debaixo de um céu sem aurora. Desde que McKay me atacou, virou instinto imaginar o perigo imediatamente. Já percorri um longo caminho na minha jornada em busca de cura, mas ando bem mais cautelosa ultimamente.

Verdade seja dita, eu nem deveria ter vindo para cá sozinha.

Os passos se aproximam.

Sufoco.

Pulo para ficar de pé, meu olhar percorrendo os arredores escuros, os sentidos em alerta máximo.

Meu coração aperta quando vejo, de canto, uma silhueta sombria, com o rosto encoberto pela noite.

Ai, Deus.

Estou tremendo, muito mais por medo do que pelo frio. Pingentes de gelo parecem se formar nos meus pulmões e uma chuva de granizo cai sobre o meu peito.

Segurando a respiração, cerro minhas mãos enluvadas em punho, reúno a minha coragem e dou meia volta.

E congelo.

Deixo escapar um arquejo.

Mas antes que consiga dizer uma só palavra...

Uma latinha de Dr Pepper voa na minha direção, atravessando o muro de escuridão.

Eu a alcanço no ar.

Capítulo 45
ELLA

— **Ei, Sunny.**

Esse apelido.

Essa voz.

Esse *rosto*.

Traços familiares se materializam na minha frente conforme ele se aproxima, com as mãos dentro dos bolsos, os cabelos balançando quando o vento sopra.

Não consigo respirar. Não consigo falar, muito menos me mexer. Estou congelada, presa ao chão, empunhando com tanta força uma latinha de refrigerante que o alumínio ameaça amassar.

Meus olhos estão me pregando uma peça.

A escuridão está comprometendo a minha racionalidade.

Começo a tremer, quase deixando os joelhos cederem. Não pode ser ele.

Ele não está aqui.

Fecho os olhos com força e balanço a cabeça, sentindo a garganta arder.

— Max — choramingo.

Talvez eu ainda esteja dançando. Talvez eu o tenha imaginado tantas vezes que o trouxe à vida.

Antes que eu entre em choque total, dois braços fortes me envolvem, me puxando contra um peito quente. O cheiro é a

como alcançar o Sol **497**

primeira coisa que me atinge. Folhas de pinheiro, madeira, natureza, um toque de menta.

Max.

Deixo cair a lata de refrigerante e agarro o casaco dele com os nós dos dedos brancos, repousando a cabeça entre os botões.

— Você é real?

Solto o ar, as lágrimas rolando pelas minhas bochechas.

Ele deixa escapar uma exalação profunda, como se tivesse acabado de correr uma maratona e finalmente cruzado a linha de chegada.

— Sim — sussurra, segurando a parte de trás da minha cabeça, os dedos sem luvas mergulhando dentro do meu gorro para acariciar meu couro cabeludo. — Sou real, minha Sunny.

— Como? Como... como você tá aqui? — Balanço a cabeça sem parar, as lágrimas se dissolvendo no tecido do casaco dele. — Você sabia onde eu estaria. Brynn te contou? A minha mãe? Você...

— Você me contou — disse ele, segurando o meu rosto e erguendo meu olhar para o dele. — Você contou tudo. Na noite que entrei pela janela do seu quarto com uma concussão e você fez um curativo. Você disse que estaria aqui.

Meus olhos estão arregalados e cheios de lágrimas enquanto olho para aquele rosto lindo, com a barba por fazer, pasma.

— Você lembrou?

Um sorriso surge.

— Eu me lembro de tudo o que você já me disse.

Ainda não consigo acreditar. Quase três anos sem sentir o toque dele e não consigo imaginar como consegui sobreviver sem isso.

Tombo a cabeça, fechando os olhos, o polegar dele acariciando o meu lábio inferior congelado.

— Max...

— Eu arrisquei — conta ele, com a voz rouca. — Precisava fazer isso. Ninguém ia me contar onde você estava, independentemente de quantas vezes eu implorasse e suplicasse. Essa era a minha única chance de te ver, mesmo que você não quisesse me ver.

— Eu queria te ver — digo, balançando a cabeça com fervor. — Claro que eu queria. Senti tantas saudades.

Ele levanta o meu rosto em direção ao dele, com o dedo debaixo do meu queixo.

— Mesmo?

— Senti.

Meu olhar passeia pelo rosto dele. Os olhos tão azuis, o nariz perfeito, os lábios carnudos e os cabelos castanhos bagunçados e volumosos. Ele é o mesmo, mas, ainda assim, tão diferente. Mesmo na noite escura consigo ver a maturidade no olhar. Um crescimento. Durante nosso tempo distantes, o charmoso brilho de garoto se transformou em uma robustez masculina. Pelos desenham a mandíbula dele — não exatamente uma barba, é mais sutil.

Toco a lateral da bochecha dele com os dedos, meu olhar desviando para a boca antes de voltar para cima. Os olhos de Max brilham sob a luz das estrelas da via Láctea.

Então ele volta a suspirar. Aquele mesmo suspiro satisfeito de quem cruzou a linha de chegada.

Max me puxa contra si, me abraçando forte, me segurando como se não tivesse a menor pretensão de me deixar. Eu me derreto nele e deixo que ele me esquente, deixo que preencha cada buraco que ficou vazio na ausência dele.

— Tem tanta coisa que eu quero te contar, Sunny — confessa ele.

Deixo que Max me segure por mais alguns instantes antes de me afastar, sentindo uma vertigem crescer dentro de mim conforme o choque começa a se dissipar.

— Meu Deus, eu também. Sei que está tarde… — Mordo o meu lábio, vendo um sorriso se formar no rosto dele. — Quanto tempo você vai ficar por aqui?

como alcançar o Sol **499**

— Alguns dias — diz, deslizando, mais uma vez, as mãos para dentro dos bolsos dos jeans escuros. — Depois preciso voltar para o trabalho. Não quero atrapalhar sua vida, só...

— Alguns dias — repito, balançando a cabeça meio distraída, sentindo que não há tempo suficiente no mundo que me faça não sentir saudades dele quando for embora. — Tudo bem. Alguns dias.

Alguns dias.

Alguns dias para aproveitar. Para abraçar. Para inspirar o cheiro dele, segurar sua mão e criar novas memórias.

Alguns dias para conseguir marcar a maior quantidade possível de itens no meu caderno.

O fogo incendeia o olhar dele, espalhando brasas vermelho-alaranjadas no azul de seus olhos. Na mesma hora, sou levada de volta para a fogueira no último ano do ensino médio, quase três anos atrás, quando nos sentamos lado a lado em um banco comprido e cada centímetro do meu corpo queimava mais do que as chamas, graças ao mero espacinho entre nós.

É engraçado como você sabe que a sua vida vai mudar. Um olhar carregado, uma palavra cautelosa, as pernas se encostando ou um toque rápido. Uma garotinho segurando uma flor laranja.

De alguma forma, quando Max me entregou aquela flor e correu atrás do carro reluzente do meu pai logo depois, eu sabia que ele me alcançaria um dia. Ele me encontraria e eu o encontraria, e finalmente poderíamos parar de correr em direções opostas.

Eu me pergunto se finalmente chegamos a esse *um dia*.

Enquanto a madeira crepita e a fumaça sobe, nossos joelhos se tocam no pequeno banco perto da fogueira, a apenas alguns metros da casa de Natine, depois de voltarmos do parque.

Vejo Max me encarando. Ele parece estar do mesmo jeito que eu: hipnotizado.

— Nem sei o que dizer — confesso, analisando o rosto dele, reaprendendo cada falha e cada vinco. — Nossa... parece que estou sonhando.

Ele me lança um sorriso suave.

— Parece mesmo, né?

— Como você está? Tipo... meu Deus, isso soa tão casual, considerando a nossa história. Mas quero saber de tudo. Onde você está morando, como vai o seu pai, sua carreira...

Você ainda me ama?

Somos navios que estão apenas se cruzando ou estou ancorada no seu coração?

Max gira a própria latinha de refrigerante na mão, olhando entre os joelhos e dando um longo suspiro.

— Estou indo bem. Mesmo — diz. — Chevy e eu começamos um negócio logo depois que você foi embora. Eu ajudei ele a reformar um casarão fora da cidade e vendemos com um bom lucro. Então finalmente terminei de reformar a minha casa velha e a vendi também. Meio que decolou depois disso. Chevy e eu nos aproximamos bastante. Ele tem sido meu porto-seguro.

Um sorriso cresce em seus lábios quando ele olha na minha direção, então diz:

— O papai está indo. Está numa clínica de repouso. Tem uns lapsos de clareza, mas...

Levo minha mão até o colo dele e aperto o joelho.

— Sinto muito.

— Tudo bem. Ele está melhorando e cuidam bem dele na clínica. Tento fazer o máximo de visitas que consigo. Costumo ir algumas vezes por semana. Tem dias que ele me reconhece, outros, não. Já aceitei. Não tem nada mais que eu possa fazer. — A atenção dele se volta para a minha mão apoiada no joelho. — O dinheiro que você deixou para mim... mudou as nossas vidas, Ella. Não tenho como te agradecer o suficiente por isso.

Lágrimas borram minha visão enquanto concordo com a cabeça.

— Claro. Estou tão feliz que consegui ajudar — sussurro.

— Foi a decisão mais fácil que já tomei. E veio junto com a mais difícil.

Nossos olhares se encontram por um longo tempo antes que ele se vire para encarar as chamas laranja.

— Nunca fiquei com raiva por você ter ido embora. Espero que saiba disso. — Os tendões do pescoço dele esticam, a mandíbula cerra bem firme por detrás do bando de sentimentos fluindo entre nós. — E olha só para a vida que você construiu. Estou tão orgulhoso. Você está vivendo o seu sonho, cavalgando, parecendo mais livre do que nunca.

— Nunca me esqueci de você — conto, porque preciso que ele saiba. É indispensável que ele saiba. — Nunca. Você sempre esteve aqui. Eu te carreguei comigo por esse tempo todo.

Ele pisca para mim, os olhos ficando sombrios.

— Você nunca me procurou.

— Eu sei. Eu queria.

Meu lábio inferior treme e afasto a minha mão, apertando os meus braços em volta de mim para conter o frio daquela verdade.

— Não sabia se podia, se você queria que eu te procurasse — admito, soltando uma respiração cansada. — Pensei que você já teria se mudado a essa altura. Achei que teria criado uma vida nova, encontrado outra pessoa...

— O quê? Não — diz ele. — Não tem outra pessoa.

Isso faz com que eu levante o queixo, com os olhos brilhando.

— Sério?

— Não tem ninguém mais, Ella. Isso nunca passou pela minha cabeça. Nem uma só vez.

— Nem mesmo... — Engulo em seco, um nó se formando na minha garganta. — Nem mesmo uma coisa casual? Já faz um bom tempo. Eu entendo se você...

— Não — responde rápido, franzindo a testa. — Nem isso.

Sou pega de surpresa.

Nunca iria imaginar que ele tinha escolhido o celibato, desamarrado das companhias femininas. Max é um homem de 21 anos, afinal de contas. Bonito. Gentil e com um bom coração. Perfeito de todas as formas.

Uma lágrima escorre e eu seco o rosto, porque a devoção inabalável de Max deixou algo pesado dentro do meu peito.

— Mas... eu te abandonei — sussurro de um jeito áspero, mantendo meu olhar fixo no dele. — A gente terminou.

Max se vira e encara cada parte do meu rosto, balançando a cabeça enquanto deixa escapar uma respiração pesada. Erguendo a mão, ele toca a minha bochecha com gentileza, o polegar afastando as lágrimas que insistem em cair.

— Nós não terminamos, Sunny — murmura em resposta. — A gente só se partiu.

Meu ar fica preso.

Uma dor no peito avassaladora cai sobre mim como uma avalanche, me enterrando viva.

— Não tenho certeza se dá pra consertar — admito por cima do nó na minha garganta. — Tudo o que aconteceu... com o Jonah...

Ele desvia o olhar para o chão e o meu peito se contrai de tristeza e pesar.

Ainda penso no meu irmão... todos os dias. É impossível não pensar.

Mas não dói tanto quanto antes. Na primeira acusação que ele sofreu, sempre houve dúvida. Ele nunca admitiu a culpa. As provas eram devastadoras, mas quando você ama alguém tanto — quando a sua vida inteira está tecida e entrelaçada à dessa pessoa —, é difícil acreditar que ela é capaz de cometer um crime tão terrível. Ainda não sei toda a verdade. Provavelmente nunca vou saber o que aconteceu na noite em que Erin Kingston e Tyler Mack morreram.

como alcançar o Sol **503**

Depois que a sentença original pelo duplo homicídio foi revogada, Jonah ficou em má posição diante da justiça. O princípio de duplo risco significava que ele não poderia ser preso por aqueles assassinatos em específico. Então, quando se deparou com uma nova acusação após a morte de McKay, Jonah e o advogado decidiram que era melhor evitar outra batalha jurídica incerta.

Dessa vez, ele aceitou o acordo que foi oferecido: uma redução da sentença de homicídio doloso para cumprir pena por homicídio culposo. Em troca, foi condenado a quinze anos com a possibilidade de liberdade condicional depois de sete, junto com o compromisso de frequentar as reuniões do programa de terapia para controle de raiva durante o tempo que passar na prisão. Considerando o histórico e as acusações anteriores, muita gente achou a pena branda.

Até eu achei.

Só que com as complicações do julgamento anterior e as evidências que foram consideradas inutilizadas, a promotoria achou que esse era o jeito mais estratégico de garantir que Jonah enfrentaria a justiça. E, tentando enxergar o lado bom das coisas, no final das contas a minha mãe não precisou passar pela dor de outro julgamento.

Quando o silêncio se instala entre nós, Max olha mais uma vez para mim, colocando a latinha no chão.

— Você chegou a visitar ele? — pergunta.

Nego com a cabeça rigidamente. Jonah está em um complexo prisional de nível médio de segurança em Pikeville, que fica a cerca de uma hora e meia a leste de Tellico Plains.

— Não, mas a minha mãe já. Ela vai uma vez por mês.

— Como você se sente sobre isso?

Dou de ombros.

— Não a culpo. É o filho dela.

— Ele é o seu irmão — diz Max, com a voz um pouco mais suave. — Ele estava te protegendo.

— Ele estava se vingando — corrijo. — Tem uma diferença. E nunca pedi para que ele fizesse isso. Meu Deus, essa era a última coisa que eu queria... — Mais lágrimas ameaçam rolar quando nossos olhares se encontram. — Como você está, Max? Com relação a tudo isso?

Os olhos dele se voltam para as lascas de madeira debaixo das nossas botas.

— Estou levando. É meio estranho estar nessa posição... de luto por alguém que você amava, mas com ressentimento porque essa pessoa fez algo terrível. Sei que você entende. — Ele engole em seco. — Alguns dias são melhores do que outros.

Eu realmente entendo. Estou exatamente na mesma posição. Esse paralelo irônico seria engraçado se não fosse trágico.

No início, me preocupei que, se um dia visse Max de novo, ainda veria o rosto do irmão dele reluzindo para mim com maldade. Veria olhos escuros, em vez do azul cristalino. Insensibilidade em vez de conforto.

Mas isso não acontece.

Tudo o que vejo é Max.

— Sinto muito — desabafo.

E eu sinto tanto.

Por tudo.

Eu me levanto do banco, segurando o choro. Um choro de saudades, de desespero. Pelas coisas que não podemos mudar e pelas que ainda conseguimos. Pelo que é desconhecido e pelo que é bem conhecido, pela tragédia e pelo destino.

Minhas pernas me levam até o trecho da floresta que margeia um pequeno riacho.

Escuto Max me seguir.

Escuto os passos familiares. Botas pesadas contra o chão acidentado.

A água está quase congelada e os meus pés param na beira do riacho, minhas lágrimas parecendo pequenas estalactites de gelo coladas nas minhas bochechas.

como alcançar o Sol **505**

— Fiz uma lista — murmuro suavemente enquanto Max caminha ao meu lado, ombro a ombro. — Uma lista de todas as coisas que você queria que eu fizesse. Contei cada uma delas.

Eu me curvo e pego uma pedrinha com meus dedos enluvados, esfregando o polegar ao longo das curvas.

— Só que ainda não aprendi a jogar pedras.

Max observa enquanto arqueio meu braço e jogo uma pedra sobre o lago. Ela ricocheteia no gelo e então desaparece no abismo escuro.

Suspiro, me virando para ele para dar de ombros, vencida.

— Você virou a pedra que não consigo jogar. Sempre fora do meu alcance.

Max me encara com os olhos cheios de lágrimas, a gola do casaco marrom-escuro encostando de leve no maxilar dele. Em seguida, pega a própria pedra do chão, balança o braço e lança com graciosidade.

Pula, pula, pula.

Plof.

— Você encontrou uma ponte de onde jogar gravetos? — pergunta, procurando por outra pedra.

— Achei. Tem uma ponte pequena a alguns quilômetros daqui. Eu dirijo até lá de vez em quando.

— Vê o sol nascer e se pôr?

— Vejo. Sempre que posso.

— Os cavalos já vi que sim — comenta, olhando para os estábulos. — Você dança?

Max joga outra pedra com o ritmo perfeito.

— Danço. Toda sexta-feira num bar aqui perto.

— Sozinha?

Dá para ver que é uma pergunta com segundas intenções. Assinto com a cabeça mais uma vez, devagar, admirando outra pedra sair da mão dele e abrir caminho dançando sobre a superfície recém-ondulada.

— Também não estive com ninguém.

Ele para e olha para mim, os olhos se enchendo de alívio. Então segura a minha mão na dele, estica os meus dedos e deposita uma pedra acinzentada na minha mão.

— Tenta outra vez.

Suspiro.

— Isso é inútil.

— Não é. Você vai conseguir.

Afastando meu nervosismo, tento me concentrar enquanto estico o braço para trás e o jogo para a frente.

Pluft.

Tento mais duas vezes, sem sucesso.

Na terceira tentativa, Max se movimenta atrás de mim, até que a frente do casaco dele esteja pressionada contra as minhas costas. Congelo. Minha respiração fica instável, meu coração salta como não consigo fazer com as pedras. Max vacila por um instante, o nariz mergulhando nos meus cabelos enquanto puxa o ar, trêmulo. Fecho os olhos. Eu me inclino para trás por instinto, me desequilibrando, sentindo vários nós no estômago.

— Tudo é ritmo e saber deslizar no tempo certo — murmura ao pé do meu ouvido.

Os dedos de Max percorrem a extensão do meu braço até que a mão dele esteja ao redor da minha.

Quero que minhas luvas se incinerem, virem pó. Não quero nenhuma camada entre nós, nenhuma barreira.

Engolindo em seco, deixo que os dedos dele se entrelacem aos meus por um instante, então ele balança lentamente o meu braço para a frente e para trás, me ajudando a pegar o ritmo. Para a frente, para trás, de novo.

É como se estivéssemos dançando.

— Da última vez que a gente fez isso… acho que me apaixonei um pouquinho por você — confesso.

Um sopro quente da respiração de Max atinge a curva da minha orelha. Não sei se é um suspiro de alívio ou um gemido,

como alcançar o Sol **507**

mas me faz pegar fogo por dentro. O cheiro dele me domina, me envolve enquanto vacilo em duas pernas trêmulas. Está congelando aqui fora, mas nunca me senti tão aquecida por dentro.

— Eu também — diz suavemente. O outro braço de Max desliza pela minha cintura e me segura firme, enquanto a mão direita ainda está balançando com a minha. — Jogue a pedra, Sunny.

Fecho os olhos.

Visualizo nós dois três anos atrás no lago Tellico, o pôr do sol manchando o céu em uma vermelhidão cor de damasco, os meus medos e as minhas preocupações se pondo com o sol. Eu me lembro de ansiar pelo amanhecer, por um novo dia, um recomeço. Com ele. Havia um brilho dourado envolvendo o meu coração, o sentimento tão imprevisível quanto o clima sempre instável da nossa história.

Meu braço recua uma última vez, os dedos dele ainda embalando a minha mão, e solto a pedra.

Alguns pequenos sons de batidas viajam até os meus ouvidos.

Max hesita e inspira, surpreso.

Ele se inclina para mim e sussurra com gentileza:

— Você conseguiu.

Um sorriso surge nas minhas bochechas congeladas. Meus cílios batem, os olhos se abrem e encaro a água escura, apoiada contra Max, deixando que ele me segure firme. Sua outra mão solta a minha para se juntar à que está na minha cintura. Max me aperta firme, o rosto indo parar na curva do meu pescoço. Sinto os lábios dele roçarem na minha pele e um beijo suave em seguida. Então mais um.

Sinto calafrios.

— Sua primeira pedra que quicou — murmura ele, espalhando mais beijos pelo meu pescoço, minha orelha, as mãos deslizando na frente do meu casaco.

— Minha primeira pedra que quicou — repito, ofegante.

— E você está aqui.

— Estou.

Girando nos braços dele, coloco minhas mãos ao redor do pescoço de Max, deixando nossos rostos na mesma altura. Meus lábios se abrem quando nossos narizes se encostam. Max sobe a mão dele pelo meu corpo em câmera lenta, então segura o meu rosto entre as palmas das mãos.

O sentimento nunca foi embora.

O ardor, o brilho que circundava o meu coração.

Fico na ponta dos pés e levo meus lábios até os dele.

Os lábios de Max estão frios, mas sua língua é quente quando desliza dentro de mim. Um gemido escapa enquanto minhas mãos apertam a nuca dele, e meus olhos não querem se fechar enquanto eu o devoro por completo. O calor surge por todos os lados, do meu peito até os meus pés. É um reencontro, uma volta para casa, um sentimento de completude.

— Você pode fechar os olhos — sussurra, se afastando por um instante. — Não precisa me olhar se doer muito.

Hesito, recuperando o ar.

— Quê?

Max engole em seco enquanto nossos narizes se tocam.

— Só quis dizer... se você vir o rosto dele.

Meu coração se parte. Lágrimas se acumulam e balanço a cabeça de um lado para o outro, os sentimentos sufocando as minhas palavras.

— Não, Max... não — digo a ele, segurando mais firme. — Só vejo você.

É verdade.

Com o peso do nosso passado pendendo entre nós, eu vejo *Max* — o homem de pé à minha frente agora, que me oferece conforto e compreensão. O fantasma do que o irmão dele fez talvez possa assombrar a minha memória, mas nos braços de Max encontro um lugar seguro, em que as feridas do passado têm cura e onde a promessa de um futuro compartilhado começa a tomar forma.

como alcançar o Sol **509**

Max não é o irmão dele.

Assim como não sou o meu.

Ele deixa escapar um suspiro de alívio e eu o puxo mais para perto, o beijo ganhando asas enquanto voamos pelo céu da meia-noite, o cabelo dele entre os meus dedos, nossos peitos e corações no mesmo ritmo.

Quando ele se afasta para retomar o ar, encosta a testa na minha.

— Temos conserto — diz, de forma abrupta, empurrando o meu cabelo para trás e beijando o topo da minha cabeça. — Nunca duvidei. Nem uma só vez. Sempre foi você, Ella. Desde o dia em que te vi no jardim de infância lendo *As aventuras do Ursinho Pooh*, sabia que tinha encontrado minha melhor amiga.

Deixo escapar um choramingo e puxo ele de volta para mais um beijo.

Tropeçamos, voltando pela margem da floresta, uma trilha atrapalhada em direção à propriedade. Meu gorro escorrega, minhas botas ficam presas em galhos e gravetos, mas nossos lábios dificilmente se afastam. Max me levanta, os antebraços passando por baixo das minhas coxas. Eu me agarro a ele enquanto nossos lábios e línguas se entrelaçam, nossos corpos se aproximando do trailer.

Max me pressiona contra a parede, e perco o ar quando enrosco minhas pernas com mais firmeza em volta de seu tronco. Ele ergue os olhos por um instante, absorvendo meu trailer enfeitado, suavemente iluminado por uma luz néon na parte inferior e um varal de luzes da propriedade ao lado.

— Uau — murmura, me lançando um sorriso. — Estou impressionado.

Max admira minha pequena vida sobre rodas, recentemente pintada de um laranja vivo com acabamento brilhoso. As laterais são cobertas por decalques grandes e vibrantes, exibindo icônicas lombadas de livros que parecem empilhados um sobre o outro. O título "Viagem Literária da Sunny" está estampado em cima, em uma escrita caprichosa e fluida. As luzes externas na parte de baixo do veículo são de um dourado suave, que o faz brilhar.

— O nome é uma porcaria — admito. — Não consegui pensar em nada mais engraçadinho.

Ele balança a cabeça, os olhos ainda brilhando e voltados para mim.

— Combina com você.

Sinto um aperto no peito conforme as palavras me atravessam como se fossem o primeiro brilho do amanhecer. Mordisco o lábio e aponto para o veículo, um convite para entrar.

— Posso te mostrar como é por dentro — ofereço. — Assim a gente pode se esquentar.

Ele morde o lábio inferior.

— Tá bem.

Max me segue para dentro e tento não me fechar, sabendo o que pode acontecer em seguida. Max Manning está no Michigan. No meu trailer. A poucos centímetros de mim.

A língua dele estava na minha boca.

E quero que esteja por toda parte.

Um sentimento já conhecido me toma quando sinto Max se aproximar de mim naquele espaço apertado, o mesmo que tive no bar. Aquela sensação de familiaridade e formigamento que acelera meus batimentos e esquenta o meu sangue.

— Há quanto tempo você está na cidade? — pergunto, me mexendo para dar mais espaço a ele.

Ele volta o olhar para a mobília do interior.

— Não muito.

Avanço mais para dentro, meu olhar recaindo na cama bagunçada ao final do pequeno corredor iluminado por uma infinidade de velas eletrônicas e potinhos aquecedores de cera. Sinto as bochechas queimarem. Não é como se as acomodações fossem pensadas para visitas, e não há nenhum outro lugar onde se sentar. Só a cama com aparência super-romântica.

É assustador. E Mágico. Maravilhoso, inquietante e surreal. Não tenho a menor ideia do que estou fazendo.

Torço as mãos e olho para ele por trás dos cílios tímidos.

Agora, Max está totalmente iluminado, livre das sombras e da escuridão noturna. A visão dele rouba o meu ar e sufoca os meus pulmões.

Max caminha na minha direção com uma expressão parecida, sobrancelhas franzidas, olhos maravilhados. Ele estende a mão para mim e segura o zíper do meu casaco, deslizando até o fim para que o tecido se abra.

Encaro ele e espero.

Ele coloca as mãos dentro do casaco, em cima dos meus ombros, então o tira de mim. A peça desliza pelos meus braços e cai aos nossos pés.

Meus olhos se fecham e cerro as mãos em punhos enquanto espero por mais. Escuto ele abrir o zíper do próprio casaco, o farfalhar do tecido caindo. O calor de seu corpo me atinge quando Max se aproxima, as mãos segurando o meu quadril de leve, os dedos mergulhando debaixo do meu suéter ferrugem, roçando na minha pele.

Então ele se aproxima e sussurra:

— Não precisamos passar disso hoje à noite, Ella. Estou feliz só de te segurar. De te beijar. De ver o sol nascer nos seus braços.

Uma lágrima escapa e desliza pela minha bochecha.

Penso em todas as vezes que o fiz ir embora do meu quarto antes que o sol nascesse.

O sol era desagradável, não perdoava ninguém, brilhante demais. Iluminava todos os nossos estilhaços que não consegui reunir, então eu os escondia no escuro.

Sou dominada pela culpa, sabendo o quanto ele desejava acordar comigo, na minha cama. O quanto ele ansiava assistir à luz dourada se derramar pela janela aberta e nos trazer um pouco de aconchego.

— Max — digo, engasgada, erguendo os braços para passar por trás dos ombros dele. — Fica comigo.

Ele sorri ao me guiar até a cama, distribuindo beijos na minha testa enquanto arrancamos nossos sapatos. Eu o puxo para baixo, apagando a lâmpada até que apenas a luz fraca das velas nos ilumine, e pego a pedrinha branca que está na mesa de cabeceira.

Nos aconchegamos, lado a lado, a mão dele repousando na parte inferior das minhas costas, debaixo do meu suéter, o meu rosto pressionado contra o peito dele. Inspiro profundamente, enchendo a minha alma de pinho e menta fresca, de outra vida e de uma nova, reluzindo no horizonte em todos os tons de laranja.

Nossas pernas se enroscam debaixo dos cobertores e fecho os olhos. Antes de ser levada pela paz, sussurro no silêncio.

— Max?

Ele me segura mais firme.

— Hum?

Um sorriso brincalhão ameaça surgir quando ergo levemente o braço e flexiono o bíceps.

— Nunca fizemos aquela queda de braço.

Sinto o peito dele ressoar contra o meu, uma risada suave provocando o silêncio. Max encontra os meus lábios em um beijo demorado antes de expirar.

— É porque eu nunca fiquei entediado do seu lado.

Ele fica até o amanhecer.

Está lá quando o sol nasce e surge um novo dia.

Dormimos depois do amanhecer, mas quando abro os meus olhos sonolentos e beijados pelos sonhos, sob a cintilante luz do dia, a primeira coisa que vejo ao voltar à vida é o rosto de Max. Estou envolta em braços fortes, enquanto minha preciosa pedra branca está segura na minha palma.

E é tão bom quanto qualquer nascer do sol dourado.

É melhor.

Capítulo 46
MAX

Do lado de fora da janela, soa um ronco de motor e um nó de nervoso se aperta em minha garganta.

Estou com Brynn e Kai em chamada de vídeo e me movo pela sala de estar principal, com Klondike correndo em ziguezague aos meus pés, a língua pendurada para fora.

Meu coração bate forte entre as costelas.

— Ela está aqui.

—Ahh! — grita Brynn.

Kai sorri para a tela, o braço em volta da namorada.

— O quanto você está nervoso?

— Qual é a escala? — Balanço a cabeça. — Não importa. A escala explodiu faz uns cinco segundos.

— Vai ser ótimo! — diz Brynn, com um sorriso iluminado.

—Ai, meu Deus, Max. Tudo te trouxe a esse momento.

Brynn tem razão.

Ella está aqui para uma entrevista de emprego.

Mal sabe ela que está chegando na Fazenda Sunny Rose para muito mais do que um emprego.

Anos atrás, eu me lembro de ter folheado a coleção de Ella de livros ilustrados, romances e coletâneas de poesia que preenchia dezenas de estantes no quarto laranja-melão. Naqueles dias, me esgueirava pela janela e a gente conversava, ria e se libertava do peso que cada um de nós carregava. É o melhor jeito de descrever aquele ano com Ella, meses antes da escuridão surgir e eclipsar a luz do sol pela qual tanto lutamos.

Leve.

Nada parecia um peso quando ela me olhava.

Nada parecia demais quando a mão dela se entrelaçava à minha.

Criei o hábito de escolher citações e passagens dos livros de Ella e destacar aqueles trechos que significavam algo para mim — os que acreditava que significavam algo para *ela*.

Uma das citações nunca saiu da minha cabeça.

> "O que chamamos de princípio é quase sempre o fim. E alcançar um fim é alcançar um princípio. Fim é o lugar de onde partimos."

É um trecho do poema *Little Gidding*, de T.S. Eliot. Guardei comigo porque acreditei nele com cada parte manchada do meu coração. As palavras me mantiveram de pé. Elas permitiram que as peças enferrujadas continuassem funcionando, continuassem se mexendo, continuassem vibrando, afinadas.

Fim é o lugar de onde partimos.

Uma vez que chegamos ao final, nunca mais podemos voltar ao começo, e isso parece permanente. As pessoas se apegam a essa finitude e deixam passar o significado mais profundo, a esperança que reside no fim.

Não, você não pode voltar ao começo...

Mas sempre pode criar um novo.

Você pode pegar cada uma dessas peças quebradas aos seus pés e colar outra vez, sabendo que nunca mais vai conseguir que tenham a forma que tiveram um dia, mas acreditando que pode criar algo ainda melhor.

É aí que está a cura.

É aí que acontece a superação.

Meu novo começo tem quatro hectares, uma casa reformada e um pequeno cavalo branco dormindo nos estábulos. Faz cerca de um ano que estou tecendo meu novo começo e agora só falta uma peça. E mesmo se essa peça não vier na minha direção ao final, já encontrei a direção certa. Tive paz no processo. Eu me renovei na empreitada.

Encontrei conforto ao acreditar que Ella vai viver seu maior sonho, mesmo que isso não me inclua.

Brynn pula sem parar, o rabo de cavalo balançando ao olhar para mim pela tela do celular.

— Quase dei com a língua nos dentes ontem quando falei da entrevista sobre a qual Ella nunca me contou. — Ela torce o nariz. — Sou péssima em guardar segredos.

— Você se saiu bem — garanto, olhando pela janela. — Obrigada a vocês dois. Por tudo.

Curiosidade: Brynn é mesmo péssima em guardar segredos.

Uma semana depois que Ella fixou residência no haras de Natine, Brynn me contou onde ela estava.

Só que não era nenhum segredo como a gente se sentia um pelo outro, apesar de tudo o que aconteceu. Brynn ainda conversava sempre com Ella e me contou que não houve uma só vez que ela não tocou no meu nome, perguntou como eu estava ou ficou com olhos marejados ao falar de mim.

Tinha certeza de que nossa história ainda não tinha terminado.

E essa certeza ganhou asas noite passada, quando Ella deixou que eu a segurasse em meus braços até a luz do amanhecer se derramar através da janela do trailer.

Brynn ainda está dando gritinhos de animação e saltitando ao lado do Kai.

— Você tem que nos atualizar na mesma hora!

Respiro fundo e com calma ao andar em direção à janela principal.

— Eu vou. Não sei muito bem como ela vai se sentir sobre tudo isso.

— Do mesmo jeito que se sente sobre você — diz ela, com certeza. — Conheço a minha melhor amiga, Max. Ela ainda é doida por você.

— O suficiente para criar raízes em uma fazenda batizada com o nome dela? — Eu me contorço por dentro ao imaginar ela rindo da minha cara e correndo na direção contrária. — Isso pode ser um outro nível de loucura.

— Um novo nível de amor sempre vem com um pouquinho de um novo nível de loucura. — Brynn e Kai trocam um olhar suave. — Tá bem, vai atrás da sua garota. Estaremos esperando!

Solto o ar.

— Tá bem. Obrigado mais uma vez.

— Quando quiser — diz Kai, antes de desligar a videochamada.

Hesito antes de deslizar o celular para dentro do bolso.

Um trailer laranja desce pela longa estrada de cascalho e para no meio do caminho. Pela fenda das cortinas, observo Ella descer do lado do motorista, vestindo um suéter laranja-vivo com ombros de fora e leggings na cor preta, o cabelo escuro e acobreado balançando ao redor dela. A luz do sol ilumina a pele clara e o sorriso nervoso enquanto ela dá uma olhada na área dourada, os olhos brilhantes por promessas e esperança.

Ela está torcendo por um emprego novo.

Estou oferecendo uma vida nova.

Meu cachorro, um filhote de boiadeiro-australiano, corre para a janela e pula em cima do sofá, o rabo longo e prateado balançando de um lado para o outro pela empolgação.

Puxo o meu cabelo para trás com uma das mãos, me mexendo no lugar enquanto observo Ella avaliar os arredores por mais um minuto antes de ajeitar os ombros e seguir em direção à porta.

Klondike começa a latir.

— Calma, garoto — digo, o atraindo para fora do sofá com um brinquedo de borracha e a palma cheia de biscoitos de cachorro.

Klondike desce e aceita os petiscos, então carrega o brinquedo para a caminha dele.

como alcançar o Sol **517**

Porra. Isso é assustador. Não faço a menor ideia de como Ella vai reagir ao que criei, e embora já tenha feito as pazes com a possibilidade de rejeição, meu coração ainda bate com essa esperança suplicante.

Diga sim, Ella.

Fica.

Ela bate duas vezes e vou até a porta.

As palmas das minhas mãos ficam suadas. Os ouvidos ficam atentos. Meu peito se aperta com um otimismo cauteloso.

Abro a porta e observo enquanto Ella olha para tudo mais uma vez, para mim, para a esquerda, e depois de novo para mim. Os olhos dela brilham arregalados e verde-vibrantes.

Os lábios se abrem de leve, então se fecham quando ela me encara, uma carranca assustada curvando as sobrancelhas escuras.

— Oi — digo, abrindo um sorriso. O nervosismo atravessa meu corpo ao mesmo tempo em que Klondike cruza a sala de estar e pula em cima de Ella, se equilibrando em duas patas felizes e balançando o rabo. — Merda, desculpa...

Pego o meu filhote pela coleira e o afasto enquanto ela olha boquiaberta para nós dois, congelada no degrau da varanda.

— O que é...? — Ela começa a piscar sem parar, balançando a cabeça de um lado para o outro. — O que tá acontecendo?

Pegando Klondike no colo, tento impedir que lamba minha bochecha.

— Você veio para uma entrevista de emprego.

Ella continua a me encarar, estupefata, olhando para trás para ver a placa da propriedade e depois para mim.

— Certo. — Ela forma a palavra. — Mas isso não explica por que você está aqui.

— Eu vou te entrevistar.

Ela me olha boquiaberta, em choque.

— Hm... quê? Essa fazenda é sua?

Assinto, como se o gesto com a cabeça respondesse tudo.

— Max... se explique.

— Entra — imploro, saindo da soleira e colocando Klondike no chão. — A propósito, Klondike não vai te machucar. Ele só tem sete meses, então ainda está aprendendo a se comportar.

Ele prova o que eu disse ao pular em Ella mais uma vez. Ela deixa escapar uma risada quando se abaixa na entrada para fazer carinho entre as orelhas dele.

— Não entendo — diz, me olhando. — Por favor, explique. Rápido. Meu cérebro está implodindo.

— Bom, eu encontrei ele na beira da estrada com uma embalagem daquelas barrinhas Klondike na boca. Foi por isso que escolhi o nome. Levei no veterinário e...

— Max.

Os braços dela estão ocupados com meu cachorrinho malandro, mas os olhos estão cheios de perguntas.

Um sorriso escapa.

— É, essa fazenda é minha. Por enquanto — conto a ela. — E sim... eu sabia onde você estava. Há um bom tempo. — Aqueles olhos cor de esmeralda ficam vidrados enquanto a mão dela acaricia, distraída, o pelo curto do meu cachorro. — Comprei essa terra há mais ou menos um ano, com os lucros que tive com a venda de casas reformadas, e Chevy e a nossa equipe me ajudaram com as reformas na casa. Claro, não conheço muito bem o campo equestre, então procurei Natine para me orientar.

Klondike se afasta de Ella e começa a andar em círculos ao redor dos meus pés, deixando que ela se levante. Ella afasta lágrimas de incredulidade e seca as mãos na legging cheia de pelos de cachorro.

— Natine sabia?

— Sabia — confirmo. — Nos encontramos para tomar café um tempo atrás. Contei quem eu era e perguntei se era ou não uma boa ideia. — Aperto os lábios e dou de ombros. — Ela disse que ou você ia me dar um tapa ou me beijar, mas que estava ansiosa para saber o desfecho.

como alcançar o Sol **519**

Ella ergue as duas mãos e leva até o cabelo, as bochechas rosadas.

— Eu... eu não estou entendendo. Como você conseguiu me encontrar? — Antes que eu possa responder, os olhos dela se arregalam, entendendo. — Brynn.

— Não fique chateada.

— Ai, meu Deus. Você sabia que eu estava aqui esse tempo todo?

Aperto os lábios e coloco as mãos nos bolsos.

— Não fique brava.

— Max, você estava morando do meu lado e eu não sabia? — O peito dela pesa com respirações rápidas, os dedos segurando mais firme os cabelos. — Eu não... Eu só...

— Epa, ei. — Dou um passo à frente e a alcanço, tocando os ombros dela. — Ella, escuta. Eu estava te dando tempo e espaço para se recuperar. Foi por causa disso que você saiu do Tennessee. Não era direito meu me meter nisso. Natine achou que era cedo demais para entrar em contato e que você ainda estava encontrando o seu caminho, ainda estava vulnerável — explico.

— Mas nunca parei de te amar. Nunca. Pensei em você todos os dias desde que você desapareceu naquela colina com o trailer.

Apertando os ombros dela, encontro os olhos cheios de lágrimas e dou um sorriso suave.

— Eu te levei comigo, esse tempo todo. Você nasce e se põe junto com o sol. Está entre as páginas de cada livro que eu leio. Você está comigo em todas as pontes e nos versos de todas as músicas que escuto — confesso. — Nunca te esqueci.

Lágrimas rolam pelas bochechas dela e Ella fecha os olhos, com os lábios tremendo.

— Você... comprou esse haras para mim?

As palavras impressionadas saem em um suspiro entrecortado enquanto Ella se inclina para o meu toque. Deslizo minhas mãos para cima e embalo o pescoço dela, meus polegares acariciando o queixo.

— Você deu algo para o meu pai e para mim que nunca vou conseguir retribuir, minha Sunny. Nada se compara. *Nada*. Nunca consegui agradecer à altura, então decidi fazer isso. — Dou um beijo na testa dela e sussurro com gentileza: — Então sim, esse haras é pra você. É seu. Nos estábulos, tem um cavalinho que adotei esperando por você. Há centenas de auroras e pores do sol esperando por você, para ajudar nos pastos. Tem uma vida te esperando por aqui... se você quiser.

Ella cai nos meus braços, o rosto batendo contra o meu peito. Soluços transbordam dela. As mãos agarram a minha camiseta, apertando o tecido cinza enquanto as lágrimas dela ensopam a minha pele.

Seguro a parte de trás da cabeça dela com a mão e acaricio o cabelo.

— Esse é o meu *obrigado, Ella Sunbury*. Você deu uma chance para o meu pai lutar pela vida dele. Trouxe um recomeço para nós dois quando eu não tinha mais nenhum motivo para viver — digo a ela, cada palavra carregada de emoção. — Você me disse que esse era o seu sonho, então é o que estou dando a você. Sem compromisso. É seu.

Ela treme nos meus braços, o rosto esmagado contra o meu peito.

— E-eu não sei o que dizer...

— Só aceita — murmuro contra o cabelo dela. — Diz que vai ficar.

O rosto dela se ergue, o nariz vermelho-vivo e os olhos cheios de lágrimas.

— Max, eu... — fungando, ela engole em seco. — Isso é para nós?

Vacilo, cerrando os dentes enquanto meu coração hesita com o desconhecido.

— Não foi por isso que organizei tudo. Já se passou bastante tempo, então não estou esperando algo em troca. Isso é pra *você*, Ella.

Meu peito está apertado porque quero viver essa vida ao lado dela mais do que qualquer coisa. É o que quero desde o dia em que a conheci no pátio da escola banhado pelo sol.

— Sem pressão. Mesmo que eu nunca tenha superado, eu entendo se você não sentir o mesmo. Tomei providências para caso as coisas não funcionem entre a gente e posso...

— Max. — Ella ergue as mãos e toca o meu rosto. Com as minhas bochechas entre elas, sustenta o olhar no meu e sussurra de volta: — Também nunca acabou para mim.

Um jato de esperança explode entre as minhas costelas. Encosto a minha testa na dela, fechando os olhos, sorrindo conforme solto um suspiro de alívio. Ainda não preciso de uma resposta direta. Não precisamos nos mudar para morar juntos logo em seguida e começar grandes planos. Com o renascimento, vem a reconstrução, e vou nos juntar de novo, tijolo por tijolo, mesmo que leve uma vida inteira.

Eu me afasto e encontro o olhar dela, o sorriso ainda intacto.

— Quero dar uma volta com você. Te mostrar tudo.

Ella seca as lágrimas com dois dedos, assentindo por trás de uma risada incrédula.

— Me mostra.

Klondike saltita, desajeitado, ao nosso lado antes de se enfiar na casinha dele com um brinquedo, enquanto mostro cada cômodo para Ella. A casa em estilo rancho é pequena, mas aconchegante, coberta por carpete novo e tinta fresca. É simples, mas de bom gosto, um quadro em branco para os próprios pertences e para a personalidade dela.

O único cômodo em que eu me arrisquei foi o quarto.

Com um sorriso largo, Ella analisa cada móvel, cada detalhe da decoração, cada viga de madeira e teto alto. Quando a guio pelo quarto principal, nossas mãos entrelaçadas, meu coração pula ao atravessarmos a soleira.

Ela para de repente, arfando de leve.

As paredes são laranja-melão. Lençóis brancos e impecáveis decoram a cama king-size, coberta por vários travesseiros laranja-vivo. No canto do quarto há uma mesa pequena, enfeitada com bugigangas e ferramentas de encadernação. Estantes altas estão repletas dos romances e livros infantis favoritos dela. Na mesa de cabeceira, há um vaso de barro com uma cenoura saindo da terra.

E, tomando conta de toda a parede oposta, bem na frente da cama, há um mural do sol nascente pintado à mão.

Os olhos de Ella absorvem o quarto, recaindo na pintura do sol e se fixando lá.

— Ai, meu Deus... — diz, soltando o ar, impressionada e perplexa.

— Você gostou? — O nervosismo e a insegurança correm por mim, espiralando na boca do meu estômago. — Kai que pintou. Se for demais, podemos pintar por cima. Sei que é uma escolha audaciosa, mas me fez pensar em você e...

Ella se joga em cima de mim, caindo nos meus braços abertos, assim como fez no meio da estrada de carvalho antes que um trailer velho a roubasse de mim por dolorosos quase três anos.

Nossos lábios se encontram antes que eu possa respirar outra vez.

É instinto.

Eu a agarro por baixo das coxas, a língua dela deslizando para dentro da minha boca, me encontrando. Nós gememos. Uma familiaridade doce me envolve com afinco, enquanto o calor de um raio me atravessa, da cabeça aos pés. Eu a empurro e ela anda de costas até bater de leve contra a parede de sol, as mãos dela nas minhas bochechas, nossos rostos se endireitando para provar mais, meus quadris pressionando as pernas abertas dela, enroladas com firmeza em volta da minha cintura.

Não há hesitação.

Nada de construir lentamente ou ir devagar.

Não esquecemos.

Puxo o cabelo de Ella para trás com uma das mãos e levo minha boca até a extensão do pescoço dela, as pernas se apertando ainda mais contra mim. Fico duro feito pedra quando ela leva a mão até o meu cabelo e segura um punhado de fios, a outra agarrando o meu braço. Ella deixa escapar um gemido e mordisco o queixo dela, a cabeça caindo para trás enquanto o cabelo se funde aos raios vermelho-alaranjados do sol. Ella se esfrega contra mim enquanto minha língua lambe o pescoço dela, provando a pele suave.

Mordo o lóbulo da orelha dela, então nossos lábios se encontram mais uma vez, enquanto nos devoramos.

Porra, é como voltar para casa.

As mãos dela tremem ao descerem até o meu cinto, os dedos lutando com a fivela, sedenta por mais.

— Max... — geme meu nome, arfando de desespero. — Por favor.

Isso é tudo que eu preciso. Giro o corpo dela e a levo até a cama, jogando-a nos lençóis brancos e admirando ela se livrar das roupas, sem tirar os olhos de mim. Abro o meu cinto, desabotoo a calça jeans e abro o zíper. Minha calça e minha cueca caem no chão juntas, pego a minha camiseta e tiro por cima da cabeça, ansiando para estar entrelaçado a ela.

Completamente nua, Ella não parece nem um pouco tímida ao recuar na cama, afastando bastante os joelhos. Raios de sol atravessam a cortina de renda, banhando-a em uma luz dourada.

Meu Deus, o sol combina com ela. Sempre combinou.

Fios de cabelos vermelho-acobreados se derramam atrás dela quando Ella se apoia nos cotovelos, grandes olhos verdes me observando.

— Deus — gemo, rastejando sobre ela. — Pensei em você todos os dias por vinte e oito meses.

Ella morde o lábio inferior e eu me posiciono no meio das pernas dela, depositando beijos por seu pescoço e por sua clavícula.

— Você me imaginou assim? — indaga, sem ar, uma perna se enroscando na minha lombar, os dedos dos pés com unhas pintadas roçando a curva da coluna.

— Às vezes — admito. — Às vezes te imaginava bem desse jeito. — Eu a seguro entre as pernas, então deslizo dois dedos dentro dela. Nós dois gememos, meu queixo caindo ao mesmo tempo que meus olhos se fecham. — Senti tantas saudades de você.

— Max... — A cabeça dela se inclina para trás antes que ela caia completamente de costas, os braços serpenteando ao redor do meu pescoço. — Preciso de você.

Mordo o lóbulo da orelha dela mais uma vez antes de encontrar sua boca, nossos lábios batendo um contra o outro. Nossas línguas se tocam, o calor dando voltas e se agitando entre nós, os meus dedos cuidando dela, tocando mais alto, mais fundo, lavados pelo desejo dela.

Sorrindo preguiçosamente, não perco tempo ao puxar Ella pela cintura, me ajeitando até estar entre as pernas dela. Deslizo contra o seu corpo e abaixo o meu rosto para dar um beijo nela. Gentil e suave. Sem pressa, sem me precipitar. Sem uma decepção amorosa inevitável pairando no horizonte.

O horizonte é brilhante, ensolarado e caloroso.

Só nós dois e esse momento.

Max e Ella.

Eu me abaixo para ficar na entrada dela, tremendo com o contato. Estou bêbado pela percepção de que estarei envolvido dentro de Ella, preenchendo-a, completamente conectados, enfim.

— Por favor — implora ela mais uma vez, esfregando a mão pela extensão das minhas costas. — Me fode.

Empurro os joelhos dela até o peito, então olho para baixo e observo enquanto deslizo para dentro dela, um centímetro por vez. Ella agarra os lençóis, a cabeça caindo para trás de prazer, enquanto desapareço por completo dentro dela, estremecendo na estocada final.

A única vez que a tive foi no precipício do adeus, nós dois encharcados de chuva e arrependimento.

Parecia um final. Uma finalidade crua.

Esse reencontro é uma volta para casa. Um lindo começo.

Mudo o peso para os meus antebraços e o meu rosto paira a centímetros acima do dela. Nossos olhares se mantém firmes. Mesmo entre os sobressaltos de prazer, as exclamações dela e nossos gemidos baixos se transformando em um só, não rompemos o contato visual, não recuamos. Garanto que ela está perto do orgasmo enquanto me movo lentamente para dentro dela, prolongando o momento, a conexão.

Quando ela atinge o orgasmo, uma lágrima escorre do canto do olho dela, um arquejo preso em sua garganta, e ela treme sob mim, as mãos agarradas em volta do meu pescoço. Eu a acompanho, absorvendo as bochechas coradas, os lábios entreabertos e os olhos brilhantes enquanto encontro meu alívio. Ondas e ondas de calor me atravessam, me preenchendo enquanto eu a preencho.

Caio em cima de Ella, puxando-a comigo ao me ajeitar na cama, ainda dentro dela. Então, passo os braços em volta de seu corpo e enfio o rosto dela debaixo do meu queixo.

— Eu te amo — sussurro contra o cabelo dela, beijando o topo de sua cabeça. — Meu Deus, Sunny, nunca deixei de te amar. Nem por um instante. Eu te amei desde o dia que pus meus olhos em você. Tinha só sete anos no pátio da escola e já sabia… *sabia* que você nasceu para ser minha.

Ella embala as minhas bochechas com as duas mãos e se ergue para me beijar. A língua dela passa pelo meu lábio inferior enquanto murmura:

— Eu também sabia. Mesmo quando era uma criancinha, eu sentia.

Sorrio, afastando uma lágrima perdida da têmpora dela. É tão diferente dessa vez, nós dois sendo beijados pela luz do sol em vez de afogados sob nuvens de chuva e garoa fria.

— Não quero que isso termine — admito, puxando-a para mais perto. — Nunca quero que esse momento acabe.

— Nem eu — diz ela, as palavras engatando em um pequeno choro. — Meu Deus... e se a gente estiver destinado a dar errado? E se as estrelas nunca se alinharem?

O pavor toma conta dos olhos dela. Medo real de nunca encontrarmos nosso final feliz.

— Dizem que vale tudo no amor e na guerra, mas isso é papo furado. É um papo totalmente furado, Max. Nem tudo vale no amor, ele não é justo. Nada é...

— Você tem razão, Sunny. É papo furado — admito, embalando o rosto dela entre as palmas das minhas mãos, forçando o olhar a se voltar para mim. — Você tem razão, porque não tem amor e guerra. O amor *é* guerra. Você luta até ganhar, ou até perder. Imagine a vitória depois de toda essa dor e sofrimento, depois de todas essas feridas de batalha.

Engulo em seco, pressionando nossas testas uma contra a outra, nossos narizes se tocando.

— A guerra não foi feita para pacifistas. Não tem lugar para bandeiras brancas e coração mole. É barulhenta, selvagem e violenta. O amor é um assassino, mas nem todo mundo tem uma morte sangrenta. Alguns ficam de pé no final. — Seguro as bochechas dela entre as mãos e imploro: — Vamos deixar que você seja uma dessas pessoas, Ella. Vamos deixar que *nós dois* sejamos.

O choro suave se transforma em soluço e ela assente, as mãos se fechando nos meus punhos.

— Luta ao meu lado — imploro, fechando os olhos. — Vence ao meu lado.

Meu coração bate forte quando ela cai em cima de mim, as lágrimas escorrendo na minha pele. Eu a seguro, tento animá-

-la, implorando em silêncio para que nunca se renda, nunca desista, independentemente do que aconteça.

Vale a pena.

Nós valemos a pena.

Fixo o olhar no painel de sol conforme ela se acalma nos meus braços, uma tranquilidade pairando sobre nós dois. O silêncio tranquilo do cessar-fogo. E eu sei. Sinto no momento, na respiração que ela solta em meus braços. Sinto ela se render... só que não ao fim.

Ela se rende a tudo o que podemos ser.

A tudo que somos e sempre fomos.

Nosso novo amanhecer.

Ella apoia a bochecha contra o meu peito e nossas pernas se enroscam em cima das cobertas.

— Você raramente vai vencer — resmunga ela, os dedos fazendo desenhos no meu peito enquanto admira a cenoura plantada em cima da mesa de cabeceira —, mas às vezes vai conseguir.

Sorrio, beijando a testa dela e fechando os olhos enquanto o desenho do sol preenche a minha mente e me embala em pura serenidade.

— É, Sunny, às vezes você vai conseguir.

— Ai, meu Deus, ela é adorável! — Ella se afeiçoa à jovem égua naquela noite, as botas erguendo nuvens de poeira. — Ela é novinha?

O rabo da égua balança de um lado para o outro conforme nos aproximamos, os olhos castanho-escuros curiosos.

— Tem um pouco mais de dois anos — conto. — Ela é dócil. Tranquila e fácil de treinar.

O rosto de Ella se ilumina, maravilhado.

— Ela é perfeita. Phoenix também tinha dois anos quando a adotamos, eu ainda era criança.

Vejo quando ela faz carinho com a palma da mão na crina da égua, acariciando o focinho dela.

— Natine me ajudou com o processo de adoção. Na mitologia, cavalos brancos costumam ser associados à carruagem do sol — digo, sorrindo suavemente, — Me fez pensar em você.

Os olhos dela se arregalam ao olhar para mim.

— Não sabia.

Ela retribui o sorriso, os olhos se voltando para a égua, que relincha, curtindo a atenção.

— Ela vai estar pronta para montaria em mais ou menos um ano.

— Eu já a amo.

Ella passa mais alguns minutos conversando com a égua, sussurrando palavras gentis e fazendo carinho nela com toques amáveis. Então pergunta:

— Já tem nome?

Nego com a cabeça.

— Ainda não. Pensei em deixar que você fizesse as honras.

Ela assente, então afasta a mão, virando-se para me encarar.

— Max... onde está o seu pai? Ele ficou no Tennessee?

— Não. Ele foi transferido para uma instituição em Escanaba, onde Chevy está morando e de onde administramos o nosso negócio. Fica a mais ou menos 45 minutos daqui, então posso visitar os dois com frequência — explico. — O meu pai está indo bem. Cuidam bem dele por lá.

— Gostaria de fazer uma visita com você qualquer dia, se não tiver problema.

— Ele iria adorar. Nós dois iríamos.

Às vezes o meu pai menciona Ella, nos dias que está mais são. Não se lembra do nome dela — só pergunta da garota bonita de cabelo ruivo que fez carne assada para ele, querendo saber se ela está bem. Respondo que sim. Então ele me diz para dar flores a ela.

como alcançar o Sol **529**

Saímos do estábulo caminhando lado a lado; o ar está frio, mas o sol é quente. As botas marrons de Ella afundam na terra a cada passo lento, e o brilho do fim de tarde se espalha pelo rosto dela.

— Fazenda Sunny Rose — murmura para o céu, os olhos se fechando contra os raios brilhantes. — Gostei do nome.

— Combina com você — digo, cutucando-a com o ombro.

Ella se apoia em mim, a cabeça encostando no meu braço.

— Não acredito que você fez isso por mim. É demais, Max.

Olho para Ella, vendo a emoção dançar nas feições dela.

— Nunca vai ser o bastante. Você salvou a vida do meu pai. Salvou a minha. Nunca teria sido capaz de bancar os cuidados dele... nunca.

— Era o mínimo que eu podia fazer — sussurra. — Fico feliz que consegui ajudar.

— Foi um gesto generoso. Corajoso. Uma prova da garota incrível que você é e sempre foi.

Ella segura a minha mão e aperta, soltando um longo suspiro.

— Houve uma época que eu achei que era um monstro — admite. — Igual a ele.

A dor escava o meu peito, mas balanço a cabeça em negação só de pensar.

— Não, Sunny. — Enlaço um braço forte ao redor dela e a seguro firme, beijando o topo de sua cabeça. — Nós dois não somos definidos pelos erros dos nossos irmãos. Não é assim que funciona. As atitudes deles nos afetaram, mas não nos fazem culpados dos mesmos pecados, entende?

— Entendo — diz ela. — Você tem razão.

Ella espia o sol baixo e sorri com suavidade, fungando ao reunir os próprios sentimentos, a cabeça ainda no meu braço, nossos dedos entrelaçados enquanto estamos de pé, juntos, no campo aberto. Então, acrescenta:

—Acho que quero chamá-la de Amanhecer.

Horas mais tarde, Amanhecer dorme fazendo barulho, enrolada como uma bolinha ao lado de Klondike, que está mordendo um osso de presunto. Ella e eu estamos deitados de costas no campo vasto, nossos ombros se tocando, enquanto admiramos o céu cintilante. A noite caiu na Fazenda Sunny Rose e sou levado de volta para anos atrás, quando Ella e eu assistimos juntos à chuva de meteoros Táuridas, depois do baile da escola. Mas não é isso que chama a nossa atenção essa noite.

Não é a meia-lua ou a luz brilhante das estrelas, nem mesmo a imagem perfeita desse momento, nós dois deitados ao lado de um cavalo branco e um filhote de cachorro.

É bem mais místico. Mais mágico.

— Olhe para cima, Sunny — digo a ela, do mesmo jeito que fiz quando meteoros pintaram o céu em pinceladas caprichosas.

As pálpebras dela se abrem.

O olhar dela salta.

Então Ella arfa, lágrimas surgindo instantaneamente.

Lentamente, quase que de forma provocativa, traços de verde e rosa começam a riscar o céu escuro.

A dança da aurora boreal.

O sonho de Ella.

Ficamos em silêncio, a conversa perdendo para o show de luzes acima de nós. A cintilância se estende e espirala pelo horizonte, movendo-se em ondas, cada onda de cor mais encantadora que a última, iluminando a fazenda em lampejos fugazes.

Meus olhos ficam embaçados.

Esse instante, essa mulher, essa nova dança entre nós se desvendando junto ao céu — é tudo.

Inspiro fundo, meu futuro muito mais claro.

Finalmente, tudo está perfeitamente certo.

Enquanto o céu se derrama em verde como as esmeraldas nos olhos dela, me ponho de pé, solto nossas mãos entrelaçadas e digo que volto rapidinho. Ella me observa correr até a casa e voltar um pouco depois com um livro conhecido na minha mão.

Entrego o romance que roubei de cima da mesa dela na noite anterior, logo antes de sair do trailer.

Diamante negro.

Ella olha para mim, o dedo indicador acariciando a lombada, uma dúvida no olhar estrelado. Engolindo em seco, maravilhada, um momento se passa e, por fim, Ella concentra toda a atenção na capa do livro, exibindo um cavalo preto com um diamante branco na testa. Começa a folhear, procurando, buscando ansiosa pela grande revelação. Sabe que deixei para ela uma pequena parte do meu coração.

Quando a encontra, deixa escapar um leve choro, balançando a cabeça de um lado para o outro enquanto as lágrimas molham os olhos dela.

Lá, na última página, encontra o que estava procurando.

A última linha está parcialmente destacada.

Uma mensagem minha para ela.

Uma mensagem do nosso passado, presente e futuro, como se tivesse sido escrita para nós, as palavras brilhando sob o céu, destacadas em marcador laranja-néon:

"Todos os meus problemas acabaram e estou em casa."

Epílogo
ELLA

UM ANO DEPOIS

O amor supera tudo.

Foi o que Jonah me disse uma tarde, quando estávamos cozinhando juntos, ansiosos para surpreender nossa mãe com um banquete com pato assado e purê de batatas caseiro. Na época, eu só tinha quinze anos, mas Jonah já tinha dezenove, então imaginei que ele soubesse bastante coisa sobre o amor. Afinal de contas, tinha Erin. O amor incendiava os olhos do meu irmão quando falava sobre ela, e o amor brilhava no belo sorriso dela quando olhava para Jonah. Meu irmão era especialista em amor, eu tinha certeza disso. Era um maestro.

— Ella, me escute, e escute bem. — disse, apertando meu ombro enquanto salpicava alecrim na carne. — Não sei muitas coisas, mas o que eu sei é que o amor supera tudo. O amor supera *qualquer coisa*. Se algum dia você se sentir para baixo, e estou falando do fundo do poço *mesmo*, é só se lembrar disso, tá bem? Lembre-se de que eu te amo. Sempre. E você vai conseguir passar pelo que for.

O amor supera tudo.

E, ainda assim, sempre me perguntei: a que custo?

Eu me sento na mesa redonda, o cômodo iluminado por luminárias de latão pendendo de um teto alto e estéril.

Ele não mudou muito desde a última vez em que o vi.

As mãos e a camiseta não estão manchadas de vermelho, mas os olhos dele ainda me encaram com a mesma ferocidade protetora que sempre vi neles, mesmo naquela fatídica última noite.

como alcançar o Sol **533**

— Leitão. — O olhar de Jonah recai sobre mim, a voz transbordando afeição. Ele está sentado à minha frente, sem algemas, mas acorrentado de milhares de outras formas. — Você finalmente veio me visitar.

Sapatos rangem contra o piso de linóleo e agentes penitenciários caminham pela área aberta de visitas. Encaro Jonah, que está curvado em uma cadeira azul apertada. Ele coça a barba espessa e avermelhada, esperando que eu diga alguma coisa, pernas abertas e balançando para cima e para baixo, os olhos verdes brilhando como se nunca tivessem visto horrores terríveis e derramamentos de sangue causados por suas próprias mãos.

Ainda há raiva no meu coração.

Mas, mais do que isso... há paz.

Aceitação.

Amor.

Amor por *mim* — pelo meu próprio bem-estar, meu futuro brilhante e por todas as pessoas que me colocaram de pé e me apoiaram durante os golpes de ventos frios e a destruição de vários furacões.

Eu amo Jonah?

Amo esse homem à minha frente, me olhando como se nada tivesse mudado, como se ainda fôssemos crianças de olhos sonhadores preparando receitas e lendo histórias de frente para a lareira?

Amo.

Eu amo meu irmão. Amo as partes de uma vida distante que ainda estão presas a mim quando minha mente divaga e meu coração relembra. Amo o homem que um dia ele foi, o homem que me mostrou quando a inocência reinava e corações partidos pareciam coisas que aconteciam apenas em livros e filmes.

Posso sentir falta desses momentos e chorar pela minha perda quando o sol se põe e as sombras tomam conta de tudo.

Posso amá-lo.

Mas a chave para a cura é quando você sabe no que se firmar...

E o que precisa deixar ir.

Apesar do amor.

— Vou me casar amanhã — conto para Jonah, vendo a expressão dele mudar para uma de surpresa, as sobrancelhas chegando até a raiz dos cabelos.

— Não acredito — diz, se ajeitando na cadeira. — Porra, Leitão. Minha irmãzinha encontrou o amor. Sempre quis que isso acontecesse, você sabe.

Aperto os meus lábios, encarando a mesa arranhada.

— Vou me casar com o irmão do homem que você matou.

Ele fica em silêncio.

Vozes conversam ao nosso redor, entes queridos batendo papo com presos, agentes penitenciários dando ordens.

Olho para cima.

Jonah pressiona a língua contra a bochecha e acena devagar, o brilho dos olhos dele sumindo.

— Bom, que ironia do destino. Imagino que não devo esperar um convite para a ceia de Natal assim que eu der o fora daqui, hein?

Engulo em seco, o meu coração sendo apertado por arame farpado.

— Você quase nos destruiu.

Ele se inclina sobre a mesa, os olhos se estreitando, os antebraços flexionados ao unir as mãos.

— Eu estava te protegendo, Leitão. Estava te salvando daquele pedaço de merda perverso que quase te *assassinou* — dispara em resposta, os olhos escurecendo como nuvens de tempestade.

— E faria de novo. Faria mesmo. Sem pensar duas vezes.

Meu coração martela como uma unha contra um caixão.

Jonah está nesse caixão. Estou cobrindo-o com terra, o enterrando debaixo do chão de uma vez.

Preciso fazer isso.

como alcançar o Sol **535**

Preciso, mesmo que doa. Mesmo que eu o ame.

— É por isso que essa é a última vez que você me vê — confesso, minha voz se partindo de dor. — Não venho visitar mais.

E é assim que a tempestade nos olhos dele se transforma em uma garoa triste e lenta, enquanto ele deixa escapar um soluço e perde o ar.

— Não diz isso.

— Eu não sou a mamãe — sussurro de volta. — Eu te amo, mas o meu amor não supera tudo. Não passa por cima das coisas horríveis que você fez, de como você acabou com a vida que eu estava criando, a que tinha começado a reconstruir do zero. Você destruiu tudo e me deixou em pedaços.

— Fala sério, Ella — dispara de volta, a dor atravessando o rosto dele. — Você fala como se eu fosse a porra de um monstro, quando fiz tudo isso para te deixar segura. Jurei que faria tudo por você, que ia te proteger até a morte, e não me arrependo de cumprir essa promessa. Nem um pouco. — Ele se inclina mais, sustentando meu olhar. — E espero que esse homem que vai se casar com você faça o mesmo.

Meu lábio inferior estremece.

— Max não é igual a você. Ele é bom, puro e nobre. Luta por mim as batalhas que *valem* a pena. Protege a minha honra, mas também o meu coração. — Com o olhar fixo no chão de azulejos, cerro as mãos sobre o colo. — Você me disse que faria qualquer coisa por mim. Você jurou.

— Claro que sim — confirma. — Acho que já provei isso, não?

Cerro os dentes quando volto a olhar para Jonah, observando as sobrancelhas acobreadas franzirem enquanto ele aguarda.

— Vou te pedir para fazer uma última coisa por mim. Você precisa prometer que vai fazer.

— Prometo — murmura, cerrando as mãos ao redor da beira da mesa, apertando firme, esperando.

Ajeito os ombros, inspiro fundo e digo:

— Nunca mais me procure.

Um instante se passa.

Um instante tenso e silencioso, enquanto as minhas palavras flutuam até os ouvidos dele e suas feições lentamente se transformam em coração partido. Jonah murcha, sua força se esvaindo, qualquer traço de luz desaparecendo de seu olhar.

— Por favor — imploro, as lágrimas transbordando. — Você jurou que ia me proteger para sempre, e é assim que isso vai acontecer.

Meus lábios tremem, assim como as minhas mãos.

— Você vai me proteger... de você — digo.

Ele balança a cabeça de um lado para o outro, a incredulidade fazendo sombra no verde dos olhos dele.

— Ella, aquele filho da puta quase te matou. Ele podia ter te machucado de novo e eu...

— Isso não é sobre ele — digo, sobrepondo minha agonia. — É sobre você. É sobre as medidas que você vai tomar, os limites que vai ultrapassar, independentemente das consequências. Não posso passar a vida amedrontada, me perguntando o que você vai fazer em seguida ou como pode virar minha vida de cabeça para baixo de novo. Eu te amo, Jonah, amo de verdade... mas eu te amo à distância.

Lágrimas brotam nos olhos dele e o queixo treme com emoção crua.

— Não — sussurra. — Não, Leitão.

— Sim — digo, destruída. — Quando você sair pelas portas dessa prisão daqui a seis, oito, dez anos... vai ter que viver sem mim. Fingir que não tem uma irmã caçula, se for necessário. Minha mãe nunca me levou para casa num cueiro cor-de-rosa, nunca brincamos de Pauzinhos de Pooh em pontes de madeira e você nunca atirou no peito de um homem em nome do seu amor por mim.

como alcançar o Sol **537**

Eu me forço a dizer essas palavras, desmoronando mais a cada sílaba, mas continuo:

— Nunca tive uma mochila laranja que carreguei para cima e para baixo comigo todos os dias, sonhando que você estivesse ali para carregar por mim. Não tivemos piadas internas, receitas favoritas ou aventuras no Bosque dos Cem Acres atrás do haras. Foi tudo um sonho. Uma história de faz de conta.

Lágrimas escorrem dos olhos cansados dele.

Pequenas gotas deslizam pelas bochechas de Jonah, uma a uma, enquanto ele me encara em silêncio, engolindo em seco, os nós dos dedos ficando brancos ao redor da mesa.

— Prometa — concluo, choramingando. — Prometa que vai fazer isso.

Jonah me encara por mais um segundo angustiante antes de inspirar fundo e passar a mão pelo rosto, apagando as provas da dor que está sentindo, da dor terrível que ele mesmo causou ao puxar o gatilho. Ele me encara, pisca e abre os lábios, mas não deixa escapar uma só palavra.

Tudo o que ele faz é assentir.

Uma vez só.

Uma promessa final.

— Obrigada — digo, áspera, assentindo de volta para ele, cobrindo a boca com uma das mãos para conter a dor no meu peito. — Obrigada, Jonah.

Antes de eu afastar a cadeira para ir embora, ele finalmente deixa escapar as palavras de despedida, que chegam aos meus ouvidos e rasgam o meu coração.

— Sou um cara de sorte — desabafa, a garganta se fechando com pesar. — Por ter alguém que torna dizer adeus difícil pra caralho.

Olho para ele mais uma vez. Uma última olhada no meu irmão.

Então afasto meu olhar do dele, me levanto da cadeira e corro da sala.

Tchau, Ursinho Pooh.

***

Em vez de acender velas ou encher vasos de areia, jogamos gravetos de cima de uma ponte. Os galhos deslizam dos dedos antes de corrermos para o outro lado do guarda-corpo e eu segurar a bainha do meu vestido laranja — o mesmo que achei em uma prateleira de brechó e usei no Baile de Outono. Max está ao meu lado, segurando a minha mão, e juntos nos curvamos sobre o parapeito e observamos os dois gravetos deslizarem pela correnteza e surgirem abaixo de nós.

Empatados.

Lado a lado.

Como sempre, o meu toma a dianteira e chega à frente por um centímetro.

Um sorriso se forma enquanto celebro a minha vitória e Max me presenteia com um olhar provocativo.

— Um dia o universo vai ter pena de você e te deixar vencer — provoco.

— Talvez essa seja a forma que o universo encontrou de equilibrar as coisas — rebate.

— Como assim?

Antes que a gente dê meia-volta para dar de cara com nossos amigos e nossa família, Max se curva para sussurrar algo no meu ouvido.

— Você ganha todas as rodadas de Pauzinhos de Pooh — murmura ele —, mas eu ganho você.

A brisa do fim de junho sopra acima da água e meu cabelo voa, assim como o meu coração.

Chevy está com as mãos cruzadas na frente do corpo, enquanto espera que a gente se reaproxime. Ele está pronto para nos declarar marido e mulher. Max sempre disse que Chevy era pau para toda obra e não estava errado. O cara faz tudo. Ele se interessa por adestramento de cães e administra um canil no

como alcançar o Sol **539**

quintal de casa, toca gaita como um músico experiente de blues em um clube de jazz cheio de fumaça de cigarro e, nas noites de céu limpo, monta um telescópio no jardim e sempre nos convida para admirar estrelas sob uma lua branquinha.

Quando Max o convidou para celebrar o nosso casamento nessa velha ponte do Michigan que passamos a amar tanto quanto nossa ponte do Tennessee, Chevy não perdeu tempo em conseguir uma certificação.

Max entrelaça os dedos nos meus e me guia até Chevy para terminarmos nossa singela cerimônia de votos, selando cada uma das promessas perfeitas com um beijo sob o sol de verão. Rio quando ele mergulha sobre mim, quase me derrubando, minhas mãos se agarrando ao terno emprestado do pai dele, meus cabelos caindo nas costas e meu buquê de rosas vibrantes na cor laranja erguido em direção ao céu.

Todo mundo comemora.

— Uhuul! — Brynn celebra atrás de nós, o buquê também erguido para o céu, as pétalas cor-de-rosa combinando com o batom rosa-chiclete. — Vocês conseguiram!

Matty e Pete estão abraçados, a cabeça de Matty apoiada no ombro de Pete quando ele levanta o lenço para enxugar os olhos.

— É isso, porra! — grita Natine, dando soquinhos no ar, os brincos dourados e gigantes refletindo a luz do sol. — Essa é a minha garota!

Max me levanta de novo e planta um beijo delicado na minha testa.

Assim que deixo os braços do meu marido, corro para os da minha mãe. Ela solta a mão de Ricardo e me envolve em um abraço caloroso e conquistado com muito esforço, o rosto caindo na curva do meu pescoço. Lágrimas molham os meus olhos quando o cheiro familiar de gardênia me preenche com memórias carregadas de nostalgia.

— Eu te amo — digo, contra o cabelo cheio de laquê. — Demais.

— Eu te amo mais, meu amor.

Não me pergunto mais se o amor que ela sente por mim é mais — mais do que os incontáveis desafios que a vida jogou no nosso caminho, ou mais do que as memórias desbotadas do nosso passado.

Mais do que Jonah.

O calor na voz dela, o toque afetuoso do abraço dela, os anos de sacrifício e batalhas silenciosas que ela travou por toda a nossa família confirmam o amor que sente por mim. Jonah pode ter sido o alvo dos seus esforços por um bom tempo, como uma forma que ela encontrou para ter controle em um momento de impotência, mas nesse momento, envolta pelos braços dela, sinto a clareza nas palavras da minha mãe.

Ricardo me abraça em seguida, me dizendo o quanto está orgulhoso, e Kai me rouba para me fazer dar uma voltinha e me abraçar com força, me agradecendo por tê-lo enxergado tantos anos atrás, quando ninguém mais o fez.

Mas Brynn enxergou.

Brynn enxerga todo mundo, não importa quão pequeno e silencioso, ou o quanto esteja coberto pelas sombras.

Tudo culpa dos olhos de Christopher Robin.

E também a vejo — é impossível perdê-la de vista, saltitando em minha direção, uma imagem da felicidade em rosa-choque.

— Ella! — gorjeia, pulando em cima de mim com um daqueles sorrisos brilhantes que iluminaram o meu coração durante anos. — Estou tão feliz por você. Ah! Você sabe o que isso significa?

Eu me afasto do abraço dela, minhas bochechas encharcadas de lágrimas. Meus olhos vão até o anel de noivado brilhante, um diamante em forma de gota, rodeado por pedras rosa-claro.

— O que significa?

— Somos praticamente irmãs — grita. — Como eu sempre soube que seríamos.

Solto uma risada encantada.

como alcançar o Sol **541**

De certa forma, ela tem razão.

Minha mãe e Ricardo decidiram há alguns meses que poderiam se casar e fugiram para uma praia particular no México para oficializar o amor dos dois. E a essa altura, no ano que vem, Kai e Brynn estarão casados — nos transformando em irmãs, de um jeito meio inesperado.

Não que a gente precise desse título.

Eu me lembro de estar em uma ponte parecida com essa certa vez, falando para Max de uma citação que é constantemente tirada de contexto: "O sangue do pacto é mais denso do que a água do ventre".

Ao olhar ao redor para aqueles que escolhi amar, sei que a citação soa em alto e bom som.

O pai de Max está na cadeira de rodas, perto da beira da ponte com uma enfermeira ao lado dele, os olhos vidrados e fantasiosos ao observar o caos alegre, os cabelos grisalhos voando com a brisa. Corro na direção dele, erguendo o vestido enquanto os tênis batem contra a madeira da ponte.

— Sr. Manning — chamo, observando-o piscar lentamente antes que o olhar recaia sobre mim. — Estou tão feliz que o senhor conseguiu estar aqui hoje.

A enfermeira sorri, agradecida, dando um passo para o lado para nos permitir ter um momento a sós.

—Ah, oi — diz Chuck, um sorriso largo se formando quando algo parecido com reconhecimento preenche o olhar dele. — Olhe só para você. Me lembra o meu último amor, Vivian.

— Vivian? — Tenho quase certeza de que o nome da mãe de Max não era Vivian. — Sua esposa?

— Ah, não — murmura, aquele olhar vidrado voltando aos olhos dele por um instante. — A minha esposa me deixou sem pensar. Vivian nunca faria isso.

Eu me aproximo, soltando o meu vestido e apertando os galhos das flores.

— Nunca te ouvi falar nela antes.

— Não contei?

—Acho que não — digo.

Ele sorri com afeto, perdido em devaneios que não consigo ver.

— Só fiquei com ela por um verão, antes do lago roubá-la de mim — conta. — Ela tinha o cabelo ruivo, da cor das cerejas no alto verão. Ela me prometeu que ficaríamos juntos para sempre... e não consigo evitar me perguntar se ainda está esperando por mim.

Eu o encaro por um instante sem saber o que dizer. Não sei se Vivian era real ou apenas fruto de sua mente adoecida... uma promessa esperançosa de dias melhores.

De qualquer forma, acho que não é o que importa.

Abro um sorriso acolhedor e me agacho na frente dele. Dentro dos bolsos do meu vestido laranja está uma familiar pedrinha branca. Deslizo minha mão para dentro e a tiro de lá, a pedra pesando na palma da minha mão antes de entregar ao pai de Max.

— Quero que fique com isso — digo. — Significa muito para mim. É o que me manteve firme por muitos anos, sempre que os meus pensamentos ficavam sombrios e a minha mente não descansava. Talvez possa te ajudar. — Busco pela mão cheia de marcas de sol e abro os dedos dele, pressionando a pedrinha contra ela. — Talvez te deixe mais perto da Vivian.

Ele olha para a pedra com os olhos marejados, o polegar acariciando as curvas suaves.

— Obrigado — agradece, segurando firme. — Isso é muito gentil da sua parte. Queria ter algo para dar em troca.

É então que Max surge às minhas costas, tocando a minha lombar.

Olho para ele antes que o meu olhar se volte para Chuck.

— Você me deu — digo, suavemente. — Mais do que imagina.

como alcançar o Sol **543**

Colocando-me de pé, vejo os dois homens darem as mãos, o pai de Max segurando a palma da mão do filho entre as dele, puxando-o para um abraço apertado. Não escuto as palavras que foram ditas, mas sinto o amor entre eles, a devoção. Max nunca desistiu do pai. Nem uma só vez.

E nunca vou desistir deles.

Terminamos a cerimônia montados cada um em um cavalo; estou montada em Amanhecer e Max está galopando em cima do mais novo membro da nossa família, Phoenix II, com um laço de "Recém-casados" penduraco em cada rabo enquanto acenamos e nos despedimos dos amigos e da família que vibram conosco à distância. Então, uma hora mais tarde, estamos de volta à Fazenda Sunny Rose, guiamos nossos amados cavalos até o curral de pastoreio e depois compartilhamos uma dança íntima sob o céu brilhante.

Max coloca uma playlist que conheço e *Surefire*, de Wilderado, preenche o vazio enquanto as mesmas sensações que tive na caminhonete de Max em uma tarde fresca de outono me levam a um redemoinho de lágrimas e emoção.

Viver.

Viver, pura e simplesmente.

Percebi que algumas pessoas têm uma forma de fazer com que você sinta que viver é muito mais do que estar vivo. Estar vivo é um privilégio, claro, mas é biologia básica. Existir é o ritmo automático de inspirar e expirar. Mas quando os pulmões respiram êxtase, os corações batem com paixão e você se vê presente em cada momento precioso?

É quando você encontra o verdadeiro ritmo da vida.

E viver, aprendi, é um presente que não tem preço.

A música se transforma em outra melodia beijada pelo sol. Passo os braços na cintura do meu marido e enterro o meu nariz no peito dele, fechando os olhos e deixando que derreta as partes ainda congeladas em mim.

Ficamos assim por alguns instantes felizes antes que Max olhe para mim com um sorriso.

— Vou guardar os cavalos e te encontro lá dentro, assim a gente pode... *consumar* esse compromisso eterno. — Ele beija a ponta do meu nariz e acrescenta: — Esposa.

Fico na ponta dos pés e beijo ele de volta.

— Vou te esperar com um refrigerante.

Pouco depois, estou entrando no nosso quarto pela primeira vez como Ella Manning, o mural do sol iluminando a parede do outro lado e fazendo com que eu brilhe tanto quanto. Indo em direção à minha escrivaninha, pego o livro encadernado em couro que Max me deu em um Natal há muito tempo — o que ele fez que previa nosso final feliz com páginas de palavras doces e desenhos vibrantes.

Passo meus dedos pela capa, sorrindo para o título.

O final feliz de Ió.

Quando o apoio em cima da mesa, viro o olhar para a direita e encontro um caderno antigo e esfarrapado que está aberto, que foi colocado ali para que eu visse. Max deve ter tirado de uma das caixas que não abrimos e ainda estão guardadas no closet do nosso quarto.

Franzo a testa. Não abro esse caderno há anos. Desde o dia na clareira, quando era apenas uma adolescente temperamental de dezessete anos.

Com um nó na garganta, folheio o antigo caderno, as memórias invadindo a minha mente e me aquecendo dos pés à cabeça. Rabiscos, desenhos, anotações e desejos. Tudo parece ter sido há uma eternidade, e um suspiro carregado pela lembrança sai de mim, trêmulo, me lembrando do quão longe cheguei.

Só que antes de devolver o caderno à mesa, paro quando algo chama a minha atenção.

Volto e releio.

Meus olhos grudam nas páginas, meu coração salta como uma pedra suave por cima do lago.

como alcançar o Sol **545**

A carta que nunca terminei de escrever para Jonah me encara, a que comecei na clareira, na tarde de sol, quando Max surgiu entre as árvores e mudou a minha vida.

Ainda não terminei a carta. Não tenho a menor pretensão de terminar.

Mas...

Alguém terminou.

Meus olhos deslizam pela página velha e amassada, rabiscada com tinta rosa-brilhante, de anos atrás.

Solto uma respiração cortante.

Arrepios percorrem minhas costas e lágrimas enchem os meus olhos.

E sou atingida no peito por uma onda de amor quando leio a caligrafia de Max rabiscada na parte de baixo.

Querido Jonah,
Hoje me apaixonei por um cara que...
Finalmente alcançou o sol.
E nunca mais o deixou ir embora.

FIM

AGRADECIMENTOS

Muito amor fez parte dessa história, e onde há amor, há gente.

Agradeço ao meu esposo, Jake, por me manter motivada, concentrada e inspirada. Essa história teve reviravoltas inesperadas durante o processo de escrita e você sempre esteve lá, me lembrando de confiar na minha intuição e me ajudando a navegar pelo desconhecido.

Essa ideia surgiu do nada enquanto eu estava escrevendo um livro totalmente diferente. A música *Thrown Down*, do Fleetwood Mac, começou a tocar e assim nasceu uma história — vívida, trágica. Houve lágrimas, um momento de revelação e então veio o pânico subsequente quando me perguntei se tinha tempo para começar do zero uma história que nem tinha sido esboçada e ainda cumprir o meu prazo.

Obrigada, Jake, por acreditar que eu conseguiria. E por sempre me animar e me fazer sorrir quando meu Ió interior ameaçava tomar conta. Eu te amo mais do que a Brynn! ama glitter.

Como sempre, obrigada a minha companheira de jornada, Chelley St. Clair, por ser minha câmara de eco e válvula de escape a cada passo do caminho. Desde quando eu te bombardeio com capítulos intitulados "GRANADA DO CAOS!" passando por crises de riso até de madrugada, sei que sua amizade faz toda a diferença para manter a minha sanidade quando me afogo em palavras angustiantes. Obrigada pelas longas e generosas horas de chuvas de ideias, orientações e sinceridade. Para sempre e sempre.

Muito obrigada à minha incrível assistente, Kate Kelly, por ser a maestro por trás das cortinas quando estou enfiada na toca de escrita (e na vida). Você impede que as coisas à minha volta implodam e eu admiro isso muito mais do que você imagina.

Obrigada à minha gentil e brilhante editora, Christa, pela sua fé em mim e nas minhas palavras. Sua orientação tem um valor imensurável, moldando minha trajetória como autora em algo que eu nunca poderia imaginar. Obrigada, Letty, pelas sugestões fabulosas e pela empolgação em geral com esse livro. E obrigada, Dee, minha leitora de sensibilidade, pelo feedback maravilhoso, assim como a todo mundo que teve um papel em trazer minhas palavras à vida.

Para toda a família Bloom: meu coração está tão cheio. Minha gratidão é infinita. E a minha agente, Nicole: agradeço tudo o que você faz por mim.

Por último, mas não menos importante: obrigada, queridos leitores. Cada um de vocês têm um lugar especial no meu coração. A curiosidade, paixão e dedicação aos mundos que criei tornam essa jornada incrivelmente recompensadora. Conforme vocês virarem as páginas, por favor saibam que são o combustível por trás das minhas histórias, a razão das noites e manhãs em claro.

Um brinde às histórias que compartilhamos e àquelas que ainda virão. Até que a próxima aventura cheia de corações partidos se desenrole. Bjs!

PLAYLIST

"Monster" — Half Moon Run
"Holding On for Life" — Broken Bells
"Electric Indigo" — The Paper Kites
"Ain't Scared" — The Tragic Thrills
"Pale Sun Rose" — Matthew and The Atlas
"The Dying of the Light" — Noel Gallagher
"Count Your Blessings" — George Ogilvie
"Thrown Down" — Fleetwood Mac
"Red Earth & Pouring Rain" — Bear's Den
"Falling" — The Lagoons
"Gold" — The Ivy
"Fair" — Remy Zero
"Surefire" — Wilderado
"Tell Me What You Dream About" — Hazlett
"Atoms to Atoms" — Eyes on the Shore
"Southern Sun" — Boy & Bear
"Birch Tree" — Foals
"Never Bloom Again" — The Perishers
"Something in the Orange" — Zach Bryan
"Graveyard Whistling" — Nothing but Thieves
"What I Do" — Sons of The East
"Shadows" — Bear's Den

**Confira nossos lançamentos,
dicas de leitura e
novidades nas nossas redes:**

𝕏 editoraAlt
⌾ editoraalt
♪ editoraalt
f editoraalt

Este livro, composto na fonte Fairfield,
foi impresso em papel Ivory Slim 65g/m² na gráfica Leograf.
Rio de Janeiro, Brasil, maio de 2025.